U0689572

中华经典名著

全本全注全译丛书

余兴安等◎译注

经史百家杂钞 七

传志 叙记

中華書局

目录

第七册

卷二十・传志之属下编一

卷二十一·传志之属下编二

卷二十二·叙记之属一

卷二十三・叙记之属二

卷二十 · 传志之属下编一

蔡邕

蔡邕简介参见卷六。

郭有道碑

【题解】

此碑文中的郭泰，是东汉名士，因修行有道，故称。作者极力颂扬了郭泰高尚的人格及其精深的学识，尤其称颂了他不肯入仕做官、情愿归隐出世的品行。全文叙事简明扼要，文辞清新自然，是碑文中的名篇。

先生讳泰，字林宗，太原界休人也[①]。其先出自有周王季之穆[②]，有虢叔者[③]，实有懿德，文王咨焉。建国命氏，或谓之郭[④]，即其后也。先生诞应天衷，聪睿明哲，孝友温恭，仁笃慈惠。夫其器量宏深，姿度广大，浩浩焉，汪汪焉[⑤]，奥乎不可测已。若乃砥节厉行[⑥]，直道正辞，贞固足以干事[⑦]，隐括足以矫时。遂考览六经，探综图纬[⑧]，周流华夏，游集帝学，收文、武之将坠，拯微言之未绝。以上学行高远。

【注释】

①界休:今山西介休。

②王季:周太王之子,文王之父。穆:古代宗庙次序,一世为昭,二世为穆。

③虢叔:周文王之弟,封为公,国号称虢。

④郭:古字为虢。

⑤汪汪:深广的样子。形容人的气度宽宏。

⑥砥节厉行:磨炼节操与德行。

⑦贞固足以干事:语见《周易·乾卦·文言》。贞固,正而坚,坚持正道。意为坚持正道能够做成事情。

⑧图纬:图谶和纬书。

【译文】

先生名泰,字林宗,太原介休人。先生的祖先源出周朝文王之父王季,宗庙中位列二世祖,周文王弟虢叔,德行美好,是文王的谋士。周朝初年大封诸侯时,其中有郭姓诸侯,即为虢叔后人。先生来世,好像是上天的特意安排,聪明睿哲,孝敬友爱,温和谦恭,仁慈笃深,柔和深沉。他才识高明,学识渊博,气度宽宏,气节高洁,如滔滔奔流的河水,难以测量,难以企及。在磨炼自己节操和德行方面,更是陈正直之道,发深刻之论,固守正道,自立自主,奋发图强。他的行为合乎标准规范,足以来矫正时弊。于是探究六经,深研图纬,周游华夏各地,游学京师太学,收集周文王、周武王时代遗留下来的快要衰绝的仪礼,拯救还没有完全遗失的孔子的微言大义。以上表述郭泰学行高远。

于时缨緌之徒[①],绅佩之士,望形表而景附,聆嘉声而响和者,犹百川之归巨海,鳞介之宗龟龙也[②]。尔乃潜隐衡门[③],收朋勤诲,童蒙赖焉,用祛其蔽。以上多士翕附。

【注释】

①缨緌：冠带与冠饰，借指有声望的封建士大夫。

②鳞介：泛指有鳞和介甲的水生动物。

③衡门：横木为门，意指卑陋。

【译文】

当时那些有身份有名望的士大夫们，紧紧追随在先生前后，聆听先生的嘉言惠声，且附和随意，如百川归入大海，如有鳞和介甲的水生动物仿效龟和龙一样。先生归隐在家，门庭简陋，招收门徒，辛勤教诲，是幼童学子所依赖的老师，他们自觉改正自身的缺点和不足。以上述众多士大夫追随于他。

州郡闻德，虚己备礼，莫之能致。群公休之[①]，遂辟司徒掾[②]，又举有道，皆以疾辞。将蹈洪崖之遐迹[③]，绍巢、由之绝轨[④]，翔区外以舒翼，超天衢以高峙。禀命不融，享年四十有三，以建宁二年正月乙亥卒[⑤]。

【注释】

①休：赞美。

②辟：汉代选拔征召人才称为"辟"。司徒掾：司徒属僚。司徒在东汉时职掌人事，凡教民、孝悌、谦俭、逊顺、养生、送丧之事，则议其制，建其度。与太尉、司空合称三公。

③洪崖：古代传说中的仙人名字。

④巢：巢父，尧时隐士，居山中不谋功名利禄，以树作巢，睡其上，故名。由：许由，亦为隐士，与巢父同时代。

⑤建宁二年：169 年。建宁，汉灵帝刘宏的年号(168—172)。

【译文】

州郡的长官听闻先生的行为事迹，都肃然起敬，谦虚恭敬地礼聘于他，却不能将他罗致身边。大家异口同声地赞扬先生，于是先生被征召任司徒掾，又以有道举荐先生，但先生都以疾病缠身辞谢。欲想沿着洪崖仙人的足迹修道养性，继续走巢父、许由的道路，如飞鸟展翅高翔，置身世外，超越天衢而行高远。可惜天不假年，建宁二年正月乙亥日，先生年仅四十三岁时就撒手人寰。

凡我四方同好之人，永怀哀悼，靡所置念，乃相与推先生之德，以图不朽之事。佥以为先民既没，而德音犹存者，亦赖之于纪述也。今其如何而阙斯礼？于是树碑表墓，昭铭景行[1]，俾芳烈奋乎百世，令闻显于无穷。其辞曰：

於休先生，明德通玄[2]。纯懿淑灵，受之自天。崇壮幽浚，如山如渊。礼乐是悦，《诗》《书》是敦。匪惟摭华，乃寻厥根。宫墙重仞，允得其门。懿乎其纯，确乎其操。洋洋搢绅[3]，言观其高。栖迟泌丘[4]，善诱能教。赫赫三事，几行其招。委辞召贡，保此清妙。降年不永，民斯悲悼。爰勒兹铭，摛其光耀[5]。嗟尔来世，是则是效。

【注释】

①景行：高尚的德行。

②通玄：深知玄妙之理。

③搢绅：指士大夫。

④栖迟：游息。泌丘：水中小块陆地。

⑤摛（chī）：传布，舒展。

【译文】

凡是四面八方志同道合的人，都在缅怀追悼先生，相与推戴先生的德操，以图使其传之久远。大家认为贤德之人虽死而德音犹存，但也要依靠记录而流传，对于先生又怎么能够丢失这种礼节呢？因此树立碑石表刻墓志，昭彰先生的高尚德行，使先生的美好品格、光辉业绩流芳百世，永垂不朽。碑词是这样的：

啊！受人称赞的先生，您深明德义，通晓玄妙之理。您德行高尚，天资睿哲，上天所赐。您学识渊博深邃，如山一样高，海一样广。您提倡礼制规范，音乐和悦，深研儒家经典，撷取精华，追根寻源。儒家学说门墙高大，您已经得其门而入。确是真君子、伟丈人，德行高尚，情操高洁，名副其实。那些达官贵人，都在评论先生的气节不俗，品行纯洁。先生您悠然隐居，循循诱导，指点迷津。那些气势盛大的朝廷三公数次前来征召，先生您一一委婉推辞皆不应，力保清高纯妙之誉。英年早逝，众人深切哀悼又痛惜。树碑立传，永载先生的英名与事迹，使先生的品格永远流传。叹来世之人，当此效法郭先生。

陈太丘碑

【题解】

陈太丘，即陈寔（shí），东汉名士。因曾任太丘县长，故称“陈太丘”。汉末朝廷黑暗，官场倾轧，陈寔便辞官隐入山林。这篇碑文辞藻华丽，铺叙流畅，极力称赞陈寔的仁爱慈善和高风亮节。

先生讳寔，字仲弓，颍川许人也[①]。含元精之和[②]，应期运之数[③]，兼资九德[④]，总修百行。于乡党则恂恂焉[⑤]，彬彬焉[⑥]，善诱善导，仁而爱人，使夫少长咸安怀之。其为道也：用行舍藏[⑦]，进退可度，不徼讦以干时[⑧]，不迁贰以临下。四为郡功曹[9]，五辟豫州[10]，六辟三府，再辟大将军。宰闻喜半岁[11]，太丘一年[12]。德务中庸，教敦不肃，政以礼成，化行有谧。会遭党事[13]，禁锢二十年，乐天知命，澹然自逸[14]。交不谄上，爱不黩下。见几而作，不俟终日。及文书赦宥时，年已七十，遂隐丘山[15]，悬车告老[16]，四门备礼，闲心静居。大将军何公、司徒袁公[17]，前后招辟，使人晓喻云："欲特表，便可入践常伯[18]，超补三事[19]，纡佩金紫，光国垂勋。"先生曰："绝望已久，饰巾待期而已[20]。"皆遂不至。弘农杨公、东海陈公[21]，每在衮职，群僚贺之，皆举手曰："颍川陈君，命世绝伦，大位未跻，惭于文仲窃位之负[22]。"故时人高其德，重于公相之位也。

【注释】

①颍川：今河南许昌东。

②元精：旧称天地之精气。

③期运：运数，气数。

④九德：一说为九种品格德行，指忠、信、敬、刚、柔、和、固、贞、顺。见《逸周书·常训》。

⑤恂恂(xún)：恭顺谨慎的样子。

⑥彬彬：文雅和气质兼备的样子。

⑦用行舍藏：用之则行其道，舍之则藏。

⑧徼讦(yāo jié)以干时：对人进行伺察称徼，揭发别人隐私叫讦。干时，违背时势。干，抵触。

⑨功曹：官名。汉代州郡的佐吏，有功曹、功曹史，掌管考查记录功劳。

⑩豫州：今河南，治所常有变动。

⑪闻喜:今山西闻喜。

⑫太丘:今河南永城。

⑬党事:指东汉党锢之祸。汉桓帝时,官僚士大夫及外戚不满宦官把持朝政,联合太学生抨击时政。延熹九年(166),宦官以"共为部党"罪名逮捕大臣、太学生,后来释放,但禁锢终身,不得为官。是为第一次党锢之祸。第二次党锢之祸发生在建宁二年(169),直到中平元年(184)才告结束。

⑭澹然:恬静寡欲,无忧自得。

⑮丘山:泛指山。

⑯悬车:古人年七十辞官居家,废车不用,故曰悬车。因称七十岁为悬车之年。

⑰何公:指何进,东汉外戚。官拜大将军,拥立少帝,专擅朝政,被宦官所杀。袁公:指袁隗,东汉朝臣。官大鸿胪、司徒,被董卓所杀。

⑱常伯:官名。秦汉称侍中,为丞相属官。

⑲三事:三公。

⑳饰巾:戴头巾,意为不加冠冕。

㉑杨公:指杨赐。字伯献,弘农华阴(今属陕西)人。历官司空、司徒、太尉等职。陈公:指陈耽,字汉公,东海(今属山东)人。累官至太常、太尉、司空、司徒。

㉒文仲:即臧文仲,字辰,春秋时期鲁国正卿,事庄、闵、僖、文四位国君,勤政惠民,但迷信鬼神,孔子讥为不智。

【译文】

先生名寔,字仲弓,颍川许县人。全身包有天地之精气,应和运期气数,兼备九种美德,修有百种品性。在乡党邻里中恭谦温和,彬彬有礼,礼节周全,对人善于诱导,善于劝训,充满慈善仁爱,致使老幼少长之人都怀有好感。他的处世之道:出仕就推行道义,退居就韬光养晦,出入进退适可而止，不违心地伺察别人或揭发别人隐私，既不迁怒于人，也不过分指责他人过失。四次作州郡功曹，五次征召豫州，六次推举三府，再被大将军召辟。处理闻喜县政务半年、太丘县事务一年。任职期间始终秉持中庸之道，劝导百姓诚实敦厚，遵纪守法。行事合乎礼制，教化行之有效。遭受党锢祸乱时，被无端禁锢二十年之久，此时的先生乐天知命，恬静淡然，与世无争。结交朋友，对上不阿谀奉承，对下不轻慢无理。洞察时世，明观事物、政局的变化，发现微妙的征兆就立即应对化解，不去等到一天结束。等到朝廷大赦的诏书，先生已年届七旬。于是隐居山林，辞官不出，闲心静居，门庭礼备。大将军何进、司徒袁隗，先后征召请出，派人晓谕，表示："只要先生愿意，马上可以到朝廷中任常伯，超迁为三公，佩金玉垂紫带，为朝堂争光，为国家立功。"先生回复说："我早已断绝了世上的功名利禄和一切欲望，只想做平民百姓等待大限到来而已。"一一辞谢，不去应征。弘农的杨赐公、东海的陈耽公，都是朝中显贵，位高职重，群僚们聚集庆贺时，一致称赞道："颍川陈寔先生，是世上绝无仅有的高人，高官不就，大禄不取，重职不任，足以让臧文仲之流才德不称窃取名位的达官显贵深感惭愧。"所以时人敬重赞美先生的德行，胜于对位在三公的人的敬重和赞美。

年八十有三，中平三年八月丙子[①]，遭疾而终。临没顾命留葬所卒，时服素棺，椁财周榇[②]，丧事惟约，用过乎俭。群公百僚，莫不咨嗟；岩薮知名[③]，失声挥涕。大将军吊祠，锡以嘉谥，曰征士陈君，禀岳渎之精[④]，苞灵曜之纯[⑤]，天不憖遗一老[⑥]，俾屏我王，梁崩哲萎，于时靡宪。搢绅儒林，论德谋绩，谥曰文范先生。传曰："郁郁乎文哉！"《书》曰："《洪范》九畴[⑦]，彝伦攸叙[⑧]。"文为德表，范为士则，存诲没号，不亦宜乎。三公遣令史祭以中牢[⑨]，刺史敬吊。太守南阳曹府君命官作诔曰[⑩]："赫矣陈君，命世是生。含光醇德，为士作程。资始既正，守终又令。奉礼终没，休矣清声。"遣官属掾吏，前后赴会，刊石作铭。府丞与比县会葬，荀慈明、韩元长等五百余人，缌麻设位[⑪]，哀以送之。远近会葬，千人已上。河南尹种府君临郡，追叹功德，述录高行，以为远近鲜能及之。重部大掾，以时成铭，斯可谓存荣没哀，死而不朽者也。乃作铭曰：

峨峨崇岳[⑫]，吐符降神；於皇先生，抱宝怀珍。如何昊穹，既丧斯文？微言圮绝[⑬]，来者曷闻？交交黄鸟，爰集于棘[⑭]。命不可赎，哀何有极！

【注释】

①中平三年：186年。中平，汉灵帝刘宏的年号(184—189)。

②椁(guǒ)：古代棺木有两重，外面叫椁，里面叫棺。榇(chèn)：木棺。

③岩薮：山泽。

④岳渎：山川。

⑤灵曜(yào)：指上天。曜，日月。

⑥憖(yìn)：愿意。

⑦九畴：传说大禹治理天下的九种大法。

⑧彝伦攸叙：言天、地、人之常道悠远无穷。

⑨中牢：祭祀中用猪、羊二牲。

⑩诔(lěi)：哀祭文体的一种。

⑪缌(sī)麻：丧服名。五服(斩衰、齐衰、大功、小功、缌麻)中轻的一种，用疏织细麻布制成孝服，服丧三月。

⑫峨峨：高峻，高耸。

⑬圮(pǐ)绝：毁坏。

⑭交交黄鸟，爰集于棘：交交，鸟叫声。黄鸟，黄雀。棘，酸枣树。黄鸟停在酸枣树上是不得其所，暗喻仕于乱世以哀之。

【译文】

中平三年八月丙子日，先生因病离世，享年八十三岁。临终前叮嘱后人，要把自己葬在山林住所，身穿平常衣服，用白色无装饰的棺材装殓，外椁只要能装下棺材即可，丧事从简，费用节俭。群公百僚没有一个不感叹的；普通百姓有了解他的，也无不失声挥泪。大将军前来吊唁，赐给美谥，认为征士陈先生，禀有山川的精华，含有昊天的纯洁，苍天不应收去陈先生，使我朝廷的栋梁之材毁坏，贤明圣哲萎枯，实在不应该啊！缙绅儒士们议论先生一生的品行，谥为“文范先生”。经传上说：“多么丰富多彩啊！”《尚书》上说：“《洪范》篇记载大禹治理天下的九类大法，天地人的常道悠远无穷。”文是道德的表率，范是士人的准则，在世时为“文范”教诲世人，去世后以“文范”作为谥号，是非常适宜的。太尉、司徒、司空三公各派属下用中牢之礼祭奠先生，州郡刺史一同吊唁。南阳太守曹大人责成下属官作诔文，文中说：“声名显赫的陈君，来到世上是上天的旨意。含有光华醇德，是士大夫做人的榜样。生来正直，终生守信。奉行礼仪，清声美名长留人间。”派遣属官掾吏，前后吊祭，刊石作铭。州官县吏一起送丧，荀慈明、韩元长等五百余人，服缌麻戴孝，尽哀送葬。哀悼祭奠和参加葬礼的人达千数以上。河南尹种大人亲临颍川郡，追悼先生功德，述录先生事迹，认为先生的高尚品行节操，四周远近极少有人能比得上。朝中重臣之掾属，及时写成铭文，可以说是生时荣耀天下，死后万民哀恸，永垂不朽。写铭文道：

伟大啊，先生的高节义德，如高山峻岭，巍峨矗立；如神灵吐符，天降瑞祥；如怀有珍宝，金贵无比。试问昊昊苍天，为什么要丧失文章华彩？为什么要毁绝微言大义，却让后世之人听不到看不见呢？如同飞来飞去的黄鸟儿，惶惶栖集于荆棘丛中。生命已逝不可再赎回,哀痛悲伤到了极点!

胡公碑

【题解】

胡广是东汉后期的显宦,历仕安帝、顺帝、冲帝、质帝、桓帝、灵帝诸朝。这篇碑文颂扬了胡广的政绩与操行,并引老莱子、方叔、周公旦、正考父相比,不免有虚美之嫌。

公讳广,字伯始,南郡华容人也①。其先自妫姓建国南土②,曰胡子③,《春秋》书焉,列于诸侯,公其后也。考以德行纯懿④,官至交趾都尉⑤。公宽裕仁爱,覆载博大⑥,研道知几,穷理尽性。凡圣哲之遗教,文武之未坠,罔有不综。

【注释】

①南郡华容:今湖北监利北。

②妫(guī)姓:据《史记·陈杞世家》载,舜曾居于妫汭(ruì),其后因以为姓。春秋时陈国为妫姓。

③胡子:舜的后代胡公,周武王分封诸侯时将长女大姬嫁给他,而封于陈,子爵,故称胡子。

④纯懿:纯洁而贤良。

⑤交趾:唐尧时指五岭以南一带地区。西汉初置交趾郡,专指今越南河内市西北。都尉:武官名。西汉初改郡尉为都尉,辅佐太守掌全郡军事。

⑥覆载:天覆地载,谓庇养包容。

【译文】

先生名广,字伯始,南郡华容人。先生的远祖出自妫氏,周朝分封建国时封邑在陈地，称为“胡子”，并列在诸侯中，《春秋》一书有记载，先生即为妫氏后裔。先生故去的父亲德行纯洁而良善，官至交趾都尉。先生为人宽厚仁爱，胸怀宽广，气度宏深，穷研天人之理，探究万物之道。凡是上古圣人贤哲流传下来的言论教义，周文王、周武王以来的道统，无不进行研究、阐发。

年二十七，察孝廉，除郎中尚书侍郎、左丞尚书仆射。内正机衡[①]，允厘其职。文敏畅乎庶事，密静周乎枢机[②]，帝用嘉之，迁济阴太守。公乃布恺悌[③]，宣柔嘉[④]，通神化，导灵和，扬惠风以养真，激清流以荡邪，取忠肃于不言，消奸宄于爪牙[⑤]。是以君子勤礼，小人知耻。鞫推息于官曹[⑥]，刑戮废于朝市，余货委于路衢，余种栖于畎亩。迁汝南太守，增修前业。考绩既明，入作司农，实掌金谷之渊薮，和均关石，王府以充。遂作司徒，昭敷五教[⑦]。进作太尉，宣畅浑元[⑧]，人伦辑睦，日月重光。遭国不造，帝祚无主，援立孝桓，以绍宗绪。用首谋定策，封安乐乡侯。户邑之数，加于群公。

【注释】

①内正：行政事务。机衡：指行政权力的中枢，以其权衡要务。

②枢机：指主要事物。

③恺悌：和乐简易。

④柔嘉：温和而美善。

⑤爪牙：亲信，党羽。

⑥鞫(jū)推：审讯囚犯。鞫言以推事物原委。

⑦昭：明。敷：布。五教：明五伦之教。

⑧浑元：指自然之气。

【译文】

二十七岁时，察举为孝廉，官拜郎中尚书侍郎、左丞尚书仆射。在朝中枢要机关处理政事，干练敏达，忠于职守，尽贤尽能。大事小事，细心周密，处置得当，深受皇帝夸奖，徙官济阴太守。布施和乐简易之政，宣扬温和美善之性，晓谕神圣教化，推导良善和睦之德，扬美好风气来培育天地正气，激清流之气来荡涤邪恶，在种种言论中只吸取忠诚严肃之辞，在得力助手中清除奸宄之辈。在这种氛围中，为官者勤于政事，勤于礼仪教化，为百姓者熟知礼仪，懂得廉耻。官府减少了推鞫问案，朝市消除了酷刑杀戮，商肆货物堆积成山，田畴禾稼盈田满地。徙官汝南太守，政绩惠举大大超过了前任长官。朝廷经过考绩后，先生入京师为司农，负责全国钱财谷物的支出收入和各种度量衡，国家府库充实盈余。于是官司徒，宣扬王道教化，昭彰仁、义、礼、智、信五常。进为太尉，宣畅天地自然之气，人们的伦理道德和睦美好。时值质帝驾崩，国家不幸，帝位空虚，于是拥立桓帝登基，使大汉继统得以延续不断。因先生有首倡谋划定策之功，封为安乐乡侯，封邑户数远比其他公侯为多。

入录机事，听纳总己[①]，致位就第。复拜司空，敷土导川，俾顺其性。功遂身退，告疾固辞。乃为特进[②]，爰以休息。又拜太常，典司三礼[③]，敬恭禋祀，神明嘉歆，永世丰年，聿怀多福。复拜太尉，寻申前业。又以特进，逍遥致位。又拜太常，遘疾不夷，逊位归爵。迁于旧都，征拜太中大夫。

【注释】

①总己：总摄己职。

②特进：官名。汉制，凡诸侯功德优盛，朝廷所敬异者，赐位特进，

位在三公之下。魏晋南北朝因之，皆为加官。

③三礼：祭天、祭地、祭宗庙，叫做三礼。

【译文】

入中枢机关总揽政务，主持军国要事，虚心听取别人意见，然后实行，之后辞官回家。又拜司空，主持全国山川水利事务，敷土导川，让水利服务于农事。先生功成名就，引身告退，一再声称患有疾病而辞去官职。朝廷加给特进，才允许休息。又召拜太常，负责主持祭天、祭地、祭宗庙之事，每遇大祭，恭敬有礼，虔诚无比，上天神灵欢悦，永保我朝年年风调雨顺，五谷丰登，福瑞多降。又拜太尉，职掌如前。又加特进，逍遥辞官。又拜为太常，患病不愈，让位归封邑地。迁于旧都，征拜太中大夫。

延和末年[①]，圣主革正，幸臣诛毙，引公为尚书令，以二千石居官，委以阃外之事[②]，厘改度量，以新国家，宏纲既整，衮阙以补[③]。乃拜太仆，车正马闲，六驺习驯。迁太常司徒。成宗晏驾[④]，推建圣嗣[⑤]，复封故邑，与参机密。寝疾告退。复拜太傅录尚书事。

【注释】

①延和：根据下文及《汉书》记载，延和有误，应为延熹。

②阃(kǔn)外：指统兵在外。

③衮阙以补：喻补君王之过失。

④成宗：汉桓帝刘志的庙号。

⑤圣嗣：汉桓帝无嗣，推解渎亭侯刘宏即位，是为汉灵帝。

【译文】

延熹末年，桓帝改革政令，肃政纲纪，诛杀幸佞之臣，提拔先生为尚书令，官居二千石秩禄之位，委派外出统兵，入朝整顿度量衡器，使国家威望得以提高，朝纲政纪得以整饬，君王的过失得以补正。于是拜为太仆，使皇家乘舆整洁，拉辇之马闲适，御用骏马驯服。升为太常司徒。桓帝驾崩，拥推解渎亭侯登皇帝位时，又给予封邑之地，参与军国机要大事。先生生病，请求告退。又拜太傅，录尚书事。

于时春秋高矣，继亲在堂①，朝夕定省，不违子道。旁无几杖，言不称老。居丧致哀，率礼不越。其接下答宾，虽幼贱降等，礼从谦厚，尊而弥恭。劳思万机，身勤心苦。虽老莱子婴儿其服②，方叔克壮其猷③，公旦纳于台屋④，正考父俯而循礼，曷以尚兹？

【注释】

①继亲：继母。

②老莱子：春秋时期楚国人。孝行纯笃，年七十，常穿五彩衣作儿童戏，以欢娱双亲。

③方叔：周宣王贤臣。南方蛮荆背叛，方叔受命南征，迫使荆蛮臣服。

④公旦：周武王弟周公姬旦，摄理政务，广纳贤士。

【译文】

当时先生年纪已大了，但继母健在，早晚问安，从不违背为子之道。先生自己不用手杖，说话从不称老。办理丧事，致哀之礼尽全，一点也不越轨。先生在堂下接待宾客，无论对幼童稚子还是对卑贱下人，礼节周全，态度谦虚仁厚，从不高傲。先生处理政务，劳精费神，日理万机，身体力行，勤劳王事，忠心耿耿。即使是老莱子身穿五彩童衣游戏，来取悦双亲欢心；贤明的方叔领命南征荆蛮，立有大功；周公旦招贤纳士，一饭三吐哺；正考父俯身循礼，又怎能比得上先生之德呢？

夫蒸蒸至孝[①]，德本也；体和履忠，行极也；博闻周览，上通也[②]；勤劳王家，茂功也。用能十登三事，笃受介祉[③]，亮皇业于六王[④]，嘉丕绩于九有[⑤]，穷生人之光宠，享黄耇之遐纪[⑥]，蹈明德以保身，与福禄乎终始。

【注释】

①蒸蒸：孝顺。

②上通：指仕宦之道达到极点。

③介祉：大福。

④六王：指安帝、顺帝、冲帝、质帝、桓帝、灵帝。

⑤丕：大。九有：九州。

⑥黄耇(gǒu)：谓老人。

【译文】

孝顺的儿子竭尽孝道，是德行的根本；做人体和睦仁，尽忠尽职，是最好的品行修养；博闻强记，阅历丰富，仕途之路达到顶点；勤劳国事，忠心耿耿，功绩盛大。历十种不同职务，三进三公之位，大福大贵，辅佐六位皇帝，功成名就，于国家建立了卓越的功勋，穷尽活着的人的一切荣耀和恩宠，耄耋高寿，明哲保身，与福禄寿相始终。

年八十有二，建宁五年春壬戌[①]，薨于位。天子悼痛，赠策赐诔，谥曰文恭。如前傅之仪而有加焉，礼也。故吏司徒许诩等，相与钦慕《崧高》《蒸民》之作[②]，取言时计功之则，论集行迹，铭诸琬琰[③]。其词曰：

【注释】

①建宁五年：172年。建宁，汉灵帝刘宏的年号（168—172）。

②《崧高》《蒸民》：皆《诗经》篇名。

③琬琰：琬圭琰圭，即刻石，取美名也。

【译文】

先生建宁五年春壬戌日去世，时年八十二岁。皇上听闻悲痛悼念，赠与策书，赐予诔文，谥号文恭。礼遇有如前太傅的节仪，而且超过了，这些符合礼制要求。先生的故吏司徒许诩等人，从《诗经》中的《崧高》篇、《蒸民》篇得到启发，并仿效其记载功劳的事例，着意讨论了先生一生的事迹，写成铭文，刊刻在石碑上。碑词是这样的：

伊汉元辅，时惟文恭。聪明睿哲，思心瘁容。毕力天机，帝休其庸。赋政于外，有邈其踪。进作卿士，粤登上公。百揆时序[①]，五典克从[②]。万邦黎献，共惟时雍[③]。勋烈既建，爵土乃封。七被三事，再作特进。宏唯幼冲，作傅以训。赫赫猗公，邦家之镇。泽被华夏，遗爱不沦[④]。日与月与，齐光并运。存荣亡显，没而不泯。

【注释】

①百揆（kuí）：总理国政。

②五典：五常，仁、义、礼、智、信。

③时雍：和熙，和乐。

④沦：沉没。

【译文】

辅佐大汉的元老重臣，谥号文恭。生来聪明睿智，大德大贤，为国操劳，殚精竭虑。处理政务，鞠躬尽瘁，受皇帝赞扬夸奖。外出为官，恪守职责，美名远扬。入京作丞，位极三公。总揽朝政，遵守五常伦理。天下的贤哲愚夫，共享和乐。建功立业，成就显赫，授疆封土。七次位高官，三次晋三公，两次加特进。位至太傅，做幼年灵帝的老师，教导训示。扬名显赫的先生，是大汉重臣，国家梁柱。您的恩泽遍及华夏大地，英名不没。与日月同辉，与星辰共存。先生虽死犹荣，永垂不朽。

太傅文恭侯胡公碑

【题解】

这篇碑文与前《胡公碑铭》一样，也是为东汉大臣胡广而作。文中以不同文辞，极力颂扬了胡广一生的业绩。

公讳广，字伯始，交趾都尉之元子也[①]。公应天淑灵，履性贞固[②]，九德咸修[③]，百行毕备。遭家不造，童而夙孤。上奉继亲，下慈弱弟，崎岖俭约之中，以尽孝友之道。及至入学从训，历观古今，生而知之，闻一睹十。兼以周览六经，博总群议，旁贯宪法[④]，通识国典。

【注释】

①元子：长子。

②履性贞固：操行德性固守正道。

③九德：一说是古代社会为官的九种德政，即忠、慈、禄、赏、民之利、商工受资、祗民之死、无夺农、足民之材。

④宪法：根本大法。

【译文】

先生名广，字伯始，故交趾都尉胡贡的长子。先生承应天命而降临人间，生性良善灵秀，操守德行，固守正道，为官作僚的九种德政全有修养，百种德行具备完善。幼年横遭不幸，成了孤儿。不久之后，上奉侍继母，下照顾小弟，在艰难困苦的岁月中，始终尽孝顺和友爱之道。到上学启蒙年龄，从师受教，犹如生而知之，通览古今诗书，过目不忘，闻一见十，举一反三。尤其阅读六经著作，广泛汇集总结诸儒观点，融自己看法于经典之中，借以理解认识国家根本大法。

年二十七，察孝廉，除郎中尚书侍郎、尚书左丞、尚书仆射。干练机事，绸缪枢极[①]，忠亮唯允，简于帝心，智略周密，冠于庶事。迁济阴太守。其为政也：宽裕足以容众，和柔足以安物，刚毅足以威暴，体仁足以劝俗。故禁不用刑，劝不用赏。其下望之如日月，从之如影响。思不可忘，度不可革，遗爱结于人心，超无穷而垂则。征拜大司农，遂作司徒，迁太尉。以援立之功，封安乐乡侯，录尚书事。称疾屡辞，策赐就第，复拜司空。功成身退，俾位特进。又拜太尉，复以特进，致命休神[②]。又拜太尉，逊位归爵，旋于旧土。征拜太中大夫、尚书令、太仆、太常、司徒。永康之初[③]，以定策元功，复封前邑，录尚书事。疾病就第[④]，又授太傅，入参机衡[⑤]，五蹈九列[⑥]，七统三事。谅闇之际[⑦]，三据冢宰[⑧]。和神人于宗伯[⑨]，理水土于下台[⑩]，训五品于司徒，耀三辰于上阶[⑪]。光弼六世，历载三十。自汉兴以来，鼎臣元辅，耋帙老成[⑫]，勋被万方，与国终始，未有若公者焉。

【注释】

①绸缪：紧密缠绕。枢机：朝廷机要部门或职位。

②致命：致辞、报命。休神：休息。

③永康：汉桓帝刘志的年号，167年。次年刘宏为帝。

④就第：免官职回家。

⑤机衡：政权的枢要机关。

⑥九列：九卿之位。

⑦谅闇(àn)：指天子居丧。

⑧冢宰：周代官名。为六卿之首。后来也称吏部尚书为冢宰。

⑨宗伯：古代六卿之一，掌邦国祭祀典礼。后来也称礼部尚书为宗伯。

⑩台：古代用来比三公，这里指司空，职掌公共水利。

⑪三辰：指日、月、星。

⑫帙(zhì)：十年为一帙。

【译文】

二十七岁时，察举孝廉，拜官郎中尚书侍郎、尚书左丞、尚书仆射。心系朝政，当权中枢，恪守职责，干练敏达，操心国事，忠诚如一，怀有智谋，处事周到，这方面能力无人能比。迁官济阴太守。主持政务有方：宽仁厚裕足以容纳众人之心，和顺柔美足以安定社会，刚强坚毅足以使暴力得到威服，体贴仁慈足以使风尚得到革新。因此刑狱严法尽量禁用，奖赏鼓励少用钱物。先生为官地方的百姓把先生看作是日月光明，跟随的人很多。先生考虑政事不忘根本原则，国家的法度律令轻易不做变更，用贤哲的仁爱之情施惠于百姓，使得上下同心，长久地维持法则。征拜大司农，又做司徒，迁太尉。有拥立桓帝登基的功劳，封为安乐乡侯，录尚书事。因患病几次辞官，接到皇帝的诏令，才免官回家，又拜司空。功成身退，使自己的地位进到特进。又拜太尉后，辞职归家，回到原来封邑之地。不久征拜太中大夫、尚书令、太仆、太常、司徒。桓帝永康初年，因为首定拥立灵帝的计划策谋功劳，又将原来的邑地封还，录尚书事。因患疾病免官回家，又授太傅，参与朝廷的重大事务，五次踏入九卿行列，七次位致三公。在天子居丧期间，三次为百官之首，总摄政务。职掌国家祭祀大礼职务时，和神通人，主持全国公共水利，治水理土，为官司徒，训导君臣、父子、夫妇、兄弟、朋友五种伦理，功绩上可与日月星辰相辉映。辅佐六位帝王，历年三十载。自东汉建立以来，大臣重僚几十年如一日，至耄耋高龄仍操持国事，功绩惠及全国上下，与国相始终者，仅先生一人而已。

春秋八十二，建宁五年三月壬戌[①]，薨于位。天子悼惜，群后伤怀。诏五官中郎将任崇奉册，赠以太傅安乐乡侯印绶，拜室家子一人郎中，赐东园秘器，赐丝帛含敛之备。中谒者董诩吊祠护丧，钱布赙赐，率礼有加。赐谥曰文恭，昭显行迹。四月丁酉，葬于洛阳茔。故吏济阴池喜，感公之义，率慕《黄鸟》之哀，推寻雅意，彷徨旧土，休绩丕烈，宜宣于此。乃树石作颂，用扬德音。词曰：

【注释】

①建宁五年：172 年。建宁，汉灵帝刘宏的年号（168—172）。

【译文】

建宁五年三月壬戌日逝世，终年八十二岁。天子沉痛悼念，群臣悲伤缅怀。诏令五官中郎将任崇奉敕旨，赠给先生太傅安乐乡侯印绶，还拜先生一子为郎中，赐予东园秘器及丝帛等入殓用品。中谒者董诩前往吊唁，护守灵堂，另赐有钱币布匹，加倍抚恤。赐予先生文恭谥号，昭彰先生一生的品性与功绩。四月丁酉日，葬在洛阳坟茔。故吏济阴太守池喜，感叹先生的高风义节，仿效《诗经》中《黄鸟》篇的哀伤心情，推寻雅意适情，欲想让先生美名留于故土，播扬先生美好的声誉。作词道：

於皇上德，懿铄孔纯。大孝昭备，思顺履信。膺期命世，保兹旧门。渊泉休茂，彪炳其文[①]。爰赞天机[②]，翼翼唯恭[③]。夙夜出纳，绍迹虞龙。赋政于外，神化玄通。普被汝南，越用熙雍。帝曰休哉，命公三事。乃耀柔嘉[④]，式是百司。股肱元首[⑤]，庶绩咸治。二气燮雍[⑥]，五征来备[⑦]。勋格皇天，泽洽后土。封建南藩，受兹介祜。玉藻在冕[⑧]，毳服艾辅[⑨]。骆车雕骖[⑩]，四牡修扈。赞事上帝，祗祀宗祖，陟降盈亏[⑪]，与时消息。既明且哲，保身遗则。同轨旦、奭[⑫]，光充区域。生荣死哀，流统罔极[⑬]。

【注释】

①彪炳：文采焕发。

②天机：国家大政。

③翼翼：整饬。

④柔嘉：《诗经》中有“柔嘉唯则”之句，言柔和而美善，可以为法则。

⑤股肱：比喻辅佐君王的大臣。

⑥燮(xiè)：协调。雍：和协。

⑦五征：雨、畅、燠、寒、风五种自然现象。古人把这五种自然现象是否正常附会为统治者施政得失的征兆。

⑧冕：古代帝王、诸侯、卿大夫所戴的礼帽。

⑨毳(cuì)服：粗糙的毛织物衣服。

⑩骆车：用白身黑鬣的马所拉的车。

⑪陟降：升降，上下。古称上天及祖宗之默佑为陟降，言往来于天上人间。

⑫轨：制度，法则。旦：指周公姬旦。奭（shì）：指召公姬奭，曾佐周武王灭商，为燕国始祖。

⑬罔极：无穷尽。

【译文】

先生的德行实在崇高，先生的为人实在伟大啊。先生既为孝子又为仁人忠臣，显昭于世。先生承运天命而降于人世，保持了胡门一族的声誉。先生的声誉纯洁，品行美好，如深渊泉水，可用斐然文采而记之。辅佐朝政，整饬有度，操持有方。夜以继日，日理万机，承续大汉洪业。任职地方，温良和善，通行教化。恩泽遍及汝南，共享和乐。皇帝赞扬先生的功劳，任命入京为三公职位。先生的柔和之德，美善之行，足可为法则。您曾是百官的总管，是朝廷的重臣，政绩突出，惠举上下。阴阳二气和协顺调，五种自然现象正常运行。征兆无凶，故而施政得当，功勋显著，苍天亦有知，后土闻讯。先生享有封邑邦土，深谢皇恩浩荡。虽身着朝服，头戴礼帽，至于高龄，仍粗衣粗服，朴素无华。出入有考究的骆车雕马，四匹高头大马雄健威武。为的是祷告上苍，祭祀祖宗，祈求苍天和祖宗默默保佑我大汉基业永固。先生明于事理，大贤大哲，保持品格，保全身心，坚持祖宗流传的法则。遵循周公旦、召公奭执政的制度，先生英名如光辉照耀人间，代代传颂。先生虽死犹荣，千古流芳。

杨公碑

【题解】

杨秉（91—165），东汉弘农华阴（今陕西华阴）人。字叔节。父杨震名扬当时，有"关西孔子"之称。秉少承父业，博览群经，历官侍御史、州刺史、侍中、太仆、太常。以廉洁著称。这篇碑文概括了杨秉一生的业绩，歌颂了他忠心事国的美德，称赞了他不拘一格选拔人才任用人才的操行。

公讳秉，字叔节，弘农华阴人[①]。其先盖周武王之穆[②]，晋唐叔之后也。末叶以支子食邑于杨[③]，因氏焉。周室既微，裔胄无绪。暨汉兴，烈祖杨喜佐命征伐，封赤泉侯。嗣子业，绂冕相继[④]。公之丕考，以忠蹇亮，弼辅孝安，登司徒、太尉。公承夙绪，世笃儒教，以《欧阳尚书》《京氏易》诲授四方学者，自远而至，盖逾三千。

【注释】

①弘农华阴：今陕西华阴。

②穆：古代宗庙排列的次序，始祖庙居中，以下父子次第为昭穆，左为昭，右为穆。

③末叶：后代子孙。

④绂冕（fú miǎn）：喻高官显位。

【译文】

先生名秉，字叔节，弘农华阴人。先生的远祖是周武王二世祖，晋国唐叔的后人。以后子孙因分支封邑在杨地，因而姓氏称为杨。周朝衰微后，王室贵胄宗亲们的族属混乱，毫无头绪。汉朝兴起，先生的烈祖杨喜佐助汉高祖南征北战，封为赤泉侯。杨喜之子杨业以父高官显位而承袭爵位。先生故去的祖父和父亲以忠诚之心、正直之情辅佐大汉皇帝，官至司徒、太尉。先生承绪早年的志愿，一生精通儒学教义，以《欧阳尚书》《京氏易》传道授业，四面八方的学子们纷纷投入门下受业，约有三千余人。

初辟司空，举高第[①]，拜侍御史，迁豫州、兖州刺史，任城相，征入劝讲，拜太中大夫、左中郎将、尚书，出补右扶风，留拜光禄大夫。遭权嬖贵盛，六年守静。外戚火燔，乃迁太仆太卿，公事绌位[②]，浃辰之间，俾位河南。愤疾豪强，见遘奸党，用婴疾废[③]。起家复拜太常，遂陟三司。沙汰虚冗，料简贞实[④]，抽援表达，与之同兰芳，任鼎重。从驾南巡，为朝硕德。然知权过于宠，私富侔国，大臣苛察，望变复还，条表以闻，启导上怒，其时所免州牧郡守五十余人，饕戾是黜，英才是列，善否有章，京夏清肃。

【注释】

①高第：古代凡选士、举官、考绩成绩优异者为高第。

②绌位：被贬斥。

③婴疾：疾病缠身。婴，缠绕。

④料简：品评选择，多指人品。贞实：贞直实际。

【译文】

先生初被司空征辟，就推举为政绩优异者，拜侍御史，迁豫州、兖州刺史，任城相，征入劝讲，拜太中大夫、左中郎将、尚书，出补右扶风，留拜光禄大夫。当时正是朝政被外戚把持时期，权贵受宠，有六年时间先生不被重用。外戚失势后，才起用为太仆太卿，后被贬斥，十二日内，出守河南。先生面对豪强大族势力的专横，奸党之辈的勾心斗角，痛心疾首，积郁成病，罢官在家。后又起用拜为太常，逐渐升到三司。在职期间，淘汰无能冗员，选用优秀人才，提拔有能之人，让他们同列朝班，共同承担国家重任。先生曾扈驾到南方巡视，是朝廷高德节义之士。但是他深知权贵势力超越了皇帝对他们的宠爱恩信，私人的富庶几乎与国家财物等量齐观，而朝臣们互相刻薄烦琐，显示自己的精明。先生试图改变这种状况，上表奏明皇帝，引起皇上的格外重视，当即罢免州牧郡守五十余人的职务，回朝后，亦罢黜饕餮暴戾之人，任用贤德之士，做到善恶有别，美丑有分，全国上下得以清理肃整。

在位七载，年七十有四，延熹八年五月丙戌薨①。朝廷惜焉，宠赐有加。公自奉严敕，动遵礼度，量材授任，当官而行，不为义绌。疾是苛政，益固其守。厨无宿肉，器不镂雕。夙丧嫔俪，妾不嬖御。可谓立身无过之地，正直清俭该备者矣。昔仲尼尝垂三戒②，而公免焉。故能匡朝尽直，献可去奸，忠侔前后，声塞宇宙。非黄中纯白，穷达一致，其恶能立功立事，敷闻于下，昭升于上，若兹巍巍者乎？于是门人学徒，相与刊石树碑，表勒鸿勋，赞懿德，传亿年：

【注释】

①延熹八年：165年。延熹，汉桓帝刘志的年号（158—167）。

②三戒：《论语》："君子有三戒。少之时，血气未定，戒之在色；及其壮也，血气方刚，戒之在斗；及其老也，血气既衰，戒之在得。"

【译文】

在三公之位七年，延熹八年五月丙戌日去世，终年七十四岁。朝廷痛惜，赐给丰厚，抚恤有加。先生自奉命处理朝政以来，遵循礼制法度，选拔人才，量材任用，尤重个人品行而授官职，宁遭贬斥，不违背大义。面对苛政暴行，痛心疾首，更加显露出自己的贞忠和固守正道。厨下无荤肉食物，所有用的器具不加雕镂刻饰。早年丧妻，对妾不再宠爱。可以称得上立身无大过，正直清廉和节俭的操行全部具有。过去孔子留给后世的“三戒”之说，先生全部具有并付诸实践，以此勉励自己。所以说先生能够匡正朝纲，匡扶政纪，措置得当，百姓听闻，政绩有成，朝廷昭彰，忠诚如一，尽职尽能，声名扬于天下。若非黄中纯白，穷达一致，怎能够立功立事惠举闻于下，政声昭彰于上，如此伟大崇高呢？于是门人学徒，争相刊立碑石，表彰先生的丰功伟绩，赞扬先生的大德大义，流芳万年：

於戏！公唯岳灵天挺[①]，德翼赤精[②]，气细缊[③]，仁哲生。应台任，作邦桢，帝钦亮。访典刑，道不惑，讫有成。光遐迩，穆其清。

【注释】

①岳灵：高耸突出，喻人显露头角。

②赤精：赤诚的精神。

③细缊：古代指天地间阴阳二气交互作用的状态。

【译文】

啊，我们尊敬的长者先生，有如高山般崇高，有如苍天般伟大，对国家赤胆忠心，极力辅佐，使天地之阴阳二气和谐运动，实为天降的仁人贤哲。先生来担负我朝重任，是国家栋梁，是中流砥柱，得到了皇帝的夸奖。治理朝政，依据国家大法，持重老成，有方有度，功绩卓著。声誉传遍全国，敬穆先生清纯之德。

汉太尉杨公碑

【题解】

这篇碑文是为杨秉儿子杨赐而作，文中罗列杨氏一族显达的历史，称赞了杨赐投身儒家义理研究，入仕途后为政有方的才能与品行。

公讳赐，字伯猷，弘农华阴人，姬姓之国有杨侯者[①]，公其后也。其在汉室，赤泉侯佐高[②]，丞相翼宣[③]，咸以盛德，光于前朝。祖司徒[④]，考太尉[⑤]，继迹宰司，咸有勋烈。

【注释】

①杨侯：周宣王少子，名尚父，其后因以为姓氏。

②赤泉侯：汉兴，杨赐烈祖杨喜佐命征伐，以功封赤泉侯。高：指汉高祖刘邦。

③丞相：指杨赐二世祖杨敞，官至丞相。宣：指汉宣帝刘询，前74—前49年在位。

④祖司徒：杨赐祖父杨震，官至司徒。

⑤考太尉：杨赐父亲杨秉，官至太尉。考，指亡故的父亲。

【译文】

先生名赐，字伯猷，弘农华阴人。西周时姬姓诸侯中有叫杨侯的人，是周宣王少子，杨氏就是他的后裔。杨氏家族在西汉时，赤泉侯杨喜受命征伐，帮助汉高祖平定天下，丞相杨敞辅佐汉宣帝治理朝政，他们都以盛誉大德，光耀于前朝。先生的祖父杨震官至司徒，父亲杨秉官至太尉，继承先祖遗志，都是高官显位，都有显赫的功绩。

公承家崇轨，受天醇素，钦承奉构，闲于伐柯[①]。烈风维变，不易其趣。文艺典籍，寻道入奥，操清行朗，潜晦幽间，不答州郡之命。辟大将军府，不得已而应之。迁陈仓令，公乃因是行退居庐。公车特征[②]，以病辞。司空举高第，拜侍中越骑校尉。帝笃先业，将问故训[③]。公以群公之举，进授

《尚书》于禁中，迁少府光禄勋。敬揆百事，莫不时序[④]，庶尹知恤，阊阖推清[⑤]。列作司空，地平天成，阴阳不忒，公遂身避托疾告退。又以光禄大夫受命司徒，敬敷五品[⑥]，宣洽人伦，燮和化理，股肱耳目之任，靡不克明。及至太尉，四时顺动，三光耀润，群生丰遂，太和交薄[⑦]。三作六卿，五蹈三阶，受爵开国，应位特进。非盛德休功，假于天人，孰能该备宠荣，兼包令锡，如公之至者乎？

【注释】

①闲于伐柯：《诗经》中有"伐柯伐柯，其则不远"之句，喻遵祖父法则。闲，通"娴"。熟练。

②公车：汉官署名。由公家以车递送应召之人，故称。

③故训：旧时典章，遗训。

④时序：时间先后，季节次序。

⑤阊阖（chāng hé）：神话传说中的天门，喻宫门。

⑥五品：指君臣、父子、夫妇、兄弟、朋友五者之品级。

⑦太和：《周易》有"保合太和"，言阴阳会合，得冲和之气而交破也。

【译文】

先生承接家门，推崇正轨之道，受上天精纯无杂之气而生，敬重祖业，遵循家法，尤娴于遵循先祖法规。虽然世风变易，但也不改变自己的情趣志向。对儒家的经典著作，探寻其道统，深入其义理之奥妙，操行清纯明朗，大有潜晦悠闲的沉静安宁。不去应州郡长官的征辟，往往以病患在身推辞。辟为大将军府幕僚，实在没有推辞的理由，被迫应征。迁官陈仓令后，先生乘机在行道途中结庐退隐。官家公车特地来征召至京，先生也借口有病辞退。司空大人推举先生有才能、出类拔萃，拜为侍中越骑校尉。汉灵帝继承大业，勤于国政。询问上古圣人典章和遗训，先生受到太尉、司徒、司空三公的一致推举，入皇宫为灵帝讲授《尚书》，迁少府光禄勋。恭敬地主持处理各种事情，没有不按时依照程序而办的，作为众官之长深知体恤下情，宫门上下推清。位列司空，天下太平，无水患洪灾之苦，阴阳二气调和，先生于是辞去官职，推说患有疾病告退。又以光禄大夫受命司徒，恭敬地宣敷君臣、父子、夫妇、兄弟及朋友五伦之教化，和洽人伦关系，协调理正五常次序，凡重任大事及日常小事，没有一件不办理好的。及官至太尉，一年四季气候正常，日、月、星交替运转，光照人间，百姓富饶，安居乐业，阴阳二气会合时得冲和之气而交破。三次入六卿之列，五次进三公之位，受封爵赐邑土，为临晋侯，位加特进。若非是盛德大功介于天人之间，怎会有宠荣俱备、兼包令赐的幸运，如先生达到的这样呢？

公体资明哲，长于知见，凡所辟选，升诸帝朝者，莫非瑰才逸秀，并参诸佐。惟我下流二三小臣，秽损清风，愧于前人。乃纠合同寮，各述所审，纪公勋绩，刊石立铭，以慰永怀。铭曰：

【译文】

先生资质聪哲，长于智慧高见，凡是征召选拔升入朝廷的人，都是奇才俊逸灵秀之人。只有像我们这些所处地位不高的三二个小臣子，秽污清风，损毁明德，实在有愧于前贤哲人。于是召集同僚同仁，各自申述对先生的看法，牢记先生的功绩伟业，刊石立碑，以慰永远的怀念。铭文上写道：

天降纯嘏[①]，笃生柔嘉。俾允祖考，光辅国家。三业在服[②]，帝载用和。粤暨我公，尤执忠贞。在栋伊隆，于鼎斯宁。德被宇宙，华夏以清。受兹介福，履祚孔成[③]。为邑河、渭[④]，衮冕绂珽[⑤]。以佐天子，祗事三灵[⑥]。丕显伊德，万邦作程。爰铭爰赞，式昭懿声。

【注释】

①天降纯嘏(gǔ)：谓天赐以纯全之福。嘏，福。

②三业：佛家语，以身、口、意为三业。在服：在职。

③履祚：福禄。

④河、渭：杨赐封临晋侯，其封邑在河、渭之间，今陕西大荔。

⑤绂：绂绶，丝绳之系印环者。珽(tǐng)：玉笏(hù)。

⑥三灵：天、地、人之神祇。

【译文】

是上天降予的纯全之福，是与生俱来的柔和美善。先生的先祖先父都是忠诚实信之人，光荣地辅佐了大汉国家。以身许国，心系朝廷，尽职尽忠，深受皇帝信任赞扬。先生之时，尤显忠贞之性，位至三公，国之栋梁，朝之重臣。恩德惠及天下，华夏一片清平。先生深受国恩，福禄有终，富贵伴身。封邑河、渭，穿官衣戴官帽，手持玉笏朝堂立。辅佐天子理朝政，侍奉天灵、地祇、人间神。大显其德，天下安宁，万邦太平。我们作铭文写赞文，齐把先生纯厚德性来昭彰。

朱公叔坟前石碑

【题解】

这篇碑文专为东汉益州太守朱穆而写。朱穆生前是位好官吏，临终嘱咐家人除去陈规旧习，不要在自己墓前建庐筑室守丧尽孝。家人遵其嘱，又恐坟墓夷为平地，故而在坟前立碑石，请蔡邕撰文，以志永怀。

维汉二十一世延熹六年粤四月丁巳[①]，忠文公益州太守朱君，名穆，字公叔，卒于京师。其五月丙申，葬于宛邑北万岁亭之阳，旧兆域之南。其孤野受顾命曰[②]："古者不崇坟，不封墓，祭服虽三年，无不于寝。今则易之，吾不取也。尔其无拘于俗，无废予诫。"野钦率遗意，不敢有违，封坟三板，不起栋宇。乃作祠堂于邑中南阳旧里，备器铸鼎[③]，铭功载德。惧坟封弥久，夷于平壤，于是依德像，缘雅则，设兹方石，镇表灵域，用慰其孤罔极之怀。乃申词曰：

【注释】

①延熹六年：163年。延熹，汉桓帝刘志的年号(158—167)。

②孤野：孤儿朱野。

③铸鼎：铸造三足两耳之器物。

【译文】

我大汉第二十一世皇帝汉桓帝延熹六年四月丁巳日，忠文公益州太守朱先生，名穆，字公叔，在京师去世。这年五月丙申日，葬在宛邑北万岁亭的南面，旧兆域的南面。他的孤儿朱野领受他生前遗言说："古代的人不崇敬坟地，不封筑墓室，孝服虽穿戴三年，无不睡寝于墓旁庐室之中。现在更改这种习俗，我不采取这些丧葬礼节。你们不要拘泥于俗，千万要按照我说的去做，听从我的告诫。"孤儿朱野遵从朱先生的遗嘱，不敢违背朱先生的遗愿，只封坟墓三板之高，不在旁边建造房屋。于是在本邑南阳旧宅里建立祠堂，俱备鼎尊等祭器，上面铭刻朱先生的功绩德操。但很担心坟墓只封三板泥土，天长日久会被夷为平地，所以就依照朱先生的音容笑貌，根据以往的定则规矩，制成一块方形石碑，镇表在其坟前墓地，用以安慰他的孤儿无比悲痛的怀念之情。于是刻上词道：

歆惟忠文，时惟朱父，实天生德，丕承洪绪，弥纶典术①，允迪圣矩。好是贞厉，疾彼强御。断刚若仇，柔亦不茹，仍用明夷②，遘难受侮③。帝曰休哉，朕嘉乃功。命汝纳言，允汝祖踪。父拜稽首，翼翼惟恭，笃棐不忘④，夙夜在公。昊天不吊，降兹残殃，不遗一父，俾屏我皇。我皇悼心，锡诏孔伤。位以益州，赠之服章⑤。用刊彝器⑥，宣昭遗光，子子孙孙，永载宝藏。

【注释】

①弥纶：包罗，统括。

②明夷：喻主暗于上、贤人退避的乱世。

③遘（gòu）难：生事发难。

④棐（fěi）：辅助。

⑤服章：表示官吏身份品秩的服饰。

⑥彝器：古代青铜祭器，如钟、鼎、尊、俎之类。

【译文】

尊敬的忠文公，就是朱先生，与生俱来有德有义，承接功业之绪，包罗典籍之精。深通国法大典之要，以之作坚贞不屈的鞭策，面对强暴势力，痛心疾首，进而疾恶如仇。面对柔弱百姓，深知苦难，任用退避世外的贤人，免遭生事发难而受侮辱。皇帝赞扬道：“有德美行端之性，朕嘉奖你的功绩，责成你进谏纳言，发扬你祖宗的遗德。”朱先生于是拜跪稽首，谨慎恭敬地处理公务，心在官府，不忘皇帝旨意，披星戴月，身系官家。然而，昊天无情，降临祸殃，不肯放过朱先生留在人间，使我皇朝失去一位好臣子。大汉皇帝心感悲痛，命诏吊祭死者，慰问生者节哀。朱先生生前作益州太守，赠给相当的服饰用物，并在祭祀器物上刻镌铭文，宣扬朱先生生前的光辉德操，让子子孙孙永远记住先生英名。

贞节先生范史云碑

【题解】

这篇碑文是为东汉名士范丹而写的。范丹早年入仕，参与政事，遭党锢之祸后，看尽官场倾轧，不愿再受征召，情愿做闲云野鹤。本文骈散结合，赞颂了范氏的品德操行。

先生讳丹，字史云，陈留外黄人①，陶唐氏之后也②。其在周室有士会者③，为晋大夫，以受范邑，遂以为氏。汉文、景之际④，爰自南阳来⑤，家于成安⑥，生惠。延熹二年⑦，官至司农、廷尉，君则其后也。

【注释】

①陈留外黄：今河南杞县。

②陶唐氏之后：范氏出于祁姓，尧之裔孙刘累后裔。

③士会：周代杜伯之子隰叔奔晋，官士师，其孙士会，食采于范，其后遂以范为姓。

④文、景：指汉文帝（前 180—前 157 年在位）和汉景帝（前 157—前 141 年在位）。

⑤南阳：今河南南阳。

⑥成安：今河南杞县东。

⑦延熹二年：159年。

【译文】

先生名丹，字史云，陈留外黄人，陶唐氏尧的后裔。在周代时有一位名叫士会的人，到晋国作大夫，受封范邑，于是以封邑范地作为姓氏。西汉文帝、景帝之际，范氏从南阳迁移到成安，生子范惠。在汉桓帝延熹二年，官至司农、廷尉，先生就是其后代。

君受天正性，志高行洁，在乎幼弱，固已藐然有烈节矣[①]。时人未之或知，屈为县吏。亟从仕进，非其好也。退不可得，乃托死遁去，亲戚莫知其谋。遂隐窜山中，涉五经，览书传，尤笃《易》与《尚书》学。立道通久而后归。游集太学，知人审友，苟非其类，无所容纳。介操所在，不顾贵贱。其在乡党也，事长惟敬，养稚惟爱，言行举动，斯为楷式。郡县请召，未尝屈节。其有备礼招延，虚己迓止[②]，亦为谋奏，尽其忠直。以处士举孝廉[③]，除郎中莱芜长。未出京师，丧母行服。故事[④]，服阕后还郎中[⑤]，君遂不从州郡之政。凡其事君，过则弼之，阙则补之，通清夷之路[⑥]，塞邪枉之门，举善不拘阶次，黜恶不畏强御。其事繁多，不可详载。

【注释】

①烈节：坚贞的节操。

②迓(yà)：迎接。

③处士：未仕或不仕的士人。

④故事：旧时的典章制度，先例。

⑤服阕：言除丧服。

⑥清夷：清平，太平。

【译文】

先生具有与生俱来的正直品性，志行高洁，早在幼年弱冠之时，就立定了高远的坚贞节操。成人后大家不了解他的胸襟理想，委屈地任为县府小吏。急功近利，求得一官半职，不是先生的喜好志趣。既然受命，推辞已不可能，于是诈言死了而引遁离开，亲戚朋友都不知道他的计谋。先生隐居山林之中，涉阅五经，览读书传，尤其深明《周易》和《尚书》之学。经过几年钻研，精通其奥妙深理，这才出山回家。游历太学，知人交友，不是自己志同道合的人，不与结交。先生的品性节操决定了他交友作朋，不分高贵与贫贱，志趣相投皆为朋友。先生在邻里乡党中间，尊重年长者，爱护幼小者，他的言行举止，皆可作为楷模。郡县的官员召请先生，先生没有屈节。如遇礼贤下士，招揽人才，虚怀若谷迎接士人的官员，也会为他出谋划策，竭尽自己的忠诚正直。后来以处士身份举孝廉，任郎中莱芜县长。还没有出京师大门，母亲亡故，归家守孝。按照先例，丧期完成除去孝服，再还职郎中，先生于是趁此机会不再在州郡任职。先生从政执事，有过失就匡正，有不足就弥补，开通清平安定之路，堵塞奸顽邪恶之门，推举善才不论等级品阶，罢黜恶人不畏强暴。先生的事迹很多，难以详细记载。

雅性谦俭，体勤能苦，不乐假借。与从事荷负徒行，人不堪劳，君不胜其逸。辟太尉府，俄而冠带。或以群党见嫉时政，用受禁锢；君罹其罪，闭门静居，九族中表，莫见其面。晚节禁宽，困于屡空[①]，而性多检括[②]，不治产业。以为卜筮之术，得因吉凶，道治民情，以受薄偿，且无咎累，乃鬻卦于梁、宋之域[③]。好事者觉之，应时辄去。禁既蠲除，太尉张公、司徒崔公，前后四辟，皆不就。仕不为禄，故不牵于位；谋不苟合，故特立于时。是则君之所以立节明行，亦其所以后时失途也。

【注释】

①屡空：贫乏。

②检括：检点之义。

③梁、宋之域：今河南开封等地。

【译文】

先生为人雍容大度，性情廉洁节俭，身体勤勉，吃苦耐劳，容不得半点虚情假意。与其他人背着东西行路，别人早已累得苦不堪言，而先生还是兴致勃勃。征辟入太尉府，成为幕僚。此时朝中官僚、太学生及外戚等所谓“党人”评论时事，抨击时政，遭“党锢之祸”而被禁；先生也牵连受罪，闭门家中，静居不出，九族中表亲戚，没有见过他的面容。先生晚年节操严正宽仁，然而生活贫苦，缺衣少食，行为检点，不治理家财物用。曾一度以占卜推卦为业，从中能够了解吉凶祸福并考察民情，勉强得到几个铜钱足以糊口，而且没有身心苦累，在梁、宋地方给人推卦占卜。有好事之辈觉察后，到时动不动求卦问吉凶。等到党锢之禁解除后，太尉张大人、司徒崔大人等，先后四次征辟，先生一一推辞，不肯受征。不愿为官拿俸禄，也就不再牵挂职位高低有无了；因为先生谋略不合于世，又不愿同流合污，只有独立于世。这就是先生之所以立节明行的品格，也是他之所以后来失去仕宦之途的原因。

年七十有四，中平二年四月卒①。太尉张公、兖州刘君、陈留太守淳于君、外黄令刘君，佥有休命，使诸儒参按典礼作诔，著谥曰贞节先生，昭其功行，录记所履，谋于耆旧，刊

石树铭,光示来世。铭曰:

【注释】

①中平二年:185 年。中平,汉灵帝刘宏的年号(184—189)。

【译文】

汉灵帝中平二年四月去世,终年七十四岁。太尉张大人、兖州刘先生、陈留太守淳于大人、外黄令刘先生,都有命令,责成诸位儒士按照礼节,参考典制,做出诔文,定出谥号为"贞节先生",昭显先生功业,记录先生一生事迹,再向故老耆旧征求意见,刊石树铭,光显来世之人。铭文写道:

于显贞节,天授懿度,诞兹明哲,允迪德誉。如渊之清,如玉之素,溷之不浊[1],涅之不污[2]。用行思忠[3],舍藏思固[4]。伯夷是师[5],史鳝是慕[6]。荣贫安贱,不吝穷迕[7]。甘死善道,遗名之故。身没誉存,休声载路。

【注释】

①溷(hùn):混乱。

②涅:染以黑物。

③用行思忠:得行其道则思尽忠。

④舍藏思固:其道不行则固藏之。

⑤伯夷:商末孤竹君长子,商灭逃首阳山,不食而死。

⑥史鳝(qiū):春秋卫大夫,世以直称。

⑦迕(wǔ):违背。

【译文】

英名扬显的贞节先生,上天赐予您仁义大度,天生的明哲贤人，德传誉扬。先生的品行如清冽潭渊之水，如素雅温润之玉，遇浊世而不乱，遇污世而不染。能够行其道义则思虑尽忠尽诚，其道义不行则固藏不露。师从商末的伯夷，仰慕春秋的史鳍，安贫乐道，贫贱不移。气节高傲，不违其操，甘于清贫。死守善道，虽死犹荣。声名俱存，与世长青，美名远扬。

袁满来墓碑

【题解】

此文为哀悼一位自幼聪慧、德性孝道具备的少年袁满来而作。采用四言句，直言陈述，哀悼、痛惜之情寓于言中。与以上各篇相比，只有碑文而无铭文，是其独特之处。

茂德休行曰袁满来，太尉公之孙，司徒公之子。逸才淑姿，实天所授。聪远通敏，越龀在阙[①]，明习易学，从诲如流。百家众氏，遇目能识。事不再举，问一及三，具始知终。情性周备，夙有奇节。孝智所生，顺而不骄。笃友兄弟，和而无忿。气决泉达，无所凝滞。虽冠带之中[②]，士校材考行，无以加焉。允公族之殊异，国家之辅佐。众律其器，士嘉其良。虽则童稚，令闻芬芳。

【注释】

①龀（chèn）：儿童由乳牙换成恒牙。

②冠带：帽子和腰带，借指士族、官吏。

【译文】

深具美德善行品格的袁满来，是当朝袁太尉的孙子，袁司徒的儿子。他那俊美的才气、标致的仪表，实在是上天所赐。聪慧敏捷，早在幼童时期，学习《周易》，探讨奥义，熟练如流。百家诸子，一经过目，即能说出。遇到难解问题，一点就通，并能举一反三，讲得头头是道，有始有终。性情通达，礼节周全，表现出有特殊的节操。天性孝顺，从不傲倨，从不骄横。对待亲兄弟真诚和睦，对待好朋友忠诚不二，亲密无间，从不争忿生怨。气节高洁，犹如清泉河水，行为直爽，毫无别扭之态。即使与一般的士族、官吏相比，其才能和品行也没有能超得过他的。这是袁司徒家族中出类拔萃的人物，是辅佐国家的栋梁。众人器重他，士子夸奖他，虽然是个弱冠稚童，已料定日后必是名满天下。

降生不永，年十有五，四月壬寅，遭疾而卒。既苗而不穗，凋殒华英。呜呼悲夫！乃假碑旌于墓表[①]。嗟其伤矣，唯以告哀。

【注释】

①假：借。

【译文】

可惜生不永年，年仅十五岁时，于四月壬寅日不幸患病夭折。一棵茁壮成长的麦苗还没有来得及抽出穗而骤然凋零残损了。唉！实在悲伤、哀痛之极！于是借墓碑文字，表达众人对他过早离开人世的哀悼、痛惜之情。

韩愈

韩愈简介参见卷二。

曹成王碑

【题解】

此文写于元和十一年(816),是李皋死后二十五年,韩愈应其子之邀而写的。文章简述了李皋的家世、历官,在温州、衡州等地的政绩,着重写了他招降王国良、率兵讨伐李希烈二事。作者以非常简练的语言,明晰地叙述了极为复杂的事件,并突出了李皋的智勇谋略和大将风度。文章一气呵成,气势不凡,有人说韩愈这里是“法子云也”。张廉卿说:“退之叙事简严生动,一变东汉之格,后人无从追步,直叙处多本东汉旧法,出退之手,便简古不可及,欲与东汉不同,于此能辨,则于叙事之法思过半矣。”

王姓李氏,讳皋,字子兰,谥曰成[①]。其先王明,以太宗子国曹,绝复封,传五王至成王[②]。成王嗣封在玄宗世,盖于时年十七八[③]。绍爵三年,而河南北兵作[④],天下震扰,王奉母太妃逃祸民伍，得间走蜀从天子。天子念之，自都水使者拜左领军卫将军⑤，转贰国子秘书⑥。

【注释】

①谥（shì）：古代帝王及官僚死后，皇帝所给予的表示褒贬的称号。成：《尚书·周书·谥法》："安民立政曰成。"

②"其先王明"几句：明，李明。唐太宗的第十三子，其母即原巢王妃。太宗，指唐太宗李世民（599—649），626—649年在位。国，古代侯王的封地。传五王至成王，《新唐书·太宗诸子传》："曹王明……贞元二十一年，始王曹……三子，俊、杰、备，俊嗣王……神龙初，以杰子胤为嗣曹王……子戢嗣……子皋嗣。"一共为五世。

③成王嗣封在玄宗世，盖于时年十七八：玄宗，李隆基（685—762），712—756年在位。盖于时年十七八，此处有误。李皋生于开元二十一年（733），至天宝十一年（752）嗣封（《旧唐书·李皋传》），正二十岁。

④河南北兵作：指天宝十四年（755）十一月，安禄山起兵反叛。

⑤都水使者：官名。都水监的长官，掌河渠、津梁、堤堰等事务。左领军卫将军：官名。唐代左右领军卫为十六卫之一，设上将军、大将军及将军，宿卫宫禁。

⑥贰国子秘书：即国子秘书少监。贰，副职。

【译文】

曹成王姓李，名皋，字子兰，谥号成。他的先王李明是太宗的儿子，被封于曹地，以后没有再受封，传五代到了成王。成王在玄宗时嗣封，当时十七八岁。继承爵位三年后，河南河北叛军作乱，天下动荡不安。成王侍奉母亲太妃娘娘混迹于民间逃难，找机会去了蜀地，跟随天子。天子念他忠心，把他从都水使者提升为左领军卫将军，转任秘书少监。

王生十年而失先王[①]，哭泣哀悲，吊客不忍闻。丧除，痛刮磨豪习，委己于学。稍长，重知人情，急世之要，耻一不通。侍太妃从天子于蜀，既孝既忠，持官持身，内外斩斩[②]。由是朝廷滋欲试之于民[③]。以上奉母走蜀从君。

【注释】

①王生十年而失先王：此处有误。李皋十岁即天宝元年(742)，而李戢死于天宝六年(747)，所以应为十五年。

②斩斩：整肃的样子。

③滋：益，更。

【译文】

成王十五岁时先王去世，他的哀哭声悲切凄惨，连去吊丧的客人都不忍心听。丧事过后，他痛下决心去掉一切豪门子弟的习气，一心读书。稍稍长大一点，就深知人心世情，急世之要，有一点不知道便感到羞愧。侍奉太妃跟随天子在蜀时，成王上忠天子，下孝老母，作官修身，内外整肃。所以朝廷益发想任他为官，试试他的能力。以上述李皋侍奉母亲到蜀地跟随天子。

上元元年[①]，除温州长史[②]，行刺史事。江东新刳于兵[③]，郡旱饥，民交走[④]，死无吊[⑤]。王及州，不解衣，下令掊锁扩门[⑥]，悉弃仓食与民，活数十万人。奏报，升秩少府[⑦]。与平袁贼，仍徙秘书，兼州别驾，部告无事[⑧]。以上刺温州。

【注释】

①上元元年：760年。上元，唐肃宗李亨的年号之一(760—761)。

②温州：今浙江永嘉，唐时属江南道。长史：官名。唐代州设长史，

多兼任郡太守，职权很重。

③江东新刳（kū）于兵：《旧唐书·肃宗纪》："上元元年十一月，宋州刺史刘展赴镇，扬州长史邓景山以兵拒之，为展所败，展进陷扬、润、升等州。二年春正月乙卯，平卢军兵马使田神功生擒刘展，扬、润平。"江东，芜湖以下的长江南岸地区。刳，剖开而挖空，引申为困。

④交：皆，都。

⑤吊：问终。

⑥掊（pǒu）：击破。

⑦秩：官吏的品级次第。少府：官名。掌百工技巧之政令。

⑧"与平袁贼"几句：《旧唐书·代宗纪》："宝应元年八月，台州贼袁晁陷台州，连陷浙东州县。二年四月庚辰，河南副元帅李光弼奏生擒袁晁，浙东州县尽平。"别驾，官名。为刺史的佐吏，职权与长史相当。部，安派布置。这里是治理的意思。

【译文】

上元元年，成王被授为温州长史，行刺史职权。江东刚被叛兵围困，郡内大旱闹饥荒，百姓都逃离此地，人死了都无人问终。成王到江东，来不及更衣，就下令砸开锁，将大门加宽，把粮仓的粮食都分给百姓，救活数十万人。奏报朝廷后，他被升职为少府。成王还参加平袁贼叛乱，又被任为秘书，兼州别驾，所治州郡太平无事。以上写李皋任职温州事迹。

迁真于衡[①]，法成令修，治出张施[②]，声生势长，观察使噎媢不能出气[③]，诬以过犯，御史助之，贬潮州刺史。杨炎起道州[④]，相德宗，还王于衡，以直前谩。王之遭诬在理[⑤]，念太妃老，将惊而戚，出则囚服就辩，入则拥笏垂鱼[⑥]，坦坦施施[⑦]。

即贬于潮，以迁入贺，及是然后跪谢告实。初，观察使虐，使将国良往戍界[⑧]，良以武冈叛[⑨]，戍众万人，敛兵荆、黔、洪、桂伐之[⑩]。二年，尤张，于是以王帅湖南[⑪]，将五万士，以讨良为事。王至，则屏兵投良以书[⑫]，中其忌讳。良羞畏乞降，狐鼠进退[⑬]。王即假为使者，从一骑踔五百里[⑭]，抵良壁[⑮]，鞭其门大呼："我曹王，来受良降，良今安在？"良不得已，错愕迎拜，尽降其军。太妃薨，王弃部随丧之河南葬，及荆，被诏责还。会梁崇义反[⑯]，王遂不敢辞，以还。升秩散骑常侍[⑰]。以上刺衡州遭诬、受降、丧母三事。

【注释】

①迁真于衡：《旧唐书·李皋传》："征至京，未召见，因上书言理道，拜衡州刺史。"迁真，为真刺史。因他以前都是只行刺史事，而这次被封刺史，所以说"迁真"。衡，衡州，今湖南衡阳，唐时属江南道。

②张施：主张得到实施。张，主张，办法。

③观察使：当时的湖南观察使辛京杲(gǎo)。《资治通鉴·唐纪》："通州刺史曹王皋有治行，湖南观察使辛京杲疾之，陷以法，贬潮州。"娼(mào)：嫉妒。

④杨炎起道州：《旧唐书·德宗纪》："八月庚辰，以道州司马杨炎为门下侍郎同平章事。"杨炎，字公南，凤翔(今属陕西)人。道州，今湖南道县。

⑤理：狱官。

⑥笏(hù)：朝笏，古时大臣朝见时手中所执的狭长板，用玉、象牙或竹片制成，以为指画及记事之用，也叫"手板"。垂鱼：唐朝五品以上官职都佩鱼，按官阶分紫金鱼袋、绯鱼袋等。

⑦施施：喜悦自得的样子。

⑧国良：王国良，邵州（今山西垣曲）人。湖南衙将。

⑨武冈：今湖南武冈。

⑩荆：荆南节度使治江陵府，今湖北江陵。黔：黔中观察使治黔州，今四川彭水，唐时属江南道。洪：江南西道观察使治洪州，今江西南昌。桂：桂管经略观察使治桂州，今广西桂林，唐时属岭南道。

⑪以王帅湖南：《旧唐书·德宗纪》："建中元年（780）夏四月壬戌，以衡州刺史嗣曹王皋为潭州刺史，湖南团练观察使。"

⑫屏（bǐng）：退避。投良以书：《旧唐书·李皋传》："皋遣使者遗国良书曰：观将军非敢大逆，盖遭馋嫉，救误死而已。将军遇我，何不速降？我与将军同为京杲所构，我已蒙圣朝昭雪，使我何心持刃杀将军耶？将军以为不然，我以阵术破将军阵，以攻法屠将军城，非将军所度也。"

⑬良羞畏乞降，狐鼠进退：《新唐书·李皋传》："国良得书喜且畏，因请降，然内尚首鼠。"狐鼠，为难的意思。狐性多疑，鼠性畏怯。

⑭踔（chuō）：超越。

⑮壁：营垒。

⑯梁崇义：京兆长安（今陕西西安）人。原为山南东道节度使，"建中二年（781）二月反，八月壬子伏诛"。

⑰散骑常侍：官名。无实际职权，多用为将相大臣的兼衔。有左右之分，在门下省为左散骑常侍，中书省为右散骑常侍。

【译文】

转衡州正式任刺史，在任期间修定法令，治理有方，措施得当，声势渐长，观察使嫉妒他，又无处出气，就污蔑他犯有过失，又有朝中御史帮忙陷害，于是成王被贬为潮州刺史。杨炎离开道州，到朝中任德宗的宰相，把成王转迁到衡州，为他平反昭雪。成王遭诬陷在狱官处时，担心太妃年老，知道了会过度伤心，出门时穿上囚服去为自己辩护，回家中立即拿上笏板和鱼袋，一副平常自信的神色。到被贬于潮州，有人到家中来庆贺他迁职，这时候，他才跪拜向太妃讲出实情。开始，观察使虐待部将王国良去戍边，王国良在武冈造反，兵士上万人，朝廷集荆、黔、洪、桂之兵联合讨伐。两年后王国良的势力却更大了，于是朝廷任成王为湖南团练观察使，率五万将士，讨伐王国良。成王到后就命退兵，给王国良写了封信，正点中他的要害。王国良对乞降喜畏参半，进退两难。成王便假扮使者，骑一匹马，行五百里，到王国良的营垒，用马鞭打门，大声喊："我是曹王，来受降的，王国良现在在哪里？"王国良不得已，仓促出来迎拜，带着他的部队全部投降。太妃去世，成王离开旧部，随丧到河南下葬，走到荆州时，朝廷来诏书责令速还。正逢梁崇义造反，成王不敢推辞而返回。升职为散骑常侍。以上写任衡州刺史遭诬陷、受降、丧母三件事。

明年，李希烈反，迁御史大夫，授节帅江西，以讨希烈①。命至，王出止外舍，禁无以家事关我。裒兵大选江州②，群能著职。王亲教之抟力、句卒③，嬴越之法④，曹诛五畀⑤。舰步二万人⑥，以与贼遌⑦，嘬锋蔡山⑧，踣之⑨，剜蕲之黄梅⑩，大鞣长平⑪，钹广济⑫，掀蕲春⑬，撇蕲水⑭，掇黄冈⑮，筴汉阳⑯，行跐汉川⑰，还，大膊蕲水界中⑱，披安三县⑲，拔其州，斩伪刺史，标光之北山⑳；䧿随光化㉑，捁其州㉒，十抽一推㉓，救兵州东北属乡㉔，还开军受降。大小之战，三十有二，取五州十九县㉕。民老幼妇女不惊，市贾不变；田之果谷，下无一迹。加银青光禄大夫、工部尚书㉖，改户部㉗，再换节临荆及襄㉘，真食三百㉙。王之在兵，天子西巡于梁㉚，希烈北取汴、郑㉛，东略宋围陈㉜，西取汝㉝，薄东都㉞。王坐南方北向，落其角，距贼死咋[35]，不能入寸尺，亡将卒十万，尽输其南州。以上帅江西讨李希烈，而于帅荆、襄事略之。

【注释】

①“明年”几句：李希烈，辽西人。德宗时为淮西节度使，封南平郡王。李纳叛，以检校司空兼淄青节度使讨之。希烈拥众三万，次许州不进，约纳为唇齿，遣使者约河北朱滔、田悦等联合。旋破汴，僭即皇帝位，国号楚。后为亲将陈仙奇阴令医毒杀。御史大夫，官名。为御史台的长官，掌监察、执法。节帅江西，即江西节度使。

②裒(póu)兵大选江州：在江州集将佐，选阅其才。裒，聚集。江州，今江西九江。

③抟(tuán)力：秦兵法。句卒：越兵法。作战时的一种队形，把部队分为左右两翼，作钳形前进。

④嬴：指秦国。越：越国。

⑤曹诛五畀(bì)：败则诛及其群，有获则分予其伍。曹，辈，群。五，通“伍”。同列。畀，给予。

⑥舰：御敌船，引申为舟师，水师。步：步兵。

⑦遌(è)：遇到。此有相持之义。

⑧嘬：一举尽获。锋：前锋。蔡山：黄梅县西二十里。

⑨踣(bó)：灭亡，败亡。

⑩蕲(qí)：治蕲春，今蕲州西北。黄梅：今湖北黄梅西北，唐时属江南道蕲州。

⑪鞣：通“蹂(róu)”。践踏。长平：故城在今河南西华东南。

⑫钹(pō)：芟(shān)除，引申为讨平之义。广济：今湖北广济，唐时属蕲州。

⑬掀：用手高举，引申为取下。蕲春：今湖北蕲春，唐时蕲州治所。

⑭撇：击的意思。蕲水：今湖北浠水，唐时属蕲州。

⑮掇：拾。黄冈：今湖北黄冈，唐时属江南道，黄州治所。

⑯筴：通“策”。鞭棰，引申为举。汉阳：今湖北汉阳，唐时属江南道，沔州治所。

⑰跐（cǐ）：踏。汊（chà）川：今湖北汉川北，唐时属沔州。

⑱膊：肉搏之意。

⑲披：开。安三县：安州三县。安州，州治安陆，今湖北安陆。

⑳标：旗帜。这里作动词用，意为插上旗帜。光：指光州，州治定城，今河南潢川。北山：即光山，今河南光山。

㉑㗳（tà）：食。随：今湖北随州，唐时属山有道随州治。光化：故城在随州东。

㉒捁：同“搅（jiǎo）”。扰。按王宋贤说：“字当从木，作桎梏之梏，谓四面攻围，故曰梏。”

㉓十抽一推：十人推一丁为卒。

㉔兵州：《文章正宗》《古文辞类纂》等都疑为是“其州”。属乡：此处有误，为厉乡，今随州北。《旧唐书·李皋传》：“希烈又遣并援随州，皋令伊慎击于厉乡，大破之。”

㉕五州：蕲、黄、安、沔、随州。十九县：蕲州四县，蕲春、黄梅、蕲水、广济；安州六县，安陆、应山、云梦、孝昌、吉阳、应城；黄州三县，黄冈、黄陵、麻城；随州四县，随、光化、枣阳、唐城；沔州二县，汉阳、汊川。

㉖银青光禄大夫：高级阶官名号，带银印青绶，另有金紫光禄大夫带金印紫绶相别。工部尚书：掌天下百工屯田山泽之政令。

㉗改户部：改任户部尚书。户部尚书掌天下户口井田之政令。

㉘再换节临荆及襄：《旧唐书·德宗纪》：“贞元元年夏四月丁丑，以江西节度嗣曹王皋为江陵尹，荆南节度使。三年闰五月癸亥，以荆南节度使检校户部尚书嗣曹王皋为襄州刺史，山南东道节度

使，襄、邓、郢、安、随、唐等州观察使。”

㉙真食三百：意思是封邑三百户。真，官实任为真。

㉚梁：梁州，今陕西南郑。

㉛汴：今河南开封。郑：今河南郑州。

㉜略：侵夺，强取。宋：今河南商丘，唐时属河南道，宋州治所。陈：今河南淮阳，陈州治所。

㉝汝：今河南临汝。

㉞薄：迫近。东都：洛阳。

㉟距：雄鸡、雉等爪后面突出像脚趾的部分。咋：啃咬，引申为侵入。

【译文】

第二年，李希烈造反，成王转任御史大夫，被任命为江西节度使讨伐李希烈。任命一下达，成王便离家到外面去住，禁止人对他讲家中事情。在江州召集将佐，选阅人才，成王亲自教秦持力、越勾卒之兵法，败则一律军法论处，胜则人人有赏。水师步兵两万人和贼兵遭遇，在蔡山一举尽获敌人前锋部队，消灭了贼兵，攻克蕲州黄梅，遍踏长平，讨平广济，取下蕲春，击破蕲水，拾取黄冈，攻下汉阳，踏遍汉川，消灭蕲水敌军，打开安州三县城门，斩了伪刺史，把帅旗插到了光州光山县；吃掉随县、光化，攻下随州，十人推一丁为卒，解救其州东北厉乡而还，敌军全部受降。大小战役共三十二次，攻下五州十九县。百姓男女老幼不受惊吓，市场行情不变；田地果实、稻谷下无一有受践踏的痕迹。成王被加封银光青禄大夫、工部尚书，改户部尚书，又改任荆南节度使、襄州刺史，实封邑三百户。成王在军中时，天子西巡到梁，李希烈北取汴、郑，东夺宋围陈，西取汝州，迫近东都。成王坐镇南方面向北方，布兵在贼兵前后处，贼兵怎么也不能侵入半分寸尺，亡将卒十万，还失掉了南面所有州县。以上写统帅江西军队讨伐李希烈，而于帅荆、襄事则叙述简略。

王始政于温，终政于襄，恒平物估[①]，贱敛贵出，民用有经[②]。一吏轨民[③]，使令家听户视，奸宄无所宿。府中不闻急步疾呼，治民用兵，各有条次，世传为法。任马彝、将慎、将锷、将潜[④]，偕尽其力能。薨，赠右仆射[⑤]。元和初[⑥]，以子道古在朝，更赠太子太师。以上总叙治民、用兵。

【注释】

①物估：物价。

②用：财用，消费。经：筹划。

③轨：通“宄(guǐ)”。犯法作乱。

④马彝：扶风(今陕西岐山)人。李皋的幕府。慎：伊慎，字寡悔，兖州(今山东济宁兖州区)人。锷：王锷，字昆吾，太原(今属山西)人。潜：李伯潜。

⑤右仆射：官名。唐代仆射为尚书省长官，掌统理六官，有左右之分。

⑥元和：唐宪宗李纯的年号(806—821)。

【译文】

成王从政始于温州，结束于襄州，所到之处平抑物价，物价低时官府买进，物价高时投放出来以降低物价，百姓的日常生活安排得很好。若有官吏为非作歹，便让每户人家都明了其罪行，使犯法作乱之人无处安身。官府中听不到急步声和大声呼喊，治民用兵，条理得当，世代传为法则。任用马彝，任伊慎、王锷、李伯潜为将，使他们都发挥出能力。死后赠右仆射。元和初年，因儿子李道古在朝中为官，再赠太子太师。以上概述李皋治民、用兵情况。

道古，进士，司门郎[①]，刺利、随、唐、睦[②]，征为少宗正[③]，兼御史中丞[④]，以节督黔中[⑤]。朝京师，改命观察鄂、岳、蕲、沔、安、黄[⑥]，提其师以伐蔡[⑦]。且行，泣曰："先王讨蔡，实取沔、蕲、安、黄，寄惠未亡[⑧]。今余亦受命有事于蔡，而四州适在吾封，庶其有集[⑨]。先王薨于今二十五年，吾昆弟在，而墓碑不刻无文，其实有待，子无用辞！"乃序而诗之。辞曰：

【注释】

①司门郎：官名。即刑部司门员外郎，掌天下诸门，及关出入往来之籍赋而审其政。

②利：利州，今四川广元，唐时属山南西道。唐：唐州，今河南唐河。睦：睦州，今浙江建德，唐时属江南道。

③少宗正：官名。掌皇九族六亲之属籍，多由皇族人充任。

④御史中丞：官名。为御史大夫之佐。唐朝虽置御史大夫，但往往缺位，而以中丞代行其职。

⑤节督黔中：《旧唐书·宪宗纪》："元和九年冬十月己巳，以宗正少卿李道古为黔中观察使。"黔中，即黔州。

⑥鄂：鄂州，治所在今湖北武昌。岳：岳州，治所在今湖南岳阳。蕲：蕲州，治所在今湖北蕲春。沔：沔州，治所在今湖北汉阳。安：安州，治所在今湖北安陆。黄：黄州，治所在今湖北黄冈。

⑦提：率领。伐蔡：指讨伐吴元济。蔡，蔡州，今河南汝阳。

⑧亡：通"忘"。

⑨庶：希冀之辞。有集：成就，成功。

【译文】

道古进士出身，历任司门郎，利州、随州、唐州、睦州刺史，又征召为少宗正，兼御史中丞，任黔中观察使。到京师朝见天子，天子改命他为鄂、岳、蕲、沔、安、黄州观察使，率其部队讨伐蔡州。临行前，他哭着对我说："先王讨伐蔡州，攻下沔、蕲、安、黄州，所施恩惠人们至今未忘。今天我也受命讨伐蔡州，这四个州刚好在我管辖范围之内，希望我也能有所成就。先王去世至今已二十五年，我们兄弟在而他的墓碑却没有刻好，因为没有碑文，实在是等合适的人来做，您不要推辞了！"于是我做了这篇序并写了首诗。诗说：

太支十三，曹于弟季①。或亡或微，曹始就事。曹之祖王，畏塞绝迁②。零王、黎公，不闻仅存③。子父易封，三王守名④。延延百载⑤，以有成王。成王之作，一自其躬⑥。文被明章，武荐峻功⑦。苏枯弱强⑧，龈其奸猖⑨。以报于宗，以昭于王。王亦有子。处王之所⑩，唯旧之视⑪。蹶蹶陛陛⑫，实取实似⑬。刻诗其碑，为示无止。

【注释】

①太支十三，曹于弟季：太支十三，太宗子十四人，高宗治、恒山王承乾、楚王宽、吴王恪、濮王泰、庶人佑、蜀王愔、蒋王恽、越王贞、纪王慎、江王嚣、代王简、赵王福、曹王明。太，指太宗。支，支子，古代称嫡长子及继承先祖嫡系之子为"宗子"，嫡妻之次子以下及妾子为"支子"，这里指除继承皇位之子以外的儿子。曹于弟季，曹王明是最小的。季，排行最小的。

②曹之祖王，畏塞绝迁：祖，始。畏塞绝迁，《旧唐书·高宗诸子·章怀太子贤传》："调露二年，明崇俨为盗所杀，则天疑贤所为，俄使人发其阴谋事，乃废贤为庶人。"高步瀛说："明坐太子贤事，降零陵王，徙黔州，都督谢佑逼杀之。"所以他认为此句"言见杀于闭塞之中，而封绝于迁谪之时也"。

③零王、黎公，不闻仅存：零王、黎公，曹王明有二子，傒嗣封零陵王，杰封黎国公。不闻仅存，吴江北说："不闻仅存，四字作两句读，言其事实不闻，但仅存而已。"

④子父易封，三王守名：李杰子李胤封曹王后，李杰弟弟李备自南还，诏停李胤封而封李备，后李备死，又以李胤嗣成王。三王，指李备、李胤、李戢。守名，意思是只有空名。

⑤延延：长。百载：王宋贤曰："自贞观二十一年，明始王曹，至天宝十一载，皋嗣爵，凡百有六载。"

⑥躬：身体。引申为自身，亲自。

⑦文被明章，武荐峻功：章，通"彰"。荐，献，进。峻，大。

⑧苏枯弱强：扶弱弃强的意思。苏，使……恢复过来。枯，干枯，枯竭。

⑨龈：同"啃"。

⑩处王之所：即前文的"四州适在吾封"。

⑪唯旧之视：指以四州讨蔡。

⑫蹶蹶：动作敏捷的样子。陛陛：众多而有层次。

⑬取：索取。似：通"嗣"。继承。

【译文】

太宗支子十三位，曹王排行是最小。兄弟或亡或遭贬，曹王开始参与事。曹王之始名为明，闭塞之中绝迁谪。零陵王与黎国公，虽不闻事但仅存。叔父侄子轮换封，三王所守只空名。长长过去百多年，今天又有曹成王。成王所作及所为，一切全出于自身。文章早已被彰扬，武力更是建大功。扶弱助贫而弃强，消灭奸雄猖狂辈。以此报于列祖宗，以此昭示于先王。成王今也有子嗣，正在成王当年处。也行当年成王事，敏于事而有此第，力行待取真后嗣。今我刻诗于碑上，为示王业无尽期。

贞曜先生墓志铭

【题解】

此文写于元和九年(815),叙述了孟郊的家世、为人、才华和为官的经历。开头和结尾部分都是朋友对他的哀戚赙恤,包括写墓志铭的来龙去脉。孟郊一生除作诗外,没有什么事迹可称道,所以文中着重叙述他的诗,末尾也用“以昌其诗”作结。文中用词简洁,内涵丰富,沈确士曰:“句削字炼,此公极用意文。”孟郊的诗现存的大部分都较不易读,韩愈如此艰涩的文章并不多,也许是有意模仿孟郊的风格。这是文家因人而施的手法。

唐元和九年,岁在甲午八月己亥,贞曜先生孟氏卒①。无子,其配郑氏以告。愈走位哭②,且召张籍会哭③。明日,使以钱如东都供葬事,诸尝与往来者,咸来哭吊韩氏④。遂以书告兴元尹故相馀庆⑤。闰月⑥,樊宗师使来吊⑦,告葬期,征铭⑧。愈哭曰:“呜呼!吾尚忍铭吾友也夫!”兴元人以币如孟氏赙⑨,且来商家事。樊子使来速铭⑩,曰:“不则无以掩诸幽!”乃序而铭之。以上叙吊赙杂事。

【注释】

①贞曜(yào)先生:孟郊,唐朝诗人。湖州武康(今属浙江)人。贞曜是其私谥。他的诗在唐代得到很高评价,和韩愈文章并称“孟诗韩笔”,但现在遗存的孟郊的诗都是乐府和古诗,大部分艰涩不易读。他是韩愈诗友中最亲密最相知的人,也是韩愈最心折的人。

②走:赴。位:灵位。指韩愈在家中设灵位哭吊。

③张籍：字文昌，乌江（今安徽和县东北）人。

④咸：都。哭吊韩氏：哭吊于韩家。孟郊的丧事在东都举办，所以他在京师的朋友都到韩愈家中去哭吊。

⑤兴元：今陕西南郑。故相馀庆：郑馀庆，字居业，郑州荥阳（今河南荥阳）人。元和九年（814）三月为兴元尹。因他曾任同中书门下平章事，所以称为“故相”。

⑥闰月：是岁闰八月。

⑦樊宗师：樊绍述。参见《南阳樊绍述墓志铭》。

⑧征：求。铭：此处作动词用。

⑨赙（fù）：以财物助人办丧事。

⑩速：快速，这里是催促的意思。

【译文】

唐元和九年，岁在甲午，八月二十四日，贞曜先生孟郊去世。他没有儿子，是妻子郑氏来报的丧。我在家中设了孟郊的灵位，去哭灵，并把张籍也招来一起会吊。第二天，我寄钱给东都孟郊家中以供他们办丧事，一些平时常与孟郊往来的朋友，都到我家中来哭吊。于是我写了封信给故相、现在的兴元尹郑馀庆，告诉他这件事。闰八月，樊宗师派人来吊唁，通知我下葬的时间，求作孟郊的墓志铭。我哭着说：“唉！我还能忍心为我的朋友写墓志铭啊！”郑馀庆出钱资助孟家办丧事，而且来家中商量处理家事。樊宗师又派人来催我写墓志铭说：“你不写用什么来埋在墓中呢。”于是我作了这篇序并写了墓志铭。以上述吊唁、助办丧事等杂事。

先生讳郊，字东野。父庭玢，娶裴氏女，而选为昆山尉，生先生及二季酆、郢而卒[①]。先生生六七年，端序则见，长而愈骞[②]，涵而揉之，内外完好[③]，色夷气清，可畏而亲。及其为诗，刿目鉥心[④]，刃迎缕解，钩章棘句[⑤]，掐擢胃肾[⑥]，神施鬼设，间见层出。唯其大玩于词[7]，而与世抹摋[8]，人皆劼劼[9]，我独有余。以上叙其人与诗。有以后时开先生者[10]，曰："吾既挤而与之矣[11]。其犹足存邪！"

【注释】

①季：排在后面的。这里指在孟郊之后出生的。

②端序则见，长而愈骞(qiān)：端序则见，就露出头角来。端，草木的萌芽，引申为开端。序，同"叙"。次叙。则，即。见，同"现"。骞，飞举之貌，这里的意思是超然出群。

③涵而揉之，内外完好：涵而揉之，指既广博，又专精。涵，含，包含一切。揉，使木弯曲以造车轮，引申为使顺服。内，自己的修养功夫。外，待人接物。

④刿(guì)目鉥(shù)心：刺人心目，指孟郊写诗出语惊人。刿，用锋刃伤物。鉥，长针，此处作动词用，刺。

⑤钩章棘句：形容造句奇特，不易读懂。钩，曲。棘，刺。

⑥掐(tāo)擢胃肾：即俗语所说的"挖出心肝"。掐，挖出来。擢，引出来。

⑦大玩于词：专心于文学创作。玩，熟习。

⑧与世抹摋(sà)：也是讲专心诗词，对世人追逐的名利，一笔勾销，漠不关心。抹摋，与抹杀的意义相同。

⑨劼劼：张口舒气的意思。是说世人追求名利，患得患失，心意不舒。

⑩后时：指将来的生活希望，意思是及时取得功名。开：开导。指劝孟郊去求取功名。

⑪挤：推给。与之：让给别人。

【译文】

先生名郊，字东野。父亲孟庭玢，娶裴姓的女子为妻，被任为昆山尉，生先生和两个弟弟孟酆、孟郢后去世。先生六七岁时就露出头角，长大后更觉超然出群，广博而专精，自身修养极好，待人接物也落落大方，外貌平和而有威严。到他作诗时，出语惊人，条理清晰，造句奇特，掏心拔肺，神施鬼设，层出不穷。他专心于词句之间，与世无争，人们追求名利，患得患失，心意不舒，孟郊独从容自得。以上述其人与其诗。有人劝孟郊及时求取功名，他回答说："我已经把一切名利推让给别人了，难道它还值得我眷眷于怀吗？"

年几五十，始以尊夫人之命①，来集京师，从进士试，既得，即去。间四年，又命来，选为溧阳尉②，迎侍溧上③。去尉二年，而故相郑公尹河南，奏为水陆运从事④，试协律郎⑤，亲拜其母于门内。母卒五年，而郑公以节领兴元军⑥，奏为其军参谋，试大理评事⑦。以上科第、官阶。

【注释】

①尊夫人：指孟郊的母亲。

②溧（lì）阳：今江苏溧阳。

③迎侍溧上：指迎接母亲到溧阳，亲自奉养。

④水陆运从事：掌管水陆运输的判官。从事，属官的统称。

⑤试：没有正式任命之前，先行署理。协律郎：掌管调和乐律的官。

⑥节：符节，是最高统治者赐给地方官，授权他在所管区内权宜处理一切事务的一种信物。

⑦大理评事：掌管狱讼的官。

【译文】

快五十岁时，孟郊才尊母命来京师参加进士考试，中榜后就离开了京师。四年后，又奉母命而来，被任命为溧阳尉，他把母亲接到溧阳去，亲自奉养。作溧阳尉两年后，故相、现河南尹郑馀庆公保奏他为水陆运从事，试协律郎，并亲自到家中拜见他的母亲。孟郊的母亲去世后五年，郑公被授节统领兴元军队，又保奏他为兴元军参谋，试大理评事。以上述其科第、官阶。

挈其妻行之兴元，次于阌乡[①]，暴疾卒，年六十四。买棺以敛，以二人舆归。酆、郢皆在江南。十月庚申，樊子合凡赠赙，而葬之洛阳东其先人墓左，以余财附其家而供祀。将葬，张籍曰："先生揭德振华[②]，于古有光，贤者故事有易名，况士哉[③]！如曰贞曜先生，则姓名字行有载，不待讲说而明。"皆曰"然"。遂用之。以上死葬、私谥。

【注释】

①次：停留。阌(wén)乡：在今河南灵宝。

②揭德：立德。振华：指孟郊在文坛独树一帜，振起文风。华，文采。

③士：孟郊以进士历县尉、幕府从事。但这里士字主要指道德和文章方面。

【译文】

他带妻子同行去兴元，途经阌乡停留时，得暴病身亡，时年六十四岁。买了棺材装敛后，派了两个人送其灵柩回东都。孟酆和孟郢都在江南。十月庚申，樊宗师聚合所有赠予的办丧事的款项，把孟郊葬在洛阳东其先人墓左面，剩余的钱给他家里供祭祀用。快下葬时，张籍说："先生在文坛独树一帜，振起文风，于古人有光，贤者虽无位于时，尚有私谥，何况名士呢？如果称他为贞曜先生，姓名的字上就可体现出来，不用讲就明白了。"大家都说对，就用了这个谥号。以上述其安葬及私谥。

初，先生所与俱学同姓简[①]，于世次为叔父，由给事中观察浙东[②]，曰："生吾不能举，死吾知恤其家。"补叙孟简。铭曰：

【注释】

①简：指孟简，字几道，平昌（今山东德平）人。《旧唐书·宪宗纪》："元和九年九月戊戌，以给事中孟简为越州刺史，浙东观察使。"韩愈有文章《与孟尚书书》。

②给事中：官名。秦汉为列侯、将军、谒者的加官。常在皇帝左右侍从，备顾问应对之事。唐属门下省，掌封驳之事。观察：观察使。

【译文】

最初，与先生一同从学的孟简，按世次是先生的叔父，由给事中调任浙东观察使，说："他活着的时候我未能帮助，死后我知道该体恤他家里人。"补叙与孟郊相关的孟简。铭文说：

於戏！贞曜！维执不猗[①]，维出不訾[②]，维卒不施[③]，以昌其诗。

【注释】

①维执不猗：这就是张籍所谥的"贞"的意思。执，执持，操守。猗，同"倚"。依傍。何焯《义门读书记·昌黎集》："执不猗，言其进之难。"

②维出不訾（zī）：这就是张籍所谥的"曜"的意思。訾，量。不訾，不可量。何焯《义门读书记·昌黎集》："出不訾，言其文之盛也。"

③不施：指没有机会表现他的才能事业。施，施用。

【译文】

呜呼！贞曜！操守无倚依，才华不可量，生前未得用，让他的诗篇得到光大吧。

南阳樊绍述墓志铭

【题解】

本文写于长庆三、四年(823—824)左右。文章概括了樊宗师一生的立身行事，赞扬了他在文章方面的成就，同时借题发挥地提出了作者自己在文章语言形式方面的主张：一是“词必己出，不蹈袭前人一言一句”；二是“文从字顺各识职”“不烦于绳削而自合”。还有内容方面的主张：“必出于仁义”，“其富若生蓄，万物必具”。

因樊文以艰涩、怪奇著称，人多不以为然，而韩愈却称赞备至，对此，历来有不同解释：黄庭坚《豫章黄先生集》中说韩愈此文不过是“以文滑稽”，宋翔风《过庭录》中说乃是“有心违俗之言”等等，意见纷纭。此文有些地方不如韩愈其他文章平顺自然，可能如欧阳修《论尹师鲁墓志》中所说，退之“与樊宗师作志，便似樊文”吧。

樊绍述既卒[①]，且葬，愈将铭之。从其家求书，得书号《魁纪公》者三十卷[②]，曰《樊子》者又三十卷，《春秋集传》十五卷，表笺、状策、书序、传、纪志、说论、今文、赞铭，凡二百九十一篇，道路所遇，及器物门里杂铭二百二十，赋十，诗七百一十九。曰：多矣哉！古未尝有也。然而必出于己，不袭蹈前人一言一句[③]，又何其难也！必出入仁义[④]，其富若生蓄[⑤]，万物必具[⑥]，海含地负[⑦]，放恣横纵，无所统纪[⑧]，然而不烦于绳削而自合也[⑨]。呜呼！绍述于斯术[⑩]，其可谓至于斯极者矣。以上著作之多。

【注释】

①樊绍述：字宗师，河中（今河南永济）人。樊姓为东汉南阳大族之一。樊绍述也是古文运动的倡导者，著有《绛守居园池记》《绵州越王楼诗》等。

②《魁纪公》：樊绍述所著书名。魁，北斗星第一星至第四星的总称，四星排列成方形如斗，故称魁或斗魁。

③袭蹈：因袭，沿用。

④必出入仁义：就是文章不离仁义的意思。

⑤生蓄：生殖蓄养。

⑥必：通"毕"。都。

⑦海含地负：比喻文章的博大深厚。海含，借海作比喻，形容其包涵之深广。含，容纳。地负，借地作比喻，形容其厚重能负载万物。负，负载。

⑧无所统纪：指没有固定的框框。统、纪同义，即规则、纲纪。

⑨绳削：木工以绳墨量得木料曲直，然后去掉多余部分。此处比喻对文章进行修改。

⑩斯术：此道，指作文之法。术，道。

【译文】

樊绍述去世以后，将要安葬，我准备给他写一篇墓志铭。我在他家里找他的著作，找到《魁纪公》三十卷，题名为《樊子》的三十卷，《春秋集传》十五卷，表笺、状策、书序、传记、纪志、说论、骈文、赞铭共二百九十一篇，在旅途中所见的景物及关于器物、门庭里巷的各种铭文二百二十篇，赋十篇，诗七百一十九首。我叹道：真多啊，古代作家未曾有写这么多的。而且文词都是出于自己的创造，不沿袭前人的一言一句，又是多么难啊！绍述文章的题旨不离仁义，内容丰富如滋生蓄养，万物具备，如海含地负，文笔纵横奔放，无拘无束，不必删削润饰而自然合乎文章的规矩法度。唉！绍述在写文章这方面，真可以说达到最高的造诣了。

以上写樊绍述著作之多。

生而其家贵富，长而不有其藏一钱[①]。妻子告不足，顾且笑曰："我道盖是也[②]。"皆应曰："然。"无不意满。尝以金部郎中告哀南方[③]，还言某帅不治，罢之，以此出为绵州刺史[④]。一年，征拜左司郎中[⑤]，又出刺绛州[⑥]。绵、绛之人，至今皆曰："于我有德。"以为谏议大夫，命且下，遂病以卒。年若干。以上居家、居官。

【注释】

①长而不有其藏一钱：长大后不要一点家中的财产。藏，库藏。其藏，指其父辈留下的家产。

②道：为人之道，做人的原则。是：如此，这样。

③金部郎中：户部属官，掌管库藏出纳、权衡度量、各市交易及百官、军镇、宫中之赏给。告哀：皇帝死了，通知各地。元和十五年(820)正月，唐宪宗李纯死，樊绍述被派为特使去通知南方。

④出：京官到外地任职。绵州：今四川绵阳。

⑤左司郎中：官名。尚书省的属官，协助尚书左丞处理吏、户、礼部的事务。

⑥绛州：治所在正平县，今山西新绛。

【译文】

绍述出生在富贵之家，长大后却不要家里一分钱的财产。妻子儿女告诉他说家中钱不够用，他看着他们笑着说："我的为人之道就是这样。"于是妻子儿女就说："好，就这样吧。"也没有什么不满的。绍述曾以金部郎中的身份到南方通告皇上去世的哀讯，回京后说某节度使政迹不好，因此被罢官，贬出京城去作绵州刺史。一年后，朝廷将他召回作左司郎中，后又出京作绛州刺史。绵州、绛州的百姓至今都说："樊刺史对我们有恩。"后来朝廷又任命他为谏议大夫，任命就要下来时，绍述却因病去世。享年若干。以上写他居家、居官情况。

绍述讳宗师，父讳泽，尝帅襄阳、江陵，官至右仆射，赠某官①。祖某官②，讳泳。自祖及绍述，三世皆以军谋堪将帅③，策上第以进④。以上家世。

【注释】

①"尝帅襄阳、江陵"几句：帅，统帅，指任节度使。襄阳，今湖北襄阳，是当时山南东道节度使所在地。江陵，今湖北江陵，是当时荆南节度使所在地。右仆射(yè)，官名。尚书省分左右仆射。赠某官，贞元十四年(798)，樊泽死于山南东道节度使任上，朝廷追赠为司空。

②祖某官：樊绍述祖父樊泳曾任试大理评事、兵部尚书等职。

③军谋堪将帅："军谋宏远堪任将帅科"的简称，是进士、明经之外的取士科目。

④策上第：对策及上第。上第，即名次在前。（按：樊泳在开元时中草泽科，樊泽在建中时中贤良方正直言极谏科，樊绍述在元和时中军谋宏远堪任将帅科，樊家三世并不同科，此处韩愈记载有误。）

【译文】

绍述名宗师，父名泽，曾在襄阳、江陵任过节度使，官至右仆射，死后追赠为某官。祖父任某官，名泳。从祖父到绍述，三代人都是通过参加军谋宏远堪任将帅科考试获得上等名次而进入仕途的。以上写他的家世。

绍述无所不学，于辞于声①，天得也②，在众若无能者。尝与观乐，问曰："何如？"曰："后当然③。"已而果然。以上知音。铭曰：

【注释】

①辞：文辞，文章。声：指音乐。

②天得：得之于天，如说天生的。

③后当然：后来应如何如何。

【译文】

绍述学识渊博，特别是在文章和音乐方面具有天赋，但在众人面前他好像是什么也不会的人。有一次我和他一起欣赏音乐，我问他："怎么样？"他说："这支曲子后面的部分应如何如何。"后来果真如他所说。以上写他明晓音律。铭文是：

惟古于词必己出，降而不能乃剽贼①。后皆指前公相袭，从汉迄今用一律②。寥寥久哉莫觉属，神徂圣伏道绝塞③。既极乃通发绍述，文从字顺各识职④。有欲求之此其躅⑤。

【注释】

①降：下，后来。剽贼：剽窃，抄袭。剽和贼的意义相同，都是强取劫夺的意思。

②后皆指前公相袭，从汉迄今用一律：指，向，趋向。公相袭，公开

地袭用。汉,应理解为东汉。韩愈论文,不数东汉,此句就应指从东汉迄今。

③寥寥久哉莫觉属,神徂圣伏道绝塞:寥寥,空虚、寂寞的样子。觉,知道。属,承继,接续。一说属文,作文。徂,往,已过去。伏,隐伏不出。道,指词必己出的作文之道。

④既极乃通发绍述,文从字顺各识职:极,极点,穷尽。通,通"畅"。发,生。此指出现。识职,指字、词的运用都恰当准确。

⑤躅(zhú):足迹,轨迹。这里指道路,途径。

【译文】

古人写文章一定要出自自己的独创,后来的文人做不到这一点就剽窃。后人向前人的作品公然抄袭,从东汉到今天一直这样。文坛长期空旷寥落没人知道作文的正路,古圣已逝,今圣不出,道路已经被阻塞了。物极必反,道路开通,出现了樊绍述,他的笔下,文从字顺,字字精当。有想求得古人作文之道的,可遵循绍述这条路走。

试大理评事王君墓志铭

【题解】

本文写于元和九年(814),记述了王适"怀抱负气",落拓不羁,终于默然死去的这样一个小人物的生平,表达了自己对王适怀才不遇的慨叹和不平。通过拒绝卢从史的"钩致",写出王适的注重名节。虽是琐事,却生动传神地刻画出他狂放、直率的性格。同时,作者突破了碑志的格套,"骗婚"一段文字更使王适"奇男子"的形象幽默地凸现出来。

文章文字生动,亦庄亦谐,既强调了真实性,又注重了艺术描写,在艺术上可与某些唐人传奇媲美。王安石把它称为韩愈墓志铭中的"尤奇"之作。

君讳适，姓王氏，好读书，怀奇负气[①]，不肯随人后举选。见功业有道路可指取，有名节可以戾契致[②]，困于无资地[③]，不能自出，乃以干诸公贵人，借助声势。诸公贵人既志得，皆乐熟软媚耳目者[④]，不喜闻生语[⑤]，一见，辄戒门以绝。上初即位[⑥]，以四科募天下士[⑦]。君笑曰："此非吾时邪！"即提所作书，缘道歌吟，趋直言试[⑧]。既至，对语惊人，不中第[⑨]，益困。以上所如不遇。

【注释】

①怀奇：指怀抱杰出的才能。负气：恃其意气，不肯屈居人下。负，恃。

②见功业有道路可指取，有名节可以戾(lì)契致：指取，用手指拿来，比喻毫不费力就可得到。有名节可以戾契致，朱熹认为"有"字应属上句，言功业有道路可指取而有之，名节可戾契而致之。童第德认为"有"应为"而"。戾契，原意是曲折倾斜，这里指科举考试之外的其他可以获得名节的途径。

③资地：资财，地位。

④熟软媚耳目者：甜言蜜语谄媚逢迎的人。熟软，形容言语使人喜爱，如同熟烂柔软可口的食物一样。

⑤生语：生硬不顺耳的话。

⑥上：这里指唐宪宗李纯。

⑦四科：指贤良方正直言极谏科、才识兼茂明于体用科、达于吏理可使从政科和军谋弘远堪任将帅科，是明经、进士之外特开的科目。

⑧趋：赴，应。直言试：指贤良方正直言极谏科的考试。此为元和二年(807)四月事。

⑨不中第：没有考中，落榜。第，科举考试考中者的等次。

【译文】

王君名适，喜欢读书，怀抱奇志，恃其才学，不肯跟在别人后面去参加科举考试。他看到功业有其他道路可以轻取，名节也可以另辟蹊径获得，但苦于没有钱财地位，无法凭自己的力量出人头地，就去拜见公卿权贵，以便借助他们的声势。那些公卿权贵已经志满意得，都喜欢甜言蜜语谄己耳目的人，不喜欢听刚正不顺耳的话，见过他一回，就告诫看门的人不要再让他进来。皇上刚即位时，以四科考试来招募天下人才，王君笑着说："这不正是我的机会吗？"就提着所写的书，一路上一边走一边咏诗唱歌，去参加贤良方正直言极谏科的考试。考试时，他直言惊人，结果没有考中，从此更加困窘。以上写王适不被赏识。

久之，闻金吾李将军年少喜事[①]，可撼[②]。乃蹐门告曰[③]："天下奇男子王适，愿见将军白事。"一见，语合意，往来门下。卢从史既节度昭义军[④]，张甚，奴视法度士[⑤]，欲闻无顾忌大语[⑥]，有以君生平告者，即遣客钩致[⑦]。君曰："狂子不足以共事。"立谢客。李将军由是待益厚，奏为其卫胄曹参军[⑧]，充引驾仗判官[⑨]，尽用其言。将军迁帅凤翔[⑩]，君随往，改试大理评事[⑪]，摄监察御史、观察判官[⑫]。栉垢爬痒[⑬]，民获苏醒。以上从李将军。

【注释】

①金吾：即金吾卫，保护皇帝的卫队，有左右之分。李将军：指李惟简。宪宗时任左金吾卫大将军，后出为凤翔节度使。

②可撼：可以打动、说动。

③蹐(jí)：小步。一本作"踏"，以王适的性格，应为"踏"。

④卢从史：当时的昭义节度使。后因勾结王承宗作乱，赐死。节度：节制调度。昭义：又名泽潞，唐方镇名（治所在潞州，今山西长治），大历元年（766）号昭义军。

⑤奴视：鄙视。奴，把……当成奴隶一样的。法度士：讲求礼法的士人。

⑥无顾忌大语：没有顾忌的话。此处指不顾忌儒家礼法、鼓动跋扈割据乃至背叛朝廷、兴兵作乱的言语。

⑦客：说客。钩致：想办法弄来，此处以用钩钓鱼比喻得到人才的办法。一说"钩"与"致"同义，这里是拉拢的意思。

⑧胄曹参军：官名。即左金吾卫胄曹参军。

⑨引驾仗判官：官名。掌管皇帝出行时仪仗等事。

⑩迁：升迁。凤翔：今陕西凤翔。元和六年（811）五月，李惟简升凤翔陇州节度使。

⑪大理评事：官名。为大理寺卿属官。

⑫摄：兼任，代理。观察判官：官名。为节度使属官，掌观察吏治民情。

⑬栉（zhì）垢爬痒：比喻替老百姓除去弊政和减轻痛苦。栉垢，以梳子梳去污垢。栉，梳子和篦子的总称。爬痒，挠痒。

【译文】

过了很长时间，王君听说金吾卫李将军年轻好事，可以说动，就登门禀报："天下奇男子王适，希望见到李将军谈论事情。"一见面，王君的谈话就很合乎李将军的心意，从此便经常出入李将军门下。卢从史任昭义军节度使后，嚣张得很，看不起讲究礼法的士人，想听一些无所顾忌的话，有人把王君的生平告诉卢从史，卢立即派人想拉拢王君到他手下。王君说："卢从史是个狂妄之人，不足以共事。"立即谢绝了来客。李将军从此越发厚待他，保奏他为金吾卫胄曹参军，作引驾仗判官，对他言听计从。李将军升凤翔节度使后，王君也随他去了凤翔，改任大理评事，兼监察御史、观察判官。在任上王君兴利除弊，当地的百姓获得了休养生息。以上写他跟随李惟简将军。

居岁余，如有所不乐①，一旦载妻子入阌乡南山不顾②。中书舍人王涯、独孤郁，吏部郎中张惟素，比部郎中韩愈③，日发书问讯，顾不可强起，不即荐。明年九月，疾病，舆医京师。其月某日卒，年四十四。十一月某日，即葬京城西南长安县界中。曾祖爽，洪州武宁令④；祖微，右卫骑曹参军⑤；父嵩，苏州昆山丞。妻上谷侯氏处士高女⑥。以上卒葬及家世。

【注释】

①如有所不乐：好像心里有些不快活。指王适和李惟简意见不合。

②阌（wén）乡：县名。今河南灵宝。

③"中书舍人王涯、独孤郁"几句：中书舍人，官名。掌侍进奏，参议表章。王涯，字广津，太原（今属山西）人。两次为相，官至司空。独孤郁，字古风，洛阳（今属河南）人。古文家独孤及之子，官至秘书少监。吏部郎中，官名。掌文官阶品、朝集、禄赐。张惟素，元和年间曾任吏部侍郎。比部郎中，官名。掌管京师、诸州会计事项。元和八年（813）三月，韩愈任比部郎中史馆撰修。

④洪州武宁：今江西武宁。

⑤右卫骑曹参军：官名。左右卫设骑曹参军务一人，掌管外府杂畜簿账、牧养等事。

⑥上谷：郡名。治所在易县（今河北易县）。侯处士高：处士侯高。处士，有才德而隐居不仕的人。侯高，字玄览，上谷人。和孟郊、韩愈等人相善。

【译文】

在凤翔住了一年多时间，王君好像有些不快活，一天用车拉着妻子儿女绝然地去了阌乡县南山。中书舍人王涯、独孤郁，吏部郎中张惟素，比部郎中韩愈连日寄信问讯，看那样子不可能勉强他出来做官，就不再向朝廷推荐他。第二年九月王君患病，用车拉到京城就医。某月某日去世，时年四十四岁。十一月某日，下葬在京城西南的长安县内。王君的曾祖王爽，曾任洪州武宁县令；祖父王徵，曾任右卫骑曹参军；父亲王嵩，曾任苏州昆山县丞。妻子是上谷的隐士侯高的女儿。以上写他的卒葬及家世。

高固奇士，自方阿衡、太师①，世莫能用吾言。再试吏，再怒去，发狂投江水。初，处士将嫁其女，惩曰②："吾以龃龉穷③，一女，怜之，必嫁官人，不以与凡子。"君曰："吾求妇氏久矣，唯此翁可人意，且闻其女贤，不可以失。"即谩谓媒妪："吾明经及第④，且选⑤，即官人。侯翁女幸嫁，若能令翁许我，请进百金为妪谢。"诺许，白翁。翁曰："诚官人耶？取文书来⑥。"君计穷吐实，妪曰："无苦⑦，翁大人⑧，不疑人欺我。得一卷书，粗若告身者，我袖以往，翁见未必取视⑨，幸而听我⑩。"行其谋。翁望见文书衔袖⑪，果信不疑，曰："足矣。"以女与王氏。以上取妇之奇。生三子，一男二女。男三岁夭死；长女嫁亳州永城尉姚侹，其季始十岁。铭曰：

【注释】

①方：比。阿衡：殷代官名。指伊尹。殷汤和太甲时，伊尹曾任阿衡。太师：官名。指吕望（姜太公）。周武王时，吕望曾任太师。

②惩：惩戒，以过去的事作为教训。

③龃龉（jǔ yǔ）：齿不正，比喻和人家意见不合。

④明经：唐代科举分秀才、进士、明经、明法等科，明经科以通晓经

义取士。

⑤且选：将被选为官员。

⑥文书：授官文书。唐代朝廷授官时，由吏部发给文书，盖好印信，印文是“尚书吏部告身之印”。因此，授官文书又叫做“告身”。

⑦无苦：不要难过。无，同“勿”。不要。苦，难过。

⑧大人：即“君子人”的意思，忠厚之人，不懂得欺骗。

⑨取视：要到手认真看。

⑩幸：希望。而：同“尔”。你。

⑪衔袖：塞在袖子里。衔，含。

【译文】

侯高本是个奇士，以阿衡、太师自比，认为世上没有谁能采纳自己的主张。两次做试用的官吏，两次都愤而辞职，后来精神失常投江自杀。起初，侯高处士要嫁女儿时，鉴于自己一生没有做官的教训，说：“我因与人意见不合而困窘，我就这么一个女儿，很疼爱她，一定让她嫁个做官的，不能嫁给平民百姓。”王君说：“我寻妻家很久了，只有这个老翁合乎我的心意，而且我听说他女儿贤惠，机不可失。”就骗媒婆说：“我明经科及第，将要被授官职，就要是做官的人了。侯翁的女儿要嫁人，如果你能让侯翁把女儿许配给我，我给你一百金作谢礼。”媒婆答应去向侯翁说说。侯翁问：“真的是做官的吗？拿文书来。”王君没办法，只好对媒婆说了实话，媒婆说：“不用难过，侯翁是位君子，为人厚道，从不疑心别人欺骗他。你弄一卷像文书那样粗的书，我放在袖筒里去他家，侯翁看见，未必会拿过去验看，希望你听我的。”于是王君按照媒婆的计谋行事。侯翁看见媒婆袖筒里揣着“授官文书”，果然信而不疑，说：“够了。”就把女儿嫁给了王君。以上写其娶妻奇事。侯氏生了三个孩子，一个儿子，两个女儿。儿子三岁就夭折了。大女儿嫁给亳州永城县尉姚侹，小女儿才十岁。铭文是：

鼎也不可以柱车[①]，马也不可使守闾[②]。佩玉长裾[③]，不利走趋[④]。只系其逢[⑤]，不系巧愚。不谐其须，有衔不祛[⑥]。钻石埋辞，以列幽墟[⑦]。

【注释】

①柱：同“拄”。支撑。

②守闾：看守里巷的大门，此为狗的事。

③佩玉：古代士大夫以及贵族身上所佩戴的玉器。士大夫们都很讲究行路的步伐和佩玉的响声相应，以示其从容不迫。长裾：长衣襟。

④走趋：快步走。

⑤系：关系。逢：遭遇，指遇合遭际。

⑥有衔不祛：指胸怀抱负未能施展。衔，含，蓄积。祛，同“胠”。开。

⑦幽墟：幽暗的丘墓。

【译文】

鼎不可以用来支撑车辆，马不可以用来看守里巷。佩玉饰、着长服，不便于快步行趋。人生的穷通只看其遇合遭际，与聪明还是愚钝没有关系。与世俗需求不合，即使胸怀大志也不能得到展施。刻石镌上哀辞吧，把它埋在幽暗的丘墓里。

给事中清河张君墓志铭

【题解】

此文写于长庆四年(824)。文章叙述了张彻在幽州逢军队叛乱时英勇就义的经过，以及他照顾病弟之事和他的家世，赞扬了他高尚的为人。同时借张彻的为人来讽刺张弘靖的没有气节，借极力赞扬张彻来表达韩愈自己主张全国统一、反对藩镇割据的思想。

文中张彻骂叛军一段文字，和《汉书·苏武传》苏武骂卫律情状、意境相同，韩愈借此来烘托张彻的气节，非常生动。另外为表示对张弘靖的不满，不直接提他的名字，用“范阳府”“其府”“臣”“其帅”等词借代，也是韩愈独特的写法。

张君名彻，字某，以进士累官至范阳府监察御史①。长庆元年，今牛宰相为御史中丞②，奏君名迹③，中御史选，诏即以为御史。其府惜不敢留④，遣之，而密奏：“幽州将父子继续⑤，不廷选且久⑥，今新收⑦，臣又始至，孤怯，须强佐乃济。”发半道，有诏以君还之，仍迁殿中侍御史⑧，加赐朱衣银鱼⑨。至数日，军乱⑩，怨其府从事⑪，尽杀之，而囚其帅，且相约：“张御史长者，毋侮辱轹蹙我事⑫，无罪毋庸杀。”置之帅所。以上在幽州值军乱。

【注释】

①累官：循资历积累升官。范阳府：即幽州节度使署。监察御史：按唐官制，使府并无专职御史官，监察御史隶御史台，张彻以此官兼任范阳判官。

②牛宰相：即牛僧孺，字思黯，长庆三年(823)三月任宰相。御史中丞：是御史台的副手。

③名：名誉。迹：事迹。

④府：指范阳节度府节度使张弘靖，字元理。惜：爱惜，舍不得放他去。

⑤幽州将父子继续：《旧唐书·刘怦传》：“怦，幽州昌平人也……朝

廷因授悍幽州大都督府长史，兼御史大夫，幽州、卢龙节度副大使……居位三月，以贞元元年九月卒。子济，继为幽州节度使，济在镇二十余年……总，济第二子也……总遂领军务。朝廷不知其事，因授以斧钺……”

⑥不廷选：不是出自朝廷选用，而是自立称“留后”。

⑦今新收：指新收回幽州。

⑧殿中侍御史：官名。属殿院，是皇帝周围负责纠察群臣的监察官。

⑨朱衣银鱼：唐代五品官的服装。鱼，鱼符，刻作鱼形的符节，装在袋里，系于腰带，叫做鱼袋。又以袋的装饰品分为玉、金、银三等。

⑩军乱：《旧唐书·穆宗纪》：“长庆元年秋七月甲寅，幽州监军使奏今月十日军乱，囚节度使张弘靖别馆，害判官韦雍、张宗元、崔仲卿、郑埙，军人取朱淘子洄为留后。”

⑪怨其府从事：《旧唐书·穆宗纪》：“从事有韦雍、张宗厚数辈，复轻肆嗜酒，常夜饮醉归，烛火满街，前后阿叱，蓟人所不习之事。又雍等诟责吏卒，多以反奴名之，谓军曰：今天下无事，汝辈挽得两石力弓，不如识一丁字。军中以意气自负，深恨之。”

⑫轹（lì）蹙：欺凌，欺负。轹，陵轹。蹙，迫蹙。

【译文】

张君名彻，字某，中进士后累经升迁做到了范阳府监察御史。长庆元年，现在的牛宰相还任御史中丞时，上奏皇帝称张君的名声事迹都符合御史人选，皇上便下诏任他为御史。范阳节度使舍不得又不敢违抗王命留住他，就让他去上任，而另外密奏皇上说：“幽州由刘家祖孙将领连任节度使，不受朝廷任命已久，今新收回，臣又初到这里，势孤力单，心里怯弱，需要有干练的助手才行。”张君走在半道上，皇帝发诏书让他回幽州，升他为殿中侍御史，加赐朱衣银鱼。几天后，军队叛乱，军士们痛恨节度使的几位属下的所作所为，把他们都杀了，并把主帅关起来，而且约定："张御史是有德之人，从没欺负、凌辱过我们，没有罪过，不要杀他。"把他关在囚节度使的地方。以上写张彻在幽州赶上军事动乱。

居月余，闻有中贵人自京师至[①]。君谓其帅："公无负此土人，上使至，可因请见自辩，幸得脱免归。"即推门求出。守者以告其魁[②]，魁与其徒皆骇曰："必张御史，张御史忠义，必为其帅告此余人[③]，不如迁之别馆。"即与众出君。君出门骂众曰："汝何敢反！前日吴元济斩东市[④]，昨日李师道斩于军中[⑤]，同恶者父母妻子皆屠死，肉喂狗鼠鸱鸦[⑥]。汝何敢反，汝何敢反！"行且骂，众畏恶其言，不忍闻，且虞生变，即击君以死。君抵死口不绝骂，众皆曰："义士、义士！"或收瘗之以俟[⑦]。以上遇害。

【注释】

①中贵人：宦官。

②魁：魁首。此处指朱克融，当时军士推他作留后。

③余人：刑余之人，即宦官。

④吴元济：元和十二年(817)十一月裴度、李愬平淮西，虏吴元济，斩于京师。

⑤李师道：元和十四年(819)二月，淄青李师道为其兵马使刘悟所杀。

⑥鸱(chī)：指鹞(yào)鹰。

⑦收：收敛。瘗(yì)：掩埋。俟：等待。

【译文】

住了一个多月后，听说有宦官从京师来。张君对节度使说："明公没有做过对不起这个地方的百姓的事，皇上的使臣到了，可请求相见来为自己辩护，或者侥幸得以脱身。”就去推门请放人出去。守门的人将此事告诉了他们的首领，首领及其属下都害怕地说：“一定是张御史，张御史忠义，肯定会为救他的主帅把这个办法告诉这个宦官，不如把他转到另外的地方关押。”随即众人就去押张君出来。张君出门后，骂众人说：“你们怎么敢造反！前不久吴元济被斩于东市，昨天李师道又被斩于军中，同作恶者及父母妻子都被杀，尸首喂了狗鼠鹰鸦。你们怎么敢造反！你们怎么敢造反！”一边走一边骂，众人畏惧他的话，不想再听下去，而且担心军心动摇，发生变化，就把他打死。张君至死骂不绝口，众人都说：“义士！义士！”有人收了他的尸骨埋葬了。以上写其遇害经历。

事闻，天子壮之，赠给事中。其友侯云长佐郓使[①]，请于其帅马仆射[②]，为之选于军中，得故与君相知张恭、李元实者，使以币请之范阳[③]，范阳人义而归之。以闻，诏所在给船舆[④]，传归其家[⑤]，赐钱物以葬。长庆四年四月某日，其妻子以君之丧，葬于某州某所。以上归葬。

【注释】

①侯云长：人名。贞元十八年(802)进士及第。佐郓使：做郓曹濮节度使的属官。

②马仆射：指马总，字会元，扶风(今陕西岐山)人。仆射，尚书省的副长官，有左右之分。

③以币请之：指以币帛做礼品，请求归还张彻的尸骨。

④给船舆：供派船车。

⑤传(zhuàn)归：经由驿站车船送回。传，驿站。

【译文】

事情传到京师，皇帝觉得张君死得悲壮，赠授给事中。他的朋友侯云长佐助郓曹濮节度使，向其主帅马仆射请求在军中替张君找几个人，结果找到从前与张君相识相知的张恭、李元实，让他们以币帛做礼品请求运回张君的尸体，范阳人义气地交还给他们。将此事报告朝廷，诏令各地都供派船车使用，辗转把尸体运到他家中，并赐给钱物以便安葬。长庆四年四月某日，张君妻子将他葬于某州某所。以上写其归乡安葬。

君弟复亦进士，佐汴、宋[①]，得疾，变易丧心[②]，惊惑不常。君得闲即自视衣褥薄厚，节时其饮食，而匕箸进养之，禁其家无敢高语出声。医饵之药，其物多空青、雄黄[③]，诸奇怪物，剂钱至十数万，营治勤剧，皆自君手，不假之人。家贫，妻子常有饥色。以上内行。

【注释】

①汴、宋：属宣武节度使管辖，节度使即驻汴州。汴，今河南开封。宋，今河南商丘。

②变易：态度动作和寻常人不同。丧心：丧失心神，就是神经有毛病。

③空青、雄黄：都是药物。空青大者如鸡子，小者如相思子，其壳厚如荔枝，壳内有浆，酸甜，能点多年青盲内障翳膜，养精气。雄黄微毒，治疥癣、风邪、癫痫、岚瘴，一切蛇虫犬兽伤咬。

【译文】

张君的弟弟张复也是进士，在汴、宋任职，得了病，精神有毛病，惊惑无常。张君得知后，就亲自负责他的衣服、被褥的薄厚，过问他的饥饱，还亲手喂他吃饭，在他家没有人敢高声说话。治病的药饵多为空青、雄黄等稀奇古怪的东西，一剂药要十多万钱，而且熬制的过程非常辛苦麻烦，都出自张君之手，从不让别人替他做。但是家中却很贫穷，妻子孩子常面露饥色。以上写他家中情况。

祖某，某官；父某，某官。妻韩氏，礼部郎中某之孙[①]，汴州开封尉某之女[②]，于余为叔父孙女[③]。君常从余学，选于诸生，而嫁与之。孝顺祗修[④]，群女效其所为。男若干人，曰某；女子曰某。以上家世。铭曰：

【注释】

①礼部郎中：指韩云清。

②汴州开封尉某：指韩俞，韩愈之堂兄弟。

③叔父孙女：据《韩子年谱》：韩愈祖睿素子四人，仲卿、少卿、云卿，绅卿、愈为仲卿子，俞为云卿子。所以韩氏是韩愈的叔父的孙女。

④祗：恭敬。修：整饬。

【译文】

张君祖父，任某官。父亲某，任某官。妻子韩氏，礼部郎中某的孙女，汴州开封尉某的女儿，是我叔父的孙女。张君经常跟我学习，我在学生里选中他，把侄女嫁给了他。韩氏孝顺恭敬长辈，修养很好，众女子都仿效她。儿子若干人叫某，女儿叫某。以上述其家世。铭文是：

呜呼彻也！世慕顾以行[①]，子揭揭也[②]；噎喑以为生[③]，子独割也[④]；为彼不清，作玉雪也[⑤]；仁义以为兵[⑥]，用不缺折也[⑦]。知死不失名，得猛厉也[⑧]；自申于暗明[⑨]，莫之夺也[⑩]。我铭以贞之[⑪]，不肖者之呾也[⑫]。

【注释】

①世慕顾以行：意思是世人总是患得患失，以各人利害为前提。

慕,羡慕。顾,顾虑。

②揭揭:高出流辈的意思。《说文解字》:"揭,高举也。"言世人皆顾望趋舍,他独高举其义。

③噎喑(yīn)以为生:形容忍气吞声做人。噎,咽喉窒塞不通。喑,嗓子哑,不能出声。

④割:断决。

⑤作玉雪:形容做人品行纯洁。

⑥仁义以为兵:以仁义为兵器。

⑦缺:钝缺。折:折断。

⑧猛厉:刚烈。

⑨申:同"伸"。直,不屈。

⑩莫之夺:意思是不为恶势力劫夺屈服。

⑪贞:坚固,以传之永久。

⑫怛:同"怛(dá)"。伤痛,惊惧。

【译文】

唉张彻!世人行事总是患得患失,你却高于流辈;世人忍气吞声做人,你却独能决断;世人为势所迫不得清白,你却纯洁如雪;以仁义为兵器,用不钝缺,用不折断。知道自己必死不失名节,何等的刚烈;无论在暗室、明处都依直道做事,不为恶势力劫夺屈服。我作墓志铭把张君的事迹传之永久,让不肖者见到而感惊惧。

赠太尉许国公神道碑铭

【题解】

此文写于长庆三年(823)。韩愈曾同韩弘一起参加过平淮西吴元济的叛乱,对他很了解,韩弘死后安葬时,当时任京兆尹的韩愈又被派监护他的丧事,就应人之邀写了神道碑的铭文。文章主要叙述了韩弘在汴州任职时，不受蔡州、郓州等叛将的诱惑，听从朝廷之令打败叛军之事。

韩弘的为人，颇有争议，韩愈不厌其烦地写他为汴帅的经过，治理汴州，拒绝与蔡、郓二州合伙，平定蔡州，入朝献物、献治汴之功，又总叙治汴之功，以应前文。为此，当时有些人说韩愈是收受钱财才下此文笔，韩愈的“谀墓”之名就由此得来。

韩，姬姓①，以国氏。其先有自颍川徙阳夏者②，其地于今为陈之太康③。太康之韩，其称盖久，然自公始大著。公讳弘。公之父曰海，为人魁伟沉塞④，以武勇游仕许、汴之间⑤。寡言自可⑥，不与人交，众推以为巨人长者，官至游击将军⑦，赠太师。娶乡邑刘氏女，生公，是为齐国太夫人。

【注释】

①韩，姬姓：韩姓出自唐叔虞之后，曲沃桓叔之子万，食邑于韩，因以为氏。代为晋卿，后分晋为国。韩为秦灭，复以国为氏，出颍川，后避王莽之乱，居南阳。

②其先有自颍川徙阳夏者：指韩暨之后的韩氏。阳夏，今河南太康。

③陈：陈州，今河南淮阳，唐时属河南道。

④沉塞：按，《新唐书·世系表》为垂。塞，实。

⑤许：许州，今河南许昌。

⑥可：合宜，好。

⑦游击将军：官名。汉始置，为杂号将军。后代沿置，为武散官。

【译文】

韩本姓姬，后以国名为姓氏。他的先人有从颍川迁徙到阳夏的，就是今天陈州太康县。太康韩氏早就为人所知，只是从韩公开始才声名显杨。韩公名弘。其父亲名海，为人胸怀宽广，沉稳实在，凭着一身武艺和勇猛，在许州、汴州一带为官。他寡言少语，不与人一般见识，众人都认为他是德行好、值得尊敬的人，官至游击将军，去世后赠太师。娶同乡姓刘的女子为妻，生下韩公，妻被封为齐国太夫人。

夫人之兄，曰司徒玄佐[①]，有功建中、贞元之间[②]，为宣武军帅，有汴、宋、亳、颍四州之地，兵士十万人。公少依舅氏，读书，习骑射。事亲孝谨，侃侃自将[③]，不纵为子弟华靡遨放事[④]。出入敬恭，军中皆目之。尝一抵京师，就明经试[⑤]，退曰："此不足发名成业。"复去，从舅氏学。将兵数百人，悉识其材鄙、怯勇，指付必堪其事。司徒叹奇之，士卒属心，诸老将皆自以为不及。司徒卒，去为宋南城将[⑥]。比六七岁[⑦]，汴军连乱不定[⑧]。贞元十五年，刘逸淮死[⑨]，军中皆曰："此军司徒所树，必择其骨肉为士卒所慕赖者付之。今见在人，莫如韩甥，且其功最大，而材又俊。"即柄授之，而请命于天子。天子以为然，遂自大理评事拜工部尚书，代逸淮为宣武军节度使[⑩]，悉有其舅司徒之兵与地。众果大悦便之。以上叙许公所以得镇汴。

【注释】

①玄佐：刘玄佐，滑州匡城(今河南长垣)人。官至司徒。

②建中、贞元：都为唐德宗李适的年号。建中，780—784年。贞元，785—805年。

③侃侃：和乐的样子。自将：谓卫护自己。

④遨:同“敖”。游嬉,闲游。放:恣纵,放任。

⑤明经:唐代科举制度科目之一,与进士科并列,同为士流所重。主要考试经义。

⑥宋南城:宋州南城。

⑦比:等到。

⑧汴军连乱不定:贞元十五年(799),董晋死,以行军司马陆长源为使,军乱,杀长源,以宋州刺史刘逸淮为使。

⑨刘逸淮:怀州武涉(今河南武涉)人。任宣武节度使后皇上赐名刘全谅。

⑩为宣武节度使:按,《新唐书·韩弘传》为“宣武节度副大使知节度事”。

【译文】

夫人的哥哥是司徒刘玄佐,在建中、贞元年间有功于朝廷,是宣武军节度使,拥有汴、宋、亳、颍四州之地,兵数十万之众。韩公少年时依靠舅舅,读书,学习骑射。孝顺父母,一派温和,不放纵自己做纨绔子弟的那些浮华糜烂恣意游戏之事。无论在外面还是在家中对人都是恭恭敬敬,军中的人有目共睹。韩公曾有一次去京师参加明经科的考试,回来后说:“这不足以扬声名成大业。”依然继续跟随舅舅学习。韩公领兵数百人,知道每个人是有才还是无才、是勇敢还是懦弱,分派给他们的事情一定都能胜任。司徒感叹称奇,士兵们心归向他,各位老将们都承认自己不如他。司徒去世后,韩公离开宣武军到宋州南城军做将领。过了六七年,汴州的军队不断有内乱发生。贞元十五年,刘逸淮逝世,军中人都说:“这支军队是司徒建起来的,必须选司徒的亲属中士兵们所仰慕信赖的人,才可以把军权交给他。当时眼前的人没有比司徒的外甥韩公更合适的了,而且他的功劳也最大,才能又出众。”就把权力交给了他,并上报天子。天子认为可以,就把韩公从大理评事升为工部尚书,替代刘逸淮为宣武军节度使,拥有他舅舅原来所有的兵力和地盘。

众人果真十分高兴，做事配合。以上写韩弘之所以得镇汴州的来由。

当此时，陈、许帅曲环死[①]，而吴少诚反[②]，自将围许，求援于逸淮，啖之以陈归汴[③]，使数辈在馆[④]，公悉驱出斩之，选卒三千人，会诸军击少诚许下。少诚失势以走，河南无事。以上拒蔡。

【注释】

①曲环：人名。陕州安邑（今山西夏县）人。

②吴少诚反：贞元十五年（799）三月，彰义军节度使吴少诚反。

③啖（dàn）：引诱，利诱。

④使数辈在馆：吴少诚与刘义淮谋袭陈、许，刘义淮刚刚死，吴少诚的使者还来不及走，仍在寓馆。辈，人。馆，接待宾客的寓馆。

【译文】

就在这时，陈、许节度使曲环死了，吴少诚起来造反，亲自带兵围困许州，并向刘逸淮求援，以把陈州划给汴州来引诱，派来的使者数人还在寓馆，韩公得知后把使者全都推出斩首，挑选三千精兵，会同其他部队在许州城下攻打吴少诚。吴少诚失利逃走，河南得以平安无事。以上述其拒蔡。

公曰："自吾舅没，五乱于汴者，吾苗薅而发栉之几尽[①]。然不一揃刈[②]，不足令震骇。"命刘锷以其卒三百人[③]，待命于门[④]，数之以数与于乱[⑤]，自以为功，并斩之以徇[⑥]，血流波道。自是讫公之朝京师，廿有一年，莫敢有讙呶叫号于城郭者[⑦]。以上治汴。

【注释】

①苗薅(hāo)而发栉：像给苗田除草和梳头发去脏物一样，都是剔除的意思。薅，除去田中的杂草。栉，梳头发。

②揃(jiān)：剪灭。刈(yì)：割。多用于草或谷类，引申为杀。

③刘锷：一个部将，《旧唐书·韩弘传》说他"凶卒之魁也"。

④门：衙门。

⑤数(shǔ)之以数(shù)与(yù)于乱：清点其中多次参加叛乱的人。

⑥徇：对众昭示。

⑦讙呶(náo)：号呼喧哗的意思。讙，通"喧"。喧哗。呶，喧哗。

【译文】

韩公说："自从我舅舅去世，汴州已经五次有人作乱，我像除草梳头一样几乎已把他们剔除。但不把叛乱分子彻底铲除干净，就不足以让人震惊害怕。"他命令刘锷带领手下三百人在衙门待命，历数他们数次参与暴乱，还自以为有功，将他们全部斩首示众，顿时血流成河。从那时到韩公去京师二十一年，再也没有人敢在城下大呼小叫来冒犯。以上写他治理汴州情况。

李师古作言起事[①]，屯兵于曹[②]，以吓滑帅[③]，且告假道[④]。公使谓曰："汝能越吾界而为盗邪？有以相待，无为空言。"滑帅告急，公使谓曰："吾在此，公无恐。"或告曰："翦棘夷道[⑤]，兵且至矣，请备之！"公曰："兵来不除道也[⑥]。"不为应。师古诈穷变索，迁延旋军。以上拒郓。

【注释】

①李师古：祖父李正己，高丽人。曾为平卢、淄青节度观察使，父李纳辈归顺。

②曹：曹州，治所在济阴县，今山东曹县西北。

③滑帅：指李元素，字太朴，检校工部尚书，义成军节度使。义成军治所在滑州（今河南滑县），所以叫滑帅。

④假道：借路。

⑤翦棘：斩荆棘。翦，同“剪”。斩断，削弱。夷：削平。

⑥除道：修治道路。

【译文】

李师古制造谎言起兵兴事，屯兵于曹州，来吓唬驻滑州的节度使，并向他借道。韩公派人对他说：“你怎么能越过我的地盘去做强盗呢？我可有对付你的东西，这绝不是空话。”驻滑州的节度使告急，韩公派人对他说：“有我在此，你不要担心。”李师古又派人来告诉他：“我们正披荆斩棘，铺平道路，大兵就要到了，请做好准备！”韩公说：“兵来我不会给他们让道的。”没有答应敌人的要求。李师古的骗术用完，伎俩使尽，只好退兵回去。以上写他拒绝郓州方面合伙。

少诚以牛皮鞋材遗师古，师古以盐资少诚，潜过公界，觉，皆留输之库。曰：“此于法不得以私相馈。”以上拒蔡、拒郓。

【译文】

吴少诚送牛皮鞋料给李师古，李师古就送盐来资助吴少诚，偷偷经过韩公的属地，被发觉，东西都被扣下，送到了府库中。韩公说：“这些东西法令上规定不能私自相互赠送。”以上写他拒蔡、拒郓。

田弘正之开魏博[①]，李师道使来告曰[②]：“我代与田氏约相保援[③]，今弘正非其族[④]，又首变两河事[⑤]，亦公之所恶，我将与成德合军讨之[6]，敢告。"公谓其使曰："我不知利害，知奉诏行事耳，若兵北过河，我即东兵以取曹。"师道惧，不敢动，宏正以济。以上拒蔡。

【注释】

①田弘正：本名天兴，字安道。开：开发，开拓。魏博：魏州和博州，魏博节度使治所在魏州。魏州治贵乡县，今河北大名东。博州治聊城县，今山东聊城西北。

②李师道：李师古的异母弟弟。元和元年(806)闰六月，李师古死，李师道从节度副使权知郓州事，充节度留后，后升检校工部尚书，兼郓州大都督府长史，充平卢淄青节度副大使，知节度事。

③我代与田氏约相保援：《旧唐书·田悦传》载，李正己曾同田悦(田承嗣的父亲，田弘正的祖父)共同阴谋抗命，李正己死后，李纳又派兵帮助田悦对付昭义军的讨伐。

④弘正非其族：田弘正的父亲田廷蚧与田承嗣为从兄弟，所以承嗣爱他，认为必兴吾宗。这句话是李师道诬陷他的话。

⑤首变两河事：指河南、河北藩镇割据，皆以地方为私有，而弘正举六州版籍归顺朝廷，为首变两河事。

⑥成德：指成德军节度使王承宗。

【译文】

田弘正已使魏州和博州归顺朝廷，李师古派人来对韩公说："我家世代与田氏约定相互保护援救，现在田弘正不是他们家的人，又第一个改变两河之事，也是公所憎恶的，我将与成德军合兵讨伐，特告诉公。"韩公派人去对他说："我不懂得利害关系，只知道奉诏行事，如果你的军旅向北越过大河，我就立即出兵东取曹州。"李师古一听很害怕，不敢动了，田弘正得以保全。以上写他拒蔡。

诛吴元济也[①]，命公都统诸军，曰："无自行以遏北寇！"公请使子公武以兵万三千人会讨蔡下[②]，归财与粮[③]，以济诸军，卒擒蔡奸。于是以公为侍中，而以公武为鄜坊丹延节度使[④]。以上平蔡。

【注释】

①吴元济：沧州清池（今河北沧州）人。彰义军节度使吴少阳之子。因父死后未得到任命，元和十年（815）正月反。唐宪宗派大军平乱，俘虏吴元济，将之斩首。

②公武：韩公武，韩弘之子，字从偃，为宣武行营兵司马，讨吴元济时被授宣武军都虞候。蔡：蔡州，治所汝南，今河南汝南。

③归：通"馈"。赠送。

④鄜（fū）：鄜州，治所洛交，今陕西鄜县。坊：坊州，治所中部，今陕西中部。丹：丹州，治所义川，今陕西宜川。延：延州，治所肤施，即今陕西延安。

【译文】

讨伐吴元济时，圣上任韩公为淮西诸军行营都统，他说："我无须亲自去，就可以阻止北寇。"他让儿子韩公武率兵一万三千人会同讨伐叛军的部队于蔡州城下，给部队送物资和粮食，终于生擒了蔡州的奸贼。因此韩公被加封为侍中，韩公武被封为鄜坊丹延节度使。以上写他平定蔡州。

师道之诛，公以兵东下，进围考城[①]，克之；遂进迫曹，曹寇乞降。郓部既平[②]，以上平郓。公曰："吾无事于此。"其朝京师，天子曰："大臣不可以暑行，其秋之待。"公曰："君为仁，臣为恭，可矣。"遂行。既至，献马三千匹，绢五十万匹，他锦纨绮缬又三万[3]，金银器千，而汴之库厩钱以贯数者，尚余百万，绢亦合百余万匹，马七千，粮三百万斛[4]，兵械多至不可数。初公有汴，承五乱之后，掠赏之余，且敛且给，恒无宿储。至是，公私充塞，至于露积不垣。

【注释】

①考城：古考城县，唐时属曹州，今属河南兰考。

②郓部既平：元和十四年(819)二月，李师道的部将刘悟在郓州擒住他，并将其斩首，送于魏博军。平卢自李正己后，兼领兖郓诸州，所以称郓部。郓，郓州，治所东平，今山东东平西北。

③纨：细绢。缬(xié)：有花纹的丝织品。

④斛(hú)：容器单位，十斗为一斛。

【译文】

讨伐李师古，韩公带兵东下，围困考城，攻下；就进攻曹州，曹州贼寇乞降。郓州平定后，以上写他平定郓州。韩公说："我在这里没事了。"拟去京师朝见皇上，天子说："大臣不可以在大夏天赶路，等到秋天再来。"韩公说："皇帝仁慈，做臣子要恭敬才是，值得啊！"于是去了京师。到京师后，韩公献上马三千匹，绢五十万匹，其他绫罗锦缎三万匹，金银器具一千个，同时汴州的府库、厩中还有钱一百万贯，绢一百多万匹，马七千匹，粮食三百万斛，兵器、器械多得不可胜数。韩公最初接手汴州之时，汴州刚刚经过五次动乱之后，劫掠封赏之余，一边征收一边供给，平常都没有隔夜的供给。到现在官家与个人的仓库都充塞有余，以至于挤塌了墙，把储备的东西露在外面。

册拜司徒兼中书令。进见上殿，跪拜给扶[1]。赞元经体[2]，不治细微，天子敬之。元和十五年，今天子即位[3]，公为冢宰④，以上入京。又除河中节度使⑤。在镇三年，以疾乞归。复拜司徒中书令。病不能朝，以长庆二年十二月三日薨于永崇里第，年五十八。天子为之罢朝三日，赠太尉，赐布粟，其葬物有司官给之，京兆尹监护⑥。明年七月某日，葬于万年县少陵原⑦，京城东南三十里，楚国夫人翟氏祔⑧。子男二人：长曰肃元，某官；次曰公武，某官。肃元早死。公之将薨，公武暴病先卒，公哀伤之，月余遂薨。无子，以公武子孙绍宗为主后。以上归里卒葬。

【注释】

①拜跪给扶：唐朝有给扶制，即对位尊年老者，加兵给扶。

②赞元经体：上佐皇帝，下理群臣。赞，佐助。元，元首，指皇帝。经，治理。体，身体，指群臣。

③今天子：指唐穆宗李恒(821—825年在位)。

④冢宰：为百官之长。因韩弘兼中书令，故韩愈称之为“冢宰”。

⑤除河中节度使：韩弘为河中尹，充河中、晋、绛、慈等州节度使。河中，唐河东道河中府，治所在河东，今山西永济。

⑥京兆尹：当时的京兆尹为韩愈。

⑦万年：今陕西长安。

⑧楚国夫人翟氏：韩氏妻。祔(fù)：合葬。

【译文】

皇帝册封韩公为司徒，兼中书令。韩公进宫拜见皇帝时，受到跪拜给扶的礼遇。他上佐皇帝，下理群臣，对细枝末节并不过分追究，连皇上都很尊重他。元和十五年，当今皇上即位，封韩公为中书令，以上写其入京。后又任他为河中节度使。在河中任职三年后，韩公因病请皇上让他回京师。皇上又封他为司徒兼中书令。韩公病重无法上朝，长庆二年十二月三日，在永崇里府第中去世，享年五十八岁。皇上为他停朝三天，赠太尉，赐给布匹、米粟，下葬的用品由有司供给，派京兆尹监护丧事。第二年七月某日，葬于京城东南三十里的万年县少陵原，与楚国夫人翟氏合葬。韩公有两个儿子：长子叫韩肃元，任某官；次子叫韩公武，任某官。韩肃元早死，韩公还未去世时，公武得暴病先行去世，韩公失子伤心，一个多月后去世。因为没有儿子，就让公武的儿子、他的孙子，韩绍宗主理后事。以上述其去世后归乡安葬。

汴之南则蔡，北则郓，二寇患公居间[①]，为己不利，卑身佞辞，求与公好，荐女请昏[②]，使日月至。既不可得，则飞谋钓谤，以间染我。公先事候情，坏其机牙[③]，奸不得发，王诛以成。最功定次[④]，孰与高下？以上总叙帅汴之功。

【注释】

①二寇：指李师道和吴元济。

②昏：通“婚”。

③机牙：弩牙。这里比喻要害处。机，弩箭上的发射机关。

④最：合计，总计。

【译文】

汴州的南面是蔡州，北面则是郓州，两州叛贼担心韩公在中间会对自己不利，就卑躬屈膝、甜言蜜语，想与他交好，还想把女儿嫁到韩家联姻，不时派使者前来。后见不成，就阴谋诽谤中伤韩公，来离间并败坏他的名声。韩公先伺望了一下他们的情况，攻其要害处，使他们的奸计不得实施，皇帝最后铲除了他们。论功定次，谁能与韩公比高低？以上总述其治理汴州时的功绩。

公子公武，与公一时俱授弓钺[①]，处藩为将，疆土相望。公武以母忧去镇，公母弟充[②]，自金吾代将渭北。公以司徒中书令治蒲，于时，弟充自郑、滑节度平宣武之乱，以司空居汴。自唐以来，莫与为比。以上子弟同秉节钺。

【注释】

①授弓钺：授官职的意思。

②母弟：同母所生的弟弟。充：韩充，本名璀，为右金吾卫将军。

【译文】

韩公的公子韩公武与他同时授官职，各自在藩地为将，疆土相隔不远。韩公武因母亲去世辞官，韩公的弟弟韩充，从金吾卫调过来代替他守渭北。就在韩公以司徒兼中书令身份任职河中时，他弟弟韩充从郑滑节度使转任汴州平定宣武之乱，被授官司空。从唐朝以来，没有谁可以相比。以上述其子弟同为武将。

公之为治，严不为烦，止除害本，不多教条[①]。与人必信，吏得其职，赋入无所漏失，人安乐之，在所以富。公与人有畛域[②]，不为戏狎[③]，人得一笑语，重于金帛之赐。其罪杀人，不发声色，问法何如，不自为重轻，故无敢犯者。以上补叙琐事。其铭曰：

【注释】

①教条：官署或学塾中所颁布的劝谕性文告。

②畛(zhěn)域：范围，界限。畛，田间小路。

③戏狎：轻浮嬉戏。

【译文】

韩公治理之道，严正而不烦多，只消除祸害本身，少用文告示人。与人必有信用，大小官吏尽得其职，赋税收入没有一点漏差，百姓安居乐业，所在之处官民富足。韩公与人交往，保持界限，从不嬉戏狎笑，听到他的一句笑话，比得金帛之赐还难。他惩处犯人以至杀人，都不动声色，只是问法律上应该怎么办，从不擅自决定量刑轻重，所以没有人敢冒犯他而作乱。以上补叙琐事。铭文为：

在贞元世，汴兵五猘①。将得其人，众乃一愒②。其人为谁，韩姓许公。磔其枭狼③，养以雨风。桑谷奋张④，厥壤大丰。贞元元孙⑤，命正我宇⑥。公为臣宗，处得地所。河流两壖⑦，盗连为群。雄唱雌和，首尾一身。公居其间，为帝督奸，察其嚬呻⑧，与其睨眴⑨。左顾失视，右顾而跽⑩。蔡先郓锄，三年而墟。槁干四呼，终莫敢濡。常山幽都⑪？孰陪孰扶。天施不留，其讨不逋。许公预焉，其赉何如？悠悠四方，既广既长。无有外事⑫，朝廷之治。许公来朝，车马干戈。相乎将乎，威仪之多。将则是矣，相则三公。释师十万，归居庙堂。上之宅忧⑬，公让太宰⑭。养安蒲坂⑮，万邦绝等。有弟有子，提兵守藩。一时三侯，人莫敢扳。生莫与荣，殁莫与令⑯。刻文此碑，以鸿厥庆。

【注释】

①猘(zhì)：狗发疯，引申为暴乱。

②愒(qì)：休息。

③磔(zhé):一种酷刑,即分尸。枭狼:指叛军头目。枭,骁勇,豪雄。

④桑谷奋张:形容庄稼旺盛。

⑤贞元元孙:指唐宪宗,他是有贞元年号的唐德宗的孙子。

⑥正:纠正,引申为平定。

⑦壖(ruán):河边地。

⑧嚬呻:痛苦呻吟。嚬,同"颦(pín)"。

⑨睨眴(shùn):斜视。

⑩跽(jì):长跪。双膝着地,上身挺直。

⑪常山:恒州,指成德军。幽都:即幽州。

⑫无有外事:指蔡、郓已平。

⑬宅忧:居丧。忧,指父母之丧。

⑭让:推让。太宰:官名。

⑮蒲坂:尧的都城,周明帝改为蒲州,唐开元时改为河中府。

⑯令:美好。

【译文】

贞元年间,汴州五次有人兴兵作乱。要一个人出马,民众才得休息。那人是谁?姓韩的许国公。他斩除匪首,又遇到风调雨顺。田地庄稼旺盛,汴州大获丰收。当今皇上,命令平定疆域。韩公为朝中大臣们所尊崇,被派到任所。河流两岸,群盗为患,此起彼伏,首尾相应。韩公正处中间,替皇上监视奸臣。察觉到他们蠢蠢欲动,轻轻斜看了一眼,左右匪首皆不敢再有举动。蔡州匪先被铲除,三年之内郓州只是一个废墟。四境之内,民心像干柴一样,非常容易引起野火般的状况,但最终没有人敢有所动作。他在常山和幽州时,有谁陪同他经历艰辛,有谁扶助他战胜险阻?天要施予的,它不会保留;天要讨还的,它不会推延。许国公参与完成各项事业,他得到的赏赐是什么呢?遥远的四方土地,宽阔广大。外地没有事端,朝廷治理得非常有秩序。许国公到京师来朝见皇上,带着大批的车马兵器。迎接队伍整齐威武，上至丞相下至将军都在，仪式真是庄严威武。被封河中节度使，再拜司徒。离别十万大军，又归居朝堂。皇上居丧，韩公辞让太宰之封。年老归田，安养于蒲坂，没有哪个国家的大臣有这样好的结局。韩公的弟弟和儿子，都各自领兵为将。一时间，没有人敢与之攀比。他活着时无限荣耀，死以后无比光彩。在碑上刻下这篇铭文，是为了光大对他的颂扬。

河南令张君墓志铭

【题解】

此文写于元和十二年(817)。张署曾和韩愈一起被贬到南方任县令，又一起到江陵做小官，韩愈对他十分了解。张署死后，韩愈写了一篇《祭河南张员外文》，而后又写了这篇墓志铭。文章分段叙述了张署为官的经历，描写了他倔强的性格，为官清廉，体谅民情，不肯与贪官同流合污等事，表达了作者对张署的遭遇的同情，对朝廷不公正的愤怒。

文章段落分明，层次明朗，各段首句即把张署的经历交代得干净利落。张裕钊评此文说："坚净精峭，峻洁之气，莹然纸上。"茅坤说："多劖(chán)刻之音。"

君讳署，字某，河间人。大父利贞①，有名玄宗世。为御史中丞，举弹无所避，由是出为陈留守②，领河南道采访处置使③，数年卒官。皇考讳郇④，以儒学进，官至侍御史。

【注释】

①大父：祖父。

②陈留：今河南陈留。

③领：管领，统属。河南道：唐贞观十道、开元时十五道之一。辖境相当于今山东、河南两省黄河故道以南，江苏、安徽两省淮河以北地区。采访处置使：简称采访使，掌举劾所属州县官吏。

④皇考：对已故父亲的尊称。

【译文】

张君名署，字某，河间人。祖父张利贞，玄宗时十分有名望，曾任御史中丞，举荐和弹劾都无所避忌，因而被贬出京师任陈留太守，兼河南道采访处置使，数年后死于任上。父亲名郇，以精通儒学进官，官至殿中侍御史。

君方质有气，形貌魁硕，长于文辞。以进士举博学宏辞①，为校书郎②。自京兆武功尉拜监察御史③。为幸臣所谗④，与同辈韩愈、李方叔三人俱为县令南方⑤。三年，逢恩⑥，俱徙掾江陵⑦。半岁，邕管奏君为判官⑧，改殿中侍御史，不行。以上自校书至殿中侍御史，凡七迁。

【注释】

①以进士举博学宏辞：张署贞元二年(786)进士及第。

②校书郎：唐代秘书省及弘文馆皆置校书郎，掌校勘书籍，订正讹误。

③武功：今陕西宝鸡东。

④为幸臣所谗：幸臣，原意指为君主宠爱的臣子，这里指李实。韩愈因为写《御史台上论天旱人饥状》揭露了酷吏剥削、人民苦难的真实情况，暗指李实而得罪了他，李实报复进谗言，韩愈被贬，张署和李方叔也是同样原因被贬。

⑤李方叔：自号西河山人，贞元五年(789)进士及第。贞元年间以

工画山水著名。俱为县令南方：张署被贬到郴州临武（今属湖南）任县令，韩愈被贬到连州阳山（今广东连阳）任县令。

⑥逢恩：贞元二十一年（805），唐德宗死，他儿子顺宗继位。新皇帝即位大赦天下，张署与韩愈同被派往江陵，张署任供曹参军（掌管考绩），韩愈任法曹参军（掌管刑狱，督捕盗贼）。

⑦掾（yuàn）：古代属官的通称。江陵：今湖北江陵。

⑧邕管：指邕管经略使路恕。邕，今广西邕宁，唐时属岭南西道。判官：唐代特派担任临时职务的大臣皆得自选中级官员奏请充任判官，以资佐理。中期以后，节度、观察等均有判官，亦有本使选充，以备差遣。均非正官。

【译文】

张君为人方正质朴有气节，身材高大，形貌魁伟，擅长撰写文章。以进士身份再中博学宏辞科，任校书郎，从京兆武功县尉升至监察御史。后为幸臣谗言陷害，与同辈韩愈、李方叔三人一起被贬到南方做县令。三年后，逢圣上恩典，又一起迁到江陵任职。过了半年，邕管节度使奏报张君为判官，又改为殿中侍御史，他没有去。以上写他自校书至殿中侍御史，共七次职务变动。

拜京兆府司录①。诸曹白事，不敢平面视；共食公堂，抑首促促②，就哺啜，揖起趋去，无敢阑语③。县令丞尉，畏如严京兆，事以办治。京兆改凤翔尹④，以节镇京西，请与君俱，改礼部员外郎，为观察使判官。帅他迁⑤，君不乐久去京师，谢归，用前能，拜三原令⑥。岁余，迁尚书刑部员外郎。守法争议，棘棘不阿⑦。以上自京兆司录至刑部员外，凡四迁。

【注释】

①拜京兆府司录：贞元二十一年（805），李鄘为京兆尹，任张署为司

录参军。

②促促：不安的样子。

③阑语：妄语。

④京兆改凤翔尹：元和二年(807)，李琦改任凤翔尹。凤翔，治所天兴，今陕西凤翔。唐时为长安西边重镇，曾建为西京。

⑤帅他迁：元和四年(809)，李琦被任河东节度使。

⑥三原：今陕西三原。

⑦棘棘：不屈服的样子。

【译文】

张君后任京兆府司录。官吏们向他禀告事情时，不敢与他对视；在厅堂里吃饭时，都低头拘谨不安地吃喝，吃完饭作个揖起身赶紧离开，没有人敢乱说什么话。县令、县丞、县尉对他如尊敬京兆尹一样，他所有的事情都办得很好。京兆尹改任凤翔尹，以镇守京西要冲，请张君和他一同上任，授张君为礼部员外郎，任观察使判官。凤翔尹又迁任别处，张君不愿意长时间离开京师，就拜谢辞官回来，以进士身份任三原县令。一年多后，升迁为尚书刑部员外郎。他严守法律，定夺公事刚直不阿。以上写他自京兆司录至刑部员外郎，共四次职务变动。

改虔州刺史[①]。民俗相朋党[②]，不诉杀牛，牛以大耗；又多捕生鸟雀鱼鳖，可食与不可食相买卖；时节脱放，期为福祥。君视事，一皆禁督立绝。使通经吏与诸生之旁大郡，学乡饮酒丧婚礼，张施讲说，民吏观听从化，大喜。度支符州[③]，折民户租。岁征绵六千屯[④]，比郡承命惶怖，立期日，唯恐不及事被罪。君独疏言："治迫岭下[⑤]，民不识蚕桑。"月余，免符下，民相扶携，守州门叫讙为贺。以上虔州刺史。

【注释】

①虔州：治所在赣县，今江西赣州。

②朋党：此指同类的人为自私目的而互相勾结。

③度支：指度支使。唐制，户部的度支司掌管国家的财政收支。开元时始用他官判度支。安史之乱后，以军事供应浩繁，多以户部尚书、侍郎，或他官兼领度支事务，称度支使或判度支。符：朝廷传达命令或调兵将用的凭证，用金、玉、铜、竹、木制成，双方各执一半，合之以验真假。这里作动词用。

④绵：丝绵。屯：当时的量词。

⑤迫：逼近，引申为紧靠。

【译文】

张君改任虔州刺史。虔州民间习俗相约，遇有犯罪不上诉而以杀牛来赔偿，耕牛数目损耗极大；又大量捕捉飞鸟鱼鳖，能不能吃的都拿来买卖；到一定时节放走一些，只是为了希望带来吉祥与福分。张君考察了一下情况，立即下令全部禁止。派通晓经史的官吏和读书人去临近的大城市，学习那些地方饮酒、婚丧嫁娶等的风俗习惯，回来大张旗鼓地讲说，百姓与官吏都去听和看，顺随教化，皆大欢喜。度支使下令符到虔州，要把百姓的税租折合成每年征收丝绵六千屯，邻郡接受符命后惶惶不安，约定的期限一到，生怕达不到要求而被治罪。只有张君上奏说："虔州紧靠着山岭，老百姓都不认识蚕和桑。"过了一个多月，免征的符下到虔州来，百姓互相搀扶着，在州门口欢呼表示庆贺。以上写其任虔州刺史。

改澧州刺史①。民税出杂产物与钱，尚书有经数②，观察使牒州征民钱倍经。君曰："刺史可为法，不可贪官害民。"留牒不肯从③，竟以代罢。观察使使剧吏案簿书，十日不得毫毛罪。改河南令，而河南尹适君平生所不好者，君年且老，当日日拜走，仰望阶下，不得已就官。数月，大不适，即以病辞免。以上澧州刺史、河南令。

【注释】

①澧州：今湖南澧县。

②经数：即法令。经，常。

③噤：关闭。

【译文】

张君改任澧州刺史。在这里每年征收多少土产杂物和钱，尚书省都有令可循，可是观察使下公文到澧州，要征收比平时多一倍的钱。张君说："刺史应守法才对，不可做贪官危害百姓。"他留下多纳的东西不肯上交，竟被罢官。观察使迅速对张君在任内的案子和文书账册进行检查，查了十天也没有一点错。张君改任河南令，可河南尹正好是张君一直不喜欢的人，而且张君年纪很大了，还要每天走到台阶下面去行礼，张君不得已还是上任了。过了几个月，张君身体更不舒服了，就称病辞了官。以上写其任澧州刺史、河南令。

公卿欲其一至京师[①]，君以再不得意于守令，恨曰："义不可更辱，又奚为于京师间？"竟闭门死，年六十。君娶河东柳氏女，二子：升奴、胡师。将以某年某月某日葬某所。以上卒葬、子女。

【注释】

①公卿：原指三公九卿，后泛指朝廷中的高级官员。

【译文】

朝中的要人们要他到京师来任职，可是张君又不被守令所赏识，他愤恨地说："节义不可以再被侮辱，又何况是在京师呢？"终于闭门而死，享年六十岁。张君娶河东姓柳的女子为妻，有两个儿子：升奴、胡师。将在某年某月某日葬张君于某地。以上写其卒葬、子女。

其兄将作少监昔请铭于右庶子韩愈[①]。愈前与君为御史被谗，俱为县令南方者也，最为知君。铭曰：

【注释】

①昔：张昔，张署的哥哥。

【译文】

他的任将作少监的哥哥张昔，请任右庶子的我写墓志铭。我曾与张君同为殿中御史而被谗言所害，又同去南方做县令，对他最为了解。铭文是：

谁之不如，而不公卿？奚养之违，以不久生？唯其颃颃[①]，以世厥声。

【注释】

①颃颃（háng）：傲慢的样子，犹言倔强。

【译文】

才能比不上谁呢，却未位列公卿？违背什么养生之道呢，没有活得长久？只因他倔强的性格啊，在世上留下名声。

柳子厚墓志铭

【题解】

本文写于元和十五年(820)。元和十四年柳宗元死在柳州,韩愈写了一篇《祭柳子厚文》。一年后,应刘禹锡之邀又写下这篇墓志铭。文章记述了柳宗元的家世和生平,赞颂了他崇高的品格、过人的才华和杰出的文学成就,表达了对柳宗元的惋惜和悼念,同时很自然地流露出作者的种种现实感慨。

文章行文朴素,却充满感人之力,对柳宗元生平事迹材料的组织剪裁、叙述和议论,都显示了韩愈在史传方面的高超才能。吴汝纶说此文"乃韩公真实本领",茅坤说此文"墓志中千秋绝调"。

旧例墓志铭铭文部分一般要用韵文,本文的铭文部分不用韵,另外,因作者和柳宗元是好朋友,而未称官衔,也是一种例外。这都是读者须加注意的特别之处。

子厚讳宗元①。七世祖庆,为拓跋魏侍中,封济阴公②。曾伯祖奭,为唐宰相,与褚遂良、韩瑗,俱得罪武后,死高宗朝③。皇考讳镇,以事母弃太常博士,求为县令江南④。其后以不能媚权贵⑤,失御史⑥。权贵人死,乃复拜侍御史。号为刚直,所与游皆当世名人。以上先世。

【注释】

①讳:古人为表示尊重死者,不直呼其名,而在死者名字前面加一"讳"字,意思是出于对死者的敬意,名字应当避忌。

②"七世祖庆"几句:七世祖庆,柳宗元的七世祖柳庆,字更兴。拓跋魏,亦称北魏、后魏,这个黄河流域的政权由鲜卑族拓跋部所

建,所以称"拓跋魏"。侍中,官名。是宰相的属官。魏、晋以后,相当于宰相。济阴公,《先侍御史府君神道表》中写道:"五代祖讳旦,周中书侍郎济阴公。"那么封"济阴公"者则为柳宗元六世祖柳旦,此处韩愈记载有误。

③"曾伯祖奭(shì)"几句:曾伯祖奭,《先侍御史府君神道表》中写道:"曾祖讳奭,字子燕,唐中书令。"(按:柳旦生子二人,名则、名楷。则生奭,柳奭应是柳宗元的高祖,此处韩愈有误)。褚遂良,字登善,钱塘(今浙江杭州)人。唐代大书法家。官至尚书右仆射。韩瑗,字伯玉,京兆三原(今陕西三原)人。官至侍中。

④"皇考讳镇"几句:皇考,旧时儿子对已故父亲的尊称。镇,柳宗元的父亲柳镇。太常博士,官名。太常寺的属官,掌管礼仪祭祀和议定王公大臣的谥号。

⑤权贵:指窦参。柳镇为殿中侍御史时,宰相窦参与中丞卢佋(shào)诬称侍御史穆赞受贿,将其下狱。柳镇和李覿(dí)、杨瑀(yǔ)将此案推倒,为穆赞平反。窦参即以他事诬陷柳镇,贬其为夔(kuí)州司马。后窦参因罪被德宗赐死,柳镇复为侍御史。

⑥御史:这里指殿中侍御史。唐制,御史台分三院,台院、殿院和察院。殿中侍御史属殿院,是皇帝周围纠察群臣的监察官。

【译文】

子厚,名宗元。他的七世祖柳庆做过北魏的侍中,封济阴公。曾伯祖柳奭做过唐朝的宰相,和褚遂良、韩瑗一起都因得罪了武后在高宗时被害。子厚的父亲叫柳镇,为了侍奉母亲弃官太常博士,要求到江南去做县令。后来又因为不愿意讨好当权大臣丢了侍御史的官职。那个当权的大臣死后,他才被重新起用为侍御史。柳镇为人出名的刚直不阿,跟他来往的都是当时的名士。以上写柳氏先世。

子厚少精敏,无不通达。逮其父时,虽少年,已自成人,能取进士第[①]，崭然见头角。众谓："柳氏有子矣。"其后以博学宏词[②]，授集贤殿正字[③]。俊杰廉悍[④]，议论证据今古，出入经史百子，踔厉风发[⑤]，率常屈其座人，名声大振，一时皆慕与之交。诸公要人，争欲令出我门下，交口荐誉之。以上科举、文学、名誉。

【注释】

①进士第：进士及第，考中进士。贞元九年(793)，二十一岁的柳宗元考中进士。

②博学宏词：唐代科举考试科目的一种，由吏部在进士中考选博学能文之士，录取后就授予官职。贞元十二年(796)，二十四岁的柳宗元考中博学宏词科。

③集贤殿：此为简称。全名为集贤殿书院，是收藏、整理图书的机构。正字：集贤院属官，掌管校勘典籍、刊正文字的工作。

④廉悍：廉隅强悍，方正勇猛。

⑤踔厉风发：形容议论时奔放激厉，见识高超。踔厉，腾越奋起的样子。

【译文】

子厚小时候就精明聪敏，无所不晓。他父亲还在世时，他虽然年轻，但已经独立成人，能够考中进士，显露了杰出的才华。大家都说："柳家有了能光宗耀祖的好儿子了。"后来又考取博学宏词科，官授集贤殿正字。他才能出众，为人端方刚直，谈论问题时旁征博引，运用经史和诸子百家的学说，见识高超，言辞锋利，常常把在座的人都驳倒并心悦诚服，于是名声大振，当时许多人仰慕他，想和他交往。一些权贵显要也争着要收他做门生，众口一词地称赞荐举他。以上写其科举、文学成就、名誉。

贞元十九年，由蓝田尉拜监察御史。顺宗即位，拜礼部员外郎。遇用事者得罪[①]，例出为刺史。未至，又例贬永州司马[②]。

【注释】

①用事者：当权者，指王叔文。王叔文在顺宗时任户部侍郎，深为顺宗信任。他力图改革当时的黑暗政治，引用了柳宗元、刘禹锡等一些新进之士。宪宗即位后，将王叔文定罪贬官，后又将他处死。

②永州：今湖南零陵。司马：刺史的属官。

【译文】

贞元十九年，子厚由蓝田县尉升任监察御史。顺宗继位，改任礼部员外郎。碰上当权的人犯了罪，他也照例被贬出去作刺史。还未到任，又照例被加贬为永州司马。

居闲，益自刻苦，务记览[①]。为词章，泛滥停蓄[②]，为深博无涯涘[③]，而自肆于山水间。元和中，尝例召至京师，又偕出为刺史，而子厚得柳州。既至，叹曰："是岂不足为政邪？"因其土俗，为设教禁，州人顺赖。其俗以男女质钱[④]，约不时赎[⑤]，子本相侔[⑥]，则没为奴婢。子厚与设方计[⑦]，悉令赎归。其尤贫力不能者，令书其佣[⑧]，足相当，则使归其质。观察使下其法于他州[⑨]，比一岁，免而归者且千人[⑩]。衡、湘以南为进士者，皆以子厚为师。其经承子厚口讲指画为文词者，悉有法度可观。以上官阶、政事。

【注释】

①务:勉力去做。记览:记诵阅读,指刻苦钻研书籍。

②泛滥停蓄:借水势比喻文章。泛滥,汪洋广博。停蓄,雄厚深重。

③涯涘(sì):水的边际。

④男女:指子女。质:抵押。

⑤时:按时。

⑥子本:利息和本钱。侔(móu):相等。

⑦方计:办法,策略。

⑧书:记载。佣:工钱。

⑨观察使:即经略观察使,是唐代中央政府派到地方考察州县官吏政绩的官员。这里专指桂管经略观察使。

⑩免:免除(奴婢身份)。且:将近。

【译文】

处在闲散的位置上,他更加刻苦用功,专心致志地读书和写作。他的诗文,文笔汪洋恣肆,像横溢的江水,风格凝练,像停蓄的湖泊,达到了高深的造诣、广阔的境界,他自己则放情游玩于山水之间。元和年间,按照旧例子厚曾被召回京城,又和其他的人一道分去作刺史,子厚被派到柳州。到任之后,他感叹道:“难道在这里就不能做出政绩来吗?”他依照当地风俗,颁布教令和禁令,柳州的百姓都顺从并信赖他。当地有个风俗习惯,借钱要拿子女作抵押,约定不按期赎回,等到利息和本钱相等时,子女就被债主收为奴婢。子厚想尽办法,让借钱的人都能把子女赎回去。其中特别穷而无力赎回孩子的,就要他们记下孩子在债主家做工应得的工钱,等到工钱和借款相等,就要债主将孩子还回来。观察使把这个办法推行到其他州,等到过了一年,免除奴婢身份而回家的穷人子女就有近千人。衡山、湘水以南准备考进士的读书人都拜子厚为师。其中经过子厚亲自讲授指点的,写出的诗文都有一定的章法,很值得一读。以上写其任官及政事。

其召至京师而复为刺史也，中山刘梦得禹锡亦在遣中[①]，当诣播州[②]。子厚泣曰："播州非人所居，而梦得亲在堂[③]。吾不忍梦得之穷[④]，无辞以白其大人[⑤]，且万无母子俱往理。"请于朝，将拜疏，愿以柳易播，虽重得罪死不恨。遇有以梦得事白上者[⑥]，梦得于是改刺连州[⑦]。呜呼！士穷乃见节义。今夫平居里巷相慕悦，酒食游戏相征逐[⑧]，诩诩强笑语以相取下[⑨]，握手出肺肝相示，指天日涕泣，誓生死不相背负，真若可信；一旦临小利害，仅如毛发比，反眼若不相识，落陷阱，不一引手救，反挤之，又下石焉者，皆是也。此宜禽兽夷狄所不忍为，而其人自视以为得计，闻子厚之风，亦可以少愧矣！以上愿以柳易播。

【注释】

①中山：今河北定州。这里是刘禹锡的郡望。刘梦得禹锡：刘禹锡，字梦得，洛阳(今属河南)人。唐代著名的文学家、哲学家，著有《刘梦得文集》。刘禹锡是柳宗元的好友，也是王叔文集团的重要成员。

②诣：到。播州：今贵州遵义。

③亲在堂：谓母亲在世。

④穷：困窘，走投无路。

⑤白：告诉。

⑥上：皇上。《新唐书·刘禹锡传》中记载，御史中丞裴度把刘禹锡有老母在堂的事告知皇上，并请求派刘禹锡到稍近一点的地方任职。

⑦连州：今广东连州。

⑧征逐：互相邀请吃喝。征，招呼，邀请。逐，追随。

⑨诩诩:形容融洽地聚集在一起的样子。强(qiǎng):勉强,有意做作。取下:甘居对方之下,表示尊重、谦让。

【译文】

在子厚被召回京城又再次被贬出去作刺史时,中山刘禹锡也在被遣放之列,他要去的是播州。子厚哭着说:"播州不是人住的地方,而梦得还有老母在世。我不忍心看梦得如此困窘,眼见他无法向老人开口,况且也没有母子一同去边远穷荒的道理。"他准备上疏朝廷,愿意用柳州换播州,即使因此再次获罪,送了命也不后悔。恰巧有人把刘禹锡的困难情况奏明皇帝,刘禹锡因此改派为连州刺史。唉!人到了困境时才能显出节操和道义。现在有些人在平常安居无事的时候相互亲近友好,吃喝玩乐,来来往往,融洽地聚在一起,假惺惺地有说有笑,互相谦让,握手言欢,披肝沥胆,指着天日,流着眼泪,发誓不论生死都不做背弃朋友的事,似乎真的可以相信;可是一旦涉及小小的利害冲突,哪怕事情像毛发般细小,他就翻脸像不认识似的,朋友掉到陷阱里,不但不肯伸手去援救,反而往下推,还往下面扔石头,这种人到处都是。这种事连禽兽和夷狄之人都不忍心做,而那些人却自己认为做得对,他们得知子厚的为人风格后,也该会稍稍地感到惭愧吧。以上写其为了刘禹锡愿以柳州刺史换为播州刺史。

子厚前时少年,勇于为人,不自贵重顾藉①,谓功业可立就,故坐废退②。既退,又无相知有气力得位者推挽,故卒死于穷裔③,材不为世用,道不行于时也。使子厚在台省时④,自持其身已能如司马、刺史时,亦自不斥;斥时有人力能举之,且必复用不穷。然子厚斥不久,穷不极,虽有出于人,其文学辞章,必不能自力以致,必传于后,如今无疑也。虽使子厚得所愿,为将相于一时,以彼易此,孰得孰失,必有能辨之者。以上因久斥极穷，乃能自力于文学。

【注释】

①顾藉：顾惜，爱惜。韩愈对柳宗元参与王叔文集团不满，认为他有些冒进和轻率，所以此处说他不自己贵重顾藉。

②坐废退：因为犯罪被贬黜。坐，坐罪。废退，被贬黜。

③穷裔：荒凉边远的地方。

④台省：门下省、尚书省、中书省、御史台的合称，泛指朝廷。台指御史台，柳宗元曾任监察御史。省指尚书省，柳宗元曾任礼部员外郎。

【译文】

子厚当年年轻，敢作敢为，不晓得爱重、顾惜自己，以为很快可以成就功业，所以受牵连被贬官。被贬之后，又没有有地位的当权的知己推举提拔，所以最后终于死在穷困荒凉的边地，才能不为当世所用，抱负不得施展。倘使子厚在当御史、员外郎的时候，能像做司马、刺史那样自己谨慎行事，也自然不会遭到贬斥；贬斥后，也会有人用力保举他，他一定会被重新起用而不至于穷困潦倒。但是，如果子厚被贬斥的时间不长，困苦不到极点，尽管才华出众，他也不一定能刻苦努力使自己的文学辞章达到现在这样必定流传后世的成就，这是毫无疑问的。即使如子厚所愿，一时间为将相，以他的文章在后世流传和为将相相比来论得失，我相信一定有人会辨得清楚。以上写其因长期被贬斥不得意，才能致力于文学。

子厚以元和十四年十一月八日卒，年四十七。以十五年七月十日归葬万年先人墓侧[①]。子厚有子男二人：长曰周六，始四岁；季曰周七，子厚卒乃生。女子二人，皆幼。其得归葬也，费皆出观察使河东裴君行立[②]。行立有节概[③]，重然诺[④]，与子厚结交，子厚亦为之尽，竟赖其力。葬子厚于万年之墓者，舅弟卢遵[⑤]。遵，涿人[⑥]，性谨顺，学问不厌。自子厚之斥，遵从而家焉[⑦]，逮其死不去。既往葬子厚，又将经纪其家[⑧]，庶几有始终者。铭曰：

【注释】

①万年：万年县，今陕西长安境内。柳宗元先人的墓地在万年栖凤原。

②裴君行立：裴行立，绛州稷山（今山西稷山）人。当时任桂管观察使。

③节概：节操。

④重然诺：重视许下的诺言，即讲信用的意思。然、诺都有应许之义。

⑤舅弟：内弟。卢遵：柳宗元《上桂州李中丞荐卢遵启》中写道："内弟卢遵，其行类诸父，精专温雅，好礼而信，饰于文墨，达于政事。"

⑥涿：今河北涿州。

⑦家：用作动词，安家。

⑧经纪：料理，安排。

【译文】

子厚于元和十四年十一月八日去世，终年四十七岁。元和十五年七月十日归葬于万年县他的先人墓旁。子厚有两个儿子：大的叫周六，刚四岁；小的叫周七，子厚去世后才出生。两个女儿，也都还年幼。子厚得以回乡安葬，费用都是观察使、河东人裴行立资助的。行立为人重节操，讲信义，和子厚有深交，子厚对他尽心尽力，最后终于靠了他。把子厚安葬在万年墓地的是他的内弟卢遵。卢遵，涿州人，生性谨慎，做学问不知疲倦。从子厚被贬官，卢遵就跟随着他，并在他那里安家，直到子厚去世时也没有离开。送子厚归葬之后，卢遵又准备安排料理子厚的家事，可以称得上是位有始有终的人。铭文是：

是惟子厚之室[①]，既固既安，以利其嗣人[②]。

【注释】

①室：幽室，墓穴。

②嗣人：后代子孙。

【译文】

这里是子厚的墓，既牢固又安稳，有利于他的后人。

清边郡王杨燕奇碑

【题解】

此文写于贞元十四年(798)。文章叙述了清边郡王杨燕奇的家世、战功及为人。杨燕奇的事，史书上记载的很少，虽然铭文中说他征战“或裨或专”，但实际上以“裨”为多，所以作者多用了虚叙，即只写他“平刘展”“下河北”“城汴州”“攻李希烈”等，每件事一句话就交代完。然后似随意地举一件接田神公母亲的事来证明自己对杨燕奇并非一味地歌功颂德。杨燕奇为了升官晋爵，与田神公约为父子，“故公始姓田氏。田公终，而后复其族焉”。虽然韩愈似不经意轻轻一笔，但隐含的贬意已跃然纸上。归有光评此文“极有纪律，文字繁简匀适”。

公讳燕奇，字燕奇，弘农华阴人也[①]。大父知古，祁州司仓[②]。烈考文诲[③]，天宝中实为平卢衙前兵马使[④]，位至特进、检校太子宾客[⑤]，封弘农郡开国伯，世掌诸蕃互市[⑥]，恩信著明，夷人慕之[⑦]。以上家世。

【注释】

①弘农华阴：即华州华阴县，今陕西华阴。曾隶属虢州，虢州也称弘农，所以叫弘农华阴。

②祁州：治所在无极，今河北安国。司仓：主管仓库之职。唐制，在府的称仓曹参军，在州的称司仓参军，在县的称司仓。

③烈考：对已故先人的美称。此处指杨父。

④天宝：唐玄宗李隆基的年号（742—756）。实：实职。平卢：唐方镇名。为玄宗时十节度使之一。治所在营州，今辽宁朝阳。

⑤特进：文散官的第二阶，对应的是正二品职官。太子宾客：太子属官，唐高宗正式将此职定为官员，掌调护、侍从、规谏等职。

⑥互市：我国历史上对国家和民族之间贸易的通称。互市要在政府的管制、监督和限制下进行。

⑦夷人：我国古代对少数民族的泛称。

【译文】

公名燕奇，字燕奇，弘农华阴人。祖父杨知古，曾任祁州司仓。父亲杨文诲，天宝年间，实职为平卢衙前兵马使，官至特进、检校太子宾客，被封为弘农开国伯，一辈子掌管各个蕃国的贸易来往，恩惠与信义昭著，夷人很敬慕他。以上写其家世。

禄山之乱[①]，公年几二十，进言于其父曰："大人守官，宜不得去。王室在难，某其行矣。"其父为之请于戎帅[②]，遂率诸将校之子弟各一人，间道趋阙[③]，变服诡行，日倍百里[④]。

天子嘉之，特拜左金吾卫大将军员外置[⑤]，赐勋上柱国[⑥]。以上辞亲从军。

【注释】

①禄山之乱：安禄山叛乱。唐玄宗天宝十四年(755)，平卢、范阳、河东三镇节度使安禄山以诛杨国忠为名，在范阳(治所在今北京)起兵叛乱，击败唐军，攻下洛阳。次年称帝，进入长安。

②戎帅：军中的主帅。

③间道：偏僻的小路。趋阙：奔赴朝廷。

④倍百里：即二百里。

⑤金吾卫：保护皇帝的卫队，有左右之分。员外：定额以外设置的官员。

⑥上柱国：勋官中最尊贵的官位。

【译文】

安禄山叛乱，当时杨公不到二十岁，对他父亲说："您在任官职，不能走。王室有难，我要去。"他父亲就代他请求军中的主帅，于是杨公率领军中将官、校官的子弟各一名，走偏僻的小道去投奔朝廷。他们改变装束，隐秘行动，日行二百里。天子嘉许他，特任他为左金吾卫大将军员外置，赐勋上柱国。以上写其辞亲从军。

宝应二年春[①]，诏从仆射田公平刘展[②]，又从下河北。大历八年[③]，帅师纳戎帅勉于滑州[④]。九年，从朝于京师[⑤]。建中二年，城汴州[⑥]，功劳居多。三年，从攻李希烈[⑦]，先登。贞元二年[⑧]，从司徒刘公复汴州[⑨]。十二年，与诸将执以城叛者，归之于京师；事平，授御史大夫，食实封百户，赐缯彩有加[⑩]。十四年，年六十一，五月某日，终于家。自始命左金吾大将军，凡十五迁为御史大夫，职为节度押衙、右厢兵马使[11]，兼马军先锋兵马使，阶为特进，勋为上柱国，爵为清边郡王，食虚邑自三百户至三千户[12]，真食五百户，终焉。以上历叙功绩、官阶。

【注释】

①宝应：唐代宗李豫的年号(762—763)。此处有误，宝应二年应为上元元年(674)。

②仆射田公：即田神公，当时任平卢兵马使。刘展：宋州刺史。上元元年(674)十一月，宋州刺史刘展赴扬州。扬州长史邓景山以兵拒之，为展所败，进陷扬、润等州。上元二年(675)，平卢兵马使田神公生擒刘展，扬、润平。

③大历八年：773 年。大历，唐代宗李豫的年号(766—780)。

④帅：通"率"。纳戎帅勉于滑州：大历八年(773)，水平军节度使令狐彰卒，遗表称工部尚书李勉可委大事。诏即以李勉为水平军节度使，滑亳观察等使。滑州，今河南滑县。

⑤从朝于京师：大历八年(773)十一月，汴宋节度使田神公入朝京师；九年(774)正月，卒于京师。

⑥城汴州：建中二年(781)三月，修筑汴州城。城，修筑城墙。这里是在汴州修筑城墙的意思。

⑦攻李希烈：建中四年(783)十二月，李希烈自称天下都元帅，攻陷汝州、汴州及滑州。朝廷派兵攻打。李希烈，燕州辽西人。

⑧贞元二年：786 年。此处有误，应为建中四年(783)。贞元，唐德宗李适的年号(785—805)。

⑨司徒刘公：指刘洽。刘洽，滑州卢城人。时任宋亳节度使。刘洽大破希烈之众，希烈遁归蔡州，汴州平。

⑩缯：古代丝织品的总称。彩：彩色丝绸。

⑪节度押衙：唐宋时官名。节度，部署调度之义。押衙，管领仪仗侍卫。右厢兵马使：兵马使为掌管一地军队及治安之职，分左右厢兵马使，右厢兵马使位在左厢兵马使之下。

⑫食虚邑：挂名的食邑。

【译文】

宝应二年春天，杨公受诏跟随任仆射的田公平刘展叛乱，又跟随田公去了河北。大历八年，率部队在滑州接纳军中的主帅李勉。大历九年，随李勉到京师朝见。建中二年，修汴州城，大部分是杨公的功劳。建中三年，参加攻打李希烈的战役，最先进城。贞元二年，跟随任司徒的刘公平复汴州。贞元十二年，和众将们逮捕了凭借城市为据点的叛乱者，押送他们到京师；事件平息后，被授为御史大夫，食邑百户，还赐给他缯、彩和其他一些东西。贞元十四年，杨公六十一岁，五月某日，在家中去世。从最初被任命为金吾卫大将军开始，共升职十五次，官至御史大夫，职务为节度押衙右厢兵马使，兼马军先锋兵马使，官阶为特进，勋位为上柱国，爵位为清边郡王，名义上食邑三百至一千户，实际上最多时食邑五百户。以上历叙其功绩、官职。

公结发从军，四十余年[①]，敌攻无坚，城守必完，临危蹈难，歔欷感发。乘机应会，捷出神怪。不畏义死，不荣幸生。故其事君无疑行，其事上无间言[②]。以上总叙其贤。

【注释】

①结发：犹"束发"，指年轻的时候。

②间言：非议之言。

【译文】

杨公年轻时从军，四十多年，无论敌人的攻势多么强大，所守之城必毫无破损，临危赴难，令人感叹。他利用机会里应外合，动作迅速，神出鬼没。为节义宁愿去死，而不愿苟且偷生。所以他侍奉皇上没有让人疑忌之行，也没有非议之言。以上概述其贤良。

初，仆射田公，其母隔于冀州①，公独请往迎之，经营贼城②，出入死地，卒致其母。田公德之，约为父子，故公始姓田氏。田公终，而后复其族焉。嗣子通王属良祯③，以其年十月庚寅，葬公于开封县鲁陵冈，陇西郡夫人李氏祔焉④。夫人清夷郡太守祐之孙、渔阳郡长史献之女。柔嘉淑明，先公而殂⑤。有男四人，女三人。后夫人河南郡夫人雍氏，某官之孙，某官之女。有男一人，女二人，咸有至性纯行⑥。夫人同仁均养⑦，亲族不知异焉。君子于是知杨公之德又行于家也。以上叙家事。铭曰：

【注释】

①冀州：治信都，今河北衡水冀州区。

②经营：犹“往来”。

③嗣子：嫡长子。良祯：善良。祯，吉祥，引申为好的意思。

④祔(fù)：合葬。

⑤殂(cú)：死亡。

⑥至性：性情纯厚。纯行：忠诚笃实的品德。

⑦同仁：指同等看待。

【译文】

当初，田仆射的母亲被隔在冀州，杨公一个人去接她来，来往经过叛贼把守的城池，出生入死，终于把田公的母亲带到田公身边。田公念他的好处，和他认为父子，所以杨公从那时改姓田。田公去世后，又恢复他的本姓。嫡长子通王，禀性善良，在当年十一月庚寅日，把杨公安葬于开封县鲁陵冈，与陇西郡李夫人合葬。李夫人是清夷郡太守李祐的孙女、渔阳郡长史李献的女儿。夫人生性柔惠贤淑，先公而去。生有两个儿子，三个女儿。继夫人河南郡夫人姓雍，某官的孙女，某官的女儿。生有一个儿子，两个女儿，都性情纯厚、品行善良。雍夫人对孩子们一视同仁，连亲戚朋友都看不出有什么区别。有德者从而知道杨公的美德，又影响了家人。以上述其家事。铭文是：

烈烈大夫①，逢时之虞②。感泣辞亲，从难于秦③。维兹爰始④，遂勤其事⑤。四十余年，或裨或专⑥。攻牢保危，爵位已跻⑦。既明且慎，终老无隳⑧。鲁陵之冈，蔡河在侧⑨。烝烝孝子⑩，思显勋绩。斫石于此⑪，式垂后嗣。

【注释】

①烈烈：威武的样子。

②虞：忧虑，此处指危机。

③秦：唐朝的首都长安位于古时秦国的所在地，这里的秦代表国家。

④爰：于。

⑤勤：尽力。

⑥裨：副贰，辅助。

⑦跻(jī)：登上，升上。

⑧隳(huī)：毁坏。

⑨蔡河：一作“蔡水”。在开封城东南，上流为汴河。

⑩烝烝：淳厚的样子。

⑪斫(zhuō)石:削石刻碑。

【译文】

威武的御史大夫,正逢国家危亡之时。感慨流涕,辞别亲人,投身于国难中。只有从开始讲说,才能叙尽他的故事。四十余年,或辅助他人,或独当一面。攻克最牢固的城池,保护最危险的地方,被天子授予了爵位。为人明达,处事慎重,直到去世,名节也未有一点损坏。鲁陵的山岗,蔡河在旁边流过。淳厚的孝子,想要把父亲的功勋显示。削石刻碑于此,以做后世的榜样。

唐故相权公墓碑

【题解】

此文写于元和十三年(818)。文章叙述了权德舆的先世、仕途经历及其家庭。权德舆官至宰相,可谓显赫,韩愈即以大部分的篇幅写他的为官,说他"中于和节,不为声章""勤于选付,治以和简,人以宁便"。文字简练,用语看似平常,但字斟句酌。《新唐书》与《旧唐书》中的《权德舆传》均以此为蓝本,加以详细叙述而成。

上之元和六年[①],其相曰权公,讳德舆,字载之。其本出自殷帝武丁[②],武丁之子,降封于权[③]。权,江、汉间国也。周衰,入楚为权氏。楚灭,徙秦而居天水略阳[④]。苻秦之王中国[⑤],其臣有安丘公翼者[⑥],有大臣之言[⑦]。后六世,至平凉公文诞[⑧],为唐上庸太守[⑨],荆州大都督长史[⑩],焯有声烈[⑪]。平凉曾孙讳倕[⑫],赠尚书礼部郎中,以艺学与苏源明相善[⑬],卒官羽林军录事参军[⑭],于公为王父[⑮]。郎中生赠太子太保讳皋[⑯],以忠孝致大名,去官,累以官征不起[⑰],追谥贞孝[⑱]。

是实生公[19]。以上先世。

【注释】

①上:指唐宪宗。元和六年:811 年。此处有误,应为元和五年(810)。《旧唐书·权德舆传》:"元和五年冬,德舆拜礼部尚书平章事",《新唐书·权德舆传》等都为五年。

②武丁:商代国王,后被称为高宗。盘庚帝小乙之子。相传少年时生活在民间,即位后,重用傅说、甘盘为大臣,四处出兵,巩固统治。

③权:故城在今湖北当阳东南。

④天水:郡名。今甘肃通渭西北。略阳:今甘肃秦安东北陇城镇。

⑤苻秦:苻坚之秦国。苻,指苻坚。苻坚(338—385),十六国时期前秦皇帝(357—385 年在位)。字永固,略阳临渭(秦安东南)人。先后灭前燕、前凉、代国,统一了北方大部分地区,并夺取东晋的益州。后在淝水之战中被击败。

⑥安丘公翼:字子良,略阳人。为苻坚谋臣,拜给事中,后为右仆射,封安丘公。

⑦有大臣之言:苻坚欲伐晋,他力谏不从。结果苻坚大败。大臣之言,有先见之明的进谏。

⑧平凉公文诞:翼子宣褒,事姚秦,为黄门侍郎。宣褒四世之孙荣,隋开府仪同三司,鄜城郡公。荣子为文诞。

⑨上庸:今湖北竹山西南。

⑩荆州:治所在今湖北江陵。

⑪焯:同"灼"。炙,烧。引申为有光彩。

⑫平凉曾孙讳倕(chuí):文诞生子崇本,为匡城令。崇本生子无待,为成都尉。无待生子倕。

⑬苏源明:初名预,字弱夫,京兆武功(今陕西武功)人。少孤,工

辞。肃宗时，擢为知制诰。数陈时政得失，终秘书少监。

⑭羽林军：即禁卫军。有左右之分，置有大将军、将军等官。

⑮王父：祖父。

⑯皋：权皋，权倕之子。字士孙。

⑰累以官征不起：《旧唐书·权德舆传》："淮南采访使高适表皋试大理评事，充判官，皋……变名易服以免……浙西节度使表皋为行军司马，诏征为起居舍人，又以疾辞……李季卿为江淮黜陟使，奏皋节行，改著作郎，复不起。"

⑱追谥贞孝：大历三年(768)四月，权皋卒于润州，年四十六。元和中，谥贞孝。

⑲实：是，此。

【译文】

唐宪宗元和五年，被任命为宰相的是权公，名德舆，字载之。权公祖上出自殷代武丁，武丁的儿子降被封于权。权，是位于江、汉间的国家。周衰败后，到了楚国开始称权氏。楚国灭亡后迁徙到秦，居住在天水略阳。苻坚的秦国想吞并中国时，大臣中有位封为安丘公的权翼，曾清醒地力阻苻坚。权翼之后六代到平凉公权文诞，为唐朝上庸太守、荆州大都督长史，声名显赫。平凉公的曾孙名倕，死后赠尚书礼部郎中，以才能和学术与苏源明交好，死时为羽林军录事参军，是权公的祖父。礼部郎中生赠太子太保权皋，权皋以忠孝名闻天下。辞官后，数次征召他为官，都不肯就任，死后追赠谥号为贞孝。就是他生权公。以上述其先世。

公在相位三年①，其后以吏部尚书授节镇山南②，年六十以薨③，赠尚书左仆射④，谥文公。以上略叙文公晚节、谥法。

【注释】

①公在相位三年：元和五年(810)九月至元和八年(813)五月。

②节镇山南：山南指山南西道。元和十一年(816)冬，以权德舆为检校吏部尚书，充山南西道节度使。

③以薨：元和十三年(818)八月，权德舆以病乞还，卒于道。

④尚书左仆射：尚书省的副职为仆射，有左右之分。从二品，掌统理六部。

【译文】

权公在相位三年，之后以吏部尚书的身份被任命为山南西道节度使。六十岁时去世，赠尚书左仆射，谥号文公。以上略述权德舆晚节、谥法。

公生三岁，知变四声[①]。四岁能为诗。七岁而贞孝公卒，来吊哭者，见其颜色声容[②]，皆相谓"权氏世有其人"。及长，好学，孝敬祥顺[③]。贞元八年[④]，以前江西府监察御史[⑤]，征拜博士[⑥]，朝士以得人相庆。改左补阙[⑦]，章奏不绝，讥排奸幸[⑧]，与阳城为助[⑨]。转起居舍人[⑩]，遂知制诰[⑪]，凡撰命词九年[⑫]，以类集为五十卷，天下称其能。十八年[⑬]，以中书舍人典贡士[⑭]，拜尚书礼部侍郎。荐士于公者，其言可信，不以其人布衣不用；即不可信，虽大官势人交言，一不以缀意奏[⑮]。广岁所取进士明经[⑮]，在得人，不以员拘。转户、兵、吏三曹侍郎、太子宾客[⑰]，复为兵部，迁太常卿[⑱]。天下愈推为巨人长德。以上历官京师。

【注释】

①变：通"辨"。辨别。四声：平、上、去、入四种声调的总称。

②颜色:容貌,脸色。

③孝敬:孝亲敬长。

④贞元八年:792年。贞元,唐德宗李适的年号(785—805)。

⑤前江西府监察御史:指李兼。

⑥博士:这里是指太常博士。贞元八年(791),权德舆被授太常博士。

⑦左补阙:补阙的职务为对皇帝进谏,并举荐人员。左补阙属门下省,右补阙属中书省。

⑧讥排奸幸:奸幸,指裴延龄。《旧唐书·权德舆传》:"八年……裴延龄以幸判度支。九年,自司农少卿除户部侍郎,仍判度支。"权德舆上疏论其奸。讥,进谏,规劝。幸,侥幸。

⑨阳城:字亢宗,定州北平(今河北顺平)人。德宗时召为谏议大夫。曾上疏留陆贽。帝欲任裴延龄为相,又哭于廷上,力阻之。

⑩起居舍人:掌管宫中之政。

⑪知制诰:掌起草诏令。常以其他官代行其职,则称某官知制诰。翰林学士之实际起草诏令者,亦加知制诰衔。

⑫命:古代帝王以仪物、爵位赐给臣子时的诏书。

⑬十八年:贞元十八年,即802年。

⑭典:掌管。贡士:向皇帝举荐人员的制度。

⑮缀:联结,拼合。引申为迎合的意思。

⑯广:扩大,扩充。

⑰户、兵、吏三曹侍郎、太子宾客:《旧唐书·权德舆传》:"贞元二十一年六月,转户部侍郎;元和初,历兵部、吏部侍郎。后坐郎吏,误用官缺,改太子宾客。"

⑱太常卿:全名太常寺卿,司祭祀礼乐之官。

【译文】

权公三岁,就能辨别平、上、去、入四声。四岁能写诗。七岁时父亲贞孝公去世，来他家哭吊的客人看到他的神色，听到他说话，都说权家后世有人了。等到长大后，好学，孝亲敬长，和和顺顺。贞元八年，前江西府监察御史征召权公为博士，朝中士大夫们为得到人才而高兴。改任左补阙后，不断地给皇上上奏章，力谏皇上铲除得宠的奸臣，助阳城一臂之力。又转任起居舍人，知制诰，为皇帝撰写诏书共九年，分类成集为五十卷，天下人都称赞他的才能。贞元十八年，以中书舍人的身份掌管向皇帝举荐人才之事，被授为尚书礼部侍郎。向权公推荐人才的，他的话如可信，权公不以所举荐的人是平民百姓就不用；如果不可信，权公也不因为是官职大或是有势力的人说话而去迎合。他上奏皇上请求扩大每年进士、明经科录取的人数，重要的是要得到人才，不应以定额来限制。后权公转任户、兵、吏三个部的侍郎、太子宾客，又重回兵部，又转任太常卿。天下人更认为权公是个有德之人了。以上述其在京师的任官经历。

时天子以为宰相，宜参用道德人①，因拜礼部尚书、同中书门下平章事②。公既谢辞不许，其所设张举措，必本于宽大，以几教化③，多所助与④。维匡调娱⑤，不失其正。中于和节，不为声章⑥。因善与贤，不矜主已⑦，以吏部尚书留守东都⑧。东方诸帅，有利病不能自请者⑨，公常与疏陈，不以露布⑩。复拜太常，转刑部尚书，考定新旧令式⑪，为三十编，举可长用。其在山南、河南，勤于选付⑫，治以和简，人以宁便。以上为宰相及在山南、河南。

【注释】

①参：加入，这里是选的意思。

②同中书门下平章事：唐代凡实际任宰相之职者，必须在其本官外

加同平章事的衔称。意即共同议政。元和五年(810),宰相裴垍(jì)寝疾,九月,权德舆同平章事。

③教化:教育感化。

④多所助与:指后文所书的于頔(dí)之事。

⑤维匡调娱:借笑乐为匡正。匡,纠正。

⑥不为声章:不为严刻的教条。

⑦矜:自以为贤能。

⑧以吏部尚书留守东都:《旧唐书·权德舆传》:"元和八年正月,罢相,守本官。七月,以检校吏部尚书为东都留守。"留守,官名。皇帝出巡或亲征时指定亲王或大臣留守京城,得便宜行事,称京城留守;其陪京和都则常设留守,以地方行政长官兼任。

⑨病:瑕疵。引申为错误。

⑩露布:不缄封的文书。

⑪考定新旧令式:先是诏许孟荣等删定格敕,成三十卷,表上,留中不出。德舆请下刑部,与侍郎刘伯刍代考定,复为三十卷。

⑫勤于选付:选择事之要务,即与分付,不繁琐,无留滞。

【译文】

当时天子认为宰相之职,应选用有道德有修养的人,所以任权公为礼部尚书、同中书门下平章事。权公予以推辞,皇上不许。权公所实行的措施,必以宽大为出发点,几乎就是教育和感化,并经常给予别人以帮助。权公在笑乐中纠正错误,而不失他的端正。凡事折中处理,不为严刻的教条所限制。因为有才有德,而不自以为贤能固执己见,便以吏部尚书的身份留守东都。将领们犯了大错不敢自己去请罪的,权公常替他们上疏陈情,而不把错误公开宣布。再次被任为太常寺卿,转任刑部尚书,考定新旧法律条令,编为三十编,都是可长期使用的。权公在任山南东道和河南道节度使时,按照政务简单的不同,分付给下属,治政和善而且从简,人们都感到安逸和方便。以上写他任宰相及任职山南、河南。

以疾求还，十三年某月甲子[①]，道薨于洋之白草[②]。奏至，天子痌伤[③]，为之不御朝，郎官致赠锡[④]；官居野处[⑤]，上下吊哭，皆曰："善人死矣。"其年某月日，葬河南北山[⑥]，在贞孝东五里。以上卒葬。

【注释】

①十三年：指元和十三年，即818年。

②洋：洋州，今陕西洋县。

③痌：同"恫（tōng）"。病痛。

④郎官：侍中、员外郎、郎中等官。赠：以奠品吊祭死者。锡：通"赐（cì）"。赐给。

⑤野处：指民间。

⑥北山：不详何地。

【译文】

权公因身体有病请求回乡。元和十三年，回乡途中死于洋州白草地方。死讯奏报到朝廷，天子为之痛心，甚至不去上朝，郎官们送去了天子赐的祭奠品。朝野上下哭吊权公，都说："一个好人死了。"当年某月某日，葬于河南北山，距他父亲贞孝公的墓五里。以上述其去世、安葬。

公由陪属升列[①]，年除岁迁，以至公宰。人皆喜闻，若己与有，无忌嫉者。于頔坐子杀人[②]，失位自囚，亲戚莫敢过门省顾，朝莫敢言者。公将留守东都，为上言曰："頔之罪既贯不竟[③]，宜因赐宽诏。"上曰："然，公为吾行谕之。"頔以不忧死。前后考第进士，及庭所策试士[④]，踵相蹑为宰相达官[⑤]，与公相先后；其余布处台阁、外府[6]，凡百余人。自始学至疾，未病未尝一日去书不观。公既以能为文辞擅声于朝，多铭卿大夫功德；然其为家，不视簿书。未尝问有亡，费不偫余[7]。以上节叙数大事。

【注释】

①陪属：辅佐的属官。陪，辅佐。列：位次。

②于頔(dí)：字允言，河南洛阳人。曾经为司空同平章事。

③贳：赦免。竟：根究。

④庭：通“廷”。策试：谓以策试士。策，写在简策上的试题。

⑤踵：原意为脚后跟，引申为跟着，追随。蹑：追踪，引申为暗暗跟随。

⑥台阁：因尚书台在宫廷建筑之内，所以称台阁。外府：此处的外府非唐朝折冲府之外府，而是指在京师外任府官。

⑦偫(zhì)：储备。

【译文】

权公由辅佐别人的属官开始升职，年迁岁升，终于做到了宰相。人们得知他任宰相都非常高兴，就像自己做了宰相一样，没有人嫉妒他。于頔犯罪，他的儿子杀了人，他被罢官后把自己关了起来，亲戚们都不敢到他家去看他，朝中也没有人敢提他。权公就要到东都任留守之前，替于頔对皇上求情说：“于頔犯的罪既然没有追究下去而赦免了，不如再下一个宽恕他的诏书。”皇上说：“好。公为我写谕书吧。”于頔才没有郁郁而死。经权公主持考试先后中进士和经朝廷策试的士子，与权公先后任宰相和显要之官的，以及做尚书和外任府官的，有百余人。权公从开始学习到生病时，没有一天不读书。权公文辞好，擅写的才能在朝中很有名，经常为公卿士大夫写铭来歌颂功德，然而为他自己的家，却从不看一眼账簿书籍，从不问什么东西的有无，钱够不够花。以上略叙几件大事。

公娶清河崔氏女①，其父造②，尝相德宗，号为名臣。既葬，其子监察御史璩③，累然服丧来有请④，乃作铭文，曰：

【注释】

①清河：今河北清河。

②造：指崔造，唐德宗贞元年间曾为平章事。

③璩（qú）：权璩，权德舆长子，字大圭。

④累：几次。

【译文】

权公娶清河姓崔的女子为妻子，她父亲崔造，曾经在德宗时为相，号为名臣。权公要下葬时，他任监察御史的儿子权璩几次穿着丧服来找我，请我为他父亲写铭文。于是我写了铭，铭文是：

权在商、周，世无不存。灭楚徙秦，嬴、刘之间①。甘泉始侯②，以及安丘。诋诃浮屠③，皇极之扶④。贞孝之生，凤鸟不至。爵位岂多？半涂以税⑤。寿考岂多⑥？四十而逝。惟其不有，以惠厥后。是生相君，为朝德首。行世祖之⑦，文世师之。流连六官⑧，出入屏毗⑨。无党无雠，举世莫疵⑩。人所惮为，公勇为之。其所竞驰，公绝不窥。孰克知之？德将在斯。刻诗墓碑，以永厥垂。

【注释】

①嬴、刘：指秦、汉。嬴，指秦王嬴政。刘，汉王刘邦。

②甘:状况渐好。

③诋诃:毁谤,斥责。浮屠:佛教。

④皇极:皇,君,一说为大。极,屋极,位于最高正中处,引申为标准之义。古代帝王自以为所施政教,得其正中,可为法式,故称。

⑤涂:通"途"。税:通"脱"。解脱。

⑥寿考:犹言高寿。

⑦祖:效法。

⑧流连:这里是转徙的意思。六官:《周礼》以天官冢宰、地官司徒、春官宗伯、夏官司马、秋官司寇、冬官司空分掌邦政,称为六官或六卿。隋唐以后吏、户、礼、兵、刑、工六部尚书,大致和《周礼》的六官相当,也统称六官。

⑨屏:回避。

⑩疵:诽谤。

【译文】

权氏起于商、周,世代无不存在。楚国灭亡迁徙到秦,一直生活到秦、汉。从为侯开始状况渐好,终于到了安丘公时。安丘公抵制佛教,以维护皇帝的施政的清名。贞孝王的诞生,使得凤凰不敢再飞来。难道所受的爵位多吗?如何半途脱身而去。难道是阳寿不长吗?怎么年仅四十就逝世。他所没有的,惠及他的后人。他生下权公,朝中德行最好。他的行为世代效法,他的文章世代为师。转徙任六官,出入有人回避。权公没有同党,也没有仇人,举世之人都无法诽谤他。人们所害怕的事,权公勇敢地去做。人们竞相去做的事,权公绝不看一眼。谁能知道,有德之人在这里。刻诗在墓碑上,让它永远流传下去。

殿中少监马君墓志铭

【题解】

此文写于元和十五年(820)。作者回忆了马氏家族对自己的恩德,表达了真诚的感激之情，同时从人格品行的角度高度赞扬了马氏祖孙三人。

马继祖靠世代门荫做官，没有立过什么功，无事可写。韩愈把马氏一家不同类型的人物的状貌、性格都略加勾勒，很是生动，显示出高超的写作技巧。何焯说：“如此俯仰淋漓，仍是简古，不觉繁滥。”当然也有人说此文“少乖，似哀诔文序”。

君讳继祖，司徒、赠太师、北平庄武王之孙①，少府监、赠太子少傅讳畅之子②。生四岁，以门功拜太子舍人③。积三十四年，五转而至殿中少监④。年三十七以卒。有男八人，女二人。

【注释】

①司徒：三公之一，帮助皇帝讨论国事。赠：死后追赠官爵。太师：三师之一，意思是皇帝所师法的人，是一种名义“尊崇”的爵位。北平：地名。今河北卢龙一带。庄武王：指马燧，因他官位高，所以不称名。《旧唐书·马燧传》：“燧字洵美，汝州郏城（今河南郏县）人。其先自右扶风徙焉。兴元元年，加检校司徒，封北平郡王。贞元二年(786)闰五月，侍中浑瑊（jiān）与蕃相尚结赞盟于平凉，为番军所劫，燧坐是夺兵权。六月，以燧守司徒兼侍中、北平王如故。贞元十一年(805)八月薨，时年七十，册赠太尉，谥曰庄武。”

②少府监：掌管百工技艺，供给皇帝使用事项。太子少傅：意思是太子师傅，也是一种“隆重”的官衔。畅：指马燧的第二个儿子马畅。

③门功：门荫。祖先有功于国，子孙按例享受优厚待遇。太子舍

人：掌管接受文书事项。

④殿中少监：掌供奉皇帝生活事务。

【译文】

马君名继祖，是司徒、赠太师北平庄武王的孙子，少府监、赠太子少傅马畅的儿子。四岁时，以祖荫被授太子舍人官职。此后三十四年间，经五次调转，最后任殿中少监。三十七岁时去世，留下八个儿子、两个女儿。

始余初冠[①]，应进士贡，在京师[②]，穷不自存，以故人稚弟拜北平王于马前[③]。王问而怜之，因得见于安邑里第[④]。王轸其寒饥[⑤]，赐食与衣。召二子，使为之主[⑥]，其季遇我特厚[⑦]，少府监、赠太子少傅者也。姆抱幼子立侧，眉眼如画，发漆黑，肌肉玉雪可念[⑧]，殿中君也。当是时，见王于北亭[⑨]，犹高山、深林、巨谷，龙虎变化不测[⑩]，杰魁人也[⑪]。退见少傅，翠竹碧梧[⑫]，鸾鹄停峙[⑬]，能守其业者也。幼子娟好静秀[⑭]，瑶环瑜珥[⑮]，兰茁其芽[⑯]，称其家儿也[⑰]。

【注释】

①初冠：古时男子一般二十岁行冠礼，此后便称为成人，后来就以将及二十岁为初冠。按：韩愈“初冠”应为德宗贞元三年(787)。

②应进士贡，在京师：指州府将考试及格的士子送往京师去应试。

③故人：老朋友。稚弟：小弟弟。《唐会要》：“贞元三年平凉之盟，马燧顶议，韩弇(yǎn)时以殿中侍御史为判官，死焉。其年罢兵，燧奉朝请京师。弁，公之兄也。”韩弁和马燧是朋友，所以韩愈自称是故人稚弟。按年谱，韩愈父仲卿，弁父云清，皆睿素子，故弁、愈为从兄弟。

④安邑里：长安街道名。

⑤轸(zhěn)：悲伤，怜悯。

⑥召二子，使为之主：二子，长子名汇，次子就是上文所说的畅。为之主，做主人以宾礼接待韩愈。

⑦季：兄弟中最幼者。

⑧可念：可爱。

⑨北亭：宅中的亭馆。

⑩龙虎变化不测：形容马燧临大事能够应变。古人说："至于龙，吾不能知其乘风云而上天。"还有"大人虎变"等等。

⑪杰魁：才智过人的意思。杰，出众。魁，大。《旧唐书·马燧传》："燧姿度魁异，长六尺二寸。"

⑫翠竹碧梧：形容美秀而文静，是夸词。

⑬鸾鹄停峙：形容雍容华贵，也是夸词。鸾，相传是和凤同类的鸟，五彩而多青色。鹄，羽毛洁白之鸟。峙，停立。

⑭娟好：美好。

⑮瑶环瑜珥：比喻像美玉制成的贵重物品，非常可爱。瑶环，美玉制成的环。瑜，美玉。珥，耳饰。

⑯兰茁其芽：比喻幼儿的可爱像兰草一样。兰，香草。茁，草初生。

⑰称：相称，适合。

【译文】

当初，我二十来岁时，应试进士，住在京城里，穷得活不下去，以故人幼弟的身份在路上拜见了北平王。北平王询问了我的情况，很同情我，因此允许我去安邑里的王府见他。北平王可怜我饥寒，送给我食物和衣服，并且叫来他的两位公子以宾礼招待我。其中那位弟弟待我特别好，就是后来的少府监、赠太子少傅的那一位。保姆抱着他的幼子站在旁边，幼子眉眼如画，头发漆黑，皮肤像玉石白雪一样丰润洁白，就是殿中少监。当时我在北亭见北平王，他如高山、深林、大谷般伟大，又如龙虎样变化莫测，确是人中俊杰啊。退回来见少府，如翠竹碧梧，又如鸾鹄亭立，确是能守祖业的人。幼子静秀如美玉兰芽，堪称马家的子孙。

后四五年，吾成进士，去而东游，哭北平王于客舍。后十五六年，吾为尚书都官郎[①]，分司东都[②]，而分府少傅卒[③]，哭之。又十余年至今，哭少监焉。呜呼！吾未耄老[④]，自始至今，未四十年，而哭其祖子孙三世，于人世何如也！人欲久不死，而观居此世者[⑤]，何也？

【注释】

①都官郎：即都官员外郎。

②分司东都：《韩文公历官记》："……明年为都官员外郎，分司东都，判祠部。"《韩子年谱》："元和四年改东都员外郎，守东都省。"

③分府：马畅任少府监，是年改派东都，所以称分府。

④耄（mào）：指年纪大。

⑤观居此世：指未四十年而哭其子孙三世之事。

【译文】

四五年后，我中了进士，别了马家东去任职，在客舍中哭吊北平王。后十五六年，我任尚书都官郎，分司东都，而分府少傅又去世了，又哭他。又过十几年的今天，我又哭少监。唉！我还没老，从初见北平王至今，不到四十年，而哭他祖孙三代，在人世间我是一个多么不幸的人啊！有的人想长生不死，但是看看马氏祖孙三代的事，会怎么想呢？

国子司业窦公墓志铭

【题解】

此文写于长庆二年（822）。文章叙述了窦牟的先世、历官、中科名和他在昭义军、留守东都时的事情。文字简约，详略得当，如叙说窦牟历任官职时，没有一一列举，而是拣出其中两例。正如曾国藩所言："六府五公，仅叙崔郑，余皆不叙。文所以贵简，正在此，而叙事简直有法，故文气遒而不冗。"

国子司业窦公①，讳牟，字某②。六代祖敬远，尝封西河公。大父同昌司马③，比四代仍袭爵名。同昌讳胤，生皇考讳叔向④，官至左拾遗、溧水令⑤，赠工部尚书⑥。以上先世。

【注释】

①国子司业：国子监的学官。国子监，古代的最高教育管理机关和最高学府。唐代国子监总辖国子、太学、四门等学。司业，国子监的副长官，协助祭酒，掌儒学训导之政。

②字某：窦牟，字贻周，京兆金城（今陕西兴平）人。

③同昌：今甘肃文县，唐时属山南道扶州。

④叔向：窦叔向，字遗直。

⑤左拾遗：拾遗为谏官，分属门下、中书两省，有左右之分，职掌和左右补阙相同。溧水：今江苏溧阳。

⑥工部尚书：工部长官，掌管各项工程、工匠、屯田、水利、交通等政令。

【译文】

国子监司业窦公，名牟，字某。窦公的六世祖窦敬远，曾被封为西河公。祖父曾任同昌司马，过四代仍袭用爵位名。同昌司马名胤，生窦公父亲窦叔向，官至左拾遗、溧水令，赠工部尚书。以上述其先世。

尚书于大历初名能为诗文①。及公为文，最长于诗。孝谨厚重，举进士登第[②]，佐六府五公[③]，八迁至检校虞部郎中。元和五年[④]，真拜尚书虞部郎中，转洛阳令、都官郎中、泽州刺史[⑤]，以至司业。年七十四，长庆二年二月丙寅以疾卒[⑥]，其年八月某日。葬河南偃师先公尚书之兆次[⑦]。以上总叙历官及卒葬。

【注释】

①大历：唐代宗李豫的年号(766—780)。

②举进士登第：窦牟为贞元二年(786)进士。

③六府：掌管府库的官职。包括司土、司木、司水、司器、司货、典司。

④元和五年：810年。

⑤都官郎中：主刑狱。泽州：今山西晋城。

⑥长庆二年：822年。长庆，唐穆宗李恒年号(821—824)。

⑦偃师：今河南偃师。兆次：墓域旁边。

【译文】

窦胤在大历初年以诗文而著名，等到窦公写文章时，也以诗见长。窦公孝敬长辈，为人十分厚道，中进士，辅佐六府五公，经八次升迁官至检校虞部郎中。元和五年，正式任尚书虞部郎中，转任洛阳令、都官郎中、泽州刺史，最后任司业。七十四岁时，即长庆二年二月丙寅日，因病去世，当年八月某日，葬于河南偃师他父亲工部尚书的墓旁边。以上总述窦牟为官经历及卒葬。

初，公善事继母，家居未出，学问于江东[①]。尚幼也，名声词章行于京师，人迟其至。及公就进士，且试其辈皆曰"莫先窦生"。于是，公舅袁高为给事中[②]，方有重名，爱且贤公，然实未尝以干有司[③]。公一举成名而东[④]，遇其党必曰[5]："非我之才，维吾舅之私。"以上科名。

【注释】

①学问：学习，问难。

②袁高：字公颐，沧州东光（今河北东光）人。贞元初为给事中。

③干：求。

④东：指江东。

⑤党：亲族，朋辈。

【译文】

最初窦公精心侍奉继母，常在家中不怎么出门，只在江东一带求学问难。年纪还轻时，他的名声和写的词章已传到京师，人却是在这之后去的。到窦公参加进士考试，快考试的时候，同辈人都说没有人能考得过窦公。当时窦公的舅舅袁高任给事中，为人方正且很有名气，他喜欢窦公也认为窦公有才华，然而窦公从未以这层关系去求有关官员。窦公一举成名回到江东，遇到亲族朋辈就说："不是我有才华，是我舅舅私下的照顾。"以上述其科名。

其佐昭义军也，遇其将死[1]，公权代领以定其危[2]。后将卢从史重公不遣[3]，奏进官职。公视从史益骄不逊[4]，伪疾经年，舆归东都。从史卒败死[5]。公不以觉微避去为贤告人[6]。以上佐昭义军。

【注释】

①其将死：指昭义军节度使李长荣将死。

②权：指暂代官职。

③卢从史：原为昭义节度使，后因勾结王承宗作乱，赐死。

④逊：顺，恭顺。

⑤从史卒败死：元和五年(810)六月，卢从史被其都知兵马使乌重胤所缚，送到京师，后被朝廷赐死于康州。

⑥微：衰败。

【译文】

窦公在辅佐昭义军时，正逢昭义军节度使死，窦公暂代他领兵，稳定住了危险的局面。之后又在卢从史手下为将，卢从史重视他没有让他走，还奏请授他官职。窦公看到卢从史日益骄盛，桀骜不驯，就伪称有病，过了一年，坐车回到东都。卢从史终于事败而死，窦公从不拿自己早察觉出卢有败露之象是有能耐而去对人讲。以上写其辅佐昭义军。

公始佐崔大夫纵留守东都[①]，后佐留守司徒馀庆[②]，历六府五公[③]，文武细粗不同[④]，自始及终，于公无所悔望。有彼此言者，六府从事几且百人。有愿奸、易险、贤不肖不同[⑤]，公一接以和与信，卒莫与公有怨嫌者。其为郎官、令守[⑥]，慎法宽惠不刻。教诲于国学也[⑦]，严以有礼，扶善遏过，益明上下之分[⑧]，以躬先之[⑨]，恂恂恺悌[⑩]，得师之道。以上为府佐、郎官、守令、司业，各得其道。

【注释】

①佐崔大夫纵：贞元二年(786)九月，以吏部侍郎崔纵为东都留守，奏窦牟为府巡官。

②佐留守司徒馀庆：元和五年(810)六月，以河南尹郑馀庆为东都留守，奏窦牟为府判官。

③历六府五公：窦牟初为东都留守巡官，历河阳昭义从事，再为留守判官。

④文武细粗：意思是各种不同的事情。文武，文才和武艺。细粗，重要与不重要。

⑤愿：谨，善。奸：诈伪。易：平易。险：此指苛刻。

⑥为郎中、令守：即上文提到的任都官郎中、泽州刺史等。

⑦国学：即国子监。

⑧上下：指尊卑长幼。

⑨躬：身体。引申为自身，亲自。

⑩恂恂：恭敬谨慎的样子。恺悌：和易近人。

【译文】

窦公一开始辅佐大夫崔纵，留守东都，后来又辅佐留守司徒郑馀庆，官历六府五公，处理各种不同的重要与非重要的事情，从始至终，没有人对用他失望的。这样评价窦公的，六府从事，有将近百人。遇到或善良或邪恶，或平易或苛刻，或贤能或无才的人，各不相同，窦公同样平和有信地对待他们，最终没有一个人跟窦公有什么怨嫌。窦公在朝廷任郎中、在地方任刺史时，慎用法令，处理事情宽大而不刻板。在国学任教导训诲时，窦公待人严正但讲究礼节，扶持好事，阻止过失，更明确尊卑长幼的分别，自己首先身体力行，恭敬谨慎，和易近人，深得为师之道。以上写其做府佐、郎官、守令、司业，都能各得其道。

公一兄三弟，常、群、庠、巩。常进士水部员外郎①，郎、夔、江、抚四州刺史②。群以处士征③，自吏部郎中拜御史中丞④，出师黔、容以卒⑤。庠三佐大府⑥，自奉先令为登州刺史⑦。巩亦进士⑧，以御史佐淄青府⑨。皆有材名。公子三人，长曰周馀，好善学文，能谨谨致孝⑩，述父之志⑪，曲而不黩⑫。次曰某曰某，皆以进士贡⑬。女子三人。以上兄弟子女。

【注释】

①常：窦常，字中行，大历十四年(779)进士。水部：工部四司之一，掌有关水道之政令。

②朗：朗州，治所在武陵，今湖南常德。夔：夔州，治所在奉节，今四川奉节。江：江州，今江西九江。抚：抚州，治所在临川，今江西抚州西。

③群：窦群，字丹列。以处士征：窦群以处士隐居毗陵(今江苏常州)。贞元十六年(800)十月，吏部侍郎韦夏卿为京兆尹，荐群，征拜左拾遗。处士：古时称有才德而隐居不仕的人。

④拜御史中丞：元和二年(807)，武元衡同平章事，举窦群代己为御史中丞。

⑤出师黔、容以卒：元和三年(808)十月，贬黔中观察使。八年四月，迁容管经略使。九年，召还，至衡州卒。

⑥庠(xiáng)：窦庠，字胄卿。三佐大府：贞元二十一年(805)五月，韩皋出镇武昌，奏庠为推官。元和三年(808)二月，皋移镇浙西，以庠为副使，由为宣歙副使。

⑦奉先：今陕西蒲城。登州：治蓬莱，今山东蓬莱。

⑧巩：窦巩，字友封，元和二年(807)登第。

⑨以御史佐淄青府：元和十四年(819)，薛干为平卢淄青节度使，表窦巩自副。

⑩谨谨：小心翼翼的样子。

⑪述：顺从。

⑫黩：通“嬻(dú)”。轻慢不敬。

⑬贡：荐举。

【译文】

窦公有一个哥哥、三个弟弟：窦常、窦群、窦庠、窦巩。窦常是进士出身，任水部员外郎，郎、夔、江、抚四州刺史。窦群曾为隐居之士，被征召，从吏部郎中升至御史中丞，出京师任黔中观察使和容管经略使，去世。窦庠三次辅佐大府，由奉先令转任登州刺史。窦巩也是进士，以御史的身份辅佐淄青府。四位兄弟的才华都是有名的。窦公有三个儿子：长子叫窦周馀，爱好学术文化，恭敬地尽孝道，顺从父亲的意志，宁肯委屈自己也不敢轻慢不敬。次子叫某，三子叫某，都是中进士。还有三个女儿。以上写其兄弟子女。

愈少公十九岁[①]，以童子得见[②]，于今四十年。始以师视公，而终以兄事焉。公待我一以朋友，不以幼壮先后致异。公可谓笃厚文行君子矣！其铭曰：

【注释】

①愈少公十九岁：韩愈生于大历三年(768)，当时五十五岁。

②童子：未成年的人。

【译文】

我比窦公小十九岁，认识他时我还未成年，到今天四十年了。一开始我把窦公当做老师来对待，最后视之为兄长。窦公把我当做一个朋友，不因为年龄差距而有什么不同。窦公可以称得上是忠厚的君子啊！铭文说：

后缗窦逃闵腹子[①]，夏以再家窦为氏[②]。圣愕旋河犊引比[③]，相婴拨汉纳孔轨[④]。后去观津[⑤]，而家平陵[⑥]。遥遥厥绪[⑦]，夫子是承。我敬其人，我怀其德。作诗孔哀，质于幽刻[⑧]。

【注释】

①后缗(mǐn)窦逃闵腹子:《左传·哀公元年》:“昔有过浇,灭夏后相,后缗方娠,逃出自窦,归于有仍。”后缗,夏帝相之妃。窦,孔穴。闵,通“悯”。怜悯。

②夏以再家窦为氏:后缗生少康,少康生杼和龙二子。少康得同姓部落有鬲氏帮助,恢复夏代统治。龙居有仍,遂为窦氏。家,据为一家所有,意思是一人统治天下。

③圣愕旋河犊引比:《史记》载,孔子不得用于卫,将西见赵简子。至于河,闻窦鸣犊、舜华之死,临河而叹曰:“美哉水,洋洋乎!丘之不济此,命也夫!”圣,指孔子。愕,陡然一惊。旋河,过河。

④相婴拔汉纳孔轨:婴,窦婴,字王孙,观津(今河北衡水东)人。窦太后侄。武帝初,任宰相,推崇儒术,反对黄老学说。当时武帝与窦太后都好黄老,而婴隆推儒术,贬道家言,这就是所谓的“拔汉纳孔轨”,意思是拔汉家黄老之习,而纳之孔子之道。拔,移易。轨,道。

⑤观津:今河北武邑东南。景帝母窦太后即观津人。

⑥平陵:今陕西咸阳西北。

⑦绪:丝头,引申为头路或开端。这里是祖宗的意思。

⑧质:通“置”。幽刻:指墓碑。

【译文】

后缗怜念腹中的孩子,从孔穴中逃出来,夏再次恢复统治时,窦就成了姓氏。孔圣人将要过河时惊闻窦鸣犊之死而引出比喻,宰相窦婴拔汉家黄老之习,而纳之孔子之道。后去了观津,以平陵为家。远久的祖先啊,窦公继承了他们。我尊敬窦公的为人,怀念他的品德。我无限悲痛地为窦公写诗,把它刻在墓碑上。

清河郡公房公墓碣铭

【题解】

此文写于元和十年(815)。文章叙述了房启的先世、历官及行贿被贬官等事。房启的曾祖父、祖父都曾任唐朝宰相,房启一开始借助门荫为官,后官职日渐升迁。文中交代房启的为官历程,看似信手拈来,却如刀攻斧凿,步步清晰。虽然作者用“中人使授命书,应待失礼,客主违言”来掩饰他的罪事,但在铭文中还是为他“失署亡资”感到遗憾。

归有光说此文“典质精严”。姚鼐说:“依次叙述,是东汉以来刻石文体,但出韩公手,自然简古清峻,其笔力不可强几也。”

公讳启,字某[①],河南人。其大王父融[②],王父琯[③],仍父子为宰相[④]。融相天后[⑤],事远不大傅[⑥]。琯相玄宗、肃宗[⑦],处艰难中[⑧],与道进退,薨赠太尉,流声于兹。父乘,仕至秘书少监[⑨],赠太子詹事。以上先世。

【注释】

①字某:房启字开士。

②大王父:曾祖父。

③王父:祖父。

④仍:重复,频繁。

⑤天后:指武则天。

⑥傅:通“敷(fū)”。陈述。

⑦肃宗:唐肃宗李亨(711—762),756—761年在位。唐玄宗之子。

⑧处艰难中:指安史之乱。

⑨秘书少监:秘书省的长官,掌图书著作等事。

【译文】

房公名启，字某，河南人。曾祖父房融，祖父房琯，父子相继任宰相。房融在则天皇后时任宰相，因为离现在时间太久远就不赘述了。房琯在玄宗、肃宗时任宰相，在艰难时刻，伴皇帝左右，死后赠太尉，名声流传到今天。父亲房乘，官至秘书少监，死后赠太子詹事。以上写其先世。

公胚胎前光①，生长食息，不离典训之内②，目濡耳染③，不学以能。始为凤翔府参军④，尚少，人吏迎观望见，咸曰："真房太尉家子孙也！"不敢弄以事。转同州澄城丞⑤，益自饰理⑥，同官惮伏⑦。卫晏使岭南黜陟⑧，求佐得公，擢摘良奸，南土大喜。还，进昭应主簿。裴胄领湖南⑨，表公为佐⑩，拜监察御史，部无遗事⑪。胄迁江西，又以节镇江陵⑫，公一随迁佐胄，累功进至刑部员外郎，赐五品服，副胄使事为上介⑬。上闻其名，征拜虞部员外。在省籍籍⑭，迁万年令⑮，果辩儆绝⑯。以上历官。

【注释】

①胚胎：怀孕一月为胚，三月为胎。

②典训：经籍。

③目濡(rú)耳染：即"耳濡目染"。濡，染。

④凤翔：治天兴，今陕西凤翔。

⑤同州：治武乡，今陕西大荔。澄城：今陕西澄城。

⑥饰：原意为增加人物形貌的华美，引申为加强自身修养。

⑦惮：震撼。伏：通"服"。佩服。

⑧卫晏使岭南黜陟：建中元年(781)二月，德宗为推行两税法，在各

道设黜陟使，以统一税制，同时考察地方官吏的政绩。遣黜陟使洪经纶、柳冕、卫晏等十人分行天下，晏使岭南。黜陟，这里是黜陟使，官名。调查官吏的行为以施赏罚。

⑨裴胄：字胤叔，河东闻喜（今山西闻喜）人。贞元三年（787），为湖南观察使。

⑩佐：副职。

⑪部：部署。

⑫节镇：指设置节度使的要冲大郡。也指节度使。

⑬副：辅助。亦指辅助的人或物。介：辅助。

⑭籍籍：亦作“藉藉”，纷乱貌。常形容众口喧腾或名声甚盛。

⑮万年：今陕西长安。

⑯辩：治理。憿（jī）：疾。

【译文】

房公母亲怀孕之前见到光，他长大时日常作息，身边都不离经籍，耳濡目染，就算不学也已能写东西了。房公一开始是任凤翔府参军，当时年纪很轻，老百姓和官吏们看见他，都说：“不愧是房太尉的子孙啊！”没有人敢拿事来捉弄他。转任同州澄城县丞后，房公更加注重自身的修养，举止得体，同僚们都很震惊，非常佩服他。卫晏到岭南任黜陟使，请房公佐助他，提拔良士，铲除奸臣，岭南的百姓都拥护他。回来后房公风光地任了主簿。裴胄任湖南观察使，上奏房公为副职，皇上就任房公为监察御史，他在任上，所部署的事没有遗留不办的。裴胄转职到江西，又去江陵任节度使，房公都跟随在他身边佐助他，累功升为刑部员外郎，赐五品官服，佐助裴胄，裴胄把他当做最好的佐助。皇上听说了他，征召为虞部员外郎。因为朝省杂乱喧闹，就转任万年令，办事果断，斩绝弊害。以上写其为官经历。

贞元末，王叔文用事[①]，材公之为，举以为容州经略使[②]，拜御史中丞，服佩视三品[③]，管有岭外十三州之地[④]。林蛮洞蜒[⑤]，守条死要[⑥]，不相渔劫[⑦]，税节赋时[⑧]，公私有余。削衣贬食，不立资遗，以班亲旧朋友为义[⑨]。在容九年，迁领桂州[⑩]，封清河郡公，食邑三千户。以上经略容、桂。

【注释】

①王叔文：越州山阴（今浙江绍兴）人。顺宗时任户部侍郎，推行改革。宪宗即位，贬为渝州司户，次年被杀。

②容州：今广西容县。贞元二十一年（805），以启为容州刺史，兼御史中丞，容管经略使。

③视：比照。

④岭外十三州：容管经略使所隶属的有容、辨、白、牢、钦、严、禹、汤、襄、古等州。岭外，即岭南。

⑤蜒：通“蜑（dàn）”。蛋户，南方夷族之一，也称龙户。在闽粤沿海以舟楫为家，以渔为业。

⑥要：约誓，引申为缔结。

⑦渔：用不正当手段去谋取。

⑧节：犹“适”，恰好。

⑨班：分赐。旧：旧友，旧交。

⑩迁领桂州：元和八年（813），以启为桂管观察使。桂州，今广西桂林。

【译文】

贞元末年，王叔文当权，认为房公是个人才，举荐他任容州经略使，授御史中丞职位，照三品的官服和佩饰，统管岭外十三州的地盘。就此南蛮各夷族遵守朝廷的规矩，缔结和约，永不互相侵犯，税赋及时，官家与百姓都富足有余。房公本人节衣缩食，不留什么财产给后人，而去资助亲戚朋友，朋友们都认为他是个有道德之人。房公在容州九年，转任桂管观察使，被封为清河郡公，食邑三千户。以上述其经略容州、桂州。

中人使授命书①，应待失礼②，客主违言③，征贰太仆④。未至，贬虔州长史，而坐使者⑤。以疾卒官，年五十九。其子越，能辑父事无失⑥，谨谨致孝。既葬，碣墓请铭⑦。铭曰：

【注释】

①中人：宦官。

②失礼：不合礼节，没有礼貌。

③违言：话不投机。

④征贰太仆：《旧唐书·宪宗纪》："启除桂管观察使，其本道邸吏赂吏部主管，私得官告，飞驿以授启。既而宪宗自遣中使持诏赐启，启畏使者，邀重赂，即曰：'先五日已得诏。'使者绐请视，因持之归，以闻。七月，贬启太仆少卿。"贰，副职。

⑤坐使者：《旧唐书·宪宗纪》："启自陈献使者南口十五，帝怒，杀中使。启未至京师，贬虔州长史。始诏五管福建黔中道，不得以口馈遗，罢腊口等使。九月丙午，中官季建章坐受启赂，杖一百，处死。癸未，贬启处州长史。启先赂建章口十五人，既怨其发官告事，乃具上言。帝既杀建章，并黜启。"

⑥辑：原义是记录，引申为接替。

⑦碣：同"揭"。耸峙。

【译文】

朝中宦官来授房公任命的诏书，他应待不合礼节，主客间话不投机，被降任太仆少卿。还未到任，又贬为虔州刺史，宦官也连罪了。房公因病死于任上，享年五十九岁。房公的儿子房越，能全部秉成父事，恭敬孝顺。下葬时，要立墓碑，请我写墓志铭。铭文是：

房氏二相，厥家以闻。条叶被泽[①]，况公其孙。公初为吏，亦以门庇[②]。佐使于南，乃始已致。既办万年，命屏容服[③]。功绪卓殊[④]，氓獠循业[⑤]。维不顺随，失署亡资[⑥]。非公之怨，铭以著之。

【注释】

①条叶：枝条和叶子。比喻旁人。泽：恩泽。

②门庇：即门荫，借助先人之功循例入官。

③容：接纳。

④绪：前人未竟的事业。

⑤氓：百姓。专指居于郊野之民。獠：西南地区的夷族。

⑥署：指代理、暂任或试充官职。

【译文】

房氏出了两位宰相，房家以此名闻天下。旁人已受恩泽，何况房公是他们的孙儿。房公初做官，也是凭借门荫。在岭南佐助卫晏，乃是全凭自己的能力。治理万年县，命令下达，无不接受服从。功业卓越，夷人安居乐业。因为不顺随宦官，丢掉了官职，失去了财产。不是房公有怨恨，只是写在铭上罢了。

尚书库部郎中郑君墓志铭

【题解】

此文写于长庆元年(821)。韩愈在江陵时，与郑群为同僚，还曾写诗赠给郑群。文章叙述了郑群的历官、为人和家庭，称赞他是如“列御寇、庄周等所谓近于道”的人。写郑群的为人部分,尤为生动,他得到薪俸就聚朋友连续几天几夜地玩乐,“费尽不复顾问”,或竟分给大家花,“不为后日毫发计留”;等到没钱时,无法招待客人,有时“竟日不能设食”。一个眼中没有钱的洒脱的人物形象活生生地出现在我们面前。茅坤说此文:“隽才逸兴。”刘大櫆(kuí)说:“韩公文法,劲挺独造。独此篇叙次尤逸,风神略近太史公。”

君讳群,字弘之,世为荥阳人①。其祖于元魏时有假封襄城公者②,子孙因称以自别。曾祖匡时,晋州霍邑令③。祖千寻,彭州九陇丞④。父迪,鄂州唐年令⑤,娶河南独孤氏女。以上先世。生二子,君其季也⑥。

【注释】

①荥阳:今河南荥阳。

②元魏:魏初为拓跋氏,至孝文帝,改称元氏。襄城公,即郑伟。《周书·郑伟传》:“伟字子直,荥阳开封人也。魏孝武西迁,伟亦归乡里。大统三年……率众来附,封武阳县伯,进爵襄城郡公。”襄城:今河南襄城。当时襄城郡属东魏,所以说假封。

③晋州霍邑:今山西霍州,唐时属河东道。

④彭州九陇:今四川彭州,唐时属剑南道。

⑤鄂州唐年:今湖北崇阳西,唐时属江南道。

⑥季:排行最小的。

【译文】

郑君名群,字弘之,世代生活在荥阳。因祖辈在元魏时被假封过襄城公,子孙们就自称是襄城人,以与别人区别开来。曾祖郑匡为晋州霍邑县令。祖父郑寻为彭州九陇县丞。父亲郑迪曾为鄂州唐年县令,娶河南独孤氏的女儿为妻。以上述其先世。生下两个儿子,小儿子就是郑君。

以进士选吏部考功[①],所试判为上等,授正字[②]。自鄠县尉拜监察御史[③],佐鄂岳使[④]。裴均之为江陵[⑤],以殿中侍御史佐其军。均之征也[⑥],迁虞部员外郎[⑦]。均镇襄阳,复以君为襄府左司马、刑部员外郎[⑧],副其支度使事[⑨]。均卒,李夷简代之[⑩],因以故职留君。岁余,拜复州刺史[⑪],迁祠部郎中。会衢州无刺史[⑫],方选人,君愿行,宰相即以君应诏。治衢五年,复入为库部郎中。行及扬州,遇疾,居月余,以长庆元年八月二十四日卒,春秋六十。即以其年十一月二十二日,从葬于郑州广武原先人之墓次[⑬]。以上历官、卒葬。

【注释】

①吏部考功:即吏部考功司,掌天下贡举之职。

②正字:指集贤殿正字。

③鄠(hù)县:今陕西西安鄠邑区,唐时属关内道京兆府。

④鄂岳使:指郑坤。《旧唐书·德宗纪》:"贞元十八年三月己巳,以蕲州(今湖北蕲春南)刺史郑坤为鄂州刺史,鄂、岳、蕲、沔(miǎn)观察使。"

⑤裴均:字君济,河东闻喜(今山西闻喜)人。江陵:今湖北江陵。

⑥均之征:《旧唐书·宪宗纪》:"元和三年夏四月丁卯,以荆南节度使裴均为右仆射,判度支。"征,召,征聘。

⑦虞部员外郎:掌天下山泽之事。

⑧左司马:大都督府司马二人,分为左右,辅佐都督。

⑨副其支度使事:为支度副使。《新唐书·百官志》:"节度使兼支

度营田招讨经略使，则有副使判官各一人。”

⑩李夷简代之：《旧唐书·宪宗纪》：“元和六年夏四月庚午，以户部侍郎判度支李夷简检校礼部尚书，襄州大都督府长史，山南东道节度使。五月丙午，前山南节度使检校左仆射平章事裴均卒。”李夷简，字易之。

⑪复州：今湖北仙桃，唐时属山南道。

⑫衢州：今浙江衢州，唐时属江南道。

⑬广武原：即广武山之原。广武山在郑州荥泽西。

【译文】

郑君以进士身份参加吏部考功司的考试，判为上等，授集贤殿正字。从鄠县尉升至监察御史，辅佐鄂岳使裴均。裴均去了江陵，郑君以殿中侍御史的身份辅佐他治军。裴均被征召为右仆射后，郑君转任虞部员外郎。裴均去镇守襄阳，又任郑君为襄阳府左司马、刑部员外郎、支度副使。裴均去世，李夷简替代其职务，挽留郑君续任前职。一年多后，任命他为复州刺史，转任祠部郎中。恰逢衢州没有刺史，正在选人，郑君愿意去，宰相就让他来应诏。郑君治理衢州五年，又转任库部郎中。上任途中行至扬州得病，住了一个多月，于长庆元年八月二十四日去世，时年六十岁。就在当年十一月二十二日，葬于郑州广武原先人的墓旁。以上述其历官、卒葬。

君天性和乐，居家事人，与待交游，初持一心，未尝变节[①]。有所缓急曲直薄厚疏数也，不为翕翕热[②]，亦不为崖岸斩绝之行[③]。俸禄入门，与其所过逢吹笙弹筝，饮酒舞歌，诙调醉呼，连日夜不厌。费尽，不复顾问，或分挈以去，一无所爱惜，不为后日毫发计留也。遇其空无时，客至，清坐相看，或竟日不能设食，客主各自引退，亦不为辞谢。与之游者，自少及老,未尝见其言色有若忧叹者,岂列御寇、庄周等所谓近于道者耶[④]!其治官守身,又极谨慎,不挂于过差[⑤]。去官而人民思之,身死而亲故无所怨议,哭之皆哀,又可尚也。以上性情、治行。

【注释】

①变节:改变原来的节操。

②翕翕:聚合,趋附的样子。

③斩绝:决绝。

④列御寇:相传战国时道家,亦作圄寇、圉寇,郑人。

⑤过差:过了便算的差事,意思是敷衍了事。

【译文】

郑君生性和善乐观,居家事人,待人接物,都是一心一意,从未有任何改变和不同。遇到有轻重缓急、曲直亲疏的事,对人既不过分热乎,也不做不留情面的事。俸禄发到手中,就和他所往来的朋友吹笙弹筝,饮酒歌舞,一起玩乐,直到醉了,一连几天几夜不厌倦。钱花光了不再问,或者干脆就分给众人,没有一点爱惜,不计划为日后的生活留一点点。到他身无分文时,有客人来,冷清地坐着你看看我我看看你,有时竟一整天都没饭吃,客人主人各走各的,也不说告辞的话。同他交往的,由少到老,从未听他说过叹息的话,也没见过他的脸色有忧愁的时候,他岂不是如列御寇、庄周等所谓接近道的人吗?他治官守身,行事非常谨慎,不敷衍了事,应付过场。离官卸任后,百姓想念他,人死后,亲朋故友对他生前的所作所为没有一点埋怨,哀哭他都十分悲伤,真是个可敬的人。以上写其性情、治行。

初娶吏部侍郎京兆韦肇女,生二女一男。长女嫁京兆韦词，次嫁兰陵萧瓒。后娶河南少尹赵郡李则女，生一女二男。其余男二人、女四人，皆幼。嗣子退思，韦氏生也。以上妻子。铭曰：

【译文】

郑君先前娶吏部侍郎京兆人韦肇的女儿为妻，生下两个女儿一个儿子。长女嫁给京兆人韦词，次女嫁给兰陵人萧瓒。后来郑君又娶了河南赵郡少尹李则的女儿，生下一个女儿两个儿子。另外还有两个儿子四个女儿，都还年幼。嫡子郑退思，是韦氏所生。以上写其妻儿。铭文是：

再鸣以文进途辟①，佐三府治蔼厥迹②。郎官郡守愈著白③，洞然浑朴绝瑕谪④，甲子一终反玄宅⑤。

【注释】

①再鸣以文进：意思是进士及书判拔萃。

②三府：指鄂岳、江陵、襄府。蔼：茂盛，这里的意思是繁荣。

③白：纯洁。

④洞然：透彻，深入。浑：简直。瑕：疵过。谪：谴责。

⑤甲子一终：即“春秋六十”。反：通“返”。玄：幽。

【译文】

以文知名，前途广阔，佐理三府，政绩显赫。不论是为郎官，还是作刺史，都清正廉洁，纯洁得简直就是一块无瑕的玉，六十岁去世，回到了他幽静的宅院。

江南西道观察使太原王公墓志铭

【题解】

此文写于长庆三年(823)。王弘中为连州司户时,韩愈正做连州阳山县令,为他写过《宴喜亭记》;后来王弘中为江南西道观察使时,韩愈任袁州刺史,又为他写过《滕王阁记》。王弘中死后,韩愈写了这篇《墓志铭》,还写了《神道碑》,但两篇内容完全不同。这篇文章叙述了王弘中的历官、治行和家世、卒葬。文笔生动,人物形象活灵活现。曾国藩说此文与《神道碑》:“观二篇无一字同,可知叙事之文,狡变化,无所不合。”

公讳仲舒,字弘中。少孤①,奉其母居江南,游学有名②。贞元十年③,以贤良方正拜左拾遗④,改右补阙⑤,礼部、考功、吏部三员外郎。贬连州司户参军⑥,改夔州司马佐江陵使⑦。改祠部员外郎,复除吏部员外郎。迁职方郎中知制诰⑧,出为峡州刺史⑨,迁庐州⑩。未至丁母忧⑪,服阕改婺州、苏州刺史⑫。以上历官中外。

【注释】

①孤:丧父称孤。

②游学:远游异地,从师求学。

③贞元十年:796年。

④贤良方正:全名为“贤良方正直言极谏科”,是明经、进士以外的科举科目。

⑤补阙:职掌对皇帝进行规谏,并举荐人员。左补阙属门下省,右补阙属中书省。

⑥连州：今广东连阳。司户：主管民户，在府曰户曹参军，在州曰司户参军，在县曰司户。

⑦夔州：今四川奉节。

⑧职方：属兵部，掌管地图等。知制诰：掌起草诏令。原为中书舍人之职，其后常以他官代行其职，则称某官知制诰。

⑨峡州：今湖北宜昌。

⑩庐州：治所在今安徽合肥。

⑪丁忧：指因父母之丧而解职。

⑫服阕：父母死后守丧三年，期满除服，称为“服阕”。阕，终了。婺(wù)州：今浙江金华。

【译文】

王公名仲舒，字弘中。小时候他父亲就去世了，他侍奉母亲住在江南，当时他离家从师求学，很有名声。贞元十年，王公中贤良方正科考试，被任命为左拾遗，又改任右补阙，礼部、考功吏部三员外郎，后被贬为连州司户参军，改任夔州司马，辅佐江陵的节度使。又改任祠部员外郎，再迁任职方郎中知制诰。出京师任峡州刺史，再迁任庐州刺史。还未到庐州，母亲去世，回家守丧，后改任婺州、苏州刺史。以上写其在朝廷与地方的任职经历。

征拜中书舍人，既至，谓人曰：“吾老，不乐与少年治文书①，得一道，有地六七郡，为之三年，贫可富，乱可治。身安功立，无愧于国家可也。”日日语人。丞相闻问语验，即除江南西道观察使兼御史中丞②。至则奏罢榷酒钱九千万③，以其利与民。又罢军吏官债五千万，悉焚簿文书。又出库钱二千万，以丐贫民遭旱不能供税者④。禁浮屠及老子⑤，为僧道士不得于吾界内因山野立浮屠老子象，以其诳丐渔利⑥，夺编人之产⑦。在官四年,数其蓄积,钱余于库,米余于廪⑧。以上服阕后为中书舍人、江西观察。

【注释】

①治:修改的意思。

②江南西道:辖境相当于今江西、湖南(沅陵以南的沅水流域除外)、皖南及湖北东部的江南地区。

③榷(què)酒:即榷酤,又名"榷酒酤""酒榷"。政府所施行的酒专卖,又泛指一切管制酒业取得酒利的措施。

④丐:给予,施予。

⑤浮屠:指佛教。老子:指道教。

⑥诳:欺骗,迷惑。丐:求。渔利:用不正当的手段谋取利益。

⑦编人:编入人口册之人。

⑧廪:米仓。

【译文】

又被征召任命为中书舍人,到任后,对人说:"我老了,不愿意继续给年轻人修改文书了,最好给我一个道,有那么六七个郡,我在任三年,可让贫穷的地方富起来,乱的地方安定下来。安身立业,这样无愧于国家。"王公天天对人说。丞相听别人说后就去问他,见他果然是这样讲的,就任他为江南西道观察使兼御史中丞。王公上任后就免去对酤户及酤肆征收的酒税九千万,把利还给百姓。又免去军中官吏欠公家的债钱五千万,把记载欠债的账簿文书全都烧毁。王公还从官府的府库中拿出两千万,接济那些因遭旱灾纳不了税的贫穷百姓。又禁信佛教与道教,在其管界内,不能有出家为僧和当道士的。有在山村野外立佛像和老子像的,就认为是骗取钱财,王公就没收了他们的财产。王公在任四年,查看官家的蓄积,则是库有余钱,仓有余粮。以上写他守丧期满后任中书舍人、江西观察史。

朝廷选公卿于外[①]，将征以为左丞，吏部已用薛尚书代之矣[②]。长庆三年十一月十七日，未命而薨，年六十二。天子为之罢朝，赠左散骑常侍。远近相吊。以四年二月某日葬于河南某县先茔之侧。以上卒葬。

【注释】

①公卿：原指三公九卿，后泛指朝廷中的高级官员。

②薛尚书：薛放，河中宝鼎（今山西万荣）人。长庆三年（823），代王仲舒镇江西。

【译文】

朝廷在京师之外遴选官员，要征召王公入朝为左丞，吏部也已经派薛尚书去替代他。长庆三年十一月十七日，王公未来得及赴命而去世，时年六十二岁。皇上痛心得没有上朝，赠王公左散骑常侍。各方都有人来哭吊他。长庆四年二月某日，葬于河南某县他先人坟茔旁边。以上述其卒葬。

公之为拾遗，朝退，天子谓宰相曰："第几人非王某邪？"是时，公方与阳城更疏论裴延龄诈妄[①]，士大夫重之。为考功吏部郎也，下莫敢有欺犯之者。非其人[②]，虽与同列未尝比数收拾[③]，故遭谗而贬。在制诰，尽力直友人之屈[④]，不以权臣为意，又被谗而出。元和初，婺州大旱，人饿死，户口亡十七八[⑤]。公居五年，完富如初。按劾群吏[⑥]，奏其赃罪，州部清整，加赐金紫[⑦]。其在苏州，治称第一。以上历官贤声。

【注释】

①阳城：字亢宗，定州北平（今河北顺平）人。唐德宗想任命裴延龄

为宰相，王仲舒和阳城上书论其奸。

②非：责怪，反对。

③比数收拾：收敛一些的意思。

④直友人之屈：友人指杨凭。杨凭为京兆尹，被御史中丞李夷简所劾，贬临贺尉。王仲舒论议为其伸冤，由是出为峡州刺史。

⑤户口：户册上登记的人口。

⑥按：审查。

⑦金紫：金印紫绶的简称。秦汉时相国、丞相、太尉、大司空、太傅、列侯等皆金印紫绶。魏晋以后，光禄大夫得假金章紫绶，因亦称金紫光禄大夫。

【译文】

王公为左拾遗，一天退朝后，天子对宰相说："朝班中的第几位莫不是王仲舒？"当时正好王公和阳城在轮流上疏指责裴延龄狡诈狂妄，士大夫们很重视他。为吏部考功员外郎，下属没有敢触犯他的。反对某个人，就算是同事，也未曾有所收敛，所以遭谗言陷害被贬职。为知制诰，尽力为朋友伸冤，不把朝中权臣的意见放在眼里，再次被谗言所害贬出京师。元和初年，婺州严重干旱，百姓饿死，户册上登记的人口死有十分之七八。王公在这里待了五年，婺州又恢复了原来富庶的景象。王公审查众官员，表奏其中犯有罪行的，婺州得到清理整顿，王公被授金印紫绶。在苏州，王公的治理可称天下第一。以上述其历次任职的贤良名声。

公所至，辄先求人利害①，废置所宜，闭阁草奏，又具为科条②，与人吏约③。事备，一旦张下，民无不忭叫喜悦④。或初若小烦⑤，旬岁皆称其便。公所为文章，无世俗气，其所树立，殆不可学⑥。以上总叙治行、文学。

【注释】

①利害：利益与害处。

②科条：法令条规。

③约：商量。

④忭(biàn)：喜乐。

⑤烦：烦劳。

⑥殆：大概。

【译文】

王公所到之处，先调查此地的情况，弄清楚该兴之利与该弃之弊，废掉该弃的，设置该兴的，关起门来草拟奏章，又把所拟都写成法令条规，和百姓官吏商量。事情准备好后，一经宣布，百姓无不喜悦欢欣。即使一开始有一点不适应，过一年后就都说很有好处了。王公所写的文章，没有一点世俗气，他的文章的风格，大概别人是学不了的。以上概述其为政成绩、文学成就。

曾祖讳玄暕比部员外郎[①]。祖讳景肃，丹阳太守[②]。考讳政，襄、邓等州防御使、鄂州采访使[③]，赠工部尚书。公先妣渤海李氏[④]，赠渤海郡太君。公娶其舅女，有子男七人：初、哲、贞、宏、泰、复、洄。初进士及第，哲文学俱善，其余幼也。长女婿刘仁师，高陵令[⑤]；次女婿李行修，尚书刑部员外郎。铭曰：

【注释】

①暕：读 jiǎn。

②丹阳：今江苏丹阳。

③邓：邓州，今河南邓州。

④渤海：今山东滨州。

⑤高陵：今陕西高陵。

【译文】

王公的曾祖父名玄暕，曾任比部员外郎。祖父名景肃，曾任丹阳太守。父亲名政，曾任襄、邓等州防御使、鄂州采访使，死后赠工部尚书。王公的母亲是渤海人姓李，死后封赠渤海郡太君。王公娶他舅舅的女儿为妻，生下七个儿子：王初、王哲、王贞、王宏、王泰、王复、王泂。王初，进士及第；王哲，文章和学问都很好；其余的儿子都还年幼。王公的长女婿叫刘仁师，任高陵令；次女婿叫李行修，是尚书员外郎。铭文是：

气锐而坚，又刚以严。哲人之常[①]，爱人尽己。不倦以止，乃吏之方。与其友处，顺若妇女。何德之光？墓之有石。我最其迹[②]，万世之藏。

【注释】

①哲人：才能识见超越寻常的人。

②最：总计，合计。

【译文】

勇气锐利坚定，为人刚强而严厉。哲人的平常事，尽己所能爱护别人。不因疲倦而停止，乃是为官的方正之处。与朋友相处，却温顺得像个妇人。王公的德行光耀在哪里？墓地中有石碑为记。我总结他的功绩，使之万世永存。

检校尚书左仆射右龙武军统军刘公墓志铭

【题解】

此文写于元和九年(815)。文章叙述了刘昌裔的先世、仕宦及卒葬。刘昌裔在《旧唐书》中有传，但非常简单。他一生的荣耀之处即守陈州。韩愈历数他在杨琳、曲环手下的战绩，极详极细，使人觉得他南征北战，不愧是一员大将。在描写刘昌裔与吴少诚的交往时，尤为生动。吴少诚本为叛军，刘昌裔并不与他为仇，"命上吏不得犯蔡州人"，而"少诚吏有来犯者，捕得缚送曰：'妄称彼人，公宜自治之。'"这样吴少诚怎么能再与他为敌呢？此足以显示出刘昌裔的足智多谋。

公讳昌裔，字光后，本彭城人①。曾大父讳承庆，朔州刺史②。大父巨敖，好读老子、庄周书，为太原晋阳令③。再世宦北方④，乐其土俗，遂著籍太原之阳曲⑤，曰："自我为此邑人可也，何必彭城？"父讼，赠右散骑常侍。以上先世。

【注释】

①彭城：今江苏徐州。

②朔州：治所在招远，今山西朔州。

③太原：今山西太原西南晋源镇。晋阳：今太原。

④世宦：古代贵族世代为官。

⑤阳曲：今山西阳曲。

【译文】

刘公名昌裔，字光后，本是彭城人。曾祖父名承庆，曾任朔州刺史。祖父刘巨敖，喜欢读庄子、老子的书，曾任太原晋阳令。再以后世代在北方为官，喜欢当地的风俗习惯，就开始称籍贯是太原阳曲，说："我是这里的人就可以了，何必说是彭城人呢？"父亲刘讼，死后赠右散骑常侍。以上写其先世。

公少好学问，始为儿时，重迟不戏①，恒有所思念计画②。

及壮自试，以开吐蕃说干边将，不售。入三蜀[③]，从道士游。久之，蜀人苦杨琳寇掠，公单船往说，琳感欷，虽不即降，约其徒不得为虐。琳降，公常随琳不去[④]。琳死，脱身亡[⑤]，沉浮河、朔之间[⑥]。建中中，曲环招起之[⑦]，为环檄李纳[⑧]，指摘切刻[⑨]。纳悔恐动心[⑩]，恒、魏皆疑惑气懈[⑪]。环封奏其本，德宗称焉。环之会下濮州[⑫]，战白塔，救宁陵、襄邑[⑬]，击李希烈陈州城下[⑭]。公常在军间，环领陈、许军，公因为陈、许从事，以前后功劳，累迁检校兵部郎中、御史中丞、营田副使[⑮]。以上从杨琳、曲环。

【注释】

①重迟：迟缓，不敏捷，引申为稳重。

②思念：思考。画：谋划，筹划。

③三蜀：汉初分蜀郡置广汉郡，武帝又分置犍为郡，合称三蜀。

④常随琳不去：《新唐书·刘昌裔传》载，杨琳归顺后，任命刘昌裔为泸州刺史。

⑤亡：出外，即离开某处。

⑥沉浮：比喻盛衰、消长。河、朔：泛指黄河以北地区。

⑦曲环：陕州安邑（今山西夏县）人。大历中数破吐蕃，累迁开府仪同三司，封晋昌郡王。

⑧李纳：平卢淄青节度使李正己子。建中二年（781）七月，李正己卒，李纳自称留后。

⑨指摘：指出缺点错误。后用为指责、揭发的意思。刻：比喻深切印入。

⑩动心：心志动摇。

⑪恒：指成德节度使李惟岳。魏：指魏博节度使田悦。

⑫环之会下濮州：《旧唐书·德宗纪》："纳攻徐州，环与刘玄佐将兵救之，败其众。纳还濮阳，玄佐进围之，残其郛。"濮州，治鄄(juàn)城，今山东鄄城北旧城。

⑬宁陵：今河南东部，唐时属宋州。襄邑：今河南睢(suī)县，唐时属宋州。

⑭击李希烈：《旧唐书·德宗纪》："兴元元年(784)闰十月，李希烈遣将翟崇晖悉众围陈州，宋亳节度使刘洽，遣马布都虞候刘昌与陇右幽州节度使曲环，将兵三万救之，擒崇晖于州西。"

⑮营田副使：唐朝各道设营田使、营田副使，管理屯田事务。营田，即屯田。

【译文】

刘公少年时好读书提问题，还是小孩子时，行为就很稳重而少与人嬉笑游戏，总像在思考着什么问题策划着什么事情。三十岁时一试身手，以打通吐蕃之计划去劝说戍边的将领，没有被接受。后来去了三蜀，跟随道士一起云游。很长时间，蜀地人遭受杨琳的强取豪夺，刘公只身乘船前往游说，杨琳被深深地感化，虽然没有立即投降，但命令他的徒众不得再继续为虐。杨琳归降后，刘公就留在了他身边。杨琳死，刘公离开那里，在河、朔之间轮番任官。建中年间，曲环招刘公到自己手下来，刘公为曲环写声讨李纳的檄文，对李纳的指责深切要害。李纳读后都有些后悔但怕自己会心志动摇，成德军节度使与魏博节度使读后都心生疑惑，感到泄气。曲环把刘公写的檄文上奏给皇上，皇上称赞了他。曲环下濮州，在白塔作战，救下宁陵、襄邑城，进攻李希烈于陈州城下，刘公都在军中。曲环任陈许节度使，刘公由此任陈许从事，凭前前后后的功劳，先后升为检校兵部郎中、御史中丞、营田副使。以上写其跟随杨琳、曲环。

吴少诚乘环丧，引兵叩城①，留后上官说，咨公以城守②，所以能擒诛叛将[3]，为抗拒，令敌人不得其便。围解，拜陈州刺史。韩全义败，引军走陈州[4]，求入保。公自城上揖谢全义曰："公受命诣蔡，何为来陈？公无恐，贼必不敢至我城下。"明日，领步骑十余，抵全义营。全义惊喜，迎拜叹息，殊不敢以不见舍望公[5]。改授陈、许军司马。以上守陈州，为陈州刺史司马。

【注释】

①引兵叩城：《旧唐书·德宗纪》："贞元十四年秋，少诚叩唐州，掠临颍，陈许留后上官涚遣将救之，败没，少诚遂围许州。"

②留后上官说，咨公以城守：此处"说"应为"涚"。下同。《旧唐书·德宗纪》："涚以刺史知留后。少诚引兵薄城，涚惧欲遁去，昌裔止之，曰：'受诏而守，死其职也。况士马完奋足支贼，若坚避不战，七日，贼气必泄，我以全制之可也。'涚许之。少诚昼夜急攻，昌裔出击，大破之。"咨，商议。

③能擒诛叛将：《旧唐书·德宗纪》："兵马使安国宁，意欲翻城应贼，昌裔觉，以计斩之，并召其麾下，人给二缣，伏兵要巷，见持缣者悉斩之。"能，和睦。

④韩全义败，引军走陈州：韩全义为蔡州招讨使，与淮兵交战，大溃。走，逃跑。

⑤殊不敢以不见舍望公：一点也不敢因为不被接纳而埋怨刘公。见舍，接纳的意思。望，埋怨，责备。

【译文】

吴少诚乘曲环死丧之机，领兵到陈州城下挑衅，留后上官涚和刘公商议守城事宜，没有怎么大动干戈就擒住并杀死了军中叛将，抵抗敌人，使敌人没能得逞。解围后，刘公被任为陈州刺史。韩全义与敌人交战而败，领兵逃到陈州，请求进城受保护。刘公从城墙上作揖推辞说："公不是受命伐蔡州，怎么会来陈州呢？公不要担心，贼兵肯定不敢到我的城下来。"第二天，刘公带十几个步兵、骑兵到韩全义营中。韩全义非常惊喜，迎接刘公并下拜，十分感叹，一点也不敢因为不被接纳而埋怨刘公。之后，刘公改任陈许军司马。以上写其镇守陈州，任陈州刺史司马。

上官说死，拜金紫光禄大夫、检校工部尚书，代说为节度使。命界上吏，不得犯蔡州人，曰："俱天子人，奚为相伤？"少诚吏有来犯者，捕得缚送，曰："妄称彼人，公宜自治之。"少诚惭其军，亦禁界上暴者。两界耕桑交迹，吏不何问。封彭城郡开国公，就拜尚书右仆射。以上为陈州节度。

【译文】

上官说死后，刘公升金紫光禄大夫、检校工部尚书，代替上官说为节度使。刘公下令命管界内的官吏不得侵犯蔡州百姓，说："都是天子的子民，为什么要互相伤害呢？"吴少诚的部下有来侵犯的，被抓住后捆送回去，说："这人乱说，说是你们的人，公自己看着办吧。"弄得吴少诚为之脸红，也下令属下禁止在管界内行暴。两片管界，桑田交错，官吏也不过问。刘公被封为彭城郡开国公，随即被任为尚书左仆射。以上写其任陈州节度使。

元和七年，得疾，视政不时。八年五月，涌水出他界[①]，过其地，防穿不补[②]，没邑屋，流杀居人，拜疏请去职即罪，诏还京师。即其日与使者俱西，大热，旦暮驰不息，疾大发。左右手辔止之，公不肯，曰："吾恐不得生谢天子。"上益遣使者劳问[③]，敕无亟行。至则不得朝矣。天子以为恭，即其家拜检校左仆射、右龙武军统军知军事[④]。十一月某甲子薨，年六十二。上为之一日不视朝，赠潞州大都督[⑤]，命郎吊其家。明年某月某甲子，葬河南某县、某乡、某原。以上得罪还京及卒葬。

【注释】

①涌水：古水名。首起今湖北沙市南，分江水下流，下流仍入江。

②防：堤岸。穿：这里是垮的意思。

③劳问：伺劳。

④龙武军：唐代禁军名。分左右营，统军万骑，以拱卫京师。统军：为一军之长。

⑤潞州：治上党，今山西长治。

【译文】

元和七年，刘公得了病，无法按时处理公务。元和八年五月，涌水泛滥，流经刘公的管地，堤防被冲垮修补不上，水没过了城中的房屋，淹死了里面的人，刘公上书请求免去自己的职务并领罪，皇上下诏传他进京。就在诏到的当天，刘公同下诏的使者动身西行，天气炎热，晚上也赶路不休息，刘公的病严重了。身边侍候的人不让他再拿缰绳，刘公不肯，说："我担心不能活着见到皇上了。"皇上又派使者问候刘公的病情，敕他无需急行。等到到达京师，刘公已经不能上朝了。天子认为刘公很值得尊敬，在他家中任命他为检校左仆射、右龙武军统军知军事。十一月甲子日，去世，享年六十二岁。皇上为他一天没有视朝，赠潞州大都督，派郎官到他家中吊丧。第二年某月甲子日，葬于河南某县某乡某原。以上写其得罪还京及去世、安葬。

公不好音声，不大为居宅，于诸帅中独然。夫人，邠国夫人武功苏氏。子四人：嗣子光禄主簿纵[1]，学于樊宗师[2]，士大夫多称之；长子元一，朴直忠厚，便弓马[3]，为淮南军衙门将；次子景阳、景长，皆举进士。葬得日，相与遣使者，哭拜阶上，使来乞铭。以上妻子。铭曰：

【注释】

①嗣子：嫡长子当嗣者称"嗣子"。

②樊宗师：即樊绍述。

③便：熟习。

【译文】

刘公不好歌舞音乐，不为自己建大的宅院，众帅中只有他一人如此。夫人邠国夫人是武功人，姓苏。有四个儿子：嗣子刘纵为光禄主簿，跟樊宗师学习，士大夫们对他多有称赞；长子刘元一，率直忠厚，擅长骑马射箭，为淮南军衙门将；次子景阳、景长，都中了进士。确定下葬日期后，刘家派人来，在我家的台阶上哭拜，求我写墓志铭。以上写其妻子、儿女。铭文是：

提将之符，尸我一方[1]。配古侯公[2]，维德不爽[3]。我铭不亡[4]，后人之庆。

【注释】

①尸：主持。

②配：匹敌，媲美。

③爽：差失。

④亡：通"忘"。

【译文】

手持将帅的符节，主持一方政事。同古代的诸侯名公媲美，德行丝毫不差。我写墓志铭使人不忘记他，也是他后人的幸福。

司勋员外郎孔君墓志铭

【题解】

此文写于元和五年(810)。孔戣和韩愈当时都在东都洛阳任职，孔戣死后，韩愈为他写了这篇墓志铭。文章一开始叙述孔戣在昭义军强谏卢从史不成，回到洛阳，接着说他在得到重用之前就死去，然后叙述他在昭义军佐卢从史的缘由，最后是他的家世。文章赞扬了孔戣“为义若嗜欲，勇不顾前后，于利与禄，则畏避退处，如怯夫然”的高尚人格，表达了作者为这样一位人才没有得到及时重用的深深惋惜，也借此抒发了作者自己怀才不遇的郁郁之情。

昭义节度卢从史[①]，有贤佐曰孔君，讳戣，字君胜。从史为不法，君阴争[②]，不从，则于会肆言以折之。从史羞，面颈发赤，抑首伏气，不敢出一语以对。立为君更令改章辞者，前后累数十。坐则与从史说古今君臣父子[③]，道顺则受成福，逆辄危辱诛死，曰：“公当为彼，不当为此。”从史常耸听喘汗。居五六岁，益骄，有悖语，君争，无改悔色，则悉引从事，空一府往争之。从史虽羞，退益甚。君泣语其徒曰：“吾所为止于是，不能以有加矣。”遂以疾辞去，卧东都之城东[④]，酒食伎乐之燕不与[⑤]。当是时，天下以为贤，论士之宜在天子左右者，皆曰“孔君、孔君”云。以上强谏卢从史而还洛。

【注释】

①昭义：又名泽潞，唐方镇名（治所在潞州，今山西长治）。大历元年（766）号昭义军。

②阴：背后，私下。争：争执。《新唐书·孔戣传》："（卢从史）与王承宗、田绪阴相结，欲久连兵以固其位。戣始阴争，不从，则于会肆言以折之。"

③坐：坐下时，引申为闲时。

④卧：隐居。

⑤伎乐：音乐舞蹈。燕：通"宴"。

【译文】

昭义节度使卢从史，有一位贤能的佐助孔君，名戣，字君胜。卢从史做了不法之事，孔君私下与他争执，卢从史不从，孔君就在会上不顾他的面子批评他。卢从史羞愧难当，面红脖赤，低头屏气吞声，一句话也不敢回答。替卢从史修改的命令和章奏，前后累计数十篇。孔君闲时则与卢从史谈论古今的君臣父子之事，告诉他顺天道则得福成事，逆天道而行则危辱自至甚至遭诛而死，说公应当这样这样，不能那样那样。卢从史听着听着常常吓得直冒汗。过了五六年，卢从史更加骄横，说出一些悖逆的话，孔君与他争执，他却没有悔改的意思，孔君就带领整个昭义府的僚属去与他争执。卢从史虽然觉得羞愧，但过后却有增无减。孔君哭着对他的学生说："我所能做的也就到这里了，再也做不了什么了。"于是称说有病辞去官职，隐居在东都的城东面，从不参加什么酒宴及歌舞之乐。那时，天下人都认为孔君是有才有德之人，谈论起谁应在皇帝身边辅助他治理国家，都说"孔君""孔君"。以上写孔戣强谏卢从史，辞职回到洛阳。

会宰相李公镇扬州①，首奏起君，君犹卧不应。从史读诏曰："是故舍我而从人耶？"即诬奏君前在军有某事。上曰:“吾知之矣。”奏三上,乃除君卫尉丞,分司东都。诏始下门下,给事中吕元膺封还诏书[2]。上使谓吕君曰:“吾岂不知戡也?行用之矣[3]。”明年元和五年正月,将浴临汝之汤泉[4],壬子,至其县食,遂卒,年五十七。公卿、大夫、士相吊于朝,处士相吊于家[5]。君卒之九十六日,诏缚从史送阙下[6],数以违命,流于日南[7]。遂诏赠君尚书司勋员外郎,盖用尝欲以命君者信其志[8]。其年八月甲申,从葬河南河阴之广武原。以上为卢从史所诬奏,得罪以死。

【注释】

①宰相李公:指李吉甫。当时为淮南节度使,治扬州。

②吕元膺:字景夫,郓州东平(今山东东平)人。

③行:将,快要。

④临汝:今河南临汝。汤泉:温泉。

⑤处士:有才德而隐居不仕的人。

⑥诏缚从史送阙下:《唐会要》:“元和五年(810)四月,镇州行营招讨使吐突承璀缚从史,送京师。”阙下,宫阙之下,指帝王所居之处,借指朝廷。

⑦日南:今越南顺化等处。

⑧信:通“伸”。

【译文】

适逢宰相李吉甫镇守扬州,第一个上奏皇上起用孔君,孔君仍隐居不肯去。卢从史读到诏书,说:“离开我是因为想去追随别人吗?”就上奏皇上诬陷孔君,说他从前在军中时曾做过某件坏事。皇上说:“我知道了。”奏书上了三次,皇上只好任孔君为卫尉丞,到东都任职。诏书下达到门下省,给事中吕元膺封还诏书。皇上派人对吕君说:“我难道还不知道孔戡吗？就快要用他了。”第二年，即元和五年正月，孔君要去临汝洗温泉，壬子日，到临汝县，用过饭后，去世，享年五十七岁。公卿、大夫、士子在朝中哭吊他，隐居不仕的人在家中哭吊他。孔君去世九十六天后，皇上下诏把卢从史捆送到朝中，因他数次违抗王命，流放到日南。又下诏赠孔君尚书省司勋员外郎，用曾经想任命孔君的官职来告慰他。当年八月甲申日，葬在河南河阴县广武原。以上写其被卢从史诬陷上告，得罪以死。

君于为义若嗜欲，勇不顾前后，于利与禄，则畏避退处，如怯夫然。始举进士第，自金吾卫录事为大理评事，佐昭义军。军帅死[①]，从史自其军诸将代为帅，请君曰：“从史起此军行伍中[②]，凡在幕府[③]，唯公无分寸私。公苟留，唯公之所欲为。”君不得已，留。一岁再奏，自监察御史至殿中侍御史。从史初听用其言，得不败；后不听信，恶益闻；君弃去，遂败。以上叙历官至佐昭义军，著所以事卢从史之由。

【注释】

①军帅：即昭义节度使，当时为李常荣。

②起：出身。行伍：古代军队编制，五人为“伍”，二十五人为“行”，故以行伍泛指军队。

③幕府：军队出征，施用帐幕，所以古代将军的府署称“幕府”。

【译文】

孔君对道义如嗜好，勇敢而不瞻前顾后，对于功名利禄则退避三舍，像个懦夫。开始进士及第，从金吾卫录事升大理评事，佐助昭义军。昭义军的统帅去世，卢从史从军内诸将中出来替代为帅，并请孔君来帮助自己，说：“我出身于此军行伍中，所有在幕府的人，只有公没有一点私心。如果公肯留下，一切听从公的安排。”孔君不得已而留下。一年后卢从史又上奏，把孔君从监察御史升至殿中侍御史。一开始卢从史对孔君言听计从，无处不利；后来不听信他的话，恶名远扬；孔君弃他而去，卢从史就此败亡。以上写其历官至辅佐昭义军，及之所以跟随卢从史的缘由。

祖某[①]，某官，赠某官。父某[②]，某官，赠某官。君始娶弘农杨氏女[③]，卒，又娶其舅宋州刺史京兆韦屺女[④]，皆有妇道。凡生一男四女，皆幼。前夫人从葬舅姑兆次[⑤]。卜人曰：“今兹岁未可以祔[⑥]。”从卜人言，不祔。君母兄戣[⑦]，尚书兵部员外郎；母弟戢[⑧]，殿中侍御史，以文行称朝廷。以上祖父妻子。将葬，以韦夫人之弟、前进士楚材之状授愈[⑨]，曰：“请为铭。”铭曰：

【注释】

①祖某：孔戡的祖父孔如珪，曾任海州司户参军，赠尚书工部郎中。

②父某：孔戡的父亲孔岑父，曾任秘书省著作佐郎，赠尚书左仆射。

③弘农：今河南灵宝南。

④宋州：今河南商丘。

⑤舅姑：公婆。兆：墓域。

⑥祔（fù）：合葬。

⑦母兄：同母所生的哥哥。戣（kuí）：孔戣，字君严，后官至尚书左丞。

⑧母弟：同母所生的弟弟。戢：孔戢，字方举，后官至京兆尹。

⑨前进士：唐代士人应试进士科及第的称为“前进士”。状：陈述、记叙、申诉或褒贬的文辞或证件。

【译文】

孔君的祖父名某，任某官，赠某官。父亲名某，任某官，赠某官。孔君最先娶弘农人姓杨的女子为妻，前妻去世后，又娶他舅舅宋州刺史京兆人韦屺的女儿为妻，两个妻子都很有妇德。共生有一个儿子四个女儿，都还年幼。前夫人挨着葬于公婆的墓地旁。占卜的人说："今年不能合葬。"家人听了占卜的人的话，没有将孔君和前夫人合葬。孔君同母的哥哥孔戣，任尚书兵部员外郎；同母的弟弟孔戢，任殿中侍御史，以文章和德行闻名于朝中。以上述其祖父、妻子、儿女。要下葬时，有人拿着韦夫人的弟弟、前进士楚材的信给我，说："请您为孔君写墓志铭。"铭文是：

允义孔君[1]，兹惟其藏。更千万年，无敢坏伤。

【注释】

①允：诚信。

【译文】

诚信义气的孔君，这里是他安身的地方。再过千万年，也没有人敢损坏毁伤。

集贤院校理石君墓志铭

【题解】

此文写于元和七年(812)。石洪是韩愈的朋友，韩愈常写诗给他。他死后，韩愈写了祭文，又写了这篇墓志铭，叙述了石洪的家世、身世、才华、仕途经历及妻儿。文章不长，但层次清晰，语言委婉生动，在写石洪的才华时，没有说他如何如何，而以写各方竞相争聘他来托衬，更增添了作品的感染力。

君讳洪，字濬川。其先姓乌石兰[①]，九代祖猛始从拓跋氏入夏[②]，居河南，遂去“乌”与“兰”，独姓石氏[③]，而官号大司空[④]。后七世至行褒[⑤]，官至易州刺史[⑥]，于君为曾祖。易州生婺州金华令讳怀一[⑦]，卒葬洛阳北山。金华生君之考讳平，为太子家令[⑧]，葬金华墓东，而尚书水部郎刘复为之铭[⑨]。以上先世。

【注释】

①乌石兰：古鲜卑族姓。

②拓跋氏：北魏鲜卑皇族的姓。夏：这里指中原华夏。

③独姓石氏：后魏孝文皇帝太和十八年(494)，迁都洛阳。二十年，尽改复姓，故乌石兰改为石氏，以河南为望。

④官号大司空：《后魏官氏志》中载：“有司空兰陵公石猛。”大司空，与大司徒、大司马并称三公。

⑤行褒：石行褒，石洪的曾祖父。

⑥易州：今河北易县。

⑦婺州：今浙江金华一带。

⑧太子家令：掌理太子东宫事务。

⑨尚书水部郎：掌有关水道之政令。

【译文】

石君名洪，字濬川。他的先祖姓乌石兰，九世祖猛始时从拓跋氏进入中原，定居河南，于是去掉姓中的“乌”字和“兰”字，独姓一个石字，任大司空。再过七代后，到石行褒，即石君的曾祖父，为易州刺史。在易州出生了石君的祖父石怀一，后为婺州金华令，去世后葬于洛阳北山。在金华出生了石君的父亲石平，后为太子家令，去世后葬在金华墓东侧，尚书省水部郎中刘复为他写了墓志铭。以上写其先世。

君生七年丧其母，九年而丧其父，能力学行。去黄州录事参军[①]，则不仕，而退处东都洛上十余年。行益修，学益进，交游益附[②]，声号闻四海。故相国郑公馀庆留守东都，上言洪可付史笔[③]。李建拜御史[④]，崔周祯为补阙[⑤]，皆举以让。宣、歙、池之使与浙东使[⑥]，交牒署君从事[⑦]。河阳节度乌大夫重胤间以币先走庐下[⑧]，故为河阳得，佐河阳军[⑨]。吏治民宽，考功奏从事考[⑩]，君独于天下为第一。元和六年，诏下河南，征拜京兆昭应尉校理集贤御书。以上出处、仕宦。明年六月甲午，疾卒，年四十二。

【注释】

①黄州：今湖北黄冈北。

②附：增益。

③史笔：记载历史的人。

④李建：字杓(biāo)直。元和三年(808)十月，高郢为御史大夫，奏建为殿中侍御史，建举洪自代。

⑤补阙：掌诤谏建言，为谏官。

⑥宣、歙、池之使：指卢坦，字保衡，洛阳(今属河南)人。浙东使：指薛平，河中宝鼎(今山西万荣)人。曾任浙江东道观察使，死后赠工部尚书。

⑦交牒：发出延聘文书。牒，授官之簿录。署：任命。从事：为州刺史之佐吏，主管文书，兼举非法，可由各州自己任命。

⑧河阳：今河南孟州。乌大夫重胤：乌重胤。间以币先走庐下：即暗地里先把钱送到石洪的府上。

⑨佐河东军：元和五年(810)四月，乌重胤为河南节度使，石洪为府参军。

⑩考功：即吏部考功司，掌内外文武官吏之考课。

【译文】

石君七岁时母亲去世，九岁时又失去了父亲，他能够自己钻研学习。从黄州录事参军的位置上解职后就不再做官，回到京都洛阳住了十多年。行为举止修炼得更好，学业上更有了进步，交往也广泛了，名声闻于四海。已故相国郑馀庆留守东都时，上书称石洪有史才。李建被授御史，崔周祯为补阙，都举荐他。宣、歙、池节度使与浙东观察使也都送来延聘文书，任命他为本州从事。河阳节度使乌重胤暗地里拿着钱币率先登门到石君府上，这样他就被河阳州得到，担任了河阳参军。在他治理下百姓都很宽松，考功司上奏从事们的考试成绩，石君为全国第一名。元和六年，有诏书到河南，任石君为京兆昭应尉、校理集贤御书。以上是其出处及仕宦经历。第二年六月甲午日，得急病身亡，时年四十二岁。

娶彭城刘氏女[①]，故相国晏之兄孙[②]。生男二人：八岁曰壬，四岁曰申。女子二人。顾言曰[③]："葬死所[④]。"七月甲申，葬万年白鹿原[⑤]。以上妻子、卒葬。既病，谓其游韩愈曰[⑥]："子以吾铭。"铭曰：

【注释】

①彭城：今江苏徐州。

②晏：刘晏，字子安，曹州南华（今山东东明）人。

③顾言：临死遗言。

④死所：逝世的地方。

⑤万年：今陕西长安。

⑥游：交游，来往。这里做代词用，来往的人。

【译文】

娶彭城刘氏的女儿，她是已故相国刘晏的兄弟的孙女为妻。生有两个儿子：八岁的叫壬，四岁的叫申。有两个女儿。石君去世前留下遗言说：“就葬在去世的地方。”七月甲申日，把石君葬在万年县白鹿原。以上写其妻儿及卒葬。得病后，石君对朋友韩愈说：“你给我写墓志铭吧。”铭文是：

生之艰，成之又艰。若有以为，而止于斯。

【译文】

生存艰难，要成就事业也不易。要想有所作为，达到石君的境界就可以了。

李元宾墓铭

【题解】

此文写于贞元二十一年(805)。文章简单地叙述了李元宾的经历，表达了作者对他英年早逝的沉痛哀悼。李元宾与韩愈同年中进士，二十九岁时，客死异乡，世系子孙都不详，无法记载，未立什么功业，所以韩愈把着眼点放在他的才华上，铭文中哭他“才高乎当世，而行出乎古人”，足以让人为之掬一把惋惜之泪，又用“竟何为哉？竟何为哉？”进一步表现他的叹惜。

方苞说：“若毛举数其事，则浅之乎视元宾，而推大痛惜之意，转不可见。”曾国藩说：“志不称元宾之长，而铭著才高二语，故可贵。若通首赞颂不休，不足取信矣。”

李观，字元宾，其先陇西人也[①]，始来自江之东[②]。年二十四举进士[③]，三年登上第[④]，又举博学宏辞[⑤]，得太子校书[⑥]。一年，年二十九，客死于京师。既敛之三日，友人博陵崔弘礼葬之于国东门之外七里[⑦]，乡曰庆义，原曰嵩原。友人韩愈书石以志之。辞曰：

【注释】

①陇西：今甘肃陇西。

②江之东：江东。

③举进士：贞元八年(792)，韩愈、李元宾等二十三人同中进士。

④上第：名次在前。

⑤博学宏辞：唐代科举考试科目的一种，由吏部在进士中考选博学能文之士，录取后就授予官职。

⑥太子校书：辅弼太子学术的文官。

⑦博陵：今河北定州。崔弘礼：字从周，博陵人。磊落有大志，通兵略，初佐吕元济守东都，又为田弘正魏博节度副使；多所筹略。长庆中历华州刺史，改天平节度使，后改刑部尚书，为东都留守卒。

【译文】

李观，字元宾，他的先祖是陇西人，最初是从江东来。元宾二十四岁时参加进士考试，三年后考中获上等名次。又中博学宏辞科，被授太子校书。一年后，元宾二十九岁，客死于京师。入殓三天，他的朋友博陵崔弘礼把他葬在国东门外七里的庆义乡嵩原。朋友韩愈在墓碑上写下墓志铭。铭文是：

已虖元宾[①]！寿也者吾不知其所慕，夭也者吾不知其所恶。生而不淑[②]，孰谓其寿？死而不朽，孰谓之夭？已虖元宾！才高乎当世，而行出乎古人。已虖元宾！竟何为哉，竟何为哉！

【注释】

①已虖：叹词，相当于"呜呼"。

②淑：美好。

【译文】

呜呼元宾！长寿的人，我不知道人们所羡慕的是什么；夭折的人，我不知道人们所憎恶的是什么。活着但为人不淑，谁说他是长寿？死了但死而不朽，谁说他是夭折？呜呼元宾！才华高于世人，行为超出古人。呜呼元宾！究竟为什么？究竟为什么？

施先生墓铭

【题解】

此文写于贞元十八年(802)。文章描写了施士匄出众的才华及家世。韩愈和施世匄并无深交，对他也不甚了解。在写他的才华时，没有用一个形容词，而是以写一些人的行为来衬托，如写贤士"从而执经考疑者继于门"，很多太学生"皆其弟子"，贵族子弟为了听他的讲说"来太学，帖帖坐诸生下，恐不卒得闻"等，说明他在学术上的地位。

贞元十八年十月十一日，太学博士施先生士匄卒[①]，其僚太原郭伉买石志其墓[②]，昌黎韩愈为之辞，曰：

【注释】

①太学：中国古代的大学，为国家最高学府。博士：我国古代专精一艺的职官名，这里指讲授经学的人。

②僚：同一官署的官吏。太原：今山西太原西南晋源镇。

【译文】

贞元十八年十月十一日，太学博士施士匄先生去世。他的同僚太原人郭伉买了刻墓志的碑石，昌黎人韩愈为他写铭，说：

先生明毛、郑《诗》[1]，通《春秋左氏传》[2]，善讲说。朝之贤士大夫从而执经考疑者继于门[3]，太学生习毛、郑《诗》《春秋左氏传》者皆其弟子。贵游之子弟[4]，时先生之说二经，来太学，帖帖坐诸生下[5]，恐不卒得闻。先生死，二经生丧其师，仕于学者亡其朋，故自贤士大夫、老师宿儒、新进小生闻先生之死[6]，哭泣相吊，归衣服货财[7]。以上明二经及死时事。

【注释】

①毛、郑：毛指《毛诗》，相传为西汉初毛亨和毛苌(cháng)所传。据称其学出于孔子弟子子夏。郑指郑学。郑玄，东汉经学家，著述以古文经说为主，兼采今文学说，遍注群经，成为汉代经学的集大成者，称“郑学”。

②《春秋左氏传》：即《左传》，亦称《左氏春秋》，儒家经典之一，相传为春秋时左丘明所撰。

③继：接续。

④贵游：无官职的贵族，泛指显贵。

⑤帖帖：原意为安妥熨帖，引申为顺从，安定。

⑥老师：年辈最尊的学者。宿儒：亦作夙儒，指对儒学经籍素有研究者。新进：新入仕途或新中科第为“新进”。小生：对后辈的称呼。

⑦归：通“馈(kuì)”。赠送。

【译文】

先生明解毛、郑《诗》，通晓《春秋左氏传》，善于讲说。朝中贤明的士大夫，手持经卷考问的人接续投在他门下，太学生中读毛、郑《诗》《春秋左氏传》的人都是他的学生。贵族子弟们在先生来太学讲解二经时，都安顺地坐到太学生们的下面，唯恐不能全部听到。先生去世，学二经的学生失去了老师，贤士与学者失去了朋友，所以上自贤士大夫、位尊的学者及宿儒，下至新科中举的后辈，听到先生去世的噩耗，无不哭泣奔走相吊，并赠送衣物和钱给先生的家人。以上写其通晓二经及去世时事。

先生年六十九，在太学者十九年，由四门助教为太学助教[①]，由助教为博士。太学秩满当去[②]，诸生辄拜疏乞留。或留或迁，凡十九年，不离太学。以上在太学之久。

【注释】

①四门：后魏于四门建学，置四门博士。盖古者天子设四学于四郊，后魏以其辽远，故置于四门内，历代因之。太学助教：国学中所设学官，协助博士传授儒家经学。

②秩满：官吏任期届满。

【译文】

先生享年六十九岁，在太学十九年，由四门助教升为太学助教，由太学助教升为太学博士。在太学任期满该离任时，太学的学生们上疏请他留下。这样有时留任有时升迁，总共十九年没有离开太学。以上写其在太学时间之久。

祖曰旭，袁州宜春尉[①]。父曰婼[②]，豪州定远丞[③]。妻曰太原王氏，先先生卒。子曰友直，明州鄮县主簿[④]；曰友谅，太庙斋郎[⑤]。以上祖父妻子。系曰：

【注释】

①袁州：今江西宜春。

②婼：音 chuò。

③豪州：即濠州，今安徽凤阳等地。定远：今安徽定远。

④明州鄮(mào)县：唐明州治鄮县，今属浙江宁波。

⑤太庙：帝王的祖庙。斋郎：管理斋戒的人。

【译文】

先生的祖父叫施旭，曾任袁州宜春县尉。父亲叫施婼，曾任豪州定远县丞。妻子是太原人，姓王，先于先生去世。一个儿子叫施友直，任明州鄮县主簿；另一个儿子施友谅，任太庙斋郎。以上写其祖父、妻儿。系辞是：

先生之祖，氏自施父[①]。其后施常[②]，事孔子以彰。雠为博士[③]，延为太尉[④]。太尉之孙，始为吴人。曰然曰绩[⑤]，亦载其迹。先生之兴，公车是召[⑥]。纂序前闻[⑦]，于光有曜。古圣人言，其旨密微。笺注纷罗[⑧]，颠倒是非。闻先生讲论，如客得归。卑让肫肫[⑨]，出言孔扬[⑩]。今其死矣，谁嗣为宗！县曰万年，原曰神禾，高四尺者，先生墓耶！

【注释】

①施父:鲁大夫。

②施常:字子恒,孔子的弟子。

③雠:施雠,字长卿,沛(今江苏徐州附近)人。汉宣帝时为博士。

④延:施延,汉顺帝阳嘉二年(133)八月为太尉。

⑤然:即朱然,字义封。本姓施,官拜左大司马,右军师。绩:朱然之子朱绩,字公绪。

⑥公车:汉朝以公家车马递送应举的人,后来就以"公车"为举人入京应试的代称。

⑦纂:通"撰"。

⑧笺:注释的一种。纷:混淆,杂乱。罗:分布,排列。

⑨卑:谦抑。肫肫(zhūn):诚挚的样子。

⑩孔:甚。扬:出众。

【译文】

先生的先祖,姓氏由施父而来。施父之后有施常,侍奉孔子声名显赫。施雠为博士,施延为太尉。到太尉的孙子,才到了吴地成为吴人。叫朱然(本姓施)、朱绩,书上也有他们的记载。先生的名声,由入京城考进士开始。他编撰史书,名声显赫。古代圣人的言语,意旨神秘而微妙,各种注释纷乱众多,甚至颠倒是非。听先生的讲解和论述,如在外的客人找到归宿。先生谦虚诚挚,言语出众。今天他离去了,谁来继承他的宗派?万年县,神禾原,高四尺的,是先生的墓。

唐河中府法曹张君墓碣铭

【题解】

此文写于元和五年(810)。文章先叙述了写铭文的原委和动因,然后介绍了张圆的家世经历。在前一部分的寥寥数字中,作者清楚地勾勒出一个怀才不遇的人物形象,隐隐流露出对扼杀人才的社会现实的批判态度。文章借死者遗孀口吻写成,显得十分真切自然。铭文部分,文笔简练,只写张圆的仕途升降与家世及家中现状,不加以评论。方苞评最后一句“男一人,婴儿,汴也”说:“一语恻怆动人。”钟伯敬说此文“布势摹情虚妙”。

有女奴抱婴儿来,致其主夫人之语曰:“妾,张圆之妻刘也。妾夫常语妾云:‘吾常获私于夫子①。’且曰:‘夫子天下之名能文辞者,凡所言必传世行后。’今妾不幸,夫逢盗死途中②,将以日月葬。妾重哀其生志不就③,恐死遂沉泯④,敢以其稚子汴见先生,将赐之铭,是其死不为辱,而名永长存,所以盖覆其遗胤子若孙⑤。且死万一能有知,将不悼其不幸于土中矣。”又曰:“妾夫在岭南时⑥,尝疾病,泣语曰:‘吾志非不如古人,吾才岂不如今人,而至于是,而死于是邪!尔若吾哀,必求夫子铭,是尔与吾不朽也。’”以上述张刘氏语。愈既哭吊辞,遂叙次其族世、名字、事始终而铭曰:

【注释】

①私:私下照顾的意思。夫子:指韩愈。

②逢盗死途中:按李肇《国史补》:“张圆佐韩弘。弘初秉节,事无大小委之,后乃奏贬,圆多怨言。及量移,诱至汴州,极欢而遣之,行次八角店,白日杀之。”故张圆实死于谋杀。或许韩愈有所不知,抑或有所顾忌,故文中没有明说。

③重哀:沉重地哀悼。就:成功。

④泯:灭,尽。

⑤盖覆：遮盖，掩蔽，引申为庇护。胤：后代。

⑥岭南：唐朝在五岭以南设岭南道。

【译文】

有女奴抱一个婴儿来拜访我，转达她女主人的话："我是张圆的妻子刘某。我丈夫曾经对我说：'我常常得到韩先生的私下照顾。'还说：'先生以文辞名扬天下，先生所写的文章定会传于后世。'今天我遭不幸，丈夫路逢强盗，死在旅途中，将在某月某日安葬。我为他生前的志向未能实现而深感抱憾，担心死后名字也一同泯灭，所以冒昧地让他的孩子张汴来见先生，请先生赐予墓铭，这样他的死就不会因功名未就而成为屈辱，而且名字将长存，庇护他留在世上的子子孙孙。如果死者万一有知，也不会在地下再哀痛他的不幸。"又说："我丈夫在岭南时，曾经得过病，当时哭着说：'我的志向不是不如古人，我的才华不是不如今人，却落到今天这个地步，还要就这样死去啊！如果你为我的死而悲哀，就一定要去求韩先生为我写墓志铭，这样你与我同为不朽。'" 以上述张圆的妻子刘氏的话。我哭过后写下吊辞，按顺序排列出他的族系、名字和事迹始末来纪念他，铭文是：

君字直之。祖谨，父孝新，皆为官汴、宋间。君尝读书，为文辞有气[①]。有吏才，尝感激欲自奋拔，树功名以见世。初，举进士，再不第，因去，事宣武军节度使[②]，得官至监察御史。坐事贬岭南，再迁至河中府法曹参军，摄虞乡令[③]。有能名，进摄河东令[④]。又有名，遂署河东从事[⑤]。绛州阙刺史[⑥]，摄绛州事。能闻朝廷。以上科第、官阶。

【注释】

①气：气势。

②宣武军节度使：指韩弘。

③虞乡：今山西虞乡。

④河东：今山西蒲县。

⑤署：代理、暂任或试充官职。河东：这里指河东道。

⑥绛州：治正平，今山西新绛。阙：通“缺”。

【译文】

张君字直之。祖父张谨、父亲张孝新都在汴、宋做过官。张君曾读过书，写出的文章很有气势。他有做官的才能，曾奋发努力要出人头地，于世上建功名。起初参加进士考试，屡试不中，于是去了宣武军节度使手下做事，官至监察御史。犯事后被贬到岭南，又转到河中府任法曹参军，兼虞乡令。有能力的声名传出后，晋升为兼河东令。又干得有了名声，就做了河东道的代从事。绛州缺刺史，他还代理绛州的事务。张君的才华闻名于朝中。以上述其科第、官阶。

元和四年秋，有事适东方，既还，八月壬辰，死于汴城西双丘[①]，年四十有七。明年二月日，葬河南偃师[②]。妻彭城人[③]，世有衣冠。祖好顺，泗州刺史[④]。父泳，卒蕲州别驾[⑤]。女四人，男一人，婴儿，汴也。以上卒葬、祖父、妻子。是为铭。

【注释】

①汴：今河南开封。

②偃师：今河南偃师。

③彭城：今江苏徐州。

④泗州：今江苏泗洪东南。

⑤蕲(qí)州：今湖北蕲春南。别驾：为刺史的佐吏，唐时别驾的职权很轻。

【译文】

元和四年秋天，张君有事去东方，不久回来，八月壬辰，死在汴城西双丘，时年四十七岁。第二年二月某日葬于河南偃师。妻子是彭城人，世代做官。祖父刘好顺，曾任泗州刺史。父亲刘泳，死于蕲州别驾的任上。张君有四个女儿，一个儿子，还是婴孩，就是汴儿。以上写其卒葬及亲属。这就是我写的墓志铭。

扶风郡夫人墓志铭

【题解】

此文写于元和七年(812)。韩愈曾写过《殿中少监马君墓志铭》，这位扶风郡夫人就是"少监马君"的母亲。韩愈受过马家的恩惠，但对这位夫人不会有太多的了解，所写的不过是听人口中所传。韩愈通过马家择妻一事来表现她的"贤"：因卢夫人早已贤名在外，所以才会中马家之选。然后又写她的善良，"左右媵侍常蒙假与颜色"，"杖婢使未尝过二三"，所以"人人莫不自在"，"虽有不怿，未尝见声气"。一个贤淑善良的人物形象生动地出现在读者面前。

夫人姓卢氏，范阳人①，亳州城父丞序之孙②，吉州刺史彻之女。嫁扶风马氏③，为司徒侍中庄武公之冢妇④，少府监西平郡王赠工部尚书之夫人⑤。

【注释】

①范阳：今河北涿州。

②城父：今安徽亳州。丞：县丞，县令的副手。吉州：今江西庐陵。

③扶风：今陕西岐山。

④司徒侍中庄武公：指马燧。见《殿中少监马君墓志铭》注。冢妇：古代宗法制度称嫡长子之妻。

⑤少府监西平郡王赠工部尚书：指马畅。见《殿中少监马君墓志铭》注。西平，治西都，今青海西宁。

【译文】

夫人姓卢，范阳人，亳州城父县县丞卢序的孙女，吉州刺史卢彻的女儿。嫁到扶风人马家，成了司徒侍中庄武公的长门媳妇，少府监西平郡王赠工部尚书的夫人。

初，司徒与其配陈国夫人元氏惟宗庙之尊重，继序之不易[①]，贤其子之才，求妇之可与齐者[②]。内外亲咸曰[③]："卢某旧门，承守不失其初，其子女闻教训，有幽闲之德[④]，为公子择妇，宜莫如卢氏。"媒者曰"然"，卜者曰"祥"。夫人适年若干，入门而媪御皆喜[⑤]，既馈而公姑交贺。克受成福，母有多子。为妇为母，莫不法式[⑥]。天资仁恕[⑦]，左右媵侍常蒙假与颜色[⑧]，人人莫不自在[⑨]。杖婢使数未尝过二三，虽有不怿[⑩]，未尝见声气。

【注释】

①继序：延续次第，就是维护门风的意思。

②齐：相配。

③内外亲：内亲、外亲。内亲，和妻子有亲属关系的亲戚的统称。

如内兄、连襟等。外亲，指内外姨表关系的亲属，如母、祖母的本生亲属，女、孙女、姐妹、侄女及姑母的子孙都是。

④“卢某旧门”几句：旧门，意思是有教养的家庭。教训，教导，训诲。幽闲，安详和顺。多用于形容女子。

⑤媪御：男女老少。媪，妇人的通称。御，驾御，这里引申为男人。

⑥法式：一定的规矩。

⑦天资：天生的资质，这里是天性的意思。恕：儒学伦理范畴，谓以仁爱之心待人。

⑧媵(yìng)侍：古时姬妾婢女之称。媵，随嫁的人。蒙：蒙受，受到。假与：给予。

⑨自在：安闲舒适。

⑩怿：喜悦。

【译文】

起初，司徒大人与其封为陈国夫人的元夫人都惟宗庙是尊，惜维护门风之不易，认为儿子有才华，要找一个能配得上的。内外亲属都说：“卢家是个有教养的人家，现在还像当初一样，他们家的孩子受到教导，安详和顺，为我们公子选夫人，卢家的女儿再合适不过了。”说媒的人说：“是这样。”占卜的人说：“是祥卦。”夫人那年若干岁，过门后男女老少都欢喜，送给公婆礼物，大家一起高兴。能够享有福气，有好几个儿子。做妻子做母亲，无不循规蹈矩。她天性仁爱宽大，姬妾婢女常蒙受她给的好脸色，在她手下大家都感到舒适。罚杖婢女下人，从不超过两三下。虽然有时也有不高兴的事，也从未见她说什么或露出生气的样子。

元和五年，尚书薨，夫人哭泣成疾。后二年，亦薨，年四十有六。九年正月癸酉，祔于其夫之封①。长子殿中丞继祖②，孝友以类③，葬有日，言曰：“吾父友，惟韩丈人视诸

孤[4],其往乞铭。"以其状来[5],愈读曰:"尝闻乃公言然,吾宜铭。"铭曰:

【注释】

①祔(fù):新死者附祭于先祖,也作夫妻合葬讲。封:封地。

②殿中丞继祖:即马继祖。见《殿中少监马君墓志铭》注。

③孝友:孝顺父母,善待兄弟。类:法式。

④丈人:对老人或前辈的尊称。

⑤状:行状。

【译文】

元和五年,尚书去世,夫人伤心哭泣成疾。两年后,也去世了,享年四十六岁。元和九年正月癸酉日,与其夫合葬于马家的封地。长子殿中丞马继祖,孝顺父母,善待兄弟,下葬后过了几天,说:"我父亲的朋友,只有韩丈人看顾我们这些孤儿。"到我这里来,带着行状,我读了后说:"我曾经听你父亲说过,是这样,我应该为她写铭。"铭文是:

阴幽坤从[1],维德之恒。出为辨强,乃匪妇能[2]。淑哉夫人,夙有多誉。来嫔大家[3],不介母父[4]。有事宾祭,酒食祇饬[5]。协于尊章[6],畏我侍侧。及嗣内事,亦莫有施[7]。齐其躬心[8],小大顺之。夫先其归,其室有丘[9]。合葬有铭,壶彝是攸[10]。

【注释】

①坤:女性的代称。

②匪:通"非"。

③嫔:嫁。大家:有地位的人家。

④不介:不经介绍。此处指不待父母之戒而善。

⑤祇饬:敬勉。

⑥协:帮助。尊章:即舅姑,对丈夫父母的敬称。

⑦施:解脱。

⑧齐:齐全。用为动词。躬心:尽心。

⑨室:坟墓。

⑩彝:盛酒的容器。攸:水流的样子。

【译文】

阴暗幽静夫人的墓,只有德行是永恒的。出门在外争强好胜,不是妇人女子所能的。贤淑的夫人啊,一向多有美誉。嫁到大户人家,不待父母之戒而行善。遇到家中来客人或是祭祀之事,辛苦地准备酒食。帮助公婆料理家务,下人侍妾都很佩服她。等到接掌家中内事时,也没有一点放松。因为她如此尽心竭力,府中大小都听她的话。丈夫先逝去了,坟茔里有她的位置。合葬处有墓志铭,壶和彝中倒出酒。

河南府法曹参军卢府君夫人苗氏墓志铭

【题解】

此文写于贞元十九年(803)。苗氏是韩愈的岳母。文章叙述部分介绍了苗氏的家世、子女,对苗氏本人只写了一句"生能配其贤,殁能守其法",而在铭文中则详细地解说这句话:叙述了从苗氏初嫁,到生儿育女,到孙儿成群,到寿终的经过。方苞说:"韩公于妇人志而详于铭,可为典则。"

这篇铭文文字质朴,行文流利,像"茕茕其哀,介介其守""闾里叹息,母妇思效"等排偶句的运用,使文章显得富有色彩。

夫人姓苗氏，讳某，字某，上党人[①]。曾大父袭夔[②]，赠礼部尚书。大父殆庶，赠太子太师[③]。父如兰，仕至太子司议郎、汝州司马[④]。夫人年若干，嫁河南法曹卢府君讳贻，有文章德行[⑤]，其族世所谓甲乙者[⑥]，先夫人卒。夫人生能配其贤，殁能守其法。男二人：於陵、浑；女三人，皆嫁为士妻[⑦]。贞元十九年四月四日[⑧]，卒于东都敦化里，年六十有九。其年七月某日，祔于法曹府君墓，在洛阳龙门山[⑨]。其季女婿昌黎韩愈为之志[⑩]。其辞曰：

【注释】

①上党：今山西阳曲南部地。

②曾大父：即曾祖父。大父，祖父。

③太子太师：掌辅弼太子，为东宫最高官职。

④太子司议郎：掌东宫侍从规谏及太子起居记注。汝州：今河南临汝。

⑤德行：道德品行。

⑥甲乙：等级次第。曾国藩曰："崔、卢，唐世所谓巨族。甲乙，犹云第一第二也。"

⑦皆嫁为士妻：长女婿河南侯氏主簿唐充，次女婿亡，韩愈是最小的女婿。

⑧贞元十九年：803年。

⑨龙门山：在今河南洛阳西南三十里。

⑩季女：最小的女儿。

【译文】

夫人姓苗，叫某，字某，上党人。曾祖父苗袭夔，死后赠礼部尚书。祖父苗殆庶，死后赠太子太师。父亲苗如兰，官至太子司议郎、汝州司马。夫人若干岁时，嫁给河南府法曹卢贻，卢家是当世数一数二的巨族，卢先生德才兼备，在夫人之前去世。卢先生在世时，夫人能配得上他的美名，去世后能坚持他立下的规矩。夫人生了两个儿子，於陵、浑；三个女儿，都嫁给士人为妻。贞元十九年四月四日，夫人死于东都敦化里，享年六十九岁。当年七月某日，与法曹府君合葬在洛阳龙门山。她的小女儿的夫婿昌黎人韩愈为她写墓志铭。铭文是：

赫赫苗宗[①]，族茂位尊。或毗于王[②]，或贰于藩[③]。是生夫人，载穆令闻[④]。爰初在家[⑤]，孝友惠纯[⑥]。乃及于行，克媲德门[⑦]。肃其为礼[⑧]，裕其为仁[⑨]。法曹之终，诸子实幼。茕茕其哀[⑩]，介介其守[⑪]。循道不违，厥声弥劭[⑫]。三女有从，二男知教；闾里叹息[⑬]，母妇思效。岁时之嘉，嫁者来宁[⑭]。累累外孙[⑮]，有携有婴[⑯]，扶床坐膝，嬉戏讙争。既寿而康，既备而成。不歉于约，不矜于盈。伊昔淑哲[⑰]，或图或书。嗟咨夫人[⑱]，孰与为俦[⑲]？刻铭寘墓[⑳]，以赞硕休[㉑]。

【注释】

①赫赫：显耀盛大的样子。

②毗：辅助。

③贰：副职。藩：分封地。

④穆：淳和。

⑤爰：于。

⑥惠：通“慧”。纯：善，好。

⑦克媲：相称的意思。克，能够，胜任。媲，匹敌，比得上。

⑧肃：端肃，妇人行礼称端肃。

⑨裕：宽宏。

⑩茕茕(qióng)：孤独无依的样子。

⑪介介：心有所不安，不能忘怀。

⑫厥：犹“其”。弥：更加。劭：美，贤良。

⑬闾里：乡里。闾，里巷的大门。

⑭宁：已嫁的女子省视父母。

⑮累累：多的样子，重叠的样子，连贯成串的样子。

⑯携：牵引，搀扶。这里做名词用，指幼儿。

⑰伊昔：从前。淑哲：贤良智慧。

⑱嗟咨：感叹词。

⑲俦：伴侣。

⑳寘(zhì)：放置。

㉑硕休：出众的美德。硕，大。休，美善。

【译文】

声名显赫的苗氏，宗族兴旺地位至尊。辅助过皇帝，做过封地的副职。生下夫人，行为淳和远近闻名。当初在家时，孝顺父母，善待兄弟。到待嫁的年龄，已是大家闺秀的风范。行为端庄有礼，胸襟宽宏仁慈。卢先生去世时，孩子们都还很小。孤独无依楚楚可怜，仍不忘要守持的规矩。夫人遵循妇道，声名更加贤良。三个女儿都有依靠，两个儿子知书达礼。里弄的邻居都为她感叹，妇人女子效仿她。遇到高兴的日子，就是出嫁的女儿回来探望。众多的外孙，有牵在手里的，抱在怀中的，扶在床边的，趴在膝上的，嬉笑吵闹。夫人长寿而且康健，完满而且成功。不因为穷困而感到羞愧，也不因为富足而感到骄傲。她从前的贤良智慧，既可以绘为图，也可以写成文。这位杰出的夫人啊，谁能与她比美？刻下这块碑铭，安放在她的墓前，是为了赞美她那卓尔不凡的美德。

女挐圹铭

【题解】

此文写于长庆三年(823)。元和十四年(819)韩愈因写《论佛骨表》得罪了皇帝而被流放,妻子儿女也被强迫离京,女儿韩挐(ná)本来就有病,又因受不了路途颠簸而死去。当时匆匆草葬于异乡,五年后韩愈升迁才得以把女儿安葬回祖茔。文章叙述了事情的前后始末,表现了作者老年丧女的沉痛心情。方苞评曰:"直叙数语,恻然感人,是谓曰六经之旨而成文。"

女挐,韩愈退之第四女也,慧而早死[①]。愈之为少秋官[②],言佛夷鬼[③],其法乱治,梁武事之[④],卒有侯景之败[⑤],可一扫刮绝去[⑥],不宜使烂漫[⑦]。天子谓其言不祥,斥之潮州[⑧],汉南海揭阳之地[⑨]。愈既行,有司以罪人家不可留京师[⑩],迫遣之。女挐年十二,病在席,既惊痛与其父诀,又舆致走道撼顿[⑪],失食饮节,死于商南层峰驿[⑫],即瘗道南山下[⑬]。五年,愈为京兆[⑭],始令子弟与其姆易棺衾[⑮],归女挐之骨于河南之河阳韩氏墓葬之。

【注释】

①慧:聪明。

②少秋官:代指刑部侍郎。元和十二年(817)十二月,韩愈为刑部侍郎。

③夷:泛指外国。

④梁武事之:指梁武帝一心事佛。

⑤侯景:字万景,朔方(今内蒙古固阳)人。从北魏投到梁。547 年

侯景起兵反叛梁朝廷，攻陷台城，饿死梁武帝。

⑥扫：消除，消灭。刮：削去，也是灭掉的意思。

⑦烂漫：此为广泛传播的意思。

⑧潮州：今广东潮安。

⑨揭阳：在今广东东部。

⑩有司：指官吏。

⑪撼顿：颠簸。撼，摇动。顿，通“振”。

⑫商南：今陕西东南部。

⑬瘗（yì）：埋葬。

⑭愈为京兆：长庆三年（823），韩愈被任命为京兆尹，兼御史大夫。

⑮子弟：指年轻的一辈。姆：能以妇道教人的妇人。衾：尸体入殓时盖尸体的衣物。

【译文】

女孩韩挐，我的第四个女儿，聪明却早死。我任少秋官时，上书说，佛是外国的鬼，会导致混乱，梁武帝事佛，结果被侯景灭掉，要把佛事消灭干净，不应使它发展下去。天子说我的言论不祥，贬我到潮州，就是汉朝时南海的揭阳地方。我还未出发，官吏以罪人的家属不可留在京师为由，强迫他们走。当时女儿挐十二岁，正病在床上，既因为和父亲分离震惊而伤心，又因为途中车行道路上颠簸，不思饮食，死于商南层峰驿，就葬在南山下。过了五年，我做了京兆尹，才让后辈人和她的姆娘给她换了棺木和衾被，把挐儿的尸骨带回河南河阳韩氏墓地安葬。

女挐死，当元和十四年二月二日，其发而归，在长庆三年十月之四日，其葬在十一月之十一日。铭曰：

【译文】

女儿挐死于元和十四年二月二日，长庆三年十月四日发送回来，十一月十一日下葬。铭文是：

汝宗葬于是，汝安归之，惟永宁！

【译文】

你的宗族人葬于此地，你平安地归于这里，可以永远安宁。

赠太傅董公行状

【题解】

此文写于贞元十五年(799)。文章叙述了董晋的生平、家世、历官、功业。董晋是韩愈的第一个老上司，韩愈曾以观察推官的身份随董晋到汴州，对董晋非常了解。董晋一生为官，活了七十七岁，经历可谓复杂，可文中只写了三件事：以理服回纥，安抚李怀光不参与朱泚叛乱和勇敢地进入随时可能发生叛乱的汴州任节度使。这三件事写得有声有色。其余经历则虚写，虚实错落，深得为文之法。本文是韩愈碑记中篇幅最长的一篇。

公讳晋，字混成，河中虞乡万岁里人①。少以明经上第。宣皇帝居原州②，公在原州，宰相以公善为文，任翰林之选闻③，召见，拜秘书省校书郎④，入翰林为学士⑤。三年出入左右，天子以为谨愿，赐绯鱼袋⑥，累升为卫尉寺丞⑦。出翰林，以疾辞，拜汾州司马⑧。崔圆为扬州⑨，诏以公为圆节度判官，摄殿中侍御史⑩。以军事如京师朝，天子识之，拜殿中侍御史内供奉⑪。由殿中为侍御史，入尚书省为主客员外郎[12]。由主客为祠部郎中[13]。以上科第、历官。

【注释】

①河中虞乡：河中府虞乡县，唐属河东道，今山西虞乡。按《旧唐书·董晋传》说他为卢乡人。

②宣皇帝：即唐肃宗。《旧唐书·肃宗纪》："群臣上谥曰文明武德大圣大孝宣皇帝。"宣，底本作"先"，避讳。原州：治高平，今宁夏固原，唐时属关内道。

③翰林：唐玄宗初置翰林待诏，为文学技艺侍从之职。选闻：从事典籍研读之职。

④秘书省校书郎：掌雠校典籍。

⑤学士：唐开元二十六年(738)改翰林供奉为学士，别置学士院。

⑥绯鱼袋：唐时都督、刺史等官所佩带的鱼袋。

⑦卫尉寺丞：掌判寺事。

⑧汾州：今山西汾阳，唐时属河东道。

⑨崔圆：字有裕，贝州东武城人(《旧唐书·崔圆传》说他是清河东武城人)，扬州大都督府长史、淮南节度观察使。扬州：当时为淮南道江南节度使治所。

⑩殿中侍御史：即御史台侍御史，掌纠举百僚，推鞫狱讼。

⑪内供奉：御史台官员，其迁改与正官资望相等。

⑫主客员外郎：礼部属官，掌诸蕃朝聘之事。

⑬祠部郎中：掌祠祀享祭、天文漏刻、国忌庙讳、卜筮医药、道佛之事。

【译文】

董公名晋，字混成，河中虞乡万岁里人。年轻时参加明经科考试入上等名次。宣皇帝在原州时，董公也在原州，宰相因董公文辞好符合翰林的人选，召见他，任他为秘书省校书郎，入翰林为学士。三年出入天子左右，天子觉得他为人谨慎很合己愿，赐给他绯鱼袋，后经多次升迁为卫尉寺丞。后董公因病辞官，离开翰林，又被任为汾州司马。崔圓在扬州任大都督府长史，皇上又下诏任董公为崔圓的节度判官，兼殿中侍御史。董公因军中之事到京师朝见，天子对他印象很深，任他为殿中侍御史内供奉。他由殿中内供奉升为殿中侍御史，入尚书省为主客员外郎。又由主客员外郎升为祠部郎中。以上述其科第及任职经历。

先皇帝时①，兵部侍郎李涵如回纥立可敦②，诏公兼侍御史，赐紫金鱼袋③，为涵判官。回纥之人来曰："唐之复土疆，取回纥力焉，约我为市马，既入，而归我贿不足④，我于使人乎取之。"涵惧不敢对，视公。公与之言曰："我之复土疆，尔信有力焉。吾非无马，而与尔为市，为赐不既多乎？尔之马岁至，吾数皮而归赀，边吏请致诘也，天子念尔有劳，故下诏禁侵犯。诸戎畏我大国之尔与也，莫敢校焉⑤。尔之父子宁而畜马蕃者，非我谁使之？"于是其众皆环公拜，既又相率南面序拜，皆两举手曰："不敢复有意大国⑥。"自回纥归，拜司勋郎中⑦，未尝言回纥之事。以上副使回纥。迁秘书少监⑧，历太府、太常二寺亚卿⑨，为左金吾卫将军⑩。

【注释】

①先皇帝：指代宗。

②兵部侍郎李涵如回纥立可敦：《旧唐书・代宗纪》："大历四年五月辛卯，以仆固怀恩女为崇徽公主，嫁回纥可汗，仍令兵部侍郎李涵往册命。"回纥，唐代西北少数民族。可敦，回纥王号可汗，犹如匈奴的单于，其妻曰可敦。

③紫金鱼袋：唐时驸马都尉等五品以上官所佩带的鱼袋。

④归：通“馈(kuì)”。赠送。贿：财物。

⑤校：计较。

⑥有意：这里是有意为难的意思。

⑦司勋郎中：掌邦国官人之勋级。

⑧秘书少监：掌邦国、经籍、图书之事的副职。

⑨亚卿：即少卿，卿的副职。

⑩左金吾卫将军：掌宫中及京城昼夜巡警之法，以执御非违。

【译文】

先皇帝时，兵部侍郎李涵如去回纥立可敦，皇上下诏任董公兼侍御史，赐紫金鱼袋，为李涵如的判官。回纥派来的人说：“唐朝能够收复疆土，是借助了回纥的力量，和我们协定做交易，我们的马已经送到，可是给我们的东西却不够，所以我们要派人去取。”李涵如很害怕，不敢回答，看着董公。董公对来人说：“我们唐朝能够收复疆土，你们确实有功。我们不是没有马，而与你们做交易，作为对你们的赏赐难道还不够多吗？你们的马每年送到，我们数马匹给钱，边吏请示想查问一下，天子念你们有功，所以下诏禁止对你们有所侵犯。诸戎畏我大国，凡事不敢同你们计较。你们得以父子安宁且马匹蓄养旺盛，不是我国又是谁给的呢？”当下回纥人都拜倒在董公身边，然后又挨个南面朝拜，都举起手说：“不敢再有意为难大国。”从回纥回来，董公被任为司勋郎中，却从未提过在回纥的事。以上写其任副使出使回纥。升秘书少监，历任太府、太常二寺少卿，为左金吾卫将军。

今上即位[①]，以大行皇帝山陵[②]，出财赋[③]，拜太府卿。由太府为左散骑常侍[④]，兼御史中丞[⑤]，知台事、三司使[⑥]。选擢才俊，有威风，始公为金吾，未尽一月，拜太府，九日，又为中丞，朝夕入议事。于是宰相请以公为华州刺史[⑦]，拜华州刺史、潼关防御镇国军使[8]。朱泚之乱[9]，加御史大夫，诏至于上所，又拜国子祭酒[10]，兼御史大夫、宣慰恒州[11]。于是朱滔自范阳以回纥之师助乱[12]，人大恐。公既至恒州，恒州即日奉诏出兵，与滔战，大破走之，还至河中。以上再叙历官，出兵破朱滔。

【注释】

①今上：指唐德宗，大历十四年(779)五月辛酉即位。

②大行：古代以称初死的皇帝。山陵：旧称帝王的坟墓为“山陵”。

③财赋：财货贡赋。

④左散骑常侍：掌侍奉规讽备顾问应对。

⑤御史中丞：为御史大夫之副，掌邦国刑宪典章之政令，以肃正朝列。

⑥三司使：唐代置盐铁使、度支使、户部使为管理财赋之官。

⑦华州：今陕西华县，唐时属关内道。

⑧潼关防御镇国军使：由华州刺史兼任。至德之后，中原用兵，刺史皆治军戎。

⑨朱泚(cǐ)：幽州昌平人，任卢龙节度使，因其弟朱滔叛唐，被免职。建中四年(783)，泾原节度使姚令言军在长安哗变，拥朱泚为帝，后为部将所杀。

⑩国子祭酒：掌邦国儒学训导之令。

⑪宣慰：安抚。恒州：今河北定州。

⑫朱滔自范阳以回纥之师助乱：兴元元年(784)正月，朱滔驱率燕蓟之众及回纥杂虏攻围贝州。朱滔，朱泚之弟。

【译文】

当今皇上即位，为修建大行皇帝的坟陵，要安排财政支出，任董公为太府卿。由太府卿升为左散骑常侍，兼御史中丞，代理御史台事、三司使。选拔有才能的人，很有威风，一开始董公为金吾卫，不到一个月就被升太府卿，九天后又升为御史中丞，早晚入朝议事。宰相又上奏请任他为华州刺史，董公又被任为华州刺史、潼关防御镇国军使。朱泚之乱时，被加封为御史大夫，诏下到华州后，又下诏任他为国子祭酒，兼御史大夫、恒州宣慰使。当时朱滔在范阳率回纥军队助乱，人们大为恐慌。董公到恒州后，恒州即日奉诏出兵与朱滔的军队作战，朱滔大败而逃，回到河中。以上再述其为官经历，出兵破朱滔。

李怀光反[①]，上如梁州[②]。怀光所率皆朔方兵，公知其谋与朱泚合也，患之，造怀光言曰[③]："公之功，天下无与敌；公之过，未有闻于人。某至上所，言公之情，上宽明，将无不赦宥焉，乃能为朱泚臣乎[④]？彼为臣而背其君，苟得志，于公何有？且公既为太尉矣，彼虽宠公，何以加此？彼不能事君，能以臣事公乎？公能事彼，而有不能事君乎？彼知天下之怒，朝夕戮死者也，故求其同罪而与之比。公何所利焉？公之敌彼有余力，不如明告之绝，而起兵袭取之，清宫而迎天子[⑤]，庶人服而请罪有司。虽有大过，犹将掩焉[⑥]。如公则谁敢议？"语已，怀光拜曰："天赐公活怀光之命。"喜且泣，公亦泣。则又语其将卒如语怀光者，将卒呼曰："天赐公活吾三军之命。"拜且泣，公亦泣，故怀光卒不与朱泚。当是时，怀光几不反。公气仁，语若不能出口，及当事，乃更疏亮捷给[⑦]。其词忠，其容貌温然，故有言于人，无不信。以上说李怀光。

【注释】

①李怀光:朔方节度使。

②梁州:今陕西南郑,唐时属山南西道。

③造:往,到。

④臣:役使。

⑤清宫:打扫屋子,引申为铲除逆贼。

⑥掩:掩盖,遮蔽。

⑦更:改变,变更。捷给:应对敏疾,辩才无碍。

【译文】

李怀光造反,皇上去了梁州。李怀光所率的都是朔方节度使府的兵,董公知道他与朱泚合谋,非常担心,就到李怀光处对他说:"公的功劳,天下没有谁可以相比;公的过失,也没听说谁可比。我去皇上那儿,讲明公的情况,皇上宽怀明达,肯定会赦免公的罪过的,公怎么能被朱泚所役使呢?他身为人臣而背叛君主,就算得志,能给公什么好处呢?且公已经是太尉,他虽宠爱公,又怎么能达到这种程度呢?他不能侍奉君主,能以臣礼来对待公吗?公能侍奉他,又有什么不能侍奉君主的呢?他知道天下人对他的愤怒,早晚会被杀死,所以找一个人跟他同罪并列,公有什么利可图呢?公抵挡他绰绰有余,不如公开拒绝他,然后起兵袭取他,铲除逆贼而迎天子,以庶人装束去向有司请罪。虽犯有大错,也会以功掩过的。公倘如此,谁还敢说什么?"语毕,李怀光叩拜说:"老天赐公给怀光我,使我能活命。"且喜且哭,董公也哭了。董公又把对李怀光说的话对他的部将和士兵们讲了一遍,将士们惊呼说:"老天赐公给我们,使我们三军将士能活命。"且拜且哭,董公也哭了,所以李怀光没有参与朱泚的叛乱。当时李怀光差点不能迷途知返。董公气度仁和,平时说话时好像话不能出口,但遇到事情时,却变得应对敏捷。董公言辞忠厚,外表温和,所以没有不相信他的。以上写他说服李怀光迷途知返。

明年，上复京师，拜左金吾卫大将军。由大金吾为尚书左丞，又为太常卿[①]。由太常拜门下侍郎平章事[②]，在宰相位凡五年。所奏于上前者，皆二帝、三王之道[③]，由秦汉以降未尝言。退归，未尝言所言于上者于人。子弟有私问者，公曰："宰相所职系天下，天下安危，宰相之能与否可见。欲知宰相之能与否，如此视之其可。凡所谋议于上前者，不足道也。"故其事卒不闻。以疾病辞于上前者不记，退以表辞者八，方许之，拜礼部尚书。制曰："事上尽大臣之节。"又曰："一心奉公。"于是天下知公之有言于上也。初，公为宰相时，五月朔会朝，天子在位，公卿百执事在廷，侍中赞，百僚贺，中书侍郎平章事窦参摄中书令[④]，当传诏，疾作，不能事。凡将大朝会，当事者既受命，皆先日习仪，于时未有诏，公卿相顾。公逡巡进[⑤]，北面言曰："摄中书令臣某，病不能事，臣请代某事。"于是南面宣致诏辞，事已复位，进退甚详。以上为宰相。

【注释】

①为尚书左丞，又为太常卿：贞元二年(786)七月，以晋为尚书左丞。时尚书左丞元琇判度支使，为韩滉所挤贬黜，晋嫉之，见宰相极言非罪，举朝称之，复拜太常卿。

②门下侍郎：掌贰侍中之职。平章事：唐宰相衔必有"平章事"三字。

③二帝：古人一般称"五帝"，此谓二帝，未详何指。可能是指伏羲、神农。三王：夏禹、商汤、周文王。

④窦参：字时中，岐州平陆(今陕西咸阳)人。中书令：掌军国之

政令。

⑤逡巡：犹言顷刻，须臾。

【译文】

第二年，皇上回到京师，任董公为左金吾卫大将军。由大金吾卫将军升为尚书左丞，又为太常卿。由太常卿升门下侍郎平章事，在宰相位共五年。董公所上奏给皇上的，都是二帝、三王之道，自秦汉以后的事未曾提过。离宫回来，从未把对皇上讲的话对别人讲。有年轻人私下问他，他说："宰相的职责关系天下，从天下安危与否，可见宰相的才能如何。想知道宰相是否有才能，这样观察就可以了。我所谋划的和所谏议给皇上的，都不足为道。"所以他在任宰相时的事迹最终没人知道。董公因病在皇上面前请求辞官的次数不可记数，上奏表就写了八次，皇上才允他辞官，任他为礼部尚书。诏令说他"侍奉皇上尽大臣的礼节"，还说他"一心奉公"。因此天下人都知道董公对皇上尽忠。当初，董公任宰相时，五月朔日，正是朝会，天子在位置上坐着，朝中公卿和百名执事们在廷中，侍中们赞佐，百僚齐贺，中书侍郎平章事窦参兼中书令，当要传达诏令时，他正好突发疾病，不能执行。一般有大的朝会时，主持的大臣接到命令后都先学习礼仪，这时没有诏令，公卿们面面相顾。董公走到前面，面向北，说："兼中书令臣某因病不能事朝，臣请代某行事。"于是董公在南面宣读诏词，仪式结束后就退回自己的位置，所有的礼节都非常详备。以上述其做宰相。

为礼部四年，拜兵部尚书。入谢，上语问日晏。复有入谢者，上喜曰："董某疾且损矣！"出语人曰："董公且复相。"既二日，拜东都留守，判东都尚书省事[①]，充东都畿汝州都防御使[②]，兼御史大夫，仍为兵部尚书。由留守未尽五月，拜检校尚书左仆射，同中书门下平章事、汴州刺史、宣武军节度副大使，知节度事，管内支度营田、汴宋亳颍等州观察处置等使[③]。以上以东都留守授节度汴州之任。

【注释】

①判：高位兼低职或出任地方官。

②畿：京城所管辖的地区。汝州：今河南临汝西。

③营田：即营田使，多由节度使兼领。汴：汴州，今河南开封。宋：宋州，今河南商丘南。亳：亳州，今安徽亳州。颍：颍州，今安徽阜阳。

【译文】

做了四年礼部尚书，又被任为兵部尚书。董公进殿谢恩，皇上问话，他的回答让皇上十分开心。又有人进殿谢恩，皇上高兴地说："董晋的病快好了。"那些人出来后对人讲："董公就要再次任宰相了。"过了两天，任董公为东都留守，判东都尚书省事，充东都畿汝州都防御使，兼御史大夫，仍为兵部尚书。做东都留守没有几个月，就被任命为检校尚书左仆射，同中书门下平章事、汴州刺史、宣武军节度副大使，代理节度使事，管内支度营田汴、宋、亳、颍等州观察处置等使。以上写他任东都留守并拜汴州刺史。

汴州自大历来，多兵事，刘玄佐益其师至十万[①]。玄佐死，子士宁代之，畋游无度[②]，其将李万荣乘其畋也[③]，逐之。万荣为节度一年，其将韩惟清、张彦林作乱，求杀万荣不克。三年，万荣病风，昏不知事，其子迺复欲为士宁之故。监军使俱文珍与其将邓惟恭执之，归京师，而万荣死。诏未至，惟恭权军事。公既受命，遂行，刘宗经、韦弘景、韩愈实从[④]，不以兵卫。及郑州，逆者不至[⑤]，郑州人为公惧，或劝公止以待。有自汴州出者，言于公曰："不可入。"公不对，遂行，宿圃田[⑥]。明日，食中牟[⑦]，逆者至，宿八角[⑧]。明日，惟恭及诸将至，遂逆以入。及郛[⑨]，三军缘道欢声，庶人壮者呼，老者泣，妇人啼，遂入以居。初，玄佐死，吴凑代之，及巩闻乱归[⑩]。士宁、万荣皆自为而后命，军士将以为常，故惟恭亦有志。以公之速也不及谋，遂出逆。既而私其人，观公之所为以告，曰："公无为。"惟恭喜，知公之无害己也，委心焉。进见公者退，皆曰："公仁人也。"闻公言者，皆曰："公仁人也。"环以相告，故大和。以上速入汴州，不以兵卫。

【注释】

①刘玄佐：本名刘洽，滑州匡城（今河南长垣）人。李希烈攻汴州时，刘玄佐率军收汴。

②畋（tián）：打猎。

③李万荣：当时为宣武军节度副使，逐刘士宁后，任汴州刺史，宣武军节度史，汴、宋等军观察留后。

④韦弘景：京兆（今陕西西安）人，贞元中进士。

⑤逆者不至：《资治通鉴·唐纪》："邓惟恭自谓当代万荣，不使人迎董晋。"逆，接，迎。

⑥圃田：圃田城位于今河南中牟西三十里。

⑦中牟：今河南中牟东。

⑧八角：在今河南祥符西南三十里。

⑨郛：城郭。

⑩巩：今河南巩义，唐时属河南道。

【译文】

汴州自大历以来多次有人兴兵闹事，刘玄佐把他的部队扩大到十万人。刘玄佐死后，他儿子刘士宁替代了他的位置，但刘士宁打猎游玩无度，他的部将李万荣乘他打猎之机赶走了他。李万荣为节度使一年后，部将韩惟清、张彦林作乱，想杀李万荣，但没成功。三年后，李万荣中风，昏迷不醒，他儿子李迺想重蹈刘士宁的故辙。监军使俱文珍及其部将邓惟恭把李迺押到了京师，这时李万荣死了。皇上的任命诏书下达之前，邓惟恭暂代理军事。董公受命前去汴州，刘宗经、韦弘景、韩愈跟随左右，没有带兵做护卫。他们到了郑州，接他们的人没来，郑州百姓替董公担心，有人还劝他在此等几天再说。有从汴州城出来的人对董公说："公不可去。"董公没有回答，接着赶路，在圃田过夜。第二天，在中牟吃饭时，接应的人来了，晚上在八角过夜。又过了一天，邓惟恭和众将领到了，于是迎接董公一行进城。到了城下，三军将士沿道欢呼，老百姓中年轻的跟着喊，年老的哭，妇人泣，董公就这样入城。当初，刘玄佐死，皇上派吴凑替代他，到巩县，听说有动乱就回去了。刘士宁、李万荣都是自立后再由朝廷任命，军中将士习以为常，所以邓惟恭也有这种想法。但董公来得如此迅速，他来不及谋划，只得出门迎接。过后邓惟恭暗中派人观察董公的举动，结果报告他说："董公没做什么。"邓惟恭很高兴，知道董公对自己无害，放心了。凡见到董公的人都说："董公是仁义之人。"听到董公话的人也说："董公是仁义之人。"人们相互转告，所以汴州一片祥和。以上写其快速进入汴州，不带兵卫。

初，玄佐遇军士厚，士宁惧，复加厚焉。至万荣，如士宁志[①]。及韩、张乱，又加厚以怀之。至于惟恭，每加厚焉。故士卒骄不能御。则置腹心之士[②]，幕于公庭庑下[③]，挟弓执剑以须[④]。日出而入，前者去；日入而出，后者至。寒暑时，至则加劳赐酒肉。公至之明日，皆罢之。贞元十二年七月也。以上罢庭庑弓剑之士。

【注释】

①志：心意。

②腹心：犹心腹，比喻左右亲信。

③庑（wǔ）：堂周的廊屋。

④须：等待。

【译文】

当初，刘玄佐对待将士宽厚，刘士宁担心士兵们会不服自己，对他们更宽厚。到了李万荣时，他跟刘士宁当时的心理是一样的。等到韩惟清、张彦林作乱时，更加厚待士兵来安抚人心。到了邓惟恭时，更进了一步，所以士兵们日益骄横甚至控制不了。邓惟恭只好安排心腹的士兵和幕僚，待在公堂的庭屋及四周，手持弓剑待命。早晨来，前一拨人走；晚上离开，后一拨人又到了。遇有严寒酷暑之日，更送酒肉给他们吃喝。董公到的第二天，把这些都取消了。这是贞元十二年七月。以上述其撤去公堂及周边带弓剑的士兵。

八月，上命汝州刺史陆长源为御史大夫、行军司马①，杨凝自左司郎中为检校吏部郎中、观察判官②，杜伦自前殿中侍御史为检校工部员外郎、节度判官，孟叔度自殿中侍御史为检校金部员外郎、支度营田判官③。职事修，人俗化，嘉禾生，白鹊集，苍乌来巢④，嘉瓜同蒂联实。四方至者，归以告其帅，小大威怀。有所疑，辄使来问。有交恶者⑤，公与平之⑥。以上治汴，僚佐效验。

【注释】

①陆长源：字泳之。行军司马：掌弼戎政。

②左司郎中：掌付十有二司之事，以举正稽违，省署符目。

③金部员外郎：掌库藏出纳之节，金宝财货之用，权衡度量之制，皆总其文籍而颁其节制。

④苍乌：指鹰。

⑤交恶：双方感情破裂，互相憎恨仇视。

⑥平：媾和。

【译文】

八月，皇上任命汝州刺史陆长源为御史大夫、行军司马，杨凝从左司郎中转为检校吏部郎中、观察判官，杜伦从前殿中侍御史转为检校工部员外郎、节度判官，孟叔度从殿中侍御史转为检校金部员外郎、支度营田判官。官吏办事作风得到整治，风俗习惯得到改变，嘉禾生长，白鹊云集，鹰来筑巢，嘉瓜一根藤结几个瓜。四方来的人，回去后把所见告诉给他们的长官，他们也减少对百姓的压力，加强对百姓的安抚。有什么不明白的，就派人来问。有仇视者，董公与之媾和。以上述其治理汴州，僚佐们效仿。

累请朝，不许。及有疾，又请之，且曰："人心易动，军旅多虞[①]。及臣之生，计不先定，至于他日，事或难期。"犹不许。十五年二月三日，薨于位。上三日罢朝，赠太傅，使吏部员外郎杨於陵来祭[②]，吊其子[③]，赠布帛米有加。公之将薨也，命其子三日敛[④]。既敛而行，于行之四日，汴州乱[⑤]。故君子以公为知人[⑥]。公之薨也，汴州人歌之曰："浊流洋洋[⑦]，有辟其邪[⑧]；阗道欢呼[⑨]，公来之初；今公之归，公在丧车。"又歌曰："公既来止，东人以完[⑩]；今公殁矣，人谁与安！"以上薨汴。

【注释】

①军旅：军队，也指有关军队及作战的事。虞：忧患。

②杨於陵：字达夫，弘农（今河南灵宝）人，为膳部员外郎，历考功吏部三员外，判南曹。

③吊：安慰，慰问。

④敛：通“殓”。

⑤汴州乱：《旧唐书·宪宗纪》：“十五年二月乙酉，以行军司马陆长源检校礼部尚书、汴州刺史、御史大夫、宣武军节度、度支营田汴宋亳颍观察等使。是日汴州军乱，杀陆长源及节度判官孟叔度、丘颖，军人脔而食之。”

⑥知：通“智”。

⑦洋洋：形容盛大、众多。

⑧辟：打开。

⑨阗（tián）道：充满道路。

⑩东人：主人，指汴州人。完：保全。

【译文】

几次请求回京师朝见，没有得到批准。等到得了病，又提出请求，并说：“人心易变，军中又多忧患。臣还活着时，如果不先谋划好，等到臣有一天不在了，事情可能就难以预料了。”还是没有批准。贞元十五年二月三日，逝世于任上。皇上三天不上朝，赠董公为太傅，派吏部员外郎杨於陵去祭祀，安慰他的儿子，赠送布帛、米粮。董公临死前，让儿子在他死后三日内入殓，入殓后立刻离开。结果他儿子走的第四天，汴州发生兵乱。所以明事之人都认为董公是智者。董公去世，汴州人作歌唱道：“污浊之流众多，有人打开了城郭；满道上都是欢呼声，那是董公刚来的时候。现在董公去了，董公在丧车上。”还有歌唱道：“董公来此，汴州百姓得以保全；现在董公没了，谁来保护我们的安全？”以上写其在汴州去世。

始公为华州，亦有惠爱，人思之。公居处恭，无妾媵[①]，不饮酒，不谄笑，好恶无所偏，与人交，泊如也[②]。未尝言兵，有问者，曰："吾志于教化。"享年七十六。阶累升为金紫光禄大夫，勋累升为上柱国，爵累升为陇西郡开国公。娶南阳张氏夫人，后娶京兆韦氏夫人，皆先公终。四子：全道、溪、全素、澥。全道、全素，皆上所赐名。全道为秘书省著作郎，溪为秘书省秘书郎，全素为大理评事，澥为太常寺太祝，皆善士，有学行。以上遗德及妻子。

【注释】

①妾媵：古代诸侯之女出嫁，陪嫁的人称为妾媵。

②泊：恬静，淡泊。

【译文】

最初董公在华州时，对百姓也十分仁爱，百姓很思念他。董公平时为人谦逊，没有纳妾，不喝酒，从不阿谀奉承，也没有什么特别的好恶，与人交往，淡泊自如。董公从不谈论军事，有人问到他原因，他说："我的本意是教育感化。"享年七十六岁。官阶经屡次升迁为金紫光禄大夫，勋为上柱国，爵为陇西郡开国公。董公娶南阳张氏为夫人，后又娶京兆人韦氏为夫人，二位夫人都先他而死。董公有四个儿子：董全道、董溪、董全素、董澥。董全道、董全素都是皇上赐的名字。董全道为秘书省著作郎，董溪为秘书省秘书郎，董全素为大理评事，董澥为太常寺太祝，都是善良之辈，学问品行都好。以上写其遗德及妻儿。

谨具历官行事状[①]，伏请牒考功[②]，并牒太常议所谥[③]，牒史馆[④]，请垂编录[⑤]。谨状。

【注释】

①具：陈述。

②伏：敬辞。

③牒：公文。

④史馆：掌兼修国史，为宰相兼领职务之一。另设修撰、直馆等官。

⑤垂：施，赐。

【译文】

谨陈述董公的历官行事，曾请考功给我看公文，太常寺也给我看过公文，商议给董公的谥号，还在史馆看公文，请他们给我看所编载记录的东西。谨为行状。

监察御史卫府君墓志铭

【题解】

此文写于元和十年(815)。文章叙述了卫中立炼丹服食以求长生不老的愚昧行为，借以警示后人，也表示了韩愈本人对炼丹的绝对排斥态度和对当时盛行求仙的强烈不满。

作为朋友，韩愈无法在铭文中用什么贬义之词，但写卫中立初“试如方，不效”，说“方良效，吾治之未至耳”；而后“留三年，药终不能为黄金”直至“虽厌益”，却还“不能万无一冀”的平凡语句已把卫中立的愚不可及描写得淋漓尽致。“要无有，敝精神”是全文的总结，批评卫中立毕生做此无用之事。而“以弃余，贾于人”和“佐帅政成”“夷人称便”等句，是说他还是有用之才。以有用之才而偏要炼丹，更觉可惜，也让人感觉到韩愈对朋友的痛惜之情。

君讳某，字某[①]，中书舍人、御史中丞讳某之子[②]，赠太子洗马讳某之孙[3]。家世习儒,学辞章。昆弟三人[4],俱传父祖业,从进士举,君独不与俗为事,乐弛置自便[5]。

【注释】

①讳某,字某:即述墓主讳、字。卫中立,字退之。

②讳某:卫中立之父名晏。

③太子洗马:随太子出入侍从并掌管图书等事。讳某:卫中立之祖父名睿。

④昆弟三人:长名卫之玄,字造微。次即卫中立。又次名卫中行,字大受。

⑤弛:松懈,怠缓。置:搁开,废置。

【译文】

卫君名某,字某,中书舍人、御史中丞卫某的儿子,赠太子洗马卫某的孙子。家中世代习儒学,做诗词文章。弟兄三人,都承传父辈祖业,参加进士考试,唯独卫君不理会这些世俗之事,放任自己做自己喜欢的事。

父中丞薨,既三年,与其弟中行别,曰:"若既克自敬勤,及先人存,趾美进士[1],续闻成宗[2],唯服任遂功[3],为孝子在不怠。我恨已不及,假令今得,不足自贯[4]。我闻南方多水银、丹砂[5],杂他奇药,爊为黄金[6],可饵以不死。今于若丐我[7],我即去。"遂逾岭厄[8],南出,药贵不可得。以干容帅[9],帅且曰:"若能从事于我,可一日具。"许之,得药,试如方,不效,曰:"方良是,我治之未至耳[10]。"留三年,药终不能为黄金,而佐帅政成,以功再迁监察御史。帅迁于桂[11],从之。帅坐事免，君摄其治⑫，历三时⑬，夷人称便⑭。新帅将奏功，君舍去。南海马大夫使谓君曰⑮："幸尚可成，两济其利⑯。"君虽益厌⑰，然不能无万一冀，至南海，未几竟死，年五十三。

【注释】

①趾美：先人做官有"美德"，追随跟上的意思。指卫中行也中了贞元九年(793)进士。

②续闻：继承先人的好名声。闻，名誉。成宗：子孙有功德，可以自成一宗派。

③服：服务。任：职任。遂功：成功。

④贳(shì)：赦免，宽大。

⑤丹砂：俗称"朱砂"，矿物名。

⑥爊(āo)为黄金：(用水银丹砂等)炼为黄金。实是不可能的。爊，烧炼。

⑦若：你。丐：允许。

⑧岭厄：此处指大庾岭等五岭要塞。厄，险要，关塞。

⑨干：求。容帅：指当时的容管经略使房启。

⑩治：同"制"。

⑪帅迁于桂：指元和九年(814)房启改任桂管观察使。

⑫帅坐事免，君摄其治：指房启用贿赂先得诏书，事发降职，卫君代理他的职务。坐，入了罪、犯了法的意思。

⑬历三时：经三季。时，春夏秋冬四时的时。

⑭夷人：我国古代对东方各族的泛称，这里指当时广西一带的少数民族。

⑮南海马大夫：指岭南节度使马总。

⑯两济其利：指再做幕僚佐助马总和炼丹一举两得。

⑰益厌：指因炼丹不成，厌倦情绪越来越甚。

【译文】

父亲御史中丞去世三年后，卫君和弟弟中行告别，说："你能自己勤奋努力，追随先人留下的美德中了进士，继承先人的好名声而自成一宗派，你要不懈努力才能成为孝子并为国家建功立业。可惜我已经来不及了，就算今天再中进士，也不足以赎罪了。我听说南方有很多水银和丹砂，和其他奇药混在一起炼成黄金，可以服食而长生不死。现在你要是允许我，我就去了。"于是卫君翻越五岭要塞，到了南方，那里药太贵，弄不到。卫君去求容帅，容帅说："如你能做我的幕客，这些药一天就能给你弄到。"卫君答应了，就得到了药，他照药方试着熬药，却没有达到预期的效果，说："药方的确是没有错误，是我熬制得不对才没有达到效果。"卫君在容帅处待了三年，药始终没有熬成黄金，而辅佐容帅政事有成，因功再升职为监察御史。容帅迁职到桂州，卫君也跟随他去了。容帅犯了事被免职，卫君代理他的职务，经三年，夷人称他施政便利。新来的桂帅要为他向朝廷奏表请功，他舍之而去。南海马大夫派人对卫君说："要是侥幸能制成药，一举两得。"卫君虽然厌倦情绪越来越甚，然而仍作万分之一的希望，去了南海，没过多长时间，竟去世了，时年五十三岁。

子曰某。元和十年十二月某日，归葬河南某县某乡某村，祔先茔[①]。于时中行为尚书兵部郎，号名人，而与余善，请铭。铭曰：

【注释】

①祔(fù)：合葬。

【译文】

儿子叫某。元和十年十二月某日，归葬河南某县某乡某村先人坟墓旁。当时中行为尚书兵部郎，号名人，和我交情很好，请我写墓志铭。铭文是：

嗟惟君，笃所信①。要无有，敝精神②。以弃余③，贾于人④。脱外累，自贵珍。讯来世⑤，述墓文。

【注释】

①笃：深厚。信：读平声，和下文“神”“人”“珍”“文”押韵。

②敝：倒下。

③弃余：丢弃多余的，指卫中立原所唾弃的功名。

④贾于人：指做幕僚。贾，卖。

⑤讯来世：以告后人。

【译文】

可叹啊卫君，所信之事毫不怀疑。追求不可能的事，用尽一生的精力。舍弃功名，卖身于人。现在摆脱外来的拖累，自我得以珍重。为告诫后人，将这些事情记述在墓志铭文中。

尚书左丞孔公墓志铭

【题解】

此文写于长庆四年(824)。韩愈写过一篇《南海神庙碑》，其中称颂了孔戣在南海的所作所为。本文叙述了孔戣(kuí)的历官、政绩和后嗣。文章一开始就写他“三上书去官”，当被问及无田无业为何还要去官时，他铿锵有力的话“吾负二宜去，尚奚顾子言”，足以让那些追逐名利的人汗颜，而孔戣高尚的人格也初步显现。之后又通过奏罢明州献贡、释下邽令、劝缓征黄蛮几件事来称颂他为官的才华和一心为民的高尚品德。

铭文部分更是对他做出了很高的评价,方苞说此文“铭词绝奇”。

孔子之后三十八世有孙曰戣,字君严,事唐为尚书左丞[①]。年七十三,三上书去官,天子以为礼部尚书,禄之终身,而不敢烦以政。吏部侍郎韩愈常贤其能,谓曰:“公尚壮,上三留,奚去之果?”曰:“吾敢要君[②]?吾年至,一宜去;吾为左丞,不能进退郎官[③],唯相之为,二宜去。”愈又曰:“古之老于乡者,将自佚[④],非自苦;闾井田宅具在[⑤],亲戚之不仕与倦而归者,不在东阡在北陌[⑥],可杖屦来往也[⑦]。今异于是,公谁与居?且公虽贵,而无留资,何恃而归?”曰:“吾负二宜去,尚奚顾子言?”愈面叹曰:“公于是乎,贤远于人。”明日奏疏曰:“臣与孔戣同在南省[⑧],数与相见。戣为人守节清苦,论议正平,年才七十,筋力耳目[⑨],未觉衰老,忧国忘家,用意至到。如戣辈在朝,不过三数人,陛下不宜苟顺其求,不留自助也。”不报[⑩]。以上叙其致仕。明年,长庆四年正月己未,公年七十四,告薨于家,赠兵部尚书。

【注释】

①事唐为尚书左丞:元和九年(814),孔戣任尚书左丞。

②要:要挟。

③不能进退郎官:意为不能提升称职的或黜退不称职的郎官。郎官,侍郎、员外郎、郎中等官,均为尚书省下属六部的官员。

④佚:安逸。

⑤井:古制八家为井。引申为乡里,家宅。

⑥阡、陌:田间的小路。东西为阡,南北为陌。

⑦屦(jù):麻、葛等制成的单底鞋。

⑧南省:指尚书省,因设宫城之南得名。

⑨筋力:体力。

⑩报:答复。

【译文】

孔子的后世第三十八代有位子孙叫孔戣,字君严,在大唐任尚书左丞。七十三岁时,三次上书给皇帝,请求离官卸任,天子任他为礼部尚书,终身享受俸禄,但不再烦他过问政事。当时任吏部侍郎的我常佩服他的才能,对他说:“您身体还结实,皇上又三次挽留,何必要真走呢?”他说:“我怎么敢要挟皇上呢?我年纪到了,这是第一应该走的理由;我任尚书左丞,不能进退郎官,只能与他们一起办些例行的事,这是第二条应该走的理由。”我又说:“古代在家乡养老的人,自己安逸,不是自己苦自己,良田美宅都有,亲戚中不入仕途或疲倦了回来的人,不在东边,就在北边,可拄着拐杖、穿着麻鞋来来往往。现在不是这样,您同谁住在一起啊?您虽然尊贵但没有积蓄什么财产,靠什么回去呢?”公说:“我有两点应该卸任的理由,又何必顾虑你说的呢?”当着公的面我叹息说:“您这样,比世人的德行要好得多啊!”第二天我上奏章说:“我与孔戣都在尚书省任职,经常见面。孔戣为人正直清贫,公正廉洁,年纪才七十岁,体力、视力、听力,都不觉得有衰老的地方,忧国忘家,费尽心思。朝中像孔戣这样的,不过三四个人,陛下不能草率地同意他的请求,不挽留他来帮助自己。”结果没有得到答复。以上写其辞官。第二年长庆四年正月己未日,公时年七十四岁,在家中去世,皇帝追赠他为兵部尚书。

公始以进士佐三府,官至殿中侍御史。元和元年,以大理正征[①],累迁江州刺史、谏议大夫[②]。事有害于正者,无所不言,加皇太子侍读[③]。改给事中,言京兆尹阿纵罪人,诏夺京兆尹三月之俸[④]，权知尚书右丞[⑤]。明年，拜右丞[⑥]，改华州刺史[⑦]。明州岁贡海虫、淡菜、蛤蚶可食之属[⑧]，自海抵京师，道路水陆，递夫积功[⑨]，岁为四十三万六千人，奏疏罢之。下邽令笞外按小儿，系御史狱[⑩]，公上疏理之，诏释下邽令，而以华州刺史为大理卿。以上叙官阶而及华州刺史政绩。

【注释】

①大理正：大理寺属官，掌管狱讼之职。

②江州：西晋元康元年（前65）分荆扬二州地置江州。治所初在豫章（今江西南昌），后移浔阳（今江西浔阳），唐时治所即在浔阳。谏议大夫：属门下省，掌侍从规谏。

③皇太子侍读：官名。职务是给太子讲学。

④言京兆尹阿（ē）纵罪人，诏夺京兆尹三月之俸：《新唐书·孔戣传》："江西观察使李少和坐赃，狱寝不下。博陵崔易简杀从父兄，鞠状具。京兆尹左右三翻其情。戣慷慨论证，贬少和；杀易简，夺尹三月俸。"阿，偏袒，庇护。

⑤权知：暂代摄理其事。权，暂代。知，主持。

⑥拜右丞：《新唐书》与《旧唐书》都记为左丞。

⑦华州：今陕西华县，唐时属关内道。华州是往京师运送贡品途经之地。

⑧明州：今浙江宁波。岁贡：地方每年向朝廷进贡的礼品，叫做"岁贡"。虫：泛指动物。淡菜：即一种贻贝煮熟后加工而成的干品。蛤（gé）：蛤蜊，软体动物，贝壳椭圆形或略带三角形，有美丽的颜色和斑纹，生活在浅海泥沙中。可供食用。蚶：亦称"瓦楞子"，产于海底泥沙中或岩礁缝隙处，肉味鲜美，壳供药用。

⑨递夫：驿站服役的人。积功：累计的功劳。

⑩下邽(guī)令笞(chī)外按小儿,系御史狱:《唐会要》:"每岁冬,以鹰犬出近畿习狩,谓之外;按,使者领徒数百,恃恩恣横,郡邑烦扰。裴寰为下邽令,疾其扰人,但据文供馈。使者归,乃谮寰有慢言。上大怒。宰相武元衡、中丞裴度恳救甚切。"即此事。小儿,犹小子,表示轻蔑的称呼。下邽,今陕西渭南境。笞,用竹板或荆条打人脊背或臀腿的刑罚。

【译文】

孔公最初以进士身份佐三府,官至殿中侍御史。元和元年,被征召为大理正,屡次升迁,先后为江州刺史、谏议大夫。凡是遇到有害于国家的事,无所不言,被加封为皇太子侍读。转任给事中时,指出京兆尹偏袒、纵容犯罪的人,让人扣了京兆尹三个月的俸禄,被任代理尚书右丞。第二年,授任右丞,又改任华州刺史。明州每年向朝廷进贡可食用的海产品,从海上运到京师,经水路、陆路,共用递夫、差役四十三万六千人,孔公上奏皇帝罢免了这项进贡。下邽县县令对出外狩猎烦扰郡邑的小子们施以笞刑,遭小子们诬陷被下在御史台大狱中,孔公上书为之理论,皇帝下诏释放了下邽令,并且把孔公从华州刺史升为大理寺卿。以上写其历任官职,及任华州刺史的政绩。

十二年,自国子祭酒拜御史大夫、岭南节度等使[①]。约以取足[②],境内诸州负钱至二百万,悉放不收。蕃舶之至,泊步有下碇之税[③],始至有阅货之燕[④],犀珠磊落[⑤],贿及仆隶,公皆罢之。绝海之商有死于吾地者[⑥],官藏其货,满三月,无妻子之请者,尽没有之。公曰:"海道以年计往复,何月之拘?苟有验者,悉推与之,无算远近。"厚守宰俸,而严其法。岭南以口为货[⑦],其荒阻处[⑧],父子相缚为奴,公一禁之。有随公吏,得无名儿,蓄不言官;有讼者,公召杀之。山谷诸黄世自聚为豪[9]，观吏厚薄缓急[10]，或叛或从。容、桂二管[11]，利其虏掠，请合兵讨之，冀一有功，有所指取[12]。当是时，天子以武定淮西、河南北，用事者以破诸黄为类，向意助之。公屡言："远人急之[13]，则惜性命，相屯聚为寇；缓之，则自相怨恨而散。此禽兽耳，但可自计利害，不足与论是非。"天子入先言，遂敛兵江西、岳鄂、湖南、岭南，会容、桂之吏以讨之，被雾露毒，相枕藉死，百无一还。安南乘势杀都护李象古[14]。桂将裴行立、容将杨旻皆无功，数月自死。岭南嚣然[15]。祠部岁下广州祭南海庙[16]，庙入海口，为州者皆惮之，不自奉事，常称疾，命从事自代。唯公岁常自行。官吏刻石为诗美之。以上岭南节度任内善政六事。

【注释】

①拜御史大夫、岭南节度等使：《新唐书·孔戣传》："元和十二年七月，岭南节度使崔泳死。帝谓裴度曰：'尝论罢蚶菜者谁欤？今安在？是可为朕求之。'度以戣对，即拜岭南节度使。"

②约：节俭。取：征集财税。

③步：水岸渡处。碇：垂舟石。

④燕：通"宴"。

⑤犀珠：犀角、珠宝。

⑥绝海：渡海。绝，穿过，越过。

⑦口：人口。

⑧荒阻：荒僻的地方。阻，难行之地。

⑨山谷诸黄世自聚为豪：诸黄指黄洞诸蛮。世，世代。《新唐书·孔戣传》："自贞元中，黄洞诸蛮变；久不平。"

⑩厚薄缓急：喻指官府政策的宽严。

⑪容、桂二管：容指容管经略使杨旻，桂指桂管经略使裴行立。容，容州，今广西容县。桂，桂州，今广西桂林。管，管制，管理，引申为管理的区域。

⑫指取：一定程度上获得。

⑬远人：异族。此处指关系疏远、各怀异心的乌合之众。

⑭李象古：李道古的哥哥，曹成王李皋的儿子，唐太宗李世民的曾孙。他以贪纵苛刻失众心，杨清世为蛮酋，李象古召为牙将，郁郁不得志。将兵三千讨黄洞蛮，因人心怒怨，引兵夜还，袭府城陷之。

⑮嚣然：闹嚷嚷的样子。

⑮祠部：隋唐置祠部曹，属于礼部，专掌祠祀、享祭、天文、漏刻、国忌、庙讳、卜筮、医药及僧尼之事。

【译文】

贞元十二年，由国子祭酒升为御史大夫、岭南节度等使。在本辖区范围内尽量少征赋税，各州拖欠的钱达二百万，孔公都不再追讨。蕃国有船来，停泊处有下碇税，刚到时还要宴请阅货的官吏，犀角、珠宝等舶来货，甚至都贿赂及于仆隶，孔公将这些都罢除了。渡海过来的商人，有死在我们这里的，官府保管他的货物，三个月内没有妻子儿女来认领的，全部没收。孔公说："海上的路以年来计算一次往返，哪里能用月来限制呢？假使有来验货的，就全都给他，不管时间长短。"孔公增加了地方官吏的俸禄，严立了法令。岭南地区把人口当成货物，在有些荒僻的地方，父子互相捆绑卖身为奴，孔公一一禁止了这种行为。有个官府吏员得到一个没有名的孩子，留在家中没有报告官府。有人来告他，孔公把他召来杀了他。黄洞诸蛮叛乱，自霸一方，聚众为豪，视官府政策的宽严，不是叛变就是恣纵不法。容管经略使与桂管经略使认为他们的掳掠对自己有利，请求合兵讨伐，寄希望于一旦有功，可以得到些什么。当时，天子以武力刚刚平定淮西、河南河北，当权的人认为攻破黄洞诸蛮也会如此，就向着他们的意思说。孔公屡次上书说："偏远地方的人，如果对他们采取急迫办法，他们就会为了保全自己的性命，联合起来对抗朝廷；如果对他们采取缓和的措施，时间长了他们就会自己相互之间产生怨恨而散伙。这些人不过是禽兽，只知道为自己计较利害得失，不足以和他们议论是非。"天子采纳了前者的话，集合江西、岳鄂、湖南、岭南的兵力，会同容、桂的官吏共同讨伐，结果被雾瘴所毒，士兵病死，尸体遍地，百无一还。安南的士兵乘势杀了都护李象古。桂将裴行立、容将杨旻都无功，数月后忧郁而死。岭南一片混乱。祠部每年派人去广州祭祀南海神庙，庙位于海口处，州官们都害怕，不敢亲自去行祭祀事，常常称病而命僚属代替自己。只有孔公每年都亲自去。官吏们刻石碑写诗赞美他。以上写其任岭南节度使期间的六件善政。

十五年，迁尚书吏部侍郎。公之北归，不载南物，奴婢之籍，不增一人。长庆元年，改右散骑常侍。二年，而为尚书左丞。曾祖讳务本，沧州东光令[①]。祖讳如珪，海州司户参军[②]，赠尚书工部郎中。皇考讳岑父，秘书省著作佐郎[③]，赠尚书左仆射。公夫人京兆韦氏；父种，大理评事。有四子：长曰温质，四门博士；遵孺、遵宪、温裕，皆明经。女子长嫁中书舍人平阳路隋，其季者幼。公之昆弟五人，载、戡、戢、戳，公于次为第二。公之薨，戢自湖南入为少府监。其年八月甲申，戢与公子葬公于河南河阴广武原先公仆射墓左。以上先世及妻子兄弟。铭曰：

【注释】

①沧州：今河北沧县东南。东光：今河北东光。

②海州：今江苏连云港西南海州镇。司户：主管民户的官员。唐

制，在府曰户曹参军，在州曰司户参军，在县曰司户。

③著作佐郎：为著作郎的副职，掌撰拟文字。

【译文】

元和十五年，升为尚书吏部侍郎。孔公回到北方，没有带一点南方的东西，没有增加一个奴婢。长庆元年，改任右散骑常侍。长庆二年，任尚书左丞。孔公的曾祖父名务本，曾任沧州东光县令。祖父名如珪，曾任海州司户参军，赠尚书工部郎中。父亲名岑父，曾任秘书省著作佐郎，赠尚书左仆射。孔公的夫人是京兆人，姓韦；父亲韦种，曾任大理评事。孔公有四个儿子：长子叫温质，任四门博士；遵孺、遵宪、温裕都是明经。大女儿嫁给中书舍人平阳人路隋，小女儿还小。孔公兄弟五人：孔载、孔戡、孔戢、孔戳，孔戣行第二。孔公去世，孔戢从湖南来任少府监。本年八月甲申日，孔戢与公子把孔公葬在河南河阴广武原他父亲尚书左仆射的墓左面。以上写其先世及妻儿、兄弟。铭文是：

孔世卅八，吾见其孙。白而长身，寡笑与言。其尚类也，莫与之伦①。德则多有，请考于文。

【注释】

①其尚类也，莫与之伦：尚类，曾国藩曰："谓吾不得见孔子，而见其孙云云。其或尚与孔子类也。"伦，类，同类。

【译文】

孔子后世三十八代人，我见到了他的子孙。白皮肤高个子，寡言少语。在崇尚他的宗族祖先孔子方面，没有人能与他相比。他还有很多的高尚品德，要详细知道请参考此文。

故贝州司法参军李君墓志铭

【题解】

此文写于贞元十七年(801)。文章是为朋友李翱的祖父李楚金而写的。李翱曾写过《皇祖实录》,但认为自己写不如别人写更能称颂祖辈,光耀后人,于是请韩愈来写。韩愈此文先写李楚金的世系、德行、下葬,最后称颂了李翱。文中概括处有力,叙事处精练,无一闲字。最后一句话"翱,其孙也,有道而甚文,固于是乎在",曾国藩说它"收处绝疏古,化去笔墨痕迹"。

贞元十七年九月丁卯,陇西李翱①,合葬其皇祖考贝州司法参军楚金、皇祖妣清河崔氏夫人于汴州开封县某里②。昌黎韩愈纪其世,著其德行,以识其葬③。

【注释】

①李翱:字习之。唐朝散文家,哲学家。官至山南东道节度使。是古文运动的参加者,文学主张大抵同于韩愈。

②皇祖考:祖父。贝州:今河北南宫东南。司法参军:主管刑法之职。唐制在府叫法曹参军,在州叫司法参军,在县叫司法。皇祖妣(bǐ):祖母。

③识:通"志"。

【译文】

贞元十七年九月丁卯日,陇西人李翱,将他的祖父贝州司法参军李楚金和祖母清河崔夫人合葬于汴州开封县某里。昌黎人韩愈记载他的世系,描述他们的道德品行,为他们下葬作志。

其世曰:“由梁武昭王六世至司空[1],司空之后二世为刺史清渊侯[2],由侯至于贝州,凡五世。”

【注释】

①梁武昭王:李暠(hào),字玄感。晋安帝时自称西凉公。后魏孝文帝时封清渊侯。司空:工部尚书的别称。这里指李冲,后魏孝文帝时封清渊侯,死后赠司空。

②司空之后二世为刺史清渊侯:李冲的儿子李延实,都督青州刺史,李延实的儿子李子彬袭祖爵清渊县侯,死后赠齐州刺史,他儿子李桃枝袭封。

【译文】

他们的世系上说:“由梁武昭王传六代到司空,司空之后又传两代为刺史清渊侯,由清渊侯那代到了贝州,到现在一共五世。”

其德行曰:“事其兄如事其父,其行不敢有出焉。其夫人事其姒如事其姑[1],其于家不敢有专焉。”其在贝州,其刺史不悦于民,将去官,民相率讙哗[2],手瓦石,胥其出击之[3]。刺史匿不敢出,州县吏由别驾已下不敢禁[4],司法君奋曰:“是何敢尔?”属小吏百余人[5],持兵仗以出[6]。立木而署之曰[7]:“刺史出,民有敢观者,杀之木下!”民闻,皆惊相告,散去。后刺史至,加擢任。贝州由是大理。

【注释】

①姒(sì):妯娌间年长者。姑:丈夫的母亲,婆婆。

②讙哗:喧哗。

③胥：通“须”。等待。

④已：通“以”。

⑤属(zhǔ)：集合。吏：官府中的胥吏或差役。

⑥仗：刀戟等兵器的总称。

⑦署：部署。

【译文】

他们的德行上说：“侍奉兄长就像侍奉父亲，行为举止不敢有出格的地方。夫人侍奉妯娌就像侍奉婆婆，在家中不敢有专横的地方。”李公在贝州时，老百姓不喜欢州刺史，该刺史离任的时候，百姓们吵吵嚷嚷，手拿瓦块石头等他出来打他。刺史藏起来不敢露面，贝州官吏自别驾以下都不敢去制止。李公奋然说：“是谁敢这样？”他集合大小胥吏差役百余人手持兵器出来，立了一根木头，部署下命令说：“刺史出来，百姓中有敢围观的，格杀在木头下。”老百姓听说后都大吃一惊，相互转告后就散去了。新刺史到任，提升了李公，贝州由此大治。

其葬曰：“翱既迁贝州，君之丧于贝州，殡于开封，遂迁夫人之丧于楚州，八月辛亥至于开封，圹于丁巳，坟于九月辛酉，窆于丁卯[①]。”人谓：李氏世家也，侯之后，五世仕不遂。蕴必发[②]，其起而大乎！四十年而其兄之子衡[③]，始至户部侍郎。君之子四人，官又卑。翱，其孙也，有道而甚文，固于是乎在。

【注释】

①窆(biǎn)：落葬。

②蕴：积聚，藏蓄。

③衡：李衡。贞元七年(791)，自常州刺史镇湖南。贞元八年

(792)，徙镇江西，召为给事中。

【译文】

下葬时说："李翱已迁任到贝州，李君之丧于贝州，在开封出殡，于是把夫人之丧从楚州迁来，八月辛亥日到了开封，丁巳日进墓穴，九月辛酉日下葬，丁卯日落葬。"人称李氏是世家，清渊侯之后五代人仕途都不顺利。积蓄久了，一旦起势就会不得了啊！四十年之后他哥哥的儿子李衡才做了户部侍郎。李衡有四个儿子，官职更低下。李翱是他的孙子，有道德并且在文学上有造诣，该是把希望寄托在他身上吧！

毛颖传

【题解】

此文大约写于元和一、二年间(806—807)。是一篇传奇小说。作者将毛笔拟人化，通过记述毛颖一生的功绩和"以老见疏"的遭遇，责骂当权者的寡情薄义，也讽刺了老官僚的老而无用。并借表彰毛笔对文化的巨大贡献，勉励后来学者。

作者抓住毛笔构造上的特点和功用，串以史实、神话、传说，运用想象和联想，特别是许多双关语写活了毛笔。全文从格式到口吻均模仿《史记》，惟妙惟肖。

《毛颖传》在当时影响很大，受到许多非议。柳宗元对此文给以很高的评价，专门写了《读韩愈所著毛颖书后题》，说它"若捕龙蛇，搏虎豹"。苏东坡说《毛颖传》在韩愈的文章里是最"狡狯变化"的，具有"大神通"。

毛颖者，中山人也[①]。其先明视[②]，佐禹治东方土，养万物有功[③]，因封于卯地，死为十二神[④]。尝曰："吾子孙神明之后，不可与物同，当吐而生[⑤]。"已而果然。明视八世孙䨲[⑥]，世传当殷时居中山，得神仙之术，能匿光使物，窃姮娥[⑦]，骑蟾蜍入月，其后代遂隐不仕云。居东郭者，曰㕙[⑧]，狡而善走，与韩卢争能[⑨]，卢不及，卢怒，与宋鹊谋而杀之[⑩]，醢其家[⑪]。

【注释】

①毛颖者，中山人也：毛颖，毛笔的别名。颖，原意是尖端。古时毛笔用兽毛制成，兽毛用在毫尖，使笔有笔锋，故称毛颖。这是以拟人的手法为毛笔作传。中山，战国时国名。在今河北定州。《艺文类聚》记载：汉代诸侯向朝廷献兔毫笔，书写鸿都门匾额，赵国所献兔毫笔最佳，所以韩愈把毛颖的籍贯写为中山。

②明视：兔的别名。

③佐禹治东方土，养万物有功：十二地支的卯位在东方，卯属兔，故言东方。兔配属卯，卯位在东方，四时中春的位置也在东方，春能生万物，所以说养万物有功。

④十二神：即十二生肖。古代术数家用以和地支相配的十二种动物，如子鼠、丑牛等。

⑤神明之后，不可与物同，当吐而生：古时传说母兔生子从口中吐出，这是一种不科学的说法。

⑥䨲(nuò)：兔子。

⑦匿光使物，窃姮娥：在光天化日之下使人看不见，用神术役使神鬼，拐骗嫦娥。物，鬼物。姮娥，即嫦娥。

⑧㕙(jùn)：狡兔名。

⑨韩：指韩国。卢：良犬名。

⑩宋：指宋国。鹊：良犬名。

⑪醢(hǎi)：剁成肉酱。

【译文】

毛颖，中山人。他的先祖明视，曾经辅佐大禹治理东方水土，因养育万物有功，被封于卯地，死后成为十二神之一。明视曾说过："我的子孙乃神灵之后，不能与一般动物一样，应由口中吐出生下来。"后来果然如此。明视八世孙名䨲，世传他在殷朝时住在中山，得神仙之术，能在光天化日之下隐匿身形，役使鬼物，他拐骗嫦娥，骑着蟾蜍跑到月亮上，他的后代便隐居世外，不再做官了。住在东郭的叫㕙，狡黠而善跑，一次和韩卢比试本领，韩卢赶不上他，便恼羞成怒，和宋鹊合谋杀死了㕙，把他一家人剁成肉酱。

秦始皇时，蒙将军恬南伐楚①，次中山②，将大猎以惧楚。召左右庶长与军尉③，以《连山》筮之④，得天与人文之兆⑤。筮者贺曰："今日之获，不角不牙，衣褐之徒⑥，缺口而长须⑦，八窍而趺居⑧，独取其髦⑨，简牍是资⑩。天下其同书⑪，秦其遂兼诸侯乎！"遂猎，围毛氏之族，拔其豪⑫，载颖而归，献俘于章台宫⑬，聚其族而加束缚焉。秦皇帝使恬赐之汤沐⑭，而封诸管城⑮，号曰管城子，日见亲宠任事。

【注释】

①蒙将军恬：即秦代名将蒙恬。《艺文类聚·杂文部》引《博物志》曰："蒙恬造笔。"崔豹《古今注》卷下："蒙恬始造，即秦笔耳，以柘木为管……"而事实上，毛笔的创制早于秦代，可能蒙恬对毛笔做过改进工作。

②次：驻扎，宿歇。

③左、右庶长：秦国的爵位。左庶长是第十级，右庶长是第十一级。军尉：军中的尉史。

④《连山》：古代的一种占卜书，“三易”之一。郑玄《易赞》及《易论》说：夏曰《连山》，殷曰《归藏》，周曰《周易》。第一篇是艮卦，艮为山，山上山下，所以称连山。筮(shì)：占卜，以蓍(shī)草卜卦。

⑤人文：人类文化。兆：卦兆，指事件未发生以前卦中出现的征兆。

⑥衣褐之徒：古时的普通百姓。褐，粗麻织成的衣服，兔毛也是褐色。一说兔的皮毛普通而不贵重，故称其为衣褐之徒，另一说因兔生长于田野，故名。

⑦缺口：兔唇有缺口。

⑧八窍：八个通向体外的器官，如耳、目、口、鼻。古代说兔有八窍，与其体内结构不同。趺居：盘腿蹲踞。趺，同“跗(fū)”。足。居，同“踞”。

⑨髦：毛中长毫。引申为一般人中的豪杰，此为双关语。

⑩简牍：书写用的竹简或木片。简，竹制薄片(也有木制的)，长的二尺四寸，短的一尺二寸。牍，书版，长一尺。资：依靠，依赖。

⑪其：将要。同书：指统一文字。

⑫豪：此为双关语，既指豪杰，也指兔身上的毫毛。

⑬章台宫：秦宫名。在今陕西咸阳。

⑭汤沐：古代诸侯朝见天子，天子赐给诸侯的斋戒自洁之地称为汤沐邑，谓以邑中所得以充汤沐之资。这也是双关语，制笔先要用热水把兔毫洗净，故用汤沐为喻。

⑮管城：今河南郑州。周初为管叔(文王之子)的封地。这里是双关语，毛笔的笔杆是竹管所制，由此模拟毛颖的封地为管城。管城子，后人以此为毛笔的代称。

【译文】

秦始皇时，大将军蒙恬出兵南下攻打楚国，驻扎在中山，打算举行大规模围猎显示军威，吓住楚国。蒙恬召集左、右庶长和军尉，用《连山》卦占卜，得天象和人事的征兆。占卜的人向他祝贺说：“今天猎获的将是一些既无犄角又无犬牙，穿着粗布衣服的家伙们，嘴上有豁口，长胡须，全身有八窍，喜欢盘腿蹲踞，只取它们身上的长毛，就可用来书写。天下将统一文字，秦国将统一天下了！”于是打猎开始，他们把毛氏家族包围起来，挑出其中的杰出人士，用车装着毛颖回到秦国，到章台宫去献俘虏，把毛氏全族聚集在一起，都捆起来。秦始皇让蒙恬赐给毛颖汤沐邑，封于管城，爵号为管城子。此后逐渐得到秦始皇的宠爱，并被任命做一些事情。

颖为人强记而便敏，自结绳之代①，以及秦事，无不纂录②。阴阳、卜筮、占相、医方、族氏、山经、地志、字书、图画、九流百家、天人之书③，及至浮屠、老子、外国之说④，皆所详悉。又通于当代之务，官府簿书⑤，市井货钱注记⑥，惟上所使。自秦皇帝及太子扶苏、胡亥、丞相斯、中车府令高⑦，下及国人，无不爱重。又善随人意，正直、邪曲、巧拙，一随其人；虽见废弃，终默不泄。惟不喜武士，然见请亦时往。累拜中书令，与上益狎⑧，上尝呼为“中书君”。上亲决事，以衡石自程⑨，虽宫人不得立左右，独颖与执烛者常侍，上休方罢。颖与绛人陈玄、弘农陶泓及会稽褚先生友善⑩，相推致⑪，其出处必偕。上召颖，三人者不待诏，辄俱往，上未尝怪焉。

【注释】

①结绳之代：指远古时代。远古没有发明文字的时候，把绳子结起来，作为记事之用。

②纂录：编排记录。纂，聚集。

③阴阳:指择日占星等阴阳家之术。占相:占卦相面,相人形貌以推定吉凶祸福。山经:记载山脉的书。一说为地理著作《山海经》的略称。地志:记载地理沿革变化的书。字书:根据六书解释文字以及以字为单位解释文字音、形、义的书,统称字书。九流:儒、墨、名、法、道、阴阳、纵横、农、小说(一说杂家)九家称九流。一说九流极言流派之多。百家:诸子百家。天人之书:研究天道与人事之间关系的书。

④浮屠:梵语"佛陀"的译音,这里指佛教。老子:此处代指道教。

⑤簿书:簿籍文书。簿,簿籍,如户口册、地亩册。书,文书。

⑥货钱注记:财务账目的记录。货,财,金玉布帛的总名。注,记。

⑦秦皇帝:指秦始皇。扶苏:秦始皇的长子。胡亥:秦始皇的少子,即秦二世。丞相斯:秦丞相李斯,曾辅佐秦始皇统一天下。中车府令高:中车府令赵高。中车府令,官名。主管皇帝乘坐之车。中书令:秦代无此官职。中书的本意,是居官殿中收受文书和草拟文书,中是名词;此处的中书是得心应手适于书写的意思,中作适宜讲,是动词。这里是双关语。

⑧狎:亲近。

⑨以衡石自程:自己规定阅读公文的限量。衡,称。石,古重量单位,一百二十斤为一石。程,限度。秦时用简书写文字,故始皇以重量来规定所阅文件的数量。

⑩绛人陈玄:指墨。绛,今山西新绛,唐时绛州向朝廷贡墨。玄,黑,墨越陈越好,故曰陈玄。弘农陶泓:指砚池。弘农,今河南灵宝南,唐时虢州弘农郡向朝廷贡瓦砚。陶泓,瓦砚由陶土烧成,故称砚姓陶;又砚中取水,故取名为泓。会稽褚先生:指纸。会稽,今浙江绍兴,唐时越州会稽郡向朝廷贡纸。褚,纸以楮木经过捣烂浸水而制成,"楮"与褚同音。

⑪推致:推崇,称道。

【译文】

毛颖为人强于记忆而且办事便利敏捷，从结绳记事的远古时代一直到秦朝的事，无不辑录，从阴阳、占卜、占相、医方、族氏、山经、地志、字书、图画、九流、诸子百家、研究天道与人事关系的著作，直到佛教、道教、外国的各种学说，他都了解得十分详尽。他还通晓当代的事情，官府的簿籍文书，市井的钱财账目，只要皇上需要，可以随意支使他办。上自秦始皇和太子扶苏、胡亥、丞相李斯、中车府令赵高，下到老百姓，对他无不喜爱推重。同时毛颖善于随和人意，或重、或直、或邪、或曲、或巧、或拙，通通听别人的；即使被废置不用，也始终保持沉默而不发泄一言。他只是不喜欢武士，但有武士请时，他也常去。毛颖累积功劳被封为中书令，和皇帝的关系更加亲密，秦始皇曾称他为“中书君”。始皇亲自理政，称简册重量给自己规定每天要处理的公务的限额，即使宫人也不得站在旁边，只有毛颖和拿蜡烛的人经常在跟前伺候，秦始皇休息了，他们才得歇息。毛颖与绛州的陈玄、弘农的陶泓以及会稽的褚先生交谊很好，互相推重，外出或居住时总在一起。始皇召见毛颖，三人不等下诏就一同去，始皇也不曾怪罪过他们。

后因进见，上将有任使，拂拭之①，因免冠谢②。上见其发秃，又所摹画不能称上意。上嘻笑曰：“中书君老而秃③，不任吾用。吾尝谓君‘中书’，君今不‘中书’邪？”对曰：“臣所谓‘尽心’者④。”因不复召，归封邑，终于管城。其子孙甚多，散处中国夷狄，皆冒管城，惟居中山者，能继父祖业。

【注释】

①拂拭：擢拔，提升。就像拂拭器物上的尘垢，加以鉴赏而欲用之。

②免冠谢：脱帽谢罪。冠与管同音，笔管也叫笔帽，免冠即摘下笔

帽,此处为双关语。

③老而秃:这是说笔使用时间久了笔毛脱落。秃,无发。

④尽心:尽心尽力。这里是双关语,也指笔中的长毫已残,磨尽了。

【译文】

后来,毛颖有一次晋见秦始皇,始皇有事打算让他做,提拔他,毛颖便脱帽谢恩。始皇看见他的头发秃了,而且摹画的字也不合自己的心意。始皇笑着说:“中书君老了,头发秃了,不堪我用了。我曾经说你‘中书’,如今你不‘中书’了吧?”毛颖回答说:“臣就是所说的‘尽心’的人。”秦始皇因此不再召见毛颖,他回到了封地,最后死在管城。毛颖的子孙很多,散居在中原和少数民族地区,都冒称管城子,只有住在中山的一支能继承祖辈的事业。

太史公曰[①]:毛氏有两族,其一姬姓,文王之子封于毛[②],所谓鲁、卫、毛、聃者也[③]。战国时,有毛公、毛遂[④]。独中山之族,不知其本所出,子孙最为蕃昌[⑤]。《春秋》之成,见绝于孔子,而非其罪[⑥]。及蒙将军拔中山之豪,始皇封诸管城,世遂有名,而姬姓之毛无闻。颖始以俘见,卒见任使[⑦]。秦之灭诸侯,颖与有功[⑧],赏不酬劳,以老见疏,秦真少恩哉!

【注释】

①太史公:司马迁。《史记》中每篇末尾发议论时,都用一个“太史公曰”领起下文。韩愈此文是效仿《史记》,并把全文托为太史公的文章。

②毛:古国名。在今河南宜阳。

③鲁、卫、毛、聃:周初诸侯国名。各诸侯王均为文王之子。周公旦封在鲁地(今山东曲阜),康叔封在卫地(今河南淇县),毛叔封在

毛地，聃季载封在聃地(今河南开封)。

④毛公：战国时赵国的隐士，是信陵君的门客。毛遂：战国时赵国人，是平原君的门客。他曾自荐于平原君，说服楚王援赵攻秦。

⑤蕃昌：繁衍昌盛。

⑥“《春秋》之成”几句：鲁哀公十四年(前481)，西狩获麟，孔子听说此事后很伤心，于是就结束了他正在写的《春秋》。后来杜预《左传集释》说孔子作《春秋》“绝笔于获麟”。而非其罪，何焯《义门读书记》注：“‘见绝于孔子而非其罪’，时所谓笔乃刀削也，故云。”

⑦卒见任使：终被任用。任，信任。使，使用。

⑧与有功：在功劳上有份儿。与，参与。

【译文】

太史公说：毛氏有两支，其中一支姓姬，是周文王的儿子，封在毛地，就是所谓鲁、卫、毛、聃的毛伯一支。这一支战国时出过毛公、毛遂两人。唯独中山这一族，不知他们出自哪个祖先，子孙繁衍最为昌盛。《春秋》成书，毛氏被孔子所弃，并不是毛氏的过错。到蒙恬将军选出中山这一族的杰出人物毛颖，秦始皇封他于管城，中山毛氏在社会上有了名气，而姬姓毛氏却默默无闻。最初毛颖是以俘虏的身份见秦始皇的，最后得到任用。秦国灭掉诸侯，毛颖有一份功劳，但他得到的赏赐却抵不上他的功劳，后来竟因年老而被疏远冷落，秦国真是薄恩寡义啊！

柳宗元

柳宗元简介参见卷二。

襄阳丞赵君墓志铭

【题解】

此文是柳宗元任柳州刺史期间所作。这篇墓志铭打破了平板叙事的格式，生动地叙述并赞扬赵氏遗孤的至诚至孝，感泣鬼神，尽管有一定迷信成分，然而叙事生动，形象鲜明，富有人情味，是一篇有特色的墓志铭。

贞元十八年月日，天水赵公矜，年四十二，客死于柳州，官为敛葬于城北之野。元和十三年，孤来章始壮，自襄州徒行求其葬，不得。征书而名其人，皆死无能知者。来章日哭于野，凡十九日，唯人事之穷[①]，则庶于卜筮[②]。五月甲辰，卜秦诩兆之曰[③]："金食其墨[④]，而火以贵。其墓直丑[⑤]，在道之右。南有贵神，冢土是守。乙巳于野[⑥]，宜遇西人，深目而髯，其得实因。七日发之，乃覩其神[⑦]。"明日求诸野，有叟荷杖而东者，问之，曰："是故赵丞儿耶？吾为曹信，是迩吾墓[8]。噫，今则夷矣[9]。直社之北[10]，二百举武[11]，吾为子蕝焉[12]。"辛亥启土，有木焉，发之[13]，绯衣緅衾[14]，凡自家之物皆在。州之人皆为出涕。诚来章之孝，神付是叟，以与龟偶[15]，不然，其协焉如此哉[16]？六月某日就道，月日葬于汝州龙城县期城之原。夫人河南源氏，先没而祔之[17]。矜之父曰渐，南郑尉。祖曰倩之，郓州司马。曾祖曰弘安，金紫光禄大夫、国子祭酒。始矜由明经为舞阳主簿，蔡帅反，犯难来归，擢授襄城主簿，赐绯鱼袋，后为襄阳丞。其墓自曾祖以下皆族以位。时宗元刺柳[18]，用相其事[19]，哀而旌之以铭[20]。铭曰：

【注释】

①穷：尽，完结。

②庶：希望，但愿。

③兆：占卜，古人灼龟甲以占吉凶，其裂痕谓之兆。

④墨：古时占卜灼龟而裂开的痕迹，又称为兆坼。

⑤直：正对，正值。

⑥巳：十二时辰之一，指上午九时至十一时。

⑦覯：通"遘(gòu)"。意为遇见。

⑧迩：近，接近。

⑨夷：削平。

⑩社：古代地区单位之一。《管子·乘马》："方六里，名之曰社。"

⑪举：行动，起行。武：古以六尺为步，半步为武。

⑫蕝(jué)：古代演习朝会礼仪时束茅以表位之称。引申为立一束茅草表明位置的意思。

⑬发：揭开，掀开。

⑭绯衣：大红色的衣服。绯，红色。缬(zōu)衾：青赤色的被子。缬，青赤色。

⑮偶：意为遇。

⑯协：协助，帮助。

⑰祔(fù)：合葬。

⑱刺柳：指柳宗元任柳州刺史。

⑲相：视，观察。

⑳旌：表彰。

【译文】

贞元十八年的一天，甘肃天水人赵矜先生年仅四十二岁，死于异乡柳州，官府派人将他葬于城北野外。元和十三年，赵先生的遗孤来章长大成人，从襄州步行到柳州，要寻找父亲的墓地，为他重新安葬，结果没有找到。他到处询问，经办者都已去世，无人知道详情。来章每天在野外痛哭，连续哭了十九天，在实在没有办法的时候，求助于占卜。五月甲辰，占卜人秦诩为来章占卜说："从卦象来看，卦中有金，而火主贵人。你父亲的墓正对丑位，在道路右边。南边有贵神，守护其坟墓。明日上午到野外，自会遇见来自西方的人，深目浓须，他会告诉你实情。七天之后挖开，就会遇到你要寻找的神灵。"第二天，来章来到野外，有一位老人拄着拐杖由西向东而来，问道："你是已故赵丞的儿子吗？我是曹信，我的墓地与你父亲之墓很近。噫，现在已变成平地了。正对城北，二百零半步的地方，我为你插上一束茅草表明位置。"七天之后，来章在此处开挖，看见棺木，掀开后，只见大红色的衣服青赤色的被褥，凡其父的衣物都在。全城的人无不为之感动落泪。确实是由于来章的赤诚孝心感动神明，神化为老翁而现身指点，又以占卜使之相遇，不然，怎么会有这样的巧合呢？六月的一天，来章携父灵柩上路，而后将其父葬于汝州龙城县家族的墓地。夫人河南源氏已经葬于此，现在夫妇二人合葬。

赵矜的父亲是赵渐，曾任南郑县尉。其祖父是赵倩之，曾任郓州司马。其曾祖父是赵弘安，曾任金紫光禄大夫、国子监祭酒。最初，赵矜由明经升为舞阳主簿，蔡贼反叛，赵矜受命平乱，归来后提升为襄城主簿，受赐绯鱼袋，后来任襄阳丞。赵氏族墓自曾祖以下都按次序排列。正值宗元任柳州刺史之时，闻听此事，心有所感，作铭以表彰其所为。铭曰：

诇也挈之[①]，信也蕝之，有朱其绂[②]，神具列之。恳恳来章，神实恫汝，锡之老叟，告以兆语。灵其鼓舞，从而父祖，孝斯有终，福宜是与。百越蓁蓁[③]，羁鬼相望，有子而孝，独归故乡。涕盈其铭，旌尔勿忘。

【注释】

①挈：通“锲”。刻。

②绂（fú）：古代做祭服的蔽膝。

③蓁蓁（zhēn）：集聚的样子。

【译文】

诇为之占卜，信为之束茅，红色的祭服，神为之保存。至诚至孝的来章，神灵为之受感动，化身老翁，指点迷津。其父灵魂鼓舞欢欣，追随父祖归位族墓，孝心终有善果，福将与你同在。他乡异域，多少游魂飘荡，有子富有孝心，赵矜魂魄独归故乡。热泪盈眶做此铭，表彰孝心不要忘。

卷二十一·传志之属下编二

欧阳修

欧阳修简介参见卷二。

资政殿学士文正范公神道碑铭

【题解】

本文是作者为范仲淹所作的一篇墓碑文字，作于宋仁宗至和元年(1054)，即范仲淹去世后的第三年。文章通过叙述范氏的家世出身、仕宦经历、为人品格和政治才华，对范氏给予了很高的评价。本文笔法有两个特点，一是错落有致，文章时而行如流水，平淡无华，时而感情激愤，掷地铿锵；二是有《史记》的“史笔”风格，文章能抓住人物的一些典型言行，使人物生动地突现在读者面前，给读者以如见其人、如闻其声的感觉。

皇祐四年五月甲子①，资政殿学士、尚书户部侍郎、汝南文正公薨于徐州②，以其年十有二月壬申，葬于河南尹樊里之万安山下。公讳仲淹，字希文。五代之际③，世家苏州，事吴越④。太宗皇帝时⑤，吴越献其地，公之皇考从钱俶朝京师[⑥]。后为武宁军掌书记以卒。

【注释】

①皇祐四年:1052年。皇祐,宋仁宗赵祯的年号(1049—1054)。

②汝南:郡名。治所在上蔡。薨(hōng):古代诸侯或有爵位的高官的死称为薨。

③五代:指中国自907年至960年期间,连续出现的五个朝代:后梁、后唐、后晋、后汉、后周。

④吴越:五代十国之一,唐末钱镠建立的政权,在今浙江及江苏西南部、福建东北部地区。

⑤太宗:宋太宗,初名匡义,后改光义,是太祖赵匡胤之弟。

⑥钱俶:字文德。吴越王钱镠之孙,太宗时以所辖十三州来降,后封为邓王。

【译文】

仁宗皇祐四年五月甲子日,资政殿学士、尚书户部侍郎、汝南文正公在徐州逝世,同年十二月壬申日,在河南尹樊里的万安山下安葬。范公名仲淹,字希文。五代时期,范姓世代居住苏州,在吴越国做事。太宗皇帝时期,吴越国王纳土献地,投降大宋,范公的父亲跟随钱俶,朝贡京都。之后任武宁军的掌书记之职,在任职期间去世。

公生二岁而孤,母夫人贫无依,再适长山朱氏。既长,知其世家,感泣去之南都[①],入学舍。扫一室,昼夜讲诵,其起居饮食人所不堪,而公自刻益苦。居五年,大通六经之旨[②],为文章,论说必本于仁义。祥符八年[③],举进士,礼部选第一,遂中乙科[④],为广德军司理参军[⑤],始归迎其母以养。及公既贵,天子赠公曾祖苏州粮料判官讳梦龄为太保,祖秘书监讳赞时为太傅，考讳墉为太师，妣谢氏为吴国夫人。以上先世及孤寒、科第。

【注释】

①南都：今河南商丘，宋时为南京应天府。

②六经：指儒家视为经典著作的《诗经》《尚书》《礼记》《周易》《春秋》《乐经》，后《乐经》失传，被称为五经。

③祥符八年：1015年。祥符，宋真宗赵恒的年号（1008—1016），全称为“大中祥符”。

④乙科：古考试科目名称。唐宋时各等考试皆有甲乙科，明、清时称举人为乙科，进士为甲科。

⑤广德：今安徽广德。

【译文】

这是范公出生第二年发生的事，范公的母亲范夫人，因为家境贫穷，无依无靠，只好又改嫁长山的朱氏。范公长大以后，才知道自己的家庭身世，于是哭着离开了，到了南阳，进了学堂。在那里范公自己亲手整理出一间房屋，白天黑夜努力学习，他在那里居住，生活的艰苦程度是一般人所不能忍受的，可范公就是在这种条件下越发刻苦地学习。经过五年的时间，他对六经中的主旨完全融会贯通了，写作文章，或是评论古今，一定本着仁义的观念发表看法。真宗大中祥符八年，考进士，礼部评选为第一名，于是中进士乙科，做广德军司理参军，这才回家接母亲来奉养。等到范公的职位显贵以后，皇上封赠范公的曾祖父苏州粮料判官范梦龄为太保，祖父秘书监范赞时为太傅，父亲范墉为太师，母亲谢氏封赠为吴国夫人。以上是其先世、孤寒身世及拜举功名情况。

公少有大节，于富贵、贫贱、毁誉、欢戚，不一动其心，而慨然有志于天下，常自诵曰："士当先天下之忧而忧，后天下之乐而乐也。"其事上遇人，一以自信，不择利害为趋舍。其所有为，必尽其方，曰："为之自我者当如是，其成与否，有不在我者，虽圣贤不能必，吾岂苟哉！"以上行已大节。

【译文】

范公自幼就非常有气节，对于被常人所看重的富有、显贵、贫穷、低下、诋毁、赞誉、欢快、忧愁，他一点也不动心，而是慷慨激扬，以天下为己任，他常常吟诵："士人应当先天下之忧而忧，后天下之乐而乐。"范公不管是侍奉皇上，还是同其他人相处，都是按照自己的这一观念去做，从不被利害关系所左右。只要是做成功的事情，他一定要追究出成功的方法和原因，并且说："事情由我来做，就应当这样，它的成功与否，有些地方不在主观方面，即使圣人贤良也不一定能办到的，我怎么敢草草从事呢！"以上是其行为节操。

天圣中[①]，晏丞相荐公文学[②]，以大理寺丞为秘阁校理。以言事忤章献太后旨[③]，通判河中府[④]。久之，上记其忠，召拜右司谏。当太后临朝听政时，以至日大会前殿，上将率百官为寿，有司已具，公上疏言："天子无北面，且开后世弱人主以强母后之渐。"其事遂已。又上书请还政，天子不报。及太后崩[⑤]，言事者希旨，多求太后时事，欲深治之。公独以谓："太后受托先帝，保佑圣躬，始终十年，未见过失，宜掩其小故以全大德。"初，太后有遗命，立杨太妃代为太后[⑥]。公谏曰："太后，母号也，自古无代立者。"由是罢其册命。

【注释】

①天圣:宋仁宗赵祯的年号(1023—1032)。

②晏丞相:即晏殊。范仲淹、韩琦、富弼等皆得其重用。

③忤(wǔ):逆,不顺从。章献太后:姓刘氏,宋真宗赵恒的皇后。

④河中府:今山西永济。

⑤崩:古代帝王或王后死叫"崩"。

⑥杨太妃:益州郫县(今四川成都郫都区)人。仁宗幼小时,章献皇后嘱其看护仁宗。

【译文】

仁宗天圣年间,丞相晏殊推重范公的才学,因此范公被任为大理寺丞,做秘阁校理,由于奏事忤逆了章献太后的旨意,被降为河中府通判。过了很长时间,皇上又怀念范公的忠贞直行,又下诏书封他为右司谏。那时候太后垂帘听政,皇上率领文武百官在冬至这天聚会殿前为太后祝寿,有关部门已做出了安排,范公上表道:"没有天子面向北拜贺的做法,况且这样做恐怕要成为后代天子弱太后强的开端。"这件事于是就停止了。之后,范公又上奏表章,请求太后将朝政交还给皇上,但没有得到回音。等到太后去世以后,议事的人迎合圣上的意旨,过多地追究太后执政时期的过错,意欲对她予以否定。只有范公讲:"当初太后临朝执政是受先帝的委托,这样做也是为了保护皇上的,从太后开始执政到终结,这十年里,没有发现有什么过错和失误,应该掩饰太后小的过失,而要保全太后的美德。"当初,太后曾经有过遗诏,要立杨太妃代为太后。范公劝谏道:"太后是国母的封号,从古以来没有替代的先例。"因此皇上取消了对杨太妃的册封。

是岁,大旱蝗,奉使安抚东南。使还,会郭皇后废[①],率谏官、御史伏阁争,不能得,贬知睦州[②],又徙苏州。岁余,即拜礼部员外郎、天章阁待制，召还。益论时政阙失，而大臣权幸多忌恶之。以上谏章献太后、杨太妃、郭皇后事。

【注释】

①郭皇后废：当时尚、杨二美人都受宠，一天尚美人在皇上面前有触犯郭皇后的语言。这话让郭皇后知道后，去打尚美人，误伤皇上。皇上大怒，于是下旨废黜郭皇后。孔道辅、范仲淹等人上书劝谏，皇上不听，并将上谏者贬出京城。

②睦州：今浙江建德。

【译文】

这一年出现了少有的大旱灾和蝗灾，范公奉命去安抚东南各州。完成使命回来以后，正赶上郭皇后被废黜，范公于是联络谏官和御史台等一起为郭皇后据理力争，但没有成功，被贬为睦州知州，后又转为苏州知州。过了一年多，就被封为礼部员外郎、天章阁待制，奉召回京。在朝辅政时，更多的是评议当时执政的功过得失，因而大臣权贵中的很多人都忌恨范公。以上是劝谏章献太后、杨太妃、郭皇后等事。

居数月，以公知开封府。开封素号难治，公治有声，事日益简，暇则益以古今治乱安危为上开说。又为《百官图》以献，曰："任人各以其材而百职修，尧、舜之治不过此也。"因指其迁进迟速次序曰："如此而可以为公，可以为私，亦不可以不察。"由是吕丞相怒[①]，至交论上前，公求对，辩语切，坐落职，知饶州[②]。明年，吕公亦罢。公徙润州[③]，又徙越州[④]。以上与吕公不和而贬。

【注释】

①吕丞相：名夷简，字坦夫，寿州（今安徽凤台）人。宋仁宗时官至同平章事。

②饶州：今江西鄱阳。

③润州：今江苏丹徒。

④越州：今浙江绍兴。

【译文】

过了几个月，将范公调任开封府知府。开封府历来难以治理，范公任职后，声望大好，而且日常性的事务也越来越简易，一有时间就选取古今治乱安危的事例为皇上解说。又做了一幅《百官图》献给皇上，并说："皇上任用人员，要使他们各尽其才，那样才可以使各个方面得以治理，上古的尧帝和舜帝的治理也不过像这样罢了。"于是提出人事任免中迟速与程序，并讲："像这样，也还是可以为公，可以为私，因此皇上在这方面不能不去审察。"为此触怒了丞相吕夷简，他们在皇上面前辩论，范公言辞过激，于是被贬职，任饶州知州。第二年，吕丞相也被罢免。范公又转任润州，后又转任越州。以上是与吕夷简不和而遭贬斥。

而赵元昊反河西①，上复召相吕公，乃以公为陕西经略安抚副使，迁龙图阁直学士。是时，新失大将，延州危②，公请自守鄜、延扞贼，乃知延州。元昊遣人遗书以求和，公以谓无事请和，难信，且书有僭号，不可以闻，乃自为书，告以逆顺成败之说，甚辩。坐擅复书，夺一官，知耀州③。未逾月，徙知庆州④。既而四路置帅，以公为环庆路经略安抚、招讨使、兵马都部署，累迁谏议大夫、枢密直学士。

【注释】

①赵元昊：西夏之主。

②延州：今陕西肤施。

③耀州：今陕西铜川耀州区。

④庆州：今甘肃庆阳。

【译文】

西夏主赵元昊在河西反叛，于是皇上又召回吕夷简，同时任命范公为陕西经略安抚副使，转为龙图阁直学士。这时候，延州刚刚损失一员大将，出现了危机，于是范公请求去驻守鄜州、延州，抵御贼寇，于是调任延州知州。这时赵元昊派人送来书信要想求和，范公认为没有什么原因突然请和很难使人相信，而且在信中使用超越名分的称号，使人不能接受，于是范公就自己写下一封书信，将逆顺、成败的道理分辨清楚告诉对方。由于范公擅自回信，被免职，改任为耀州知州。没过一个月转任庆州知州。不久朝廷设置四路军事统领，将范公封为环庆路经略安抚招讨使、兵马都部署，屡屡升迁为谏议大夫、枢密直学士等职。

公为将，务持重，不急近功小利。于延州筑青涧城[①]，垦营田，复承平、永平废寨[②]，熟羌归业者数万户。于庆州城大顺以据要害[③]，又城细腰胡芦[④]，于是明珠、灭臧等大族，皆去贼为中国用。自边制久堕，至兵与将常不相识。公始分延州兵为六将，训练齐整，诸路皆用以为法。公之所在，贼不敢犯。人或疑公见敌应变为如何？至其城大顺也，一旦引兵出，诸将不知所向，军至柔远[⑤]，始号令告其地处，使往筑城，至于版筑之用，大小毕具，而军中初不知。贼以骑三万来争，公戒诸将："战而贼走，追勿过河。"已而贼果走，追者不渡，而河外果有伏，贼失计乃引去。于是诸将皆服公为不可及。公待将吏,必使畏法而爱己。所得赐赉,皆以上意分赐诸将,使自为谢。诸蕃质子[⑥],纵其出入,无一人逃者。蕃酋来见,召之卧内,屏人彻卫,与语不疑。公居三岁,士勇边实,恩信大洽,乃决策谋取横山,复灵武[⑦],而元昊数遣使称臣请和,上亦召公归矣。初,西人籍为乡兵者十数万,既而黥以为军,惟公所部,但刺其手,公去兵罢,独得复为民。其于两路,既得熟羌为用,使以守边,因徙屯兵就食内地,而纾西人馈挽之劳。其所设施,去而人德之,与守其法不敢变者,至今尤多。以上经略西夏。

【注释】

①青涧城:今陕西青涧。

②承平、永平:今陕西延川西北。

③大顺:今甘肃庆阳北。

④细腰胡芦:今甘肃环县西。

⑤柔远:今甘肃庆阳北。

⑥质子:为使对方信任自己而留在对方的人质。这种人质往往是藩王的儿子,所以称为“质子”。

⑦取横山,复灵武:横山在今陕西横山,灵武在今宁夏灵武。

【译文】

范公为将持重,不急功近利。在延州期间建造了青涧城,开荒屯田,修复了承平和永平两地的破旧营寨,较开化的羌族人回归家园,安居乐业的有几万户。在庆州城占据了名为大顺的军事要害之地,而且还夺取了贼寇的地方进行耕种,在细腰胡芦处修筑城池,这样,明珠、灭臧等大一点的少数民族部落,都背离了贼寇的控制替我们中原人做事了。边境军制长期废弛,乃至发展到当官的和士兵都相互不认识。范公开始将延州的军队分为六将制，实行训练，将军队训练得齐整有制，于是各路都纷纷效仿范公的方法。凡是范公所在的地方，贼寇从不敢轻易进犯。有的人就猜想范公如遇见敌人应该做何应变呢？于是到了他所管辖的大顺城里，要看个究竟，一天早晨，范公带领军队出发，各位将领还不知道出发到什么地方去，等军队到柔远地方之后，范公才告诉他们现在所处的位置，让他们去筑造土城，连施工用的夹墙版，以及大大小小的器具都准备齐全了，可是军队一开始却不知道要干什么。贼寇用三万骑兵来争夺阵地，这时范公告诫所属各将："敌人打了以后可能要逃跑的，我们可以追击，但要注意不准追过河去。"不久贼寇果然是打了一下就往回跑了，范公的军队追杀了一阵但没有渡过河去，后来才知道河那边果然设有伏兵，贼人计谋落了个空，只好引兵离开了。由此各位将领都佩服范公的所作所为，认为是常人所不能及的。范公对待将校官吏，一定要他们惧怕法度并要爱惜自己。范公所得到的赏赐，都用皇上的名义分发赏赐给各位将官，让他们对皇上怀有谢意。外族作为人质的王子、世子，范公任他们自由出入，但没发现有一人逃跑的。外族的酋长们来拜见，范公将他们招至内室，撤去闲杂人等以及护卫人员，和他们交谈，没有任何的猜忌。范公在边关驻守三年，可以说将士勇猛，边关坚实，恩信达到了极其和谐的程度，于是制定策略，夺取横山，收复灵武，可是赵元昊多次派遣使者讲自己要对大宋朝称臣请求议和，因此皇上也就召范公回朝了。当初在西部地区招收登记注册的乡兵有十几万人，不久，将他们在脸上施墨刑而后作为军人使用，只有范公所属的部队，只在这些人的膀臂上纹字。范公离开后，他们也就散了，得以重新成为百姓务农。那两路因有较开化的羌人为我所用，让他们驻守边疆，于是就转移屯兵，让他们到内地得以供给，这样可以解除西部地区人民运送给养的劳累。他在时所建立的设施，他离开以后，那里的人仍然很感激，恪守范公的法度，不敢更改的到现在仍然很多。以上是筹划、处理西夏防务事宜。

自公坐吕公贬，群士大夫各持二公曲直，吕公患之，凡直公者，皆指为党，或坐窜逐。及吕公复相，公亦再起被用，于是二公驩然相约戮力平贼。天下之士皆以此多二公，然朋党之论遂起而不能止。上既贤公可大用，故卒置群议而用之。以上与吕公复合。

【译文】

自从范公因为吕夷简而被贬职，群臣和士大夫当中，对两人谁正确谁不正确都各执一端，吕丞相为此而担心，但凡认为范公正确的人，全都指为范公的同党，有的因此被放逐。等到吕夷简恢复相位之后，范公也又一次被起用，于是两位对手握手言和，全力以赴地去平定贼人。由此普天下的士人都因此赞许这两位先生，可是“朋党之论”由此而产生，无法制止。皇上已经看出范公是位大贤，应该重用，所以最终不顾朝臣的议论而重用了。以上是与吕夷简重归于好。

庆历三年春，召为枢密副使，五让不许，乃就道。既至数月，以为参知政事。每进见，必以太平责之。公叹曰：“上之用我者至矣，然事有先后，而革弊于久安，非朝夕可也。”既而上再赐手诏，趣使条天下事①，又开天章阁，召见赐坐，授以纸笔，使疏于前。公惶恐避席，始退而条列时所宜先者十数事上之。其诏天下兴学，取士先德行不专文辞，革磨勘例迁以别能否②，减任子之数而除滥官③，用农桑、考课、守宰等事。方施行，而磨勘、任子之法，侥幸之人皆不便，因相与腾口，而嫉公者亦幸外有言，喜为之佐佑。会边奏有警，公即请行。以上参知政事。

【注释】

①趣：通“促”。催促，督促。

②磨勘：宋代官吏考核之法。例迁：按照一定制度进行升迁。

③任子：古代任官制度之一，公卿子弟可由世袭获得官职。

【译文】

仁宗庆历三年春天，范公被封为枢密副使，虽经五次推让，但未被允许，于是就上任了。到任几个月以后，又封为参知政事。范公每次觐见皇上，皇上总是以天下太平之事问于他。范公喟叹道：“皇上信任我到这地步，可算到头了，但是做事情总要有个先后之说，而且要想在一个很长时间处于安乐的状况下，进行改革扫除时弊，这绝非朝夕之间就可以办到的事。”不久，皇上又一次下赐手诏，要范公拿出改革的办法来，而且打开天章阁，召见范公并赐予座位，交予纸和笔，让范公就在皇上眼前写出来。范公见此场面惊恐万分，离席谢罪，回来后，根据当时情况共列出十几条应首先实施的事项呈奏皇上。其中内容主要有国家兴学取士，首先要考察该士的品德，不能只以文章好坏来定夺；革除论资排辈的磨勘例迁办法，以区别对待能力不同的官员；要裁减世袭任职的人数，革除不称职的官员；根据农业生产的情况，考核地方官的成绩与过失，以决定其任免。改革方案刚刚施行，那些经磨勘例迁的人、因世袭而得官职的人以及一时侥幸得官的人便觉得不顺当，于是他们感到愤愤不平。而那些妒忌范公的人，欣喜朝外有人说范公的坏话，便在一旁喜滋滋地帮腔。正在这时，边疆有警报传来，范公就请求外任。以上是其参知政事。

乃以公为河东、陕西宣抚使。至则上书愿复守边，即拜资政殿学士、知邠州①，兼陕西四路安抚使。其知政事，才一岁而罢，有司悉奏罢公前所施行而复其故。言者遂以危事中之，赖上察其忠，不听。是时，夏人已称臣，公因以疾请邓州[②]。守邓三岁，求知杭州，又徙青州[③]。公益病，又求知颍州[④]，肩舁至徐[⑤]，遂不起，享年六十有四。以上再出帅陕，并守四州。方公之病，上赐药存问。既薨，辍朝一日，以其遗表无所请，使就问其家所欲，赠以兵部尚书，所以哀恤之甚厚。

【注释】

①邠州：今陕西彬县。

②邓州：今河南邓州。

③青州：今山东益都。

④颍州：今安徽阜阳。

⑤肩舁（yú）：肩抬。舁，抬。

【译文】

于是范公被封为河东陕西宣抚使。到了那里以后，范公就上书皇上希望能让自己还是驻守边疆为好，于是被任为资政殿学士、邠州知州，并兼任陕西四路安抚使。他任参知政事，刚刚一年就被罢免了，主管部门全都向皇上启奏废除范公在朝时所施行的各项措施，又回到原有的样子。攻击范公的人于是用施行新措施出现的某些问题来中伤他，好在皇上能体察他的忠贞，没有信这些人的话。这时西夏人已经向大宋朝称臣，范公由于有病请求去邓州，在邓州任职三年，又请求去做杭州知州，后又转为青州知州。这时范公的病情严重了，转而又作颍州知州，让人抬着到了徐州，就去世了，享年六十四岁。以上是再次出任陕西四路安抚使，守备四州之地。范公刚开始得病的时候，皇上赐予医药并派人慰问。等到去世那天，停止上朝一天，以此来表示对他的悼念，由于在他的遗表中没有任何请求，于是皇上使人到他家中询问有什么要求，并追封为兵部尚书，对范公抚恤是很优厚的。

公为人外和内刚，乐善泛爱。丧其母时尚贫，终身非宾客食不重肉，临财好施，意豁如也。及退而视其私，妻子仅给衣食。其为政，所至民多立祠画像。其行己临事，自山林处士、里闾田野之人，外至夷狄[①]，莫不知其名字，而乐道其事者甚众。及其世次、官爵，志于墓、谱于家、藏于有司者，皆不论著，著其系天下国家之大者，亦公之志也与！以上总述其盛德善政。铭曰：

【注释】

①夷狄：少数民族或外邦、外域的人。东部少数民族称夷，西北部少数民族称狄。

【译文】

范公生前为人外和内刚，乐善好施，博爱众人。他母亲去世时还很贫穷，一生不是因为有宾客从不吃肉，只要有钱财就爱施舍给别人，他的心境就是这样豁达啊。等到进到他的家里看看，他的妻子仅有衣食的供给而已。范公生前为官的地方，有许多百姓为他立祠堂画像来供奉纪念他。范公所作所为，是如此名声在外，从山野森林中的隐士、田间农夫，到大街小巷的市民，以及域外少数民族，没有不知道他的名字的，而且喜欢讲述他事迹的人特别多。至于他的家世官爵，被记在墓志铭上的，写入家谱中的，收藏于政府有关部门的，真是太多了，这里不再赘述，心系国家命运前途的大事，这才是范公的志向呢！以上概述其德政及善行。铭文写道：

范于吴越，世实陪臣。俶纳山川，及其士民。范始来北，中间几息？公奋自躬，与时偕逢。事有罪功，言有违从。岂公必能，天子用公。其艰其劳，一其初终。

夏童跳边，乘吏怠安。帝命公往，问彼骄顽。有不听顺，锄其穴根。公居三年，怯勇堕完。儿怜兽扰，卒俾来臣。夏人在廷，其事方议。帝趣公来，以就予治。公拜稽首，兹惟难哉！初匪其难，在其终之。群言营营，卒坏于成。匪恶其成，惟公是倾。不倾不危，天子之明。存有显荣，殁有赠谥。藏其子孙，宠及后世。惟百有位，可劝无怠。

【译文】

范氏原在吴越，世代辅佐国君。钱俶献纳版图，及其黎民百姓。范氏由此归北，其间几多坎坷？范公努力拼搏，恰逢时代鼎盛。做事有功有过，奏本有违有从。胜负哪能由公，天子器重范公。其中艰辛劳苦，公行有始有终。西夏小子闹事，滥官苟于偷安。天子命公伐问，征讨那些凶顽。但有不听不顺，任公锄其穴根。公行历时三年，勇怯适度周全。小儿尚怜骚扰，最终臣服天朝。西夏称臣入朝，改革刚刚开议。天子命公行事，开扩宏图之治。范公叩头领诺，惟此步履艰难！难不在于开端，坚持终结最难。众人议论纷纷，最终毁坏功成。不是厌恶功成，只想搬倒范公。不倒不斜不害，天子聪慧英明。范公生前显荣，死后亦有封赠。范公恩德荫子，范公之宠及孙。百岁而有定位，勉励人莫懈怠。

胡先生墓表

【题解】

墓表，即墓碑，竖在墓前或墓内，上刻文字以表彰死者，故称。

本文是作者为宋代著名教育家胡瑗所作的一篇墓碑文。文章通过对胡先生教学方法、教学内容、教学效果以及他的影响、任职情况等的简叙，表达了作者对胡先生的推崇和怀念之情。本文朴实自然，简练概括，在平淡简洁中表现出浓浓的褒扬之意。虽然是一种碑文，但同样体现了欧阳修文章的一贯风格。

先生讳瑗①，字翼之，姓胡氏。其上世为陵州人②，后为泰州如皋人③。先生为人师，言行而身化之，使诚明者达，昏愚者励④，而顽傲者革。故其为法严而信，为道久而尊。师道废久矣，自景祐、明道以来⑤，学者有师，惟先生暨泰山孙明复、石守道三人⑥，而先生之徒最盛。其在湖州之学⑦，弟子去来常数百人，各以其经转相传授。其教学之法最备，行之数年，东南之士，莫不以仁、义、礼、乐为学。

【注释】

①讳：古时称死去的皇帝或尊长的名字时，以示尊敬的前加词。

②陵州：今四川仁寿。

③如皋：今江苏如皋。

④励：奋勉，勤奋。

⑤景祐、明道：均为宋仁宗赵祯的年号。

⑥孙明复：晋州平阳（今山西临汾）人，考进士不中，退居泰山，学《春秋》，著《尊王发微》等篇。石守道：名介，兖州奉符人（今山东泰安），耕徂徕山下，以《易经》教授人，鲁人称其为徂徕先生。

⑦湖州：今浙江吴兴。

【译文】

先生名瑗，字翼之，姓胡。先生的上代是陵州人，后来成了泰州如皋人。先生作为教师，常常将自己的教义身体力行表现出来，让那些十分聪慧的人得以明达，让那些迟钝的人知道努力，让那些调皮孤傲的人得以改变。所以先生的教法是严格的，而且待人以诚，因此传道时间最长并且受到的尊崇最高。从师的道理废弃已经有很长的时间了，从打景祐至明道年间以来，求学的人所推崇的老师，只有先生和泰州的孙明复、石守道三位，然而先生的弟子又是三人中最多的。先生在湖州办学，来来去去的学生，常常是几百人，他们将自己所学相互交流传授。先生教学的方法最完备齐全，行教多年，东南地区的学子无不将仁、义、礼、乐作为学业来进修的。

庆历四年①，天子开天章阁，与大臣讲天下事，始慨然诏州县皆立学，于是建太学于京师②，而有司请下湖州，取先生之法③，以为太学法，至今著为令。后十余年，先生始来居太学。学者自远而至，太学不能容，取旁官署以为学舍。礼部贡举④，岁所得士，先生弟子十常居四五。其高第者知名当时，或取甲科⑤，居显仕，其余散在四方，随其人贤愚，皆循循雅饬⑥，其言谈举止，遇之不问可知为先生弟子。其学者相与称先生，不问可知为胡公也。

【注释】

①庆历四年：1044 年。庆历，宋仁宗赵祯的年号（1041—1048）。

②太学：即国学。相传虞设庠，夏设序，殷设瞽宗，周设辟雍，即古太学。汉武帝元朔五年（前 124），始置太学，立五经博士。

③取先生之法：指在湖州设经、义治事两斋。

④贡举：古时候选拔人才的一种制度形式。

⑤甲科：唐宋进士分甲乙科，明清则通称进士为甲科，举人为乙科。

⑥雅饬：纠正，整顿。

【译文】

庆历四年间，当今皇上在天章阁同大臣们议论天下时政时，颇多感慨，于是向天下各州县发下诏书，要州县一级都建立学堂，同时在京都建立太学，这样主管部门就到湖州去向先生请教，吸取先生的教育方法，作为太学的教育方法，一直到现在还将这种方法明令写出来作为执行的准则。之后十多年，先生才来京师主持太学。许多求学的人从很远的地方来到京师，太学里容纳不下，就选取附近的办公的房屋作为学生的住所。礼部举行会试所考取的贡士中，先生的学生常常在录取数中占十分之四五。那些获得高成绩的往往成为当时的知名人士，有的在科举中取得十分显赫的职位，其他人分散在全国各地，按照本人自己的性格，不论是贤良的还是愚钝的，都能依着规矩行事，他们的言谈举止，就是不用询问也可以知道是先生的学生。那些求学的人相互间都在称颂老师，不用去问称颂哪位老师，一定是在称颂胡公啊。

先生初以白衣见天子论乐①，拜秘书省校书郎，辟丹州军事推官②，改密州观察推官③，丁父忧去职④。服除，为保宁军节度推官，遂居湖学。召为诸王宫教授，以疾免。已而以太子中舍致仕，迁殿中丞于家。皇祐中⑤，驿召至京师议乐，复以为大理评事，兼太常寺主簿，又以疾辞。岁余，为光禄寺丞、国子监直讲，乃居太学。迁大理寺丞，赐绯衣银鱼⑥。嘉祐元年⑦，迁太子中允，充天章阁侍讲，仍居太学。已而病不能朝，天子数遣使者存问，又以太常博士致仕。东归之日，太学之诸生，与朝廷贤士大夫，送之东门，执弟子礼，路人嗟叹以为荣。以四年六月六日，卒于杭州，享年六十有七。以明年十月五日，葬于乌程何山之原⑧。其世次官邑与其行事，莆阳蔡君谟具志于幽堂⑨。

【注释】

①白衣：古时称没有官职的人为“白衣”。

②辟：征召。丹州：今陕西宜川。

③密州：今山东诸城。

④丁父忧：古时称因父亲死而居丧。丁忧，遭父母之丧，亦称“丁艰”。

⑤皇祐：宋仁宗赵祯的年号（1049—1054）。

⑥绯衣银鱼：封建社会有功的大臣得到奖赏的一种标志。绯衣，赤色品服。银鱼，五品以上官员佩之。

⑦嘉祐：宋仁宗赵祯的年号（1056—1063）。

⑧乌程：在今浙江吴兴。何山：在吴兴东南十四里处。

⑨蔡君谟：字君谟，指蔡襄，兴化仙游（今福建仙游）人。

【译文】

先生当初是以无任何职位的身份去朝见天子的，天子同他探讨乐理，之后封为秘书省校书郎，辟除丹州军事推官，后改密州观察推官，因父丧而离职。除去孝服以后，做保宁军节度推官，就住在湖州治学。召封为王宫教授，因为有病而辞职。不久，以太子中舍的职位退休，后在家中又升迁做殿中丞。皇祐中，驿使传召先生到京师，研讨乐理，又封为大理评事，兼太常寺主簿，又因病辞去职位。一年多后做光禄寺丞、国子监直讲，才住到了太学里。之后又升迁为大理寺丞，皇上恩赐绯衣银鱼。嘉祐元年，升迁为太子中允，补缺作天章阁侍讲，仍然住在太学里面。不久因病重不能上朝，天子多次派遣官员前去问候致意，不久又以太常博士的职位退休。还乡的时候，太学里的许多学生和朝廷中的贤士名人，都到东门送行，按学生对老师的礼节致意，道路上所见到的人都十分感叹，这是多么荣耀啊！先生在嘉祐四年六月六日逝世于杭州，享年六十七岁。第二年十月五日安葬在乌程何山的平原地带。他的同仁下属、莆阳的蔡襄写了一篇墓志铭放在墓室之中。

呜呼！先生之德在乎人，不待表而见于后世。然非此无以慰学者之思，乃揭于其墓之原。

【译文】

唉！先生的美德长驻人心中，无须表铭就会被后代传扬。但是如果不书写出来，就无法来安慰作为学生的思念之心，于是才在墓旁表记出来。

河南府司录张君墓表

【题解】

本文是欧阳修为亡友张汝士所作的墓碑文字，作于宋仁宗嘉祐二年(1057)。文中说明了作表的缘由，追述了自己和张汝士的交往，褒扬了张汝士的为人和性格。文中说张汝士的两个孩子都很有出息的原因在于他是“为善者”，虽有宿命论的意味在内，但善有善报，亦可视为予九泉下亡友的一丝慰藉。同时，文中也流露出对已先后谢世的朋友们如尹师鲁、王顾等人的怀念之情，孤独与伤感跃然纸上。

故大理寺丞、河南府司录张君，讳汝士，字尧夫，开封襄邑人也[①]。明道二年八月壬寅[②]，以疾卒于官，享年三十有七。卒之七日，葬洛阳北邙山下[③]。其友人河南尹师鲁志其墓，而庐陵欧阳修为之铭。以其葬之速也，不能刻石，乃得金谷古砖[④]，命太原王顾，以丹为隶书，纳于圹中。嘉祐二年某月某日[⑤]，其子吉甫、山甫，改葬君于伊阙之教忠乡积庆里[⑥]。

【注释】

①襄邑:县名。故城在今河南睢县西,北宋时属京都开封所辖。

②明道二年:1033 年。明道,宋仁宗赵祯的年号(1032—1033)。

③北邙山:即芒山,地处河南洛阳东北。

④金谷:亦称金谷涧,在今河南洛阳西北。

⑤嘉祐二年:1057 年。嘉祐,宋仁宗赵祯的年号(1056—1063)。

⑥伊阙:即龙门山,在河南洛阳南部。

【译文】

已故大理寺丞、河南府司录张君,名汝士,字尧夫,开封襄邑人。仁宗明道二年八月壬寅日,因病死于任所,享年三十七岁。死后七天,葬在洛阳北邙山下。他的朋友河南尹师鲁,为他写了墓志,庐陵欧阳修为他写了碑铭。因为他埋葬得太快了,不能用石碑镌刻,于是用河南金谷涧的老砖,让太原王顾用朱笔隶书写好,放到墓穴里面。仁宗嘉祐二年某月某日,张汝士的儿子吉甫和山甫,将张君改葬在洛阳伊阙的教忠乡积庆里。

君之始葬北邙也,吉甫才数岁,而山甫始生。余及送者相与临穴视窆[①],且封哭而去。今年春[②],余主试天下贡士,而山甫以进士试礼部,乃来告以将改葬其先君,因出铭以示余。盖君之卒距今二十有五年矣。

【注释】

①窆(biǎn):下葬之棺称窆。

②今年春:指嘉祐二年(1057)春天。

【译文】

张君当初葬在北邙时,吉甫才几岁,山甫才出生。我同送葬的人,都亲眼看到入葬，掩埋之后哭着离开的。今年春天，我主持贡士考试，山甫以进士资格在礼部应试，他来告诉我准备将他父亲改葬，随之将我先前写的碑铭拿出来给我看。张君谢世，距现在已二十五年了。

初，天圣、明道之间[①]，钱文僖公守河南[②]。公王家子，特以文学仕至贵显，所至多招集文士，而河南吏属适皆当时贤材知名士，故其幕府号为天下之盛，君其一人也。文僖公善待士，未尝责以吏职。而河南又多名山水，竹林茂树，奇花怪石，其平台清池，上下荒墟草莽之间，余得日从贤人长者，赋诗饮酒以为乐。而君为人静默修洁，常坐府治事省文书，尤尽心于狱讼。初以辟为其府推官，既罢，又辟司录，河南人多赖之，而守、尹屡荐其材。君亦工书，喜为诗，间则从余游，其语言简而有意。饮酒终日不乱，虽醉未尝颓堕。与之居者莫不服其德，故师鲁志之曰："饬身临事，余尝愧尧夫，尧夫不余愧也。"

【注释】

①天圣：宋仁宗赵祯的年号(1023—1032)。

②钱文僖公：钱惟演，字希圣。吴越王钱俶次子，宋仁宗天圣八年(1030)任河南府知府。

【译文】

当初，仁宗天圣至明道年间，钱惟演驻守河南。钱公乃是吴越王之子，只因文学造诣深而做官达到显贵的位置，他所到之处都要招集一些有文学才能的人，同时河南所属的官吏大都是当代贤德名人，所以他的幕府号称天下之最，张君就是其中之一。钱公对待幕府中的人非常好，从来不要求他们去尽什么职责。同时河南又有许多名山胜水，修竹茂树，奇花怪石一类的景物，一些平台湖泊，出没在高高低低的荒草莽原之中，我曾有机会跟着这些贤士和长者们，在这地方以吟诗喝酒作为娱乐。可是张君为人处事与众不同，只是自己静然默想以修守自己的节操，常常见张君坐在府衙内处理问题，检阅文件，尤其对于诉讼案件非常尽心尽力。开始的时候，征召张君为该府的推官，不久免去，又征召为司录，河南百姓有许多是依靠他的，同时郡守和府尹都多次推许他的才干。张君也在书法上下功夫，喜欢吟诗，闲时就同我一起交游，他的诗词语言简练而意蕴深厚。若要喝酒，喝上一天他也不会做错事，即使醉了也未曾出现颓废不振的现象。同他一道生活过的人，没有不佩服他的为人与人品的，所以尹师鲁的墓志文中写道："修身处事，我有愧于尧夫，而尧夫无愧于我啊！"

始君之葬，皆以其地不善，又葬速，其礼不备。君夫人崔氏，有贤行，能教其子。而二子孝谨，克自树立，卒能改葬君如吉卜，君其可谓有后矣。自君卒后，文僖公得罪，贬死汉东，吏属亦各引去。今师鲁死且十余年，王顾者死亦六七年，其送君而临穴者及与君同府而游者，十盖八九死矣。其幸而在者，不老则病且衰，如予是也。呜呼！盛衰生死之际，未始不如是，是岂足道哉！惟为善者能有后，而托于文字者可以无穷。故于其改葬也，书以遗其子，俾碣于墓，且以写余之思焉。

【译文】

当初安葬先生的时候，都认为那地方不好，又因安葬仓促，有些礼仪不够完备。先生的夫人崔氏，素来品行贤淑，能够培养子女。而且两个儿子孝顺躬谨，严格要求自己，自立成人，最终能像占卜所测一样移地安葬先生，先生可称得上有后人了。自从先生去世后，钱惟演先生因获罪而辞职，死在汉东，他的属下们也都各自离去了。现在算起来，尹师鲁故去也有十多年了，王顾谢世也有六七年了，那时送先生安葬的人，以及与先生同室交往的人，十已有八九都死去了。那些幸而未死还活着的人，不是已经年老了，就是体弱多病了，像我就属于这样的啊！唉！强盛与衰败，生存与死亡的交接之处，从来无不是这样的，这有什么值得说的呢！只有行善事的人才会有后人啊，而且如果是写成文字记录下来，就可流芳百世了！因此在先生移地安葬的时候，写了上面的文字寄送你的儿子，让他把它镌刻在墓碑上，以表达我对先生的思念之情。

吉甫今为大理寺丞，知缑氏县①，山甫始以进士赐出身云②。

【注释】

①缑(gōu)氏县：今河南偃师南面。

②出身：科举时代为考中录选者所规定的身份、资格。宋代中殿试者称及第出身。

【译文】

吉甫现任大理寺丞、缑氏县知县，山甫刚刚获取进士出身。

徂徕石先生墓志铭

【题解】

本文是作者受石介之子等所托，于宋英宗治平二年(1065)为石介所作的一篇墓志铭。文章在对石介言行、遭遇、家世、仕宦等的叙述中，高度评价了他的品德，同时也道出了自己的人生信条：为人处事以德为先，荣辱之事皆为身外之物。文章先总后分，再以韵铭作结，首尾以“鲁人之志”“鲁人之欲”照应，给人以线条清晰、条理分明、结构圆满的感觉。

徂徕先生姓石氏[①]，名介，字守道，兖州奉符人也[②]。徂徕，鲁东山，而先生非隐者也，其仕尝位于朝矣，鲁之人不称其官而称其德，以为徂徕鲁之望，先生鲁人之所尊，故因其所居山，以配其有德之称。曰徂徕先生者，鲁人之志也。

【注释】

①徂徕：又名尤来山，在今山东泰安东南处。

②兖州：今山东兖州。奉符：今山东泰安，宋时为兖州所辖。

【译文】

徂徕先生姓石，名介，字守道，兖州奉符人氏。徂徕山是位于山东东面的一座山，可先生并非隐士，先生曾在朝为官，鲁地的人不讲先生的官位却称颂先生的品德，将徂徕山作为鲁地的荣誉，将先生作为鲁地人所尊崇的人，所以用徂徕来称呼他，以此赞美他的品德高如山岭一般。称之为徂徕先生，是鲁地人的一种心愿啊！

先生貌厚而气完，学笃而志大[①]，虽在畎亩[②]，不忘天下之忧，以谓：“时无不可为，为之无不至”；“不在其位，则行其言”；“吾言用，功利施于天下，不必出乎己；吾言不用，虽获祸咎，至死而不悔。”其遇事发愤，作为文章，极陈古今治乱成败，以指切当世，贤愚善恶，是是非非，无所讳忌。世俗颇骇其言，由是谤议喧然，而小人尤嫉恶之，相与出力必挤之死。先生安然，不惑不变，曰："吾道固如是，吾勇过孟贲矣[③]。"不幸遇疾以卒。既卒，而奸人有欲以奇祸中伤大臣者[④]，犹指先生以起事，谓其诈死而北走契丹矣，请发棺以验。赖天子仁圣，察其诬，得不发棺，而保全其妻子。以上浑举其志事、言论及其死后奇祸。

【注释】

①学笃(dǔ)：学识渊博。笃，深，厚。

②畎(quǎn)亩：田间。畎，田地中间的沟。

③孟贲(bēn)：古代勇士。

④奸人：这里指当时的夏竦等人。

【译文】

先生的体貌纯厚且气度完美，学问深邃且志向远大，即使生活在民间，仍然没有忘怀天下之事，他说："任何时代没有不可以有作为的，要干就一定要干彻底"；"虽然自己不在官位上，但还是要提出意见"；"我的建议如果被采用，那么将会使天下得利，不一定非要令由己出；我的话没有被采用，即使受到惩罚，那么到死我也不会后悔的。"先生遇到社会上的一些问题，就会感情激动，将它写成文章，全力陈述古往今来治理社会成功与失败的经验教训，以此抨击时弊，无论是贤愚、善恶、是非，他都品评，毫无顾忌。社会上世俗人等都十分惧怕他的言论，于是议论先生的言论就喧嚷起来了，而那些势利小人更是妒忌、敌视他，相互之间联络在一起想合力将他排挤、置于死地。可先生安闲自得，既不迷惑也不改变自己的初衷，且说道："我的准则本来就是这样，若论勇气我胜过那生拔牛角的孟贲。"十分不幸，先生因疾病而故去。随后，有坏人想用出人意料的灾祸打击朝廷中的某些大臣，还诬指先生制造事端，说先生的死有假，很可能是往北逃到契丹那边去了，请求开棺验尸。幸亏仰仗天子仁德圣聪，发觉他们是在诬陷，没有允许他们开棺验尸，同时保全了先生的家属。以上浑举其志向、事迹、言论及其死后遭遇的奇祸。

先生世为农家。父讳丙，始以仕进，官至太常博士。先生年二十六，举进士甲科①，为郓州观察推官、南京留守推官②。御史台辟主簿，未至，以上书论赦罢不召。秩满③，迁某军节度掌书记，代其父官于蜀，为嘉州军事判官④。丁内外艰去官⑤，垢面跣足⑥，躬耕徂徕之下，葬其五世未葬者七十。丧服除，召入国子监直讲。以上叙其科学功名及任国子监直讲。

【注释】

①甲科：宋代科举，分为甲、乙科。

②郓州：今山东东平。

③秩满：任期已满。秩，官吏的俸禄，引申为官吏品级、任期。

④嘉州：今四川乐山。

⑤丁内外艰：旧时称父母之丧为“丁艰”，母亲死为“丁内艰”，父亲死为“丁外艰”。

⑥跣(xiǎn)足：意为无心修饰仪表。跣，光着脚。

【译文】

先生家原来世代务农。父亲石丙，才开始进入仕途，任官至太常博士。先生在二十六岁那年，考中进士甲科，任郓州观察推官、南京留守推官。御史台征召为主簿，还没有到任，就因上奏表“论赦”而被罢免。任期满了以后，改任某军的节度掌书记，又代其父职在蜀为官，作嘉州军事判官。由于父母双亡而辞官离职，因悲痛无心修边幅，痛苦得跌跌撞撞，在徂徕山下耕种服孝，同时对先生的前五辈未能正式安葬的七十多位前辈进行了重新安葬。除去孝服以后，先生被召进国子监任国子监直讲。以上叙其科举功名及任国子监直讲。

是时，兵讨元昊久无功①，海内重困，天子奋然思欲振起威德，而进退二三大臣，增置谏官御史，所以求治之意甚锐。先生跃然喜曰："此盛事也。雅颂吾职，其可已乎？"乃作《庆历圣德诗》以褒贬大臣②，分别邪正，累数百言。诗出，太山孙明复曰："子祸始于此矣。"明复，先生之师友也。其后所谓奸人作奇祸者，乃诗之所斥也。以上《庆历圣德诗》。

【注释】

①元昊：即赵元昊。宋时为西夏之主。

②庆历：宋仁宗赵祯的年号(1041—1048)。

【译文】

这时期，朝廷因出兵讨伐赵元昊时间很长而没取得任何效果，国内又出现重重的困难，天子就想振奋朝纲，建立起新的奋斗目标，于是任免了几位大臣，同时增设了谏官御史，表现出进行改革实现大治的迫切心愿。先生高兴地说道："这是兴旺发达的事啊！做盛世之雅颂，我是义不容辞的了。"于是作了一篇《庆历圣德诗》，对在朝诸大臣进行了或褒或贬的评议，分辨了哪些是不正当的，哪些是正当的，这篇诗文总计有几百字之多。诗文一出现，泰山的孙明复就说："你的祸事怕要从这开始了。"孙明复是先生的师友。后来制造奇案诬陷先生的那些坏人，就是先生诗文中所斥责的那些人。以上是其所作《庆历圣德诗》。

先生自闲居徂徕，后官于南京，常以经术教授。及在太学，益以师道自居，门人弟子从之者甚众。太学之兴，自先生始。其所为文章，曰某集者若干卷，曰某集者若干卷。其斥佛、老、时文[①]，则有《怪说》《中国论》，曰："去此三者，然后可以有为。"其戒奸臣、宦、女，则有《唐鉴》，曰："吾非为一世鉴也。"其余喜怒哀乐，必见于文。其辞博辩雄伟，而忧思深远。其为言曰："学者，学为仁义也。惟忠能忘其身，惟笃于自信者[②]，乃可以力行也。"以是行于己，亦以是教于人。所谓尧、舜、禹、汤、文、武、周公、孔子、孟轲、扬雄、韩愈氏者[③]，未尝一日不诵于口。思与天下之士，皆为周、孔之徒，以致其君为尧、舜之君，民为尧、舜之民，亦未尝一日少忘于心。至其违世惊众，人或笑之，则曰："吾非狂痴者也。"是以君子察其行而信其言，推其用心而哀其志。以上著述及教人风旨。

【注释】

①佛：指佛教。老：指道教，道教以老子为创始人。

②笃：忠实。

③扬雄：字子云，西汉辞赋家。韩愈：字退之，唐朝散文家。

【译文】

先生赋闲住在徂徕山后，曾任职于南京，经常将经学及思想教授他人。等到进了太学，越发以传授师道为己任，因此先生的学生门徒非常多。太学的兴起，是从先生一辈开始的。先生所写的文章，收入某集的有若干卷，收入某某集的有若干卷。先生抨斥佛教、道教以及时弊的文章，有《怪说》《中国论》，先生在其中讲："除去这三方面，就可以有所作为了。"他还写了警戒奸臣和宦官、宫女的书，如《唐鉴》，其中说道："我不是为一代作借鉴的。"其他表现先生喜怒哀乐的，都在文章中有所见。先生的语言和议论可以说是广博而雄奇，思想深邃而渺远。先生著述道："求学的人，学就要学如何行仁义。只有尽忠，才能使人忘记自己。

只有完全自信,才可能全力以赴地去做。”先生自己是这样做的,也是这样去教人的。人们常说的尧、舜、禹、汤、周文王、周武王、周公、孔子、孟轲、扬雄、韩愈等人的事迹和文章,没有一天不诵读称道的。想到普天下读书的人,都是周公、孔子的门徒,而想着应该使自己的君王成为尧、舜一样的君王,使百姓成为像尧、舜的百姓一样,这些先生也一天没有稍稍在心上忘记过。至于违世惊俗的话,有的人嘲笑他时,先生就会说:“我可不是狂妄痴呆的人啊!”因此作为道德修养高的人,特别注意省察自己的行为、举止,履行自己的诺言,尊崇自己的良苦用心,爱怜自己的志向。以上是其著作及教书育人的基本精神。

先生直讲岁余,杜祁公荐之天子[①],拜太子中允。今丞相韩公又荐之[②],乃直集贤院。又岁余,始去太学,通判濮州[③]。方待次于徂徕,以庆历五年七月某日卒于家,享年四十有一。友人庐陵欧阳修哭之以诗,以谓待彼谤焰熄,然后先生之道明矣。

【注释】

①杜祁公:即杜衍,字世昌。

②丞相韩公:即韩琦。

③濮州:今河南范县。

【译文】

先生任国子监直讲有一年多,杜衍公就推荐先生给天子,为太子中允。现任丞相韩琦又推荐先生,于是任职集贤院。又过了一年多,才离开太学,任濮州通判。正要去徂徕山,在仁宗庆历五年七月某一天,于家中故去,享年四十一岁。先生的友人庐陵欧阳修,以诗代哭,说是等到那些诽谤先生的言语平息之后,那么先生的主张观点自会张明。

先生既没，妻子冻馁不自胜。今丞相韩公与河南富公[1]，分俸买田以活之。后二十一年，其家始克葬先生于某所。以上直讲后历官及卒葬。将葬，其子师讷与其门人姜潜、杜默、徐遁等来告曰[2]："谤焰熄矣，可以发先生之光矣。敢请铭。"某曰："吾诗不云乎'子道自能久也'，何必吾铭？"遁等曰："虽然，鲁人之欲也。"乃为之铭曰：

【注释】

①河南富公：即富弼，字彦国，河南洛阳人。

②门人姜潜：学生姜潜，字至之。杜默：字师雄，好作诗，但作诗多不合格律。徐遁：行迹不详。

【译文】

先生去世后，妻子儿女都受冻挨饿不能自存。当今的丞相韩琦、河阳富弼分出自己的俸禄银两买了田地让他们活了下来。之后过了二十一年，先生家才殡葬先生在某地。以上写其任国子监直讲后的任职经历及卒葬事宜。要准备下葬了，先生的儿子师讷和先生的门徒姜潜、杜默、徐遁等人来告诉我说："议论先生的舆论已经平息了，可以发扬光大先生的精神和思想了。希望请您为先生写一篇碑铭。"我说道："我的诗不是讲过了吗，先生他的观念自会长久永存的，何必非要我来写碑铭呢！"徐遁等人说道："虽然像您所说的那样，可鲁地人希望能得到您写的碑铭啊！"于是我为先生写下这碑铭：

徂徕之岩岩，与子之德兮，鲁人之所瞻。汶水之汤汤[1]，与子之道兮，逾远而弥长。道之难行兮，孔、孟亦云遑遑。一世之屯兮，万世之光。曰：吾不有命兮，安在夫桓魋与臧仓[2]？自古圣贤皆然兮，噫！子虽毁其何伤！

【注释】

①汶水:亦称汶河,在山东,为运河上游。出莱芜东北原山,西南流经泰安东。

②桓魋(chuí):春秋时宋国大夫。孔子曾到宋国,桓魋欲杀孔子,孔子不惧。臧仓:战国鲁平公宠爱之人,曾阻止平公见孟子。

【译文】

巍巍徂徕山,同您的品德一样伟岸,为鲁地人所仰慕。汶河水滔滔不断,如同您的精神和思想,源远流长。崇高的思想难以推行,就连孔、孟也感到凄惶。先生一世的艰难,却换来万代的荣光。我们不是有天命吗,哪在乎桓魋与臧仓?自古以来的圣贤都是这样,唉!您即使受到过毁谤,对您又有什么损伤!

孙明复先生墓志铭

【题解】

本铭作于宋仁宗嘉祐二年(1057)。铭中简要介绍了孙明复的生平,高度评价了孙明复的为人和文学才华,并对他的处境和去世表达了深深的痛惜之情。作者这种情感源于他的一贯主张:无论为人,还是为文,都应平实朴素。孙明复的为人恰是如此,所以倍受欧氏推崇。这篇墓志铭在写法上采用了侧写手法。对孙明复的人品、才学都未从正面进行刻画,而是通过当时的名人石介、李迪、孔道辅等人对他的态度、对他的评价来体现。与正面描写相比,自有其独特之处。于读者,更显客观可信,而对作者,则是了无拘束,天地广阔。

先生讳复,字明复,姓孙氏,晋州平阳人也[①]。少举进士不中,退居泰山之阳[②],学《春秋》,著《尊王发微》。鲁多学者，其尤贤而有道者石介，自介而下，皆以弟子事之。

【注释】

①晋州平阳：今山西临汾。

②泰山：在今山东泰安北。阳：山之南称“阳”。

【译文】

先生名复，字明复，姓孙，晋州平阳人。先生年轻时考进士未中，回到泰山的南面，攻读《春秋》，并著述了《尊王发微》一书。鲁地有许多有学问的人，其中最贤良而且有思想、建树的人要数石介了，自石介以下，其他的人都以门生的身份来侍奉先生。

先生年逾四十，家贫不娶，李丞相迪[①]，将以其弟之女妻之。先生疑焉，介与群弟子进曰：“公卿不下士久矣，今丞相不以先生贫贱，而欲托以子，是高先生之行义也，先生宜因以成丞相之贤名。”于是乃许。孔给事道辅[②]，为人刚直严重，不妄与人，闻先生之风，就见之。介执杖屦侍左右，先生坐则立，升降拜则扶之，及其往谢也，亦然。鲁人既素高此两人，由是始识师弟子之礼，莫不叹嗟之。而李丞相、孔给事，亦以此见称于士大夫。以上著其绝学高风。

【注释】

①李丞相迪：李迪，字复古，宋真宗景德初年举进士第一，累官资政殿大学士，同平章事，居宰相之位。

②孔给事道辅：孔道辅，字原鲁，孔子四十五世孙，曾任给事。

【译文】

先生年过四十，但因家境贫寒，未能娶妻，丞相李迪见此，便将自己弟弟的女儿许配先生为妻。先生对此犹豫不决,石介与先生的门生一起劝先生道:"王公大臣不礼遇读书人,已有很长时间了,现在李丞相不嫌先生贫寒,将自己的侄女托付给先生,这是李丞相器重您的道德品行啊,先生您也应该借此来成全李丞相贤德的美名啊!"于是先生答应了。给事孔道辅,为人刚直不阿,性情严肃庄重,从不乱与人交往,听到先生的风范,就到先生处相见。石介拿着手杖提着鞋,服侍在先生的身边,先生要是坐下来,他就站在一旁,先生如果站起来、坐下去、行礼等,石介就搀扶着先生,等到先生去回拜孔道辅时也是这样。鲁地人平时已很敬仰这两位先生了,由此才知道学习弟子对老师的礼节,人们没有不为之感叹的。同时,李丞相和孔给事,也因此而被士大夫们所称颂。以上彰显其高绝的学问与品格。

其后介为学官,语于朝曰:"先生非隐者也,欲仕而未得其方也。"庆历二年,枢密副使范仲淹、资政殿学士富弼,言其道德经术,宜在朝廷,召拜校书郎、国子监直讲。尝召见迩英阁说《诗》,将以为侍讲,而嫉之者言其讲说多异先儒[①],遂止。七年,徐州人孔直温以狂谋捕治,索其家得诗,有先生姓名,坐贬监处州商税[②],徙泗州[③],又徙知河南府长水县[④],签署应天府判官公事[⑤],通判陵州[⑥]。翰林学士赵概等十余人上言[⑦]:"孙某行为世法,经为人师,不宜弃之远方。"乃复为国子监直讲。以上仕止。

【注释】

①嫉之者:指杨国安等人。

②处州:今浙江丽水。

③泗州:今安徽泗县。

④长水县：今河南洛宁。

⑤应天府：今河南商丘。

⑥陵州：今四川仁寿。

⑦赵概：字叔平，宋仁宗时官至枢密使，参知政事。

【译文】

那以后，石介做了学官，就在朝廷上讲："先生并不是一位隐士，他也想入仕为官，只是未能得到时机。"仁宗庆历二年，枢密副使范仲淹和资政殿学士富弼等人讲，以先生的道德风范以及文章学识，应该到朝廷内任职，于是下诏授官校书郎、国子监直讲。先生还曾经应召到迩英阁讲述《诗经》，天子准备将先生任命为侍讲，那些嫉妒先生的小人们说先生的讲解有许多和先儒不一样，于是这事就作罢了。仁宗庆历七年，徐州有个人叫孔直温的，因为发狂妄之想，图谋不轨，被捉而治办，在抄查他家的时候，找到了一些诗文，其中有先生的名字在上面，先生因此而被贬至处州监管商税，后转至泗州，又转至河南府任长水县知县，签署应天府判官的公事，做陵州通判。翰林院学士赵概等十多人，上书表奏讲："孙先生的风范被世人所效法，所注经文堪为人之师表，朝廷不应该将他弃置在偏远的地方。"先生于是又重新回到国子监任国子监直讲。以上是其任职经历。

居三岁，以嘉祐二年七月二十四日，以疾卒于家，享年六十有六，官至殿中丞。先生在太学时，为大理评事，天子临幸，赐以绯衣银鱼，及闻其丧，恻然，予其家钱十万。而公卿大夫、朋友、太学之诸生，相与吊哭，赙治其丧。于是以其年十月二十七日，葬先生于郓州须城县卢泉乡之北扈原[①]。以上卒葬。

【注释】

①预城：今山东东平。

【译文】

住了三年，在仁宗嘉祐二年七月二十四日，因病在家中去世，享年六十六岁，官职到了殿中丞。先生在太学时，任大理评事，天子到了那里，赐给先生绯衣银鱼，等到听说先生故去，感到非常悲痛，赐给先生家钱十万。同时朝廷的王公大臣、朋友和先生的学生，都流着泪水共同出资料理先生的丧事。这年的十月二十七日，将先生安葬在郓州的预城县卢泉乡北扈原。以上是其卒葬。

先生治《春秋》，不惑传注，不为曲说以乱经。其言简易，明于诸侯大夫功罪，以考时之盛衰，而推见王道之治乱，得于经之本义为多。方其病时，枢密使韩琦，言之天子，选书吏给纸笔，命其门人祖无择就其家，得其书十有五篇，录之藏于秘阁。以上专表其有功《春秋》。先生一子大年，尚幼。铭曰：

【译文】

先生攻读《春秋》，不被旧传和旧注所迷惑，也不被曲解邪说所扰乱。先生的评述言简而意赅，对于春秋时期的诸侯及大夫的功与过，阐述得十分明确，通过考察时代的兴衰，来推断王道的治乱，因此他从经书的原意中获取的真谛比较多。他患病期间，枢密使韩琦对天子讲，选派书吏拿上纸笔，叫先生的学生祖无择到先生家收集先生的著述，于是得到书籍十五篇，抄录下来收藏在秘阁之中。以上专门表彰其治《春秋》之学上的功绩。先生只有一个儿子名叫大年，年纪还小。铭文是：

圣既殁经更战焚，逃藏脱乱仅传存。众说乘之汩其原①，怪迂百出杂伪真②。后生牵卑习前闻，有欲患之寡攻群，往往止燎以膏薪。有勇夫子辟浮云，刮磨蔽蚀相吐吞，日月卒复光破昏。博哉功利无穷垠，有考其不在斯文。

【注释】

①汩：弄乱，扰乱。原：通“源”。

②怪迂：怪异脱离实际。杂伪真：真伪相混，难辨真假。

【译文】

圣人已经故去，经书又遭战火焚毁，几经散佚，只有传尚留存。众多说法趁此扰乱了它的根源，怪异横出，真假相杂，难辨伪真。年轻人卑陋低俗，学习从前的见闻，有人担忧要更改，如同以少击众，又像灭火却用油脂和柴薪。先生勇猛拨开浮云，去除弊端，修复蛀蚀，吐故纳新，日月终于冲破黑暗，又现光明。多么广博啊，先生功绩无穷无尽，查有可考，并不在乎这篇文章的称颂。

太常博士尹君墓志铭

【题解】

此文是作者为尹源作的一篇墓志铭文。在这篇墓志铭中，作者介绍了尹源的性格特征、文学成就、政治见解等。尤其推许尹源在对赵元昊用兵问题上表现出的高远见解。作者在陈述中也流露出了对尹源生不逢时的感慨和惋惜，字里行间流露出真挚的友情。

君讳源，字子渐，姓尹氏，与其弟洙师鲁①，俱有名于当世。其论议文章，博学强记，皆有以过人。而师鲁好辩，果于有为；子渐为人，刚简不矜饰[2]，能自晦藏，与人居久而莫知，至其一有所发，则人必惊伏。其视世事若不干其意，已而推其情伪，计其成败，后多如其言。其性不能容常人，而善与人交，久而益笃。自天圣、明道之间[3]，予与其兄弟交，其得于子渐者如此。以上状其性情器识。

【注释】

①洙师鲁：即尹洙，师鲁是其字。

②矜饰：表面显示出慎重的样子。

③天圣、明道：均为宋仁宗赵祯的年号。天圣，1023—1032 年。明道，1032—1033 年。

【译文】

先生名源，字子渐，姓尹，同他的弟弟尹洙（师鲁）在当世都是很有名气的。尹源评论文学作品，学识广博，记忆力非常好，超出了一般的人。可尹师鲁喜欢辩论，办事果断；而尹子渐的为人，刚直简约不掩饰自己，却能将不顺心的事隐藏于内心，同人在一起很长时间，可人并不知道，等到一旦被发觉了，那么就一定使人感到惊讶佩服。他看待社会上的现象，好像与自己不相干，但没多久，他就会探讨其真假，估量其成败，事态的发展很多正像他所说的那样。他的性格不能容纳一般平庸的人，可非常善于同人交往，时间长了，就会感情越发深厚起来。自仁宗天圣年间至明道年间，我就和他们兄弟俩交往，在我的印象中，尹源就是这个样子。以上描述其性情、器识。

其曾祖讳谊，赠光禄少卿。祖讳文化，官至都官郎中，赠刑部侍郎。父讳仲宣，官至虞部员外郎，赠工部郎中。子渐初以祖荫，补三班借职，稍迁左班殿直。天圣八年，举进士及第，为奉礼郎，累迁太常博士。历知芮城、河阳二县[①]，签署孟州判官事，又知新郑县[②]，通判泾州、庆州[③]，知怀州[④]。以庆历五年三月十四日[⑤]，卒于官。以上先世及历官、卒日。

【注释】

①芮城：今山西芮城。河阳：今河南孟州。

②新郑：今河南新郑。

③泾州：今甘肃泾州。庆州：今甘肃庆阳。

④怀州：今河南沁阳。

⑤庆历五年：1045年。庆历，宋仁宗赵祯的年号(1041—1048)。

【译文】

尹子渐的曾祖父名谊，封赠光禄寺少卿。祖父名文化，做官做到都官郎中，封赠刑部侍郎。父亲名仲宣，做官做到了虞部员外郎，封赠工部郎中。尹子渐开始的时候，由于祖上的福荫，被补缺三班借职，不久升迁为左班殿直。仁宗天圣八年，考进士中选，做奉礼郎，逐渐升迁到了太常博士。曾经历任过芮城和河阳的知县，签署孟州判官事，新郑县知县，泾州、庆州通判，怀州知州。在庆历五年三月十四日，逝世于任上。以上是其先世及为官经历、去世日期。

赵元昊寇边[①]，围定州堡，大将葛怀敏发泾原兵救之[②]。君遗怀敏书曰："贼举其国而来，其利不在城堡，而兵法有不得而救者，且吾军畏法，见敌必赴而不计利害，此其所以数败也。宜驻兵瓦亭[③]，见利而后动。"怀敏不能用其言，遂以败死。刘涣知沧州[④]，杖一卒，不服，涣命斩之，以闻，坐专杀,降知密州[⑤]。君上书为涣论直,得复知沧州。范文正公常荐君材可以居馆阁[⑥],召试不用,遂知怀州,至期月大治。以上在官事迹。

【注释】

①赵元昊:西夏之主。

②葛怀敏:真定(今河北正定)人。庆历中赵元昊犯境,怀敏率兵与战,遇害,谥忠隐。

③瓦亭:今甘肃固原南有瓦亭关。

④刘涣:字仲章,保州保塞(今河北保定)人。熙宁年间以工部尚书致仕。沧州:今河北沧县。

⑤密州:今山东诸城。

⑥范文正公:指范仲淹。

【译文】

赵元昊在边境上作乱,包围了定州堡,大将军葛怀敏调拨泾州和原州的军队去营救。先生写信给葛将军说:"贼兵调动他们全国的军队进犯,他的欲望绝不只是在于城堡,而兵法上有不能相救的忌条,况且我们军队历来惧怕法度,遇见敌人一定全力以赴,却不去计较利害关系,这就是多次失利的原因。我军应该先驻军在瓦亭,看到有利时机而后再有举动。"可是葛怀敏没有听从先生的规劝,于是战败而亡。刘涣任沧州知州,因杖刑一士卒,那士卒不服气,于是命令将这名士卒斩首,然后上报,刘涣因为擅自杀戮,被降职任密州知州。先生得知这一消息后,上书替刘涣分辩其中原委,使得刘涣又重新做沧州知州。范仲淹老先生多次推荐先生的才学,可以在馆阁中任职,于是召他应试,未被任用,而让先生做怀州知州,到了那里一个月,那里就出现大治的景象。以上是其任职时的事迹。

是时天子用范文正公，与今观文殿学士富公、武康军节度使韩公[①]，欲更置天下事，而权幸小人不便，三公皆罢去，而师鲁与时贤士，多被诬枉得罪。君叹息忧悲发愤，以谓生可厌，而死可乐也，往往被酒哀歌泣下，朋友皆窃怪之。已而以疾卒，享年五十。至和元年十有二月十三日[②]，其子材葬君于河南府寿安县甘泉乡龙涧里[③]。其平时所为文章六十篇，皆行于世。子男四人：曰材、植、机、杼。以上感愤卒葬。

【注释】

①富公：指富弼。韩公：指韩琦。

②至和元年：1054 年。至和，宋仁宗赵祯的年号(1054—1056)。

③寿安：今河南宜阳。

【译文】

这时候，天子正任用范仲淹老先生，及现在任观文殿学士的富弼先生和武康军节度使韩琦先生，想要改革国家的政事，可是那些有权势被君王宠幸的小人们却不允许，于是三位先生都被罢免离去了，同时，像尹师鲁和当时的一些贤良人士，很多也被诬陷而获罪。先生看到这种情况，叹息、忧伤、悲愤，不能自已，说道："活着让人烦，死了叫人乐啊！"常常醉酒哀歌，以至落泪，朋友们暗地里都感到奇怪。不久因病去世，享年五十岁。仁宗至和元年十二月十三日，先生的儿子尹材在河南府寿安县甘泉乡龙涧里安葬了先生。先生一生创作文章六十篇，全在社会上流行。先生有男孩四个，他们分别叫尹材、尹植、尹机、尹杼。以上是其感伤、忧愤及卒葬。

呜呼！师鲁常劳其智于事物，而卒蹈忧患以穷死。若子渐者，旷然不有累其心，而无所屈其志，然其寿考亦以不

长[①]。岂其所谓短长、得失者,皆非此之谓欤!其所以然者,不可得而知欤!以上与师鲁互勘,与篇首相应。铭曰:

【注释】

①寿考:年高,长寿。

【译文】

唉!尹师鲁常常在一些事务上耗费自己的精力,最后落得个因忧患穷困而死。可像尹子渐这样的人,豁达处事,从不劳心费力,从没有什么事情能使他的意向屈服,可他的寿命也不长啊!难道说人的长短、得失都不是指的这些吗!之所以这样,可真闹不明白了。以上与师鲁互相对照,与篇首相应。铭文是:

有韫于中不以施[①],一愤乐死其如归。岂其志之将衰?不然世果可嫉其如斯?

【注释】

①韫:收藏,蕴含,积蓄。

【译文】

蕴含于心内而未施展开,一气之下以死为乐,视死如归。难道他的志向要衰败了吗?如其不然,那世人真可以像这样嫉恨他?

尹师鲁墓志铭

【题解】

这篇墓志铭写于宋仁宗庆历八年(1048)。本文通过叙述尹师鲁身世的坎坷表现其人品,通过罗列尹氏的著述和见地来表现其学识。文章平实中见高远，朴素里显贞烈，写得十分得体。收尾韵铭，精炼至极，情浓至极，耐人寻味。

师鲁，河南人，姓尹氏，讳洙。然天下之士识与不识，皆称之曰师鲁。盖其名重当世，而世之知师鲁者，或推其文学，或高其议论，或多其材能；至其忠义之节，处穷达，临祸福，无愧于古君子，则天下之称师鲁者，未必尽知之。

【译文】

师鲁，河南人，姓尹，名洙。但天下人，认识的、不认识的，都称他为师鲁。这大概是他太受社会推重的缘故吧！然而社会上知道尹师鲁的人，有的推重他的文学造诣，有的认为他的议论高深，有的认为他多才多艺；至于他的忠义大节，无论处于贫穷的境遇，还是处在腾达的环境，无论是面对着福还是面对着祸，他都无愧于古时君子的风范，天下称颂师鲁的人却未必全都了解。

师鲁为文章，简而有法，博学强记，通知古今，长于《春秋》。其与人言，是是非非，务穷尽道理乃已，不为苟止而妄随，而人亦罕能过也。遇事无难易，而勇于敢为，其所以见称于世者，亦所以取嫉于人，故其卒穷以死。以上志节、文学。

【译文】

尹师鲁写文章，既简洁而又有章法，他学识广博，记忆力好，通晓古今文史，尤其长于《春秋》的研究。同人讲话，是还是非，他都一定要将道理讲透才肯罢休，从不随便就终止或胡乱地依随别人，而人们也很少能够超过他的。无论遇上困难的事情，还是容易解决的问题，尹师鲁都勇于去做，敢作敢为，他被社会上的人们所称道的，也正是他被社会上的某些人所妒忌的，所以他最终还是因穷困而死。以上是其志向气节、文学成就。

师鲁少举进士及第，为绛州正平县主簿、河南府户曹参军、邵武军判官[①]。举书判拔萃，迁山南东道掌书记，知伊阳县[②]。王文康公荐其才，召试，充馆阁校勘，迁太子中允、天章阁待制。范公贬饶州[③]，谏官御史不肯言，师鲁上书，言："仲淹，臣之师友，愿得俱贬。"贬监郢州酒税[④]，又徙唐州[⑤]。遭父丧，服除，复得太子中允，知河南县。赵元昊反，陕西用兵，大将葛怀敏奏起为经略判官[⑥]。师鲁虽用怀敏辟，而尤为经略使韩公所深知[⑦]。其后诸将败于好水[⑧]，韩公降知秦州[⑨]，师鲁亦徙通判濠州[⑩]。久之，韩公奏，得通判秦州。迁知泾州[⑪]，又知渭州，兼泾原路经略部署。坐城水洛，与边将异议，徙知晋州，又知潞州[⑫]。为政有惠爱，潞州人至今思之。累迁官至起居舍人、直龙图阁。以上历官。

【注释】

①绛州正平县：今山西新绛。

②伊阳：今河南汝阳。

③范公贬：指范仲淹因与吕夷简党争而被贬事。

④郢州：今湖北钟祥。

⑤唐州：今河南唐河。

⑥葛怀敏：真定（今河北正定）人，庆历中赵元昊犯境，怀敏率兵与战，遇害，谥忠隐。

⑦韩公：指韩琦，字稚圭。相州安阳（今河南安阳）人，封魏国公。

⑧好水：即河水川，在今甘肃隆德东，今名为甜水河。

⑨秦州：今甘肃天水。

⑩濠州：今安徽凤阳。

⑪泾州：今甘肃泾川。

⑫潞州：今山西长治。

【译文】

尹师鲁年轻的时候考中进士，曾做过绛州正平县的主簿，河南府户曹参军，邵武军判官。又推荐为书判拔萃，转任山南东道掌书记，伊阳县知县。王文康先生推重他的才学，召任试用为充馆阁校勘，又转任太子中允、天章阁待制。范仲淹先生被贬饶州时，谏官和御史们都不肯进言劝免，而尹师鲁却上书说："范仲淹同臣是师友关系，既然他被贬，臣愿意和他一起受贬。"于是被贬到郢州监酒税，又转至唐州。其间父亲不幸去世，除去孝服以后，又重新任太子中允、河南县知县。赵元昊反叛，朝廷在陕西地区用兵，大将军葛怀敏奏请任他为经略判官。尹师鲁虽然被葛怀敏征召，但更为经略使韩琦所深知。这以后，几位将军都在河水川地方兵败，韩琦被降为秦州知州，师鲁也转为濠州通判。过了很长时间，韩琦先生上奏请允许尹师鲁任秦州通判。后转任泾州知州，又任渭州知州，同时兼任泾原路经略部署。因筑城洛水，同边将有争议，转任做晋州知州，又任潞州知州。尹师鲁为官施政仁惠而博爱，潞州人到现在还怀念着他。尹师鲁做官一直做到了起居舍人、直龙图阁学士。以上是其历任官职。

师鲁当天下无事时，独喜论兵，为《叙燕》《息戍》二篇行于世。自西兵起凡五六岁，未尝不在其间，故其论议益精密，而于西事尤习其详。其为兵制之说，述战守胜败之要，尽当今之利害。又欲训士兵，代戍卒，以减边用，为御戎长久之策，皆未及施为，而元昊臣[①]，西兵解严，师鲁亦去而得罪矣。然则天下之称师鲁者，于其材能亦未必尽知之也。以上论兵材略。

【注释】

①元昊臣：指赵元昊于宋仁宗庆历四年（1044）同宋议和事。臣是“称臣”之意。

【译文】

尹师鲁在国家太平无事的时候，单单喜欢谈论兵法，作《叙燕》《息戍》两篇文章，在社会上很流行。自从西北地区发生战事以来，有五六年的时间了，他一直在那里，所以他的论述越发显得精到细腻，对于西北边庭的战事尤为通晓。他关于兵制的理论，讲述了攻防成败的关键所在，将现时的利害关系讲述得极为全面。他又想训练士兵，更替边防的守卒以减轻边疆军备的消耗，作为御敌戍边的长远之计，这些好的设想都没有来得及实施，赵元昊就臣服大宋朝廷了，西北解除戒严状态，尹师鲁也离开并获罪了。所以社会上的人称道师鲁的，对他的才能也并不是完全了解的。以上是其军事见解。

初，师鲁在渭州，将吏有违其节度者，欲按军法斩之而不果。其后吏至京师，上书讼师鲁以公使钱贷部将，贬崇信军节度副使，徙监均州酒税[①]。得疾，无医药，舁至南阳求医[②]。疾革，凭几而坐，顾稚子在前，无甚怜之色；与宾客言，终不及其私。享年四十有六以卒。以上贬官病卒。

【注释】

①均州：今属湖北丹江口。

②舁（yú）：抬。

【译文】

当初，尹师鲁在渭州的时候，有一将官不听他的指挥，他想将这个人按照军法斩首，但未能执行。后来这个将官到了京城，上书状告尹师鲁，说他将官家的钱粮借贷给部将从中取利，因此师鲁被贬作崇信军节度副使，又转到均州监酒税。这时候他患病，但没有医药，让人抬着到了南阳求医问药。病危急了，他靠着桌子坐着，看到他小儿子在自己眼前，但未表现出特别的怜爱；同宾客们交谈，始终都不提及个人的私事。他活到四十六岁就去世了。以上是其遭贬官后病逝。

师鲁娶张氏，某县君。有兄源，字子渐，亦以文学知名，前一岁卒。师鲁凡十年间，三贬官，丧其父，又丧其兄；有子四人，连丧其三；女一，适人，亦卒。而其身终以贬死。一子三岁，四女未嫁，家无余赀，客其丧于南阳不能归。平生故人无远迩皆往赙之，然后妻子得以其柩归河南。以某年某月某日，葬于先茔之次①。以上兄弟妻子。余与师鲁兄弟交，尝铭其父之墓矣，故不复次其世家焉。铭曰：

【注释】

①先茔：即今所说祖坟。

【译文】

师鲁娶妻张氏，张氏被封赠为某县君。师鲁有兄长名源，字子渐，也以文学写作而知名，在前一年故去了。尹师鲁在这十年的时间里，三次被贬职，又加上父亲去世，哥哥死了；自己的四个儿子，连着死了三个；还有一个出嫁女儿，也死了。他本人最后也因受贬而死去了。剩一个儿子，才三岁，四个女儿还未出嫁，家里没有一点余钱，客死在南阳，不能归葬本土。他生前好朋友，不论是远还是近，都赠送财物，助办丧事，这样才使得尹夫人和孩子将他的灵柩运回河南。在某年某月某日，安葬在祖上坟墓的旁边。以上是其兄弟、妻儿情况。我和师鲁兄弟交往，曾经为他们的父亲写过墓志铭，所以他的家世情况就不再重复写了。铭文是：

藏之深，固之密。石可朽，铭不灭。

【译文】

掩埋得要深，封存得要紧，石头可以烂，铭文不可泯。

梅圣俞墓志铭

【题解】

这篇墓志铭写于梅圣俞死后的第二年，即宋仁宗嘉祐六年(1061)。文章先写梅圣俞的死所产生的社会影响，而后评价和赞扬了梅圣俞的文学成就，以及诗文方面的建树，最后提及他的身世和经历。这种不同于一般墓志铭的写法，给人以耳目一新的感觉。此外结尾哀思绵绵，情在其中，富有感染力。

嘉祐五年[①]，京师大疫。四月乙亥，圣俞得疾，卧城东汴阳坊。明日，朝之贤士大夫往问疾者，驺呼属路不绝[②]。城东之人，市者废，行者不得往来，咸惊顾相语曰："兹坊所居大人谁耶？何致客之多也？"居八日癸未，圣俞卒。于是贤士大夫又走吊哭如前，日益多，而其尤亲且旧者，相与聚而谋其后事。自丞相以下，皆有以赙恤其家[③]。粤六月甲申[④]，其孤增，载其柩南归，以明年正月丁丑，葬于宣州阳城镇双归山。以上病及卒葬。

【注释】

①嘉祐五年：1060 年。嘉祐，宋仁宗赵祯的年号（1056—1063）。

②驺（zōu）呼：意指侍奉的人来往传递消息。驺，骑马的侍从。

③赙（fù）：赠送财物助人办丧事。

④粤：句首语气词。

【译文】

仁宗嘉祐五年，京城里流行病十分严重。这年的四月乙亥日梅圣俞患病，在城东汴阳坊卧病不起。第二天，朝里的名人士大夫等都去看望问候，问候的人相当多，车马来往络绎不绝。城东的人，经商的不再营业了，外出的不能出入了，都十分惊讶地相互询问着："这汴阳坊里住着位什么样的大人物呀？为什么一时间来了这么多探望他的人啊？"过了八天，在癸未日，梅圣俞去世了。于是这些士大夫们前往吊唁，去的人数比问病的人更多，而梅圣俞的亲朋好友都聚在一起，商量如何操办他的后事。从丞相以下的官员都纷纷出钱资助抚恤梅家。六月甲申这天，梅圣俞的儿子梅增，用车运载灵柩，南归故土，第二年的一月丁丑日，安葬其父在宣州的阳城镇双归山下。以上是其患病及去世、安葬事宜。

圣俞，字也，其名尧臣，姓梅氏，宣州宣城人也。自其家世颇能诗，而从父询以仕显[①]，至圣俞遂以诗闻。自武夫、贵戚、童儿、野叟，皆能道其名字。虽妄愚人不能知诗义者，直曰："此世所贵也，吾能得之。"用以自矜。故求者日踵门，而圣俞诗遂行天下。其初喜为清丽闲肆平淡，久则涵演深远，间亦琢刻以出巧怪。然气完力余，益老以劲。其应于人者多，故辞非一体。至于他文章皆可喜，非如唐诸子号诗人者，僻固而狭陋也。圣俞为人，仁厚乐易，未尝忤于物[②]。至其穷愁感愤，有所骂讥笑谑，一发于诗，然用以为欢，而不怨怼[③]，可谓君子者也。以上工诗。

【注释】

①从父：叔父。询：梅询，字昌言，翰林侍读学士，累迁至给事中，出知许州卒。

②忤：逆，不顺从。

③怼(duì)：怨恨。

【译文】

圣俞，是他的字，他的名叫尧臣，姓梅，是宣州宣城人。从他的家庭讲，世代人都很爱作诗，而他的叔父梅询，也以官位显赫于世，到了梅圣俞，更是因能写诗而闻名于世。从赳赳武夫、显贵亲族，到少年儿童、旷野老人，都能说出梅圣俞的名和字来。即便是无知愚昧，根本不懂得诗文的本义的人，也会一个劲儿说："这是人世间最值钱的东西，可我能得到。"以此来抬高自己的身价。所以向梅圣俞求诗的人，每天都进进出出，往来不断，这样一来梅圣俞的诗文便流传天下，无人不知。梅圣俞开始创作的诗清丽俊秀，闲散无忌，平淡恬雅，时间长了，就形成包容深邃、变化凝重的风格，时而也会出现精心刻意创作出来的奇巧灵怪的诗句。但诗文气势完备，力有余劲，而且越老诗风越显苍劲有力。他的诗篇应人之作很多，所以他的语言风格不都是一种类型的。谈到他的文章，篇篇都是令人爱不释手的好作品，不像唐朝的一些号称诗人的人，喜欢那种偏僻、保守、狭隘、粗陋的风格。梅圣俞的为人，宽厚仁德平易近人，从未出现过对某一事物发生抵触的现象。等到他穷困、忧愁、激动、气愤，有所讥笑怒骂的时候，也会写入诗中，可那都是用以取乐而已，并不因此设立怨敌，真可以称得上仁人君子的风范了。以上说他工于作诗。

初在河南，王文康公见其文，叹曰："二百年无此作矣。"其后大臣屡荐宜在馆阁。尝一召试，赐进士出身，余辄不报。嘉祐元年，翰林学士赵概等十余人列言于朝曰："梅某经行修明，愿得留与国子诸生讲论道德，作为《雅》《颂》以歌咏圣化。"乃得国子监直讲。三年冬，祫于太庙[1]，御史中丞韩绛言[2]："天子且亲祠，当更制乐章以荐祖考，惟梅某为宜。"亦不报。圣俞初以从父荫，补太庙斋郎，历桐城、河南、河阳三县主簿，以德兴县令[3]，知建德县[4]，又知襄城县[5]，监湖州盐税，签署忠武、镇安两军节度判官[6]，监永济仓，国子监直讲，累官至尚书都官员外郎。尝奏其所撰《唐载》二十六卷，多补正旧史阙缪[7]，乃命编修《唐书》。书成，未奏而卒，享年五十有九。以上仕宦遇合。

【注释】

①祫（xiá）：古代天子或诸侯把远近祖先的牌位集合在太祖庙举行大合祭的仪式。

②韩绛：字子华，开封雍丘（今河南杞县）人。

③德兴：今江西德兴。

④建德：今安徽东至。

⑤襄城：今河南襄城。

⑥忠武：今河南许昌。镇安：今河南淮阳。

⑦阙缪：失漏错误。阙，通"缺"。缪，错误。

【译文】

当初梅圣俞在河南的时候，王文康先生见到了他的文章，赞叹道："两百多年以来，没见过这样好的作品了。"这之后，朝廷大臣们都多次推荐梅圣俞，说他应在馆阁书院一类的地方任职。他曾经被召应试，封赐进士出身，其他的就未能得到回音。仁宗嘉祐元年，翰林院学士赵概等十多人，在朝廷上陈述道："梅尧臣的经学和品行都是完美无缺的，希望能留他任国子监，同那里的学生们一起探讨教化道德观念，同时还可以在那里创作一些歌颂圣德、教化百姓的诗歌。"于是梅圣俞获得了国子监直讲的职位。仁宗嘉祐三年冬天，在太庙对远近祖先举行合祭，御史中丞韩绛奏道："天子都亲自到太庙祭祀，这样的大事应该谱写乐章用以荐享祖先，谱乐章最合适的人选，就是梅圣俞。"这建议也没有得到应允。梅圣俞当初由于叔父的荫功而补缺任太庙斋郎，以后历任桐城、河南、河阳三县的主簿，又任德兴县令，建德县知县，襄城县知县，湖州盐税监，签署忠武、镇安两军节度判官，监永济仓和国子监直讲，一直做到尚书都官员外郎。他曾经上奏自己编写的《唐载》二十六卷，有很多是对原旧史书进行了更正补缺，于是就任命他编修《唐书》。书刚编成还没有来得及奏上，他却故去了，享年五十九岁。以上是其仕宦际际遇。

曾祖讳远，祖讳邈，皆不仕。父讳让，太子中舍致仕，赠职方郎中。母曰仙游县太君束氏，又曰清河县太君张氏。初娶谢氏，封南阳县君；再娶刁氏，封某县君。子男五人：曰增、曰墀、曰坰、曰龟儿，一早卒。女二人：长适太庙斋郎薛通，次尚幼。以上先世子女。

【译文】

圣俞的曾祖父名远，祖父名邈，都没有入仕做官。父名让，做官任职到太子中舍，后封赠职方郎中。母亲一是封赠为仙游县太君的束氏，一是封赠为清河县太君的张氏。圣俞开始娶妻谢氏，谢氏封赠为南阳县君；后又娶一位刁氏，刁氏封赠为某县君。圣俞生儿子五个，其中四个分别叫增、叫墀、叫坰、叫龟儿，另一个早死。生女儿两个：大女儿嫁给太庙斋郎薛通为妻，二女儿年纪还小。以上是其先世、妻子儿女。

圣俞学长于《毛诗》，为小传二十卷；其文集四十卷；注《孙子》十三篇。余尝论其诗曰："世谓诗人少达而多穷，盖非诗能穷人，殆穷者而后工也。"圣俞以为知言。以上叙其著作，而归重于诗。铭曰：

【译文】

圣俞的学识以《毛诗》研究见长，曾为《毛诗》作小传二十卷；他自己的文集有四十卷；还注释了《孙子兵法》十三篇。我曾经评论过他的诗说："社会上的人都说诗人中发迹的人很少，可受穷的人倒很多，这并不是诗叫人穷的，大概是穷困了才能在诗上下功夫啊。"圣俞听后认为这是有远见的话。以上述其著作，重点归在诗歌方面。铭文道：

不戚其穷，不困其鸣。不踬于艰，不履于倾。养其和平，以发厥声，震越浑锽，众听以惊。以扬其清，以播其英，以成其名，以告诸冥。

【译文】

不伤感他的贫穷，不因穷困而发声。他没有被艰难所绊倒，没有走到歪斜的路上。他气度安和平静，一旦发出郁闷之声，如同钟鼓震撼四方，众人听后无不吃惊。作此铭为表他气节清高，为传播他才华出众，成就他一世英名，一并告慰他在天之灵。

湖州长史苏君墓志铭

【题解】

此文是作者为亡友苏舜钦作的墓志文，写于宋仁宗嘉祐元年(1056)，即苏舜钦死后的第八年。作者与苏氏都属于“庆历新政”的拥戴者，可谓志同道合。铭文由两部分组成，第一部分即第一段为序文，后面的为正文。序文交代了作本铭的缘由。正文则简叙苏氏的生平家世、获罪之由，评价苏氏的人品才华，为其所受的不公平对待进行申诉。铭文既是为挚友鸣不平，亦是为自己鸣不平。它时而委婉低沉，时而慷慨激昂，有较强的感染力。

故湖州长史苏君①，有贤妻杜氏，自君之丧，布衣蔬食，居数岁，提君之孤子，敛其平生文章走南京②，号泣于其父曰：“吾夫屈于生，犹可伸于死。”其父太子太师以告于予③。予为集次其文而序之，以著君之大节，与其所以屈伸得失，以深诮世之君子当为国家乐育贤材者④，且悲君之不幸。其妻卜以嘉祐元年十月某日，葬君于润州丹徒县义里乡檀山里石门村⑤，又号泣于其父曰：“吾夫屈于人间，犹可伸于地下。”于是杜公及君之子泌⑥，皆以书来乞铭以葬。以上叙其妻先求集序，后求墓铭。

【注释】

①湖州长史苏君：指苏舜钦(1008—1048)。字子美，原籍梓州铜山(今四川中江)，生于开封。二十七岁中进士，官至大理评事，集

贤校理,后受诬除名为民,退居苏州。后任湖州长史不到一年,即逝。苏氏早年倡导古文,对北宋诗文革新有所贡献。其诗风格豪放,与梅圣俞并称"苏梅"。著有《苏学士文集》。

②敛:收集。

③太子太师:指杜衍,苏舜钦岳父。

④诮(qiào):责备。

⑤润州丹徒县:今江苏丹徒。石门村:其址在丹徒西。

⑥杜公:即杜衍。

【译文】

故去的原湖州长史苏先生,有一位贤德的妻子杜氏,自从苏先生去世以后,她穿着布衣布褂,饮食粗茶淡饭,几年之后,她领着孩子,收集了苏先生一生所写的文章赶到南京,哭泣着对自己的父亲说:"我的夫君在世时受了委屈,还可在死后伸冤。"她的父亲是太子太师,他将这些话告诉了我。于是,我将苏先生的文章作品编成集子,并为它写了序文,说明苏先生的大节和他受委屈、所得所失的原因,借此责勉天下君子,应该乐于为国家培育人才,同时也同情苏先生的不幸遭遇。苏先生的妻子杜氏选定于嘉祐元年十月某一天,在润州丹徒县义里乡檀山里石门村安葬夫君,她向她父亲哭诉:"我的夫君在人世受了委屈,还能在阴间得以伸冤。"于是太子太师杜先生和苏先生的儿子泌,都致信来请求我写一篇碑铭来安葬先生。以上叙述其妻先求作集序,后求写墓志铭。

君讳舜钦,字子美。其上世居蜀[①],后徙开封,为开封人。自君之祖讳易简[②],以文章有名太宗时,承旨翰林为学士、参知政事,官至礼部侍郎。父讳耆,官至工部郎中、直集贤院。君少以父荫,补太庙斋郎,调荥阳尉[③],非所好也。已而锁其厅去,举进士中第,改光禄寺主簿,知蒙城县[④]。丁父忧，服除，知长垣县[5]，迁大理评事，监在京楼店务。以上先世、官阶。君状貌奇伟，慷慨有大志。少好古，工为文章，所至皆有善政。官于京师，位虽卑，数上疏论朝廷大事，敢道人之所难言。范文正公荐君[6]，召试得集贤校理。

【注释】

①蜀：今四川。

②易简：苏易简，字太简，宋太宗时赐进士第一。

③荥阳：今河南荥阳。

④蒙城：今安徽蒙城。

⑤长垣：今河南长垣。

⑥范文正公：即范仲淹。

【译文】

苏先生名舜钦，字子美。先生的上代居住在蜀地，后来迁到开封，成了开封人。先生的祖父苏易简，就因文章而有名气，太宗时任翰林学士承旨、参知政事，官至礼部侍郎。父亲苏耆，官至工部郎中、直集贤院。先生年轻的时候，由于父辈的荫功而补缺做太庙斋郎，又调任荥阳尉，但这些职位都不是先生所喜爱的。不久先生就封斤而去，之后考中进士，改任光禄寺主簿，蒙城县知县。在此期间，父亲去世，在家服孝，除了孝服之后，任长垣县知县，转升任大理评事，监在京楼店务。以上是其先世、官职。先生形体相貌长得伟岸非凡，气度洒脱，胸怀大志。少年时期爱好古风，以写文章见长，为官所到之处都有好的官声，都有好的施政措施。在京城里做官，虽然自己的职位卑微，但多次上表朝廷，议论国家大事，敢于说别人不敢说的话。经范仲淹先生推荐，先生得以应召，试任集贤校理之职。

自元昊反，兵出无功，而天下殆于久安，尤困兵事，天子奋然用三四大臣，欲尽革众弊以纾民①。于是时范文正公与今富丞相②，多所设施，而小人不便，顾人主方信用，思有以撼动，未得其根。以君文正公之所荐，而宰相杜公婿也，乃以事中君，坐监进奏院祠神、奏用市故纸钱会客为自盗，除名。君名重天下，所会客皆一时贤俊，悉坐贬逐。然后中君者喜曰："吾一举网尽之矣。"以上得罪之由。其后三四大臣继罢去③，天下事卒不复施为。

【注释】

①纾（shū）：解除。

②富丞相：即富弼。

③三四大臣继罢去：指"庆历新政"之后范仲淹、杜衍、富弼等人先后被贬免职事。

【译文】

自从西夏元昊谋反之后，朝廷屡屡派兵作战，但都没有建树功绩，同时国家长期处于一种懒散偷安的局面，更严重的是国家被边疆的交战状况所困扰，所以皇上振奋精神起用了三四位大臣，准备对朝政与时弊进行改革，以解除百姓的痛苦。于是范仲淹和富弼丞相，在那时提出了许多改革的措施，这些措施对于那些利欲熏心的人是十分不利的，因而引起了他们的不满，但皇上现在正在重用范、富等，所以他们还找不到理由来撼动范、富等人。由于先生是范仲淹先生推荐的，而且又是宰相杜先生的女婿，那些人就捏造事端中伤先生，获罪的缘由是说他监官进奏院祭祀神祇，将旧纸钱卖掉，用以聚会宾客，说他监守自盗，于是先生被除名。先生的名声为天下人所器重，所与之相交的宾客都是当时的贤能俊杰人物，由于先生的除名，他们也都因此而被贬或被放逐。这样一来那些恶意中伤先生的人自鸣得意地说道:“我们只要把网的大绳一收,就全都抓住了。”以上是他获罪的原因。这之后那三四位改革的大臣也都相继被罢免,国家改革的措施最终也没有再得实施。

君携妻子居苏州,买水石作沧浪亭[①],日益读书,大涵肆于六经[②],而时发其愤闷于诗歌,至其所激,往往惊绝。又喜行草书,皆可爱。故其虽短章醉墨,落笔争为人所传。天下之士,闻其名而慕,见其所传而喜,往揖其貌而竦,听其论而惊以服,久与其居而不能舍以去也。以上罢官后著作文字。居数年,复得湖州长史。庆历八年十二月某日,以疾卒于苏州,享年四十有一。

【注释】

①沧浪亭:在今江苏苏州,为吴中胜景。

②六经:六部儒家经典《诗经》《书经》(《尚书》)、《礼记》《易经》《春秋》《乐经》,后《乐经》失传,世始称“五经”。

【译文】

先生带着家眷住在苏州,购买木材石料,建造了一座亭子,取名叫沧浪亭,每天坚持读书,神思遨游于六经,可时而也将自己的愤懑之情抒发于诗歌之中,等到他激发出来的感情写出来时,往往使周围的人感到惊奇而拍案叫绝。先生对书法也非常喜好,尤其行书和草书,都写得十分可爱喜人。因此先生写的作品虽然很短,有的是醉中写的,但写成后即被众人争相传阅欣赏。天下的读书人听到先生的名声都仰慕,见到先生的作品都高兴,前往拜会先生,见到了先生的形容体貌就肃然起敬,听到先生的宏论就感到惊讶而折服,和先生如果住的时间长了,就不愿意和先生分手离开。以上述其罢官后专心著述。过了几年之后,先生又官复原职，任湖州长史。仁宗庆历八年十二月某一天，因病在苏州去世，享年四十一岁。

君先娶郑氏，后娶杜氏。三子：长曰泌，将作监主簿，次曰液、曰激。二女：长适前进士赵纮，次尚幼。以上病卒、家属。

【译文】

先生开始娶妻郑氏，后又娶杜氏。先生有男孩三人，大儿子叫泌，任将作监主簿，二儿子叫液，三儿子叫激。有两个女儿：大女儿嫁给前进士赵纮为妻，二女儿年龄还小。以上述其病逝、妻儿。

初，君得罪时，以奏用钱为盗，无敢辩其冤者。自君卒后，天子感悟，凡所被逐之臣复召用，皆显列于朝，而至今无复为君言者，宜其欲求伸于地下也！宜予述其得罪以死之详，而使后世知其有以也！既又长言以为之辞，庶几并写予之所以哀君者。其辞曰：

【译文】

当初先生获罪的时候，是因为说监守自盗，当时无人敢为先生辩解伸冤。但自从先生去世以后，皇上省悟过来了，凡是因那次事件被贬或被放逐的人，全都召回任用了，而且安排在朝廷中显赫的位置，可到现在也没有一个人出来替先生说话，所以其夫人要求为他在地下伸冤，所以我应该说出先生获罪以至于死的详细原因，让后代人了解先生。既然已有长篇大论为之申说，恐怕还应写下我对先生的哀思。哀辞是这样的：

谓为无力兮，孰击而去之？谓为有力兮，胡不反子之归？岂彼能兮此不为？善百誉而不进兮，一毁终世以颠跻。荒孰问兮杳难知，嗟子之中兮，有韫而无施[①]，文章发耀兮，星日光辉。虽冥冥以掩恨兮，宜昭昭以永垂。

【注释】

①韫（yùn）：收藏。

【译文】

能说没有力量吗，又是谁因攻讦而离去？说有力量吧，为什么你不能平反而回？难道你有能力，却不去做？有那么多赞誉，却不能进取，只受到一点毁谤，却毁掉了一生。那些荒谬的有谁去查问？仍是杳然难知，可叹啊！你有才干蕴积未及施展出来，但你那充满光华的文章，如同日月一样永放光辉。虽是幽冥掩去了无限的遗恨，而明亮清朗，自会永垂不朽。

石曼卿墓表

【题解】

本文是作者为好友石曼卿所作的一篇墓碑文字，写于宋仁宗庆历元年（1041），即石曼卿去世的当年。文章记叙了石曼卿的家庭身世、不俗秉性和卓尔不群的才略，并对其受到的不公正待遇表示了极大的同情。

文章叙事简括，而极富层次感，从而使读者对石曼卿的印象循序渐进，步步加深。

曼卿，讳延年，姓石氏。其上世为幽州人[1]。幽州入于契丹，其祖自成始以其族间走南归。天子嘉其来，将禄之，不可，乃家于宋州之宋城[2]。父讳补之，官至太常博士。

【注释】

①幽州：今天津蓟州区。

②宋州：今河南商丘。

【译文】

曼卿，名延年，姓石。他的上代是幽州人。幽州被契丹侵占了，他的祖父自成始带着家族偷偷南逃。天子对他们的到来非常赞许，准备录用他，但没有落实，于是安家在宋州的宋城。曼卿的父亲名补之，做官做到太常博士的职位。

幽燕俗劲武[1]，而曼卿少亦以气自豪。读书不治章句[2]，独慕古人奇节伟行、非常之功，视世俗屑屑[3]，无足动其意者。自顾不合于时，乃一混于酒，然好剧饮大醉，颓然自放。由是益与时不合，而人之从其游者，皆知爱曼卿落落可奇[4]，而不知其才之有以用也。以上浑举其气节、材略。年四十八，康定二年二月四日[5]，以太子中允、秘阁校理卒于京师。

【注释】

①劲武：强劲重武功。

②章句：指文章。

③屑屑：细微。

④落落：坦率、开朗的样子。

⑤康定二年：1041年。康定，宋仁宗赵祯的年号（1040—1041）。

【译文】

幽燕地区的民俗风气崇尚勇武，曼卿年轻时也有豪侠之气。读书方面不能穷究文理，只仰慕古代那些奇人所做的离奇的事和非凡的功业，他藐视社会世俗，没有一件俗事可以触动他的心。他自己感到时代同自己的思想不协调，于是就用酒来陪伴自己，可他又喜欢豪饮，喝得烂醉的时候，就没有节制地任意而为。由于这样，就越发和社会不能谐和，同他交往的人，都了解他，喜欢他那种落落大方的性格，奇特的为人，但是不了解他的真才实学有何可用之处。以上概述其气节、才干。在他四十八岁那年，即康定二年的二月四日，作为太子中允、秘阁校理的石曼卿，在京都故去了。

曼卿少举进士不第，真宗推恩，三举进士，皆补奉职。曼卿初不肯就，张文节公素奇之[①]，谓曰："母老乃择禄耶！"曼卿矍然起就之。迁殿直，久之，改太常寺太祝，知济州金乡县[②]，叹曰："此亦可以为政也！"县有治声。通判乾宁军，丁母永安县君李氏忧。服除，通判永静军，皆有能名。充馆阁校勘，累迁大理寺丞，通判海州[③]，还为校理。以上官阶。

【注释】

①张文节：名知白，字用晦。死后谥文节。

②金乡：今山东金乡。

③海州：今江苏东海。

【译文】

曼卿年轻的时候，考进士未能考取，真宗皇帝格外施恩，三次考进士未中的可补缺任职。石曼卿开始不愿意去，张知白老先生对曼卿的才能平素就很欣赏,就劝他说:“你母亲年事已高,你还能挑剔职务吗?”曼卿听后惊惶而起,就答应了。之后,升迁为殿直之职,过了很长时间,改为太常寺太祝,任济州金乡县知县,自己喟叹道:“这地方也可以施展我的治世之道了。”他治理这个县,声望很好。又有人推荐他做乾宁军的通判,这时他的母亲,永安县君李氏故去。除了孝服以后,曼卿做永静军的通判,名声、才能更得以显赫。之后,充任馆阁校勘,先后任过大理寺丞、海州通判,后又再任馆阁校理。以上是所任官职。

庄献明肃太后临朝,曼卿上书请还政天子。其后太后崩,范讽以言见幸,引尝言太后事者,遽得显官。欲引曼卿,曼卿固止之,乃已。

【译文】

庄献明肃太后执政时,曼卿上表请求太后将政权交给皇上。之后太后驾崩,范讽因善于辞令而得到宠幸,引见一些曾经述说评论太后的人,得到很显赫的官职。范讽也想引用曼卿,曼卿坚决不同意,因此只好作罢。

自契丹通中国,德明尽有河南而臣属[①],遂务休兵养息,天下晏然[②],内外弛武[③],三十余年。曼卿上书言十事,不报。已而元昊反,西方用兵,始思其言。召见,稍用其说,籍河北、河东、陕西之民,得乡兵数十万。曼卿奉使籍兵河东,还,称旨,赐绯衣银鱼。天子方思尽其才,而且病矣。以上两言大事,后皆稍见用。

【注释】

①德明：西夏之主。

②晏然：平静、安定的样子。

③弛武：息武。弛，放松。

【译文】

自从契丹与宋朝通盟，德明占有河南后称臣，就停止征战，休养生息，这样天下太平无事，武备废弛达三十年之久。石曼卿于是上表陈奏了十项建议，但未得到回音。不久西夏王赵元昊反叛，西北地区发生战乱，这时人们才记起了石曼卿的话。于是召见石曼卿，采纳了他的一些建议，在河北、河东、陕西等地清查民户，借此招募乡兵几十万人。曼卿又奉命到河东清查军队，回朝后，皇上十分满意，于是赐他绯衣银鱼作为奖赏。天子这时想要他发挥自己的才干，但他已经病倒了。以上是其两次建言大事后稍被采纳。

既而闻边将有欲以乡兵捍贼者，笑曰："此得吾粗也。夫不教之兵，勇怯相杂，若怯者见敌而动，则勇者亦率而溃矣。今或不暇教，不若募其敢行者，则人人皆胜兵也。"其视世事，蔑若不足为，及听其施设之方，虽精思深虑，不能过也。状貌伟然，喜酒自豪，若不可绳以法度，退而质其平生趣舍大节，无一悖于理者[1]。遇人无贤愚，皆尽忻欢。及可否天下是非善恶，当其意者无几人。以上因论兵而述其外貌，有不能尽其心迹者三事。其为文章，劲健称其意气。

【注释】

①悖：混乱，违反。

【译文】

不久听说边境上的将士用招募的乡兵抵御贼寇的消息，他笑着说：“这种做法，只是大略地领会了我的建议罢了。试想，没有经过训练的军队，勇敢的和胆小的相互掺杂在一起，如果遇上敌军，胆小的就会退却，这样勇敢的思想上势必会受到影响，作战时就会溃败。现在如果没有时间进行训练，还不如招募一些勇敢的人去，那样的话人人都可成为胜利之军了。”他把世上的一些事情看得很轻，不屑于去做，可是等到听他说出实施的方案来，人们才发现，即使深思熟虑所想出来的方法，也不能超过他的方案。曼卿长得形体高大伟岸，喜欢饮酒，性情孤傲，好像不能用法度去约束他，但考察他一生的作为，大节没有一点是违反常理的。他接触到的人，无论是贤良的，还是愚鲁的，都会愉快地与他交往。可等到问他社会上的是非、喜恶情况时，与他的想法一样，使他称心如意的却没有几个人。以上因讨论军队问题而述其外貌，及三种不能尽其心迹的事。他文章写得遒劲有力，完全像他的性格脾气。

有子济、滋。天子闻其丧，官其一子，使禄其家。既卒之三十七日，葬于太清之先茔[1]。其友欧阳修表于其墓曰：

【注释】

①先茔：祖坟。

【译文】

他有两个孩子，名字分别叫石济、石滋。天子听说他去世了，让他的一个儿子做官，来养活一家人。曼卿死后三十七天，葬在太清地方的祖坟地里。他的朋友欧阳修在他的墓旁写下墓表，其文为：

呜呼曼卿！宁自混以为高，不少屈以合世，可谓自重之士矣！士之所负者愈大，则其自顾也愈重；自顾愈重，则其合愈难。然欲与共大事，立奇功，非得难合自重之士不可为也。古之魁雄之人，未始不负高世之志。故宁或毁身污迹，卒困于无闻，或老且死，而幸一遇，犹克少施于世。若曼卿者，非徒与世难合，而不克少有所施，亦其不幸不得至乎中寿①，其命也夫！其可哀也夫！

【注释】

①中寿：次于上寿为中寿。具体年限说法不一，有说七十的，也有说六十的。

【译文】

让人哀伤的曼卿！宁可自身混沌以致孤傲，也不稍稍地委屈自己去应和世俗，这真可以称得上是位自重的人啊！有学问的人，他承担的责任越大，那么他自身考虑的就越多；考虑问题越多，就很难与众人和谐。然而，想要一起共大事，建奇功，没有像这样难合群、自重孤傲的人，就不能成功。古代那些英雄豪杰，无一不是胸怀大志的。因此有的人宁可毁了自己，或是自己的行迹受到玷污，或是最终穷困潦倒无以闻达，或是老到快要死了的时候才侥幸得到知遇，仍然能够多少有些作为。像曼卿这样的人，不只是与社会很难协调，而且不能有所作为，这也是他的不幸，他还没有活到中寿就故去了，是命中注定的吗？真是令人哀痛啊！

泷冈阡表

【题解】

本文是作者在其父亡六十年后，自己已是六十四岁时为父母写的阡表，即墓碑文。

文章主要是寄托对父母的哀思，但同时也通过陈述三代祖先所得的封赠，来显示先祖的荣耀，表明自己终有所成，“不辱其先”。

朱自清、叶圣陶在《欧阳修〈泷冈阡表〉指导大概》一文中指出：“这篇文字，通体只有一条线索，就是一个‘待’字。”这个评语十分精当。开首“有待”二字乃一篇之主，对全文起总领的作用，后母待子、子待荣分说，以证主旨，从而达到前呼后应、行文结构严密的效果。

呜呼！惟我皇考崇公卜吉于泷冈之六十年[1]，其子修始克表于其阡[2]。非敢缓也，盖有待也。

【注释】

①皇考：子女对亡父的尊称。卜吉：选择吉日下葬，或选择吉祥的葬地。泷(shuāng)冈：在今江西永丰沙溪镇南凤凰山。

②克：能。阡：通向墓室的甬道。

【译文】

啊！在卜算吉日将先父崇公安葬于泷冈六十周年之际，他的儿子修才立碑于墓前。并非敢于延缓不办，是因为有所期待啊。

修不幸，生四岁而孤[1]。太夫人守节自誓[2]，居贫，自力于衣食，以长以教，俾至于成人。太夫人告之曰：“汝父为吏，廉而好施与，喜宾客。其俸禄虽薄，常不使有余，曰：‘毋以是为我累。’故其亡也，无一瓦之覆，一垄之植，以庇而为生。吾何恃而能自守邪？吾于汝父，知其一二，以有待于汝也。自吾为汝家妇，不及事吾姑，然知汝父之能养也。汝孤而幼，吾不能知汝之必有立，然知汝父之必将有后也。吾之始归也[3]，汝父免于母丧方逾年，岁时祭祀，则必涕泣曰：'祭而丰，不如养之薄也。'间御酒食，则又涕泣曰：'昔常不足，而今有余，其何及也！'吾始一二见之，以为新免于丧适然耳[4]。既而其后常然，至其终身未尝不然。吾虽不及事姑，而以此知汝父之能养也。汝父为吏，尝夜烛治官书，屡废而叹。吾问之，则曰：'此死狱也，我求其生不得尔。'吾曰：'生可求乎？'曰：'求其生而不得，则死者与我皆无恨也，矧求而有得耶！以其有得，则知不求而死者有恨也。夫常求其生犹失之死，而世常求其死也。'回顾乳者抱汝而立于旁，因指而叹曰：'术者谓我岁行在戌将死[5]，使其言然，吾不及见儿之立也，后当以我语告之。'其平居教他子弟，常用此语，吾耳熟焉，故能详也。其施于外事，吾不能知；其居于家，无所矜饰，而所为如此，是真发于中者邪！呜呼！其心厚于仁者邪！此吾知汝父之必将有后也。汝其勉之！夫养不必丰，要于孝；利虽不得溥于物，要其心之厚于仁。吾不能教汝，此汝父之志也。"修泣而志之，不敢忘。以上太夫人述崇公之盛德、遗训。

【注释】

①孤：幼而无父之谓。

②太夫人：指欧阳修的母亲郑氏夫人。太，对高一辈人的尊称。

③归：女子出嫁。

④适然：事理当然。

⑤戌：古代以干支纪年，指戌年。

【译文】

修十分不幸，出生四年就失去了父亲。太夫人立志守节，在贫困中依靠自己的力量来维持全家的生活，而且还要抚养、教育我成长，使我能够长大成人。太夫人告诉我说："你父亲为官时，不仅清廉而且乐于帮助别人，喜欢接待宾客。他的俸禄较少，但并不节省开支有所积蓄，他说：'多了反倒成为我的累赘。'所以，在他去世后，我们家上无片瓦遮挡，下无一垅地种，没有藉以保障生活的东西。我是凭借着什么坚守节操的呢？我对你父亲，是了解一些的，我是期待着你的长大成人啊。当初我到你们家做媳妇的时候，没能够赶上侍候婆婆，可是我了解你父亲是位孝顺养亲的人。你父亲死时你还年幼，那时我可没看出来你长大能不能自立成人，但是我知道，你父亲一定要有个好后人的。我刚到你们家时，你父亲为你祖母服丧刚刚满一年，每逢过节祭祀的时候，他总流着泪水说：'祭奠时东西再丰富，也不及让我在简陋的环境里多奉养老母生活几年啊！'有时饮酒，就又流着泪说：'从前家里食用经常不足，现在生活有了富余，可是已经来不及用来孝敬母亲了啊！'开始我听他说了一两回，还以为他是服丧刚刚满期，偶尔这样说的。可是以后他经常这样讲，直到他去世，从来没有停过。我虽然没有机会赶上侍奉婆婆，但从这些事里知道你父亲对他母亲是很孝顺的。你父亲为官时，时常在夜间点着蜡烛办理案卷公务，其间经常放下案卷感叹。我问他这是为什么，他告诉我说：'这是一个应该处以死刑的，我想替犯人寻找一条活路，但找不出来。'我问他：'活路是能够找出来吗？'他说：'我替他找活路如找不到，那死刑的犯人和我都会没有怨言，何况有寻找得到活路的时候呢！如果他有找到活路的可能，那么知道没有人为自己找活路而死的人就会有遗恨。常常替死刑犯人寻找活路还因失误而错杀，何况世上有些人经常要将他们置于死地呢。'回头看到乳娘抱着你立在旁边，于是指着你感叹道：'占卜的人说我活到戌年就要死，假使他的话是对的，那么我就见不到儿子自立成人了。以后应该把我的话告诉他。'他平时教育后辈人也时常这样讲，我耳朵听熟了，所以能记得很详细。他在外面做事的情况，我没能了解，他在家里从不摆什么样子，他之所以这样做的原因，是真正发自于他内心的。唉！他心存忠厚，这就是我知道你父亲一定会后继有人的缘故。你可要努力啊！奉养父母的东西不必要很丰富，重要的在于孝心；给众人带来好处不可能遍及每一个人，重要的是做人要有深厚的仁爱之心。我不能教诲你，可这是你父亲的志向啊。"我流着泪水把这些话铭记于心，不敢忘记。以上是太夫人讲述其父崇公的盛德、遗训。

先公少孤力学，咸平三年，进士及第，为道州判官，泗、绵二州推官，又为泰州判官，享年五十有九，葬沙溪之泷冈。以上崇公科第、官阶、卒葬。

【译文】

先父从小就失去了父亲，成了孤儿，他努力学习，在咸平三年中了进士，曾任道州判官和泗州、绵州的推官，又任过泰州判官，享年五十九岁，葬于沙溪的泷冈。以上是其父崇公科第、官职、卒葬。

太夫人姓郑氏，考讳德仪，世为江南名族。太夫人恭俭仁爱而有礼，初封福昌县太君，进封乐安、安康、彭城三郡太君[①]。自其家少微时，治其家以俭约，其后常不使过之，曰："吾儿不能苟合于世，俭薄所以居患难也。"其后修贬夷陵，太夫人言笑自若，曰："汝家故贫贱也，吾处之有素矣。汝能安之，吾亦安矣。"以上太夫人盛德、遗训。

【注释】

①太君：宋代制度，把朝廷卿监和地方知州等官的母亲封县太君，朝廷侍郎、学士和地方观察、留后等官的母亲封郡太君。这里是写欧阳修母亲郑氏所得封赠。

【译文】

太夫人郑氏，她父亲名叫德仪，他们是江南世代的名门望族。太夫人为人谦虚仁爱，十分讲求礼仪，开始时封为福昌县太君，进而封为乐安、安康、彭城三郡太君。由于家中有些贫穷，她治理家务就更节俭了，之后，她一直不允许超过这个限度，她曾讲过："我儿不应随意迎合世俗，保持俭朴的习惯是为了一旦身处艰难也能正常生活。"后来我被贬到夷陵，太夫人谈笑和平日一样，说道："你家原本就十分贫穷，我习惯生活在这样的环境里。你能在这样的条件下安心生活，我也能在这样的环境里安心度日。"以上是其太夫人的盛德、遗训。

自先公之亡二十年，修始得禄而养[①]。又十有二年，列官于朝，始得赠封其亲。又十年，修为龙图阁直学士、尚书吏部郎中，留守南京，太夫人以疾终于官舍，享年七十有二。又八年，修以非才入副枢密，遂参政事，又七年而罢。自登二府[②]，天子推恩，褒其三世。盖自嘉祐以来，逢国大庆，必加宠锡。皇曾祖府君累赠金紫光禄大夫、太师、中书令[③]，曾祖妣累封楚国太夫人；皇祖府君累赠金紫光禄大夫、太师、中书令兼尚书令[④]，祖妣累封吴国太夫人；皇考崇公累赠金紫光禄大夫、太师、中书令兼尚书令，皇妣累封越国太夫人。今上初郊，皇考赐爵为崇国公，太夫人进号魏国。以上自叙禄位，亲得爵封。

【注释】

①得禄而养：得官俸禄而奉养母亲。

②二府：指中书省和枢密院。

③皇曾祖府君：即曾祖父。“府君”是子孙对其祖先（男性）的尊称。

④皇祖府君：即祖父。

【译文】

自从先父去世后，过了二十年，我才能用俸禄来奉养我的母亲。又过了十二年，我在朝廷为官，先父才获得了天子的封赠。又过了十年，我出任龙图阁直学士、尚书吏部郎中，留守南京，太夫人病逝于我的官邸里，享年七十二岁。又过了八年，我这个无才的人，晋升到了枢密院任枢密副使，因此能够参与国家的政事，又过了七年，被罢黜。自从晋升到中书门下和枢密院任职，天子赐恩，褒扬我的三代祖先。因此，从嘉祐之后，每到国家有重大庆祝活动时，总要恩赐荣誉。曾祖父最后封赠为金紫光禄大夫、太师、中书令，曾祖母被封赠为楚国太夫人；祖父封赠为金紫光禄大夫、太师、中书令兼尚书令，祖母被封赠为吴国太夫人；父亲崇公封赠为金紫光禄大夫、太师、中书令兼尚书令，母亲封赠为越国太夫人。当今天子第一次举行祭天时，父亲被恩赐为崇国公，母亲进封为魏国夫人。以上自述俸禄官位及其前代被赐封的爵位。

于是小子修泣而言曰：“呜呼！为善无不报，而迟速有时，此理之常也。惟我祖考，积善成德，宜享其隆。虽不克有于其躬，而赐爵受封，显荣褒大，实有三朝之锡命，是足以表见于后世而庇赖其子孙矣。”乃列其世谱，具刻于碑。既又载我皇考崇公之遗训，太夫人之所以教而有待于修者，并揭于阡，俾知夫小子修之德薄能鲜，遭时窃位，而幸全大节，不辱其先者，其来有自。以上著立表之意。

【译文】

由此，儿修流着泪水讲："唉！但凡做了好事的人没有不得到回报的，只是有时早有时晚，这是很一般的道理。我的祖上，做了许多好事，积善成德，理应享受这样的隆恩盛典。即使他们不能亲自承受，可赐爵受封，大显荣耀，倍受褒扬，实则已有三朝皇恩封赠我家的诏书，这些已经足以显扬后世，荫庇子孙了。"于是我将它们记入家谱，刻入碑碣。又将我父亲崇公的遗训，我母亲教诲我、期待我立志成人的言行，一并刊刻于墓室的甬道之中，好让人们知道小子欧阳修德行虽然浅薄，能力又差，遇到好的年代，身居显赫位置，幸而能保全大节，没有给他的祖上带来耻辱，是有由来的。以上说明立阡表之意。

王安石

王安石简介参见卷九。

泰州海陵县主簿许君墓志铭

【题解】

这篇墓志铭主要是哀悼许平有才能而屈居下位。文章第二段以离俗独行之士和趋势窥利之士的不遇，来衬托许平的不得志，行文若即若离，情调慷慨悲凉。铭文只有二十多个字，概括了许平一生的遭遇，最后却隐约地归之于天命，是一种无可奈何的辩解。

君讳平，字秉之，姓许氏。余尝谱其世家[①]，所谓今泰州海陵县主簿者也[②]。

【注释】

①谱：作家谱。

②泰州：治所在海陵。海陵：今江苏泰州。

【译文】

先生名平，字秉之，姓许。我曾经编列过他家族的世系，即所说的现在泰州海陵县主簿。

君既与兄元相友爱称天下①，而自少卓荦不羁②，善辩说，与其兄俱以智略为当世大人所器。宝元时③，朝廷开方略之选④，以招天下异能之士，而陕西大帅范文正公、郑文肃公争以君所为书以荐⑤，于是得召试为太庙斋郎⑥，已而选泰州海陵县主簿。贵人多荐君有大才，可试以事，不宜弃之州县。君亦常慨然自许⑦，欲有所为，然终不得一用其智能以卒。噫！其可哀也已！

【注释】

①元：许元，许平的哥哥。宋仁宗庆历年间，许元被选拔为江淮制置发运判官。任职期间，多方搜括财物珍宝，贿赂京师权贵，以图升迁。后迁郎中，历任扬、越、泰州知州。

②卓荦(luò)：超绝，特出。不羁：放达，不受约束。

③宝元：宋仁宗赵祯的年号(1038—1040)。

④开方略之选：指仁宗下诏开“军谋宏远任边寄科”。

⑤范文正公：即范仲淹。郑文肃公：名戬，谥号文肃，苏州吴县(今江苏苏州)人。曾任陕西四路都总管兼经略安抚招讨使。

⑥太庙斋郎：太庙中祭祀时执事的小吏，品位很低。

⑦自许：自信，自负。

【译文】

先生跟他的哥哥许元相互友爱，曾经受到天下人的称赞，并且在他年轻时就非常突出，豪爽旷达，长于辩论，和他的哥哥都由于有智谋、才略被当时的大官器重。宝元年间，朝廷特开“军谋宏远任边寄科”的考试，来招揽天下有奇异才能的人，陕西主帅范文正公和郑文肃公，争着把先生的行事上书皇上进行推荐，于是被召入京城参加考试，做了太庙斋郎，不久又选拔做了泰州海陵县主簿。不少地位显贵的人推荐先生有大才，可以试一试担任重要的官职，不应当弃置在州县做小官。先生也曾经激昂慷慨充满自信心，想干一番事业，可是终于不能够稍微发挥他的智慧才能就死了。唉！这也真是令人悲哀啊！

士固有离世异俗，独行其意，骂讥、笑侮、困辱而不悔。彼皆无众人之求，而有所待于后世者也，其龃龉固宜①。若夫智谋功名之士，窥时俯仰②，以赴势物之会，而辄不遇者，乃亦不可胜数。辨足以移万物，而穷于用说之时；谋足以夺三军，而辱于右武之国③，此又何说哉？嗟乎！彼有所待而不悔者，其知之矣。

【注释】

①龃龉（jǔ yǔ）：上下齿不相配合，比喻意见不合。这里指不得志。

②俯仰：上下逢迎应付。

③右武：尚武。右，崇尚，尊重。

【译文】

在士人中间，确实有这么一种人：远离尘世，不同凡俗，只按照自己的意志行事，被人谩骂讽刺讥笑欺侮，一生困穷受屈辱，却不悔恨。那都是没有一般人的欲望，却对后世有所期待的人，他们不得志本来是应当的。至于颇有智谋热衷功名的人，看时机上下应付，来求得获取权势和利禄的机会，可是常常不得志的，却也多得不能够数得清。但是，能说会道可以移动万物，却在盛行游说的时代遭受困窘；谋略能够制服三军，却在崇尚武功的国家受到羞辱，这又怎么解释呢？唉！先生是一定有所期待遭困穷而不悔恨的人，大概懂得这个道理吧。

君年五十九，以嘉祐某年某月某甲子，葬真州之扬子县甘露乡某所之原[①]。夫人李氏。子男：瓌，不仕；璋，真州司户参军[②]；琦，太庙斋郎；琳，进士。女子五人，已嫁二人，进士周奉先、泰州泰兴令陶舜元。铭曰：

【注释】

①真州：治所在扬子。扬子：故城在今江苏仪征东南。

②司户参军：管理户口册籍的官员。

【译文】

先生享年五十九岁，在嘉祐某月某甲子日，葬在真州的扬子县甘露乡某处的原野。夫人李氏。儿子：瓌，没有做官；璋，任真州司户参军；琦，为太庙斋郎；琳，进士。女儿五个：两个已经出嫁，女婿是进士周奉先、泰州泰兴县令陶舜元。铭文说：

有拔而起之，莫挤而止之。呜呼许君！而已于斯，谁或使之？

【译文】

有人将您提拔起来，没有人排挤您阻止您上进啊！唉，许君！您却到这个地位就完了，谁使您这样的呢？

王深父墓志铭

【题解】

本文开篇点出墓主和作者是一种朋友的关系。墓主王深父即《游褒禅山记》中提到的四个同游者之一。正因为两人交往很深，因此作者对王深父为人、品格的评价就很真挚可信。王深父虽为世人称道，但能真正了解其为人的却并不多，王安石对此表示出深深的遗憾。作者又以孟轲、扬雄与之相比，更加深了这一层意思。

吾友深父，书足以致其言①，言足以遂其志②，志欲以圣人之道为己任③，盖非至于命弗止也，故不为小廉曲谨以投众人耳目④，而取舍、进退、去就必度于仁义⑤。世皆称其学问、文章、行治，然真知其人者不多，而多见谓迂阔⑥，不足趣时合变⑦。嗟乎！是乃所以为深父也。令深父而有以合乎彼，则必无以同乎此矣。

【注释】

①致：表达，传达。

②遂：表明。

③圣人之道：圣人的政治主张，圣人的道义。

④小廉曲谨：指谨小慎微的行为。投：投合，迎合。

⑤度：考虑，顾及。

⑥迂阔：不切实情。

⑦趣时合变：审时度势，随机应变。

【译文】

我的朋友王深父，著书足以表达他的言谈，言谈足以表明他的志向，他的志向是想以圣人的道义作为自己的责任，大概不到性命交关的时候是不会停止的，因此不故意做出那些谨小慎微的举动去投合世人的耳目，而在决定取舍、进退、去就的时候，一定要考虑仁义的问题。世人都称许他的学问、文章、行为，但是真正了解他的人并不多，而多数人见了会说他不切实情，不能够趋时因势、随机应变。唉！这就是他之所以是深父的原因啊。假使深父能做到合乎那些，那就必定没有与这些相同的地方了。

尝独以谓天之生夫人也，殆将以寿考成其才[①]，使有待而后显，以施泽于天下。或者诱其言，以明先王之道，觉后世之民[②]。呜呼！孰以为道不任于天，德不酬于人[③]？而今死矣。甚哉！圣人君子之难知也[④]！以孟轲之圣，而弟子所愿止于管仲、晏婴[⑤]，况余人乎？至于扬雄，尤当世之所贱简，其为门人者，一侯芭而已。芭称雄书以为胜《周易》，《易》不可胜也，芭尚不为知雄者。而人皆曰："古之人生无所遇合[⑥]，至其没久而后世莫不知[⑦]。"若轲、雄者，其没皆过千岁，读其书知其意者甚少，则后世所谓知者，未必真也。夫此两人以老而终，幸能著书，书具在，然尚如此。嗟乎深父！其智虽能知轲，其于为雄，虽几可以无悔，然其志未就[⑧]，其书未具，而既早死，岂特无所遇于今，又将无所传于后？天之生夫人也，而命之如此，盖非余所能知也。

【注释】

①寿考：长寿。

②觉：唤醒，使……觉醒。

③德：恩惠。酬：报答。

④甚哉！圣人君子之难知也：正常语序应为："圣人君子之难知也，甚哉！"用这种倒装的语序，是为了突出加重感叹的语气，表达强烈的感情。

⑤愿:倾慕。

⑥遇合:得到君王的赏识。后来也指宾主相得。

⑦没:死去。

⑧就:成就,完成。

【译文】

我曾经单纯地认为上天之所以让人生下来,大概将会使他们长寿以使之成才,使人有所期盼之后再能够显示出来,去为天下谋福利。或者对他们进行言语诱导,使之明白先王的政治主张,唤醒后世的民众。唉!谁会想到还没有向上天承担道义,没有向民众报答恩惠,现在却死了呢?圣人君子实在是太难了解了!以孟轲那样的圣人,他的弟子所倾慕的,只是管仲、晏婴,何况其他人呢?至于扬雄,尤其被当世人所鄙视,成为他门徒的,只有一个侯芭罢了。侯芭称赞扬雄的著作,认为胜过了《周易》。《周易》是不可能被超过的,侯芭仍不能算是了解扬雄的人。而人们都会说:“古时候的人,生前没有得到君王的赏识,等到死去很久,后代的人就没有不知道的。”像孟轲、扬雄,他们死去都超过了一千年,读他们的著作而能知道他们本意的人却很少,那么后世所说的了解未必一定就是真的。这两个人以年老而终其寿命,庆幸还能够写书立说,著书都还存在,尚且是这样。唉!深父的才智虽然能了解孟轲,和扬雄相比,虽然几乎可以没有自愧不如的地方,然而他的志向未能实现,著作未能完成,但却早早地死掉,岂不是既无法在当今获得圣上的欣赏,又将无法传名于后世么?上天之所以生下这个人,而命运又像这样不济,这就是我所不能知道的了。

深父讳回,本河南王氏。其后自光州之固始迁福州之侯官,为侯官人者三世。曾祖讳某,某官。祖父讳某,某官。考讳某,尚书兵部员外郎。兵部葬颍州之汝阴,故今为汝阴人。深父尝以进士补亳州卫真县主簿，岁余自免去。有劝之仕者，辄辞以养母[①]。其卒以治平二年七月二十八日，年四十三。于是朝廷用荐者以为某军节度推官，知陈州南顿县事[②]，书下而深父死矣。夫人曾氏，先若干日卒。子男一人，某。女二人，皆尚幼。诸弟以某年某月某日，葬深父某县某乡某里，以曾氏祔。铭曰：

【注释】

①辄辞以养母：总是以奉养母亲为由而推辞。

②知陈州南顿县事：做陈州南顿县的知县。宋朝时称作某州或某县的知州、知县，通常说“知某州事”或“知某县事”。

【译文】

深父名回，本是河南王氏。后来从光州固始县迁居福州侯官县，在侯官已居住三代了。曾祖父讳某，某官。祖讳某，某官。父亲讳某，官至尚书兵部员外郎。王兵部死后葬在颍州汝阴县，所以现在是汝阴人。深父曾经以进士的身份补亳州卫真县主簿，一年多后，自己请求离任。有人劝他出来做官，他就以奉养母亲为借口推辞。他死于治平二年七月二十八日，享年四十三岁。当时朝廷因有人推荐而用他做某军节度推官，并任陈州南顿县知县，委任书下达而深父却死了。夫人曾氏，先于深父几天死去。儿子一个，某。女儿两个，都还年幼。他的弟弟们在某年某月某日将深父葬在某县某乡某里，并以曾氏祔葬。铭文说：

呜呼深父！维德之仔肩[①]，以迪祖武[②]。厥艰荒遐，力必践取。莫吾知庸[③]，亦莫吾侮。神则尚反，归形此土。

【注释】

①仔(zī)肩:担任。

②迪:引导,实践。

③庸:功勋,功劳。

【译文】

唉,深父!肩负着道义的重担,去实现祖先的武功。即使是那艰苦荒远的地方,也要尽力去争取。没有人知道我的功劳,也不要对我加以侮辱。魂灵已经返回上天,肉体却归息于这片黄土。

建安章君墓志铭

【题解】

这是王安石为建安章友直写的墓志铭,简要叙述章友直家世、交游、才学。章友直通相术,至京师与达官贵人交往,但他淡泊名利,不肯为官,亦属难能可贵。文中所称列子、庄子"哀天下之士沉于得丧、陷于毁誉",可称得上是一针见血,指出了中国古代专制社会官僚腐朽的症结所在。

君讳友直,姓章氏。少则卓越自放不羁[①],不肯求选举,然有高节大度过人之材。其族人郇公为宰相,欲奏而官之[②],非其好,不就也[③]。自江、淮之上,海、岭之间,以至京师,无不游。将相大人豪杰之士,以至闾巷庸人小子,皆与之交际,未尝有所忤[④],莫不得其欢心。卒然以是非利害加之,而莫能见其喜愠[⑤],视其心,若不知富贵贫贱之可以择而取也,颓然而已矣[⑥]。昔列御寇、庄周当文、武末世,哀天下之士沉于得丧、陷于毁誉[⑦],离性命之情[⑧],而自托于人伪[⑨],

以争须臾之欲[10]，故其所称述，多所谓天之君子。若君者，似之矣。

【注释】

①卓越：超卓拔群，不同一般。

②官：名词动用，使……做官。

③不就：不就职。这里是说没有答应。

④忤：违忤。这里指不愉快的事。

⑤喜愠：欢喜恼怒。

⑥颓然：形容败兴的样子。

⑦哀：感伤，感叹。沉于得丧：沉迷于得失之间。毁誉：诋毁和赞誉。

⑧离：离开。情：本义，真义。

⑨托：假托。伪：虚假。

⑩须臾之欲：片刻的爱好，片刻的欢乐。

【译文】

先生名友直，姓章。年轻时就卓然不群，旷达不羁，不愿追求科举功名，然而却有高风亮节大度超人的才能。他家族的郇公官至宰相，想要上奏皇上让他做官，但不是他所热衷的，所以没有答应。从长江、淮河之上，南海、五岭之间，一直到京城开封，无处不去游历。从将相大臣豪杰之士，以至闾巷一般平民百姓，都和他有交往，从未有过不愉快的事情发生，没有不令他开心的。即使突然之间以是非利害加到他的头上，也没有人能看到他欣喜或是愠怒，探知他的心思，就好像不知道富贵贫贱可以去自由选择一样，只是有点败兴而已。过去列御寇、庄周当文、武末世的时候，感伤天下的读书人沉溺于得失、深陷于毁誉之中，离开性命的本来意义，而假托于人情的虚假，去争取片刻之间的需要，所以他们所称赞叙述的，多数是那些天生的君子。像先生这样的，与之相似吧。

君读书通大指[①]，尤善相人，然讳其术[②]，不多为人道之。知音乐、书画、弈棋，皆以知名于一时。皇祐中[③]，近臣言君文章，善篆，有旨召试，君辞焉。于是太学篆石经，又言君善篆，与李斯、阳冰相上下，又召君，君即往。经成，除试将作监主簿[④]，不就也。嘉祐七年十一月甲子[⑤]，以疾卒于京师，年五十七。娶辛氏，生二男：存、孺，为进士。五女子：其长嫁常州晋陵县主簿侍其玮，早卒，玮又娶其中女；次适苏州吴县黄元[⑥]；二人未嫁。

【注释】

①大指：主旨。

②讳：隐瞒。

③皇祐：宋仁宗赵祯的年号（1049—1054）。

④除：拜。

⑤嘉祐七年：1062 年。嘉祐，宋仁宗赵祯的年号（1056—1063）。

⑥适：出嫁。

【译文】

先生读书能通晓其主要旨意，特别擅长给人相面，但是却隐瞒这个法术，不多向别人说起这些。他还通晓音乐、书画、棋艺，都知名一时。皇祐年间，近臣向皇上推荐说先生文章好，又善于写篆字，皇上下旨宣召一试，先生却推辞了。当太学篆刻石经时，又有人说先生擅长篆书，和李斯、李阳冰不相上下，又下旨宣召先生，先生就去了。石经完成后，官拜试将作监主簿，没有去就任。嘉祐七年十一月甲子，因病死于京城开封，享年五十七岁。娶妻辛氏，生两个儿子：存、孺，都是进士。五个女儿：长女嫁给常州晋陵县主簿侍其玮，早死，侍其玮又娶了他的三女儿；次女嫁给苏州吴县黄元；还有两个未出嫁。

君家建安者五世，其先则豫章人也。君曾祖考讳某，佐江南李氏，为建州军事推官。祖考讳某，皇著作佐郎，赠工部尚书。考讳某，京兆府节度判官。君以某年某月某甲子，葬润州丹阳县金山之东园。铭曰：

【译文】

先生家住在建安已有五代，祖先原来是豫章人。先生的曾祖父讳某，曾辅佐江南李唐政权，任建州军事推官。祖父讳某，本朝著作佐郎，赠工部尚书。父亲讳某，京兆府节度判官。先生于某年某月某甲子，葬在润州丹阳县金山的东园。铭文说：

弗绩弗雕①，弗跂以为高②。俯以狎于野③，仰以游于朝④。中则有实，视铭其昭⑤。

【注释】

①绩：功业。这里指“夸耀功业”。雕：雕饰。
②跂：同“企”。踮起脚跟。
③狎：嬉戏游晏。野：民间，与“朝”相对。
④游：交结，嬉游。朝：朝廷，与“野”相对。
⑤视铭其昭：看看铭文就可以很清楚地了解。

【译文】

无需夸耀功业，无需夸饰勋劳，也无需踮起脚跟以显示自己有多么高大。向下可以在民间嬉戏游晏，向上可以在朝廷交结游逸。他心中确实有真才实学，看看铭文就可以一目了然。

秘阁校理丁君墓志铭

【题解】

本文先叙作铭之由，后叙丁宝臣所历官职及免官之由，再叙历官及遭贬，最后叙其卒葬及先世、子女。全文叙中有议，叙议结合，将丁宝臣的一生展现于短短的一篇铭文中。行文从容闲雅，让人读后追想墓主人不平的一生时，更会感慨人生的际遇沉浮。

朝奉郎尚书司封员外郎、充秘阁校理、新差通判永州军州兼管内劝农事、上轻车都尉、赐绯鱼袋晋陵丁君卒。临川王某曰："噫！吾僚也，方吾少时，辅我以仁义者[①]。"乃发哭吊其孤[②]，祭焉，而许以铭。越三月，君婿以状至[③]，乃叙铭赴其葬。以上叙作铭之由。

【注释】

①辅我以仁义者：正常语序应为"以仁义辅我者"，意为"以仁义之道来教导我的人"。

②吊：安慰，抚慰。

③状：行状。古代一种文体，记载死者生平行事的文章。亦称行述。

【译文】

朝奉郎尚书司封员外郎、充秘阁校理、新任永州军州通判、兼管内劝农事、上轻车都尉、赐绯鱼袋晋陵丁先生去世了。临川王安石说："唉！是我的同事啊，是那个当我年轻时候，以仁义之道来教导我的人。"于是便放声痛哭安慰他的孩子，祭奠之后答应给他作一篇铭文。过了三个月，先生的女婿拿着他的行状来找我，于是便写了铭文赶赴他的葬礼。以上叙述作铭的缘由。

叙曰：君讳宝臣，字元珍。少与其兄宗臣皆以文行称乡里，号为“二丁”。景祐中[①]，皆以进士起家。君为峡州军事判官，与庐陵欧阳公游[②]，相好也。又为淮南节度掌书记。或诬富人以博，州将，贵人也，猜而专[③]，吏莫敢议，君独力争正其狱[④]。又为杭州观察判官，用举者兼州学教授，又用举者迁太子中允，知越州剡县。盖其始至，流大姓一人，而县遂治，卒除弊兴利甚众，人至今言之。于是再迁为太常博士，移知端州。侬智高反，攻至其治所。君出战，能有所捕斩，然卒不胜，乃与其州人皆去而避之，坐免一官，徙黄州。以上叙历官，至端州失守，免一官。

【注释】

①景祐：宋仁宗赵祯的年号（1034—1038）。

②欧阳公：即欧阳修。

③猜而专：猜忌而又专横。

④狱：案件。

【译文】

叙文说：先生名宝臣，字元珍。年轻时与他的哥哥宗臣都以文章操行而名扬家乡，称为“二丁”。景祐年间，都以进士起家。先生做了峡州军事判官，与庐陵欧阳修先生同游共处，交情很好。后来又做了淮南节度掌书记。当时有人诬陷富人赌博，州将是那里的权贵，猜忌而又专横，官员们没有人敢去争议的，先生却独自据理力争纠正了那个案件。后来又做了杭州观察判官，因为察举又兼任州学教授，又因此迁官为太子中允，任越州剡县知县。刚到剡县就任时，就将县里的一个大姓人家流放，剡县因此得到了治理，做了许多兴利除弊的好事，县里的人民到现在还谈论这些。于是第二次改官任太常博士，移任端州知州。侬智高造反，攻到了他的治所。先生率兵出战，捕获斩杀了不少贼人，但终于无法取胜，于是便与州民全部撤离以避灾祸，因此被免去一官职，迁移到黄州。以上叙其任职，至端州失守，免去一官职。

会恩，除太常丞，监湖州酒①。又以大臣有解举者，迁博士，就差知越州诸暨县②。其治诸暨如剡，越人滋以君为循吏也③。英宗即位，以尚书屯田员外郎编校秘阁书籍，遂为校理、同知太常礼院。

【注释】

①监湖州酒：做湖州监酒。例同“知某县”，即“做某县知县”，这是宋代对官职的一个特定的称呼。

②就：就近。差：差遣。知越州诸暨县：做越州诸暨县知县。

③循吏：奉职守法的官吏。

【译文】

正碰上皇上恩赦，拜官太常丞，任湖州监酒。又凭着大臣能通晓贡举的原因，迁官博士，就近差遣任越州诸暨县知县。他就像治理剡县那样治理诸暨，越州人民更加认为先生是个奉职守法的好官。英宗即位后，先生以尚书屯田员外郎的身份编纂校对秘阁文书典籍，遂任职校理，同时任职知太常礼院。

君质直自守，接上下以恕。虽贫困，未尝言利。于朋友故旧，无所不尽。故其不幸废退，则人莫不怜；少进也，则皆为之喜。居无何，御史论君尝废矣，不当复用，遂出通判永州，世皆以咎言者谓为不宜[①]。以上再叙历官，又坐前事论贬。

【注释】

①咎：归咎，责备。

【译文】

先生为人质朴、正直、律己，以宽容的态度对待上下级同僚。虽然贫困，而不曾谈及私利。对待朋友故人，照顾得无所不至。所以当他不幸被废黜降职，没有人不感到怜惜的；如果稍微有所升迁，则都为他高兴。过了不久，有御史谈到先生曾经被废黜，不能再任用，于是就被移任永州通判，世人都以此而责备那个说话的人，认为不应该这样。以上再叙其任职，又因此前之事被贬斥。

夫驱未尝教之卒，临不可守之城，以战虎狼百倍之贼，议今之法，则独可守死尔；论古之道，则有不去以死，有去之以生。吏方操法以责士，则君之流离穷困，几至老死，尚以得罪于言者，亦其理也。

【译文】

率领那些未曾教习过的士卒，凭临无法坚守的城池，去迎战如狼似虎百倍于己的贼人，以今天的准则而论，那就只有坚守一直到战死而已；按古法而言，那么就有不离开以至于死和离开以求生这两种选择。官吏正把持着法规来责备士人，那么先生流离困顿、几乎到老死，尚且还得罪于谈论的人，也就是这个道理了。

君以治平三年[①]，待阙于常州，于是再迁尚书司封员外郎。以四年四月四日卒，年五十八。有文集四十卷。明年二月二十九日，葬于武进县怀德北乡郭庄之原。以上卒葬。

【注释】

①治平三年：1066年。治平，宋英宗赵曙的年号（1064—1067）。

【译文】

先生于治平三年在常州等待补缺，因此第二次任职尚书司封员外郎。于治平四年四月四日死，享年五十八岁。有文集四十卷。第二年二月二十九日，葬于武进县怀德北乡郭庄原野。以上是其卒葬。

君曾祖讳辉，祖讳谅，皆弗仕。考讳柬之，赠尚书工部侍郎。夫人饶氏，封晋陵县君，前死。子男：隅，太庙斋郎；除、阶为进士；其季恩儿尚幼。女嫁秘书省著作佐郎、集贤校理同县胡宗愈，其季未嫁，嫁胡氏者亦又死矣。以上先世、子女。铭曰：

【译文】

先生曾祖父名辉，祖父名谅，都没有出来做官。父亲名柬之，赠尚书工部侍郎。夫人饶氏，封晋陵县君，先死。儿子：隅，任太庙斋郎；除、阶，都是进士；小儿子恩儿，年龄尚幼。长女嫁给秘书省著作佐郎、集贤校理同县人胡宗愈，小女儿还未出嫁，嫁给胡氏的那个女儿也已经死了。以上述其先世、子女。铭文说：

文于辞为达①，行于德为充②。道于古为可③，命于今为穷④。呜呼已矣！卜此新宫⑤。

【注释】

①文:文章。辞:辞藻,文笔。达:圆润通达。

②行:操行。德:品德。充:充沛。

③道:行事方法。古:古法,古道。可:可行的,可以认同的。

④命:命运。今:现实生活。穷:困厄,不得志。

⑤卜此新宫:选择一个新的安居之所。卜,占卜以选择。新宫,一种委婉的说法,即墓穴。

【译文】

说起文章,先生的文笔圆润通达;谈到操行,先生的品德充沛可为人师表;说到处世,先生的行事方法合于古道应该被认可;论及现实的命运,先生可谓困厄不得志了。唉,罢了!还是为你选择这块新的安身之处吧。

临川王君墓志铭

【题解】

本文是作者为亡叔所写的一篇墓志铭。食君之禄是为了以禄养亲,这是古时对于忠与孝关系的一种看法。因为是写亡叔,而亲人一生平平,又没有什么可写的,便抓住尽孝这一主题发挥,使人觉得可信。王师锡未能做官,文中“中材何以勉焉”的话,则反映了作者对叔父“为善者不得职”的惋惜与感叹。

孔子论天子、诸侯、卿、大夫、士、庶人之孝,固有等矣[①]。至其以事亲为始[②],而能竭吾才,则自圣人至于士,其可以无憾焉一也[③]。

【注释】

①等：等级，差别。

②以事亲为始：侍奉双亲作为人生的起始点。

③一：同一个道理。

【译文】

孔子在论述天子、诸侯、卿、大夫、士、庶人的孝道时，本来就是有等级区别的。至于从侍奉双亲为起点，然后能够竭尽自己的才能，那么从圣人一直到读书人，那种可以问心无愧的情怀，则是一样的。

余叔父讳师锡，字某。少孤[①]，则致孝于其母，忧悲愉乐，不主于己[②]，以其母而已。学于他州，凡被服、饮食、玩好之物，苟可以惬吾母而力能有之者[③]，皆聚以归，虽甚劳窘，终不废。丰其母以及其昆弟、姑姊妹，不敢爱其力之所能得；约其身以及其妻子，不敢慊其意之所欲为[④]。其外行，则自乡党邻里，及其尝所与游之人，莫不得其欢心。其不幸而蚤死也[⑤]，则莫不为之悲伤叹息。夫其所以事亲能如此，虽有不至，其亦可以无憾矣。

【注释】

①孤：幼而无父曰孤。

②主：主宰，控制。

③惬（qiè）：快心，快意。

④慊（qiè）：满足。

⑤蚤：同“早”。

【译文】

我的叔父名师锡，字某。从小就没有了父亲，于是就对母亲极尽孝道，忧愁悲伤愉快欢乐，不由自己做主，全以母亲为主而已。到其他州求学之后，大凡被褥服装、饮食、玩好之类的东西，只要可以使母亲高兴而又能够得到的，都要收聚回家，即使非常辛苦困窘，始终不停止。满足了他的母亲，然后及于他的兄弟姊妹，对于能得到的东西，不敢吝惜自己的气力而不去做；而对自己却非常简约，对妻子儿女也是这样，不敢随便满足他们想要的一切。他出门在外，则乡党邻里，以及曾经同他同游共处过的人，没有不得到他的欢心的。他不幸而早逝，没有不为他悲伤叹息的。以他能这样侍奉亲人，即使还有不周到的地方，也就可以问心无愧的了。

自庠序聘举之法坏，而国论不及乎闺门之隐①，士之务本者，常诎于浮华浅薄之材②，故余叔父之卒，年三十七，数以进士试于有司③，而犹不得禄赐以宽一日之养焉。而世之论士也，以苟难为贤④，而余叔父之孝，又未有以过古之中制也，以故世之称其行者亦少焉。盖以叔父自为，则由外至者，吾无意于其间可也。自君子之在势者观之，使为善者不得职而无以成名，则中材何以勉焉？悲夫！

【注释】

①国论：有关国事的计议。

②诎（qū）：屈辱，受屈。

③试：试用。

④苟难：“苟于难”的缩语，意为“在困境中苟安”。

【译文】

自从学校征聘荐举的办法破坏之后，有关国事的计议不再言及闺门内室的隐私，那些致力于本业的读书人，常常屈辱于浮华浅薄的才能，所以我叔父死时只有三十七岁，几次以进士的身份被有关部门试用，但仍然得不到俸禄赏赐，以使奉养家庭的生计得到一天的宽裕。然而社会在议论读书人时，以能苟安于困境中为贤能，而我叔父的孝行，又从未有超过古时中等规格的行为，所以社会上称赞他行为的人也就少了。叔父的行为和那些外来的看法，我无需在这之间发表意见就是了。但从那些有权势的君子看来，使行善的人得不到职位，而且无法成名，那么中等才能的人以什么来自勉呢？可悲啊！

叔父娶朱氏。子男一人，某，女子一人，皆尚幼。其葬也，以至和四年①，祔于真州某县某乡铜山之原皇考谏议公之兆②。为铭，铭曰：

【注释】

①至和四年：1057年。至和，宋仁宗赵祯的年号（1054—1056），时间只有三年，铭文言至和四年可能有误。

②兆：同“垗”。本泛指区域，通常用以指坟地。

【译文】

叔父娶妻朱氏。儿子一人，某，女儿一人，都还年幼。他下葬的时间，是至和四年，合葬在真州某县某乡铜山原野，父亲谏议公所在的坟地。作了铭文，铭文是：

夭孰为之①？穷孰为之②？为吾能为，已矣无悲！

【注释】

①夭：夭折。王师锡三十七岁即已卒，可谓英年早逝，故以“夭”加强悲伤之情。

②穷：指未得禄赐，困厄不得志。

【译文】

英年早逝是谁造成的？困厄不得志是谁造成的？已经尽了自己的努力，可以止住了，别再悲伤了！

广西转运使苏君墓志铭

【题解】

古代评价一个官吏的好坏，除了廉洁之外，重要标准往往有两条：一是对上敢于直言进谏，不畏强暴；一是对老百姓体贴关怀。本文即从这两方面刻画了苏安世的形象。文章开篇即以三分之一的文字，描写苏安世为欧阳修平反冤狱的事情，语言平实洗练，一个主持正义、不阿权贵的形象却跃然纸上。接下来叙述了他平息戍还之卒谋变之事，两次引用戍卒和陕人之语，从侧面表现苏安世的才能，亦十分生动。

庆历五年[①]，河北都转运使、龙图阁直学士、信都欧阳修，以言事切直[②]，为权贵人所怒，因其孤甥女子有狱，诬以奸利事。天子使三司户部判官、太常博士武功苏君与中贵人杂治[③]。当是时，权贵人连内外诸怨恶修者[④]，为恶言，欲倾修锐甚[⑤]。天下汹汹[⑥]，必修不能自脱。苏君卒白上曰："修无罪，言者诬之耳。"于是权贵人大怒，诬君以不直，绌使为殿中丞、泰州监税[⑦]。然天子遂寤[⑧]，言者不得意，而修等皆无恙。苏君以此名闻天下。嗟乎！以忠为不忠，而诛不当于有罪[⑨]，人主之大戒[⑩]。然古之陷此者相随属[⑪]，以有左右之谗，而无如苏君之救，是以卒至于败亡而不寤。然则苏君一动，其功于天下岂小也哉！苏君既出逐，权贵人更用事⑫。凡五年之间，再赦，而君六徙，东西南北，水陆奔走辄万里。其心恬然⑬，无有怨悔，遇事强果，未尝少屈。盖孔子所谓刚者，殆苏君矣。以上直欧阳公之狱。

【注释】

①庆历五年：1045 年。庆历，宋仁宗赵祯的年号(1041—1048)。

②切直：恳切正直。

③杂：共同。治：处理，审理。

④连：勾结，连结。

⑤倾：倾陷，陷害。锐：重重地，沉重地。

⑥汹汹：喧闹的样子。

⑦绌：同“黜”。贬黜。

⑧寤：明白，醒悟。

⑨诛：诛戮，惩罚。当：加于。

⑩戒：警惕，戒备。

⑪随属：接连不断。

⑫用事：专权。

⑬恬然：安静，淡然。

【译文】

庆历五年，河北都转运使、龙图阁直学士、信都人欧阳修，因为谏事深切刚直，触怒了权贵，权贵们就借他已孤的外甥女的儿子犯案的事情，诬陷他也作奸犯科。皇上派三司户部判官、太常博士武功人苏先生，与内廷太监共同审理此事。在这时，权贵勾结内外廷那些怨恨憎恶欧阳修的人，进行恶语攻击，想重重地倾陷欧阳修。天下一时动荡不安，欧阳修一定无法自我开脱了。苏先生最后上报皇上说：“欧阳修没有什么罪责，是说话的人诬蔑他的。”于是权贵非常恼怒，诬蔑先生不正直，把他贬官为殿中丞、泰州监税。但是皇上终于明白过来，进言的人并不能随心所欲，而欧阳修等人也全都安然无恙，苏先生因此而名闻天下。唉！以忠诚为不忠诚，而惩罚不加到有罪者的身上，是帝王应该十分谨慎的事情。然而古时候身陷这种境地的人接连不断，是因为帝王左右有谗言的小人，却没有像苏先生这样的救星，所以直到最后身败国破而始终不能醒悟过来。既然这样，那么苏先生的一举一动，其功绩对于天下而言，又怎么会很微小呢？苏先生被逐出朝廷以后，权贵们更加专权了。大概五年中曾有两次大赦，而先生却六次徙官，东西南北，水陆兼行，奔波劳顿达万里之遥。他的心境是安静淡泊的，没有什么怨言和懊悔，遇到事情依然坚强果断，未曾有过小小的屈服。大概孔子所说的刚强之士，差不多就是苏先生这样的人了。以上是其公开处理欧阳修事件。

君又尝通判陕府。当葛怀敏之败，边告急，枢密使使取道路戍还之卒，再戍仪、渭。于是延州还者千人至陕，闻再戍，大怨，即讙聚，谋为变。吏白闭城，城中无一人敢出。君徐以一骑出卒间，谕慰止之，而以便宜还使者[①]。戍卒喜曰：“微苏君[②]，吾不得生。”陕人曰：“微苏君，吾其掠死矣。”以上还延州卒，不令再戍。

【注释】

①便宜：应办的事。另一义是见机行事。

②微：没有。

【译文】

先生又曾经担任陕州府通判。正当葛怀敏战败的时候，边境告急，枢密使派人征发该道戍边返回的戍卒，第二次去戍守仪州、渭州。于是从延州返回的千余人，到了陕州府，听到要第二次戍边的消息，十分怨恨，立即便喧闹聚合起来，计划发动变乱。官吏白天就关闭了城门，城里没有一个人敢出去。先生乘坐一骑慢慢出入士卒中，宣谕安慰止息了他们，而把应办的事交给使者去办。戍卒们欣喜地说："没有苏先生，我们就活不下去。"陕西百姓说："没有苏先生，我们都要被掳掠而死了。"以上是放归戍满还乡之卒，使之不必再次戍守。

有令刺陕西之民以为兵①，敢亡者死②。既而亡者得，有司治之以死，君辄纵去，而言上曰："令民以死者，为事不集也。事集矣，而亡者犹不赦，恐其众相聚而为盗。惟朝廷幸哀怜愚民③，使得自反。"天子以君言为然，而三十州之亡者皆不死。以上纵民兵之亡者得不死。

【注释】

①刺：征发服役。

②亡：逃跑。

③惟：希望。

【译文】

有道命令征发陕西的百姓去当兵，敢逃跑的处死。不久逃跑的人被抓到了，有关部门要治以死罪，先生就把他们放跑了，而对上面说："以死罪来严令百姓，是因为事情没有办好。事情办好了，而逃跑的人仍然不赦免，恐怕他们人多聚合起来成为盗贼。希望朝廷能哀怜愚民，使他们自己返回家乡。"皇上认为先生的话正确，三十个州中的逃亡者因此而得以免去死罪。以上是放走逃亡后被抓捕的民兵，使之免去死罪。

其后知坊州，州税赋之无归者，里正代为之输，岁弊大家数十[①],君钩治使归其主[②]。坊人不忧为里正,自苏君始也。以上治坊州,惠及里正。

【注释】

①弊:使破败。大家:大族人家。

②钩治:改变治理办法。

【译文】

后来任坊州知州,州里税赋没有着落的,里正要代为输纳,一年要使几十户大族破败,先生改变治术使税赋归于它的主人身上。坊州人不再以任里正为忧愁之事,正从苏先生开始。以上是其治理坊州,惠及里正。

苏君讳安世,字梦得。其先武功人,后徙蜀,蜀亡,归家于京师,今开封人也。曾大考讳进之,率府副率。大考讳继,殿直。考讳咸熙,赠都官郎中。君以进士起家三十二年,其卒年五十九。为广西转运使,而官止于屯田员外郎者,以君十五年不求磨勘也[①]。君娶南阳郭氏,又娶清河张氏,为清河县君。子四人:台文,永州推官;祥文,太庙斋郎;炳文,试将作监主簿;彦文,未仕。女子五人:适进士会稽江崧、单州鱼台县尉江山赵扬,三人尚幼。君既卒之三年,嘉祐二年十月庚午[②],其子葬君扬州之江都东兴宁乡马坊村。以上官阶、先世、妻子、卒葬。而太常博士知常州军州事临川王安石,为之铭曰:

【注释】

①磨勘:唐宋时定期勘检官员政绩,以定升迁,称为磨勘。

②嘉祐二年：1057 年。嘉祐，宋仁宗赵祯的年号(1056—1063)。

【译文】

苏先生名安世，字梦得。他的祖先是武功人，后来迁徙到蜀地，后蜀灭亡后，定居到京师，现在是开封人了。曾祖父名进之，曾任率府副率。祖父名继，任殿直。父亲名咸熙，赠都官郎中。先生以进士起家出仕三十二年，死时享年五十九岁。曾任广西转运使，而做官只做到屯田员外郎的原因，是先生十五年来不求磨勘的缘故。先生娶妻南阳郭氏，又娶了清河张氏，为清河县君。儿子四人：台文，任永州推官；祥文，任太庙斋郎；炳文，试用为将作监主簿；彦文，未出仕。女儿五人：前两个嫁给进士会稽人江崧、单州鱼台县尉江山人赵扬，其余三个还小。先生死后三年，嘉祐二年十月庚午，他的儿子把他葬在扬州江都县东兴宁乡马坊村。以上是其官职、先世、妻儿、卒葬。太常博士常州军州知事临川王安石替他作的铭文说：

皇有四极①，周绥以福②，使维苏君③，奠我南服④。亢亢苏君⑤，不圆其方，不晦其明，君子之刚。其枉在人，我得吾直。谁怼谁愠⑥？祗天之役。日月有丘⑦，其下冥冥⑧。昭君无穷，安石之铭。

【注释】

①皇：皇帝。四极：东、西、南、北四至，指疆域、国土。

②周：遍及，普及。绥：安抚。福：恩泽，福泽。

③使：派遣。奠：定。

④南服：周朝以距离国都远近分全国为五服，因此南方也叫南服。

⑤亢亢：刚强正直。

⑥怼(duì)：怨恨。愠：恼恨。

⑦丘：丘壑。

⑧冥冥：幽暗深远。两句大意就是：像日月这样发光闪亮的事物，上面尚且有丘壑、凹凸不平，其沟壑处也是幽暗深远，更何况人生，怎么会平坦如砥呢？以此比喻，来告慰死者的亡灵。

【译文】

在我皇广大辽阔的疆域中，要用福泽对那里的人民普遍进行慰抚，可以委派我们的苏先生，他能安抚奠定我们的南方。刚强不屈的苏先生，不用圆滑去改变方正的品格，不以昏暗掩饰聪明，有着君子刚强的品质。被别人冤枉也不在意，只要坚守我自己的正直。怨恨谁恼怒谁？只当是上天的旨意。日月上面还有丘壑，那下面也是幽暗深远。无穷无尽地显示先生的高风亮节，只有安石所作的铭文。

金溪吴君墓志铭

【题解】

墓主吴彦弼性格温和寡言，他“好古而学其辞”，善于作文，关于治理国家的议论尤其精辟。文中所写吴彦弼四试未中，诚可哀怜。以吴氏如此热衷，而王安石安慰亡灵曰：“知命矣，于君之不得意，其又何悲邪？”此实沉痛至极之语，不可当成一般应景话。盖天下不如意事岂止此，不顺心人亦岂止吴某一人！

君和易罕言[①]，外如其中，言未尝极人过失。至论前世善恶，其国家存亡、治乱、成败所繇，甚可听也[②]。尝所读书甚众，尤好古而学其辞[③]，其辞又能尽其议论。年四十三。四以进士试于有司，而卒困于无所就[④]。其葬也，以皇祐六年某月日[⑤],抚州之金溪县归德乡石廪之原,在其舍南五里。当是时,公母夫人既老,而子世隆、世范皆尚幼;三女子,其一蚤卒,其二未嫁云。

【注释】

①和易罕言:平和易接近,沉默寡言。

②甚可听:很有可取之处。

③辞:文辞,措辞。

④无所就:没有就任任何官职。

⑤皇祐六年:1054 年。皇祐,宋仁宗赵祯的年号(1049—1054)。

【译文】

先生温和平易少言,表里如一,言谈未曾极言别人的过失。到论及前世善恶好坏,那些国家存亡、治乱、成败根由时,很有可取之处。曾经读了很多书,尤其喜欢古文因而就学习那些文辞,他的文辞又能尽情表现所议论的内容。享年四十三岁。曾经四次以进士的身份被有关部门试用,然而最终还是困顿没有就任任何职位。埋葬的时间是皇祐六年某月某日,墓地在抚州金溪县归德乡石廪的原野,在他住处南面五里的地方。当这时,父母大人都已年老,而儿子世隆、世范都还处于幼年;三个女儿中一个早死以外,另外两个都还没有出嫁。

呜呼!以君之有,与夫世之贵富而名闻天下者计焉[①],其独歉彼邪[②]?然而不得禄以行其意,以祭以养以遗其子孙以卒,此其士友之所以悲也。夫学者将以尽其性[③],尽性而命可知也。知命矣,于君之不得意,其又何悲邪?铭曰:

【注释】

①计:比较。

②歉:比不上,欠缺。

③尽其性:充分表达他的性情。

【译文】

唉!以先生所拥有的才智,与社会上那些富贵而名闻天下的人来比较,难道不如他们吗?然而却得不到禄位以施行自己的意愿,没有俸禄去祭祀去奉养,没有留给子孙就死了,这就是他的那些朋友们之所以悲伤的原因啊。读书人都会竭尽全力表达自己的性情,竭尽性情而他的命运就可以知晓了。知道命数,对于先生的不得意,那又有什么可以感伤的呢?铭文说:

蓄君名[①],字彦弼,氏吴,其先自姬出。以儒起家世冕黻[②],独成之难幽以折[③],厥铭维甥订君实[④]。

【注释】

①蓄:保留,记住。

②冕黻(fú):古代大夫以上祭祀时的礼冠礼服,此处指代世代做官。

③难:灾难。幽:昏暗。此处用"难幽"以比喻吴彦弼成长环境的艰难。折:夭折,早死。吴彦弼享年只四十三岁,因而可视为夭折。

④厥:这。订:考订。君实:先生的实情。整句大意是:写作这篇铭文所依据的资料,全都经过吴彦弼的外甥考核过,因此铭文所记的都是可信的。

【译文】

记住先生的名字,字彦弼,姓吴,他的祖先出自姬姓。凭借儒学起家几代为官,在灾祸磨难中独立成长起来却不幸早死,这铭文是根据他的外甥提供的资料写成的。

曾公夫人万年太君黄氏墓志铭

【题解】

本文所记的曾公夫人黄氏是古代社会一个贤妻良母的形象。虽然古代社会的道德标准和价值观与现在有很大不同,不能毫无保留地全部接受,但铭文所记黄氏具有的品德,至今仍有一定的借鉴意义,比如她侍奉长辈,抚育幼子,不言别人是非,仍然值得我们深思、效法。

夫人江宁黄氏,兼侍御史知永安场讳某之子,南丰曾氏赠尚书水部员外郎讳某之妇,赠谏议大夫讳某之妻。凡受县君封者四:萧山、江夏、遂昌、洛阳;受县太君封者二:会稽、万年。男子四,女子三。以庆历四年某月日,卒于抚州,寿九十有二。明年某月,葬于南丰之某地。

【译文】

夫人江宁人黄氏,是兼侍御史永安场名某的女儿,南丰曾氏赠尚书水部员外郎名某的儿媳妇,赠谏议大夫名某的妻子。总共四次接受过县君的封号:萧山县君、江夏县君、遂昌县君、洛阳县君;两次接受过县太君的封号:会稽县太君、万年县太君。有四个儿子,三个女儿。于庆历四年某月某日死于抚州,享年九十二岁。第二年某月葬于南丰县某地。

夫人十四岁无母,事永安府君至孝,修家事有法[①]。二十三岁归曾氏[②],不及舅水部府君之养[③],以事永安之孝事姑陈留县君[4],以治父母之家治夫家。事姑之党,称其所以事姑之礼;事夫与夫之党,若严上然[5];视子慈,视子之党若子然。每自戒不处白人善否[6]。有问之,曰:“顺为正,妇道也,吾勤此而已[7]。处白人善否,靡靡然为聪明,非妇人宜也。”以此为女与妇,其传而至于没[8],与为女妇时弗差也。故内外亲,无老幼疏近,无智不能,尊者皆爱,辈者皆附,卑者皆慕之。为女妇在其前者,多自叹不及,后来者皆曰:“可矜法也[9]。”其言色在视听[10],则皆得所欲[11],其离别则涕洟不能舍[12]。有疾皆忧,及丧来吊哭[13],皆哀有余。於戏[14]!夫人之德如是,是宜有铭者。铭曰:

【注释】

①修:整理,操持。法:章法,标准。

②归:出嫁。古时女子嫁到夫家,称为“归”,意思是终身有了归宿。

③舅:公公。

④姑:婆婆。

⑤严:整肃。

⑥戒:约束。

⑦勤:尽力。

⑧传:遗留,承继。此指在世时。没:没世,死亡。

⑨矜:崇尚,敬重。法:效法。

⑩言色:言词表情。视听:意即看的人听的人。

⑪皆得所欲:都能满足自己的心愿。以上两句意思是:她的言辞表情,从看的人听的人角度来说,都能够很满意,即看到了所想看到的表情,听到了所想听到的言语。

⑫涕洟(tì):即涕泪,形容伤心。

⑬吊：悼念，凭吊。

⑭於戏：即“呜呼”。

【译文】

夫人十四岁就没有了母亲，侍奉永安府君极尽孝道，操持家务很有章法。二十三岁嫁到曾家，没有赶上侍奉公爹水部府君，以侍奉永安府君那样的孝心去侍奉婆婆陈留县君，用操持父母家事那样的态度操持夫家事。侍奉婆婆的同伴，人们称赞她能以侍奉婆婆那样的礼节去对待；侍奉丈夫与丈夫的同伴，好像对上司那样的整肃有礼；对子女很慈爱，看待子女的同伴就像对待子女一样。每每自我约束，不谈别人的好坏是非，有人问她，就说：“以恭顺为正道，是妇人之道，我只是尽力做到这点罢了。身处说人好坏是非之地，好像很聪明的样子，实际上不是妇人所适宜做的。”就以这样的做法去为人女为人媳，从在世一直到死，与做女儿、媳妇时没有什么差别。所以内外亲戚无论老少远近，无论智慧与否，长辈的都疼爱她，同辈的都愿意接近她，晚辈的都仰慕她。在她之前为人女为人媳的，大多都自愧不如，而后来的人都说：“可以敬重效法啊。”她的言辞表情，从看的人听的人方面来说，都能看到和听到他们所想要的言辞或表情；每当她分离作别时，就都涕泪满面不能割舍。有了疾病都为她忧愁。等到她丧事时，前来凭吊的人，哭得都很伤心。唉！夫人有如此高尚的品德，应该有墓志铭。铭文说：

女子之德，煦愿愉愉①。教隳弗行②，妇妾乘夫③，趋为亢厉④，励之颛愚⑤。猗嗟夫人⑥！惟德之经⑦。娟于族姻⑧，柔色淑声。其究女初，不倾不盈。谁疑不信，来监于铭。

【注释】

①煦：阳光的温暖。愿：朴实善良，谨慎。愉愉：和颜悦色、心情舒

畅。这两句的意思是：女子的品德修养，应该很朴实善良而又严谨，给人一种如阳光普照、令人心情舒畅的那种感觉。

②教：教化。隳(huī)：崩毁，毁坏。

③乘：凌驾。

④亢厉：极其严厉。

⑤励：勉励，劝勉。颛(zhuān)愚：专擅的愚妇，指上面所提到的“妇妾乘夫”。

⑥猗嗟：叹词。

⑦经：经典，楷模，典范。

⑧媚：爱戴，喜爱。

【译文】

女子的品德修养，应该朴实谨慎就像阳光的温暖，让人心情舒畅。在这教化崩毁、妻妾凌驾丈夫的时代，夫人能够严格约束自己，去劝勉那些专擅的愚妇。唉！夫人真是道德的典范。她为亲族所爱戴，因为她始终颜色柔顺声音淑清。探究她做女儿的时候，她就能够不偏不倚、不骄傲自满，行事合乎规范。如果有谁怀疑而不相信，那么就请看看这墓志铭。

给事中孔公墓志铭

【题解】

这是王安石为孔道辅写的墓志铭。文中写孔道辅上书请明萧太后还政天子及为皇后郭氏被废而伏阁以争二事，使得他刚毅谅直的形象栩栩如生。而写他举笏击蛇一事，更表现了他不信邪的品格，读来尤觉生动。

宋故朝请大夫、给事中、知郓州军州事兼管内河堤劝农同群牧使、上护军、鲁郡开国侯、食邑一千六百户实封二百户、赐紫金鱼袋孔公者，尚书工部侍郎、赠尚书吏部侍郎讳勖之子，兖州曲阜县令、袭封文宣公、赠兵部尚书讳仁玉之孙，兖州泗水县主簿讳光嗣之曾孙，而孔子之四十五世孙也。以上先世。

【译文】

大宋已故朝请大夫、给事中、郓州军州知事兼管内河堤劝农同群牧使、上护军、鲁郡开国侯、食邑一千六百户实封二百户、赐紫金鱼袋孔先生，是尚书工部侍郎、赠尚书吏部侍郎孔勖的儿子，兖州曲阜县令、袭封文宣公、赠兵部尚书孔仁玉的孙子，兖州泗水县主簿孔光嗣的曾孙，系孔子四十五世孙。以上述其先世。

其仕当今天子天圣、宝元之间①，以刚毅谅直，名闻天下。尝知谏院矣，上书请明肃太后归政天子，而廷奏枢密使曹利用、尚御药罗崇勋罪状。当是时，崇勋操权利②，与士大夫为市③，而利用悍强不逊，内外惮之。尝为御史中丞矣，皇后郭氏废，引谏官、御史伏阁以争，又求见，上皆不许，而固争之，得罪然后已。盖公事君之大节如此。此其所以名闻天下，而士大夫多以公不终于大位，为天下惜者也。以上谏争大节三事。

【注释】

①天圣：宋仁宗赵祯的年号（1023—1032）。宝元：宋仁宗赵祯的年号（1038—1040）。

②操：把持。

③市：交易。

【译文】

他在当今天子天圣、宝元年间出仕，以刚毅谅直而天下闻名。曾经任职于谏院，上疏恳请明肃太后将大政归还给天子，并且在朝廷上公开上奏枢密使曹利用、尚御药罗崇勋的罪状。在那个时候，罗崇勋把持大权，与士大夫们进行交易，曹利用则是强悍不逊，内外都很惧怕他们。孔先生曾经担任御史中丞，当皇后郭氏被废黜时，他又联合谏官伏阁而争，又请求进见，皇上都没有答应，但是他坚持争辩这件事，直到得罪皇上才罢休。先生侍奉皇上的大节就是这样，这就是他为什么闻名天下的原因，而士大夫们也多数因为先生没能在重要职位上任职而为天下感到痛惜。以上是其谏争事关大节的几件事。

公讳道辅，字原鲁。初以进士释褐[①]，补宁州军事推官。年少耳，然断狱议事[②]，已能使老吏惮惊。遂迁大理寺丞，知兖州仙源县事，又有能名。其后尝直史馆，待制龙图阁[③]，判三司理欠凭由司、登闻检院、吏部流内铨[④]，纠察在京刑狱[⑤]，知许、徐、兖、郓、泰五州，留守南京[⑥]，而兖、郓御史中丞皆再至。所至官治，数以争职不阿，或绌或迁，而公持一节以终身，盖未尝自绌也[⑦]。以上历官。

【注释】

①释褐：谓脱去布衣，换上官服，指做官。

②议事：议论大政。

③待制：唐宋时，各殿阁设待制之官，如宋时龙图阁、天章阁都有待制之职。

④登闻检院：宋时官署名。为畅通言路的机构。金沿置。流内铨：

官署名。唐始置,为吏部三铨之一,掌流内官铨选之事,宋沿置。流内,古代官制,隋唐时一品至九品的职官称流内,与之相对则称“流外”,另还有“不入流”。铨,铨选。

⑤刑狱:刑事案件。

⑥南京:北宋大中祥符七年(1014),因应天府为赵匡胤旧藩,建为南京,地在今河南商丘南。

⑦自绌:意自暴自弃。

【译文】

先生名道辅,字原鲁。起初是以进士的身份出来做官,补为宁州军事推官。虽然年轻了些,但是判断案件议论公事,已经能让那些资深的老官吏震惊了。于是迁官任大理寺丞,任兖州仙源县知县,仍然有精明能干的名声。到后来又曾在国史馆任职,任龙图阁待制,并判理三司理欠凭由司的有关事情,管理登闻检院及吏部流内铨,负责纠正检察京城的刑事案件,曾任许、徐、兖、郓、泰五州的知州,留守南京,而兖、郓两州知州及御史中丞之职都是做过两次,所到之地都能够治理得很好,多次因争执不能阿谀奉承,有时被废黜有时被迁官,然而先生能始终保持一种节操,从不自暴自弃。以上是其历任官职。

其在兖州也,近臣有献诗百篇者,执政请除龙图阁直学士。上曰:“是诗虽多,不如孔道辅一言。”乃以公为龙图阁直学士。于是人度公为上所思,且不久于外矣。未几,果复召以为中丞。而宰相使人说公稍折节以待迁,公乃告以不能。于是人又度公且不得久居中,而公果出。初,开封府吏冯士元坐狱①,语连大臣数人②,故移其狱御史,御史劾士元罪③,止于杖,又多更赦。公见上,上固怪士元以小吏与大臣交私④,污朝廷,而所坐如此,而执政又以谓公为大臣道地⑤,

故出知郓州。以上再为中丞、再知郓州之由两事。

【注释】

①坐狱：犯案。

②连：牵涉，涉及。

③劾：弹劾，判罪。

④固：本来。

⑤道地：为人疏通，以留余地。

【译文】

当他在兖州任职时，皇上身边有个大臣献诗达一百多篇，执政大臣请皇上任命那人为龙图阁直学士。皇上说："这些诗虽然很多，却赶不上孔道辅一句话。"于是便任命先生为龙图阁直学士。于是人们便猜度以为先生既然被皇上所想，估计在外任的时间不会很长了。不久，果然再次被召来任中丞。宰相派人劝说先生改变平日志向以等待升迁，先生告诉说不能。于是人们又推测，认为先生任职京城的时间不会太久了，而先生果然被外放。当初，开封府官吏冯士元因为犯案，言辞涉及好多位大臣，因此就把这个案子移交给御史，御史弹劾冯士元的罪行只止于杖责，又多次更改赦令。先生面见皇上，皇上本来就责怪士元以一个小小的狱吏竟然能和大臣勾结交通，私污朝廷，而受到的处罚又仅此而已，执政大臣又因此说先生是为大臣疏通，以留余地，所以让他离开朝廷出任郓州知州。以上是两次任御史中丞、两次任郓州知州的缘由。

公以宝元二年如郓，道得疾，以十二月壬申卒于滑州之韦城驿，享年五十四。其后诏追复郭皇后位号，而近臣有为上言公明肃太后时事者，上亦记公平生所为，故特赠公尚书工部侍郎。

【译文】

先生于宝元二年去郓州，在途中得了病，于十二月壬申死于滑州韦城驿，享年五十四岁。后来有诏令追复郭皇后的位号，而皇上亲近大臣中有人上书讲了先生在明肃太后时所办的事，皇上也记得先生的生平所为，所以特别赠官尚书工部侍郎。

公夫人金城郡君尚氏，尚书都官员外郎讳宾之女。生二男子：曰洵，今为尚书屯田员外郎；曰宗翰，今为太常博士，皆有行治世其家。累赠公金紫光禄大夫、尚书兵部侍郎，而以嘉祐七年十月壬寅，葬公孔子墓之西南百步。以上妻子、卒葬。

【译文】

先生的夫人，是金城郡尚氏，尚书都官员外郎尚宾的女儿。有两个儿子：一个名洵，现任尚书屯田员外郎；另一个名宗翰，现任太常博士，都治家有方。连续赠给先生金紫光禄大夫、尚书兵部侍郎的称号，嘉祐七年十月壬寅，将先生葬在距离孔子墓西南百步之外的地方。以上述其妻儿、卒葬。

公廉于财[①]，乐振施，遇故人子[②]，恩厚尤笃[③]，而尤不好鬼神禨祥事[④]。在宁州，道士治真武像[⑤]，有蛇穿其前，数出近人，人传以为神。州将欲视验以闻，故率其属往拜之，而蛇果出，公即举笏击蛇杀之，自州将以下皆大惊，已而又皆大服，公由此始知名。然余观公数处朝廷大议，视祸福无所择，其智勇有过人者，胜一蛇之妖，何足道哉！世多以此称

公者,故余亦不得而略也。以上宁州击蛇。铭曰:

【注释】

①廉:廉洁。

②遇:对待。

③笃:笃实,真诚。

④机祥:祈求鬼神以求保佑。

⑤真武:即玄武,传说中北方之神。玄武本为北方七宿之名。七宿中虚危两宿,形似龟蛇,因称玄武。玄,龟。武,蛇。宋讳“玄”,因称真武。

【译文】

先生对于财货很廉洁,喜欢赈济施舍别人,对待故旧朋友的孩子,恩情厚意尤其笃实,而特别不喜欢的是有关鬼神祈福之类的事。在任职宁州时,道士们修治了真武大帝塑像,结果有条蛇从那前面出没,多次出来接近人群,人们都传言这是神灵。州将都准备去看看是否属实以向上司报告,所以就带领僚属们前往礼拜,蛇果然出现了。先生立即举起笏板击杀了这条蛇,从州将以下都很吃惊,过后又都十分佩服,先生因此开始出名。但是我看见过先生曾多次身处朝廷计议大政的场合,视祸福而没有什么选择,这大智大勇有胜人之处,击杀一个妖蛇这样的小事,又岂在话下!然而世上多以这件小事来称赞先生,所以我也就不能把这件事情省略不言。以上述其在宁州击杀蛇一事。铭文说:

展也孔公①,维志之求。行有险夷,不改其辀②。权强所忌,谗谄所仇。考终厥位③,宠禄优优④。维皇好直,是锡公休⑤。序行纳铭⑥,为识诸幽⑦。

【注释】

①㞳：难，不容易。

②辀（zhōu）：辕，用于大车上的称辕，用于兵车、田车、乘车上的称辀。

③考终：死，善终。

④优优：和适，宽裕。

⑤锡：通“赐”。赏赐。休：完善。

⑥序：序文。行：字行。

⑦为识：做标记。幽：冥间。

【译文】

不容易啊孔先生，为了追求自己的志向。人生的道路险阻不平，先生不改变航向，只因为要坚持自己的追求。为权贵们忌恨，为谗谄者仇恨。善终于官位，得到了宽裕的宠爱与荣禄。我们的皇上喜欢正直，所以赏赐以表扬先生的美德。作序文之后再写墓志铭，作为幽冥间的标记。

兵部员外郎马君墓志铭

【题解】

这是王安石为马遵写的墓志铭。文中写马遵为言事御史，敢于弹劾行事不法的宰相并使之被罢职，表现了他不畏权贵的精神。又写他对客人请托当面不拒，但仍依法断案，不徇私情，更表现了他难能可贵的品质。

马君讳遵，字仲涂，世家饶州之乐平。举进士，自礼部至于廷书其等皆第一。守秘书省校书郎，知洪州之奉新县，移知康州。当是时，天子更置大臣，欲有所为，求才能之士以察诸路①，而君自大理寺丞除太子中允、福建路转运判官。以忧不赴②。忧除，知开封县，为江淮、荆湖、两浙制置发运判官。于是君为太常博士，朝廷方尊宠其使事以监六路，乃以君为监察御史，又以为殿中侍御史，遂为副使。已而还之台，以为言事御史。至则弹宰相之为不法者③，宰相用此罢，而君亦以此出知宣州。至宣州一日，移京东路转运使，又还台为右司谏，知谏院。又为尚书礼部员外郎，兼侍御史、知杂事，同判流内铨。数言时政，多听用。以上科第、官阶。

【注释】

①路：宋时行政区划名。宋初为加强中央集权，仿唐代道制分境内为二十路，其后分合不一，至道二年(997)始定为十五路，真宗时增至十八路，神宗时又增为二十三路。路置监司、军帅等职，而以转运使司(漕司)、提点刑狱司(宪司)、安抚使司(帅司)这三司为常制。

②忧：居父母之丧，称为忧。居忧期间，不能出来任职。

③弹：弹劾。

【译文】

马先生名遵，字仲涂，世代居家于饶州乐平县。参加进士考试，从礼部到廷书，等级都是第一。任秘书省校书郎、洪州奉新县知县，后徙官康州知州。就在这时，皇上更换任命大臣，想有所作为，选求有才学有能力的士人去监察各路，而先生由大理寺丞改任太子中允、福建路转运判官。因为居父母之丧而没有赴任。居丧期满以后，任开封县知县，并任江淮、荆湖、两浙制置发运判官。此时先生是太常博士，朝廷正尊宠那些使职让他们去监察六路，于是就任命先生为监察御史，又让他担任殿中侍御史，便做了副使之职。不久回来任职于御史台，做了言事御史。到任后弹劾行为不守法度的宰相，宰相因此被罢官，而先生也因此调出任宣州知州。到宣州才一天，徙官京东路转运使，不久又返回御史台担任谏院的右司谏。又担任尚书礼部员外郎兼侍御史，处理杂事，同时判理流内铨选事务。多次言及当时朝政，意见大多被采纳。以上是其科举功名及历任官职。

始君读书，即以文辞辨丽称天下。及出仕，所至号为办治，论议条鬯[①]，人反覆之而不能穷[②]。平居颓然[③]，若与人无所谐[④]，及遇事有所建[⑤]，则必得其所守[⑥]。开封常以权豪请托不可治[⑦]，客至有所请，君辄善遇之，无所拒。客退，视其事，一断以法。居久之，人知君之不可以私属也，县遂无事。及为谏官御史，又能如此。于是士大夫叹曰："马君之智，盖能时其柔刚以有为也[⑧]。"以上居官，刚柔悉协。

【注释】

①条：条理分明。鬯：通"畅(chàng)"。通畅，顺畅。

②反覆：再三思考，再三研究。

③平居：平时，日常生活。颓然：恭顺的样子。

④谐：协调，和合。

⑤建：建议。

⑥得其所守：达到他坚持的目标。所守，所信仰、坚持的意见、看法。

⑦请托：私相请托。

⑧时其柔刚：因时而变或柔或刚。

【译文】

当初,先生读书就以文辞思辩优美而著称于天下。等到他出来做官,所至之处号称治理很好,辩论争议有条理而文辞通畅,别人反复进行推究却不能使之理屈。平时一副恭顺的样子,好像与别人没有什么不和谐之处,等到遇见事情有所建议时,就一定要坚持自己的意见。开封常常因为权贵豪门的私相嘱托,而无法治理,有客人有事嘱托来找先生,先生对他很好,没有拒绝。客人回去后,先生处理那案情,依法进行了裁决。过了很长时间,人人都知道先生无法私下请托,开封县终于不再发生这些事了。等到他担任谏官御史时,也都是这样做。于是士大夫都感慨说:“马先生的智慧,是能够根据时间变化而或柔顺或刚强,并以此有所作为啊。”以上述其为官治理,刚柔并济。

嘉祐二年,君以疾求罢职以出,至五六,乃以为尚书吏部员外郎、直龙图阁,犹不许其出。某月某甲子,君卒,年四十七。天子以其子某官某为某官,又官其兄子持国某官。夫人某县君郑氏。以某年某月某甲子,葬君信州之弋阳县归仁乡襄沙之原。以上卒葬、妻子。

【译文】

嘉祐二年,先生因病请求辞官回乡,有五六次之多,才让他做了尚书吏部员外郎、直龙图阁,仍不许他回乡。某月某日先生逝世,享年四十七岁。皇上以他的儿子某做某官,又让他哥哥的儿子持国为某官。夫人某县君,姓郑。于某年某月某日葬先生于信州弋阳县归仁乡襄沙的原野。以上述其卒葬、妻儿。

君故与余善,余尝爱其智略,以为今士大夫多不能如,惜其不得尽用，亦其不幸早世，不终于富贵也。然世方惩尚贤任智之弊，而操成法以一天下之士[①]，则君虽寿考，且终于贵富，其所蓄亦岂能尽用哉[②]？呜呼！可悲也已。以上交谊、征铭之由。

【注释】

①成法：陈规旧法。

②所蓄：所拥有的才智。

【译文】

先生过去和我很友好，我曾经很欣赏他的智慧和谋略，认为现在的士大夫多数比不上他，可惜他不能尽展其才，又不幸早死，没有能够终于富贵。然而当今社会正经历着不能崇尚贤才任用智慧这种弊端的困扰，而用陈规旧法去要求天下读书人保持一个样子，那么先生即使享年长寿，也能获得富贵，他所拥有的才智又怎么能够尽情施展呢？唉！真是可悲啊！以上是其交谊、作铭的缘由。

既葬，夫人与其家人谋，而使持国来以请曰："愿有纪也，使君为死而不朽。"乃为之论次[①]，而系之以辞[②]，曰：

【注释】

①论次：评论，记叙。

②系：上下连属，联结。

【译文】

下葬之后，夫人与家人商议，派持国来请求我说："希望能有个纪念文，使先生死而不朽。"于是便作了评议叙记，以文辞来表达，说：

归以才能兮[①]，又予以时。投之远涂兮，使骤而驰。前无御者兮[②]，后有推之，忽税不驾兮[③]，其然奚为？哀哀茕妇兮，孰慰其思[④]？墓门有石兮，书以余辞。

【注释】

①归：同“馈(kuì)”。馈赠。

②御者：驾车的人。

③税：通“脱”。释放，解脱。这几句大意是：马君在仕途上，前面虽然没有驾车的人给导引，但后面却有推车的人(喻有人拥护)，而在这样的情况下，你却突然撒手而去，离开了人间，这样做是为什么呢？

④哀哀茕(qióng)妇兮，孰慰其思：此句紧承上文，大意是：可怜你抛下孤儿寡妇，谁来安慰她的情怀呢？这是在为马君英年早逝而叹惜。哀哀，悲伤的样子。茕，孤独。

【译文】

赐予他才智，又给予他时机。让他到遥远的地方，便骤然前去。前面虽没有驾车的人，但后面却有推车者，忽然撒手而去，这样是要做什么呢？悲伤哀婉的孤儿寡妇，谁来安慰她的思绪？坟墓前有碑石，上面书写着我所作的文辞。

仙居县太君魏氏墓志铭

【题解】

本文记叙了魏氏在丈夫早逝之后，独立抚育孤儿，教子读书，终于使两个儿子成就功业之事。文末铭文颂扬了母爱的伟大。

临川王某曰："俗之坏久矣[①]。自学士大夫，多不能终其节，况女子乎？"当是时，仙居县太君魏氏，抱数岁之孤，专屋而闲居，躬为桑麻以取衣食[②]，穷苦困厄久矣，而无变志[③]。卒就其子以能有家[④]，受封于朝，而为里贤母。呜呼！其可铭也，于其葬，为序而铭焉。序曰：

【注释】

①俗：世风，社会风气。

②躬：亲自。

③变志：改变志向。

④就：成就。

【译文】

临川王安石说："世风败坏已经很久了。自士大夫多数都不能保持完整的节操，更何况女人呢？"在这种时候，仙居县太君魏氏，怀抱年仅几岁的孤儿，独处而居，亲自操持桑麻农活，以获取衣食之资，贫穷困苦受难很长时间了，却不改变志向。终于使她的儿子能成家立业，受到朝廷封官晋爵，成为邻里中的贤母。唉！可以为她作个墓志铭。在她下葬的时候，我替她写了个序文并且撰写了铭文。序文说：

魏氏其先江宁人。太君之曾祖讳某，光禄寺卿；祖讳某，池州刺史；考讳某，太子谕德：皆江南李氏时也[①]。李氏国除[②]，而谕德易名居中，退居于常州。以太君为贤，而选所嫁，得江阴沈君讳某，曰："此可以与吾女矣。"于是时，太君年十九，归沈氏。归十年，生两子，而沈君以进士甲科，为广德军判官以卒。太君亲以《诗》

《论语》《孝经》教两子。两子就外学时，数岁耳，则已能诵此三经矣。其后子回为进士，子遵为殿中丞、知连州军州，而太君年六十有四，以终于州之正寝，时皇祐二年六月庚辰也。嘉祐二年十二月庚申，两子葬太君江阴申港之西怀仁里。于是遵为太常博士、通判建州军州事，而沈君赠官至太常博士。铭曰：

【注释】

①江南李氏：指江南李唐政权，为北宋所灭。

②国除：指北宋灭南唐。

【译文】

魏氏，她的祖先是江宁人。太君的曾祖名某，曾任光禄寺卿；祖父名某，曾任池州刺史；父亲名某，曾任太子谕德：都是在江南李唐王朝的时候。李唐灭亡后，她的父亲改名退居于常州。认为太君有贤德，就替她选择可嫁的人，见到江阴沈氏名某，就说："这个人，可以将我的女儿嫁给他。"当时太君是十九岁，嫁到了沈家。出嫁十年，生下两个儿子。而沈先生以进士甲科的身份，就任广德军判官，卒于任所。太君亲自以《诗经》《论语》《孝经》教授两个儿子，二子到外面求学才几年，就已经能够吟诵这三部经书了。后来儿子沈回成了进士，儿子沈遵做了殿中丞，连州军州知事，太君六十四岁时，在本州寿终正寝，当时是皇祐二年六月庚辰。嘉祐二年十二月庚申，两个儿子将太君葬在江阴申港西怀仁里。当时沈遵任职太常博士、建州军州通判，而沈先生则赠官太常博士。铭文说：

山朝于跻[①]，其下惟谷。缵我博士[②]，夫人之淑。其淑维何？博士其家。二子翼翼[③]，萼跗其华[④]。诜诜诸孙[5]，其实其葩[6]。孰云其昌？其始萌芽。皇有显报，曰维在后。硕大蕃衍，刲牲以告[7]。视铭考施，夫人之效。

【注释】

①朝(zhāo)：早晨。跻(jī)：登，升。

②缵(zuǎn)：继承。博士：指沈先生，魏氏丈夫。

③翼翼：庄严雄伟。

④萼跗：花萼和花萼的底部，比喻兄弟。跗，同“柎”。花萼的底部。

⑤诜诜(shēn)：众多。

⑥葩：花。此用鲜花来比喻沈家人丁的繁衍兴旺。

⑤刲(kuī)：刺，杀。

【译文】

早晨向山上攀登，那下面是幽深的山谷。继承沈先生家业的，是贤淑的夫人。她贤淑的品德是怎样的呢？你看看沈先生的室家就会明了。两个儿子庄严雄伟，就好像花萼附于鲜花。诸孙满堂，都是那果实和鲜花。谁说已经昌盛无比？这只不过是刚开始萌芽罢了。上天会有显著的回报，只不过要到后来才能见到。硕大繁衍的家族，杀牲来祭告上天。看看铭文来考察是谁的功绩，都是夫人的功效。

归有光

归有光(1506—1571),字熙甫,号震川,明朝昆山(今江苏昆山)人。嘉靖四十四年(1565)中进士,后官至南京太仆寺丞,留掌内阁制敕。当时的文坛,拟古之风盛行,“文必秦汉”,而他则力推唐宋古文,并与王慎中、唐顺之、茅坤合称为“唐宋派”。归有光的文学创作以散文成就最高。多写身边琐事,文字朴素简洁,感情真挚,韵味深厚,“不事雕饰而自有风味”(王士贞),对清代的桐城派产生了较大影响。著作有《三吴水利录》《震川文集》等。

归府君墓志铭

【题解】

这是归有光为其同族先辈归椿写的墓志铭。文章开头简要介绍了归椿的家世谱属,而后主要叙述他力田的勤劳及治田的才能,并由此引发农业应为国之大计的道理。结尾以韵文体之铭总括全篇,表达了对归椿的赞颂和悼念之情。通篇写得客观平实,叙议结合,题旨分明。

府君姓归氏[①],讳椿,字天秀。大父讳仁[②],父讳祚,母徐氏。嘉靖十五年正月初八日卒,年七十一。娶曹氏,父讳永太，母高氏，嘉靖十年三月十九日卒，年六十八。子男三：雷、霆、电；女一，适钱操[3]。孙男五：谏，县学生；谟、训，皆国学生；让，幼。女三。曾孙男六。以嘉靖二十六年十二月庚申日，合葬于马泾实渎泾。以上祖父妻子孙曾、卒葬。

【注释】

①府君：汉魏以来对人的敬称。

②大父：祖父。

③适：女子出嫁。

【译文】

府君姓归，名椿，字天秀。其祖父名仁，父亲名祚，母亲徐氏。嘉靖十五年正月初八去世，享年七十一岁。娶妻曹氏，其父名永，祖母高氏，嘉靖十年三月十九日去世，享年六十八岁。府君有三个儿子、一个女儿，三个儿子分别叫雷、霆、电；女儿后来嫁给了钱操。孙子五个：谏是县学生；谟、训都是国学生；让最小。孙女三个。曾孙六个。嘉靖二十六年十二月庚申，合葬于马泾实渎泾。以上叙其自祖父至曾孙各辈人情况及卒葬。

按：归氏出春秋胡子[1]，后灭于楚。其子孙在吴，世为吴中著姓。至唐宣公，乃世贵显，封爵官序，具载唐史。宋湖州判官罕仁[2]，居太仓[3]，其别子居常熟之白茆[4]。居白茆已数世矣，由湖州而下，差以昭穆[5]。府君，我曾大父城武公兄弟行也。以上叙其世谱属之远近。

【注释】

①胡子：春秋时国名。后为楚国所灭。故地在今安徽阜阳西北。

②湖州:今浙江湖州。判官:地方长官的僚属,佐理政事。罕仁:宋时任湖州判官,为归有光之远祖归道隆的父亲。

③太仓:今江苏太仓。

④别子:古代诸侯嫡长子以外的儿子。白茆(mǎo):浦名。在江苏常熟。

⑤昭穆:古代宗法制度,宗庙或墓地的辈次排列,以始祖居中,二世、四世、六世位于始祖的左方,称昭;三世、五世、七世位于右方,称穆,以分别宗族内部的长幼、亲疏、远近。后来泛指家族的辈分。

【译文】

按:归姓宗族起源于春秋时的胡子国,此国后被楚国灭亡。其子孙在吴地的,世代都是望族。到唐宣公时,仍然名声显赫、富贵显达,个个封官加爵,唐史对他们都有记载。宋代时湖州判官罕仁住在太仓,除嫡长子以外,他的其他儿子都住在常熟的白茆。在白茆住了数代之后,才由湖州而下。按辈分说,府君是我曾祖父城武公的兄弟辈。以上叙其远近之世系谱属。

府君初为农,已乃延礼师儒,教训诸孙,彬彬向文学矣[①]。府君少时,亦尝学书,后弃之,夫妇晨夜力作。白茆在江海之壖[②],高仰瘠卤[③],浦水时浚时淤[④],无善田。府君相水远近,通溪置闸,用以灌溉。其始居民鲜少,茅舍历落数家而已。府君长身古貌,为人倜傥好施舍,田又日垦,人稍稍就居之,遂为庐舍市肆,如邑居云。晚年诸子悉用其法,其治数千亩如数十亩,役属百人如数人[⑤]。吴中多利水田,府君家独以旱田。诸富室争逐肥美,府君选取其硗者[⑥],曰:"顾吾力可不可,田无不可耕者。"人以此服府君之精。以上力田之精。

【注释】

①文学：文章博学，为孔门四科之一。

②壖（ruán）：空地，河边地。

③卤：碱地。

④浚（jùn）：疏通。淤：堵塞。

⑤役属：役使并使之臣属。

⑥硗（qiāo）：多石瘠薄之地。

【译文】

府君最初就是一个普通农民，后来才延请儒师，教导子孙文质彬彬、学习文化。府君小时候也曾读过书，后弃学，夫妇二人每日努力耕作。白茆濒临江海，土地都是贫瘠的盐碱地，而且河水有时通畅，有时淤塞，所以没有什么好地。府君度量与河流的远近，开通水道、安置水闸，用来灌溉田地。最初，这里的居民很少，零零星星地只有几座房屋。府君身材魁伟，相貌堂堂，为人潇洒豁达，乐善好施，加之田地也逐渐地开垦出来了，因此人们就慢慢地聚集到这里来生活，他们修建了房屋，开设了集市，把这里建设得像个城镇一样。府君年老以后，人们纷纷采用他的方法，管理数千亩土地就像是管理数十亩土地一样，役使上百人就像是役使几个人一样。吴地的人多种水田，但府君却偏偏要种旱田。那些富豪人家都争着抢夺肥田沃土，府君却选择多石瘠薄的地方去开垦耕种，并且说："论能力，我可能会有干得了和干不了的事，但却没有耕种不了的田地。"人们因此都非常佩服府君的精明。以上叙其善于耕种田地。

盖古之王者之于田功勤矣，下至保介、田畯、遂师、遂大夫、县正、里宰、司稼①，设官用人，如是悉也。汉二千石遣令、长、三老、力田及里父老善田者②，受田器，学耕种养苗状。时赵过、蔡癸之徒，皆以好农为大官。今天下田，独江南治耳。中原数千里，三代畎亩浍之迹未有复也[③]。议者又欲放前元海口万户之法，治京师濒海萑苇之田[④]，以省漕壮国本[⑤]。其事行之实便，而久不行，岂不以任事者难其人邪？或往往叹事功之不立，谓世无其人，若府君，岂非世之所须也？以上叙农功为国大计。铭曰：

【注释】

①下至保介、田畯、遂师、遂大夫、县正、里宰、司稼：所列均为农官。

②汉二千石遣令、长：汉制县万户以上置令，不满万户置长。汉代太守的俸禄是谷物二千石。三老、力田：均为农官。父老：乡官，掌管教化。

③畎(quǎn)亩：田地。浍(kuài)：田间排水之渠。

④萑(huán)苇：即蒹葭，又名芦苇。

⑤漕：水道运粮，也指水运他物。

【译文】

古时候的君王，都非常重视农耕，对于从事农耕的人也常予以厚待，至于下面如保介、田畯、遂师、遂大夫、县正、里宰、司稼这些农官的任用选拔也都是这样。汉代时令、长的俸禄是两千石，三老、力田以及乡里父老善于种田的，都发给农具，学习农耕。当时的赵过、蔡癸那些人，都因为喜好农耕而做了大官。如今天下的田地只有江南的被垦治耕种了，但中原数千里，三代时用来灌溉田地的沟渠都没有修复。有人想仿效元朝时海口万户的做法，去治理京都濒临大海的那片芦苇地，减省水道运粮的诸多费用及不便之处，以壮大国力。这件事做起来本是非常容易的，但却一直没有付诸实施，莫不是难以找到担负这一责任的人？有人常常叹息，说一些事情之所以做不成是因为世上就没有能成

就这些事业的人,而像府君这样的人,不就是这世上所需要的吗?以上叙农业为国之大计。铭文是:

昔在颛顼[①],曰惟我祖。绵绵汝、颍[②],蹷于荆楚。迄唐而昌,鸣玉接武[③]。湖州来东,海鱼为伍。亦有别子,居白茆浦。旷然江、海,寂无烟火。孰生聚之?府君之抚。府君颀颀,才无不可。实畎亩之,终古泻卤。黍稷薿薿[④],有万斯亩。曷不虎符[⑤]?藏于兹土。

【注释】

①颛顼(zhuān xū):传说中的古代部族首领。

②汝、颍:二河流名。在今安徽阜阳。古胡子国故城即在这里。

③鸣玉:古人佩戴在腰间的玉饰,行走时相击发声。接武:细步徐行。武,足迹。行路足迹前后相接,即所谓细步。

④薿薿(nǐ):形容茂盛。

⑤虎符:发兵之符。此处指出仕为官。

【译文】

洪荒远古颛顼国,有我先祖在生活。绵绵汝、颍二河水,流过我们好家园。如狼似虎荆楚师,破我河山人流离。斗转星移到盛唐,家族兴盛又一春,先祖漫步徐徐行,腰间玉佩响叮当。东来湖州在宋代,与鱼做伴临大海。尚有庶出好子弟,远在滩涂白茆浦。茫茫旷野海边地,苍凉无涯人烟寂。是谁安抚咱百姓?全赖先祖好府君。府君体健德才高,事事安排有主张。农耕稼穑一生志,治理碱地排淤泥。稻熟麦黄一方土,一望无边有良田。为何避居不出仕,幽隐此地建功勋?

寒花葬志

【题解】

寒花是归有光之妻魏氏的随嫁婢女。寒花去世后,作者为她写了这篇祭文,以示纪念。在这篇短文中,作者并未叙写寒花的一生,而是选取几个生活片段,寥寥数笔,就将寒花少时的活泼可爱描画得活灵活现,读后给人留下非常深刻的印象。而作者对她的怜惜忆念之情,也更加感人。

婢,魏孺人媵也[①]。嘉靖丁酉五月四日死,葬虎丘。事我而不卒,命也夫!

【注释】

①孺(rú)人:古代贵族、官吏之母或妻的封号。又通称妻子为孺人。媵(yìng):陪嫁的人。

【译文】

寒花是我妻子魏孺人的陪嫁丫鬟。嘉靖丁酉五月四日去世,葬在虎丘。她未能服侍我到底,莫非是命运的安排?

婢初媵时,年十岁,垂双鬟,曳深绿布裳。一日天寒,爇火煮荸荠熟[①],婢削之盈瓯[②]。余入自外,取食之,婢持去不与,魏孺人笑之。孺人每令婢倚几旁饭,即饭,目眶冉冉动,孺人又持余以为笑。回思是时,奄忽便已十年。吁!可悲也已!

【注释】

①爇(ruò):烧。

②瓯(ōu):小盆。

【译文】

她当初随嫁过来的时候才只有十岁,头梳环形发髻,身着墨绿色布衣。有一天,天气非常冷,她烧火煮荸荠,煮熟后,把皮削去,满满地装了一小盆子。当时我正好从外面回来,伸手想拿来吃,她却端走不给我,妻子见状,不由得笑了。妻子常常叫寒花坐在小桌旁吃饭,吃饭时,她眼睛忽忽地转来转去,惹得妻子又不由扶着我笑起来。想想过去,转眼就已经有十年了。唉!真是有不尽的伤感啊。

通议大夫都察院左副都御史李公行状

【题解】

行状这种文体主要是记述死者的世系、籍贯、生平年月和生平事迹,多出于死者的门生、故吏及亲故之手。本文便是归有光为其从小相知的旧友李宪卿而作的。除对李氏的家族谱系、籍贯及生卒年月做必要交代外,着重记述了李氏的生平事迹,介绍了他所历任的官职及其主要政绩,表现了李氏为官时的忠诚勤勉与廉洁不苟,又以其居官杂事,表现了李氏孝谨、谦逊的美德。文章基本上以时间的先后为序,内容虽然庞杂,但叙述层次清晰,重点突出。

曾祖茂。祖聪,赠通议大夫、都察院左副都御史①。父玉,赠承德郎、吏部验封司主事②,再赠奉政大夫、吏部验封司郎中,三赠通议大夫、都察院左副都御史。

【注释】

①赠:历代朝廷赐给诰敕,生前曰封,身后曰赠。

②吏部：六部之一，主管官吏的选任铨叙升阶等事。

【译文】

李公的曾祖父名茂。祖父名聪，身后被朝廷赐为通议大夫、都察院左副都御史。父名玉，身后被朝廷赐为承德郎、吏部验封司主事，第二次被赐为奉政大夫、吏部验封司郎中，第三次被赐为通议大夫、都察院左副都御史。

公讳宪卿，字廉甫。世居苏州昆山之罗巷村①，以耕农为业，通议始入居县城②。独生公一子，令从博士学。山阴萧御史鸣凤奇其姿貌③，曰："是子他日必贵，吾无事阅其卷矣。"先辈吴中英有知人鉴④，每称之以为瑚琏之器⑤。公雅自修饬，好交名俊，视庸辈不屑也。

【注释】

①昆山：今江苏昆山。

②通议：指李玉，李宪卿之父，卒后赠通议大夫都察院左副都御史。

③山阴：今浙江绍兴。鸣凤：王守仁弟子，督南畿学政，廉洁无私。

④知人：能识别人的贤愚善恶。

⑤瑚琏：皆为古代祭祀时盛粟稷的器皿，因其贵重，常用以比喻人有才能，堪当大任。

【译文】

李公名宪卿，字廉甫。世代居住在苏州昆山的罗巷村，以农耕为业，到他父亲时才进入县城居住。只生了李公这唯一的儿子，并让他跟从一位博士学习。山阴的萧鸣凤御史认为李公的相貌特异，说："这孩子以后一定会大富大贵的，我已不能批阅他的试卷了。"先辈吴中英能识人的贤愚善恶，每见他都夸赞他是像瑚琏一样堪当大任的人。李公自身很注重学习修养，好结交智者名流，不屑于结交平庸凡俗之辈。

举应天乡试[①]，试礼部不第。丁通议忧[②]，服阕[③]，再试中式，赐进士出身。明年，选南京吏部验封司主事，历迁郎中。吏在司者，莫不怀其恩。居九年，冢宰鄞闻公、奉新宋公[④]，皆当世名卿，咸赏识之。以上科甲及官南京吏部。

【注释】

①应天：应天府，今江苏南京。乡试：每三年各省士子集中在省城，考四书、五经、策问，考中的就称为举人。

②丁通议忧：居父亲之丧。"通议"是李宪卿父亲的官衔通议大夫的简称。

③服阕（què）：古丧礼规定，父母死后，服丧三年，期满除服，称服阕。阕，终了。

④冢宰：《周礼》六官之首。唐宋后以吏部为六部之首，故常以冢宰代指吏部尚书。实际二者职掌并不相同。鄞（yín）：今浙江宁波鄞州区。奉新：今江西奉新。

【译文】

他曾考中应天府的乡试，又参加礼部考试，未考中。恰逢他父亲逝世，归家服丧，待服完丧后，才又去应考，此次考中，被赐为进士出身。第二年，又被授为南京吏部验封司主事，后徙官郎中。在吏部验封司的官员，没有不感念他的恩德的。任职九年期间，任南京吏部尚书的鄞县闻公、奉新县宋公都是当世名卿，都很赏识他。以上是其科举功名，及在南京吏部任职。

升江西布政司左参议。江右田土不相悬[①]，而税入多寡殊绝。如南昌、新建二县,仅百里,多山湖,税粮十六万。广信县六,赣州县十,粮皆六万;南安四县,粮二万。三郡二十县之粮,不及两县。巡抚傅都御史议均之。公在粮储道为法均派,折衷最为简易。盖国初以次削平僭伪[②],田赋往往因其旧贯。论者谓苏州田不及淮安半,而吴赋十倍淮阴、松江二县,粮与畿内八府百十七县埒[③],其不均如此。吴郡异时尝均田,而均止于一郡,且破坏两税[④],阴有增羡[⑤],民病之。不若江右之善,而惜不及行也。以上官江西司道,均南、新二县田税。

【注释】

①江右:指长江下游以西地区,后来称江西为江右。

②僭伪:封建王朝以正统自居,称割据对立的政权为僭伪。

③畿(jī)内:古称天子领地之内为畿内,后泛指京城辖区。埒(liè):等同。

④两税:指春秋两税。

⑤羡:盈余。

【译文】

后被提拔为江西布政司左参议。江右的田土差别不大,但税收却极为不同。如南昌、新建两县,只有百里,又多山多湖,须交税粮十六万。而广信府有六个县,赣州府有十个县,税粮都只交六万;南安府有四个县,只交税粮两万。三府二十个县的税粮还赶不上两个县的多。巡抚傅都御史商议着想平均各县税粮。公在任粮储道之职时,也主张均衡税粮,他认为最为简易的方法就是调和二者,取其中正,无所偏颇。建国初期在逐步消灭割据对立的势力时,往往就直接沿用过去的田赋。如人们所说的苏州的田地还不到淮安的一半,而吴地的田赋却是淮阴、松江二县田赋的十倍；二县的税粮和京城辖区八府一百一十七县的一样，其不均等到了如此地步。吴郡原来曾经均田，但只限于这一郡之内，而且破坏了春秋两税，暗地里增加羡余，百姓对此很觉困苦。吴地的办法不如江右的好，但可惜未能及时施行。以上是其任职江西司道，平均南昌、新建二县田税。

升山东按察司副使，兵备临清[①]。先是，虏薄京城，又数声言从井陉口入掠临清[②]。临清绾漕道[③]，商贾所凑，人情恇惧，公处之宴然。或为公地，欲移任。公曰："讵至于此？"境上屯兵数万，调度有方，虏亦竟不至。师尚诏反河南，至五河[④]，兵败散，独与数骑走莘县[⑤]，擒获之。在镇三年，商民称其简静。瓯宁李尚书自吏部罢还[⑥]，所过颇懈慢，公劳送，礼有加。李公甚喜，叹曰："李君非世人情，吾因以是识其人。"以上官山东临清。

【注释】

①临清：今山东临清。

②井陉口：在河北井陉县井陉山上。

③绾（wǎn）：专管，控制。

④五河：安徽五河。

⑤莘（shēn）县：今山东莘县。

⑥瓯宁：今福建建瓯。

【译文】

被提拔为山东按察司副使，后又任临清兵备道。当初，蒙古人要进犯京城，他们反复扬言将从井陉口入侵临清。临清控扼水路粮运，商贾云集，个个心里恐慌，李公却处之泰然。有为公着想的，建议他换个地方任职，李公闻听，说：“哪至于怕到这地步？”临清境上屯兵数万，他调度有方，敌人终于没有敢来侵犯。师尚诏在河南造反，到五河时兵败，叛军四处流散，他只带着几个兵马败走莘县，李公将他擒获。在临清三年，商贾百姓都盛赞李公的简朴娴雅。瓯宁的李尚书从吏部罢官回来，一路上人们对他都很怠慢，李公却备厚礼相送。尚书非常高兴，叹道：“李君不是世俗中人，从这件事上我了解了他这个人！”以上述是其在山东临清任职。

会召还，即日荐升湖广布政司右参政①。景王封在汉东②，未之国，诏命德安造王府③，公董其役④。又以承天修祾恩殿⑤，升河南按察司按察使。受命四月，寻擢巡抚湖广、右佥都御史⑥。奏水灾，乞蠲贷⑦，亲行鄂渚、云梦间拊循之⑧。东南用兵御日本，军府檄至，调保靖、容美、桑植、麻寮、镇溪、大刺土兵三万二千⑨，所过牢廪无缺⑩。公因奏，土司各有分守⑪，兵不可多调，且无益，徒糜粮廪⑫。其后土兵还，辄掠内地人口，公檄所至搜阅，悉送归乡里。显陵大水⑬，冲坏二红门黄河便桥，而故邸龙飞、庆云宫殿多堕挠⑭，奏加修理，建立元祐宫碑亭。以上官湖广、河南及巡抚湖广事。

【注释】

①湖广：指今湖南、湖北地区。

②景王：明世宗第四子，封藩德安。

③德安：今湖北安陆。

④董：督察。

⑤承天：今湖北钟祥。

⑥寻：相继，接着。擢(zhuó)：提拔。

⑦蠲(juān):免除。

⑧鄂渚:今湖北武昌境内。云梦:云梦泽,在今湖北安陆南。拊循:抚慰,安抚。

⑨保靖:今湖南保靖。容美:今湖北鹤峰。桑植:今湖南桑植。麻寮:在今湖南临澧西北。镇溪:在今湖南乾县东北。大剌:镇名。属湖南保靖。

⑩牢廪:军粮。

⑪土司:元、明、清时分封境内各少数民族首领的世袭官职。

⑫縻(mí):耗费。

⑬显陵:明世宗父兴献王陵,在今湖北钟祥。

⑭堕:通"隳(huī)"。毁坏。

【译文】

适逢圣上将他召还,不几日就被荐升为湖广布政司右参政。景王的封地在汉东,在景王到封地之前,朝廷就命人在德安建造王府,派李公督察此事。承天府修祾恩殿时,李公又被提拔为河南按察司按察使。奉诏四月后,又被选为巡抚湖广右佥都御史。当时正逢水灾,李公请求圣上减免灾民的租税徭役,并亲自去鄂渚、云梦一带抚慰灾民。为抵御日本人在东南一带的侵扰,军府特发布命令,征调保靖、容美、桑植、麻寮、镇溪、大剌土兵三万二千名,军队所过之处,地方必须及时供给充足的粮饷。为此,李公奏命土司应各有职责,分别守卫,他认为军队不能多调,多调没有什么好处,只是白白地浪费粮食。后来土兵撤回来时,常劫掠内地的人口,李公又急下文书查索寻找被劫掠的人,并将他们送回各自的家乡。显陵发大水时,冲毁了两座红门黄河便桥,原来王府的龙飞、庆云宫殿也多被毁坏,李公又奏请圣上加以整治,建立了元祐宫碑亭。以上是其任职湖广、河南及巡抚湖广的事迹。

是时奉天殿灾,敕命大臣开府江陵[①],总督湖广、川、贵,采办大木。工部刘侍郎方受命[②],以忧去。上特旨升公左副都御史,代其任。

【注释】

①开府:开办府署,辟置僚属。江陵:今湖北江陵。

②工部:六部之一,掌管营造工程事项。

【译文】

这时,奉天殿遭了火灾,圣上命大臣在江陵开建府署,监管湖广、川、贵,采办巨木。工部的刘侍郎刚刚接受旨令,就因为居父母之丧而离职,圣上特下旨提升李公为左副都御史以接替刘侍郎。

先是,天子稽古制[①],建九庙[②],而西苑穆清之居[③],岁有兴造,颇写蜀、荆之材[④]。公至,则近水无复峻干,乃行巴、庸、僰道[⑤],转荆、岳,至东南川,往来督责,钩之荒裔中[⑥],于是万山之木稍出。以上开府江陵,督采湖广、川、贵大木。

【注释】

①稽:考。

②九庙:古代帝王立七庙以祀祖先,王莽增建黄帝太初祖庙和帝虞始祖昭庙,共九庙。

③穆清:指天。

④写:移置。

⑤巴:巴州,今重庆巴南。庸:庸州,今湖北竹山东南。僰(bó)道:汉县名。属犍为郡,在今四川宜宾境内。

⑥荒裔:边远地区。

【译文】

过去，天子稽考古代制度，修建九庙以祀祖先，而西苑为天子所居之处，每年都要兴建，动用了蜀、荆两地不少的木材。李公到任后，附近水域已没有高大粗壮的树木了，于是他率人走巴、庸的棘道，经过荆、岳，又到四川东南，一路督促，往来奔波于荒凉边远的地方，就这样，所需巨木才慢慢地从群山中被找出来。以上是其在江陵设立府署，督采湖广、川、贵大型木材。

然帝室紫宫[①]，旧制瓌瑰，于永乐金柱[②]，围长终不能合。公奏言："臣督率郎中张国珍、李佑，副使张正和、卢孝达，各该守巡，参政游震得、副使周镐、佥事于锦，先后深入永顺、卯峒、梭梭江[③]；参政徐霈、佥事崔都去容美；副使黄宗器入施州、金峒[④]；参政靳学颜入永宁、迤东、兰州、儒溪[⑤]；副使刘斯洁入黎州、天全、建昌[⑥]；董策入乌蒙[⑦]；参政缪文龙入播州、真州、酉阳[⑧]；佥事吴仲礼入永宁、迤西、落洪、班鸠井、镇雄[⑨]；程嗣功入龙州[⑩]；参政张定入铜仁、省溪[⑪]；参议王重光入赤水、猴峒[⑫]；佥事顾炳入思南、潮底[⑬]；汪集入永宁、顺崖；而湖广巡抚、右佥都御史赵炳然、巡按御史吴百朋，各先后亲历荆、岳、辰、常[⑭]；四川巡抚、右副都御史黄光昇，历叙、马、重、夔[⑮]；巡按御史郭民敬历邛、雅[⑯]；贵州巡抚、右副都御史高翀，历思、石、镇、黎[⑰]；巡按御史朱贤，历永宁、赤水；臣自趋涪州[⑱]，六月，上泸、叙[⑲]。而巨材所生，必于深林穷壑、崇冈绝箐、人迹不到之地[⑳]，经数百年而后至合抱，又鲜不空灌。昔尚书宋礼及近时尚书樊继祖、侍郎潘鉴，采得逾寻丈者数株而已。今三省见采丈围以上楠杉二千余，丈四五以上亦一百一十七，视前亦已超绝矣。第所派长巨非常[21]，故围圆难合。臣奉命初，恐搜索未遍，今则深入穷搜，知不可得，而先年营建，亦必别有所处。伏望皇上敕下该部计议，量材取用，庶臣等悉心采办，而大工早集矣。”以上奏言采木已多，而长巨尚不合所派之数，请量材取用。

【注释】

①紫宫：天帝的居室，也指帝王宫禁。

②永乐：明成祖的年号（1403—1424）。

③永顺：今湖南永顺。

④金峒：今湖北恩施。

⑤永宁：今四川叙永。兰州：疑为蔺州，今四川古蔺。

⑥黎州：今四川清溪。天全：今四川天全。建昌：今四川西昌。

⑦乌蒙：今云南昭通。

⑧播州：今贵州遵义。真州：今贵州正安。酉阳：今四川酉阳。

⑨镇雄：今云南镇雄。

⑩龙州：今四川平武。

⑪铜仁：今贵州铜仁。

⑫赤水：在今贵州毕节北。

⑬思南：今贵州思南。

⑭荆：荆州，今湖北江陵。岳：岳州，今湖南岳阳。辰：辰州，今湖南沅陵。常：常德府，今湖南常德。

⑮叙：叙州，今四川宜宾。马：马湖府，今四川屏山。重：重庆府，今重庆。夔：夔州，今四川奉节。

⑯邛：邛州，今四川邛崃。雅：雅州，今四川雅安。

⑰思：思南府，今贵州思南。石：石阡府，今贵州石阡。镇：镇远府，

今贵州镇远。黎：黎平府，今贵州黎平。

⑱涪州：今四川涪陵。

⑲泸：泸州，今四川泸州。

⑳箐(jīng)：大竹林。

㉑第：但，且。

【译文】

但是，帝王的宫殿居室，过去都很讲究建筑样式的宏伟奇丽，如永乐金柱，如今所寻巨木围长始终难以符合要求。李公于是上奏皇上："臣率领郎中张国珍、李佑，副使张正和、卢孝达，各位守道、巡道，参政游震得、副使周镐、佥事于锦，先后去了永顺、卯峒、梭梭江；参政徐霈、佥事崔都去容美；副使黄宗器去施州、金峒；参政靳学颜去永宁、迤东、兰州、儒溪；副使刘斯洁去黎州、天全、建昌；董策去乌蒙；参政缪文龙去播州、真州、酉阳；佥事吴仲礼去永宁、迤西、落洪、班鸠井、镇雄；程嗣功去龙州；参政张定去铜仁、省溪；参议王重光去赤水、猴峒；佥事顾炳去思南、潮底；汪集去永宁、顺崖；湖广巡抚右佥都御史赵炳然、巡按御史吴百朋，都曾先后亲自去荆州、岳州、辰州、常德四府；四川巡抚右副都御史黄光昇去叙州、马湖、重庆、夔州四府；巡按御史郭民敬去邛州、雅州；贵州巡抚右副都御史高翀去思南、石阡、镇远、黎平四地；巡按御史朱贤去永宁、赤水；臣去涪州，六月又去泸州、叙州。但是巨树总是生长在深山老林、高山深谷、人迹不到的地方，要生长数百年之后才能合抱，而且很少有中心不空的。昔日的尚书宋礼及其稍后的尚书樊继祖、侍郎潘鉴，都采到过合围超过八尺或一丈左右的树木，但也只有几株而已。现在我们在三省采集到丈围以上的楠木、杉木有两千多株，一丈四五尺以上的也有一百一十七株，已经大大超过了从前。圣上修建宫室所规定的树围太宽，已找到的树木围长都难以符合要求。臣最初接受圣上命令时，还以为可能是没有找遍所有的地方，现在经过四处努力，才知道是不可能找到那样的树木了，过去营建宫室所用的树木，可能是另有出处吧。臣愿圣上发布诏令，量材取用，臣等用心采办，那么这件大事就可以早些成功了。”以上是其奏言所采集的木材已很多，而木材规格仍达不到所派之数，请量材取用。

上允其奏，命求其次者。其后木亦益出，自江、淮至于京师，簰筏相接[1]。而天子犹以皇祖时殿灾，后十年始成，今未六七载，欲待得巨材，故殿建未有期。而西工骤兴，漕下之木，多取以为用。三省吏民，暴露三年，无有休息期，大臣以为言，天子亦自怜之，将作大匠又能规削胶附[2]，极般、尔之巧[3]，而见材度已足用，公恳乞兴工罢采，以休荆、蜀民，使者相望于道，词旨甚哀。而工部大臣力任其事，天子从之，考卜、兴工有日矣。以上言木为西工所夺，又数次恳奏，而后罢采。

【注释】

①簰筏：编排竹木行于水上。

②将作大匠：掌管营造宫室的官员。

③般、尔：指公输般、王尔，古代能工巧匠。

【译文】

圣上应允了李公的请求，命他们可适当降低标准。这之后，砍伐并运出的树木非常多，从江淮到京师，排筏一路相连。最初，圣上以为皇祖时的宫殿遭火灾后，要重建它还需要十年时间，现在已近六七年，多年来一直都在等待巨木，所以重建宫殿的时间始终也没有定下来。而此时西苑的土木工程又突然兴起，水运的木材大多都被拿去用了。三省的官吏百姓在外辛苦多年，一直不得休息，大臣们对此都有议论，圣上也很怜悯他们，现在木材已经够用，匠人又能极尽如公输般、王尔的巧技，所以李公恳求圣上开工，不必再采集树木了，以使荆、蜀地方的百姓得以休息，受命出使的人往来相望于道路，言辞非常哀伤。工部大臣也完全能够胜任这件事，圣上听从了他的请求，占卜决定了开工的日期。以上是说木材被西苑工程所占用，又数次恳切上奏，而后皇上准其停止采办。

其后漕数比先所下多有奇羡，凡得木一万一千二百八十九章。公上最，推功于三巡抚，下至小官，莫不录其劳。今不载，独载其所奏两司涉历采取之地。曰："四川守、巡，督儒溪之木，播州之木，建昌、天全之木，镇雄、乌蒙之木，龙州、蔺州之木；湖广督容美之木，施州之木，永顺、卯峒之木，靖州之木，及督行湖南购木于九嶷①，荆南购木于陕西阶州②，武昌、汉阳、黄州购木于施州、永顺，贵州则于赤水、猴峒、思南、潮底、永宁、顺崖③，其南出云南金沙江云。"以上录其所奏采取之地。

【注释】

①九嶷：九嶷山，在今湖南宁远境内。

②阶州：今甘肃武都。

③永宁：在今贵州关岭北。

【译文】

其后，水运的树木比原先运来的更多，共采集到树木一万二千二百八十九株。李公所采集的树木最多，但他将功劳都让给了三省巡抚，甚至下面的小官，都没有不被记功的。在这里就不罗列那些大小功劳了，只载录当时上奏时所提到的布政使司、按察使司官员采集树木所经之地。分别是："四川的守道、巡道官员督采儒溪的木材，播州的木材，建昌、天全的木材，镇雄、乌蒙的木材，龙州、蔺州的木材；湖广的官员则督采容美的木材，施州的木材，永顺、卯峒的木材，靖州的木材，并督行湖南向九嶷，荆南向陕西阶州，武昌、汉阳、黄州向施州、永顺，贵州向赤水、猴峒、思南、潮底、永宁、顺崖采购木材，南边最远已出了云南的金沙江。”以上录其所奏采取木材之地。

大抵荆、楚虽广，山木少，采伐险远，必俟雨水而出；而施州石坡乱滩，迂回千里；贵阳穷险，山岭深峭。由川辰大河以达城陵矶[1]，蜀山悬隔千里，排岩批谷，滩急漩险，经时历月，始达会河。而吏民冒犯瘴毒，林木蒙笼，与虺蛇虎豹错行[2]，万人邪许[3]，摧轧崩萃，鸟兽哀鸣，震天岌地。盖出入百蛮之中，穷南纪之地[4]，其艰如此，故附著之，俾后有考焉。以上叹采木之艰。

【注释】

①城陵矶：在今湖北监利东南。

②虺(huǐ)：古书上说的一种毒蛇。

③邪许(hǔ)：劳动时众人一齐发出的呼声。

④南纪：南方。

【译文】

荆楚之地虽然广阔，但山上树木少，路途既险且远，还要等到雨水来了才能运出来；而施州都是些石坡乱滩，道路迂回，路途遥远；贵阳则道路险峻，多高山峻岭。从川辰大河去城陵矶，中有蜀地的高山重重阻隔，山高谷深，漩流险急，需要很长时间才能到达会河。到了那里，官吏百姓又不幸中了瘴毒，林木葱茏，古树盘结，人与虺蛇虎豹交错行走，万人吭唷吭唷抬着树木，砍伐声、树木倒地声，合着鸟兽的哀鸣，震天动地。可见，出入荒蛮僻远的南方地区有多艰难啊，我之所以记下这些，是为以后有人考察时可资参照。以上感叹采伐木材的艰辛。

昔称雍州南山檀、柘，而天水、陇西多材木，故丛台、阿房、建章、朝阳之作，皆因其所有。金源氏营汴新宫，采青峰山巨木，犹以为汉、唐之所不能致。公乃获之山童木遁之时①，发天地之藏，助成国家亿万年之丕图，其勤至矣！以上叹李公之勤。

【注释】

①童：山无草木。遁：隐去。

【译文】

过去说雍州南山出檀木、柘木，而天水、陇西多材木，所以丛台宫、阿房宫、建章宫、朝阳宫，用的都是这些木材。金源氏营建汴新宫时，到青峰山采集到了大树，当时还以为汉、唐那时的人都没有能找到。李公在山林几无草木的时候，发掘天地之间的宝藏，辅佐建成国家亿万年的宏图大业，真是劳苦啊！以上感叹李公的勤劳。

是岁冬，征还内台。明年，考察天下官。已而病作，请告。病益侵，乞还乡，天子许之。行至东平安山驿而薨，嘉靖四十一年四月乙亥也，年五十有七。

【译文】

这年冬天，李公被征召回都察院。第二年又被委派考核天下百官，但不久即患病，他请求休假。后来病情加重，他又请求回乡，天子应允。行至东平安山驿站时去世，时间是嘉靖四十一年四月乙亥，享年五十七岁。

公仕宦二十余年，未尝一日居家。山东获贼，湖广营建，东南平倭，累有白金文绮之赐；而提督采运之擢，旨从中下，盖上所自简也[①]。祖考、妣，皆受诰赠；母杜氏，封太淑人；所之官，必迎养，世以为荣。公事太淑人孝谨，每巡行，日遣人问安；还，辄拜堂下。太淑人茹素，公跽以请者数[②]，太淑人不得已，为之进羞膳[③]。平生未尝言人过，其所敬爱，与之甚亲；至其所不屑，然亦无所假借[④]。在江陵，有所使吏迟至，公问其故，言："方食市肆中，又无马骑。"故事[⑤]：台所使吏，廪食与马，为荆州夺之[⑥]。公曰："彼少年欲立名耳。"竟不复问。周太仆还自滇南，公不出候，盖不知也。周公乡里前辈，以礼相责诮，公置酒仲宣楼，深自逊谢而已。为人美姿容，自少衣服鲜好，及贵，益称其志。至京师，大学士严公迎谓之曰："公不独才望逾人，丰采亦足羽仪朝廷矣。"所居官，廉洁不苟。采办银无虑数百万[⑦]，先时堆积堂中，公绝不使入台门，第贮荆州府。募召商胡，尝购过当，人皆怀之。故总督三年，地穷边裔，而民、虏不惊，以是为难。是岁，奉天殿文武楼告成，上制名曰皇极殿，门曰皇极门；而西宫亦不日而就，天子方加恩臣下，叙任事者之劳绩，而公不逮矣[⑧]。以上补叙居官杂事。

【注释】

①简：简任，任官形式之一。

②跽(jì)：跪而耸身直腰。

③羞膳：味美的食物。

④假借：宽容。

⑤故事:旧的典章制度。

⑥夺:漏去。

⑦无虑:不计虑,引申为大概。

⑧逮:赶上。

【译文】

李公为官二十多年来,没在家里住过一天。在山东擒获强盗,在湖广营建宫室,在东南平定倭寇,圣上赏赐了他很多的白金绸缎;而任提督采运树木的官职,任命的圣旨直接从宫中下发,表明是皇上亲自提拔的。李公的祖父、祖母都被赠授予了诰命;母亲杜氏被封为太淑人;所到之处官府必迎接供养,世代都以此为荣。李公对太淑人非常孝顺恭敬,外出巡行时,每天都要派人向母亲问安;回来时在厅堂下就向母亲叩头行礼。太淑人惯吃素,李公多次跪请母亲吃味美的食物,太淑人不得已才吃一些。李公平生没有议论过别人的过失,对他所尊重的人就更加亲近;然而对那些他不屑于结交的人,也绝不宽容。在江陵时,有一个小吏迟到,李公问他为什么迟到,他回答说:"刚才在集市上吃了点东西,再说我又没有马骑。"按旧日的制度:都察院监察官下隶的吏员,都由官府供给粮食和马匹,但现在这些都被荆州地方官遗漏了。李公说:"那位少年是想立个名声。"以后再没问起过。太仆寺卿周公从滇南回来,李公不知道,所以没有出来迎候他。周公的乡里前辈纷纷以礼数对李公加以责备讥诮,于是李公就在仲宣楼摆下酒宴向他道歉,态度非常谦逊。李公生得姿容俊美,自少年时代即穿华美的衣服,官位显达后更是注意穿戴。他到京师去,大学士严公迎接他时说:"公不只才气名望超过一般人,丰采也足以作为朝廷的表率啊!"李公在各地任官,总是廉洁奉公,从不苛求于人。经他采办的银两大概有数百万,最初都堆积在厅堂里,李公绝不进入台门,以后才逐渐储存到荆州府。他募召商人中的胡人,大量购买他们的货物,并对他们大加奖赏,人们都很感念他。所以李公作总督三年,虽在贫穷边远地区,但百姓都不受惊扰,这是非常不容易的。这年,奉天殿文武楼建成,圣上命名为皇极殿,其门称皇极门;不久西宫也落成后,圣上正准备施恩于臣下,给负责具体事务的人员叙功,但李公都没有赶上这些。以上补叙其为官期间的一些杂事。

娶顾氏,封淑人。子男五:延植,国子生;延节、延芳、延英、延实,县学生。女四:适孟绍颜、管梦周、王世训;其一尚幼。孙男七:世彦,官生;世良、世显、世达;余未名。孙女六。

【译文】

李公娶顾氏,被封为淑人。有儿子五个:延植,是国子生;延节、延芳、延英、延实,是县学生;女儿四个,分别嫁给了孟绍颜、管梦周、王世训;另外一个年龄还小。孙子七个:世彦,官生;世良、世显、世达;其余的没有姓名记载。孙女六个。

余与公少相知,诸子来请撰述,因就其家,得所遗文字,参以所见闻,稍加论次,上之史馆。谨状。

【译文】

我和李公从小相知,他的几个儿子来请我来写记叙他的文字,所以就去他的家里,找到了他遗留下来的文章,再加上我所听到的一些有关他的事迹,稍加评议编次,著成此文,上呈给史馆。谨此呈状。

先妣事略

【题解】

本文系归有光特为其亡母而作。全篇主要借回忆母亲生前的几件事情,表现母亲治家的勤俭、对孩子的期望以及他对母亲的怀念之情。文章笔意疏淡,虽写家常琐事,但读来亲切动人,尤其是一些细节描写,很有感染力。

先妣周孺人,弘治元年二月十一日生。年十六,来归;逾年,生女淑静。淑静者,大姊也。期而生有光。又期而生女子,殇一人,期而不育者一人。又逾年,生有尚,妊十二月。逾年,生淑顺。一岁,又生有功。有功之生也,孺人比乳他子加健,然数颦蹙顾诸婢曰:“吾为多子苦。”老妪以杯水盛二螺进,曰:“饮此,后妊不数矣。”孺人举之尽,喑不能言。正德八年五月二十三日,孺人卒。诸儿见家人泣,则随之泣,然犹以为母寝也。伤哉!于是家人延画工画,出二子,命之曰:“鼻以上画有光,鼻以下画大姊。”以二子肖母也。

【译文】

母亲周孺人,弘治元年二月十一日生。她十六岁那年出嫁,一年后,生了一个女儿,取名淑静。淑静就是我的大姐。再一年后,生了有光。又一年生了一个女儿,但没有长成人就死了,再一年又流产了一个。过一年,又生了有尚,孕期长达十二个月。再一年,生了淑顺。淑顺一岁时,又生了有功。生有功后,母亲比抚育其他孩子的情形要好,但她却屡次皱着眉头对女仆们说:“我为生育子女多而痛苦。”于是一老妇人为她端来一杯生螺,说:“把这喝了,以后就不会总是怀孕了。”母亲举杯一饮而尽,但之后喉咙却哑了,不能再说话了。正德八年五月二十三日,母亲去世。孩子们见家里人哭,也跟着一起哭,但还是以为母亲是睡着了。真悲伤啊!于是家里人请来画工为母亲画像,叫出两个孩子，告诉画工说："鼻子以上画有光，鼻子以下画大姐。"因为这两个孩子长得像母亲。

孺人讳桂。外曾祖讳明，外祖讳行，太学生。母何氏。世居吴家桥，去县城东南三十里。由千墩浦而南，直桥并小港以东，居人环聚，尽周氏也。外祖与其三兄皆以资雄，敦尚简实，与人姁姁说村中语[①]，见子弟甥侄，无不爱。孺人之吴家桥，则治木绵[②]，入城则缉纑[③]。灯火荧荧[④]，每至夜分。外祖不二日使人问遗[⑤]。孺人不忧米盐，乃劳苦若不谋夕。冬月炉火炭屑，使婢子为团，累累暴阶下。室靡弃物，家无闲人。儿女大者攀衣，小者乳抱，手中纫缀不辍，户内洒然[⑥]。遇僮奴有恩，虽至箠楚[⑦]，皆不忍有后言[⑧]。吴家桥岁致鱼蟹饼饵，率人人得食。家中人闻吴家桥人至，皆喜。

【注释】

①姁姁(xù)：说话柔顺的样子。

②木绵：棉花的一种。

③缉纑：把麻搓成线，准备织布。缉，缀，连续。纑，麻缕。

④荧荧：形容灯光微弱。

⑤问遗(wèi)：问讯，送东西。

⑥洒然：整洁的样子。

⑦箠楚：意即杖打。箠，竹板。楚，荆木。

⑧后言：在背后所说的批评的话。

【译文】

母亲名桂。外曾祖父名明，外祖父名行，是太学生。其母是何氏。他们世代居住在吴家桥，离县城东南有三十里。由千墩浦向南，一直到桥，再沿着小港而东，那里聚居的都是姓周的人家。外祖父和他的三个兄弟，都因为有雄厚的资产而在当地出名并有一定势力，但他们却非常简朴，言语和顺，与人都说当地的土话，对子弟外甥侄儿没有不喜欢的。母亲家居的吴家桥，是纺棉花的，进城后就把麻搓成线，供织布时用。灯光微弱，母亲常要劳作到夜半时分。外祖常常派人送些东西来。母亲可以不为米盐发愁，但是仍然非常劳苦，总有朝不保夕的感觉。冬天时，她叫婢女们把碎炭末和水做成圆团，一个个地晒在台阶下边。整个屋子里就没有废弃无用的东西，家里也没有一个闲人。儿女大的拉着母亲衣服，小的抱在身上喂奶，手里还仍然不停地缝缝补补，屋里收拾得非常齐整。她对役僮奴仆都有恩德，即使杖责他们，他们也不在背后说怨恨的话。吴家桥每年都要送些鱼蟹糕饼来，大家都能吃到。每次听说吴家桥来人了，大家都非常高兴。

有光七岁，与从兄有嘉入学。每阴风细雨，从兄辄留，有光意恋恋，不得留也。孺人中夜觉寝，促有光暗诵《孝经》，即熟读，无一字龃龉[1]，乃喜。孺人卒，母何孺人亦卒。周氏家有羊狗之痾[2]，舅母卒，四姨归顾氏又卒。死三十人而定，惟外祖与二舅存。

【注释】

①龃龉（jǔ yǔ）：牙齿上下对不上叫龃龉。文中指生疏而不顺口，时断时续。

②羊狗之痾（ē）：一种传染病，由家畜传染。

【译文】

有光七岁时，和堂兄有嘉一起上学。每逢刮风下雨，堂兄总是留在家里不去，有光也不愿去，但却不被允许。母亲半夜醒来，总督促有光低声诵读《孝经》,如果读熟了,没有一个字读得不流利,母亲就高兴了。母亲去世后,外祖母也相继去世。周家流行一种由羊狗传染的疫病,舅母因此而去世了,四姨嫁给顾氏后,也去世了。这场疫病夺去了三十个人的性命后,方才平息下来,只剩外祖父和二舅还活着。

孺人死十一年,大姊归王三接,孺人所许聘者也[①]。十二年,有光补学官弟子,十六年而有妇,孺人所聘者也。期而抱女,抚爱之,益念孺人,中夜与其妇泣,追惟一二[②],仿佛如昨,余则茫然矣。世乃有无母之人!天乎,痛哉!

【注释】

①许聘:答应订婚。

②追惟:追思。惟,思。

【译文】

母亲逝世十一年后,大姐嫁给了王三接,这是母亲原来答应订的亲。十二年后,有光考取了秀才,十六年后娶了妻子,也是母亲给订的亲。又过了一年,当我抱着女儿,慈爱地抚摸着她时,心里就更加想念母亲,夜里忍不住和妻子一起伤心落泪,追想过去的事情,仿佛就在昨天一样,只觉得茫然一片。这世上竟然有没有母亲的人,是命吗?真痛心啊!

归氏二孝子传

【题解】

本文系作者特为归氏汝威、华伯二孝子作的传记,以表彰其德行。但两传各有侧重,汝威之传重在表现其对父母的仁孝之心,华伯之传重在表现其对兄弟的手足之情。

归氏二孝子，予既列之家乘矣[①]，以其行之卓而身微贱，独其宗亲邻里知之，于是思以广其传焉。

【注释】

①家乘：即家谱，记家族之史。

【译文】

归氏的两位孝子，已被我列入家谱了，但是他们虽然行为不凡，却出身贫贱，只为他们的宗亲邻里知道。所以，我为他们作传，以使他们的事迹广为流传。

孝子讳钺，字汝威。早丧母，父更娶后妻，生子，孝子由是失爱。父提孝子，辄索大杖与之，曰："毋徒手，伤乃力也。"家贫，食不足以赡，炊将熟，即戋戋罪过孝子[①]，父大怒，逐之，于是母子得以饱食。孝子数困，匍匐道中。比归，父母相与言曰："有子不居家，在外作贼耳？"又复杖之，屡濒于死。方孝子依依户外，欲入不敢，俯首窃泪下，邻里莫不怜也。父卒，母独与其子居，孝子摈不见。因贩盐市中，时私其弟，问母饮食，致甘鲜焉。正德庚午，大饥，母不能自活，孝子往，涕泣奉迎。母内自惭，终感孝子诚恳，从之。孝子得食，先母、弟而己有饥色。弟寻死，终身怡然。孝子少饥饿，面黄而体瘠小，族人呼为菜大人。嘉靖壬辰，孝子钺无疾而卒。孝子既老且死，终不言其后母事也。

【注释】

①谫谫(jiàn):巧言善辩的样子。

【译文】

孝子名钺,字汝威。早年丧母后,父亲再娶,并生了一个孩子,从此孝子失去了父亲的关怀和爱护。父亲打孝子时,继母总是为父亲取来一根大木棍,并且说:“别空手打,以免伤了你的气力。”家里穷,食物常常不够吃,所以每次饭要熟的时候,继母就想方设法找孝子的不是,父亲一生气就把孝子赶出家门,于是他们母子得以饱食一顿。孝子经常饿得疲乏无力,伏地而行。等一回家,父母又一起数落道:“我家有小孩不待在家里,难道是在外做贼吗?”说完又打,孝子多次几乎被打死。可怜孝子靠在门外,想进不敢进,只能低头垂泪,邻居们见了都非常可怜他。父亲死后,继母只和她自己的那个孩子住在一起,把孝子彻底赶出了家门。孝子因为在集市中贩盐,经常暗地里让他的弟弟问候继母的饮食起居,送一些甘鲜美味。正德庚午闹饥荒时,继母难以养活自己,孝子于是前去,流着泪要把继母接去奉养。继母心里非常惭愧,终于被孝子的诚恳所感动,从此开始跟着孝子一起生活。孝子凡有吃的,总是让母亲、弟弟先吃,而自己却面有饥色。不久弟弟死去,弟弟在世时,兄弟二人一直是情和意顺。孝子小时候常饿肚子,面色蜡黄,体格瘦小,族人都叫他菜大人。嘉靖壬辰,孝子钺无疾而终,他至死也没有议论过后母的事。

绣,字华伯,孝子之族子,亦贩盐以养母,已又坐市舍中卖麻。与弟纹、纬友爱无间。纬以事坐系,华伯力为营救。纬又不自检,犯者数四。华伯所转卖者,计常终岁无他故,才给蔬食,一经吏卒过门辄耗,终始无愠容。华伯妻朱氏,每制衣,必三袭,令兄弟均平。曰:“二叔无室,岂可使君独

被完洁耶?”叔某亡,妻有遗子,抚爱之如己出。然华伯,人见之以为市人也。赞曰:

【译文】

绣,字华伯,是孝子的族子,也以贩盐养活母亲,不久又在集市卖麻。绣与其弟纹、纬非常友爱。纬因为杀人而被拘禁,华伯尽全力营救。后来纬又不检点,多次坐牢。华伯终年到处做买卖,不为别的,就为了给他供个饭菜,但一经吏卒过门就完了,而华伯始终也没有怨言。华伯的妻子朱氏,每次做衣服时总是做三套,以使兄弟之间公平合理。她说:“两位小叔还没有妻室,难道能让你一个人穿着整齐干净吗?”后来,一位小叔死后,其妻留下了一个孩子,他们抚爱他就像是自己的孩子一样。但是人们见到华伯都还以为他是个买卖人。赞辞说:

二孝子出没市贩之间,生平不识《诗》《书》,而能以纯懿之行①,自饬于无人之地,遭罹屯变,无恒产以自润而不困折,斯亦难矣!华伯夫妇如鼓瑟,汝威卒变顽嚚②,考其终,皆有以自达。由是言之,士之独行而忧寡和者③,视此可愧也!

【注释】

①纯懿:指高尚完美的德行。纯,大。懿,美。

②华伯夫妇如鼓瑟,汝威卒变顽嚚(yín):相传舜的父亲、继母刁蛮,舜改变了他们。顽,愚妄。嚚,吵闹。

③独行:志节高尚,不随俗浮沉。

【译文】

这两位孝子生活在集市小贩中,从未读过《诗经》《尚书》,却能以高尚完美的德行正己修身，虽遭遇艰难困苦、意外变故，没有什么恒产可以让自己获益，却从不为困难所压倒，真是难得啊！华伯夫妇如琴瑟相和，同心协力治家，汝威最终改变了父亲、继母的不德，想一想他们的结局，都是他们自己尽力所为的。由此说来，那些志节高尚而忧虑没有合得来的人，如果能看到这些，应该感到非常惭愧啊！

陶节妇传

【题解】

在这篇人物小传中，作者以一个年轻妇人作为描写对象，重点表现她在丈夫死后的生活抉择。妇人最终以死殉夫，成了那个时代所大加宣扬的节妇。而实际上，它所展现的是一位被礼教思想所毒害了的女性的悲剧人生。我们应批判性地看待作者表现在其中的思想倾向。

陶节妇方氏，昆山人陶子舸之妻。归陶氏期年而子舸死，妇悲哀欲自经，或责以姑在，因俯默久之，遂不复言死，而事姑日谨。姑亦寡居，同处一室，夜则同衾而寝。姑、妇相怜甚，然欲死其夫，不能一日忘也。为子舸卜葬地，名清水湾，术者言其不利，妇曰："清水名美，何为不可以葬？"时夫弟之西山买石[①]，议独为子舸穴。妇即自买砖穴其旁。

【注释】

①西山：洞庭西山，在太湖中。

【译文】

陶节妇方氏，是昆山人陶子舸的妻子。嫁给陶氏一年后，陶子舸就死了，节妇悲哀得想上吊以死殉夫，但有人责备她说婆婆还活着，她低头沉默了很久，再没有提到寻死，每天更加恭敬地侍奉婆婆。婆婆也是丈夫死后一人独居，现在两人同住在一间屋里，晚上就盖一床被子睡觉。婆婆和节妇互相之间都很怜爱，但节妇一日也不能忘记要跟从着丈夫去死。她为子舸选好了坟地，名叫清水湾，占卜的人说那地方不吉利，节妇说："清水这名字多美，为什么不能葬在那里呢？"当时她的小叔子到西山去买石头，想为子舸建坟。节妇就自己买砖在它旁边又修起了一座墓穴。

已而姑病，痢六十余日，昼夜不去侧。时尚秋暑，秽不可闻，常取中裙、厕牏[①]，自浣洒之。家人有顾而吐，妇曰："果臭耶？吾日在侧，诚不自觉。"然闻病人溺臭可得生，因自喜。及姑病日殆，度不可起，先悲哭不食者五日。姑死，含殓毕。先是，子舸兄弟三人，仲弟子舫亦前死，尚有少弟。于是诸妇在丧次，子舫妻言："姑亡，不知所以为身计。"妇曰："吾与若，易处耳，独小婶与叔主祭，持陶氏门户，岁月遥遥不可知，此可念也。"因相向悲泣。顷之入室，屑金和水服之，不死。欲投井，井口隘，不能下。夜二鼓，呼小婢随行，至舍西，绐婢还[②]，自投水。水浅，乍沉乍浮，月明中，婢从草间望见之。既死，家人得其尸，以面没水，色如生，两手持茭根，牢甚不可解。

【注释】

①厕牏（yú）：指贴身内衣。

②绐（dài）：欺哄。

【译文】

不久，婆婆得了痢疾，病了六十多天，节妇白天黑夜都守在旁边。当时正是秋天，天气还非常热，屋里臭气难闻，节妇常把婆婆的衣服拿去清洗。家里有人见到，恶心得要吐，节妇却说："真的有那么臭吗？我天天在她身边，一点也不觉得。"听说病人屎尿臭就有指望活着，所以自己非常高兴。但是婆婆的病情一天比一天差，估计不会有什么起色了，节妇悲伤痛哭，五天都没有吃东西。婆婆死后，节妇将她入殓。原先，子舸兄弟共三人，二弟子舫先死，还有一个小弟。丧礼完毕后，子舫的妻子说："婆婆去世了，不知该怎样为自己打算。"节妇说："我和你很好安顿，只是小婶和小叔主持祭祀，守着陶氏门户，以后的岁月漫长，难以预料，这才让人挂念！"说完，两人一起悲哭。一会儿，节妇进屋将金粉和水一起喝下去，但是没有死成。想去跳井，井口狭小，人下不去。晚上二更过后，节妇叫小女仆一起出去，走到房屋西面时，她把女仆欺哄回去，自己投了水。因为水浅，她一会儿沉下去一会儿又浮起来，婢女在月光下透过草丛都看见了。节妇死后，家人找到她的尸体，她的脸沉在水里，脸色就像活着时一样，双手还紧紧地抓着茭根，解也解不开。

妇年十八嫁子舸，十九丧夫。事姑九年，而与其姑同日死。卒葬之清水湾，在县南千墩浦上。赞曰：

【译文】

节妇十八岁时嫁给了子舸，十九岁丧了丈夫。侍奉婆婆九年，最后和她的婆婆在同一天死去。节妇被葬在清水湾，清水湾就在县南的千墩浦上。赞辞说：

妇以从夫为义，假令节妇遂从子舸死，而世犹将贤之。独濡忍以俟其母之终，其诚孝概之于古人，何愧哉！初，妇父玉岗为蕲水令[①]，将之官，时子舸已病，卜嫁之大吉，遂归焉。人特以妇为不幸，卒其所成，为门户之光，岂非所谓吉祥者耶？

【注释】

①蕲（qí）水：今湖北浠水。

【译文】

妇人应该随从丈夫，假如节妇跟着子舸一起死去，世人也会把她作为贤德的榜样。但她却偏要隐忍着直到子舸的母亲也去世时为止，她的真诚孝心跟古人相比有什么惭愧的呢！当初，节妇的父亲玉岗做蕲水令，上任之前，子舸已经病了，但是他占卜后认为婚嫁大吉，于是让女儿出嫁。人们只以为节妇不幸，但她最终成了她家门户的光荣，难道这不就是吉祥吗？

卷二十二・叙记之属一

书

《尚书》简介参见卷一。

金縢

【题解】

《金縢(téng)》主要歌颂了周公的品格行为。同时反映出西周初年复杂的政治局势:周与殷遗民矛盾尖锐,而周统治集团内部的权力之争也很激烈。

周灭殷后的第二年,武王得了重病。其弟周公旦建坛祈祷,请求代替武王去死。事后,史官把祈祷的册书放进金属捆束的匣子。不久,武王去世,因成王年幼,周公摄政。武王的另外几个弟弟散布流言,并勾结武庚叛乱。成王对周公的怀疑,直到得见金縢册书,才彻底打消,了解了周公的忠贞。从行文看,本篇写定的时代应该较晚,有学者认为约在战国中叶。另外,本篇有较浓厚的天人感应的色彩。

既克商二年,王有疾,弗豫,二公曰①:“我其为王穆卜②。”周公曰③:“未可以戚我先王④?”“未可戚我先王”,周公劝二公勿卜,将私为卜而祷也。公乃自以为功⑤,为三坛同墠⑥。

为坛于南方，北面，周公立焉。植璧秉珪⑦，乃告太王、王季、文王⑧。

【注释】

①二公：太公、召（shào）公。太公即齐太公姜尚（子牙），召公姬奭（shì），二人皆周初重臣。

②穆：恭敬。

③周公：姬旦，文王子，武王弟。辅武王灭殷建周，封于鲁。武王死，成王年幼，周公摄政。管叔、蔡叔及武庚作乱，周公东征，平定叛乱，后建成周洛邑。

④戚：忧患，悲哀，使动用法。

⑤功：质，抵押品。意思是说周公打算祷告先王，让自己代替武王去死。

⑥墠（shàn）：祭祀用的场地。

⑦植：同“置”。璧：平圆形、中心有孔的玉器。珪（guī）：古代帝王诸侯举行隆重仪式时所持的长形玉版，上尖或圆，下方。

⑧太王：古公亶父，文王的祖父。王季：文王的父亲，名季历。文王：姬昌，武王之父。

【译文】

灭掉殷商的第二年，武王生了病，不舒服，太公、召公说：“让我们恭敬地为君王的病占卜一下吧。”周公说：“不要用这事去打扰我们的先王吧。”“未可戚我先王”，周公劝二公不要占卜，而自己将要暗地里占卜为武王祈祷。周公于是以其性命为质来祷告，他清出一块场地，在其上筑起三个祭坛。祭坛在南边，面向北方，周公站立于祭坛上。祭坛上放着玉璧，他手里拿着玉珪，然后就向太王、王季、文王的神主进行祷告。

史乃册，祝曰："惟尔元孙某，遘厉虐疾[①]。若尔三王，是有丕子之责于天，以旦代某之身。予仁若考，能多材多艺，能事鬼神。乃元孙不若旦多材多艺，不能事鬼神。乃命于帝庭，敷佑四方，用能定尔子孙于下地。四方之民罔不祗畏[②]。"乃命于帝庭"四句言武王命于上帝，能定国安民也。呜呼！无坠天之降宝命，我先王亦永有依归。今我即命于元龟，尔之许我，我其以璧与珪归俟尔命；尔不许我，我乃屏璧与珪。"

【注释】

①遘（gòu）：遭遇。

②祗（zhī）：恭敬。

【译文】

史官把周公祷告的祝词写在典册上，祝词说："您的长孙生了重病。假如三位先王的在天之灵有何不适，需要做子孙的去服侍，那就让我姬旦来代替他去服侍列位吧。我有仁德又巧捷，身负各种才能技艺，能够侍奉鬼神。他就不像我这样具有多方面的才华，又不能敬事鬼神。他从上帝那里接受天命，正对天下实行统治，在这大地之上安定三位先王的子孙们。各地的臣民对他既恭敬又畏惧。"乃命于帝庭"四句，是说武王受命于上帝，能够定国安民。唉！只要不丧失上天所赐的天命，我朝的先王们也就永远有所归依了。现在我就要受命于这占卜用的大龟甲，如果列位先王答应我的请求，我就带着玉璧、玉珪回去，等候列位的命令了；如果列位不答应我的请求，我就将玉璧、玉珪抛掉。"

乃卜三龟，一习吉。启籥见书，乃并是吉。公曰："体[①]！王其罔害。予小子新命于三王，惟永终是图。兹攸俟，能念予一人。"

【注释】

①体：占卜时的征兆。

【译文】

在太王、王季、文王的神主前各放一块龟甲，进行占卜，得到的都是吉兆。打开解释卜兆的书，发现武王和周公都是“吉”。周公说：“好啊！王是不会有危险了。我从三位先王那里接受命令，专心考虑王朝长治久安的问题。我所期待的，是先王能经常为我们的君王祝福。”

公归，乃纳册于金縢之匮中[①]。王翼日乃瘳[②]。

【注释】

①縢：捆，引申为绳索。

②翼：通“翌(yì)”。明日。瘳(chōu)：病愈。

【译文】

周公回去以后，把写有祷告言辞的典册放入匣子，用金质的绳索捆束好。次日，武王病愈。

武王既丧，管叔及其群弟乃流言于国，曰：“公将不利于孺子。”周公乃告二公曰：“我之弗辟，辟，戴氏：王辟位。我无以告我先王。”周公居东二年，居东之近郊。则罪人斯得。周公辟位之时，不知流言之所自起也。二年以后，乃知其出于管、蔡，故曰“斯得”。于后，公乃为诗以诒王[①]，名之曰《鸱鸮》[②]。《鸱鸮》，劝王兴师讨管、蔡之诗也。王亦未敢诮公[③]。王见《鸱鸮》之诗，尚未信公，但亦未诮公耳。

【注释】

①诒:同"贻(yí)"。赠。

②鸱鸮(chī xiāo):猫头鹰一类的鸟。这里作诗的题目,诗见《诗经·豳风》。

③诮(qiào):责备。

【译文】

武王去世以后,管叔和他的弟弟们在国中散布流言,说:"周公要做对幼主不利的事。"周公对太公和召公说:"假如我不去控制王权,辟,按戴氏的解释是王辟位。将来我就没法跟先王交代了。"周公东征,经过两年,居东之近郊。把叛乱的罪人全部捕获。周公辟位的时候,不知道流言是从哪传出来的。两年之后,才知道流言源自管叔、蔡叔,所以说"斯得"。此后,周公作诗一首送给周成王,诗的题目叫《鸱鸮》。《鸱鸮》,是劝王兴兵讨伐管、蔡的诗。成王虽心怀疑虑,也没有敢责备周公。成王见到《鸱鸮》这首诗,仍未信任周公,但亦未责备周公。

秋,大熟,未获,天大雷电以风,禾尽偃[①],大木斯拔,邦人大恐。王与大夫尽弁[②],以启金縢之书,乃得周公所自以为功代武王之说。二公及王乃问诸史与百执事,对曰:"信。噫!公命,我勿敢言。"

【注释】

①偃(yǎn):倒下。

②弁(biàn):礼服。

【译文】

秋季,庄稼长势很好,还没有收获,突然间雷鸣电闪,大风骤起,庄稼都被风刮得倒伏在地上,大树也被风拔起来,国人惊恐万分。成王与大夫们都穿上礼服，打开那个用金质绳索捆束的匣子，于是得到了周公当初以自身为质请求代替武王去死的册书。太公、召公与成王向史官们以及卜筮人等询问此事，他们回答说："有这事。唉！周公要求我等保密，我们不敢说出来。"

王执书以泣，曰："其勿穆卜！昔公勤劳王家，惟予冲人弗及知①。今天动威以彰周公之德，惟朕小子其新迎，我国家礼亦宜之。"

【注释】

①冲人：幼童。

【译文】

成王手持这册书流下眼泪，他说："不要再为那雷电大风去恭敬地占卜了。过去周公勤劳地为王室效力，只是我这小孩子不知道罢了。现在上天发威动怒，就是为了表彰周公的德行啊！我应当亲自去迎接周公，从国家礼制来说这样做也是妥当的。"

王出郊，天乃雨，反风，禾则尽起。二公命邦人，凡大木所偃尽起而筑之。岁则大熟。

【译文】

成王走出城郊，天就开始下雨，风向也反转过来，倒伏的庄稼全都重新站立起来。太公和召公便命令国人，把大风刮倒的大树都扶起来，培土加固。这一年的收成特别好。

顾命

【题解】

《顾命》,系周成王临终遗命。后代因此称天子遗诏为“顾命”。本篇第一部分记周成王临终遗嘱;第二部分叙述康王即位场面。本文与《康诰》内容密切相关,对西周礼制有详细记载,同时,对于我们了解“成康之治”也具有重要的参考价值。

惟四月哉生魄①,王不怿②。甲子,王乃洮頮水③,相被冕服④,凭玉几⑤。乃同召太保奭、芮伯、彤伯、毕公、卫侯、毛公、师氏、虎臣、百尹、御事③。

【注释】

①哉生魄:始生魄,指月亮开始发光。哉,初,始。魄,又作霸(pò),每月初始的月光。

②不怿(yì):不豫,天子有病。

③洮(táo):盥洗。頮(huì):洗脸。

④被:通“披(pī)”。冕服:礼服。

⑤几(jī):古人席地而坐时供倚靠休息的器具。

⑥召太保奭:召公奭,武王之臣,一说为文王之子,采邑在召,今陕西岐山西南。太保,官名。芮(ruì)、彤、毕、卫、毛:皆为封国名。师氏:官名。虎臣:勇猛之臣。百尹:百官之长。御事:治事之臣。

【译文】

四月初,成王的身体不适。甲子日,成王盥洗一下,相者为成王披上礼服,成王倚着玉几坐着。于是把太保召公奭、芮伯、彤伯、毕公、卫侯、毛公、师氏、虎臣、百官之长、主事官员等全部召来。

王曰："呜呼！疾大渐，惟几，病日臻。既弥留，恐不获誓言嗣，兹予审训命汝。昔君文王、武王宣重光，奠丽陈教，则肄肄不违，用克达殷集大命。在后之侗[①]，敬迓天威，嗣守文、武大训，无敢昏逾。今天降疾，殆弗兴弗悟。尔尚明时朕言，用敬保元子钊，弘济于艰难，柔远能迩，安劝小大庶邦。思夫人自乱于威仪，尔无以钊冒贡于非几兹。"

【注释】

①侗(tóng)：年幼无知。

【译文】

成王说："唉！我的病大大加剧，已经很危险，病重得很。在这临终的时刻，我恐怕你们得不到我的话去约束嗣王，为审慎起见，我对你们说上几句。过去，先君文王、武王如日月般光照天下，奠定法律，颁布教令，谨慎畏惧不敢违反，因此才讨伐殷国，成就了周朝的天命。当我幼年继位时，恭敬地对待上天的威严，继续遵守文王、武王的教导，不敢胡乱违反。现在上天降下疾病，我几乎都起不来了。你们应当努力记住我的话，保护王长子姬钊，度过这艰难的时期，以柔和的手法抚慰远近臣民，勉励那大大小小的众多邦国。我想，一般说来人们能够自治是因为他们能有一定的法度仪节，你们可不要让姬钊陷于非礼啊。"

既受命，还，出缀衣于庭。越翼日乙丑，王崩。太保命仲桓、南宫毛俾爰齐侯吕伋[①]，以二干戈、虎贲百人逆子钊于南门之外。延入翼室，恤宅宗。丁卯，命作册度。

【注释】

①爰(yuán)：与。吕伋(jí)：吕尚之子。

【译文】

大臣们领受成王的遗言而回，便将成王所披的礼服拿来供置在朝廷之上以供大臣瞻拜。第二天乙丑日，成王逝世。太保召公命令仲桓和南宫毛随从齐侯吕伋，手持干戈，率领一百名勇士，在南门之外迎接太子姬钊，把他请入侧室，在这里主持丧事。丁卯日，命令太史将成王的遗言和丧礼仪节写于册书。

越七日癸酉，伯相命士须材。狄设黼扆、缀衣[①]。牖间南向，敷重篾席，黼纯[②]，华玉，仍几。西序东向，敷重底席，缀纯，文贝仍几。东序西向，敷重丰席，画纯，雕玉仍几。西夹南向，敷重笋席，玄纷纯，漆仍几。越玉五重，陈宝。赤刀、大训、弘璧、琬琰，在西序。大玉、夷玉、天球、河图，在东序。胤之舞衣、大贝、鼖鼓，在西房。兑之戈、和之弓、垂之竹矢，在东房[③]。大辂在宾阶面[④]，缀辂在阼阶面[⑤]，先辂在左塾之前[⑥]，次辂在右塾之前。

【注释】

①黼扆(fǔ yǐ)：画有斧形的屏风。

②纯(zhǔn)：边缘。

③"胤之舞衣、大贝、鼖(fén)鼓"几句：胤、兑、和、垂，皆人名。旧注以为皆工匠名。鼖，大鼓。

④辂(lù)：大车。此指天子用车。宾阶：堂前西面的台阶，宾客所行。

⑤阼(zuò)阶：堂前东西的台阶，主人所行。

⑥塾：宫门外两侧房屋。

【译文】

过了七天，癸酉日，毕公命令有关人员分别负责下列器物。主祭礼的官员在门窗之间陈设画有斧状花纹的屏风，先王生前用过的礼服就放置在这里。门窗之间，向南铺设两重竹席，边缘饰以斧形花纹的丝织品，陈设以美玉装饰的几案。在西墙边，东向铺设双重细竹篾席，席边饰以带图案的丝织品，陈设着以斑纹贝壳装饰的几案。东墙边，西向铺设双重蒲席，席边饰以画有云气的丝织品，陈设着玉雕装饰的几案。在西侧夹室，南向铺设双重的青竹席，席边饰以黑丝绒，陈设一张漆几。国家的宝器也都陈列出来，其中有玉器五重。在西墙边陈放着红色的刀、写有先王遗训的典册、大玉璧、琬圭、琰圭。在东墙边陈放着来自华山、东北、雍州的美玉，出自黄河的图形。胤的舞衣、大贝、大鼓放在西房。兑的戈、和的弓、垂的竹矢放在东房。国王的五辂、大辂陈放在迎宾台阶之前，缀车在东阶之前，先辂在左侧堂屋之前，次辂在右侧堂屋之前。

二人雀弁[①]，执惠[②]，立于毕门之内[③]。四人綦弁[④]，执戈上刃，夹两阶戺[⑤]。一人冕，执刘，立于东堂。一人冕，执钺，立于西堂。一人冕，执戣，立于东垂。一人冕，执瞿，立于西垂。一人冕，执锐，立于侧阶[⑥]。

【注释】

①雀弁：同“爵弁”。冠冕名。赤黑色。

②惠：兵器名。三棱矛。

③毕门：即路寝之门，又叫路门，是天子宫室最内的正门。

④綦（qí）：青黑色。

⑤戺（shì）：阶的两旁，一说阶的两端。

⑥“一人冕，执刘”至“立于侧阶”：冕，大夫以上的贵族所戴的礼冠。刘、钺（yuè）、戣（kuí）、瞿、锐，皆兵器名。

【译文】

二人头戴赤黑色的礼冠，手持三棱长矛，站立在毕门之内。四个人头戴青黑色的礼冠，手持长戈，戈刃朝上，两两相对站在堂前两边的台阶旁。一个人头戴礼冠，手持大斧，站在东堂之前。一个人头戴礼冠，手持大斧，站在西堂之前。一个人头戴礼冠，手持长戟，站在东堂之旁。一个人头戴礼冠，手持三锋矛，站在西堂之旁。一个人头戴礼冠，手持长矛，站在中阶之侧。

王麻冕黼裳，由宾阶阶[①]。卿士邦君麻冕蚁裳，入即位。太保、太史、太宗皆麻冕彤裳。太保承介圭，上宗奉同瑁，由阼阶阶。太史秉书，由宾阶阶，御王册命，曰："皇后凭玉几[②]，道扬末命，命汝嗣训，临君周邦，率循大卞，燮和天下，用答扬文、武之光训。"王再拜，兴，答曰："眇眇予末小子，其能而乱四方[③]，以敬忌天威？"乃受同瑁，王三宿[④]，三祭[⑤]，三咤[⑥]。上宗曰："飨！"太保受同，降，盥，以异同，秉璋以酢，授宗人同，拜，王答拜。太保受同，祭，哜[⑦]，宅[⑧]，授宗人同，拜，王答拜。太保降，收。诸侯出庙门俟。王出在应门之内[⑨]。太保率西方诸侯入应门左[⑩]，毕公率东方诸侯入应门右[⑪]，皆布乘黄朱[⑫]。宾称奉圭兼币[⑬]。曰："一二臣卫[⑭]，敢执壤奠[⑮]。"皆再拜稽首。王义嗣德[⑯]，答拜。太保暨芮伯咸进相揖，皆再拜稽首曰："敢敬告天子。皇天改大邦殷之命，惟周文、武。诞受羑若[⑰]，克恤西土。惟新陟王[⑱]，毕协赏罚。戡定厥功，用敷遗后人休。今王敬之哉，张皇六师[⑲]，无坏我高祖寡命。"王若曰："庶邦侯、甸、男、卫[⑳]，惟予一人钊报诰[㉑]。昔君文、武，丕平富[㉒]，不务咎[㉓]，厎至齐信，用昭明于天下[㉔]。

则亦有熊罴之士，不二心之臣，保乂王家[25]，用端命于上帝[26]。皇天用训厥道，付畀四方[27]。乃命建侯树屏，在我后之人。今予一二伯父[28]，尚胥暨顾[29]，绥尔先公之臣，服于先王。虽尔身在外，乃心罔不在王室，用奉恤厥若，无遗鞠子羞[30]。”群公既皆听命，相揖趋出。王释冕，反，丧服[31]。

【注释】

①跻(jī)：登，升。

②皇：大。后：继位之君。

③乱：治。

④宿(sù)：徐行向前。

⑤祭：洒酒至地。

⑥咤(zhà)：向后退行。

⑦哜(jì)：口尝。

⑧宅：通“咤”。

⑨出：指出庙门。应门：周制，天子五门，最外为皋门，依次库门、雉门、应门，内为路门。宗庙在应门之内路门之外。

⑩太保：指召公，当时为西伯，是西方诸侯之长。

⑪毕公：当时为东伯，是东方诸侯之长。

⑫布乘：《白虎通》作黼黻(fú)，诸侯的礼服。黄朱：黄朱色的芾(fú)，诸侯礼服上的蔽膝。《诗经·小雅·斯干》毛传：“芾者，天子纯朱，诸侯黄朱。”

⑬宾：通“摈”。接待诸侯、导行仪节的官员。圭：命圭。《周礼·考工记》“玉人”注：“命圭者，王所命之圭也，朝觐执焉。”币：贡物。

⑭臣卫：蕃卫的臣仆，诸侯自称的谦辞。

⑮壤：指土壤所产，等于今天所说的土产。奠：献。

⑯义嗣：礼辞。以礼辞谢，不坚决拒绝。德：《说文解字》："升也。"德答拜，指王既以礼辞，升位答拜。

⑰诞：大。羑(yǒu)：引申为善。若：善。羑若，等于说福祥。

⑱陟：《竹书纪年》记帝王终都说陟。新陟王，指成王。

⑲张皇：张大，扩大。六师：就是六军，这里泛指军队。

⑳侯、甸、男、卫：指侯、甸、男、卫的诸侯。

㉑钊：康王姬钊。报：答复。

㉒富：指仁厚。

㉓咎：过失。这里指刑罚。

㉔用：因而。

㉕保乂(yì)：安治。乂，治理，安定。

㉖端命：正民的民命。端，正。

㉗付畀(bì)：付、畀都作给予解。

㉘伯父：天子称同姓诸侯叫做伯父。

㉙尚：还。胥：互相。

㉚鞠：稚子，康王自谦之词。

㉛"王释冕"几句：释冕，指康王脱去接受册命大典时穿的吉服。释，解去，脱出。反，同"返"。指康王又返回守丧的侧室。丧服，作动词，意为穿上丧服。

【译文】

康王头戴麻制的礼冠，穿着绣有斧形花纹的衣裳，从通常为宾客设置的西阶登上。官员和各国国君都头戴麻制礼冠，身穿黑色的衣裳，按照规定的位置和方向站好。太保、太史、太宗等官员都头戴麻制礼冠，身穿红色的衣裳。太保召公手捧大圭，太宗手捧酒杯和玉瑁，从东阶登上。太史手持册书，从西阶登上，向着康王，授以成王的遗命，说："嗣位的国君，你倚着玉几，听我最后的话。现在命令你继承先王的遗训，统治周国，完全遵循先王的大法，治理天下，以此报答文王和武王，发扬文王、武王的遗训。”康王拜了两次，然后起身，回答说：“渺小的我，有什么能耐，能够像先王那样把四方治理好呢？”康王接受酒杯和玉瑁，缓慢地向前行进三次，酹酒三次，又向后退行三次。太宗说：“请把酒喝了吧！”太保接过酒杯，历阶而下，洗过手，用与天子用过的酒杯不同的酒杯，即璋瓒这种酒杯，自酌一杯酒，又授给助祭的宗人酒杯，宗人行跪拜礼，康王回拜。太保由宗人手里接过酒杯，徐徐向前，举杯沾唇，然后退后，再把酒杯交还给宗人，行跪拜礼，康王答拜。太保由台阶走下，仪式结束。诸侯出来，在庙门外恭候。王走出祖庙，来到应门内。西伯召公率领西方的诸侯进入应门左侧，东伯毕公率领东方的诸侯进入应门右侧，他们都穿着黄朱色的礼服。礼宾官宣布诸侯手执命圭向王进献贡物，说：“我们一二藩卫之臣向王敬献土产。”诸侯们都再拜叩头。王按照礼节辞谢，然后升位答拜。太保召公和芮伯一同走向前，互相作揖后，又一同向王再拜叩头，说：“恭敬地禀告天子，伟大上帝更改了大国殷的命运，我们周的文王、武王大受福祥，能够安定西方。新逝世的成王，他在世时赏罚完全合宜，能够成就文王、武王的功业，因此把幸福遍施给我们后人。如今王要谨慎啊，要加强我们王朝的军队，不要败坏我们高祖的大命。”王这样说：“侯、甸、男、卫的各位邦君诸侯！现在我姬钊答复你们的劝告。过去，先君文王、武王很公平，仁厚慈爱，不滥施刑罚，致力施行忠信，因而文王、武王的光辉普照天下。还有那些像熊罴一样勇武的将士，忠贞不渝的大臣，安定治理我们国家，因此，我们从上帝那里接受了端正天下的命令。上天顺从先王的治理之道，把天下交给先王。先王于是命令分封诸侯，树立护卫，眷顾我们后代子孙。现在，希望我们的同姓诸侯互相顾念王室，继续像你们的祖先臣服于先王那样。虽然你们身在朝廷之外，你们的心不可不在王室，要辅助我考虑理顺国家的办法，不要把羞辱留给我！”三公和诸侯群臣都听完了王的诰命，互相作揖行礼，快步走出。康王脱去吉服，返回居丧的侧室，穿上丧服。

左传

《左传》简介参见卷六。

齐鲁长勺之战

【题解】

这是一篇脍炙人口的文章，记述我国历史上一次著名的以小胜大、以弱胜强的战例。和《左传》中其他描写战事的篇章不同，本文并不把焦点放在对战争过程的记述刻画上，而是花相当篇幅写鲁庄公与曹刿两人的对论，说明决定战争胜负的是民心的向背，而获得民心的基础则在于施以德政。有关战争的具体过程只寥寥数句，结尾对作战策略技巧做总结，完整地表述出取得战争胜利的所有必要条件：在民心所向的根本前提下还需要三军士气的旺盛高涨以及统帅指挥的细心果断。

庄公十年春，齐师伐我[①]。公将战，曹刿请见[②]。其乡人曰："肉食者谋之[③]，又何间焉[④]？"刿曰："肉食者鄙[⑤]，未能远谋。"乃入见。问："何以战[⑥]？"公曰："衣食所安，弗敢专也[⑦]，必以分人。"对曰："小惠未遍[⑧]，民弗从也。"公曰："牺牲玉帛[9]，弗敢加也[10]，必以信[11]。”对曰：“小信未孚[12]，神弗福也[13]。”公曰：“小大之狱，虽不能察[14]，必以情[15]。”对曰：“忠之属也[16]，可以一战，战则请从。”

【注释】

①我：指鲁国。因《左传》以鲁年纪事，故称鲁为“我”。

②曹刿：鲁国人。

③肉食者：在位者。

④间：参与。

⑤鄙：粗俗鄙陋，目光短浅。

⑥何以战：即以何战，凭什么去作战？

⑦专：独享。

⑧遍：普遍。

⑨牺牲玉帛：祭祀用的牲畜、宝玉、丝绸等物。

⑩加：夸大，虚报。

⑪信：讲信用。

⑫孚：使人信服。

⑬福：保佑，福庇。

⑭察：审察。

⑮情：情理。

⑯忠：国君尽心利民，是忠于自己的职守。

【译文】

鲁庄公十年的春天，齐国军队侵略鲁国。庄公准备迎战，曹刿请求进见庄公。他的乡人说：“这种事有在位的官员来筹划，你又何必去参与呢？”曹刿说：“在位官员目光短浅，做不到深谋远虑。”于是入宫见庄公。曹刿问庄公：“您凭什么来打这场战争？”庄公说：“衣食这类安身之物，我不敢独享，总要分一些给别人。”曹刿回答：“这些小恩小惠不可能遍及每个人，老百姓不会追随您去作战的。”庄公说：“祭祀用的牲畜、宝玉、丝绸等东西，不敢向鬼神虚报，总是遵守诺言，讲信用的。”曹刿回答说：“小信用不会使鬼神信服，他们不会保佑您的。”庄公说：“大大小小的诉讼案件，虽不能一一审查，可我总要尽力使其处理得合乎情理。”曹刿回答说：“您尽心利民，忠于自己的职守，凭借这个，可以打这一仗了。作战时请允许我和您一起去。”

公与之乘。战于长勺①。公将鼓之，刿曰：“未可。”齐人三鼓，刿曰：“可矣。”齐师败绩。公将驰之②，刿曰：“未可。”下，视其辙③，登轼而望之④，曰：“可矣。”遂逐齐师。

【注释】

①长勺：鲁国地名。今地不详。

②驰之：驱车追击齐国军队。

③辙：车辙，车印。

④轼(shì)：车前供乘车扶手的横木，又是车上较高之处，登在上面可以远望。

【译文】

庄公与曹刿同乘一辆车，在长勺与齐军作战。庄公要击鼓进军，曹刿说：“还不行。”齐人击了三遍鼓，曹刿说：“可以了。”齐军大败而逃。庄公准备驱车追击，曹刿说：“还不行。”他下车察看齐军的车印，登上车前横木瞭望齐军，然后说：“可以了。”于是开始追击齐军。

既克，公问其故。对曰：“夫战，勇气也。一鼓作气①，再而衰②，三而竭③。彼竭我盈④，故克之。夫大国，难测也，惧有伏焉。吾视其辙乱，望其旗靡⑤，故逐之。”

【注释】

①作气：鼓足了勇气。

②再：第二次。衰：衰退。

③竭：尽，没有了。

④盈：满，饱满。

⑤靡：倾倒。

【译文】

打了胜仗之后，庄公问曹刿这样做的原因。曹刿说：“打仗作战，凭的是勇气。击第一遍鼓，士兵们鼓足了勇气；击第二遍鼓，士兵的勇气就减弱了；击第三遍鼓时，勇气就没了。齐军勇气没了而我军士气正旺，所以打败了他们。齐国是个大国，它的行为不好判断，怕他们有埋伏。我看到他们的车辙乱了，旗子倒了，所以才追击他们。”

秦晋韩之战

【题解】

本文所记载的是发生于鲁僖公十五年（前645）的一次以少胜多的战役。

晋献公死后，其外逃的儿子夷吾为了能回国做国君，用割让土地的方法对秦穆公进行贿赂，终于在齐、秦的干预下达到了目的，成为晋惠公。但他不履行诺言，背信弃义，终于引发了这场战争。秦军将士同仇敌忾，士气旺盛，而晋惠公刚愎自用，不听劝告，导致了晋军的失败，自己也成为秦军的俘虏。作者将秦穆公的虚伪、贪婪，晋惠公的无耻表现得淋漓尽致，既表达了自己的爱憎，也阐述了“多行不义必自毙”的道理。

晋侯之入也①，秦穆姬属贾君焉②，且曰："尽纳群公子。"晋侯烝于贾君③，又不纳群公子，是以穆姬怨之。晋侯许赂中大夫④，既而皆背之⑤。赂秦伯以河外列城五⑥，东尽虢略⑦，南及华山⑧，内及解梁城⑨，既而不与。晋饥，秦输之粟；秦饥，晋闭之籴⑩，故秦伯伐晋。以上秦伐晋之由。

【注释】

①晋侯：即晋惠公，继位前称公子夷吾。入：指晋惠公于鲁僖公九年(前651)在齐、秦帮助下回晋做了国君。

②穆姬：晋太子申生同母姐姐，亦为晋惠公姐姐，秦穆公夫人。贾君：一说为申生妃(见清代惠栋的《左传补注》和清代洪亮吉的《春秋左传诂》)；一说为晋献公的次妃(见晋代杜预的《春秋左传集解》)。曾国藩取后一说。

③烝：下淫上为烝。

④中大夫：指晋国执政的大夫，如里克、丕郑等人。

⑤背：背信弃义，指晋惠公入国后不但未给这些人好处，反而杀了他们。

⑥河外：指黄河以南。列城五：连城五座。

⑦虢略：晋国东边与虢国为邻，所以称虢略，在今河南嵩县西北。

⑧华山：即西岳华山，在今陕西华阴境内。

⑨解(xiè)梁城：在今山西临晋南。

⑩闭：禁止。

【译文】

晋惠公回国继位时，秦穆姬嘱托他照顾贾君，并且说："你要把逃亡在外的各位公子都接纳回国。"但晋惠公即位后奸淫了贾君，又不接纳众公子，所以穆姬怨恨他。晋惠公当初许诺给晋国的执政大夫以好处，但后来又背弃了自己的诺言。他还用黄河以南五座连城贿赂秦穆公，作为秦支持自己回国为君的代价，东边至虢略，南边至华山，北边至晋国的内地解梁城，可后来又不给了。晋国闹饥荒，秦国输送粮食给晋国；而秦国遇到饥馑，晋却不卖给秦国粮食。所以秦穆公要讨伐晋国。以上是秦国讨伐晋国的原因。

卜徒父筮之①，吉。涉河，侯车败②。诘之③，对曰："乃大吉也，三败必获晋君。其卦遇'蛊'④，曰：'千乘三去，三去之余，获其雄狐⑤。'夫'蛊'，必其君也。'蛊'之贞，风也；其悔，山也⑥。岁云秋矣⑦，我落其实而取其材⑧，所以克也。实落材亡，不败何待？"以上卜徒父之筮。

【注释】

①卜徒父：秦国的卜官。

②侯车败：晋侯的车失利。

③诘：询问。

④蛊(gǔ)：《周易》中的卦名。

⑤"千乘三去"几句：为卦辞。千乘，此指诸侯。雄狐，此指晋惠公。

⑥"'蛊'之贞"几句：内卦为贞，外卦为悔，风是秦的象征，山是晋的象征。

⑦岁云秋矣：夏历七月，是孟秋之月。

⑧我落其实：我指秦国，因为风象征秦国。其实，山上树木的果实。取其材：取用山上的木材。山象征晋国。

【译文】

卜徒父为秦师卜筮，吉利。卦象预示着秦国的军队将渡河，晋侯的军车必败。秦穆公询问卦情，卜徒父回答说："此卦是象征秦师大吉的，秦军连续将晋军打败三次，三次之后，一定会俘获晋君。这个卦遇到了‘蛊’，卦辞上说：‘必定三次败走，三次败走之后，一定擒获其首。’所谓狐‘蛊’一定指的是晋君。‘蛊’的内卦是风，‘蛊’的外卦是山。现在已经是秋天了，风将山上的树木果实都吹落了，山上的木材可以取用，如此卦兆可知我们一定战胜晋军。既然晋国像山上树木的果实那样落了，木材被砍伐了，不败还等什么？”以上是卜徒父的占卜。

三败及韩。晋侯谓庆郑曰：“寇深矣[①]，若之何？”对曰：“君实深之[②]，可若何？”公曰：“不孙[③]。”卜右[④]，庆郑吉[⑤]，弗使。步扬御戎[⑥]，家仆徒为右，乘小驷[⑦]，郑入也[⑧]。庆郑曰：“古者大事[⑨]，必乘其产[⑩]，生其水土而知其人心，安其教训而服习其道，唯所纳之，无不如志[⑪]。今乘异产，以从戎事，及惧而变，将与人易[⑫]。乱气狡愤[⑬]，阴血周作[⑭]，张脉偾兴[⑮]，外强中干。进退不可，周旋不能，君必悔之。”弗听。以上庆郑不孙之词。

【注释】

①深：深入。

②君实深之：是君主您招致秦军的深入。

③不孙：说话无礼。孙，同“逊”。

④卜右：占卜决定谁可做晋惠公的兵车右卫。

⑤庆郑吉：由庆郑担任晋惠公的兵车右卫吉利。

⑥步扬：御步扬，他和家仆徒均为晋国大夫。

⑦小驷：马名。

⑧郑入：郑国献的。

⑨大事：古代把战争和祭祀看作国家的大事，这里指战争。

⑩其产：本国出产的马。其，指本国，下同。

⑪志：心的意向。

⑫“今乘异产”几句：乘异国所产的马来打仗，临战时马会因害怕而改变常态，将会与人的意愿相反。

⑬乱气：呼吸紧张，喘气失去正常的节奏。狡愤：狡有错乱的意思。愤，动。

⑭阴血：体内的血液。周作：周身而作，指血液遍体急遽循环。

⑮张脉偾（fèn）兴：血脉急涨沸腾。

【译文】

晋军三次战败之后到了韩地。晋侯对庆郑说：“敌人已经深入了，怎么办呢？”庆郑回答说：“国君您自己招致了敌人的深入，又能怎么办？”晋惠公申斥说：“出言不逊。”占卜决定谁可做晋侯的兵车右卫，结果是庆郑做车右吉利，晋侯厌恶他无礼，弃而不用。而由御步扬驾驶兵车，家仆徒做车右，驾着郑国献的名叫小驷的马。庆郑说：“古时出兵作战，一定乘本国出产的马，它们生长在本国土地上，知道本国人的心意，接受本国人的教训，熟悉本国道路，听凭你使用，没有不称人心意的。现在您驾着异国出产的马去打仗，遇到意外就会因害怕而失去常态，必将违背人的意志，马一受到刺激就呼吸紧张急促，血脉在全身急剧循环，由于血脉急涨沸腾，体外虽有强形而体内气力枯竭。这样，它进退不得，又不能周旋下去，那时您一定后悔。”晋惠公不听。以上是庆郑的不逊之言。

九月，晋侯逆秦师[①]，使韩简视师[②]，复曰：“师少于我，斗士倍我。”公曰：“何故？”对曰：“出因其资，入用其宠，饥食其粟，三施而无报，是以来也。今又击之，我怠秦奋[③]，倍犹未也[④]。”公曰：“一夫不可狃[⑤]，况国乎？”遂使请战，曰：“寡人不佞[⑥]，能合其众而不能离也[⑦]，君若不还，无所逃命。”秦伯使公孙枝对曰：“君之未入，寡人惧之；入而未定列，犹吾忧也；苟列定矣，敢不承命。”韩简退曰：“吾幸而得囚[⑧]。”以上韩简视师。

【注释】

①逆：迎战。

②韩简：晋国大夫。视师：观察秦国兵力强弱。

③奋：振奋。

④犹未：还不止。

⑤狃（niǔ）：轻慢。

⑥不佞：谦辞。犹言不才。佞，才能。

⑦合：使集合。

⑧吾幸而得囚：能做秦国的俘虏已经是幸运的了。意指晋必败无疑。

【译文】

九月，晋惠公率军迎战秦国军队，派大夫韩简去观察秦军的兵力强弱，韩简回来说：“秦军兵力少于我军，而他们的斗志却是我们的两倍。”晋惠公问：“这是为什么？”回答说：“您当初逃亡时依靠秦资助，归国为君时得其力相助，晋遇荒年时吃的是秦国输送来的粮食，秦国三次施恩而没有得到报答，所以来讨伐我们。现在我们又迎击秦军，我们懈怠而秦军振奋，他们的斗志多我们一倍还不止呢。”晋惠公说：“一个普通人都不能受人轻慢，何况一个国家？”就派韩简去挑战，说：“寡人不才，能集合军队却不能解散他们，您如果不退兵，晋国是不会回避秦军的攻击的。”秦穆公派公孙枝回答说：“您没有回晋国之前，我为您担心害怕；回国而没能定位，我还是为您发愁；如今您君位已定，我不敢不接受您的挑战了。”韩简回到晋营说：“我们能做秦人的俘虏就已经很幸运了。”以上是晋国韩简视察军队。

壬戌[①]，战于韩原[②]，晋戎马还泞而止[③]。公号庆郑。庆郑曰：“愎谏违卜[④]，固败是求，又何逃焉？”遂去之[⑤]。梁由靡御韩简，虢射为右，辂秦伯[⑥]，将止之[⑦]。郑以救公误之，遂失秦伯[⑧]。秦获晋侯以归。以上韩原战事。

【注释】

①壬戌：九月十三日。

②韩原：晋国地名。在今陕西韩城西南，位于河西。但秦晋韩之战，俘获晋侯，应在河东，从文章中“涉河，侯车败”，“寇深矣”等记载，证明本文中的“韩原”不在河西，而在河东（参见《中国古今地名大辞典》中“韩原”条）。

③晋戎马：晋侯兵车上的马，即小驷。

④愎谏：不听劝告。

⑤去之：不顾而去，指庆郑不救晋惠公自顾走开了。

⑥辂（yà）：迎。

⑦止：擒获。

⑧郑以救公误之，遂失秦伯：庆郑不救晋侯，晋侯便招呼韩简来救，故将其俘获秦伯的好机会失掉了。

【译文】

九月十三日，秦、晋战于韩原。晋惠公的小驷陷入泥泞盘旋，出不来了。惠公向庆郑呼救。庆郑说：“不接受劝告，又不照卜筮去做，实在是自找失败，又怎么能逃得掉呢？”不去救晋惠公掉头而去。梁由靡给韩简驾兵车，虢射做韩简的车右，迎面遇上秦穆公，就要抓住穆公了，由于庆郑弃晋惠公不顾，韩简去救惠公而耽误了时机，于是没能抓到秦伯。秦军俘虏了晋惠公回国。以上述韩原战事。

晋大夫反首拔舍从之①。秦伯使辞焉，曰："二三子何其戚也②？寡人之从君而西也，亦晋之妖梦是践③，岂敢以至④？"晋大夫三拜稽首曰："君履后土而戴皇天⑤，皇天后土实闻君之言，群臣敢在下风⑥。"

【注释】

①反首：乱头发下垂。拔舍：拔草铺地，在草中露宿。

②戚：忧伤。

③晋之妖梦是践：只是为了压息晋国的妖梦之言罢了。据《左传》鲁僖公十年记载，晋国大夫狐突没有睡觉而遇见太子申生的鬼魂，说晋惠公无礼，将在韩地败于秦军。践，压息。

④以至：指将晋君作为战俘带回秦国。

⑤履：踩着。

⑥敢在下风：秦伯在上，晋臣在下，秦伯的话，晋臣都听到了。

【译文】

晋国的大夫乱发下垂，拔草铺地露宿在草中，跟着秦军走。秦穆公派人要他们离开，说："你们何必这么伤心呢？我随晋军西行，也是要压息晋国的妖梦之言罢了，怎么敢将你们国君作为战俘带回秦国呢？"晋国大夫三拜叩头说："您脚踏泥土头顶皇天，皇天后土都听到了您的话，我们晋国群臣在您之下也都听到了。"

穆姬闻晋侯将至，以太子䓨、弘与女简璧登台而履薪焉①。使以免服衰绖逆②，且告曰："上天降灾，使我两君匪以玉帛相见[③]，而以兴戎。若晋君朝以入，则婢子夕以死；夕以入，则朝以死。唯君裁之。”乃舍诸灵台[④]。以上获晋侯后情事。

【注释】

①登台而履薪：穆姬要带儿女们自杀，所以登台，脚下堆积薪柴。

②免(wèn)服衰绖(cuī dié)：丧服。逆：迎候。

③两君：指秦穆公与晋惠公。以玉帛相见：古代外交礼节，两国国君正常相见时，以玉帛互赠。

④灵台：周朝的故宫，在今陕西西安。

【译文】

穆姬听说晋侯就要到了，领着太子䓨、公子弘和女儿简璧登台履薪准备自杀。她派人穿上丧服去迎候秦穆公，并且让人告知穆公：“上天降下灾祸，使秦、晋两国国君不以玉帛相见，而以兵戎相会。如果晋国国君早晨到，我晚上就死；晋君晚上到，我就早晨死。请君王您裁夺。”于是秦穆公让晋惠公在灵台住下。以上是秦国擒获晋侯后的情况。

大夫请以入。公曰：“获晋侯，以厚归也。既而丧归[①]，焉用之？大夫其何有焉？且晋人戚忧以重我[②]，天地以要我[③]。不图晋忧[④]，重其怒也[⑤]；我食吾言，背天地也。重怒难任，背天不祥，必归晋君。”公子絷曰[⑥]：“不如杀之，无聚慝焉[⑦]。”子桑曰[⑧]：“归之而质其太子，必得大成[⑨]。晋未可灭而杀其君，只以成恶。且史佚有言曰[⑩]：‘无始祸，无怙乱，无重怒。’重怒难任，陵人不祥。”乃许晋平[⑪]。以上秦君臣谋处晋侯之法。

【注释】

①丧归：掳了晋君回国将引起夫人、儿女自杀，所以称丧归。

②戚忧：忧伤。重：感动，指晋国群臣“反首拔舍”的行为感动了秦伯。

③要：约束，指晋臣用天地之神听见“岂敢以至”的话约束秦穆公。

④图：考虑。

⑤重：加重。

⑥公子縶(zhí)：秦国大夫。

⑦慝(tè)：罪恶。

⑧子桑：公孙枝。

⑨大成：好结果，即满意的和约。

⑩史佚(yì)：周武王时的太史，名叫佚。

⑪平：讲和。

【译文】

秦国群臣请求将晋君带回秦国都城。秦穆公说：“俘虏了晋侯，我原以为是归国时的光荣，如今却要引出丧事了，带晋侯回去有什么用呢？你们又能得到什么好处？况且晋国群臣的忧伤感动了我，天地也会用我的承诺来约束我。不考虑晋人的忧伤，会加重他们的愤怒；违背自己的诺言，是背弃了天地。加重晋国人的愤怒这种后果我担当不起，背弃天地对我不吉利，一定得将晋君放回去。”公子縶说：“不如杀掉他，不能让他回国再相聚作恶。”子桑说：“放他回去而以他的太子做人质，一定会获得好结果。在不可能灭掉晋国的情况下杀了他们的国君，只会造成相互间的憎恨。况且周武王时叫佚的太史说过：‘不要做祸乱之首，不要乘人之危，不要增加别人对自己的怨怒。’加重别人的愤怒难以承担后果，恃强凌辱他人对自己不吉利。”于是答应晋人讲和。以上是秦国君臣商议如何处置晋惠公。

晋侯使郤乞告瑕吕饴甥[①]，且召之。子金教之言曰："朝国人而以君命赏[②]，且告之曰：'孤虽归，辱社稷矣。其卜贰圉也[③]。'"众皆哭。晋于是乎作爰田[④]。吕甥曰："君亡之不恤[⑤]，而群臣是忧，惠之至也。将若君何？"众曰："何为而可？"对曰："征缮以辅孺子[⑥]，诸侯闻之，丧君有君，群臣辑睦[⑦]，甲兵益多，好我者劝，恶我者惧，庶有益乎！"众悦，晋于是乎作州兵[⑧]。以上晋臣谋归君之法。

【注释】

①郤(xì)乞：晋大夫。瑕吕饴甥：即吕甥，姓瑕吕，名饴甥，字子金。晋惠公听说秦将同意晋讲和，所以告诉吕甥，并召他来秦国接自己。

②国人：晋国群臣。

③贰：取代。圉(yǔ)：晋惠公的太子。

④作爰田：改变田制，即将公田的税收赏给群臣。

⑤恤：顾虑。

⑥征：赋税。缮：整治。孺子：指太子圉。

⑦辑睦：团结和睦。

⑧作州兵：训练地方武装。州为当时的民户编制，五党(每党五百家)为一州，计二千五百家。

【译文】

晋惠公派郤乞将秦国允许晋讲和的事告诉瑕吕饴甥，并要他来秦国。吕甥教给郤乞这么做："你先接见群臣，代表国君下命令赏赐他们，并转告国君的话说：'我虽然回来了，却有辱于国家。占卜决定以太子圉取代我吧。'"大家都哭了。晋国于是开始做爰田，将公田税收赏给群臣。吕甥说："国君流亡在外没有考虑自己，而是为我们大家担忧发愁，这真是对我们恩惠到极点了。我们应该怎样报答国君呢?”大家说:“您认为我们该做些什么事才对得起国君呢?”吕甥说:“征收赋税,整顿甲兵以辅佐太子,诸侯听到我们失去旧主立了新君,群臣团结和睦,甲兵越来越多,与我们友好的国家会勉励我们,与我们不友善的国家会害怕我们,这样做会带来好处的!”大家都很高兴地同意了,晋国于是开始训练地方武装。以上是晋国的臣子们商议如何迎归君王。

初,晋献公筮嫁伯姬于秦,遇“归妹”之“睽”[1]。史苏占之曰[2]:“不吉。其繇曰[3]:‘士刲羊,亦无衁也。女承筐,亦无贶也[4]。西邻责言[5],不可偿也。“归妹”之“睽”,犹无相也。’‘震’之‘离’,亦‘离’之‘震’[6],为雷为火,为嬴败姬[7],车说其輹[8],火焚其旗,不利行师,败于宗丘[9]。‘归妹’‘睽’孤[10],寇张之弧[11],侄其从姑[12],六年其逋[13],逃归其国,而弃其家,明年其死于高梁之虚[14]。”及惠公在秦,曰:“先君若从史苏之占,吾不及此夫。”韩简侍,曰:“龟,象也;筮,数也。物生而后有象,象而后有滋,滋而后有数。先君之败德,及可数乎?史苏是占,勿从何益?《诗》曰:‘下民之孽,匪降自天,僔沓背憎,职竞由人[15]。’”以上惠公、韩简追论昔年卜筮。

【注释】

①归妹、睽:均为卦名。

②史苏:晋国卜筮的太史,名苏。

③繇(zhòu):卦辞。

④“士刲(kuī)羊”几句:刲,宰杀。衁(huǎng),血。贶(kuàng),赐给,即所得。

⑤西邻:指秦国,因当时秦国位置在西。责言:责备的话。

⑥“震”之“离”，亦“离”之“震”：“震”卦变为“离”卦，也就是“离”卦变为“震”卦。震、离，均为卦名。

⑦为雷为火，为嬴败姬：“震”是雷，“离”是火，女嫁出去反害娘家的卦象，所以说“嬴败姬”，秦国国君姓嬴，晋国国君姓姬。

⑧輹(fù)：车厢下面钩住车轴的木头。

⑨宗丘：丘即邑，宗邑即祖先之地，意为在自己本国内。

⑩孤：孤单，指惠公被俘，被押至秦国，身孤影单。

⑪寇张之弧：遇到敌寇之难而有弓矢之警。弧，木弓。

⑫侄从其姑：秦穆公夫人穆姬为惠公太子圉的姑姑，此句暗指太子圉去秦国作人质。

⑬逋：逃亡。

⑭高梁：晋国地名。虚：废墟。

⑮“下民之孽”几句：孽，灾殃。匪，同“非”。僔(zǔn)沓，当面奉承。背憎，背后憎恨。职，主要。

【译文】

当初，晋献公为了将伯姬嫁给秦国而占筮，占得“归妹”卦变成“睽”卦。太史苏占卦说：“不吉利。卦辞说：‘男人杀羊不见血，女人担筐无所得。西邻的责难，无法补偿。归妹变为睽，无人相助。’‘震’卦变成‘离’卦，也就是‘离’卦变‘震’卦，‘震’是雷，‘离’是火，这是嫁出去的女儿反会害娘家的卦象，嬴姓会打败姬姓，钩住车轴的木头会脱落，火会烧掉旗子，不利出师作战，会败于自己的国门之内。‘归妹’‘睽’卦孤单，会遇到敌寇之难而有弓矢之警。侄儿跟着姑母，六年之后逃亡，逃回自己的国，而抛弃了自己的家，第二年会死于高梁的废墟上。”等到晋惠公被俘到秦国，就说：“先君如果听从史苏的占卜，我也到不了这个地步。”韩简正陪伴在旁边，说：“龟卜以图象来显示，占筮用数字来告知。事物生成后才有形象，有形象后才能滋长，滋长蕃衍才有数字。占只能知凶吉，但不能改变凶吉，先君德行败坏，做的错事能够数得清吗？即使听从了史苏的占卜又能有什么益处?《诗经》上说:'百姓的灾殃,不是从天上降下来的,当面奉承背后憎恨,主要来自人们之间的相互争逐。'"以上是晋惠公、韩简追论当年卜筮之事。

十月,晋阴饴甥会秦伯[1],盟于王城[2]。

【注释】

①阴饴甥:即吕甥,他的食邑在阴,所以也称他阴饴甥。

②王城:秦地,在今陕西朝邑东。

【译文】

十月,晋国吕甥会同秦穆公,在王城这个地方签订盟约。

秦伯曰:"晋国和乎[1]?"对曰:"不和。小人耻失其君而悼丧其亲,不惮征缮以立圉也[2],曰:'必报仇,宁事戎狄。'君子爱其君而知其罪,不惮征缮以待秦命,曰:'必报德,有死无二[3]。'以此不和。"秦伯曰:"国谓君何[4]?"对曰:"小人戚[5],谓之不免。君子恕[6],以为必归。小人曰:'我毒秦[7],秦岂归君?'君子曰:'我知罪矣,秦必归君。贰而执之[8],服而舍之[9],德莫厚焉,刑莫威焉。服者怀德,贰者畏刑。此一役也[10],秦可以霸。纳而不定,废而不立,以德为怨,秦不其然。'"以上吕甥说秦伯归君。秦伯曰:"是吾心也。"改馆晋侯,馈七牢焉[11]。

【注释】

①和:相符,一致。

②立圉:立太子圉为国君。

③二：二心。

④谓：以为，认为。

⑤戚：忧戚，忧愁。

⑥恕：推己及人，即用自己的想法去推测别人的想法。

⑦我毒秦：我们伤害了秦国，指晋三施而不报的事。

⑧贰：二心，即叛离。

⑨服：服罪。舍：释放。

⑩一役：指秦不计前嫌，放回晋惠公会使诸侯威服，相当于一次战役的功效。

⑪牢：牛、羊、猪各一为一牢。

【译文】

秦穆公问："你们晋国人的意见一致吗？"吕甥回答说："不一致。小人以国君被俘为耻辱，并哀痛自己在战争中失去的亲人，不怕征收赋税，整治甲兵以拥立圉为国君，说：'一定要报这个仇，宁可侍奉戎狄也在所不惜。'君子爱护自己的国君，但又知道他的罪过，不怕征收赋税，整治甲兵以等待秦国放回晋君的命令，说：'一定报答秦国的恩德，就是死了也没有二心。'所以意见不一致。"秦穆公问："晋国人对晋君的命运如何估计？"回答说："小人们很难过，认为国君不免一死。君子以己之心推测秦伯，认为国君一定会被放回来。小人说：'我们伤害了秦国，秦国难道还会放国君回来吗？'君子说：'我们知罪了，秦国一定会放回我们的国君。有二心时抓住他，认错服罪就放了他，秦国的恩德再大也没有了，秦国的刑罚再威严不过了。服罪的人感念秦的恩德，怀有二心者畏惧秦的刑罚。有秦国送回晋君这件事，秦国可以完成霸业了。送晋君回国而又不安定他的君位，废掉晋君而不立新君，这是将恩德变为仇怨，秦国是不会这样做的。'"以上是吕甥游说秦伯归还晋国国君。秦穆公说："我心里也是这么想的。"于是为晋侯改换客馆，并以国君之礼相待，送给他七牢礼物。

蛾析谓庆郑曰[①]:“盍行乎[②]?”对曰:“陷君于败,败而不死,又使失刑,非人臣也。臣而不臣[③],行将焉入?”十一月,晋侯归。丁丑,杀庆郑而后入。

【注释】

①蛾析:晋国大夫。

②盍:何不。行:逃走。

③不臣:失掉作为人臣的本分。

【译文】

蛾析对庆郑说:“你还不逃走?”庆郑回答说:“使国君失败,国君战败自己又不能战死,现在逃走又会使国君不能对我处以刑罚,这不是做臣子的行为。作为臣子而失掉了为臣之道,就是逃走又能逃到哪里去呢?”十一月,晋惠公回国。十一月廿九日,杀了庆郑之后回到了晋国国都。

是岁,晋又饥,秦伯又饩之粟[①],曰:“吾怨其君而矜其民[②]。且吾闻唐叔之封也[③],箕子曰[④]:‘其后必大[⑤]。’晋其庸可冀乎[⑥]!姑树德焉以待能者。”于是秦始征晋河东,置官司焉[⑦]。

【注释】

①饩(xì):赠送。

②矜(jīn):怜悯。

③唐叔:晋国始封之君,武王之子。

④箕子:殷纣王的庶兄,殷亡国后归周。

⑤大:强大。

⑥庸：难道。

⑦司：管理。

【译文】

这一年，晋国又遇上了荒年，秦穆公又送粮食给晋，他说："我怨恨晋国国君可又怜悯晋国的百姓。而且我听说唐叔被封于晋时，箕子说：'他的后代一定强大。'晋国难道可以图谋吗？暂且树立一些恩德，等着将来能人出现吧。"从这时起秦国开始征收晋国河东的赋税，设置官吏管理这个地区。

晋公子重耳之亡

【题解】

本文记述了晋献公之子重耳（即后来的春秋五霸之一晋文公）由避骊姬之祸逃亡在外到后来继位为君的经历。文中人物众多，但却各具特色，形象鲜明，重点突出，详略得当。如卫文公、曹共公、郑文公的冷漠与无礼，楚成王、秦穆公、僖负羁之妻的慧眼识人，宋襄公、齐桓公的热情相助，齐女姜氏的深明大义，介之推等随从流亡人员的忠心耿耿、聪明练达、不贪赏禄，等等，从而对符合忠、孝、礼、义、仁等基本精神的行为予以肯定。

晋公子重耳之及于难也[①]，晋人伐诸蒲城。蒲城人欲战，重耳不可，曰："保君父之命而享其生禄[②]，于是乎得人。有人而校[③]，罪莫大焉。吾其奔也。"遂奔狄。从者狐偃、赵衰、颠颉、魏武子、司空季子[④]。狄人伐廧咎如[⑤]，获其二女：叔隗、季隗，纳诸公子[⑥]。公子取季隗，生伯儵、叔刘，以叔隗妻赵衰，生盾[⑦]。将适齐，谓季隗曰："待我二十五年，不来而后嫁。”对曰：“我二十五年矣，又如是而嫁，则就木焉[8]。请待子。”处狄十二年而行。以上处狄。

【注释】

①及于难：遇到危难。指重耳为其父晋献公的宠妃骊姬所害，逃往自己的封地蒲城。

②保：依靠。生禄：养生的禄食。

③校(jiào)：比较，较量。

④狐偃：重耳的舅父。赵衰(cuī)：晋国大夫，字子馀。颠颉(jié)：晋国大夫。魏武子：即魏犨(chōu)。司空季子：即胥臣臼季，字季子。均为晋大夫。

⑤廧(qiáng)咎(gāo)如：狄族的别种，隗(wěi)姓。

⑥纳：送给。诸：之于。

⑦盾：即赵盾，亦称赵宣子，后来的晋卿。

⑧就木：指老死入棺材。

【译文】

晋国公子重耳遭遇骊姬之难，逃往自己的封地蒲城，晋侯派兵去蒲城追杀他。蒲城人打算与晋军作战，重耳不答应，说：“我凭君父的命令而享有这块封地的供养，才得到封地的人民。有了封地的人力就同君父较量，没有比这再大的罪过了。我还是逃走吧。”于是逃往狄国。跟随他出亡的有狐偃、赵衰、颠颉、魏武子、司空季子等人。狄人征讨一个叫廧咎如的部落，俘获了他们的两个姑娘叔隗和季隗，送给重耳。重耳自己娶了季隗，生了伯儵、叔刘；把叔隗嫁给赵衰，生了赵盾。重耳要去齐国，对季隗说：“等我二十五年，那时我不回来你再改嫁。”季隗回答说：“我二十五岁了，再等二十五年改嫁，就该进棺材了。我等着你。”重耳在狄国住了十二年才离开。以上是重耳一行在狄。

过卫。卫文公不礼焉①。出于五鹿②，乞食于野人③，野人与之块④，公子怒，欲鞭之。子犯曰⑤："天赐也⑥。"稽首⑦，受而载之⑧。以上过卫。

【注释】

①不礼焉：不表示敬意，没有按礼节接待。

②五鹿：卫国地名。在今河南濮阳东北。

③野人：乡下人。

④块：土块。

⑤子犯：即狐偃。

⑥天赐：上天赐给的。他将土块看作土地的象征，预示重耳得土有国。

⑦稽首：叩头。

⑧载之：将土块装在车上。

【译文】

重耳一行路过卫国，卫文公不按礼节待他们。走到五鹿，向一个乡下人要饭吃，乡下人给了他们土块，重耳愤怒了，要鞭打这个人。狐偃说："这是上天赐予的，预示您得土有国。"重耳磕了头，将土块接过来装在车上。以上是重耳一行路过卫国。

及齐，齐桓公妻之①，有马二十乘②。公子安之③，从者以为不可。将行，谋于桑下，蚕妾在其上，以告姜氏。姜氏杀之，而谓公子曰："子有四方之志④，其闻之者，吾杀之矣。"公子曰："无之！"姜曰："行也！怀与安，实败名⑤。"公子不可。姜与子犯谋，醉而遣之。醒，以戈逐子犯⑥。以上安齐。

【注释】

①妻之：将族人嫁给重耳。

②二十乘：二十辆马车，一车驾四马，所以二十乘是八十匹马。

③安之：满足于这种生活。

④四方之志：出行的打算。

⑤怀与安，实败名：思恋所爱的人，安于这种生活，足以败坏功名。

⑥以戈逐子犯：重耳不想走，所以发怒，拿着长戈追杀狐偃。

【译文】

到了齐国，齐桓公将族女嫁给重耳，还给他二十乘马车。重耳对这种生活很满足，而跟随他的人认为这样下去不行。随员们想要离开齐国，在桑树下计议这件事，谁想采桑女奴在树上听到了，将此事告诉了姜氏。姜氏怕齐孝公知道这件事，就杀了这个女奴以灭口，然后对重耳说："你有离开齐国的打算吧，知道这件事的人，我已经杀掉了。"重耳说："没有这回事！"姜氏说："走吧！留恋妻子，安于现状，是会败坏功名的。"重耳不答应。姜氏就和狐偃策划，在重耳大醉后将其送出齐国。重耳不愿走，醒后发怒，拿着戈追杀狐偃。以上是重耳安于待在齐国。

及曹，曹共公闻其骈胁[①]，欲观其裸，浴，薄而观之[②]。僖负羁之妻曰[③]："吾观晋公子之从者，皆足以相国。若以相[④]，夫子必反其国。反其国，必得志于诸侯。得志于诸侯而诛无礼，曹其首也[⑤]。子盍蚤自贰焉[⑥]？"乃馈盘飧[⑦]，置璧焉。公子受飧反璧。以上过曹。

【注释】

①骈胁：胁下肋骨连成一片。

②薄：迫近。

③僖负羁：曹国大夫。

④若以相：用这些人作为辅助之人。

⑤曹其首也：在这些无礼的国家之中，曹国首当其冲，为第一个。

⑥蚤：即“早”。自贰：另外的态度。自别于其他人。

⑦馈：馈赠。盘飧(sūn)：一盘饭。

【译文】

到了曹国，曹共公听说重耳肋骨连成一片，想看他的裸体，趁他洗澡的时候近前观看。僖负羁的妻子说：“我观察晋公子的随从人员，都足以担当辅佐国家的大任。如果依仗这些人的帮助，公子一定能返回晋国。如果回到晋国，一定能在诸侯中称霸。在诸侯中称了霸，就要征讨对他无礼的国家，曹国就会首当其冲。您为什么不早些采取不同的态度呢?”僖负羁就派人送给重耳一盘饭，饭里放了一块宝玉。重耳接受了食品而退回了宝玉。以上是重耳经过曹国。

及宋，宋襄公赠之以马二十乘。以上过宋。

【译文】

到了宋国，宋襄公送给重耳二十乘马车。以上过宋。

及郑，郑文公亦不礼焉。叔詹谏曰[①]：“臣闻天之所启[②]，人弗及也。晋公子有三焉，天其或者将建诸[③]？君其礼焉[④]。男女同姓，其生不蕃。晋公子，姬出也[⑤]，而至于今，一也；离外之患[⑥]，而天不靖晋国，殆将启之，二也；有三士[⑦]，足以上人[⑧]，而从之，三也。晋、郑同侪[⑨]，其过子弟[⑩]，固将礼焉，况天之所启乎?”弗听。以上过郑。

【注释】

①叔詹:郑国大夫。

②启:开导,帮助。

③建:营造,造就。诸:代重耳。意指上天要成就重耳,使其成为晋君。

④礼:以礼相待。

⑤姬出也:重耳为姬姓女子所生。晋为姬姓国,其母为戎族狐姬,出自唐叔,与晋同宗,其父母均姓姬,即“男女同姓”。

⑥离外之患:遭遇出奔在外之患。离,遭遇。

⑦三士:指狐偃、赵衰、贾佗。

⑧上人:超出他人之上。

⑨侪(chái):等。

⑩其过子弟:路过郑国的晋国子弟。

【译文】

到了郑国,郑文公也不以礼相待。叔詹进谏说:“我听说上天要帮助的人,常人是赶不上的。晋公子身上有三件特殊的反映天意的事,上天或者要成就他吧?您还是应以礼来相待。同姓男女结婚,子孙一定不会蕃盛,晋公子,为姬姓人所生,而他却一直活到今天,这是一;遭遇逃亡在外的灾难,而上天却不让晋国安定,大概是上天要帮助重耳成就事业,这是二;有狐偃、赵衰、贾佗三个足以胜过一般人的贤士跟随着他,这是三。晋国与郑国是同等的国家,晋国子弟路过郑国,就应以礼相待,更何况他又是上天所帮助的人呢?”郑文公不听。以上是重耳经过郑国。

及楚,楚子飨之[①],曰:“公子若反晋国,则何以报不穀[②]?”对曰:“子女玉帛则君有之[③],羽毛齿革则君地生焉[④]。其波及晋国者,君之余也,其何以报君?”曰:“虽然,何以报我?”对曰:“若以君之灵[5],得反晋国,晋、楚治兵,遇于中原,其辟君三舍[6]。若不获命[7],其左执鞭弭、右属櫜鞬[8],以与君周旋。”子玉请杀之[9]。楚子曰:“晋公子广而俭,文而有礼。其从者肃而宽,忠而能力[10]。晋侯无亲[11],外内恶之。吾闻姬姓,唐叔之后,其后衰者也[12],其将由晋公子乎?天将兴之,谁能废之?违天必有大咎。”乃送诸秦。以上过楚。

【注释】

①飨(xiǎng):设宴招待。

②不穀:古代王侯自称的谦辞。

③子女:美女。

④羽毛齿革:鸟翎、兽毛、象牙、牛皮。

⑤灵:威灵。

⑥舍:三十里为一舍。

⑦命:退兵的命令。

⑧弭(mǐ):弓。櫜(gāo):放箭的器具。鞬:放弓的器具。

⑨子玉:楚国令尹。

⑩力:拼命。

⑪无亲:众叛亲离。

⑫后衰:衰落得最迟。

【译文】

到了楚国,楚成王设宴招待重耳说:“公子如果能回到晋国,将怎么报答我呢?”重耳回答说:“美女、宝玉和丝绸,您都有,鸟翎、兽毛、象牙、牛皮,是楚国所产,流散到晋国的这些东西,都是您剩下的,我怎么报答您呢?”楚王说:“虽然如此,您还是得告诉我怎么报答我?”重耳回答:“如果凭借您的威灵,我能够回到晋国,一旦晋、楚发生战争,相遇于中原，我要指挥晋军退避三舍。如果您仍不退兵，我要左手拿弓，右手拿着弓箭袋，与您较量一番。”子玉请楚王杀掉重耳。楚王说：“晋公子志向广大，朴实无华，言谈高雅而彬彬有礼。他的从人恭敬而宽宏，忠心耿耿能为他拼命。晋侯众叛亲离，国内外的人都憎恨他。我听说姬姓是唐叔的后代，衰落得最迟，或许要由重耳来振兴吧？上天要其兴盛，谁能毁掉呢？违背天意，会有大祸临头的。”于是将重耳送至秦国。以上是重耳经过楚国。

秦伯纳女五人，怀嬴与焉①。奉匜沃盥②，既而挥之。怒曰：“秦、晋匹也③，何以卑我④！”公子惧，降服而囚⑤。他日，公享之⑥，子犯曰：“吾不如衰之文也，请使衰从。”公子赋《河水》⑦，公赋《六月》⑧。赵衰曰：“重耳拜赐。”公子降，拜，稽首，公降一级而辞焉⑨。衰曰：“君称所以佐天子者命重耳，重耳敢不拜。”以上居秦。

【注释】

①秦伯纳女五人，怀嬴与焉：秦穆公送给重耳五个女子作姬妾，怀嬴在内。怀嬴为曾在秦国做人质的晋惠公太子圉之妻。圉回国后立为怀公，所以称她为怀嬴。

②奉：同“捧”。匜（yí）：盛水的器具。沃：浇水。盥：洗手。

③匹：匹敌。

④卑：看不起。

⑤降服而囚：脱去上身衣服自己拘囚起来向怀嬴道歉。

⑥享之：宴请重耳。

⑦《河水》：诗篇名。已亡佚。

⑧《六月》：《诗经・小雅》篇名。记叙周朝大臣尹吉甫辅佐宣王北

伐。秦穆公以此诗来比喻重耳返晋后能匡扶晋国辅佐周天子。

⑨公降一级而辞焉:秦穆公降一级台阶以辞谢重耳的大礼。降,下台阶。

【译文】

秦穆公送给重耳五个女子做姬妾,其中包括怀嬴。有一次,怀嬴捧着盛水的器皿给重耳浇水洗手,洗完后重耳挥手要怀嬴走开。怀嬴生气了,说:"秦、晋两国是平等的,为什么小看我?"重耳害怕了,连忙脱去上身衣服,自己拘囚起来向怀嬴道歉。有一天,秦穆公宴请重耳,狐偃说:"我不如赵衰善于文辞,请让赵衰跟着吧。"重耳在宴会上朗诵《河水》诗,秦穆公朗诵《六月》诗。赵衰说:"重耳拜谢秦伯的赏赐!"重耳走下台阶,向秦穆公作揖、叩头。秦穆公走下一级台阶,以辞谢重耳的大礼。赵衰说:"您说辅佐周天子的使命要重耳承担,重耳不敢不拜谢您啊!"以上是重耳在秦国。

僖公二十四年春王正月,秦伯纳之①,不书②,不告入也③。

【注释】

①秦伯纳之:指秦穆公送重耳回国。

②不书:指《春秋》没有记载。

③不告入也:晋国没有告知鲁国重耳回国的事。

【译文】

鲁僖公二十四年春天,周历正月,秦穆公派兵护送重耳回国,《春秋》没有记载这件事,是因为晋国没有把这件事告诉鲁国。

及河①,子犯以璧授公子,曰:"臣负羁绁从君巡于天下[②]，臣之罪甚多矣，臣犹知之，而况君乎？请由此亡[③]。”公子曰：“所不与舅氏同心者[④]，有如白水[⑤]。”投其璧于河。济河，围令狐[⑥]，入桑泉[⑦]，取臼衰[⑧]。二月甲午[⑨]，晋师军于庐柳[⑩]。秦伯使公子絷如晋师[⑪]，师退，军于郇[⑫]。辛丑[⑬]，狐偃及秦、晋之大夫盟于郇。壬寅[⑭]，公子入于晋师。丙午[⑮]，入于曲沃。丁未[⑯]，朝于武宫[⑰]。戊申[⑱]，使杀怀公于高梁[⑲]。不书，亦不告也。以上秦伯纳晋侯正文。

【注释】

①河：黄河。

②羁：《说文解字》认为是马笼头。绁(xiè)：马缰绳。负羁绁有“牵马坠镫”之意，即担任随从。

③亡：此处为走开义。

④所：如果。

⑤有如白水：意为我心明白有如此水。

⑥令狐：晋地，在今山西临猗。

⑦桑泉：晋地，在今山西临晋东北。

⑧臼衰(jiù cuī)：晋地，在今山西解县西北。

⑨甲午：二月四日。

⑩庐柳：晋地，在今山西临猗西北。

⑪公子絷(zhí)：秦国大夫，穆公之子。如：至，到。

⑫郇(xún)：晋地，在今山西临猗西南。

⑬辛丑：二月十一日。

⑭壬寅：二月十二日。

⑮丙午：二月十六日。

⑯丁未：二月十七日。

⑰武宫：重耳祖父武公之庙。

⑱戊申：二月十八日。

⑲高梁：晋地，在今山西临汾东北。

【译文】

到了黄河边上，狐偃把一块宝玉交给重耳说："我牵马坠镫跟随您走遍各国，我得罪您的地方多极了，我自己都知道，更何况您呢？请允许我从此走开吧。"公子说："如果我不和舅父同心，就像这白水一样。"将宝玉扔进了河里。过了河，围攻令狐，进入桑泉，攻下了臼衰。二月四日，晋怀公的军队驻扎在庐柳。秦穆公派公子絷去晋军劝说他们不要抵抗，晋军后退，驻扎在郇。二月十一日狐偃和秦、晋两国大夫在郇地签订了盟约。二月十二日，重耳接管了晋国军队。二月十六日进入曲沃。二月十七日，朝拜武宫。二月十八日重耳派人去高梁杀了晋怀公。《春秋》没记载这件事，也是因为晋没有将这件事告知鲁国。以上是秦穆公接纳晋文公的记载。

吕、郤畏逼①，将焚公宫而弑晋侯。寺人披请见②，公使让之③，且辞焉，曰："蒲城之役，君命一宿，女即至。其后余从狄君以田渭滨④，女为惠公来求杀余，命女三宿，女中宿至。虽有君命，何其速也。夫袪犹在⑤，女其行乎。"对曰："臣谓君之入也⑥，其知之矣⑦。若犹未也，又将及难⑧。君命无二⑨，古之制也。除君之恶，唯力是视。蒲人、狄人，余何有焉⑩？今君即位，其无蒲、狄乎？齐桓公置射钩而使管仲相，君若易之，何辱命焉⑪？行者甚众⑫，岂唯刑臣⑬。"公见之，以难告⑭。三月，晋侯潜会秦伯于王城。己丑晦⑮，公宫火，瑕甥、郤芮不获公，乃如河上，秦伯诱而杀之。以上吕、郤焚宫之难。

【注释】

①吕:吕甥。逼:迫害。

②寺人披:寺人,即阉人,太监,名字叫披。

③让:责备。

④田:田猎。渭滨:渭水河边。

⑤袪(qū):寺人披当时割下的重耳的衣袖。

⑥谓:以为。

⑦其知之矣:已懂得为君的道理。

⑧又将及难:又会遇到灾难。

⑨君命无二:执行国君的命令没有二心。

⑩蒲人、狄人,余何有焉:意为献公、惠公在位时,重耳是蒲人、狄人,和我有什么关系?

⑪“齐桓公置射钩而使管仲相”几句:前时战役,管仲跟随公子纠,射中公子小白的带钩。小白后继位为齐君,即齐桓公,不计前嫌,任命管仲做自己的国相。置,放置,即放下射钩之恨。易之,指改变齐桓公的做法。何辱命焉,即我自己走开,不劳你下令赶我。

⑫行者:畏罪而走的人。

⑬刑臣:寺人披是阉人,所以自称,意思是刑余之人。

⑭难:指吕、郤要烧文公宫室之事。

⑮己丑:三月二十九日。晦:阴历每月的最末一天。

【译文】

吕甥、郤芮害怕晋文公迫害旧臣,打算放火烧掉文公的宫室以杀死文公。寺人披请求晋文公接见他,文公拒绝不见,并派人责备他说:“你攻打蒲城的时候,国君要你过一夜再去,你当天就到了。后来我跟着狄君在渭水河畔打猎,惠公命你来杀我,要你过三夜去,你第二夜就到了。虽然是奉了国君的命令,你的行动也太快了。你割下的我的衣袖还在,你还是走吧。”寺人披回答说：“我以为您既然已经回国为君，为君的道理您已经知道了。如果还不知道，您又要遇到灾难了。执行国君的命令不能有二心，这是自古以来的准则。替国君除恶，要尽自己最大的力量。献公、惠公在位时，您是蒲人、狄人，杀掉您和我有什么关系呢？今天您即位为君，难道就不再有蒲人、狄人了吗？齐桓公可以不计前嫌而任命管仲做国相，您如果不能仿效齐桓公的做法，何必劳您下令呢？我自己会走开。那时惧罪出逃的人会很多，不会只有我一人。”文公听了这些话，召见了寺人披，寺人披将吕、郤的企图报告了文公。三月，晋侯与秦伯秘密在王城会见。三月最后一天，文公的宫室着火，吕甥、郤芮没有捉到文公，就奔到黄河边上，秦穆公诱捕并杀掉了他们。以上是吕、郤二人焚烧宫室之难。

晋侯逆夫人嬴氏以归。秦伯送卫于晋三千人[①]，实纪纲之仆[②]。以上逆秦嬴。

【注释】

①送卫：送卫士。因晋新近有吕、郤之难，国家还没有最后安定，所以送士兵来护卫文公。

②纪纲之仆：干练的能办事的卒仆。

【译文】

晋侯将夫人文嬴接回了晋国。秦穆公送三千卫士给晋文公护卫他，都是干练而能干的卒仆。以上是迎接秦国人文嬴夫人。

初，晋侯之竖头须[①]，守藏者也[②]。其出也，窃藏以逃[③]，尽用以求纳之[④]。及入，求见，公辞焉以沐[⑤]。谓仆人曰：“沐则心覆，心覆则图反[⑥]，宜吾不得见也。居者为社稷之守，行者为羁绁之仆，其亦可也，何必罪居者？国君而仇匹夫，惧者甚众矣。”仆人以告，公遽见之。以上见头须。

【注释】

①竖：身边小吏。

②守藏者：看守库藏的人。

③窃藏以逃：晋文公流亡时，头须也跟着，偷了重耳的钱逃走了。

④纳之：指接纳重耳返国。

⑤沐：洗头。

⑥覆：反转过来，改变位置。图反：心里的想法反常。

【译文】

当初，文公身边有个小吏叫头须，是替文公看守库藏的。重耳出亡时，他偷了财物逃跑了，把所有这些库藏财物都用来求晋国允许重耳返国上了。等到文公回国，他请求接见自己。文公借口在洗头拒绝见他。头须对仆人说：“洗头时头朝下，心的位置就颠倒了，心的位置改变了，想法就会反常，不见我是应该的。留在国内的人为您守卫国家，随您出亡的人为您牵马负缰，二者的行为都是对的，何必要向留在国内的人问罪呢？作为一个国君而记一个普通人的仇，害怕的人就太多了。”仆人将他的话报告文公，文公立即召见了头须。以上是晋文公见小吏头须。

狄人归季隗于晋而请其二子[①]。文公妻赵衰，生原同、屏括、楼婴。赵姬请逆盾与其母[②]，子馀辞[③]。姬曰：“得宠而忘旧，何以使人？必逆之！”固请，许之，来，以盾为才，固请于公以为嫡子，而使其三子下之，以叔隗为内子而己下之[④]。以上归二隗。

【注释】

①请其二子：二子指季隗所生伯儵、叔刘，狄人请求留下他们。

②赵姬：文公的女儿。

③子馀：赵衰字子馀。

④内子：卿的嫡妻、正妻叫内子。

【译文】

狄人将季隗送回晋国而请求留下文公的两个儿子伯儵、叔刘。文公将女儿赵姬嫁给赵衰，生下原同、屏括、楼婴三个儿子。赵姬请赵衰接回赵盾和他的母亲叔隗，赵衰拒绝。赵姬说："得了新宠就忘了旧爱，怎么差遣别人呢？一定得把他们接回来。"经过再三请求，赵衰答应了。接来以后，赵姬见赵盾很有才能，一再请求文公，将赵盾立为嫡子，使自己的三个儿子在赵盾之下，以叔隗作为赵衰的正妻，自己在她之下。以上是接回季隗、叔隗两夫人。

晋侯赏从亡者，介之推不言禄[①]，禄亦弗及[②]。推曰："献公之子九人，唯君在矣。惠、怀无亲，外内弃之。天未绝晋，必将有主。主晋祀者[③]，非君而谁？天实置之，而二三子以为己力，不亦诬乎[④]？窃人之财，犹谓之盗，况贪天之功以为己力乎？下义其罪，上赏其奸，上下相蒙[⑤]，难与处矣！"其母曰："盍亦求之，以死谁怼[⑥]？"对曰："尤而效之[⑦]，罪又甚焉，且出怨言，不食其食。"其母曰："亦使知之[⑧]，若何？"对曰："言，身之文也。身将隐，焉用文之[⑨]？是求显也。"其母曰："能如是乎？与女偕隐。"遂隐而死。晋侯求之，不获，以绵上为之田[⑩]，曰："以志吾过[⑪]，且旌善人[⑫]。"以上介之推避隐。

【注释】

①介之推：跟随文公出亡的小臣，姓介名推。

②弗及：赏禄未轮到他的头上。

③主晋祀者：主持晋国宗庙社稷祭祀的人，即国君。

④诬：欺骗。

⑤蒙：欺骗，蒙蔽。

⑥以：因此。怼(duì)：怨恨。

⑦尤：责怪。

⑧使知之：指让文公知道介之推的功劳，但不要赏禄。

⑨文：纹饰。

⑩绵上：晋地，在今山西介休南。田：祭田。

⑪志：记载。

⑫旌：表彰。

【译文】

文公奖赏跟着他出亡的人，只有一个小臣叫介之推的，不肯列举自己的功劳以求取禄赏，禄赏也就没有轮到他头上。介之推说："献公有九个儿子，只有文公一人在世了。惠公、怀公众叛亲离，国内外的人都唾弃他们。上天没有灭绝晋国，一定会有贤君出现。主持晋国宗庙社稷祭祀的人，除了文公还有谁呢？实在是上天安排他做了国君，而那些人都认为是自己的力量，这不是骗人吗？偷人财物，还要被称为盗，何况贪天之功据为己有的那些人呢？臣下把罪过当做正义，国君对他们的奸邪行为给予赏赐，上下互相欺骗，我无法与他们共处了！"他母亲说："你为何不向晋侯请求赏赐？不然的话，你因此而死了又怨恨谁呢？"介之推回答说："指责了他们又去效法他们，罪过不是更大了吗？而且我已经口出怨言，不能再接受那样的俸禄。"他母亲说："只让国君知道你为他所做过的事，不要禄赏怎么样？"介之推说："语言是人身体上的纹饰，我的身子将要隐居，还用得着纹饰吗？这还是在求显达呀。"

他母亲说："果真如此，我和你一起隐居吧。"于是隐居而死。晋文公寻找介之推却没找到，就以绵上作为他的祭田，并说："以此来记录我的过失并表彰好人。"以上是介之推避赏赐而隐居。

晋楚城濮之战

【题解】

晋楚城濮之战是春秋时期的一次重要战争。齐、宋不肯事楚而与晋友善，楚国因此攻宋，晋引军救宋引起这场战争。参战的有秦、齐、宋、陈、蔡等国，以楚国大败而告结束。其重要原因是楚国令尹子玉刚愎自用、狂妄自大，而历经坎坷、得君位不易的晋文公，重用狐偃、赵衰、先轸等人，在整顿军政、发展生产、国势强盛的基础上，运用正确的谋略，终于取得此次大捷并成就了霸业。这充分说明了统帅在战争中所起作用的重要性。战后订立的践土（即王庭）之盟曾对诸侯起过一定的约束作用。

楚子将围宋，使子文治兵于睽[①]，终朝而毕[②]，不戮一人[③]。子玉复治兵于蒍[④]，终日而毕，鞭七人，贯三人耳[⑤]。国老皆贺子文[⑥]，子文饮之酒[⑦]。蒍贾尚幼[⑧]，后至，不贺。子文问之，对曰："不知所贺。子之传政于子玉，曰：'以靖国也。'靖诸内而败诸外[⑨]，所获几何？子玉之败，子之举也。举以败国，将何贺焉？子玉刚而无礼[⑩]，不可以治民。过三百乘[⑪]，其不能以入矣[⑫]。苟入而贺，何后之有[⑬]？"以上蒍贾策子玉之败。

【注释】

①子文：曾为楚国令尹的斗谷於菟(wū tú)，字子文。睽：楚国邑名。今地不详。

②终朝：自天明到吃早饭这段时间。

③戮：杀戮，此处指处罚。子文想突出子玉，所以草草完事。

④子玉：当时的楚国令尹成得臣。蒍(wěi)：楚国地名。今名不详。

⑤贯耳：用箭刺穿耳朵，古代一种刑罚。

⑥国老：已告老的旧臣。贺子文：祝贺他举荐的子玉能胜任其职。

⑦饮之酒：请他们喝酒。

⑧蒍贾：伯嬴，楚名相孙叔敖的父亲。

⑨靖诸内：安定了国内。靖，安定。败诸外：在国外遭到失败。

⑩刚：刚愎自用。

⑪三百乘：二万二千五百人。甲车一乘，配甲士三人，步卒七十二人。

⑫入：回国。

⑬后：晚。

【译文】

楚成王要围攻宋国，派子文在睽地练兵，一早晨就结束了，没处罚一个人。这是他为了突出子玉才这么做的。子玉又在蒍地练兵，一整天才结束，鞭打了七人，用箭刺穿了三个人的耳朵。已退休的老臣纷纷向子文表示祝贺，祝贺他举荐的子玉胜任其职，子文请他们喝酒。蒍贾此时年纪还小，来得晚，还不表示祝贺。子文问他为什么，他说："不知道祝贺您什么，您将国家政事传给了子玉，说：'用他来安定楚国。'安定了国内而在国外遭到了失败，对楚国能有多少好处？子玉失败，是您荐举的结果，您荐举的人败坏了国家，又有什么可祝贺的？子玉刚愎自用，对人无礼，不能治理民众，他带兵超过三百乘，恐怕就不能回国了。如果他能胜利回国再来祝贺，还算晚吗？"以上是蒍贾预料子玉必败。

冬，楚子及诸侯围宋，宋公孙固如晋告急[①]。先轸曰[②]：“报施救患[③]，取威定霸，于是乎在矣[④]。”狐偃曰：“楚始得曹而新昏于卫[⑤]，若伐曹、卫，楚必救之，则齐、宋免矣。”以上谋救宋。于是乎蒐于被庐[⑥]，作三军[⑦]。谋元帅[⑧]。赵衰曰[⑨]：“郤縠可[⑩]。臣亟闻其言矣[⑪]，说礼乐而敦《诗》《书》[⑫]。《诗》《书》，义之府也[⑬]。礼乐，德之则也[⑭]。德义，利之本也[⑮]。《夏书》曰[⑯]：‘赋纳以言[⑰]，明试以功[⑱]，车服以庸[⑲]。’君其试之[⑳]。”及使郤縠将中军，郤溱佐之[㉑]；使狐偃将上军，让于狐毛，而佐之；命赵衰为卿，让于栾枝、先轸[㉒]；使栾枝将下军，先轸佐之；荀林父御戎[㉓]，魏犫为右[㉔]。以上大蒐谋帅。

【注释】

①公孙固：宋庄公的孙子，宋襄公庶兄，宋国大司马。

②先轸：即原轸，晋国名将。

③报施：报答晋文公流亡时宋国赠马的恩惠。

④于是乎在矣：就在救宋这一战了。

⑤始得曹：曹国刚刚归附楚国。昏：通“婚”。结亲。

⑥蒐（sōu）：检阅，阅兵。被庐：晋地，今名不详。

⑦作：建立。晋献公原来分为二军，现在建立三军。

⑧谋：谋求。元帅：中军之帅。上、中、下三军，以中军为最高，中军主将就是元帅。

⑨赵衰（cuī）：晋国大夫，字子馀。

⑩郤縠（hú）：晋国大夫。

⑪亟：屡次。

⑫说：同“悦”。喜好。敦：推重。

⑬义：义理，正义。府：府库。

⑭德：德行，品行。则：标准。

⑮利：利益，功用。

⑯《夏书》：《尚书》中有关夏代的部分。下引文见《虞书》中的《益稷》篇。

⑰赋：取，听取。

⑱明试：清楚地考察。

⑲车服以庸：报答其功劳。庸，功劳。

⑳试：试用。

㉑郤溱（zhēn）：郤縠的族人。佐：辅佐，即作副将。

㉒栾枝：又名栾贞子。

㉓荀林父：即中行桓子。御戎：驾驶兵车。

㉔魏犨（chōu）：即魏武子，晋国大夫。为右：给晋文公作车右。

【译文】

鲁僖公二十七年冬天，楚王及陈、蔡、郑、许等国领兵围攻宋国，宋国大司马公孙固到晋国告急。先轸说："报答我们国君流亡时宋国赠马的恩惠，救助宋国被围的危难，在诸侯中取得威望，完成霸业，就在此一举了。"狐偃说："曹国刚刚归附楚国，卫国新近与楚联姻，如果我们征讨曹、卫，楚国一定去救，这样齐、宋的危难就可以解除了。"以上是晋国商量救宋。于是在被庐阅兵，建立三军，谋划选派元帅。赵衰说："郤縠能胜任。我屡次听他发表言论，他喜好礼乐、爱重《诗》《书》。《诗》《书》当中蕴藏着事物的正理，而礼乐是德行的准则。德行和义理是国家利益的根本。《夏书》上说：'听取他的言论以观察他的志向，考察他所做的事，以车马服饰来酬谢他的功劳。'您不妨试用他看看。"于是文公派郤縠率领中军，郤溱作副将；派狐偃率领上军，狐偃谦让给哥哥狐毛而自己作副将；任命赵衰作卿，他谦让给栾枝、先轸；派栾枝指挥下军，先轸作副将。荀林父为文公驾驶兵车，魏犨作文公的车右。以上是阅兵与选派元帅。

晋侯始入而教其民。二年，欲用之。子犯曰："民未知义，未安其居[①]。"于是乎出定襄王[②]，入务利民[③]，民怀生矣[④]，将用之。子犯曰："民未知信，未宣其用[⑤]。"于是乎伐原以示之信[⑥]。民易资者不求丰焉[⑦]，明征其辞[⑧]。公曰："可矣乎？"子犯曰："民未知礼，未生其共[⑨]。"于是乎大蒐以示之礼[⑩]，作执秩以正其官[⑪]，民听不惑而后用之。出穀戍，释宋围，一战而霸，文之教也。以上因大蒐而追叙前事兼及后效。

【注释】

①未安其居：人民生活还没安定。

②出定襄王：出兵定襄王之位。襄王即周襄王，鲁僖公二十四年（前636），襄王庶弟太叔带将襄王赶到郑国；鲁僖公二十五年（前635）晋文公出兵杀王子带，护送周襄王归国复位。

③务：专心致力于某事。

④怀生：安居乐业。

⑤宣：明白，懂得。其：指"信"，此句意为百姓还不懂得诚信的作用。

⑥伐原以示之信：原是周地名。在今河南济源西北，为周卿士原伯贯封邑，因原伯贯兵败无功，襄王将此地转赐给晋文公。恐怕原城人不服，文公用兵包围了原城，三天之后为守信用而撤离，原城投降。

⑦易资者：交换货物。不求丰：不用欺骗手法来多得。

⑧明征其辞：明定契约。

⑨共：同"恭"。恭敬之心。

⑩蒐：古时称春天或秋天打猎为蒐。

⑪作执秩：设立掌管爵禄秩位的官。正：整理，调整。

【译文】

晋文公刚回国就开始教化他的百姓。第二年,文公想动用百姓去作战。狐偃说:“百姓还不懂义理,生活还没有安定。”于是文公对外出兵杀死太叔带,护送周天子归国复位,回国又专心致力于民生,人民安居乐业,文公又要动用百姓。狐偃说:“百姓还不懂得诚信,还不明白诚信的作用。”于是文公在征讨原城时以“退兵一舍”来向人民展示诚信。百姓交换货物时不用诈骗手段来谋取多得,彼此之间明定契约。晋文公问:“可以动用百姓了吗?”狐偃说:“百姓还不知礼法,还没有对礼产生恭敬之心。”文公于是举行春蒐、秋蒐来向民众申明礼仪,设立掌管爵禄秩位的官以调整官员,百姓服从国君的命令而毫不怀疑,然后才动用民众。晋国迫使楚国撤退了在齐国榖地的驻军,解除了楚对宋的围困,城濮一战而成为霸主,这都是晋文公用礼乐制度教化其民的结果。以上因阅兵而追叙前事兼及其后的效果。

二十八年春,晋侯将伐曹,假道于卫[①],卫人弗许。还,自南河济[②]。侵曹伐卫。正月戊申[③],取五鹿[④]。二月,晋郤縠卒。原轸将中军,胥臣佐下军[⑤],上德也[⑥]。晋侯、齐侯盟于敛盂[⑦]。卫侯请盟[⑧],晋人弗许。卫侯欲与楚[⑨],国人不欲,故出其君以说于晋[⑩]。卫侯出居于襄牛[⑪]。以上卫持两端,欲附于晋。

【注释】

①假道:借道。曹在卫的东方,晋军自西而东攻曹,必须经过卫,所以要借道。

②自南河济:从卫国南面渡黄河,即从河南汲县南渡河,然后往东伐曹。

③正月戊申：正月十一日。

④五鹿：卫地，在今河南濮阳东北。

⑤胥臣：即司空季子，晋国大夫。

⑥上：崇尚。原轸原为下军副将，现在超升为中军统帅，所以说崇尚注重有德行的人。

⑦齐侯：齐昭公，名潘，齐桓公之子。敛盂：卫地，在今河南濮阳东南。

⑧卫侯：卫成公，名郑，卫文公之子。

⑨与楚：和楚国交好。与，交好。

⑩出：赶出，遗弃。说：同“悦”。取悦，讨好。

⑪襄牛：卫国地名。在今河南睢县，一说在今河南范县。

【译文】

鲁僖公二十八年春天，晋文公要攻打曹国，向卫国借路，卫国人不答应。晋军返回，从卫国南面渡过黄河。侵入曹国后讨伐卫国。正月十一日攻取了卫国的五鹿。二月，晋军之帅郤縠去世。原轸率领中军，胥臣辅佐下军，这样做是为了崇尚有德行的人。晋侯、齐侯在敛盂订立盟约。卫侯请求加入盟约，晋人不答应。卫侯想和楚国交好，卫国人不愿意，因此驱逐他们的国君以讨好晋。卫侯出逃住到了襄牛。以上是卫国左右摇摆，想要归附晋国。

公子买戍卫[①]，楚人救卫，不克。公惧于晋，杀子丛以说焉，谓楚人曰：“不卒戍也[②]。”以上鲁持两端不敢戍卫。

【注释】

①公子买：字子丛，鲁国大夫。戍卫：戍守卫国。

②卒：完成。

【译文】

鲁公子买领兵驻防在卫国，楚人救卫，没有战胜晋军。鲁僖公害怕晋国，将公子买杀掉以取悦晋国，对楚人却说：“公子买没有完成戍守的任务。”以上是鲁国首鼠摇摆，不敢驻防卫国。

晋侯围曹，门焉[①]，多死，曹人尸诸城上，晋侯患之，听舆人之谋曰[②]：“称舍于墓[③]。”师迁焉，曹人凶惧[④]，为其所得者棺而出之[⑤]，因其凶也而攻之。三月丙午[⑥]，入曹。数之[⑦]，以其不用僖负羁而乘轩者三百人也[⑧]，且曰：“献状[⑨]。”令无入僖负羁之宫而免其族，报施也。魏犨、颠颉怒曰：“劳之不图，报于何有！”爇僖负羁氏[⑩]。魏犨伤于胸，公欲杀之而爱其材，使问[⑪]，且视之，病[⑫]，将杀之。魏犨束胸见使者曰[⑬]：“以君之灵，不有宁也？”距跃三百[⑭]，曲踊三百[⑮]。乃舍之。杀颠颉以徇于师[⑯]，立舟之侨以为戎右[⑰]。以上晋师破曹。

【注释】

①门焉：攻曹城门。

②舆人：众人。

③称：声称。舍于墓：把军队驻扎在曹人墓地上，暗示要掘曹人祖坟来报复。

④凶：恐惧，慌乱。

⑤为：将。所得者：指所得到的晋军尸体。

⑥三月丙午：三月初十。

⑦数之：列举曹共公的罪状。

⑧其：曹共公。僖负羁：曹国大夫。晋文公流亡在曹时他曾赠饭赠玉。轩：大夫所乘的车。意指曹国许多无德的人都做了大夫。

⑨献状:献出这些官居大夫位之人的功劳状。

⑩爇(ruò):烧。

⑪使问:派人去慰问。

⑫病:此处指伤势沉重。

⑬束胸:包扎好胸部伤口。

⑭距跃:往前跳。三百:三次。百,同"陌"。次。

⑮曲踊:弯身跳。

⑯徇(xùn):这里是示众义。

⑰立舟之侨:任命舟之侨作车右。即撤销了魏犨此职。舟之侨原为虢臣,鲁闵公二年逃到晋国。

【译文】

晋侯围攻曹国,攻打曹国城门,伤亡很大,曹人将晋军尸体陈列在城上。晋文公很忧虑,担心这样会动摇军心,他听从众人的计谋:"宣称要将军队驻扎在曹人墓地上,掘曹人祖坟来报复。"军队转移至曹人墓地,曹人感到恐惧、慌乱,将他们所得的晋军士兵尸体盛于棺木中送出来,晋军借他们恐慌之机加紧攻城。三月十日,晋军攻进了曹国国都。晋文公列举曹共公的罪状,指责他不重用贤臣僖负羁而不称职的大夫却多达三百人,并说:"把这些人的功劳状拿出来!"晋文公下令不得进入僖负羁的住宅并赦免他的同族人,这是为了报答他当年"飧璧"的恩惠。魏犨、颠颉生气地说:"有功劳的人不考虑报答,却来报答什么功劳都没有的人!"于是放火烧了僖负羁的家。魏犨胸部受了伤,晋文公想杀他又爱惜他的材力,于是派使者去慰问,并探视他的伤势,如果伤势沉重就要杀了他。魏犨明白国君的用意,把胸部伤口包扎好来见使者说:"托国君的福,我这不是很好吗?"并向前跳了三次,向上跳了三次。晋文公于是放过了他。将颠颉杀了在军中示众,改用舟之侨作晋文公的车右。以上是晋国军队破曹。

宋人使门尹般如晋师告急[①]。公曰："宋人告急，舍之则绝[②]，告楚不许[③]。我欲战矣，齐、秦未可，若之何？"先轸曰："使宋舍我而赂齐、秦，藉之告楚。我执曹君而分曹、卫之田以赐宋人。楚爱曹、卫，必不许也。喜赂怒顽[④]，能无战乎？"公说，执曹伯，分曹、卫之田以畀宋人[⑤]。以上晋谋激齐、秦，使来会战。

【注释】

①门尹般：宋国大夫。

②舍之：放弃宋不管。之，指宋。绝：断。指宋与晋断绝关系。

③告楚：请楚退兵。

④怒顽：恼怒楚国顽固不听劝。

⑤畀(bì)：给予。

【译文】

宋人派门尹般到晋军中告急。晋文公说："宋人告急，我们若不管，宋就会与我们断绝关系；请楚国退兵，楚又不会答应。我想和楚作战，齐国、秦国又不同意，怎么办呢？"先轸说："设法使宋国不向我们求救而去贿赂齐、秦，由他们出面请楚退兵。我们扣住曹国国君，将曹、卫的土地分一部分给宋国。楚国爱惜曹、卫两个盟邦，一定不会答应齐、秦的请求。齐、秦喜爱宋国的贿赂而恼怒楚国的顽固，能不参加战争吗？"文公很高兴，拘禁曹伯，将曹、卫的一部分土地给了宋国。以上是晋国君臣商量激怒齐国、秦国，使之前来会战。

楚子入居于申[①]，使申叔去穀[②]，使子玉去宋[③]，曰："无从晋师[④]。晋侯在外十九年矣，而果得晋国。险阻艰难，备尝之矣；民之情伪，尽知之矣。天假之年[⑤]，而除其害[⑥]。天之所置，其可废乎？《军志》曰[⑦]：‘允当则归[⑧]。’又曰：‘知难而退。’又曰：‘有德不可敌。’此三志者，晋之谓矣。”子玉使伯棼请战[⑨]，曰：“非敢必有功也，愿以间执谗慝之口[⑩]。”王怒，少与之师，唯西广、东宫与若敖之六卒实从之[⑪]。以上楚君欲退，臣欲战。

【注释】

①入居：回兵驻扎。申：楚地，原为申地，在今河南南阳。

②申叔：申公叔侯，时为楚大夫。穀：齐国地名。今山东东阿。

③去：撤出。

④无从：不要进逼。指不要同晋军交战。

⑤天假之年：上天使其长寿。此时晋献公九个儿子只剩文公一人，所以称“天假之年”。

⑥除其害：指除去惠公、怀公、吕甥、郤芮等。

⑦《军志》：古代的兵书。

⑧允当则归：不求过分，即适可而止。

⑨伯棼（fēn）：即斗椒，斗伯比之孙，又称子越，楚国大夫，先后做过楚国司马和令尹。

⑩间执：堵住，塞住。谗慝：毁谤，诬蔑。指蒍贾说子玉不能以三百乘入的话。

⑪西广：楚国军制分左、右广，西广即右广，相当于右军。东宫：太子宫，这是指太子宫中卫队。若敖：若敖氏，楚王祖先，也是子玉祖先的名号，楚国亲兵等特种部队以此命名。六卒：六百人。

【译文】

楚成王回兵驻扎于申，命令申叔撤出谷地，令子玉撤离宋国，说：“不要同晋军交战。晋侯在外流亡十九年，终于回到晋国为君。一切艰难险阻，都经历过了；人心的真假虚实，他也都知道。上天使其长寿，除掉了他的敌人。老天扶植的人，是不会被舍弃的吧？《军志》上说：'适可而止。'又说：'知难而退。'还说：'有德行的国家是不可抵挡的。'这三句话，都好像说的是晋国。"子玉派伯棼请战，说："不敢说一定能立功，但是愿借此机会来堵住那些毁谤、诬蔑我的人的口。"楚成王很生气，只给了他很少的兵力，只有西广、东宫和若敖氏亲兵六百人归他指挥。以上是楚国国君想要退兵，大臣子玉想要开战。

子玉使宛春告于晋师曰[①]："请复卫侯而封曹[②]，臣亦释宋之围。"子犯曰："子玉无礼哉！君取一[③]，臣取二[④]，不可失矣。"先轸曰："子与之[⑤]。定人之谓礼[⑥]，楚一言而定三国，我一言而亡之，我则无礼，何以战乎？不许楚言，是弃宋也。救而弃之，谓诸侯何？楚有三施，我有三怨，怨仇已多，将何以战？不如私许复曹、卫以携之[⑦]，执宛春以怒楚，既战而后图之。"公说，乃拘宛春于卫，且私许复曹、卫。曹、卫告绝于楚[⑧]。以上私许复曹、卫，以说三国。

【注释】

①宛春：楚国大夫。

②复卫侯而封曹：卫侯出居于襄牛，曹伯被拘押在宋，所以说复卫侯而封曹。

③君：指晋文公。取一：得到一桩好处。

④臣：指子玉。

⑤子与之：您答应他吧。

⑥定人：指安定别人、别国。

⑦携：离间。

⑧告绝：宣告绝交。

【译文】

子玉派宛春通知晋军说："请恢复卫侯君位和曹国的封疆，我也撤退围困宋国的军队。"狐偃说："子玉真无礼！晋国君主只得到一桩好处，而他做臣子的反而得到两桩好处，我们不能失去这个进攻的机会。"先轸说："您答应了他吧。安定别国叫做有礼，楚国一句话安定了三个国家，我们一句话而断送了他们，我们就无礼了，凭什么去作战呢？不答应楚国的要求，是抛弃宋国。我们为救宋而来又抛弃了它，诸侯会怎么说呢？楚国对三国都有恩惠，而我们拒绝却会与三国结下怨仇，怨恨结多了，又靠什么去打仗呢？我们不如私下答应恢复曹、卫两个国家，以离间他们和楚国的关系，扣留宛春以激怒楚国，打起来决出胜负再进一步定计。"文公很高兴，于是将宛春拘禁在卫国，并且暗中答应恢复曹、卫两个国家。曹、卫两国都宣告与楚绝交。以上是晋国私下许诺恢复卫侯君位和曹国的封疆，以讨好三国。

子玉怒，从晋师[①]。晋师退。军吏曰[②]："以君辟臣[③]，辱也。且楚师老矣[④]，何故退？"子犯曰："师直为壮，曲为老，岂在久乎？微楚之惠不及此[⑤]，退三舍辟之，所以报也[⑥]。背惠食言[⑦]，以亢其仇[⑧]，我曲楚直。其众素饱[⑨]，不可谓老。我退而楚还，我将何求？若其不还，君退臣犯，曲在彼矣。"退三舍。楚众欲止，子玉不可。以上晋退三舍避楚。

【注释】

①从晋师：进逼晋军。

②军吏：军官。

③辟：同"避"。躲避。

④老:疲乏,指士气不振。

⑤微:没有。

⑥退三舍辟之,所以报也:重耳流亡在外时,曾受楚王的款待,当时答应楚成王日后晋楚交战时要退避三舍以报其恩。

⑦背惠:忘恩负义。

⑧亢:提高,加强。

⑨素饱:一向士气饱满。

【译文】

子玉非常生气,率军进逼晋军。晋军往后撤。军官们说:"作为国君而躲避为臣子的,这真是耻辱。而且楚国军队已经士气不振了,干吗要后退呢?"狐偃说:"军队出师作战,理直气就壮,理屈就会士气不振,哪里在于出征时间长不长呢?没有楚国当年的帮助,我们也就没有今天了,退避三舍就是为了报答楚国的恩惠。忘恩负义,背弃诺言,会激起楚人的仇怨,那就是我们理屈,楚国理直。他们的士气又一贯饱满,不能说衰落不振。我们后撤楚军也返回,我们还有什么可求的呢?如果楚军不返回,国君退让,臣下却进逼,理亏的就是他们了。"晋军后撤了三舍,共九十里,楚国士兵想要停下,子玉却不答应。以上是晋军退三舍以避楚军。

夏四月戊辰[1],晋侯、宋公、齐国归父、崔夭、秦小子慭次于城濮[2]。楚师背酅而舍[3],晋侯患之,听舆人之诵[4],曰:"原田每每,舍其旧而新是谋[5]。"公疑焉[6]。子犯曰:"战也。战而捷,必得诸侯。若其不捷,表里山河[7],必无害也。"公曰:"若楚惠何?"栾贞子曰:"汉阳诸姬,楚实尽之[8],思小惠而忘大耻,不如战也。"晋侯梦与楚子搏,楚子伏己而盬其脑[9],是以惧。子犯曰:"吉。我得天,楚伏其罪[10],吾且柔之矣⑪。”以上晋君臣论战事。

【注释】

①四月戊辰：四月初三。

②国归父：亦称国庄子，齐国大夫。崔夭：齐大夫。秦小子慭（yìn）：秦穆公之子。此三人与宋国国君都是作为晋国盟军将领来参战的。次：停留，驻扎。城濮：卫地，在今河南陈留，一说在今河南范县南。

③背酅（xī）：背靠名为酅的丘陵。酅，城濮附近的地名。地势险要。

④诵：歌唱。

⑤原田每每，舍其旧而新是谋：此歌是比喻晋国兴盛，就像原田之蕈那么肥美，晋君可以谋立新功，不必再念楚国原来的恩惠。原田，原野。每每，肥美。新是谋，谋新。

⑥疑：疑惑，以为众人说自己背弃旧友，谋求新友。

⑦表里山河：晋国外有黄河，内有太行山，地势险固。

⑧汉阳诸姬，楚实尽之：汉水北面许多姬姓国家，都是晋的同姓国，都是被楚灭掉的。

⑨盬（gǔ）：吮吸。

⑩我得天，楚伏其罪：晋侯面向上所以是得天，楚王面向下所以是伏罪。

⑪柔：软化。脑子是柔软的，所以这么说。

【译文】

夏季四月初三，晋侯、宋公、齐国的国归父、崔夭、秦国的小子慭率领军队驻扎在城濮。楚军背靠险要的丘陵酅安营扎寨，晋文公见敌人占据了有利地形感到忧虑，他听众人唱着这样的歌：“原野上的青草多肥美，除掉旧根子，播下新种子。”心中疑惑不定。狐偃说：“打吧。打胜了，我们一定可以得到诸侯的拥戴。如果不能取胜，我们晋国外有黄河，内有太行山，一定不会受什么损害。”晋文公说：“楚国从前对我们的恩惠怎么办呢？”栾枝说：“汉水以北的那些姬姓国家，都是被楚灭掉的。老想着他们的小恩小惠就会忘了这奇耻大辱，不如打一仗。”晋文公梦见和楚王搏斗，楚王伏在晋侯身上吮吸他的脑汁，所以很害怕。狐偃说：“这梦吉利。您面向上是我们晋国得天助之兆，楚王面向地是向您伏罪。他吮吸您的脑汁就是被您柔化、驯服了。”以上是晋国君臣谈论战事。

子玉使斗勃请战[①]，曰：“请与君之士戏[②]，君凭轼而观之[③]，得臣与寓目焉[④]。”晋侯使栾枝对曰：“寡君闻命矣。楚君之惠未之敢忘，是以在此。为大夫退[⑤]，其敢当君乎？既不获命矣[⑥]，敢烦大夫谓二三子[⑦]，戒尔车乘[⑧]，敬尔君事[⑨]，诘朝将见[⑩]。”以上子玉致师。

【注释】

①斗勃：楚大夫。

②戏：角力，较量。

③轼：战车前扶手的横木。

④寓目：观看。

⑤大夫：指子玉，为子玉而退避三舍。

⑥命：楚国退兵的命令。

⑦二三子：指楚军将领。

⑧戒：准备。

⑨敬：专注谨慎。

⑩诘朝：明早。

【译文】

子玉派斗勃请战说：“我请求和您的斗士较量一番，您可以靠在车前的横木上观看，我成得臣也一起看。"晋侯派栾枝答复说："我们国君听到你的话了。楚王的恩惠一直不敢忘，所以才退到这里。对子玉大夫我们还退避三舍，怎么敢抵挡楚君呢？现在既然没得到楚军退兵的命令，烦请大夫转告贵国的将军们，准备你们的战车，专心于你们国君交代的任务，明天早晨我们再见。"以上是楚国子玉派遣部队挑战晋军。

晋车七百乘，韅、靷、鞅、靽①。晋侯登有莘之虚以观师②，曰："少长有礼，其可用也。"遂伐其木以益其兵。己巳③，晋师陈于莘北，胥臣以下军之佐当陈、蔡。子玉以若敖之六卒将中军，曰："今日必无晋矣。"子西将左④，子上将右⑤。胥臣蒙马以虎皮，先犯陈、蔡。陈、蔡奔，楚右师溃。狐毛设二旆而退之⑥。栾枝使舆曳柴而伪遁⑦，楚师驰之⑧。原轸、郤溱以中军公族横击之⑨。狐毛、狐偃以上军夹攻子西，楚左师溃。楚师败绩。子玉收其卒而止，故不败。

【注释】

①韅(xiǎn)、靷(yǐn)、鞅(yāng)、靽(bàn)：分别为马背、马胸、马腹、马后等部位的皮革。形容装备整齐。

②有莘(shēn)：古代国名。在今河南陈留东北。虚：同"墟"。废墟。

③己巳：四月初四。

④子西：楚司马斗宜申，字子西。

⑤子上：斗勃，字子上。

⑥旆(pèi)：大旗。

⑦舆曳柴：战车后面拖着树枝。

⑧驰之：追赶晋军。

⑨公族：晋文公统率的亲兵。横击之：拦腰冲击楚军。

【译文】

晋军有战车七百辆，五万二千五百人，装备齐全。晋文公登上有莘旧城的废址检阅了部队，说：“无论老少都有礼，可以让他们去打仗了。”又砍伐了有莘的树木以补充攻战的器具。四月初四，晋军列队于莘北，下军副将胥臣负责抵挡陈、蔡两国军队。子玉率领中军指挥若敖氏的六百兵卒，说：“今天一定灭了晋国。”子西率领左军，斗勃率领右军。胥臣给马蒙上虎皮，率先冲击陈、蔡军队。两国军队弃阵而逃，楚国右军溃败了。狐毛立起两面大旗，伪装退却。栾枝让战车后面拖着树枝假装败逃，楚军受骗，在后面追赶。原轸、郤溱指挥中军精锐拦腰冲击楚军。狐毛、狐偃指挥上军回身夹攻子西，楚国左军也溃败了。至此，楚军大败。子玉及早收住中军不动，所以中军没败。

晋师三日馆谷①，及癸酉而还②。以上城濮战事正文。

【注释】

①馆：驻扎。

②癸酉：四月初八。

【译文】

晋军在谷这个楚军营地驻扎了三天，吃的都是楚军的粮食，到四月初八才班师。以上是城濮之战的主要内容。

甲午①，至于衡雍②，作王宫于践土③。乡役之三月④，郑伯如楚致其师⑤，为楚师既败而惧，使子人九行成于晋⑥。晋栾枝入盟郑伯⑦。五月丙午⑧，晋侯及郑伯盟于衡雍。以上晋、郑盟。丁未⑨，献楚俘于王，驷介百乘⑩，徒兵千。郑伯傅王⑪，用平礼也⑫。己酉⑬，王享醴⑭，命晋侯宥⑮。王命尹氏及王子虎、内史叔兴父策命晋侯为侯伯⑯,赐之大辂之服⑰,戎辂之服⑱,彤弓一⑲,彤矢百,玈弓矢千⑳,秬鬯一卣㉑,虎贲三百人㉒。曰:“王谓叔父㉓,敬服王命,以绥四国㉔,纠逖王慝㉕。”晋侯三辞,从命。曰:“重耳敢再拜稽首,奉扬天子之丕显休命㉖。”受策以出㉗,出入三觐㉘。以上献俘于王。

【注释】

①甲午:四月二十九。

②衡雍:郑国地名。在今河南原武西北。

③作王宫:建造周天子的行宫。践土:郑地,在今河南荥泽西北。

④乡役之三月:城濮战役前三个月。

⑤致:交付。

⑥子人九:郑国大夫。行成:求和,订立和议。

⑦入:指去郑国国都。

⑧五月丙午:五月十一日。

⑨丁未:五月十二日。

⑩驷介:四马披甲。

⑪傅王:给周王指导礼节。

⑫用平礼:用周平王待晋文侯的礼节。

⑬己酉:五月十四日。

⑭享醴(lǐ):设宴招待。

⑮宥(yòu):酬答,劝食。

⑯尹氏、王子虎:周王室卿士。内史:周朝官名。掌管爵禄生杀大权。叔兴父:周大夫,官至内史。策命:用竹简写上命令,即书面任命。侯伯:诸侯领袖。

⑰大辂之服:大辂为古代祭祀时所乘的金色的车,并有专用服装与

之相配，即饰有赤色野鸡翎毛的帽子。

⑱戎辂：举行军礼时所乘的戎车，与之相配的是皮帽，即戎辂之服。

⑲彤弓：红弓。

⑳玈(lú)：黑弓。赐予晋文公这些弓箭是表示给予征伐之权。

㉑秬(jù)：黑黍。鬯(chàng)：香酒。卣(yǒu)：盛酒的器具。

㉒虎贲(bēn)：勇士，天子的卫队。

㉓王：周襄王自称。叔父：指晋文公。晋与周王室同姓，按当时习惯，年龄相差不大的，不分辈分通称叔父。

㉔绥四国：安定四方诸侯。

㉕纠逖(tì)：检举除治。王慝：危害周天子的恶人。

㉖奉扬：恭敬地承受，称颂。丕：大。休：美。

㉗受策：接受策书。

㉘三觐(jìn)：进见了三次。

【译文】

四月二十九日，到了衡雍，因周襄王要来慰劳晋军，晋侯命令在践土建造了一座行宫。在城濮之战前三个月，郑伯曾去楚国，将郑军加入楚军归楚指挥，现在因为楚军已败，郑文公很害怕，派子人九与晋修好。晋大夫栾枝到郑国与郑文公议盟。五月十一日，晋文公与郑文公在衡雍签订了盟约。以上是晋国、郑国结盟。五月十二日，晋文公向周襄王献上了楚国战俘，四马披甲的战车百辆，步兵千人。郑文公为周襄王指导礼节，用周平王接待晋文侯的仪式来接待晋文公。五月十四日，周天子设宴款待晋文公，并与晋侯酬答，向其劝酒。襄王命他的卿士尹氏和王子虎、内史叔兴父出面，任命晋文公为诸侯领袖，赐给晋侯祭祀时乘的金色的车及相应服饰、举行军礼时乘坐的兵车及专用服饰；红色弓一张，红色箭一百支，黑色的弓箭一千支；黑黍米酿造的香酒一卣；勇士三百人。并对晋侯说："我称你一声叔父，要恭谨地服从天子的命令，安抚四方诸侯，为天子检举、纠治坏人。"晋侯谦让了三次，最后接受了命令，说："重耳再叩首，恭敬地承受称颂周天子伟大、光明、美好的圣命。"接受了策书后走出来，前后一共进见了三次周天子。以上是晋文公献俘于周襄王。

卫侯闻楚师败，惧，出奔楚，遂适陈①，使元咺奉叔武以受盟②。癸亥③，王子虎盟诸侯于王庭④，要言曰⑤："皆奖王室⑥，无相害也。有渝此盟⑦，明神殛之⑧，俾队其师⑨，无克祚国⑩，及而玄孙⑪，无有老幼。"君子谓是盟也信，谓晋于是役也能以德攻。以上践土之盟。

【注释】

①适：去，向。

②元咺(xuān)：卫国大夫。奉：侍奉，辅佐。叔武：卫成公之弟。受盟：接受盟约。

③癸亥：五月二十八日。

④王庭：周襄王的住所，指晋侯在践土为周天子修建的王宫。

⑤要(yāo)言：约言，誓言。

⑥奖：扶助。

⑦渝：违反，背叛。

⑧殛(jí)：惩罚。

⑨俾(bǐ)：使。队：覆灭。

⑩克：能。祚国：享有国家。

⑪玄孙：从自身算起至第五代叫玄孙。

【译文】

卫侯听说楚军失败，害怕了，要往楚国跑，从襄牛顺路过陈国，派大夫元咺辅佐自己的弟弟叔武接受了诸侯的盟约。五月二十八日，王子虎集合诸侯在王庭盟誓，誓言说："大家都要扶助周王室，不能互相残害。有违背这一盟约的，灵验的神会惩罚他，让他的军队覆灭，不能享有国家，直到他的五世孙，不分老幼，都难逃惩罚。"君子认为这次盟约是有信用的，又认为晋在这场战役中能以德义来进行征伐。以上是践土之盟。

初，楚子玉自为琼弁玉缨①，未之服也②。先战③，梦河神谓己曰："畀余，余赐女孟诸之麋④。"弗致也。大心与子西使荣黄谏⑤，弗听。荣季曰："死而利国，犹或为之⑥，况琼玉乎？是粪土也，而可以济师，将何爱焉？"弗听。出，告二子曰："非神败令尹，令尹其不勤民⑦，实自败也。"既败，王使谓之曰："大夫若入，其若申、息之老何⑧？"子西、孙伯曰："得臣将死，二臣止之曰：'君其将以为戮。'"及连谷而死⑨。晋侯闻之而后喜可知也，曰："莫余毒也已⑩！芳吕臣实为令尹⑪，奉己而已⑫，不在民矣。"以上子玉之死。

【注释】

①琼弁：用美玉装饰的皮帽。玉缨：用玉装饰的帽缨。

②未之服：没戴过。

③先战：交战之前。

④孟诸：宋地名。在今河南商丘东北。麋：通"湄"。水边草地。指宋国土地。

⑤大心：即孙伯，子玉之子。荣黄：即荣季，楚大臣。

⑥犹或：还要。

⑦勤民：尽心尽力于民，自己的东西无所爱惜。

⑧其若申、息之老何：将对申、息两地的父老乡亲如何交代？因申、

息两地子弟随子玉出征，多战死，所以有此言。

⑨连谷：楚地，今名不详。

⑩莫余毒：没有同我作对的人了。

⑪芳吕臣：楚大夫叔伯，继子玉为令尹。

⑫奉己：自守无大志。

【译文】

起初，楚令尹子玉曾自己做了镶嵌美玉的皮帽和帽缨，还没有戴过。他梦见河神对自己说："把它们给我，我就把宋国的土地给你。"子玉没给。子玉的儿子大心和楚大夫子西要荣黄去劝他，子玉不听。荣季说："如果人死了而有利于国家，还要不惜牺牲呢，何况琼玉呢？这些都是粪土类不值钱的东西，却可以帮助我军取胜，又有什么舍不得的呢？"子玉还是不听。荣黄出来对大心、子西说："不是河神要令尹失败，是令尹自己不能不惜一切地尽心力于民，实在是自找失败。"城濮之战大败以后，楚王派人对子玉说："你如果回国，对申、息两地子弟战死于沙场的父老乡亲如何交代？"子西、大心说："子玉是要自杀的，我们两个人阻止他说：'国君会治你的罪的。'"子玉走到连谷，没有接到楚王的赦令就自杀了。晋文公听到这消息之后，喜形于色，说："没有同我作对的人了。芳吕臣做了楚国令尹，他自守无大志，不能为民事着想。"以上是楚令尹子玉之死。

秦晋殽之战

【题解】

春秋时期，周天子地位衰微，诸侯纷起争霸。鲁僖公三十二年（前628）。秦出兵征讨郑国，却为郑国商人弦高所智退，无功而返时在殽函一带为晋军所拦击。秦军劳师远征，违背了兵贵神速的用兵之道，犯了兵家大忌是其战败的主要原因，这已为蹇叔在战前所预料。秦穆公开始时虽拒绝听取正确意见,但在战败后勇于承担责任,不愧为一代霸主。郑国的弦高以一介平民在国家危难之际挺身而出,表现出强烈的"国家兴亡,匹夫有责"的责任感,是很成功而具有号召力的商人形象。

僖公三十二年冬,晋文公卒。庚辰[①],将殡于曲沃[②],出绛[③],柩有声如牛。卜偃使大夫拜[④]。曰:"君命大事[⑤]。将有西师过轶我[⑥],击之,必大捷焉。"杞子自郑使告于秦[⑦],曰:"郑人使我掌其北门之管[⑧],若潜师以来[⑨],国可得也。"穆公访诸蹇叔[⑩],蹇叔曰:"劳师以袭远,非所闻也。师劳力竭,远主备之[⑪],无乃不可乎!师之所为,郑必知之。勤而无所[⑫],必有悖心。且行千里,其谁不知?"公辞焉[⑬]。召孟明、西乞、白乙[⑭],使出师于东门之外。蹇叔哭之,曰:"孟子[⑮],吾见师之出而不见其入也[⑯]。"公使谓之曰:"尔何知?中寿[⑰],尔墓之木拱矣[⑱]。"蹇叔之子与师[⑲],哭而送之,曰:"晋人御师必于殽[⑳]。殽有二陵焉[㉑]:其南陵,夏后皋之墓也[㉒];其北陵,文王之所辟风雨也。必死是间,余收尔骨焉。"秦师遂东。

【注释】

①庚辰:十二月十二日。

②殡:停柩。曲沃:晋国旧都,也是晋君祖坟所在地,在今山西闻喜东。

③绛:在今山西曲沃西南,当时的晋都。

④卜偃:掌晋国卜筮的大夫,名郭偃。大夫:参加晋文公殡丧的官员。

⑤大事:指军事。

⑥西师：西方军队。指秦，秦在晋西。轶：本指后车超过前车，有“越过”义。晋位于秦、郑之间，秦征郑必须越过晋。

⑦杞子：秦国大夫。鲁僖公三十年，秦、晋联合攻郑，郑大夫烛之武说服秦穆公单独撤兵。为防郑为晋所灭，秦派杞子、逢孙、扬孙留守郑国。

⑧管：指钥匙。

⑨潜师：秘密派军队。

⑩访：探问，询问。蹇(jiǎn)叔：秦国大夫，元老。

⑪远主：指郑国。因郑与秦距离较远，故称。

⑫勤：勤劳，劳苦。无所：无所获。

⑬辞：不接受。

⑭孟明：秦国大夫，姓百里，名视，字孟明，秦元老百里奚之子。西乞：秦大夫，姓西乞，名术。白乙：秦大夫，姓白乙，名丙。三人均为秦军将帅。

⑮孟子：即孟明。

⑯入：指军队回来。

⑰中寿：即六七十岁。

⑱拱：两手合抱。此句是说蹇叔年纪大了，不中用了。

⑲蹇叔之子：司马迁认为西乞术、白乙丙是蹇叔之子(见《史记·秦本纪》)。与：参加。

⑳殽(xiáo)：指殽函，即殽山与函谷关合称。在今陕西潼关至河南新安一带，地势险要。

㉑陵：大土山。

㉒夏后皋：夏代君主皋，夏桀的祖父。后，国君。

【译文】

鲁僖公三十二年冬天，晋文公去世了。十二月十二日，将要停柩于曲沃，出了国都绛，棺柩里发出了牛叫一样的声音。卜筮官郭偃让大夫们下拜，说："国君有作战的大事要交代我们。将会有西方来的军队从我晋国国界过，袭击这支军队，我们一定会取得大捷。"奉命留守郑国的秦大夫杞子从郑国派人报告秦穆公说："郑人让我镇守着他们国都北门，若秘密派军队来，郑国就是我们的了。"穆公询问蹇叔的意见，蹇叔说："劳动军队去袭击远方的国家，我没听说过这样的事例。军队精疲力竭，远方的郑国又会有所准备，不能这么做！军队的动向，郑国一定会知道。军队辛苦又无所获，一定产生叛逆之心。而且军队远行千里，有谁不知道呢？"秦穆公不接受蹇叔的意见。召来孟明、西乞、白乙三名将领，命他们率领军队从东门出发。蹇叔为这支军队而哭，说："孟明啊，我看见这支军队去可看不见它回啊。"秦穆公派人对蹇叔说："你知道什么啊。你年纪太大了，如果你只活六七十岁，现在你墓地上的树也该有两手合抱那么粗了。"蹇叔的儿子也参加了这支远征军，蹇叔哭着送儿子说："晋军一定在殽这个险要之地抗击我军。殽有二座大土山：南面那座土山，是夏君主皋的陵墓，北面那座土山是文王躲避风雨的地方。你们一定会死在二山之间，我就到那里收你们的尸骨吧！"秦军便向东进发了。

三十三年春，秦师过周北门[①]，左右免胄而下[②]。超乘者三百乘[③]。王孙满尚幼[④]，观之，言于王曰："秦师轻而无礼，必败。轻则寡谋，无礼则脱[⑤]。入险而脱，又不能谋，能无败乎？"及滑[⑥]，郑商人弦高将市于周[⑦]，遇之。以乘韦先、牛十二犒师[⑧]，曰："寡君闻吾子将步师出于敝邑[⑨]，敢犒从者[⑩]，不腆敝邑[⑪]，为从者之淹[⑫]，居则具一日之积[⑬]，行则备一夕之卫。"且使遽告于郑[⑭]。郑穆公使视客馆，则束载、厉兵、秣马矣[⑮]。使皇武子辞焉[⑯]，曰："吾子淹久于敝邑，唯是脯资饩牵竭矣[⑰]。为吾子之将行也，郑之有原圃，犹秦之有具囿也[18]。吾子取其麋鹿以闲敝邑,若何?"杞子奔齐,逢孙、扬孙奔宋。孟明曰:"郑有备矣,不可冀也[19]。攻之不克,围之不继[20],吾其还也。"灭滑而还。

【注释】

①周北门:周都城洛邑北门。

②左右:指兵车上左右两旁的武士。免胄:摘下头盔,以表示敬意。

③超乘:一跃而上车。指秦军士兵刚刚免胄下车又一跃而跳上车,是对天子的无礼。

④王孙满:周王之孙名满。

⑤脱:粗心大意。

⑥滑:为一姬姓小国。

⑦市:做买卖。周:周王的都城。

⑧以乘韦先:以四张熟牛皮作为先行礼物献给秦军。乘,古代一乘(辆)兵车驾四匹马,所以"乘"即"四"。韦,熟牛皮。

⑨吾子:你们。

⑩从者:指部下。

⑪腆:丰厚。

⑫淹:久留。

⑬积:粮食、柴草。

⑭遽(jù):驿车,为当时最快的交通工具。

⑮束载:捆好行李。厉兵:磨快武器。秣(mò)马:喂饱马匹。

⑯皇武子:郑国大夫。辞:告别,即下逐客令。

⑰脯:干肉。资:粮食。饩(xì):已宰杀的牲畜的生肉。牵:尚未杀的牛、羊、猪。

⑱郑之有原圃,犹秦之有具囿也:原圃、具囿,饲养禽兽的园囿名。

⑲冀:希望,指望。

⑳不继：无后继之师，即后援不继。

【译文】

鲁僖公三十三年春天，秦军路过周天子都城洛邑的北门，兵车上左右两边的士兵摘下头盔下车步行，以对天子表示敬意，但有三百辆车上的士兵下车后又马上跳上了战车。王孙满年纪还小，见到这种情形就对周王说：“秦军轻狂无礼，一定要打败仗。轻狂就会缺少谋略，无礼就粗心大意。进入险境而粗心大意，又没有方法策略，能不败吗？”到了滑国，郑国商人弦高要去周王都城做买卖，正好遇见了秦军。他知道了秦军的来意，就送上四张熟牛皮和十二头牛，犒劳秦军，他说：“我们国君听说你们行军将路过我国，冒昧地用这点东西慰劳贵军。我们国家物产虽不丰厚，但贵军在外逗留很久了，所以你们住下就为你们准备一天的给养，你们走就为你们安排一夜的防卫。”并且派人驾驿车急速回国报告郑国国君。郑穆公派人去客馆察看，杞子等人早已捆好行李，磨快了武器，喂饱了马匹在等待秦军到来了。郑穆公派皇武子去下逐客令说：“你们在我国已逗留很久了，因此我们的肉干、粮食、牲畜都吃光了。因为你们就要走了，就像秦有具囿一样，我们也有一个原圃，请你们自己去那里取些麋鹿带上走，以便使我们更安闲些，怎么样？”杞子只好逃往齐国，逢孙、扬孙逃往宋国。孟明说：“郑国已有准备，不能指望得到它了。攻又攻不下来，包围它又会后援不继，我们还是回去吧。”秦军只好灭了滑国取道回秦。

晋原轸曰：“秦违蹇叔，而以贪勤民，天奉我也。奉不可失，敌不可纵。纵敌，患生；违天[①]，不祥。必伐秦师。”栾枝曰：“未报秦施而伐其师，其为死君乎？”先轸曰：“秦不哀吾丧而伐吾同姓[②]，秦则无礼，何施之为？吾闻之，一日纵敌，数世之患也。谋及子孙，可谓死君乎？”遂发命，遽兴姜戎[③]。

子墨衰绖[④]，梁弘御戎，莱驹为右[⑤]。

【注释】

①违天：违背天意，指放弃上天给予的这次机会。

②同姓：指滑国，

③遽：急遽。兴：发动。姜戎：姜姓戎族，在晋南边。

④子：指晋襄公，文公之子，因文公还没下葬，所以称他为子。墨：染黑。衰（cuī）：丧服。绖（dié）：麻做的腰带。均为白色，因要作战，怕不吉利，所以将丧服染黑了。

⑤梁弘、莱驹：均为晋大夫。右：车右。

【译文】

晋大夫原轸说："秦国国君不听蹇叔的话，因贪心而劳师远征，这是上天给予我们的机会。天赐之机不可失，敌人不能放纵。放纵敌人就会有祸患，违背天意不吉利。我们一定得攻打秦军。"栾枝说："我们还没报答秦国过去对我们的恩惠，却要攻打他们的军队，是不是因为先君已去世的缘故呢？"先轸说："秦国不哀悼我们国君的去世反来讨伐我们的同姓国，秦国这样做就是无礼，还有什么恩惠可说？我听说，一天放纵敌人，会为几代人造成祸患。我们这是为后代子孙打算，能说是违背先君的意愿吗？"于是发布命令，急速调动与晋友好的姜戎部队。晋襄公戴孝作战，怕不吉利，就将丧服染黑，梁弘给国君驾兵车，莱驹担任车右。

夏四月辛巳[①]，败秦师于殽，获百里孟明视、西乞术、白乙丙以归，遂墨以葬文公[②]。晋于是始墨[③]。

【注释】

①四日辛巳：四月十四日。

②遂墨：于是穿了黑色丧服。

③始墨：开始将穿黑色丧服作为习俗。

【译文】

夏季四月十四日，在殽这个地方打败了秦军，擒获了孟明视、西乞术、白乙丙三员大将，得胜而回。于是襄公就穿着黑色丧服埋葬了晋文公。从此晋国就以黑色作为丧服颜色了。

文嬴请三帅[①]，曰："彼实构吾二君[②]，寡君若得而食之，不厌，君何辱讨焉[③]！使归就戮于秦，以逞寡君之志[④]，若何？"公许之，先轸朝。问秦囚。公曰："夫人请之，吾舍之矣。"先轸怒曰："武夫力而拘诸原[⑤]，妇人暂而免诸国[⑥]。堕军实而长寇仇[⑦]，亡无日矣。"不顾而唾。公使阳处父追之[⑧]，及诸河，则在舟中矣。释左骖[⑨]，以公命赠孟明[⑩]。孟明稽首曰："君之惠，不以累臣衅鼓[⑪]，使归就戮于秦，寡君之以为戮，死且不朽[⑫]。若从君惠而免之[⑬]，三年将拜君赐[⑭]。"

【注释】

①文嬴：晋文公夫人，襄公嫡母，秦穆公之女。请：请求释放。三帅：指孟明、西乞、白乙三人。

②构：挑拨离间。

③辱：屈尊。讨：惩罚。

④逞：满足，如愿。

⑤武夫：战士。原：战场。

⑥妇人：指文嬴。暂：很快。免：宽恕。

⑦堕：毁。长寇仇：长了敌人的威风。

⑧阳处父：晋大夫。

⑨左骖(cān):车子左边的马。

⑩以公命:用晋襄公的名义。

⑪累臣:被囚之臣。衅鼓:杀人后用血涂鼓。

⑫不朽:不腐烂,意为不忘晋不杀之恩。

⑬从君惠:是说秦君也像晋君一样施以恩惠。从,跟随之义。

⑭三年将拜君赐:三年后来拜谢晋君的恩赐。实为来报仇。

【译文】

晋襄公的母亲文嬴是秦穆公之女,她为秦军三大将领请求说:"他们实在是挑拨秦晋两国国君关系的人,秦君就是吃了他们,也难解心头之恨,你又何必屈尊去处罚他们呢!放他们回去,让秦君杀他们可以满足秦君的意愿,怎么样?"襄公答应了。先轸上朝,问到秦国的俘虏,襄公说:"我答应太夫人的请求,已经把他们放了。"先轸气愤极了,他说:"战士们奋力在战场上抓住了他们,妇人却急急忙忙地把他们放跑了,浪费了军中的粮草还长了敌人的威风,晋国灭亡的日子快到了!"头也不回地在襄公面前吐唾沫表示反对。于是襄公派阳处父去追赶放走了的秦军将领,追到黄河,他们已经上船了。阳处父解下套在车上的左边的马,假装说是襄公命令送给孟明的,想让他们回来拜谢,好借机捉住他们。孟明叩头说:"晋君大恩大德,没有杀了我们用我们的血去衅鼓,而放我们回国去受秦制裁,就是我们国君把我们杀了,我们死也不忘晋君的恩德。如果我们国君也像晋君一样赦免了我们,三年之后我们再来拜谢晋君的恩赐。"

秦伯素服郊次[①],乡师而哭曰[②]:"孤违蹇叔以辱二三子[③],孤之罪也。"不替孟明[④],"孤之过也。大夫何罪?且吾不以一眚掩大德[⑤]。"

【注释】

①素服：穿着白色丧服。郊次：在郊外等待。

②乡师：面向归来的将士。

③二三子：指孟明等人。

④替：废置，撤换。

⑤眚（shěng）：过失。

【译文】

秦穆公穿着白色丧服在秦都城郊外等候着，见到归来的将士们就哭着说："我不听蹇叔的话而使你们被俘受辱，这是我的罪过。"他也没有撤换孟明，说："是我的过失，你们有什么罪过？况且我不会因为一次过失就抹杀你们的大功绩。"

晋楚邲之战

【题解】

为了争夺郑国，晋、楚两国在鲁宣公十二年（前597）进行了邲（bì）之战。晋国由于将领意见不一致，中军副将先縠（hú）刚愎自用，不听主帅指挥，擅自行动而导致惨败。作者在本文中通过士会等人之口介绍了当时楚国井然有序的战阵并阐述了一些用兵之道，如：要在敌人有隙可乘时才可以用兵；只能去攻打那些政治昏昧、混乱失道而衰弱不振的敌手；见对方可战而进兵，知其难攻而退兵等等。这些用武原则以及楚庄王对用武的深刻理解展示了我国古代丰富的军事思想。

厉之役，郑伯逃归[①]，自是楚未得志焉。郑既受盟于辰陵，又徼事于晋[②]。

【注释】

①厉之役，郑伯逃归：鲁宣公六年，楚攻郑，在厉（今湖北随州北）讲和，后郑伯逃归。

②郑既受盟于辰陵，又徼事于晋：鲁宣公十一年（前598），楚伐郑，楚国在辰陵会盟，郑顺服楚。辰陵，地名。在今河南淮阳西六十里。徼，通“邀（yāo）”。要求。事，侍奉。

【译文】

鲁宣公六年厉地的那场战争，郑楚媾和，但后来郑伯逃回国去了。从那时以来，楚国就一直没有实现自己的愿望。鲁宣公十一年，楚再次伐郑，郑在辰陵与楚会盟，顺服于楚，但随后又要求侍奉晋国。

十二年春，楚子围郑。旬有七日①，郑人卜行成②，不吉。卜临于大宫③，且巷出车④，吉。国人大临，守陴者皆哭⑤。楚子退师，郑人修城。进复围之⑥，三月克之。入自皇门⑦，至于逵路⑧。郑伯肉袒牵羊以逆⑨，曰：“孤不天⑩，不能事君，使君怀怒以及敝邑，孤之罪也。敢不唯命是听。其俘诸江南以实海滨，亦唯命。其翦以赐诸侯⑪，使臣妾之⑫，亦唯命。若惠顾前好，徼福于厉、宣、桓、武⑬，不泯其社稷，使改事君，夷于九县⑭，君之惠也，孤之愿也，非所敢望也。敢布腹心⑮，君实图之⑯。”左右曰：“不可许也，得国无赦。”王曰：“其君能下人⑰，必能信用其民矣⑱，庸可几乎⑲？”退三十里而许之平⑳。潘尪入盟㉑，子良出质㉒。以上楚克郑。

【注释】

①旬：十天为一旬。

②行成:春秋时诸国之间订立和议,求和。

③临:哭于宗庙。大宫:郑国祖庙。

④巷出车:出车于巷,车子从巷出,表示将迁徙,不得安居。

⑤陴(pí):城上的短墙。

⑥进复围之:退兵之后又来围城。

⑦皇门:郑国城门名。

⑧逵路:四通八达的大道。

⑨郑伯:郑襄公。肉袒牵羊:脱去上衣赤背牵着羊,表示愿做楚王的臣仆。

⑩不天:不为上天所保佑。

⑪翦:削,割。赐诸侯:赐给与楚交好的诸侯。

⑫臣妾之:做奴仆。臣为男奴,妾为女奴。

⑬厉、宣、桓、武:指周厉王、周宣王、郑桓公、郑武公。郑桓公是周厉王的少子,周宣王的庶弟,郑武公是桓公之子。

⑭夷于九县:楚灭九国使它们成为楚国的县,郑也愿意这样。夷为同辈意。即等同于九县。

⑮敢布腹心:大胆陈述自己的肺腑之言。

⑯图:考虑。

⑰下人:不顾国君之尊而居楚王之下。

⑱信用:以诚信来统治。

⑲庸:难道。几:同"冀"。有幸得到。

⑳平:讲和。

㉑潘尪(wāng):楚大夫,一称师叔。

㉒子良:郑襄公的弟弟。

【译文】

鲁宣公十二年春天,楚王再次围攻郑国。包围了十七天,郑人占卜的结果,求和不吉利,哭于郑国祖庙,并使车子从巷而出表示不得安居将迁徙，却吉利。郑国人都聚集到自己的祖庙大哭，守城的士兵也都哭了。为郑人所感动，楚王退了兵，郑人借机修筑城墙。楚王虽退兵，但心有不甘，就又前来围城，用了三个月的时间攻克了郑国的都城。楚军自皇门而入，走到了都城内的大路上。郑襄公赤膊牵羊来迎接，说："我无德所以上天不保佑我，我不能侍奉您，使您生气，来到敝国，这都是我的罪过。我不敢不唯命是听。您如果将郑国人迁往江南以充实楚国海滨那些无人之地，我也唯命是听。如果您削割郑国土地赐给与楚交好的诸侯，使郑国人成为他们的奴仆，我也唯命是听，如您考虑我们两国以前的友好关系，向厉王、宣王、桓公、武公祈求福佑，不灭我国的社稷，使我国改为侍奉国君您，让郑国继九国以后成为楚国的又一个县，这是您的恩惠、我的愿望，也是我不敢奢望的。我大胆陈述自己的肺腑之言，请您考虑。"楚王左右的大臣说："不能答应他，既攻占了一个国家就不要赦免它。"楚庄王说："郑国国君能屈尊居于别人之下，一定能以诚信来统治他的人民，难道这样的国家可以征服吗？"于是楚军后退三十里，答应郑国讲和。楚国大夫潘尪到郑国来订盟约，郑襄公的弟弟子良到楚国去做了人质。以上是楚国战胜郑国。

夏六月，晋师救郑。荀林父将中军①，先縠佐之②。士会将上军③，郤克佐之④。赵朔将下军⑤，栾书佐之⑥。赵括、赵婴齐为中军大夫⑦。巩朔、韩穿为上军大夫⑧。荀首、赵同为下军大夫⑨。韩厥为司马⑩。以上晋救郑诸将。

【注释】

①荀林父：又称中行桓子、荀伯，为晋大夫。

②先縠(hú)：先轸后人，一称彘子，又称原縠。

③士会：即范武子。

④郤克:郤缺之子,亦称郤子、郤伯、郤献子。

⑤赵朔:赵盾之子,晋成公的女婿,一称赵庄子。

⑥栾书:栾盾之子,又称栾武子、栾伯。

⑦赵括:赵衰之子,赵盾异母弟,因食封邑于屏,故称屏括,又称屏季。赵婴齐:赵括同母弟,又名婴,封邑在楼,故称楼婴。中军大夫:指中军元帅、副帅以外的官,三军都有这种官。

⑧巩朔:又称巩伯、士庄伯,与韩穿均为晋大夫。

⑨荀首:荀林父的弟弟,又称知庄子、知季,封邑在知,故称知氏。赵同:赵括、赵婴齐同母兄,封邑在原,故称原同,又称原叔。

⑩韩厥:即韩献子,晋国名臣。司马:掌军政及军赋的官。

【译文】

鲁宣公十二年夏季六月,晋军出兵救郑。荀林父率领中军,先縠为副将。士会率领上军,郤克为副将。赵朔指挥下军,栾书为副将。赵括、赵婴齐为中军大夫。巩朔、赵穿做上军大夫。荀首、赵同是下军大夫。韩厥为司马。以上是晋军救郑国诸将。

及河,闻郑既及楚平[①],桓子欲还[②],曰:"无及于郑而剿民[③],焉用之?楚归而动,不后[④]。"随武子曰[⑤]:"善。会闻用师,观衅而动[⑥]。德、刑、政、事、典、礼不易,不可敌也,不为是征。楚军讨郑,怒其贰而哀其卑[⑦],叛而伐之,服而舍之,德刑成矣。伐叛,刑也;柔服[⑧],德也。二者立矣。昔岁入陈[⑨],今兹入郑,民不罢劳[⑩],君无怨讟[⑪],政有经矣[⑫]。荆尸而举[⑬],商农工贾不败其业,而卒乘辑睦[⑭],事不奸矣[⑮]。蒍敖为宰[⑯],择楚国之令典:军行,右辕,左追蓐,前茅虑无[⑰],中权,后劲[⑱],百官象物而动[⑲],军政不戒而备[⑳]。能用典矣。其君之举也,内姓选于亲,外姓选于旧[㉑];举不失德,赏不失劳;老有加惠,旅有施舍;君子小人,物有服章[22],贵有常尊,贱有等威,礼不逆矣。德立,刑行,政成,事时[23],典从,礼顺,若之何敌之?见可而进,知难而退,军之善政也。兼弱攻昧,武之善经也。子姑整军而经武乎[24],犹有弱而昧者,何必楚?仲虺有言曰[25]:'取乱侮亡[26]。'兼弱也。《汋》曰[27]:'於铄王师,遵养时晦[28]。'耆昧也[29]。《武》曰[30]:'无竞惟烈[31]。'抚弱耆昧以务烈所,可也。"以上桓子、士会不欲伐楚。

【注释】

①既:已经。

②桓子:中行桓子,即荀林父。

③无及于郑:救郑已来不及。剿民:劳民。

④不后:不晚。

⑤随武子:即士会,他的封邑在随,所以称其随武子。

⑥衅:间隙。

⑦贰:对楚有二心。卑:国小位置卑微。

⑧柔服:用怀柔办法对待已顺服的国家。

⑨昔岁入陈:去年伐陈。据《左传》记载,鲁宣公十年(前599),夏徵舒因陈灵公与其母夏姬私通而杀了灵公,鲁宣公十一年(前598),楚庄王伐陈,杀死夏徵舒,立灵公儿子成公为国君。"昔岁入陈"即指此事。

⑩罢(pí)劳:即疲劳。

⑪怨讟(dú):怨谤。

⑫经:常规。

⑬荆:指楚。尸:阵。本句说必设楚国新阵法才举兵作战。

⑭卒:步兵。乘:兵车,此处指兵车上的甲士。辑睦:和睦。

⑮奸:犯,此处指干扰。

⑯𫇭敖:孙叔敖。𫇭贾的儿子,其先世封邑在𫇭,所以称𫇭敖。宰:令尹。

⑰"军行"几句:在车右面的士兵挟辕保护兵车前进,左面的士兵负责找草蓐为住宿做准备。蓐,草垫子。前,前锋。茅,以茅做标识。虑无,在无危险时考虑到突然的变化,作为预告以警备。

⑱中权,后劲:中军制定谋略,以精兵殿后。

⑲物:指画有各种图案的旗帜。为古代军中行动的标志。

⑳不戒:不待下达警戒的命令。

㉑内姓选于亲,外姓选于旧:意思是亲疏并用。内姓,与国君同姓的人。外姓,与国君异姓的人。旧,旧臣。

㉒物:衣服及饰物。

㉓事时:兴作有时。

㉔子:你。姑:姑且,暂且。经武:经略武备。

㉕仲虺(huǐ):商汤的左相。

㉖取乱侮亡:即混乱的国家可以攻取,败坏的国家可以轻侮。

㉗《汋》:字同"酌(zhuó)"。指《诗经·周颂》中的《酌》篇。

㉘於铄王师,遵养时晦:是赞美武王顺应天道,到昏昧的纣王恶行积聚到一定程度后再讨伐他。

㉙耆:致,即攻取。

㉚《武》:《诗经·周颂》中的篇名。

㉛无竞:无疆。烈:大业。

【译文】

到了黄河,听说郑国已经降楚讲和了,荀林父打算撤兵回国,他说:"来不及救郑而徒劳晋民,何必进军呢?楚军回去后再兴兵伐郑也不晚。"士会说:"对。我听说用兵,要等敌手有机可乘时再动手。德、刑、政、事、典、礼不变动的国家是不可能战胜的,我们不能征讨这样有礼法的国家。楚国讨伐郑国，生气郑对楚有二心，又可怜它国小位卑，它背叛楚国时就讨伐它，顺服楚时就赦免它，完成了德和刑。讨伐背叛者，是刑；用怀柔办法对待已顺服者，是德。德刑建树起来了。去年楚征讨陈国，今年讨伐郑国，人民没感到疲劳，楚君没有受到怨谤，政事已有常规了。楚国作战时一定使用自己的新阵法，经商、务农、做工的都没有荒废自己的职业，步兵与兵车上的甲士相处和谐，配和谐调，不会互相干扰。孙叔敖作令尹，选择适合楚国的军令法典：行军时兵车右面的士兵挟辕保护车前进，左面的士兵负责找草垫子为住宿做准备；前锋探路，举茅为号；中军制定谋略而以精兵殿后；百官依照各种旗帜所表明的命令分别行动，不待下达警戒的命令，军队就已有防备。楚国已能应用军典了。楚君举用人才，不管是否与自己同姓，亲疏并用，举荐人才不会漏掉有德之人，颁布奖赏不会遗漏有功之人，年老的人受到优待，施恩于过路的旅客使其不必服役，贵人与庶民衣服饰物有尊卑之别，高贵的人享有不变的受敬重的地位，低贱的人威仪有等差，没有违背礼法的事。树立起德，执行了刑法，政绩有了，兴作有时，人们服从法典，不违背礼法，怎能和如此强大的楚国去作对呢？见可以战就进兵，知其难攻就退兵，这是作战的优良战略。兼并衰弱不振的国家，攻取政治上昏昧的敌手是用兵的良好原则。你先整顿军队经略武备，还有弱小而昏昧的国家可以去征讨，何必一定要和楚国作战呢？商汤的贤相仲虺有言在先：‘混乱的国家可以攻取，败坏的国家可以轻侮。’这就是兼并弱者。《诗经·周颂·汋》写道：‘美哉武王，顺应天道，到昏昧的纣王恶行积聚到一定程度时再讨伐他。’这是攻取昏昧的国家。《诗经·周颂·武》上说：‘武王成就了无疆伟业。’安抚弱者攻取昏昧的国家，以追随武王建功立业，我们可以这样去做。”以上是晋国桓子、士会认为不应讨伐楚国。

彘子曰[①]：“不可。晋所以霸，师武臣力也。今失诸侯[②]，不可谓力。有敌而不从[③]，不可谓武。由我失霸，不如死。

且成师以出，闻敌强而退，非夫也[④]。命为军帅，而卒以非夫，唯群子能[⑤]，我弗为也。”以中军佐济[⑥]。

【注释】

①彘子：先縠。

②诸侯：郑国。

③从：追逐，作战。

④非夫：不是大丈夫。

⑤群子：指其他几名三军将领。

⑥中军佐：先縠所率领的部队。济：渡河。

【译文】

先縠说：“不行。晋国所以称霸，靠的是军队勇武和群臣尽力。如今我们失掉了郑国，不能说是尽了我们的力量。有敌人在前而不与之作战，不能说是勇武。在我手中失掉了霸业，还不如让我去死。而且既然已经兴师出征，听说敌人强大就退兵，也不是大丈夫的行为。被任命为军队将帅，而结果却做出不是大丈夫该做的事来，只有你们能这么做，我不做这种事。”于是率领他所统率的部队过河了。

知庄子曰[①]：“此师殆哉[②]！《周易》有之，在‘师’之‘临’[③]，曰：‘师出以律，否臧凶[④]。’执事顺成为臧，逆为否，众散为弱，川壅为泽[⑤]，有律以如己也，故曰律[⑥]。否臧，且律竭也[⑦]。盈而以竭，夭且不整[⑧]，所以凶也。不行之谓‘临’[⑨]，有帅而不从，临孰甚焉[⑩]！此之谓矣。果遇，必败，彘子尸之[⑪]。虽免而归，必有大咎[⑫]。”韩献子谓桓子曰[⑬]：“彘子以偏师陷[⑭]，子罪大矣。子为元帅，师不用命，谁之罪也？失属亡师[⑮]，为罪已重，不如进也。事之不捷，恶有所分[⑯]，与其专罪，六人同之，不犹愈乎⑰？"师遂济。以上彘子先济，晋师皆济。

【注释】

①知庄子：荀首。

②殆：危险。

③在"师"之"临"：由师卦变为临卦。师、临都是《周易》的卦名。之，到。

④否：不。臧：善。

⑤壅：壅滞。

⑥有律以如己也，故曰律：法度行则人服从法，法度败则法服从人。如，从，顺从，服从。

⑦竭：败。

⑧盈而以竭，夭且不整：水由盈满而干涸，壅塞而不能整流。

⑨不行：行不通。

⑩临孰甚焉：还有什么比临卦更糟的呢？

⑪尸之：承受这场祸患。

⑫咎：灾祸。

⑬韩献子：韩厥。

⑭偏师：先縠所率部队。陷：陷于溃败。

⑮失属：失去属国郑。

⑯恶：罪过。

⑰愈：胜过。

【译文】

荀首说："这部分军队危险了！《周易》有这样的记载，从师卦变为临卦，是说：'军队出动要有纪律，法纪不善，结果必然凶险。'办事顺利是臧，不顺利是否。众人分散，力量就弱，河水壅滞而变为沼泽，有法度不遵从就是法服从人了。所以说法度不善，而且法纪已败坏。水由盈满而干涸，壅塞而不能整流，所以结果必然凶险。行不通叫临，有元帅而不服从他的命令，还有什么比临卦更糟的呢！这就说的先縠这种违背命令的行为了。果真遭遇敌人，先縠必败无疑，他必受其祸，即使免于战死而回国，一定会有更大的灾祸。”韩厥对荀林父说：“先縠使自己所率部队陷于溃败，你的罪过可就大了。你是元帅，军队不听你的命令，是谁的罪过？失去属国，丧失军队，罪过已经很重了，我们不如进军。仗打不胜，失败的罪过可以大家分担，与其你一人承担罪责不如六个人共同分担，这样不是更好些吗?”晋军于是进军渡河。以上是先縠率先过河，晋国军队随后全都过河进军。

楚子北，师次于郔①。沈尹将中军②，子重将左③，子反将右④，将饮马于河而归。闻晋师既济，王欲还，嬖人伍参欲战⑤。令尹孙叔敖弗欲，曰：“昔岁入陈，今兹入郑，不无事矣⑥。战而不捷，参之肉，其足食乎?”参曰：“若事之捷，孙叔为无谋矣。不捷，参之肉将在晋军，可得食乎?”令尹南辕反旆⑦，伍参言于王曰：“晋之从政者新，未能行令⑧。其佐先縠刚愎不仁，未肯用命。其三帅者，专行不获⑨，听而无上⑩，众谁适从？此行也，晋师必败。且君而逃臣，若社稷何?”王病之⑪，告令尹，改乘辕而北之，次于管以待之⑫。以上楚君臣商应否避晋。

【注释】

①次：驻扎。郔(yán)：郑国地名。靠近黄河。

②沈尹：楚大夫。

③子重：楚庄王弟弟，公子婴齐的字。

④子反：楚国正卿，公子侧的字。

⑤嬖(bì)人:宠幸之人。伍参:伍子胥的曾祖父。

⑥事:指劳民的事。

⑦南辕反旆(pèi):车子掉头向南,旗子也转一个方向。指后退。

⑧未能行令:命令不能被执行。荀林父指挥中军时间短,所以先縠不听指挥。

⑨不获:做不到。

⑩无上:没有主事之人。

⑪病之:忌讳“君而逃臣”这句话。

⑫管:郑国地名。在今河南郑州北。

【译文】

楚庄王将军队驻扎在郑国北部的郔地。沈尹率领中军,子重率领左军,子反率领右军,正要在黄河上饮马然后回国。听说晋军已经过河,楚王就要回师,他所宠幸的小臣伍参想要打这一仗。令尹孙叔敖不想打,他说:“去年伐陈,今年攻郑,不能说没有劳民。这仗打不胜,吃了伍参的肉就行了吗?”伍参说:“如果打赢了,孙叔敖就是没有谋略了。打不赢,我的肉就会在晋军中了,你能吃得着吗?”孙叔敖掉转车头向南,将旗子也转了一个方向,准备回国,伍参对楚王说:“晋国的荀林父担任元帅时间不长,命令不能被执行。中军副帅先縠刚愎自用没有仁爱之心,不肯服从命令。三军将领想要专行却做不到,军中无主事之人,士兵们不知该听谁的。这次进军,晋军必败无疑。而且您作为国君而逃避作臣子的,对楚国的社稷有什么益处?”楚庄王很忌讳“君而逃臣”这句话,于是命令令尹孙叔敖改变兵车方向北上,驻扎在管地以等待晋军。以上是楚国君臣商议是否应该回避晋军。

晋师在敖、鄗之间[①]。郑皇戌使如晋师[②],曰:“郑之从楚,社稷之故也,未有贰心。楚师骤胜而骄,其师老矣[③],而不设备,子击之,郑师为承,楚师必败。”彘子曰:“败楚服郑,于此在矣，必许之。”栾武子曰[④]：“楚自克庸以来[⑤]，其君无日不讨国人而训之于民生之不易[⑥]，祸至之无日，戒惧之不可以怠。在军，无日不讨军实而申儆之于胜之不可保[⑦]，纣之百克，而卒无后。训之以若敖、蚡冒[⑧]，筚路蓝缕[⑨]，以启山林[⑩]。箴之曰：‘民生在勤，勤则不匮。’不可谓骄。先大夫子犯有言曰[⑪]：‘师直为壮，曲为老。’我则不德[⑫]，而徼怨于楚[⑬]，我曲楚直，不可谓老。其君之戎[⑭]，分为二广[⑮]，广有一卒[⑯]，卒偏之两[⑰]。右广初驾[⑱]，数及日中；左则受之，以至于昏。内官序当其夜[⑲]，以待不虞[⑳]，不可谓无备。子良[㉑]，郑之良也[㉒]。师叔[㉓]，楚之崇也。师叔入盟，子良在楚，楚、郑亲矣。来劝我战，我克则来，不克遂往，以我卜也[㉔]，郑不可从。”赵括、赵同曰：“率师以来，唯敌是求。克敌得属[㉕]，又何俟？必从彘子。”知季曰[㉖]：“原、屏[㉗]，咎之徒也[㉘]。”赵庄子曰[㉙]：“栾伯善哉[㉚]，实其言，必长晋国[㉛]。”以上晋诸臣商对郑使。

【注释】

①敖：郑国地名。在今郑州。鄗(qiāo)：山名。在今河南荥阳境。

②皇戌：郑国大夫。使：作为使者。如：到。

③老矣：出兵在外已久。

④栾武子：栾书。

⑤庸：古国名。在今湖北竹山东南，鲁文公十六年(前611)被楚所灭。

⑥讨：治理。训：教导。

⑦军实：军用物资。申儆(jǐng)：申明告诫。

⑧若敖、蚡(fén)冒：楚国先君。

⑨筚(bì)路:柴车。蓝缕:破衣烂衫。

⑩启:开发。

⑪子犯:晋国大夫狐偃。

⑫不德:理屈无德。

⑬徼(yāo)怨:招来怨恨。

⑭戎:亲兵。

⑮二广(guàng):即左、右二广,兵车十五乘为一广。

⑯卒:一百人为卒。

⑰卒偏之两:一卒之外又有二十五人的承副,其数目和两一样。两,二十五人为两。

⑱初:开始,指一天之晨。

⑲内官:近官。序:依次。当其夜:值夜班。

⑳不虞:意料之外的事。

㉑子良:郑公子去疾。

㉒良:优秀人物。

㉓师叔:潘尪,为楚人所崇敬。

㉔以我卜也:以我之胜负卜郑国的来去。

㉕得属:得到郑国。

㉖知季:荀首。

㉗原:赵同。屏:赵括。

㉘咎:指即将获罪的先縠。徒:党徒,同类。

㉙赵庄子:赵朔。

㉚栾伯:栾书。

㉛长:执政。

【译文】

晋军驻于敖、鄗两山之间。郑国大夫皇戌作为使者到晋军中来说:“郑国之所以从属于楚国,是为了国家社稷的缘故,对晋绝对没有二心。

楚军骤然间胜了郑国很骄傲,他们出兵在外时间已长,又没有防备,你们攻击他们,郑军可以做后继,楚军一定会败。”先縠说:“打败楚国使郑从属于晋,就在此一战了,一定得答应郑国的要求。”栾书说:“楚国自从灭掉庸国以后,楚王没有一天不在治理其民,并教导他们百姓生计之艰难,祸患近在眼前,警戒之心不可稍有懈怠。也没有一天不在军队中装备武器,申明告诫官兵们不可能总是打胜仗,纣王虽屡战屡胜但最后却亡国绝后。以其祖先若敖、蚡冒艰苦创业的事迹来教育人民。他规劝其民说:‘百姓生计在于勤奋,勤奋就不会穷困。’不能说楚国骄傲。我国已故的大夫狐偃有言:‘军队出动理直就气壮,理屈就士气衰落。’我们现在用武力来和楚争郑而招楚怨恨,我们理屈而楚国理直,不能说楚国士气已衰落。楚王的亲兵分为左右两广,每广兵车十五乘,一百名士兵为一卒,一卒之外又有二十五人为承副,二十五人恰好是一两。右广从天亮鸡鸣时开始驾车,一直到中午;这时左广就替代右广一直到黄昏。内官按次序值夜班,以防意外,不能说楚国没有防备。公子去疾是郑国的优秀人物,师叔潘尪是楚人所崇敬的大夫。师叔到郑国去签订盟约,公子去疾在楚国为人质,这说明楚、郑的关系很亲密。现在郑国来劝我们与楚国作战,我们胜了就从属于我国,不胜就去投靠楚,用我军的胜负来决定郑国的来与去,我们不能听郑人的话。”赵括、赵同说:“率领军队来,目的就是与敌人交战,战胜楚国就能得到郑国,我们还等什么呀?一定要跟着先縠去打仗。”荀首说:“赵同、赵括都是先縠一类的罪徒。”赵朔说:“栾书真是好样的,按他所说的去做,他一定会执掌晋国的大政。”以上是晋国诸臣商讨如何应对郑国使者。

楚少宰如晋师,曰:“寡君少遭闵凶[①],不能文[②]。闻二先君之出入此行也[③],将郑是训定,岂敢求罪于晋。二三子无淹久[④]。”随季对曰[⑤]:“昔平王命我先君文侯曰:‘与郑夹辅周室[⑥],无废王命。’今郑不率[⑦],寡君使群臣问诸郑,岂敢辱候人[8]？敢拜君命之辱。”彘子以为谄，使赵括从而更之，曰：“行人失辞[9]。寡君使群臣迁大国之迹于郑，曰：‘无辟敌。’群臣无所逃命。”以上晋诸臣商对楚使。

【注释】

①闵凶：忧愁困苦。楚庄王父亲早死，他年少即位，所以有此语。

②文：辞令。

③二先君：楚成王、楚穆王。此行：这条路。行，指道路。

④淹久：久留。淹，留。

⑤随季：士会。

⑥夹辅：共同辅佐。

⑦率：遵从。

⑧候人：侦候敌人的人。

⑨行人：使者，指随季。失辞：答辞有误。

【译文】

楚国少宰来到晋军，说：“我们国君幼年时忧愁困苦，不善于辞令。听说我们的先君楚成王、楚穆王常出入于这条路，教导和安定郑国，楚一直是郑的宗主国，郑国的事一直是我们管，怎么敢有劳晋国呢？你们不必久留，还是快走吧！”士会回答说：“以前周平王命令我们先君文侯说：‘你们要和郑国共同辅佐周王室，一定要听从天子的命令。’现在郑国不遵从天子之命，我们国君派我们来责问郑国，怎敢有劳楚军呢？承蒙楚王下令，谢谢了！”先縠觉得士会的回答有谄媚之嫌，就派赵括随即去更正说：“我们的使者回答有误。我们国君派我们来将楚国在郑国的一切痕迹都清除掉，说：‘不许躲避敌人。’我们不能不执行国君的命令。”以上是晋国诸臣商讨如何应对楚国使者。

楚子又使求成于晋，晋人许之，盟有日矣。楚许伯御乐伯，摄叔为右，以致晋师[①]。许伯曰："吾闻致师者，御靡旌摩垒而还[②]。"乐伯曰："吾闻致师者，左射以菆[③]，代御执辔，御下两马[④]，掉鞅而还[⑤]。"摄叔曰："吾闻致师者，右入垒，折馘[⑥]，执俘而还。"皆行其所闻而复。晋人逐之，左右角之。乐伯左射马而右射人，角不能进，矢一而已[⑦]。麋兴于前[⑧]，射麋丽龟[⑨]。晋鲍癸当其后[⑩]，使摄叔奉麋献焉，曰："以岁之非时[⑪]，献禽之未至，敢膳诸从者。"鲍癸止之[⑫]，曰："其左善射，其右有辞，君子也。"既免。以上楚人至晋致师。

【注释】

①"楚许伯御乐伯"几句：御乐伯，为乐伯驾车。许伯、乐伯、摄叔，均为楚大夫。致，到。

②靡旌：言疾驰状，指车快得旗子都吹倒了。摩垒：近战场堡垒。

③菆(zōu)：良箭。

④两：装饰，打扮。

⑤掉：正。鞅：马脖子上的皮革。饰马正鞅以表示悠闲，从容不迫。

⑥折馘(guó)：取敌人左耳。

⑦矢一而已：箭只剩一枝了。

⑧兴：出现。

⑨丽龟：射中麋鹿脊背最高处。丽，射中。

⑩鲍癸：晋国大夫。当其后：正在他们后面追赶。

⑪以岁之非时：不是一年中献禽兽的时令。

⑫止之：停止追逐。

【译文】

楚庄王又派人到晋军中求和，晋人答应了，签订盟约已是指日可待了。楚国大夫许伯为乐伯驾车，摄叔作车右，单车来晋营挑战。许伯说："我听说挑战者应驾车疾驰，靠近敌人堡垒再回来。"乐伯说："我听说挑战者应从车左射出箭矢，替驾车的人拿着缰绳，驾车人把马打扮一下，正正马颈上的皮革，悠闲自在，然后回来。"摄叔说："我听说挑战者作为车右应该深入敌人营垒，割掉敌人的左耳，抓住俘虏回来。"三个人都照自己所听说的那样做了，然后返回。晋人在后面追，从左右两侧夹击。乐伯左射马右射人，左右翼都不能前进。乐伯最后只剩一支箭了，正好前面出现一只麋鹿，乐伯就用这支箭射中麋鹿背上的最高处。晋国大夫鲍癸正在他们后面追赶，乐伯要摄叔将麋鹿送给鲍癸，说："现在还不到献禽兽的时候，献禽兽的人还没来，我冒昧地把这只麋送给跟从你的士兵们吃吧。"鲍癸停止追击说："他们的车左射术精湛，车右善于辞令，都是君子。"三个人都逃脱了。以上是楚人至晋军营前挑战。

晋魏锜求公族未得①，而怒，欲败晋师。请致师，弗许。请使，许之。遂往，请战而还。楚潘党逐之②，及荥泽③，见六麋，射一麋以顾献曰④："子有军事，兽人无乃不给于鲜⑤，敢献于从者。"叔党命去之。赵旃求卿未得⑥，且怒于失楚之致师者⑦。请挑战，弗许。请召盟⑧，许之。与魏锜皆命而往⑨。以上晋人如楚致师。

【注释】

①魏锜（qí）：魏犨之子，亦称厨武子。求公族：想做公族大夫。

②潘党：潘尪之子，又名叔党。

③荥泽：古泽名。在今河南荥阳境。

④顾：回身，回头。

⑤兽人：主管田猎的官。鲜：新鲜的肉，即刚杀的动物的鲜肉。

⑥赵旃(zhān):赵穿的儿子。求卿:想做卿。

⑦失:没抓到,放走了。

⑧召盟:召楚人来订盟约。

⑨命:受命。

【译文】

晋国魏锜想要做公族大夫,没达到目的很生气,就想让晋军失败。他请求去楚军挑战,没得到允许。请求作为使者派往楚军,得到了批准。他于是去楚营,请楚军同意交战才回来。楚国的潘党在后面追他,追到荥泽,看见六只麋鹿,魏锜射中一只回身送给潘党说:"您有任务在身,主管田猎的官不能供给你鲜肉,我冒昧地将这只麋鹿送给跟从您的士兵吧。"潘党下令让他走了。赵旃想要做卿没能如愿,又生气没能抓住楚国来挑战的人,于是请求让他去楚营挑战,没有得到准许。又请求去召楚人来订盟约,得到了首肯。他和魏锜都受命出使楚军。以上是晋人到楚军营前挑战。

郤献子曰[①]:"二憾往矣[②],弗备必败。"彘子曰:"郑人劝战,弗敢从也;楚人求成,弗能好也。师无成命[③],多备何为?"士季曰[④]:"备之善。若二子怒楚,楚人乘我[⑤],丧师无日矣。不如备之。楚之无恶[⑥],除备而盟,何损于好?若以恶来,有备不败。且虽诸侯相见,军卫不彻[⑦],警也。"彘子不可。

【注释】

①郤献子:郤克。

②二憾:两个心怀不满的人。

③成命:既定的策略。

④士季：士会。

⑤乘我：取我，意即袭击我。

⑥恶：恶意。

⑦彻：同“撤”。撤去。

【译文】

郤克说：“两个心怀不满的人已到楚营去了，我们不做准备一定会失败。”先縠说：“郑国人劝我们和楚作战，你们不敢答应；楚国人求和，又不能和他们讲和，我们这支军队没有既定的策略，多做准备又有什么用？”士会说：“还是做准备的好。如果他们二人激怒了楚人，楚人袭击我们，不做准备就会很快全军覆没，不如做准备。楚国如没有恶意，解除戒备而签订盟约，对两国修好有什么损害呢？如果带着恶意而来，有了防备就不会失败。而且即使是诸侯相见，军事防卫也不撤去，这是警戒呀。”先縠不同意。

士季使巩朔、韩穿帅七覆于敖前[1]，故上军不败。赵婴齐使其徒先具舟于河，故败而先济。以上晋诸帅号令不一。

【注释】

①七覆：伏兵七处。敖前：敖山之前。

【译文】

士会命巩朔、韩穿在敖山前设置了七处伏兵，所以邲之战，士会率领的上军没有败。赵婴齐命令他的部下事先在河边备好了船，所以在失败后他这支军队能先过河。以上是晋军各将领号令不一。

潘党既逐魏锜，赵旃夜至于楚军，席于军门之外[1]，使其徒入之[2]。楚子为乘广三十乘[3]，分为左右。右广鸡鸣而驾，日中而说[④];左则受之,日入而说。许偃御右广,养由基为右;彭名御左广,屈荡为右[⑤]。乙卯[⑥],王乘左广以逐赵旃。赵旃弃车而走林,屈荡搏之,得其甲裳[⑦]。晋人惧二子之怒楚师也,使軘车逆之[⑧]。潘党望其尘,使骋而告曰:"晋师至矣。"楚人亦惧王之入晋军也,遂出陈[⑨]。孙叔曰:"进之!宁我薄人,无人薄我[⑩]。《诗》云:'元戎十乘,以先启行[⑪]。'先人也。《军志》曰:'先人有夺人之心[⑫]。'薄之也。"遂疾进师,车驰卒奔,乘晋军。桓子不知所为,鼓于军中曰:"先济者有赏。"中军、下军争舟,舟中之指可掬也[⑬]。

【注释】

①席:布席。

②入之:进入楚营。

③乘广:兵车名。

④说:通"税(shuì)"。休息。

⑤"许偃御右广"几句:许偃、养由基、彭名、屈荡,都是楚大夫。

⑥乙卯:六月十四日。

⑦甲裳:铠甲与下衣。

⑧軘车:兵车名。

⑨陈:同"阵"。

⑩薄:迫,逼近。

⑪元戎十乘,以先启行:国君在军列中一定要有十乘兵车在前开道,先敌人而防备。

⑫夺人之心:夺敌人的战心、斗志。

⑬掬:两手捧。此句是说中军、下军争船,刀砍手指,砍掉落在船中的手指多得可用手捧。

【译文】

潘党已将魏锜赶回来了，赵旃又在夜里到了楚军营垒，布席于军门之外，以示无所畏惧，并命他的部下进入楚营。楚庄王布设兵车三十辆，分为左右两广。右广天亮鸡鸣时开始驾车，到中午休息；左广则接替它，到日落时休息。许偃驾驶右广，养由基为车右；彭名驾驶左广，屈荡为车右。六月十四日，楚王乘着左广以追赶赵旃。赵旃弃车跑进树林。屈荡与他进行搏斗，剥下了他的铠甲和下衣。晋人害怕魏锜、赵旃激怒楚军，下令战车迎候。潘党看见战车扬起的尘土，派人急驰报告说："晋军到了。"楚人也害怕楚王陷入晋军，于是列队出阵。孙叔敖说："进军！宁可我军迫近敌人，不能让敌人迫近我们。《诗经》上说：'国君在军列中一定要有十乘兵车在前面开道。'这是为抢在敌人之前做好防备。《军志》上说：'先发制人可以夺走敌人的斗志。'这是逼近敌人。"于是疾驰进军，战车飞奔，士兵疾跑，袭击晋军。荀林父不知怎么办，在军中击鼓说："先过河的有赏。"中军和下军为了争夺渡船，互相用刀砍手，砍下的手指落入船中，多得可以用手捧。

晋师右移，上军未动。工尹齐将右拒卒以逐下军[①]。楚子使唐狡与蔡鸠居告唐惠侯曰[②]："不穀不德而贪[③]，以遇大敌，不穀之罪也。然楚不克，君之羞也，敢藉君灵以济楚师[④]。"使潘党率游阙四十乘[⑤]，从唐侯以为左拒，以从上军。驹伯曰[⑥]："待诸乎？"随季曰："楚师方壮，若萃于我[⑦]，吾师必尽，不如收而去之，分谤生民[⑧]，不亦可乎？"殿其卒而退[⑨]，不败。以上战事正文。中军、下军败，上军不败。

【注释】

①工尹齐：楚国大夫。右拒：阵名。

②唐狡、蔡鸠居：均为楚大夫。唐惠侯：唐国国君。唐是从属于楚的小国，其地在今湖北随州西北九十里的唐县镇。

③不穀：古代君王自称。

④藉：借助。济：救助。

⑤游阙：游动以补阙的兵车。

⑥驹伯：郤克。

⑦萃：集全力。

⑧分谤：一起逃以分谤。生民：不战而保全士兵生命。

⑨殿其卒：以自己所率部队殿后。

【译文】

晋军往右移动，上军未动。楚国工尹齐指挥右拒阵的士兵追击晋下军。楚庄王派唐狡和蔡鸠居转告唐惠侯说："我无德而贪心，遇到了大敌，这是我的罪过。然而楚国战败也是您的耻辱，愿借助您的力量来帮助楚军。"又派潘党率领游动补阙的车辆四十乘，随从唐侯列为左拒阵，来攻击士会所率领的晋国上军。郤克说："我们还等着吗？"士会说："楚军正士气旺盛，如果他们集中全力对付我们上军，我们上军一定会全军覆没。不如收兵撤退，分担战败的恶名，保全了士兵的生命，不是也值得吗？"于是以自己所率领的部队殿后而撤退，上军因而没有溃败。以上是战事的主要内容。晋国中军、下军败，上军不败。

王见右广，将从之乘。屈荡户之[①]，曰："君以此始，亦必以终。"自是楚之乘广先左[②]。

【注释】

①户：制止。

②自是楚之乘广先左：从此楚国改为左广先出车。按，楚俗以右为上，因此右广先出，日中后才由左广接替，郯之战楚王乘左广取

胜，所以改为左广先出。

【译文】

楚王见到右广，想要改乘右广。屈荡制止说："国君从左广开始出战，也须乘左广结束战斗。"从此楚国改为先乘左广车。

晋人或以广队不能进①，楚人惎之脱扃②；少进，马还③，又惎之，拔旆投衡乃出④。顾曰："吾不如大国之数奔也。"

【注释】

①广：兵车。队：同"坠"。重。

②惎(jì)：教。扃(jiōng)：车上的横木，以管束车上的兵器。

③马还：马盘旋不能前进。还，同"旋"。

④拔旆投衡：拔掉旗子放在辕端横木上，使旗子不起帆的作用。衡，辕端横木。

【译文】

晋国的有些兵车太重，陷入坑中不能继续前进，楚人教给他们将车上的横木卸掉；兵车稍进，马又盘旋不能前进，楚人又教他们将旗子拔掉放在辕端横木上，兵车这才从坑中出来。晋人回头对楚人说："我们不像你们多次败逃，逃跑时知道怎样使兵车脱险。"

赵旃以其良马二，济其兄与叔父，以他马反，遇敌不能去，弃车而走林。逢大夫与其二子乘，谓其二子无顾。顾曰："赵傁在后。"怒之，使下，指木曰："尸女于是①。"授赵旃绥②，以免。明日以表尸之③，皆重获在木下④。

【注释】

①尸女：收你们的尸体。女，同“汝”。

②绥：上车所拉的皮带，授绥即让其上车。

③表：标志。尸：指尸体。

④重：重叠。获：被杀。

【译文】

赵旃用他的两匹好马，帮他的哥哥和叔父脱险，用别的坏马驾车回来，遇上敌人无法走脱，他便放弃车辆跑进树林。晋国一名姓逢的大夫和他的两个儿子乘车逃跑，他对两个儿子说：“别回头！”他的儿子回头说：“赵傻在后头呢！”逢某很生气，让两个儿子下车，指着一棵树说：“我就在这儿给你们收尸！”他把登车所用的皮带扔给赵旃让其上车，赵旃这才幸免于难。第二天，按照标记逢某去找儿子的尸体，发现两兄弟被杀死，尸体重叠在树下。

楚熊负羁囚知䓨[①]。知庄子以其族反之[②]，厨武子御[③]，下军之士多从之。每射，抽矢，菆，纳诸厨子之房[④]。厨子怒曰：“非子之求而蒲之爱[⑤]，董泽之蒲[⑥]，可胜既乎[⑦]？”知季曰[⑧]：“不以人子[⑨]，吾子其可得乎？吾不可以苟射故也[⑩]。”射连尹襄老[⑪]，获之[⑫]，遂载其尸。射公子縠臣[⑬]，囚之。以二者还。

【注释】

①熊负羁：楚大夫。知䓨：知庄子（即荀首）的儿子。

②族：家兵。

③厨武子：魏锜。

④房：箭袋。

⑤蒲：杨柳，可以做箭。此句意思是说，不去找你的儿子，而在这儿爱惜箭。

⑥董泽：晋国泽名。在今山西闻喜东北四十里。

⑦既：用尽，用完。

⑧知季：即荀首。

⑨不以人子：不得他人之子。

⑩苟射：随便、草率地乱射。

⑪连尹襄老：楚国大夫襄老，当时是连邑尹。

⑫获：杀人取其尸。

⑬縠臣：楚王之子。按，荀首最终用襄老的尸体和縠臣换回知罃。

【译文】

楚国大夫熊负羁囚禁了荀首的儿子知罃。荀首带着自己的家兵返回来战斗，魏锜驾着马车，因荀首为下军大夫，所以下军士兵多跟着他来了。每次射箭，荀首都抽出好箭，放进魏锜的箭袋里。魏锜生气地说："不找你儿子却在这儿爱惜箭，董泽那个地方可以做箭的蒲柳多得很，你能用得完吗？"荀首说："不得到别人的儿子，我的儿子找得回来吗？这就是我不能用好箭随便乱射的缘故啊。"他射中了连邑尹襄老，杀了他，用车载着他的尸体。又射中了楚庄王的儿子公子縠臣，把他拘禁起来，荀首就这样带着襄老的尸体和縠臣返回来。

及昏，楚师军于邲[①]，晋之余师不能军[②]，宵济，亦终夜有声。以上杂叙战时细事五端。

【注释】

①邲：郑地，在今河南荥阳东北。

②余师：残余军队。不能军：溃不成军。

【译文】

到了黄昏，楚军驻扎在邲地，晋军的残余部队已溃不成军，他们乘夜渡河，通宵渡河之声不断。以上杂叙战争中的五件琐事。

丙辰[1]，楚重至于邲[2]，遂次于衡雍[3]。潘党曰："君盍筑武军[4]，而收晋尸以为京观[5]。臣闻克敌必示子孙，以无忘武功。"楚子曰："非尔所知也。夫文，止戈为武[6]。武王克商，作《颂》曰[7]：'载戢干戈，载櫜弓矢。我求懿德，肆于时《夏》，允王保之[8]。'又作《武》[9]，其卒章曰'耆定尔功'[10]。其三曰：'铺时绎思，我徂惟求定[11]。'其六曰：'绥万邦，屡丰年[12]。'夫武，禁暴、戢兵、保大、定功、安民、和众、丰财者也[13]。故使子孙无忘其章[14]。今我使二国暴骨[15]，暴矣；观兵以威诸侯[16]，兵不戢矣。暴而不戢，安能保大？犹有晋在，焉得定功？所违民欲犹多，民何安焉？无德而强争诸侯，何以和众？利人之几[17]，而安人之乱，以为己荣，何以丰财？武有七德，我无一焉，何以示子孙？其为先君宫[18]，告成事而已[19]。武非吾功也[20]。古者明王伐不敬[21]，取其鲸鲵而封之[22]，以为大戮[23]，于是乎有京观，以惩淫慝[24]。今罪无所，而民皆尽忠以死君命，又何以为京观乎？"祀于河，作先君宫，告成事而还。以上楚不筑京观。

【注释】

①丙辰：六月十五日。

②楚重：楚军辎重。

③衡雍：郑地，在今河南原武西北五里。

④武军：筑军营以显示武功。

⑤京观：收阵亡战士之尸，封土于其上，叫京观。

⑥夫文，止戈为武：止戈为武，止、戈二字合起来是“武”字。文，字。意思是武字的真正含义是止息干戈，而不是穷兵黩武。

⑦《颂》：指《诗经·周颂·时迈》。

⑧“载戢干戈”几句：这首诗的意思是武王平定天下后，藏武究德，功业遂大，信王能保天下。载，语气助词。戢干戈，收藏兵器。櫜（gāo）弓矢，把弓矢装进鞘囊里。懿，美。肆，遂。时，是。夏，大。允，信。

⑨《武》：指《诗经·周颂·武》篇。

⑩卒章：最后一句。耆（zhǐ）：致使。

⑪铺时绎思，我徂惟求定：此二句意思是说武王能布政陈教，使天下归往求安定。铺，布。时，是。绎，陈。思，辞。

⑫绥万邦，屡丰年：意思是说武王安定了天下后，多次获得丰年。绥，安定。屡，多次。

⑬禁暴：制止暴力，压制残暴行为。戢兵：停止战争收起武器。保大：保有天下（因天下至大）。定功：确定功业。安民：使百姓安定。和众：使众人和睦相处。丰财：丰聚财物。

⑭无忘其章：不要忘了这些《诗经》中的篇章。

⑮暴骨：暴露尸骨。

⑯观兵：炫耀兵力。威：威服。

⑰利人之几：将别国危难视作己利。几，危。

⑱为先君宫：为先君修建宗庙。

⑲成事：成功的战事，即服郑胜晋之战事。

⑳非吾功也：不是我所追求的功业。

㉑不敬：不敬王命的人。

㉒鲸鲵（ní）：大鱼名。比喻吞食小国的不义之人。封：杀了然后用

土埋上叫封。

㉓大戮：严厉的惩罚。

㉔淫慝：邪恶。

【译文】

六月十五日，楚军辎重到达了邲地，军队便驻扎于衡雍。潘党说："国君您何不建军营以显示您的武功呢？再把晋军阵亡士兵的尸体收集起来，封土于其上以成京观。我听说打了胜仗，一定要告知给子孙后代，使他们不要忘掉祖先的武功。"楚庄王说："这不是你能懂得的。从文字结构上看，止、戈两个字合起来组成武。武字的真正含意是止息干戈。周武王灭了商，周人作《周颂·时迈》，诗里说：'藏起干戈，收起弓矢。我追求美德，功业遂大，相信吾王能保有天下。'又作《周颂·武》，它的诗章末句说：'武王伐纣，确定了他的丰功伟绩。'诗篇第三章说：'布政陈教，使天下来归以求安定。'第六章说：'安定天下，屡获丰年。'所谓武，是制止残暴行为、收起武器停止战争、保有天下、确定功业、安定百姓、和睦众人、丰聚财物七项内容。所以要教育子孙不能忘记《诗经》中的这些篇章。现在我使楚、晋两国士兵暴骨于野，这是残暴；炫耀兵力以威服诸侯，这是使兵器未收、战争未消。残暴而不能制止战争，怎么能保有天下？晋国这个强敌虽然战败但还存在，怎能确定功业？我所做的事违背百姓意愿的还很多，人民怎能安定？我无德而强与诸侯相争，用什么来和睦众人？乘人之危以为己利，以人之乱而为己安，并视为自己的荣耀，用什么来丰聚财物？武有七项美德，我与晋之战一条也不具备，用什么来告知子孙？还是为先君修建宗庙，将我们服郑胜晋的事告诉他们就可以了，用武不是我要追求的功业。古代贤明的君王，讨伐不敬王命的人，把那些鲸吞小国的不义之人杀了用土埋上，以示严厉的惩罚，于是才有京观，这是为了惩罚邪恶之人。现在晋国没有罪，老百姓都忠于自己的国家，不惜为君命而死，怎能用晋军士兵尸骨作京观呢？"楚王在黄河上祭祀，建造了楚国先君的宗庙，将服郑胜晋之事告知先君后就回国了。以上是楚军不筑收葬阵亡将士遗体的京观。

是役也，郑石制实入楚师[①]，将以分郑而立公子鱼臣[②]。辛未[③]，郑杀仆叔及子服。君子曰："史佚所谓毋怙乱者[④]，谓是类也。《诗》曰：'乱离瘼矣[⑤]，奚其适归[⑥]？'归于怙乱者也夫。"以上追叙郑之宵人。

【注释】

①石制：郑国大夫，字子服。

②公子鱼臣：字仆叔。石制立他为君是为了得宠专权。

③辛未：六月三十日。

④史佚：周朝史臣，名佚。毋怙(hù)乱：不要乘人之乱以利己。毋，不要。怙，恃，依靠。

⑤离：忧。瘼(mò)：病。

⑥奚：于。

【译文】

这场战役，实际上是郑国石制将楚国军队引进来的，他要把郑国一半分给楚，另一半则立公子鱼臣为国君，以使自己恃宠专权。六月三十日，郑人杀了鱼臣和石制。君子说："史臣佚所说的不要乘人之乱以利己，这话告诫的就是这类人。《诗经》上说：'祸乱忧病，归于何处？'归于那些乘人之乱以利己的人身上吧。"以上追叙郑国的宵小之人。

郑伯、许男如楚[①]。

【注释】

①许男：许昭公。

【译文】

郑襄公、许昭公去楚国。

秋，晋师归。桓子请死，晋侯欲许之[①]。士贞子谏曰[②]："不可！城濮之役，晋师三日谷，文公犹有忧色。左右曰：'有喜而忧，如有忧而喜乎？'公曰：'得臣犹在[③]，忧未歇也[④]。困兽犹斗，况国相乎！'及楚杀子玉，公喜而后可知也，曰：'莫余毒也已[⑤]。'是晋再克而楚再败也。楚是以再世不竞[⑥]。今天或者大警晋也[⑦]，而又杀林父以重楚胜，其无乃久不竞乎[⑧]？林父之事君也，进思尽忠[⑨]，退思补过[⑩]，社稷之卫也，若之何杀之？夫其败也，如日月之食焉，何损于明？"晋侯使复其位。以上晋不杀桓子。

【注释】

①晋侯：即晋景公。

②士贞子：名渥浊，一称士贞伯，又称士伯，为士会同族兄弟之子。

③得臣：即子玉，城濮之战时是楚国令尹。

④歇：尽。

⑤毒：作对。

⑥再世：两代。指成王、穆王两代。不竞：不能争胜。

⑦大警：严厉的告诫。

⑧久不竞：长久不能同楚争胜。

⑨进：职位上升。

⑩退：被屏退，职位下降。

【译文】

秋天，晋军回国。荀林父请国君治自己战败之罪，将自己处死，晋景公打算答应他。士贞子劝谏说："不能这么做！城濮之战，晋军大胜，吃了三天楚军的粮食，文公仍然面露忧色。左右的人都说：'有喜事面有忧色，如果有忧事倒面露喜色吗？'晋文公说：'成得臣还在，忧愁就没有穷尽。兽被围困还要奋起搏斗，何况一国之相呢？'等到楚王杀了成得臣，文公才喜形于色，说：'再没有和我作对的人了！'这是晋再次打了胜仗，而楚又一次失败啊。楚国因此在成王、穆王两世不能与晋国争胜。今天我们战败也许是上天对晋的严厉告诫，我们又杀荀林父以使楚再胜一回，这不是让晋长时间不能与楚争雄了吗？荀林父侍奉国君，国君奖励他、提升他的职务，他就考虑如何尽忠；国君处罚他，贬低他的职务，他就考虑怎样补过，荀林父实在是国家社稷的良臣，为什么要杀掉这样的人呢？他的这次失败，就像日食、月食一样，无损于日、月本身的光辉。"于是晋景公让荀林父官复原职。以上是晋国不杀桓子荀林父。

齐晋鞌之战

【题解】

春秋时期，大国争霸，小国各自依附于大国以保全自己。鲁、卫都是小国而与晋结盟。齐占领了鲁、卫的一些土地，晋出师向齐问罪，于是引发了鲁成公二年（前589）的鞌（ān）之战。齐作为战败方在战后的爰娄之盟中却没有太大损失，这要归功于齐国上卿国佐。他面对晋军将领，不卑不亢，以自己的勇敢与智慧维护了齐国的尊严，迫使晋签订了爰娄之盟。国佐确是不辱使命，他的慷慨陈词不失为一篇精彩的外交辞令。

卫侯使孙良夫、石稷、宁相、向禽将侵齐①，与齐师遇。石子欲还，孙子曰："不可。以师伐人，遇其师而还，将谓君何？若知不能，则如无出。今既遇矣，不如战也。”

【注释】

①卫侯：卫穆公。孙良夫：亦称孙子，孙桓子。石稷：亦称石子，石成子，卫国名臣石碏（què）的四世孙。宁相：卫国公族宁武子的儿子。孙、石、宁、向四人均为卫国大夫。因齐顷公侵鲁，所以卫穆公要四人救鲁攻齐。

【译文】

卫穆公派孙良夫、石稷、宁相、向禽攻打齐国，与从鲁国得胜回师的齐军相遇了。石稷想回师，孙良夫说：“不行。我们率军讨伐敌人，遇到敌人的军队却要回去，怎么向国君交代呢？如果知道我们不是敌人的对手，那就不如不出兵。今天既然遇到了，不如与齐军一战。”

石成子曰：“师败矣。子不少须[①]，众惧尽[②]。子丧师徒[③]，何以复命？”皆不对。又曰：“子，国卿也。陨子[④]，辱矣。子以众退，我此乃止。”且告车来甚众。齐师乃止，次于鞫居[⑤]。新筑人仲叔于奚救孙桓子[⑥]，桓子是以免。

【注释】

①少：短暂的时间。须：等待。

②众惧尽：恐怕士兵都被杀光了。惧，恐怕。

③师徒：士兵。

④陨：被擒获。

⑤次：驻扎。鞫（jū）居：卫地，在今河南封丘境内。

⑥新筑：卫国邑名。在今河北大名境内。仲叔于奚：守新筑的大夫。

【译文】

石稷说:"我军已经败了,你不稍微等待一下援兵的话,恐怕士兵都会被杀光了。你丧失了兵士,用什么去复命?"将领们都没回答。石稷又说:"你是卫国的卿士,被擒获就是卫国的耻辱。你率领兵众撤退,我在这儿阻击齐军。"这时有人报告,新筑救援的兵车来了许多。齐军于是停止进攻,驻扎在鞫居。新筑的大夫仲叔于奚救了孙桓子,孙良夫得以免于全军覆没。

既,卫人赏之以邑,辞。请曲县、繁缨以朝[①],许之。仲尼闻之,曰:"惜也,不如多与之邑。唯器与名[②],不可以假人[③],君之所司也[④]。名以出信[⑤],信以守器,器以藏礼,礼以行义,义以生利,利以平民,政之大节也[⑥]。若以假人,与人政也。政亡,则国家从之,弗可止也已。"以上齐、卫新筑之战。

【注释】

①曲县(xuán):又叫轩县,诸侯所用的乐器。繁缨:诸侯用的马饰。

②器:车服。名:爵号。

③假:给予。

④司:掌管,主管。

⑤出信:产生信赖。

⑥政:治理国家。

【译文】

事过之后,卫人赏给仲叔以城邑,仲叔谢绝了。他请卫侯赐给他诸侯使用的乐器曲县和马饰并朝见国君,卫侯答应了他的请求。孔子听说后说:"太可惜了,不如多给他几座城邑。只有车服和爵号是不可以赐给别人的,这些是国君所享有的。名位、爵号是使人民信赖的表征,行动不失去信赖才可以保住车服，车服表达了尊卑之序蕴含着礼，尊卑有序才能各得所宜，各得所宜就会产生利，生利才能济民，这些都是治理国家的关键。如果把车服和爵号给了人，等于是与人同掌政权。政权丧失了，国家也就灭亡了，那时就不可挽救了。”以上是齐、卫两国新筑之战。

孙桓子还于新筑，不入，遂如晋乞师。臧宣叔亦如晋乞师①。皆主郤献子②。晋侯许之七百乘③。郤子曰：“此城濮之赋也④。有先君之明与先大夫之肃，故捷。克于先大夫，无能为役⑤，请八百乘。”许之。郤克将中军，士燮将上军⑥，栾书将下军⑦，韩厥为司马⑧，以救鲁、卫。臧宣叔逆晋师⑨，且道之⑩。季文子帅师会之⑪。及卫地，韩献子将斩人，郤献子驰，将救之，至则既斩之矣。郤子使速以徇⑫，告其仆曰：“吾以分谤也⑬。”以上鲁、卫乞晋师伐齐。

【注释】

①臧宣叔：名许，鲁国大夫，臧文仲之子。

②主郤献子：以郤献子为主人，即住在他家。郤献子即郤克。

③晋侯：即晋景公。

④赋：军额，即兵员数目。

⑤无能为役：为他们役使都不配。

⑥士燮(xiè)：即范文子，晋大夫。

⑦栾书：晋大夫。

⑧韩厥：韩献子。司马：掌军政与军赋的官。

⑨逆：迎候。

⑩道：同“导”。即做向导，引路。

⑪季文子：鲁国卿。

⑫徇：向众宣示。

⑬分谤：分担别人对韩厥的埋怨和指责。

【译文】

孙良夫从新筑回来，没有回国，就去晋国搬救兵。鲁国的臧宣叔也去晋国搬兵。两个人都在郤克家住。晋景公答应给他们七百辆军车共五万二千五百人。郤克说："这是城濮战役时我国军队参战的人数。城濮之战时有先君文公的英明和先大夫们的严正认真，所以才取得大捷。我和先大夫们相比，供他们役使都不配，请求给我八百辆兵车共六万士兵。"晋景公答应了他。郤克指挥中军，士燮率领上军，栾书率领下军，韩厥为司马，发兵救鲁、卫。到鲁国，臧宣叔迎候晋军，并且为他们做向导。鲁卿季文子也率领军队与晋军会合。到了卫地，韩厥要杀人，郤克飞马赶上要救下那个人，赶到时那人已被斩首。郤克派人赶快将被杀之人示众，他告诉他的仆人说："我这是分担别人对韩厥的指责和抱怨。"以上是鲁、卫两国请求晋国出兵讨伐齐国。

师从齐师于莘①。六月壬申②，师至于靡笄之下③。齐侯使请战，曰："子以君师④，辱于敝邑，不腆敝赋⑤，诘朝请见⑥。"对曰："晋与鲁、卫，兄弟也。来告曰：'大国朝夕释憾于敝邑之地⑦。'寡君不忍，使群臣请于大国，无令舆师淹于君地⑧。能进不能退，君无所辱命。"齐侯曰："大夫之许，寡人之愿也；若其不许，亦将见也。"齐高固入晋师⑨，桀石以投人⑩，禽之而乘其车，系桑木焉，以徇齐垒⑪，曰："欲勇者贾余余勇⑫。"以上齐师之骄。

【注释】

①莘(shēn):齐地,是从卫入齐的要道,在今山东莘县北。

②壬申:十六日。

③靡笄(jī):山名。在今山东济南长清区。

④君师:晋国国君的军队。

⑤腆:丰厚的。敝:不好的,没用的。赋:兵。

⑥诘朝:清早,指明早。

⑦大国:指齐。释憾:发泄愤恨。

⑧舆:众。淹:久留。

⑨高固:齐大夫。

⑩桀:同"揭"。举起。

⑪徇:巡行,以桑树系在战车后面跑遍齐国营垒。

⑫贾(gǔ):买。

【译文】

晋军追赶齐军到了莘。六月十六日,大军到了靡笄山下。齐顷公派人来挑战,说:"你们率领贵国大军,辱临我国,我们的士兵虽然人数不多而且疲惫,但还是愿意明天早晨与你们战场上相见。"晋人回答说:"晋和鲁、卫,是同姓的兄弟国。他们告诉我们说:'齐国经常到我们国家来发泄怨恨。'我们国君不忍心让他们继续忍受下去,派我们来齐国求情,同时不让我们大军久留于贵地,命令我们只许前进不许后退,所以不须齐君您下令。"齐顷公说:"你们答应交战,正好符合我的愿望;若你们不答应,我们也得战场上见。"齐大夫高固闯入晋营,举起石头投掷晋军,擒拿晋人后改乘其车,在战车后面系着桑树跑遍齐营,喊着:"想要勇敢的人来买我的余勇吧。"以上是齐国军队的骄横。

癸酉[①],师陈于鞌[②]。邴夏御齐侯,逢丑父为右[③]。晋解张御郤克[④],郑丘缓为右。齐侯曰:"余姑翦灭此而朝食[⑤]。"

不介马而驰之[⑥]。郤克伤于矢，流血及屦[⑦]，未绝鼓音，曰："余病矣[⑧]！"张侯曰："自始合[⑨]，而矢贯余手及肘，余折以御[⑩]，左轮朱殷，岂敢言病？吾子忍之！"缓曰："自始合，苟有险，余必下推车，子岂识之？然子病矣！"张侯曰："师之耳目，在吾旗鼓，进退从之。此车一人殿之[⑪]，可以集事[⑫]，若之何其以病败君之大事也？擐甲执兵[⑬]，固即死也。病未及死，吾子勉之！"左并辔，右援枹而鼓[⑭]，马逸不能止[⑮]，师从之。齐师败绩。逐之，三周华不注[⑯]。以上合战时中军之勇。

【注释】

①癸酉：十七日。

②陈：列阵。鞌：齐地，在今山东济南附近。

③邴夏御齐侯，逢丑父为右：邴夏、逢丑父，都是齐大夫。御，驾车。右，车右。春秋时，一辆战车乘三人，尊者在左，御者在中，车右在右；但君王或战争时的主帅居中，御车者在左，车右是勇士，负责执干戈御敌，或车遇故障、障碍时下来推车。

④解(xiè)张：又称张侯，与郑丘缓都是晋大夫。

⑤姑：姑且。翦：尽。朝食：吃早饭。

⑥不介马：未给马披甲。

⑦屦(jù)：鞋。

⑧病：负伤。

⑨合：交战。

⑩折以御：把箭折断继续驾车。

⑪殿：镇守。

⑫集：成。

⑬擐(huàn)：穿。

⑭援：拉。枹（fú）：鼓槌。

⑮逸：奔跑。

⑯周：环，绕圈。华不注：山名。

【译文】

六月十七日，两军列阵于鞌。邴夏为齐侯驾车，逢丑父作车右。晋军方面解张为主帅郤克驾车，郑丘缓为车右。齐顷公说："我姑且先消灭这些晋人再来吃早饭。"没给马披甲就冲出去了。郤克中了箭，血一直流到鞋子上，却没有停止敲鼓，他对御手和车右说："我受伤了！"解张说："自一开始交战，箭就射穿了我的手和肘，我折断了箭继续驾车，左车轮都被血染成了黑红色，我却没敢说受伤了，你忍耐一下吧！"郑丘缓说："自一开始交战，每遇到险阻，我必定下去推车，你怎么会知道这些？可你却说你受伤了！"解张说："军队的耳目，在于我们主帅车上的旗鼓，军队前进后退都听从旗鼓，这辆车由一个人镇守就可以成大事，为什么要因受伤这件事而败坏了国君的大事呢？身披铠甲手持兵器来出征，本就是来赴死的。受伤还不到死的程度，你要努力坚持！"说着，将缰绳并在左手，右手拿过鼓槌击鼓，马疾驰不能停止，军队跟着主帅的车往前冲。齐军大败。晋军在后面追赶，绕华不注山三周。以上是会战时晋国中军的勇猛。

韩厥梦子舆谓己曰[①]："且辟左右[②]。"故中御而从齐侯[③]。邴夏曰："射其御者，君子也。"公曰："谓之君子而射之，非礼也。"射其左，越于车下。射其右，毙于车中。綦毋张丧车[④]，从韩厥，曰："请寓乘[⑤]。"从左、右，皆肘之[⑥]，使立于后。韩厥俯[⑦]，定其右[⑧]。逢丑父与公易位。将及华泉[⑨]，骖絓于木而止[⑩]。丑父寝于辗中[⑪]，蛇出于其下，以肱击之，伤而匿之，故不能推车而及。韩厥执絷马前[⑫]，再拜稽首，奉觞加璧以进[13]，曰："寡君使群臣为鲁、卫请，曰：'无令舆师陷入君地。'下臣不幸，属当戎行[14]，无所逃隐。且惧奔辟而忝两君[15]，臣辱戎士，敢告不敏[16]，摄官承乏[17]。"丑父使公下，如华泉取饮。郑周父御佐车，宛茷为右[18]，载齐侯以免。韩厥献丑父，郤献子将戮之。呼曰："自今无有代其君任患者[19]，有一于此，将为戮乎！"郤子曰："人不难以死免其君[20]。我戮之不祥，赦之以劝事君者。"乃免之[21]。以上韩厥获逢丑父。

【注释】

①子舆：韩厥父亲。

②辟：同"避"。避开。

③中御：不是主帅战车，只能作御者才能居中。从：追逐。

④綦毋(qí wú)张：晋大夫。丧车：丢失了兵车。

⑤寓乘：搭乘。

⑥肘之：用肘推綦毋张。

⑦俯：俯身。

⑧定：放稳。右：死去的车右。

⑨华泉：在华不注山下的泉。

⑩骖：驾车时位于两旁的马。

⑪辚：同"栈"。卧车。

⑫絷(zhí)：绊马索。

⑬觞(shāng)：古代一种盛酒器皿。璧：玉环。捧着觞、璧，是韩厥对齐君行臣子之礼。

⑭属：适，恰巧。戎行：兵车的行列。

⑮忝(tiǎn)：侮辱。两君：指晋、齐两国国君。

⑯不敏：不才。

⑰摄官:任职。承乏:因人才缺乏而勉强承担,意为我要履行职责俘获你。

⑱郑周父、宛茷(fèi):均为齐大夫。佐车:副车。

⑲任患:承担灾难祸患。

⑳难:拒绝。免其君:使其国君脱身。

㉑免之:释放了他。

【译文】

韩厥梦见自己的父亲对他说:"出兵作战时,你要避开左右两边的位置。"所以他居中做御手驾车追赶齐侯。邴夏说:"射那个御者,他是个君子。"齐顷公说:"说他是君子可还要射他,这是无礼的。"射中了韩厥左边的人,这人坠于车下,又射中了韩厥右边的人,这人死在车中。綦毋张失掉了自己的战车,追着韩厥的车说:"请让我坐你的车。"他站在韩厥的左、右,韩厥都用肘推他,让他站在自己身后。韩厥又俯身将被射死的车右身子放稳。逢丑父见事态危急,就和齐顷公交换了位置,快到华泉时,战车上的边马被树挂住了无法前进。逢丑父夜里睡在卧车上,蛇从车下爬上来,他用肘击蛇被蛇咬伤而瞒着没讲,所以不能下去推车,被韩厥赶上来。韩厥拿着绊马索站在马前面,先拜两拜然后叩头,手捧酒杯和玉环献上,说:"我们国君让我们为鲁、卫两国求情,说:'不要让大军深入齐国。'我很不幸,恰好遇上您的兵车,无处逃避,而且担心避开会为我们国君和您造成耻辱,我是个滥竽充数的战士,以不才之身请您和我一起走吧。"逢丑父因站在齐侯的位置,因此假冒齐侯派齐顷公下车去华泉取水以使其逃脱。郑周父驾驶副车,以宛茷为车右载着齐侯逃走幸免于难。韩厥将逢丑父作为俘虏献给郤克,郤克要杀掉逢丑父,逢丑父大喊:"从今以后不会再有替国君承担灾难祸患的人了,这儿有这样一个人,却要被杀掉了!"郤克说:"此人不拒绝以死来使其国君脱身,我杀了他会不吉利,还是赦免了他以勉励侍奉君主的人吧。"于是放了逢丑父。以上是韩厥擒获逢丑父。

齐侯免[①]，求丑父，三入三出。每出，齐师以帅退[②]。入于狄卒[③]，狄卒皆抽戈楯冒之[④]。以入于卫师，卫师免之。遂自徐关入[⑤]。齐侯见保者[⑥]，曰："勉之！齐师败矣。"辟女子，女子曰："君免乎？"曰："免矣。"曰："锐司徒免乎[⑦]？"曰："免矣。"曰："苟君与吾父免矣，可若何！"乃奔。齐侯以为有礼，既而问之，辟司徒之妻也[⑧]，予之石窌[⑨]。以上齐侯返国。

【注释】

①免：逃脱。

②齐师：整理队伍。帅退：鼓励要退的士兵。

③狄卒：从晋讨齐的狄军。

④冒：遮蔽。

⑤徐关：地名。在今山东淄博淄川区。

⑥保者：守卫的人。

⑦锐司徒：主管锋利武器的官。是该女子的父亲。

⑧辟司徒：主管军中营垒的官。

⑨石窌(liù)：齐国邑名。在今山东济南长清区。

【译文】

齐侯脱了险，多次出入晋军以寻找丑父。每次杀出都整顿队伍鼓励那些想溃退的士兵。齐侯进入狄人的阵营，狄人士兵都抽出戈和盾，以遮蔽齐侯。又进入卫人的军队，卫军放齐侯走了。这是因为狄人、卫人害怕齐国强大的缘故。齐侯于是从徐关逃入齐国的都城，每见到守卫的人都勉励他们："尽力防守城邑！齐军失败了。"军士命令路上女子避开，一女子问："国君逃出来了吗？"说："逃出来了。"又问："锐司徒逃出来了吗？"说："逃出来了。"这女子说："如果国君和我父亲幸免，别人怎么样就没关系了。"说完就跑走了。齐侯认为她很有礼，过后打听她，才知是辟司徒的妻子，于是将石窌邑赏给了她。以上是齐侯脱险回国。

晋师从齐师，入自丘舆[①]，击马陉[②]。齐侯使宾媚人赂以纪甗、玉磬与地[③]。不可，则听客之所为。宾媚人致赂[④]，晋人不可，曰："必以萧同叔子为质[⑤]，而使齐之封内尽东其亩[⑥]。"对曰："萧同叔子非他，寡君之母也。若以匹敌，则亦晋君之母也。吾子布大命于诸侯[⑦]，而曰：'必质其母以为信。'其若王命何？且是以不孝令也[⑧]。《诗》曰[⑨]：'孝子不匮[⑩]，永锡尔类[⑪]。'若以不孝令于诸侯，其无乃非德类也乎[⑫]？先王疆理天下物土之宜而布其利，故《诗》曰[⑬]：'我疆我理，南东其亩。'今吾子疆理诸侯[⑭]，而曰'尽东其亩'而已，唯吾子戎车是利，无顾土宜，其无乃非先王之命也乎？反先王则不义，何以为盟主？其晋实有阙[⑮]。四王之王也[⑯]，树德而济同欲焉[⑰]。五伯之霸也[⑱]，勤而抚之，以役王命[⑲]。今吾子求合诸侯，以逞无疆之欲[⑳]。《诗》曰：'布政优优，百禄是遒。'[㉑]子实不优，而弃百禄，诸侯何害焉！不然，寡君之命使臣，则有辞矣[㉒]，曰：'子以君师辱于敝邑，不腆敝赋，以犒从者[㉓]。畏君之震[㉔]，师徒挠败[㉕]，吾子惠徼齐国之福[㉖]，不泯其社稷[㉗]，使继旧好，唯是先君之敝器、土地不敢爱[㉘]。子又不许，请收合余烬，背城借一。敝邑之幸，亦云从也。况其不幸，敢不唯命是听？'"鲁、卫谏曰："齐疾我矣[㉙]！其死亡者，皆亲昵也[㉚]。子若不许，仇我必甚。唯子则又何求？子得其国宝[㉛]，我亦得地而纾于难[㉜]，其荣多矣！齐、晋亦唯天所授，岂必晋？"晋人许之，对曰："群臣帅赋舆以为鲁、卫请[㉝]，若苟有以藉口而复于寡君，君之惠也。敢不唯命是听？”以上晋许齐平。

【注释】

①丘舆：齐国邑名。在今山东益都界。

②马陉（xíng）：齐国邑名。在今山东益都西南一带。

③宾媚人：即齐上卿国佐，亦称国武子、国子。纪甗（yǎn）：礼器。玉磬：乐器，都是齐灭纪得来的。

④致赂：奉献。

⑤萧同叔子：齐顷公的母亲。萧为国名，同叔是萧国国君的字，子指女儿。晋人不便直说要齐君以母为人质，所以这样称呼。

⑥封内：国境内。东其亩：使垄亩东西向。

⑦布：颁布。大命：重要命令，多指天子命令。

⑧以不孝令也：号令诸侯不要孝道。

⑨《诗》：指《诗经·大雅·既醉》第五章。

⑩匮：匮乏，缺乏。

⑪锡：赐。

⑫非德类：不是德孝一类的人。

⑬《诗》：指《诗经·小雅·信南山》首章。

⑭疆理诸侯：划分疆界治理诸侯的土地。

⑮阙：过失。

⑯四王：夏禹、商汤、周文王、周武王。

⑰济同欲：满足天下诸侯共同的愿望。济，成全，满足。

⑱五伯：伯，同“霸”。一说指夏伯昆吾、商伯大彭、豕韦、周伯齐桓公、晋文公；一说指齐桓公、晋文公、宋襄公、秦穆公、楚庄王。

⑲以役王命：效力于天子之命。

⑳疆：止境。

㉑布政优优，百禄是遒(qiú)：出自《诗经·商颂·长发》篇。布，施行。优优，宽和。百禄，百种福禄。遒，聚集。

㉒有辞：有别种话说。

㉓犒：在这里是作战的意思。

㉔震：威严。

㉕师徒挠败：军队挫败。挠，曲，挫折。

㉖徼(yāo)：求取，这里是加以的意思。

㉗泯(mǐn)：泯灭。

㉘敝器：指纪甗、玉磬。

㉙疾：怨恨。

㉚亲昵：亲近的人。

㉛国宝：指纪甗。

㉜得地：齐归还侵鲁、卫之地。纾(shū)：舒缓。

㉝赋舆：兵车。赋，兵。舆，车。

【译文】

晋师在后面追赶齐军，从丘舆进入齐国，攻打马陉。齐顷公命宾媚人用纪甗、玉磬和许诺归还鲁、卫被侵地作贿赂，要求与晋讲和。如果晋人不答应，就听任他们怎么做了。宾媚人献上贿赂，晋人不答应，说："一定要以萧同叔子做人质，而且要齐国境内的田垄都改成东西向才行。"宾媚人回答说："萧同叔子不是别人，她是我们国君的母亲，如果你们视齐、晋为地位相等的两个国家，那么她也是晋君的母亲。你们向诸侯颁布天子的命令，却说一定要以齐君母亲为人质，你们置天子命令于何地？而且这是用不孝来号令诸侯。《诗经》上说：'不缺乏孝心的人，能永远用孝道来感染同类。'如果你们用不孝来号令诸侯的话，你们不就是非德孝一类的人了吗？先王划分疆界，治理天下土地，按土地情况播种适宜的作物，以获得应有的收获。所以《诗经》说：'我们的疆土我们治理，或南或东要土地适宜。'现在你们划分疆界治理诸侯的土地，却说要把田垄都改成东西方向，这只对你们晋国兵车出入齐国有利，没有考虑土地的情况，以什么方向为宜，这不是否定了先王的命令吗？违反先王就是不义，还凭什么做盟主呢？这样的话晋国实在是有过失了。四王之所以统一天下，是因为他们树立德行并能满足天下诸侯共同的愿望。五伯之所以能称霸，是因为他们不辞辛苦地安抚诸侯，为天子之命效力。现在你们追求聚集诸侯，以满足你们无止境的欲望。《诗经》上说：'商汤施政宽和，百种福禄都聚集到他身上。'你们实在是不宽和，而放弃百种福禄，这对诸侯又有什么害处呢？你们不答应的话，我们国君给我们下令时还有别的话，他说：'你们率领贵国军队辱临我国，我们的士兵虽然人数不多而且疲惫，还是可以和你们的军队作战的。我们畏惧你们的威严，军队受到挫败。你们如果施恩给齐国加福，不灭掉齐国的社稷，使齐、晋两国继续旧好，我们不敢爱惜这些先君留下的纪甗、玉磬和土地，愿意送给你们。你们还不答应的话，我们只好收集残余的部队，背城决一死战了。齐国完全无害之时，都不敢违背晋，何况今天战败，更要唯晋国之命是听了。'"鲁人和卫人劝道："齐国一定非常怨恨我们！他们战死的那些人，都是齐侯亲近的人。你们如果不答应求和，他们一定更加怨恨我们。你们还要求什么呢？你们得到了他们的国宝，我们得到了他们原来抢走的土地，而且缓解了祸患，好处很多。齐、晋也都是上天授命的大国，取胜的难道会永远是晋吗？"于是晋人答应了齐人，说："我们率领战士和兵车来为鲁、卫求情，如果能有回话向我们国君复命的话，那是你们国君的恩惠了。怎么敢不听你们的命令呢？"以上是晋国许诺与齐国讲和。

禽郑自师逆公①。

【注释】

①禽郑：鲁大夫。公：鲁成公。

【译文】

禽郑自军中往迎鲁成公。

秋七月，晋师及齐国佐盟于爰娄[1]，使齐人归我汶阳之田[2]。公会晋师于上鄍[3]，赐三帅先路三命之服[4]，司马、司空、舆帅、候正、亚旅，皆受一命之服[5]。

【注释】

①爰娄：齐地，距齐都五十里，在今山东淄博淄川区。

②我：指鲁国。汶阳：鲁地，在今山东宁阳东北。

③上鄍（míng）：齐、卫交界处地名。在今山东阳谷境。

④三帅：指郤克、士燮、栾书。三命之服：卿的礼服。三命是卿的品级。

⑤一命之服：比三命的品级低两等的礼服，大夫礼服。

【译文】

秋七月，晋军和齐国的上卿宾媚人在爰娄签订盟约，让齐国归还鲁国的汶阳之地。鲁成公和晋军在上鄍会师，赐给郤克、士燮、栾书三名将帅卿所乘的礼车和礼服，司马、司空、舆师、候正、亚旅都接受了大夫的礼服。

晋楚鄢陵之战

【题解】

这也是春秋时期一次重大战役。晋军运用正确的战略战术，只分部分精兵攻打楚的左、右两军，而集优势兵力对付楚军的精锐，取得最后胜利。本文还论述了战争与政治、外交的联系，斥责了不顾农时兴兵作战，为满足自己对土地、权力的贪婪欲望，而将人民推上战场的统治者的残酷，表达了兵民为胜利之本的思想。

在叙述战争过程时，穿插一些紧张惊险且生动的情节，是《左传》的一个特点。像本篇中对晋厉公兵车陷入泥沼的描写及士燮父子的对话就很有代表性。

晋侯将伐郑，范文子曰[①]："若逞吾愿[②]，诸侯皆叛，晋可以逞[③]；若唯郑叛，晋国之忧，可立俟也[④]。"栾武子曰[⑤]："不可以当吾世而失诸侯，必伐郑。"乃兴师。栾书将中军[⑥]，士燮佐之。郤锜将上军[⑦]，荀偃佐之[⑧]。韩厥将下军[⑨]，郤至佐新军[⑩]，荀罃居守[⑪]。郤犨如卫[⑫]，遂如齐，皆乞师焉[⑬]。栾黡来乞师[⑭]，孟献子曰[⑮]："有胜矣[⑯]。"十六年，夏四月，戊寅[⑰]，晋师起[⑱]。以上晋师之兴。

【注释】

①范文子：即士燮，晋大夫。

②逞：满足，如愿。

③逞：任意，放纵。

④俟(sì)：等待。

⑤栾武子：即栾书，又称栾伯，栾盾之子。

⑥将：指挥，率领。

⑦郤锜(qí)：郤克之子，晋国大夫。

⑧荀偃：字伯游，即中行献子，一称中行偃，荀林父之孙，荀庚之子。

⑨韩厥：韩献子，晋大夫。

⑩郤至：晋国大夫。新军：指在上、中、下三军之后新立之军。据《左传》鲁成公三年记载，晋国设六军，在上、中、下三军之外，又

立新三军，以赏在鞌之战中立功的将领。后来新三军只剩一军，称新军。

⑪荀罃：即知罃，荀首（知庄子）之子，又称知武子。

⑫郤犨：郤豹的曾孙，郤克的从祖兄弟，晋大夫。

⑬乞师：请求援兵。

⑭栾黡（yǎn）：一称栾桓子，又称桓伯，栾书之子。来：指来鲁国。

⑮孟献子：又称仲孙蔑、孟孙，文伯穀之子。

⑯有胜矣：有胜利的希望。

⑰戊寅：四月十二日。

⑱起：开始行动。

【译文】

晋厉公要讨伐郑国，士燮说："如果要满足我们的愿望，在诸侯都背叛我们的情况下，我们可以任意而为；只有郑国一国背叛我们，我们这样做，忧患就会接踵而至。"栾武子说："不能在我们执政时失掉诸侯，一定得讨伐郑国。"于是起兵。栾武子指挥中军，士燮为副帅。郤锜指挥上军，荀偃为副将。韩厥将下军，郤至辅佐新军，荀罃留守国内。郤犨先到卫国，再到齐国，都是为了请求援兵。栾黡来鲁求援，因其卑让有礼，所以孟献子说："晋有胜利的希望。"鲁成公十六年夏，四月十二日，晋国军队开始行动。以上是晋国兴兵。

郑人闻有晋师，使告于楚，姚句耳与往[①]。楚子救郑[②]，司马将中军[③]，令尹将左[④]，右尹子辛将右[⑤]。过申[⑥]，子反入见申叔时[⑦]，曰："师其何如？"对曰："德、刑、详、义、礼、信[⑧]，战之器也[⑨]。德以施惠，刑以正邪，详以事神[⑩]，义以建利[⑪]，礼以顺时，信以守物。民生厚而德正，用利而事节[⑫]，时顺而物成。上下和睦，周旋不逆[⑬]，求无不具，各知其极[⑭]。故

《诗》曰：'立我烝民，莫匪尔极[15]。'是以神降之福[16]，时无灾害[17]，民生敦厖[18]，和同以听[19]，莫不尽力以从上命，致死以补其阙[20]。此战之所由克也[21]。今楚内弃其民，而外绝其好，渎齐盟[22]，而食话言，奸时以动[23]，而疲民以逞。民不知信，进退罪也。人恤所底[24]，其谁致死？子其勉之！吾不复见子矣。"姚句耳先归，子驷问焉[25]，对曰："其行速，过险而不整。速则失志[26]，不整丧列。志失列丧，将何以战？楚惧不可用也。"以上楚、郑诸臣料楚必败。

【注释】

①姚句(gōu)耳：郑大夫。与往：和使臣同去。

②楚子：楚共王，楚庄王子。

③司马：指公子侧，又称子反，官居司马。

④令尹：指公子婴齐，又称子重，时为楚国令尹。

⑤子辛：即公子壬夫，字子辛。

⑥申：原为申国，周封伯夷之后于申，时已为楚所灭。故址在今河南南阳北。

⑦申叔时：楚国元老，年老在申居住。

⑧详：同"祥"。善，诚信诚意。

⑨器：用具。

⑩事：侍奉，祭祀。

⑪义：是非标准。

⑫事节：有节制。

⑬逆：悖道。

⑭极：中正的准则。

⑮立我烝民，莫匪尔极：出自《诗经·周颂·思文》。烝，众。莫匪，

无不。尔极,先王立下的中正准则,大家无不依从,以为行为依据。

⑯之:指众民。

⑰时:经常,时常。

⑱敦:厚。厖(máng):庞大。这里敦厖指富足。

⑲和同以听:和睦同心,唯君上之命是听。

⑳阙:指战死者。

㉑克:战胜。

㉒渎:轻忽怠慢。

㉓奸(gān):冒犯。鄢陵之战在周历四月,时值农忙,此时作战冒犯了天时。

㉔恤:顾虑。厎(zhǐ):至,到。

㉕子驷:郑国公子騑,字子驷。问焉:问楚军情况。

㉖失志:考虑不周详。

【译文】

郑国听说有晋军来,便派使者去楚国告急,郑大夫姚句耳和使臣一同前往。楚共王救郑,司马子反指挥中军,令尹子重率领左军,右尹子辛指挥右军。路过申地,子反会见楚国元老申叔时,问道:"楚军会胜还是会败?"申叔时回答说:"德、刑、详、义、礼、信,对于战争来说是不可缺的。德行用来施加恩惠,刑法是用来对邪恶治罪的,诚心用来祭祀神灵,是非标准用来取利,遵循礼法才能举动适宜,诚信才能保住一切。人民生计富足无忧则德行正,不生邪念,做事因需要用利,所以才会有节制,行为合乎时宜,事情才能办成功。上下团结一心,运行不悖;上面有所要求,下面的百姓都予以准备,人人都懂得中正的准则,所以《诗经·周颂·思文》篇说:'先王为众民立下行事的中正准则。大家无不依从,以为行事依据。'因此神灵降给众民福佑,很少有灾害。人民生计富足,和睦同心,唯君上之命是听,没有不尽力以服从君上的命令的,都愿意用自己的性命去补战死者的空缺，这就是战无不胜的原因。如今楚国对国内人民不施以恩惠，对外断绝了友好国家的关系，轻慢盟国而违背自己的诺言，冒犯农时大动干戈，不惜劳民以满足自己的欲望。百姓不知国君的诚信表现在哪里，进退都有罪。人人都对自己所去的地方心怀疑虑，谁还肯效死力与晋作战？你尽力而为吧！我再也见不到你了。”姚句耳先于使臣回到郑国，公子驷问他楚军的情况，他回答说：“楚军行动速度过快，过险隘之处时队列不整齐。行动过快则考虑不周详，队列不整则失去纪律性。考虑不周又没有纪律性，将靠什么去作战？楚军恐怕是不中用。”以上是楚、郑诸臣预料楚国必败。

五月，晋师济河。闻楚师将至，范文子欲反[①]，曰：“我伪逃楚，可以纾忧[②]。夫合诸侯[③]，非吾所能也，以遗能者。我若群臣辑睦以事君[④]，多矣[⑤]。”武子曰[⑥]：“不可。”

【注释】

①反：返回。

②纾：纾缓。

③合：古代称交战曰合。

④辑睦：同心协力。

⑤多：好。

⑥武子：栾武子。

【译文】

五月，晋军渡过河。听说楚军就要到了，士燮想要回师，他说：“我们假装逃避楚军，能缓解一下晋国的忧患。与诸侯交战不是我所擅长的，还是把这事留给能承担的人去做吧。我们群臣能同心协力地侍奉国君，就很好了。”栾武子说：“那可不行。”

六月，晋、楚遇于鄢陵[①]。范文子不欲战，郤至曰："韩之战[②]，惠公不振旅；箕之役[③]，先轸不反命[④]；邲之师[⑤]，荀伯不复从[⑥]。皆晋之耻也。子亦见先君之事矣。今我辟楚[⑦]，又益耻也。"文子曰："吾先君之亟战也[⑧]，有故。秦、狄、齐、楚皆强，不尽力，子孙将弱。今三强服矣，敌楚而已。唯圣人能内外无患，自非圣人，外宁必有内忧。盍释楚以为外惧乎[⑨]？"以上范文子不欲战。

【注释】

①鄢陵：郑国地名。原为鄢国，后为郑灭。在今河南鄢陵。

②韩之战：鲁僖公十五年（前645）秦晋韩（今陕西韩城南）之战。

③箕之役：鲁僖公三十三年（前627）晋狄之战。箕，晋国地名。在今山西太谷东三十五里。

④先轸不反命：先轸死于狄军，不能回复君命。

⑤邲之师：鲁宣公十二年（前597）晋楚邲（今河南荥阳北）之战中的军队。

⑥荀伯不复从：晋军主帅荀林父兵败而逃，不能从原路返回。

⑦辟：同"避"。

⑧亟（qì）：屡次。

⑨盍：何不。

【译文】

六月，晋、楚相遇于鄢陵。士燮不想打这场战争，郤至说："韩原之战，惠公使军队散败；箕之战，先轸死于狄人之手，不能回复君命；邲之战，晋军主帅荀林父兵败而逃，不能从原路返回。这几次战役都是晋国的耻辱。你也看到了先君战败的事实。现在我们避开楚军，又给晋国增加了耻辱。"士燮说："我们先君屡次作战，是有原因的。秦国、狄人、齐国、楚国都很强大，如果先君不尽力，子孙就会衰弱不振。现在秦、狄、齐三强都已屈服于我们，敌人只剩楚国了。只有圣人才能外、内都没有忧患，我们不是圣人，国外安宁无战事就一定会有内忧。何不放过楚国使我们对外有所戒惧呢？”以上述范文子士燮不想开战。

甲午晦①，楚晨压晋军而陈②。军吏患之。范匄趋进③，曰：“塞井夷灶④，陈于军中，而疏行首⑤。晋、楚唯天所授，何患焉？”文子执戈逐之，曰：“国之存亡，天也。童子何知焉？”栾书曰：“楚师轻窕⑥，固垒而待之，三日必退。退而击之，必获胜焉。”郤至曰：“楚有六间⑦，不可失也：其二卿相恶⑧；王卒以旧⑨；郑陈而不整⑩；蛮军而不陈⑪；陈不违晦⑫；在陈而嚣⑬，合而加嚣。各顾其后⑭，莫有斗心。旧不必良⑮，以犯天忌。我必克之。”

【注释】

①甲午：六月二十九日。晦：夏历每月的最后一天。

②压：逼近。陈：同“阵”。

③范匄(gài)：即范宣子，又称士匄，为范文子（士燮）的儿子。趋进：快步走进。趋，快走。

④塞井夷灶：军中必须凿井起灶以自给，现在楚军逼近晋营列阵，战地狭窄，所以要自己塞井平灶作为阵地。夷，平。

⑤疏行首：在阵前掘开营垒作为战道。

⑥轻窕：轻浮急躁。

⑦间：空隙，可乘之机。

⑧二卿相恶：指子重、子反不和。

⑨卒：亲兵。旧：疲惫老化，没有代替的力量。

⑩陈：摆开阵势。

⑪蛮军：楚军带来的南方少数民族军队。

⑫晦：月底，古时兵家忌讳在这天打仗。即下文的“以犯天忌”。

⑬嚣：喧哗。

⑭各顾其后：都有后顾之忧。

⑮旧：指老兵。

【译文】

六月二十九日是月底，楚军一早就逼近晋军列阵。军官们很担心敌人占领有利形势。士燮的儿子范匄快步走进军帐说：“我们可以塞井平灶，就在军营中列阵，并疏散开前面的行列。晋、楚谁胜谁负，要看天意怎样，又何必担心呢？”士燮怪他多话，拿戈在后面追他，将他赶出军帐，骂道：“国家存亡全凭天意，小孩子知道什么？”栾书说：“楚军轻浮急躁，我们固守营垒等着，他们三天就得撤退。等他们撤退时我们出击，一定能获胜。”郤至说：“楚军六个弱点给我们以可乘之机，我们不能不利用：他们的二卿子重和子反不和；楚王的亲兵疲惫老化，没有替代的力量；郑军摆开阵势但不整齐；楚军中的南方蛮军不能成阵；列阵打仗不避晦日；在阵中士兵还喧闹不已。楚、郑、蛮军军阵合在一起本以安静为宜，事实上却更喧闹，都有自己的后顾之忧而没有斗志。老兵不一定是精兵，何况晦日出兵犯了天时之忌。我们一定能战胜他们。”

楚子登巢车以望晋军①，子重使太宰伯州犁侍于王后②。王曰：“骋而左右③，何也？”曰：“召军吏也。”“皆聚于军中矣！”曰：“合谋也。”“张幕矣！”曰：“虔卜于先君也④。”“彻幕矣⑤！”曰：“将发命也。”“甚嚣，且尘上矣⑥！”曰：“将塞井夷灶而为行也⑦。”“皆乘矣，左右执兵而下矣！”曰：“听誓也⑧。”“战乎？”曰：“未可知也。”“乘而左右皆下矣！”曰：“战祷也[9]。"伯州犁以公卒告王[10]。苗贲皇在晋侯之侧[11]，亦以王卒告。皆曰："国士在[12]，且厚[13]，不可当也。"苗贲皇言于晋侯曰："楚之良，在其中军王族而已。请分良以击其左右，而三军萃于王卒[14]，必大败之。"公筮之[15]，史曰："吉。其卦遇'复'[16]，曰：'南国蹙[17]，射其元[18]，王中厥目[19]。'国蹙王伤，不败何待？"公从之。以上晋、楚各料敌情。

【注释】

①巢车：一种高的、带楼的兵车，以供瞭望。

②太宰：官名。伯州犁：晋国伯宗之子。

③骋：奔跑。

④虔：虔诚，恭敬。

⑤彻：同"撤"。

⑥尘上：尘土飞扬。

⑦为行(háng)：布阵。

⑧听誓：听主帅誓师的命令。

⑨祷：向鬼神祈祷。

⑩公卒：晋军。公，指晋厉公。因伯州犁是投奔楚国的晋人，了解情况，所以"以公卒告王"。

⑪苗贲皇：楚国斗椒之子，鲁宣公四年(前605)投奔晋。所以也把"王卒"，即楚军情况告知晋侯。

⑫国士：指伯州犁。

⑬厚：人数众多。

⑭萃：集中。王卒：楚王的亲兵。

⑮筮(shì)：用蓍(shī)草占卜吉凶。

⑯复：卦名。

⑰南国:指楚。蹙(cù):缩皱,即萎缩。

⑱元:指楚王。

⑲王中厥目:射中楚王的眼睛。

【译文】

楚共王登上巢车瞭望晋军,子重派投奔楚国的晋人太宰伯州犁侍立在楚王身后。楚王说:"晋军中有人往左或往右奔跑,这是在干什么?"伯州犁说:"在召集军官。""都聚集在军营中间了!"回答说:"在一起谋划呢。""展开帐幕了!"答说:"虔诚恭敬地卜问先君胜负了。""撤掉帐幕了!"答说:"要发布命令了。""喧嚷得厉害,尘土都飞扬起来了!"答说:"要塞井平灶布阵了。""都上了战车,战车左右的士兵又拿着兵器下来了!"答道:"这是要听主帅誓师的命令了。""要开战了吗?"答说:"还不知道呢。""上了车,左右的士兵又都下车了。"答说:"这是作战前向鬼神祈祷呢。"伯州犁将晋军的情况一一告知给楚共王。而晋军那边,由楚投奔晋国的苗贲皇在晋厉公的身边,也将楚军的情况介绍给晋侯。晋军将士都说:"熟悉我们情况的伯州犁在楚军中,而且他们人数众多,恐怕我们抵挡不了他们。"苗贲皇对晋厉公说:"楚军的精兵就是楚国中军楚王的亲兵,请分一部分精锐去攻打他们的左军和右军,而集中我们三军之力去进攻楚王的亲兵,一定能大败楚军。"晋厉公用蓍草占卜,占卜者说:"吉利。这是个复卦,卦辞说:'南国萎缩,箭射其王,射中他的眼睛。'国家萎缩,国君受伤,不败还等什么?"晋厉公就听从了苗贲皇的意见。以上是晋、楚双方各自分析敌情。

有淖于前[①],乃皆左右相违于淖[②]。步毅御晋厉公[③],栾鍼为右[④]。彭名御楚共王[⑤],潘党为右[⑥]。石首御郑成公,唐苟为右[⑦]。栾、范以其族夹公行[⑧],陷于淖。栾书将载晋侯,鍼曰:"书退!国有大任[⑨],焉得专之[⑩]?且侵官[⑪],冒也;失官[12],慢也;离局[13],奸也[14]。有三罪焉,不可犯也。”乃掀公以出于淖[15]。

【注释】

①淖:泥坑。

②违:避开。

③步毅:即郤毅,郤氏家族成员。

④栾鍼(zhēn):栾书之子,栾黡之弟。

⑤彭名:楚大夫。

⑥潘党:楚大夫潘尪之子,也称叔党。

⑦石首、唐苟:均为郑国大夫。

⑧栾、范:栾氏、范氏。其族:其家族。这两个家族将勇兵强。

⑨大任:指元帅。

⑩专之:又专做国君的御手。

⑪侵官:以自己的车载国君,是侵官,侵夺他人职权。

⑫失官:不履行元帅职而驾车,是失官。

⑬离局:远离部下。

⑭奸:犯罪。

⑮掀:举起。

【译文】

阵前有一个泥坑,双方都从两侧避开。步毅为晋厉公驾车,栾鍼作车右;彭名为楚共王驾车,潘党作车右;石首为郑成公驾车,唐苟为车右。栾、范二氏因其家族将勇兵强,所以将晋侯夹在中间行进,晋厉公的车子不幸陷入泥坑,栾书想让晋厉公坐自己的车,他的儿子车右栾鍼喊道:“你退下,国家任你为元帅,重任在肩,怎能专门做国君的御手呢?你这样做是侵夺他人职权,冒犯了别人;不履行元帅职责,放弃了自己的责任;远离自己的部下,是犯罪行为。你这样做有三条罪名,不能触犯啊。”栾铖举起晋侯的车子，将其抬出泥坑。

癸巳[①]，潘尪之党与养由基蹲甲而射之[②]，彻七札焉[③]。以示王，曰：“君有二臣如此，何忧于战？”王怒曰：“大辱国[④]。诘朝[⑤]，尔射，死艺。”吕锜梦射月[⑥]，中之，退入于泥。占之，曰：“姬姓[⑦]，日也。异姓，月也，必楚王也。射而中之，退入于泥，亦必死矣。”及战，射共王，中目。王召养由基，与之两矢，使射吕锜，中项[⑧]，伏弢[⑨]。以一矢复命。

【注释】

①癸巳：六月二十八日。

②潘尪之党：潘尪的儿子潘党。养由基：楚国大夫，又称养叔，善射。蹲：聚集。

③彻：穿透。札：一层甲。

④大辱国：只懂射技而不懂智谋，是楚国的莫大耻辱。

⑤诘朝：明天早晨。

⑥吕锜：魏锜，称厨武子，晋国将领。

⑦姬姓：晋国国君为姬姓。

⑧中项：射中脖领。

⑨伏弢(tāo)：弢为弓套，伏在弓套上而死。

【译文】

六月二十八日，潘尪的儿子潘党和养由基将盔甲叠放在一起用箭射，一箭穿透了七层甲。二人让楚王看，说：“您有像我们这样如此善射的两个臣下，还愁打不了胜仗吗？”楚王生气地说：“你们只懂射技而不懂智谋，这是楚国的耻辱。明天早晨你们到战场上去射，恐怕会死在自己的射技上。”晋国的魏锜梦见自己用箭射月亮，射中了，自己后退却掉进泥坑里。他为此占了一卦，占卜人说："姬姓国家是太阳，异姓国家为月亮，这一定是楚王了。射中楚王，后退跌进泥坑，你也一定活不成了。"到了交战时，魏锜射中了楚王的眼睛。楚王召来养由基，给了他两支箭，命令他射魏锜。养由基一箭射中魏锜的咽喉，魏锜倒在弓袋上死了，养由基将剩下的一支箭交还给楚王复命。

郤至三遇楚子之卒①，见楚子，必下，免胄而趋风②。楚子使工尹襄问之以弓③，曰："方事之殷也④，有袜韦之跗注⑤，君子也，识见不穀而趋⑥，无乃伤乎？"郤至见客⑦，免胄承命，曰："君之外臣至⑧，从寡君之戎事，以君之灵，间蒙甲胄，不敢拜命⑨，敢告不宁君命之辱，为事之故，敢肃使者⑩。"三肃使者而退。

【注释】

①楚子之卒：楚王亲兵。

②胄：保护头颈部的盔甲。趋风：急走如风。

③工尹襄：工尹是管理工务的官，襄是人名。问：赠送。

④事：战事。殷：盛，激烈。

⑤袜(mèi)：红色。韦：皮革。跗(fū)注：裹腿。

⑥不穀：楚王自称。

⑦客：指工尹襄。

⑧君之外臣：郤至自称。

⑨间蒙甲胄，不敢拜命：古礼，身披甲胄者不拜。

⑩"敢告不宁君命之辱"几句：楚王屈尊赐命，不敢自安。肃，以手至地，类似作揖。

【译文】

晋将郤至在战场上三次遇到楚王的亲兵，每次见到楚王，他都一定跳下战车，脱下甲胄，一阵风似地走开，以表示恭敬。楚王派工尹襄送他一张弓，说："正当战事激烈之时，有一位打着红色皮裹腿的君子，看见我就赶快走开，不知受伤了没有？"郤至接见了工尹襄，脱去甲胄接受慰问说："楚王的国外臣子郤至，跟随我们国君来作战，托您的福，并且由于身披盔甲，不能拜谢，承蒙楚王屈尊来问，不敢自安，因正在作战，我向使者行肃礼吧。"向使者行了三次肃礼而走。

晋韩厥从郑伯，其御杜溷罗曰[①]："速从之！其御屡顾，不在马[②]，可及也。"韩厥曰："不可以再辱国君[③]。"乃止。郤至从郑伯，其右茀翰胡曰[④]："谍辂之，余从之乘而俘以下。"郤至曰："伤国君有刑[⑤]。"亦止。石首曰："卫懿公唯不去其旗，是以败于荧[⑥]。"乃内旌于弢中[⑦]。唐苟谓石首曰："子在君侧，败者壹大[⑧]。我不如子，子以君免[⑨]，我请止[⑩]。"乃死。

【注释】

①杜溷罗：晋臣。

②不在马：心不在马上。

③不可以再辱国君：齐晋鞌之战韩厥差点俘虏齐君，所以这么说。

④茀(fú)翰胡：晋将。他的话意思是派兵拦在郑伯车前，他从后面登车以俘虏郑伯。

⑤刑：罪。

⑥荧(yíng)：荧泽，地名。在黄河北。荧之战在鲁闵公二年(前660)。

⑦内旌于弢中：将大旗放入弓袋里。

⑧败者壹大：军队大溃败。

⑨免：脱险。

⑩止:留下死战。

【译文】

晋大夫下军统帅韩厥追击郑伯,他的御手杜溷罗说:“赶快追上!他的驾车人多次回头,心思不在马上,我们可以追上那辆车。”韩厥说:“鞌之战,我差点俘虏齐君,这次不能再侮辱郑国国君了。”于是停止了追击。郤至追赶郑伯,他的车右茀翰胡说:“派轻兵绕道拦在郑伯车前,我从后面登车就可以抓住他了。”郤至说:“伤害国君是有罪的。”也停止了追赶。给郑成公驾车的石首说:“卫懿公只因为没去掉他的旗子,所以在荧之战中败给了狄人。”于是将大旗放入弓袋中。车右唐苟对石首说:“你留在国君身边,如果军队溃败,我的重要性不如你,你载着国君脱险,我请求留下来与他们死战。”唐苟就这样在阻击晋军时战死。

楚师薄于险①,叔山冉谓养由基曰②:“虽君有命,为国故,子必射!”乃射。再发,尽殪③。叔山冉搏人以投④,中车,折轼。晋师乃止。囚楚公子茷⑤。

【注释】

①薄:迫近。

②叔山冉:楚国勇士。

③殪(yì):箭发而死为殪。

④搏:扑上去抓。

⑤公子茷(fèi):即王子发钩。

【译文】

楚军迫近了险境,楚国勇士叔山冉对养由基说:“虽然国君有命令,但为了国家,你现在必须得射箭了!”养由基一射再射,箭无虚发,触箭者即死。叔山冉扑上去抓住晋人投向晋军战车,打中战车,将车前横木都折断了。晋军在这种情况下才停止了进攻。但仍俘虏了公子茷。

栾鍼见子重之旌，请曰："楚人谓：'夫旌，子重之麾也[①]。'彼其子重也。日臣之使于楚也[②]，子重问晋国之勇。臣对曰：'好以众整[③]。'曰：'又何如？'臣对曰：'好以暇[④]。'今两国治戎，行人不使[⑤]，不可谓整；临事而食言，不可谓暇。请摄饮焉[⑥]。"公许之。使行人执榼承饮[⑦]，造于子重[⑧]，曰："寡君乏使[⑨]，使鍼御持矛[⑩]。是以不得犒从者，使某摄饮[⑪]。"子重曰："夫子尝与吾言于楚，必是故也[⑫]，不亦识乎！"受而饮之。免使者而复鼓[⑬]。旦而战，见星未已。以上战时杂事。

【注释】

①麾（huī）：指挥军队的旗帜。

②日：从前。

③好以众整：以军旅整齐为勇。

④暇：闲暇，在事情紧急时以从容不迫为勇。

⑤行人：使者。

⑥摄：手持，拿。

⑦榼（kē）：盛酒的器皿。承：捧着。

⑧造：到，前往。

⑨乏使：缺乏任使的人。

⑩御：担任。持矛：指车右，车右持矛。

⑪某：使者自称。

⑫是故：指以闲暇为勇的缘故。识：指懂得礼。

⑬免：释放。

【译文】

晋侯的车右栾鍼看到了子重的旗帜，请求晋厉公说："楚人说：'那面旗是子重的帅旗。'那旗下就是子重了。以前我出使楚国，子重问晋人是如何看待勇的。我回答说：'以军旅整齐为勇。'他又问：'还有呢？'我回答说：'喜欢在情况紧急时以从容不迫为勇。'今天两国交兵，不派使者，不能算是整；临阵而忘了以前说过的话，不能说是暇。请拿酒给子重喝以兑现我的话。"晋厉公答应了。派使者拿着酒壶捧着酒，送给子重，说："我们国君缺了任使的人，不得已让栾鍼来做车右。所以不能来犒劳您的部下，派我来奉上薄酒，略表心意。"子重说："那位先生曾经和我在楚国交谈过，一定是这个缘故，他这不也是很懂得礼吗！"接过酒一饮而尽。将使者放回又重新击鼓作战。早晨战斗开始，直到星星出现还未结束。以上是战时的一些小细节。

子反命军吏察夷伤①，补卒乘②，缮甲兵③，展车马④，鸡鸣而食，唯命是听。晋人患之。苗贲皇徇曰⑤："蒐乘补卒⑥，秣马利兵⑦，修陈固列⑧，蓐食申祷⑨，明日复战！"乃逸楚囚⑩。王闻之，召子反谋。榖阳竖献饮于子反⑪，子反醉而不能见。王曰："天败楚也夫！余不可以待。"乃宵遁⑫。以上晋、楚胜负未分，因子反醉而楚王遁。晋入楚军，三日谷⑬。范文子立于戎马之前⑭，曰："君幼，诸臣不佞⑮，何以及此？君其戒之！《周书》曰'唯命不于常'⑯，有德之谓。"

【注释】

①夷：创伤。

②补卒乘：补充死亡的士兵和毁坏的战车。

③缮甲兵：修补盔甲和兵器。缮，修补。

④展:察看,省视。

⑤徇:宣布号令。

⑥蒐:察看。

⑦秣:喂养。利:磨快。

⑧修:整顿。陈:同“阵”。固:坚固。列:行列。

⑨蓐食:坐在草垫子(寝席)上吃早饭。申:重复,再三。

⑩逸:放走。

⑪榖阳竖:子反的小臣。

⑫遁:逃走。

⑬三日谷:吃了三天缴获的军粮。

⑭范文子:即士燮。戎马:指大队人马。

⑮不佞(nìng):谦辞。犹言不才。

⑯《周书》:指《尚书·周书·康诰》。

【译文】

子反命令军官们察看士兵们的伤势,补充受伤的士兵和毁坏的战车,修补盔甲和兵器,省视车马,鸡叫时吃饭,听候命令。晋军很是担心忧虑。苗贲皇向军队宣布号令说:“察看兵车,补充士兵,喂饱马匹,磨快武器,修固战车,早起就在寝床上吃早饭,再三祈祷,明天接着再战!”并故意放走楚国俘虏,好使楚军知道晋军已准备好再战。楚王听楚囚说了这种情况,召子反来计议,却不料子反的小臣榖阳竖献酒给子反喝,子反喝醉了,不能来见楚王。楚王说:“这是天败楚国啊!我不能待下去了。”于是夜里就撤兵了。以上是在晋、楚胜负未分时,因子反喝醉而使楚王逃走。晋军进入楚军营地,吃了三天缴获的军粮。士燮站在大队人马的前面说:“国君年幼,群臣无才,我们怎么会取得这样的胜利?国君您一定得戒骄!《周书·康诰》上说:‘胜利者不会永远胜利,天意不是不变的。’这是说只有有德的人才能享受天命,立于不败之地。”

楚师还，及瑕[①]，王使谓子反曰："先大夫之覆师徒者[②]，君不在。子无以为过，不穀之罪也。"子反再拜稽首曰："君赐臣死，死且不朽。臣之卒实奔[③]，臣之罪也。"子重使谓子反曰："初陨师徒者[④]，而亦闻之矣[⑤]！盍图之[⑥]？"对曰："虽微先大夫有之[⑦]，大夫命侧[⑧]，侧敢不义？侧亡君师，敢忘其死？"王使止之，弗及而卒。

【注释】

①瑕：楚地，在今安徽蒙城北。

②先大夫：子玉，子反的父亲。覆师徒：军队战败。覆，毁灭。师徒，士兵，这里指军队。

③奔：覆败。

④陨：损失。

⑤而：你。

⑥图：考虑。

⑦微：没有。

⑧大夫：指子重。侧：是子反的名字。

【译文】

楚军返回到楚国境内的瑕城，楚共王派人对子反说："以前你父亲子玉使军队在城濮战败，因国君不在军中，所以他要承担战败的责任。你不要以为是你的过错，这次是我的罪过。"子反一再下拜，叩头说："国君赐臣子死，臣子死了也光荣。我的部下确实打了败仗，是我的罪过。"子重也派人对子反说："当初那个使军队战败的人子玉的下场，你也听说了，你何不考虑一下呢？"子反回答说："即使没有先大夫的先例，您让我死，我不敢贪生不义。我使国君的军队遭受惨败，怎敢逃避一死？"楚共王派人来阻止他自杀，没有赶到，子反已经死了。

晋人齐平阴之战

【题解】

晋、齐平阴之战前后历时两月左右，作者运用简练的语言，仅以数百字而将战争全貌呈现给读者，行文之简洁明快，令人叹为观止。此外，作者对晋州绰的两段描写，即他与齐国殖绰的对话，及他在攻打齐东闾门时因马盘旋不能前进的尴尬，亦生动有趣。对晋军在齐的暴行的描写也给人以深刻的印象。文章记叙的晋军在这次战役中所用的兵不厌诈的策略以及范宣子的巧妙的攻心战术，使我们看到了我国古代军事思想在实际中的应用。

十八年秋[①]，齐侯伐我北鄙[②]。中行献子将伐齐[③]，梦与厉公讼[④]，弗胜，公以戈击之，首队于前[⑤]，跪而戴之[⑥]，奉之以走[⑦]，见梗阳之巫皋[⑧]。他日，见诸道，与之言，同[⑨]。巫曰："今兹主必死[⑩]，若有事于东方[⑪]，则可以逞。"献子许诺。

【注释】

①十八年：鲁襄公十八年(前555)。

②我：指鲁国。北鄙：北部边境。

③中行献子：即荀偃，又称中行偃，晋国执政大夫。

④厉公：晋厉公。鲁成公十八年(前573)，栾书、荀偃派人杀掉了晋厉公，所以荀偃会梦见与厉公讼。讼：争辩是非曲直。

⑤队：同"坠"。

⑥戴：安上。

⑦奉：捧着。

⑧梗阳：晋国城邑名。在今山西清源。巫皋：名皋的巫人。

⑨同：指巫皋梦境与中行献子一样。

⑩今兹：今年。主：大夫的尊称。

⑪东方：指齐国。巫皋认为中行献子有死的征兆，所以劝他攻打齐国。

【译文】

鲁襄公十八年秋天，齐侯入侵鲁国北部边境。晋国的中行献子要伐齐救鲁，梦见同被他派人杀掉的晋厉公争辩是非曲直，都没能胜，晋厉公用戈打他，他的脑袋掉在前面的地上，他跪下来将脑袋重新安上，用手捧着就跑，碰到了梗阳的巫皋。后来的一天，他在路上真的碰见了巫皋，和他说起这件事，巫皋说也做了同样的梦。巫皋说："今年你一定会死去的，若在东方有战事的话，你可以满足愿望取得胜利。"献子答应了。

晋侯伐齐，将济河。献子以朱丝系玉二瑴[①]，而祷曰："齐环怙恃其险[②]，负其众庶[③]，弃好背盟，陵虐神主[④]。曾臣彪将率诸侯以讨焉[⑤]，其官臣偃实先后之[⑥]。苟捷有功，无作神羞，官臣偃无敢复济。唯尔有神裁之！"沈玉而济[⑦]。以上荀偃志伐齐。

【注释】

①朱丝：红色的丝线。瑴(jué)：双玉。

②齐环：指齐灵公，名环。怙(hù)恃：凭恃。

③负：倚仗。

④神主：在这里指百姓。杜预注："神主，民也。"

⑤曾臣彪：指晋平公，平公名彪。曾臣，末臣。天子对神称臣，诸侯又对天子称臣，所以对神要称曾臣。

⑥官臣：守官之臣，指诸侯之臣。先后：支配。之：指讨伐齐国之

事。此句意指中行献子担任主帅之职，指挥这场战役。

⑦沈：同“沉”。

【译文】

晋侯讨伐齐国，要过河。中行献子用红丝线系上两对玉祈祷说：“齐环凭借他的国家地势险要，依仗他人多兵多，违背盟约，背弃友好国家，多次侵犯鲁国，欺凌虐待齐国百姓。您的臣子彪将率领诸侯讨伐这不义之人，彪的臣子荀偃担任主帅，实际指挥这一战役。如果得胜有功，没给您带来耻辱，臣荀偃不敢再次渡河，请您裁断！”说完将玉沉入河里然后渡河。以上是荀偃立志讨伐齐国。

冬十月，会于鲁济[①]，寻湨梁之言[②]，同伐齐。齐侯御诸平阴[③]，堑防门而守之，广里。夙沙卫曰[④]：“不能战，莫如守险。”弗听。诸侯之士门焉[⑤]，齐人多死。范宣子告析文子曰[⑥]：“吾知子，敢匿情乎？鲁人、莒人皆请以车千乘自其乡入[⑦]，既许之矣。若入，君必失国。子盍图之？”子家以告公，公恐。晏婴闻之曰[⑧]：“君固无勇，而又闻是，弗能久矣[⑨]。”齐侯登巫山以望晋师[⑩]。晋人使司马斥山泽之险[⑪]，虽所不至，必旆而疏陈之[⑫]。使乘车者左实右伪，以旆先，舆曳柴而从之[⑬]。齐侯见之，畏其众也，乃脱归[⑭]。丙寅晦[⑮]，齐师夜遁。以上齐畏晋虚声而遁。师旷告晋侯曰[⑯]：“鸟乌之声乐，齐师其遁？”邢伯告中行伯曰[⑰]：“有班马之声，齐师其遁？”叔向告晋侯曰[⑱]：“城上有乌，齐师其遁？”

【注释】

①会于鲁济：鲁襄公、晋侯、宋公、卫侯、郑伯、曹伯、莒(jǔ)子、邾

(zhū)子、滕子、薛伯、杞伯、小邾子相会于鲁国边境的济水边上。春秋时济水流过多国境内,在齐名齐济,在鲁为鲁济。

②溴(jú)梁之言:鲁襄公十三年(前560),上述各诸侯国曾在溴梁盟誓"同讨不庭"。"不庭"指背叛不来王庭者。

③平阴:齐国城邑,在今山东平阴东北一带。

④夙沙卫:齐灵公的幸臣。

⑤门:在这里是动词,攻打城门。

⑥范宣子:即范匄(gài),又称士匄,为范文子(士燮)之子,晋大夫。析文子:齐国大夫子家,又称析归父。

⑦乡:同"向"。方向。

⑧晏婴:字平仲,齐国贤大夫。

⑨弗能久矣:不能持久抵抗晋军。

⑩巫山:又名孝堂山,在今山东平阴东北一带。

⑪斥:伺探。

⑫陈:同"阵"。本句说晋人稀疏地树起军旗以成阵来迷惑齐人。

⑬柴:树枝。

⑭脱:不张开旗帜。

⑮丙寅:十月廿九日。晦:阴历每月最末一天。

⑯师旷:晋国乐师子野。

⑰邢伯:又称邢侯,晋大夫。中行伯:即中行献子。

⑱叔向:即羊舌肸(xī),晋国大夫。

【译文】

冬季十月,鲁襄公、晋平公、宋公、卫侯、郑伯、曹伯、莒子、邾子、滕子、薛伯、杞伯、小邾子相会于鲁国边境的济水边上,重温溴梁"同讨不庭"的誓言,共同讨伐不道的齐国。齐灵公在平阴抵抗,在城南防门外挖壕沟进行防守,壕沟宽一里。他的幸臣夙沙卫说:"如果不能与晋军交战,没有比据守险要更好的了。"他认为这防门是不足守险的。齐灵公不听。这几国联军攻打防门，齐人伤亡很大。晋范宣子对齐国大夫析文子说："我与你相知，不能对你隐瞒实情。鲁人、莒人都请求以兵车千乘，七万五千人马从他们阵地所在的方向攻进城去，我们已经答应他们了。如果联军入城，齐君就一定失去自己的国家了。你何不考虑一下呢？"析文子将此番话告知齐灵公，齐灵公很惊恐。晏婴听说后说："我们国君本来就没勇气，现在又听了这番话，肯定不能持久抵抗下去了。"齐灵公登上附近巫山瞭望晋军。晋军派司马探察山林河泽的险要之处，即使是军队到不了的地方，也一定要稀疏地插上军旗以成阵来迷惑齐人。他们还使战车上的士兵有真有假，左边是真人，右边以衣服做成人形，以大旗为先导，车子拖着树枝在后面跟着扬起尘沙，造成人多势众的假象。齐灵公见了，害怕晋军方面兵多将广，于是没打开旗子就回去了。十月二十九日是十月的最后一天，齐军连夜逃跑。以上是晋军虚张声势，齐军畏惧而逃。晋军乐师师旷告诉晋平公说："乌鸦的叫声很快活，恐怕是齐军逃走，乌鸦得了空城才这样的吧？"邢伯告诉中行献子说："我听见有马匹发出别离的叫声，齐军逃跑了吧？"叔向告诉晋侯说："城上有乌鸦，空城才会这样，齐军逃跑了吧？"

十一月丁卯朔[①]，入平阴，遂从齐师。夙沙卫连大车以塞隧而殿[②]。殖绰、郭最曰[③]："子殿国师，齐之辱也[④]。子姑先乎！"乃代之殿。卫杀马于隘以塞道[⑤]。晋州绰及之[⑥]，射殖绰，中肩，两矢夹脰[⑦]，曰："止，将为三军获。不止，将取其衷[⑧]。"顾曰："为私誓。"州绰曰："有如日[⑨]！"乃弛弓而自后缚之[⑩]。其右具丙亦舍兵而缚郭最[⑪]，皆衿甲面缚[⑫]，坐于中军之鼓下。

【注释】

①十一月丁卯：十一月初一。朔：阴历每月最初一天。

②隧：窄路。

③殖绰、郭最：齐国的勇士。

④子殿国师，齐之辱也：夙沙卫是个阉人。他来殿后，二人认为是齐国的耻辱。

⑤卫杀马于隘以塞道：夙沙卫恨殖、郭二人侮辱了他，所以堵塞道路，让他们无路可退。

⑥州绰：晋国的大夫。

⑦脰（dòu）：脖颈。

⑧衷：两箭中央，即脖子。

⑨有如日：太阳作证。

⑩弛：卸下。

⑪其右：州绰的车右。具丙：车右的名字。舍兵：放下戈。

⑫衿甲：不脱下盔甲。面缚：反绑着，只露出面部。

【译文】

十一月初一，晋军进入平阴城，接着又追上齐军。夙沙卫将大车连接在一起以阻塞狭窄的道路为齐军殿后。齐国的勇士殖绰和郭最认为让一个阉人断后是羞辱，就说："你为齐国军队殿后是我们齐国的耻辱。你还是先走吧！"于是接替了他。夙沙卫感到二人侮辱了他，就杀掉马，用马尸堆在窄路上以堵塞二人的道路。晋国大夫州绰赶上来，射中了殖绰的肩膀，两支箭正好夹着脖子。他说："你们下来别跑，就做我们三军的俘虏。不停下来，我就射你的咽喉了。"殖绰回头说："你得发誓。"州绰就说："太阳做证。"于是放下弓从后面将殖绰捆上。他的车右具丙也放下戈来捆郭最。二人都穿着盔甲被反绑着只露出脸来，坐在中军的战鼓下面。

晋人欲逐归者①，鲁、卫请攻险②。己卯③，荀偃、士匄以中军克京兹④。乙酉⑤，魏绛、栾盈以下军克邿⑥。赵武、韩起以上军围卢[⑦]，弗克。以上晋师追奔略地。

【注释】

①归者：逃兵。

②攻险：攻打坚守者。

③己卯：十一月十三日。

④荀偃：即中行献子。士匄：即范宣子。京兹：齐国城邑，在今山东平阴东南一带。

⑤乙酉：十一月十九日。

⑥魏绛：魏庄子，晋大夫。栾盈：又称栾怀子、栾孺子，晋大夫。邿(shī)：齐地，今山东平阴西十二里有邿山。

⑦赵武：又称赵文子、赵孟，晋大夫。韩起：又称宣子、韩子、韩宣子，晋大夫。卢：齐国城邑，在今山东济南长清区。

【译文】

晋人想要追击逃兵，鲁、卫却请求攻打坚守险要者。十一月十三日，中行献子、范宣子率中军攻克了京兹。十一月十九日，魏绛、栾盈率领下军攻克了邿。赵武、韩起率领上军包围了卢，但没能攻下来。以上是晋国军队追击，攻占地盘。

十二月戊戌[①]，及秦周[②]，伐雍门之萩[③]。范鞅门于雍门[④]，其御追喜以戈杀犬于门中。孟庄子斩其椅以为公琴[⑤]。己亥[⑥]，焚雍门及西郭、南郭。刘难、士弱率诸侯之师焚申池之竹木[⑦]。壬寅[⑧]，焚东郭、北郭。范鞅门于扬门[⑨]。州绰门于东闾[⑩]，左骖迫[⑪]，还于东门中[⑫]，以枚数阖[⑬]。

【注释】

①戊戌：十二月初二。

②秦周：鲁大夫。

③雍门：齐国都城西门名雍门。萩(qiū)：又名牛尾蒿，草名。

④范鞅：又名士鞅，晋大夫。

⑤孟庄子：孺子速，又称仲孙速，鲁国大夫。橁(xún)：木名。为公琴：给鲁襄公做琴。

⑥己亥：十二月初三。

⑦刘难：晋大夫。士弱：又称士庄子、士庄伯，晋国大夫。申池：齐国都西南门(申门)外有池，叫申池，多竹木。

⑧壬寅：十二月初六。

⑨扬门：齐都西门。

⑩东闾：齐都东门。

⑪左骖：驾在车左边的马。迫：狭窄。

⑫还：同“旋”。盘旋。

⑬枚：马鞭。阖：门扇。

【译文】

十二月初二，赵武和鲁大夫秦周砍伐雍门的牛尾蒿。范鞅攻打雍门，他的御手追喜用戈在门中杀死一条狗以表示悠闲。鲁国大夫孟庄子砍了一块橁木为鲁襄公做琴。十二月初三，晋军将齐国都城的雍门以及西边和南边的外城烧掉了。刘难、士弱率领联军焚烧了齐国都城西南门外申池的竹木。十二月初六，又烧了齐国都城东边和北边的外城。范鞅攻打扬门。州绰攻打齐都东门，他战车左边的马因道路狭窄在门中盘旋无法前进，为了表示不恐惧，他用马鞭指点着数着门板。

齐侯驾，将走邮棠[①]。大子与郭荣扣马[②]，曰：“师速而疾，略也[③]。将退矣，君何惧焉！且社稷之主[④]，不可以轻[⑤]，轻则失众。君必待之。”将犯之[⑥]，大子抽剑断鞅[⑦]，乃止。甲辰[⑧]，东侵及潍[⑨]，南及沂[⑩]。以上晋攻齐城。

【注释】

①邮棠：齐国城邑，在今山东即墨南。

②大子：即太子，齐灵公的太子光。郭荣：齐国大夫。扣马：牵住马缰绳。

③略：劫夺财物。

④社稷之主：一国之君。

⑤轻：轻举妄动。

⑥犯：冲击。

⑦鞅：套在马脖子上的皮带。

⑧甲辰：十二月初八。

⑨潍：潍水，发源于山东莒县西北九十里的潍山。

⑩沂：沂水，发源于山东沂水西北蒙阴北。

【译文】

齐灵公驾车要逃往邮棠，太子光和大夫郭荣拉住马缰绳不让他走，说：“晋军来势凶猛，攻击奋勇，他们的目的不过是劫夺财物。他们就要退走了，您何必害怕呢？而且身为一国的国君，不能轻举妄动，否则就会失掉民心。您一定得坚持住。”齐灵公不听，要冲破他俩的阻拦，太子无法，抽出剑来砍断了马脖子上的皮带，灵公才停下来。十二月初八，晋军入侵齐国，东部到达了潍水，南边到达了沂水。以上是晋军攻打齐城。

宋之盟

【题解】

这是一篇具有很强讽刺意味的文章。春秋时期，诸侯们为了一己私利不断互相征伐，生灵涂炭，饱受战争苦难的人民祈盼和平。宋国贵族向戌为博取虚名，求得封邑，便利用人民的这一美好愿望，提出了“弭诸侯之兵”的欺骗性口号。虽然各诸侯国都明知这是做不到的，然而出于种种考虑，都纷纷虚伪地表示赞同，可到了结盟之时，却又各自心怀鬼胎，整个事件最后变成一场闹剧。倒是楚国令尹子木较坦率，直言揭露这一切不过是“事已利人”。文中陈文子、赵文子的话也表明了当时人民力量的强大，以致统治者不得不注意民心所向，不敢轻冒天下之大不韪。

宋向戌善于赵文子[①]，又善于令尹子木[②]，欲弭诸侯之兵以为名[③]。如晋，告赵孟。赵孟谋于诸大夫，韩宣子曰[④]：“兵，民之残也[⑤]，财用之蠹[⑥]，小国之大灾也[⑦]。将或弭之，虽曰不可，必将许之。弗许，楚将许之，以召诸侯，则我失为盟主矣。”晋人许之。如楚，楚亦许之。如齐，齐人难之[⑧]。陈文子曰[⑨]：“晋、楚许之，我焉得已[⑩]。且人曰弭兵，而我弗许，则固携吾民矣[⑪]！将焉用之[⑫]？”齐人许之。告于秦，秦亦许之。皆告于小国，为会于宋[⑬]。以上诸侯许向戌弭兵之请。

【注释】

①向戌：又称合左师，宋桓公曾孙。善于赵文子：与赵文子关系很好。赵文子，又称赵武、赵孟，赵朔之子，晋国的卿。

②令尹子木：楚国令尹，即屈建。

③弭：停止。以为名：想博取让人民休养生息的好名声。

④韩宣子：即韩起，韩厥之子，晋国大夫。

⑤残：祸害。

⑥蠹(dù)：蛀虫。

⑦灾:灾难。

⑧难:为难。

⑨陈文子:又称陈须无,齐大夫。

⑩得已:能停止,这里的意思是不同意。

⑪固:一定。携:携贰,有贰心,离心。

⑫焉用之:民已离心,还怎么驱使呢?

⑬为会:举行会见。

【译文】

宋国贵族向戌与晋国的卿赵文子关系很好,和楚国令尹子木关系也不错,就想以停止诸侯之间的战争来博取让人民休养生息的好名声。他到了晋国,把这个计划告诉了赵文子。赵文子和晋国的大夫们商议,韩宣子说:"战争,是百姓的祸害,是财货的蛀虫,是小国的大灾难,向戌想要停止战争,虽然不可能,但是一定得答应他。我们不答应,楚国一定会答应,并以此来号召诸侯,那么我们就会失去盟主地位。"晋人于是答应了向戌。他又到了楚国,楚人也答应了。向戌到齐国,齐人对此很感为难。齐大夫陈文子说:"晋、楚都答应了,我们怎么能不同意呢?况且人家说停止战争,而我们不答应,就一定会使我们失去民心了!还怎么去驱使百姓呢?"齐人答应了。向戌又将此意告知于秦,秦国人也答应了。这四个国家又分头通告给小国,在宋国会见。以上是诸侯答应宋国的向戌停战的请求。

五月甲辰[①],晋赵武至于宋。丙午[②],郑良霄至[③]。六月丁未朔[④],宋人享赵文子[⑤],叔向为介[⑥]。司马置折俎[⑦],礼也。仲尼使举是礼也[⑧],以为多文辞[⑨]。以上宋享赵孟。

【注释】

①五月甲辰:五月二十七日。

②丙午：五月二十九日。

③良霄：即伯有，郑国大夫。

④六月丁未朔：六月初一。

⑤享：宴请。

⑥叔向：晋大夫羊舌肸（xī），又名杨肸。介：副手。

⑦置折俎（zǔ）：将煮熟的牲畜肉切成块放在礼器中。俎，祭祀用的礼器。

⑧使举：使用这记录，即看到这记录。举，记录。

⑨以为多文辞：由于向戌自我溢美之词多，赵武、叔向因是参加宴会，要答谢，所以孔子认为文辞冗长。

【译文】

五月二十七日，晋国赵文子到达宋国。二十九日，郑国大夫良霄抵达。六月初一，宋人宴请赵文子，叔向作赵文子的副手陪宴。司马将煮熟的牲畜切成块放在礼器中，这合乎宴请卿的礼节。孔子看到这次礼仪的记录，认为修饰的文辞过于华丽冗长。以上述宋国宴请赵文子。

戊申[①]，叔孙豹、齐庆封、陈须无、卫石恶至[②]。甲寅[③]，晋荀盈从赵武至[④]。丙辰[⑤]，邾悼公至[⑥]。壬戌[⑦]，楚公子黑肱先至[⑧]，成言于晋[⑨]。丁卯[⑩]，宋向戌如陈，从子木成言于楚。戊辰[⑪]，滕成公至[⑫]。子木谓向戌："请晋、楚之从交相见也[⑬]。"庚午[⑭]，向戌复于赵孟。赵孟曰："晋、楚、齐、秦，匹也[⑮]。晋之不能于齐[⑯]，犹楚之不能于秦也。楚君若能使秦君辱于敝邑，寡君敢不固请于齐？"壬申[⑰]，左师复言于子木[⑱]。国藩按，复，白也。上文云"复于赵孟"，此当云"复于子木"，"言"字疑衍。子木使驲谒诸王[⑲]，王曰："释齐、秦[⑳]，他国请相见也。"秋七月戊寅[㉑]，左师至。是夜也，赵孟及子皙盟，以齐言[22]。庚辰[23]，子木至自陈[24]。陈孔奂、蔡公孙归生至[25]。曹、许之大夫皆至。以藩为军[26]，晋、楚各处其偏[27]。以上诸侯皆至。

【注释】

①戊申：六月初二。

②叔孙豹：即穆叔，又称叔孙穆子，鲁国大夫。庆封：又称庆学、子家，齐大夫。石恶：卫国大夫。

③甲寅：六月初八。

④荀盈：又称知盈、知悼子、伯夙，晋大夫。从：在赵武之后到。

⑤丙辰：六月初十。

⑥邾悼公：邾国国君，名华，邾宣公之子。在位15年。

⑦壬戌：六月十六日。

⑧黑肱（gōng）：字子皙，楚共王之子，后为楚国令尹。先至：先于令尹子木到达。

⑨成言：成议，就盟载之言达成协议。

⑩丁卯：六月二十一日。

⑪戊辰：六月二十二日。

⑫滕成公：滕国国君。

⑬晋、楚之从：晋和楚的从属国，或称盟国。交相见：互相朝见，即令从晋诸侯朝于楚，从楚诸侯朝于晋。

⑭庚午：六月二十四日。

⑮匹也：匹敌，即地位相当。

⑯不能于齐：不能使齐国服从自己，不能对齐指手画脚。于，同“以”。指挥。

⑰壬申：六月二十六日。

⑱左师：即向戌。

⑲驲(rì):后代通作驿,古驿站专用车。谒(yè):谒见,请示。

⑳释:撇开。

㉑戊寅:七月初二日。

㉒齐言:使盟辞一致,免得盟誓时再争执。

㉓庚辰:七月初四。

㉔至自陈:从陈国到达宋国。

㉕孔奂:陈国大夫。公孙归生:即声子,蔡国宗室。

㉖以藩为军:为使各国不互相猜忌,只用藩篱将各国军队驻扎的地方隔开。

㉗偏:两边。杜预注:“晋处北,楚处南。”

【译文】

六月初二,鲁国大夫叔孙豹、齐国大夫庆封、陈文子、卫国大夫石恶到达。初八,晋国大夫荀盈在赵文子之后也到了。初十,邾悼公抵达。十六日,楚国公子黑肱先于令尹子木到达,和晋国商定有关事宜。二十一日,宋国向戌去陈国,和子木商定楚国的条件。二十二日,滕成公到达宋国。子木对向戌说:“请晋、楚的从属国互相朝见。”六月二十四日,向戌将子木的话回报给赵文子。赵文子说:“晋、楚、齐、秦都是地位相等的国家,晋不能对齐指手画脚,就像楚国不能使秦服从自己一样。楚王如果能让秦国国君屈尊到我国去,我们国君一定坚决向齐君提出同样的请求。”二十六日,向戌向子木复命。国藩按,复,白的意思。上文说“复于赵孟”,此处当为“复于子木”,“言”字可能是衍文。子木派人乘驿车谒见楚王请示。楚王说:“撇开齐、秦,请求其他国家互相朝见。”秋季七月初二,向戌从陈国回到宋国。这天夜里,赵文子和楚国公子黑肱就盟辞达成一致。初四,子木从陈到宋。陈国大夫孔奂、蔡国公孙归生到达。曹国、许国的大夫也都来了。为使各国不互相猜忌,只用藩篱将各国军队驻扎地分开,晋在北,楚在南,各属两头。以上述诸侯全都到达。

伯夙谓赵孟曰[①]:“楚氛甚恶[②],惧难[③]。”赵孟曰:“吾左还,入于宋,若我何?”辛巳[④],将盟于宋西门之外,楚人衷甲[⑤]。伯州犁曰[⑥]:“合诸侯之师,以为不信,无乃不可乎?夫诸侯望信于楚,是以来服。若不信,是弃其所以服诸侯也。”固请释甲[⑦]。子木曰:“晋、楚无信久矣,事利而已[⑧]。苟得志焉,焉用有信?”太宰退[⑨],告人曰:“令尹将死矣,不及三年。求逞志而弃信[⑩],志将逞乎?志以发言,言以出信,信以立志[⑪],参以定之[⑫]。信亡,何以及三?”赵孟患楚衷甲,以告叔向。叔向曰:“何害也?匹夫一为不信,犹不可,单毙其死[⑬]。若合诸侯之卿,以为不信,必不捷矣。食言者不病[⑭],非子之患也。夫以信召人,而以僭济之[⑮]。必莫之与也[⑯],安能害我?且吾因宋以守病[⑰],则夫能致死[⑱],与宋致死,虽倍楚可也[⑲]。子何惧焉?又不及是[⑳]。曰弭兵以召诸侯,而称兵以害我[㉑],吾庸多矣[㉒],非所患也。”以上楚人衷甲。

【注释】

①伯夙:当为晋大夫,杜预以为即荀盈。

②楚氛甚恶:楚有袭击晋的气氛。

③难:祸难。

④辛巳:七月初五。

⑤衷甲:在外衣里暗穿甲衣。楚想在盟誓时出其不意地袭击晋。衷,穿在里面。

⑥伯州犁:晋国大夫伯宗的儿子,因其父为郤锜等人所害,故于鲁成公十五年(前576)投奔楚。

⑦释甲:脱去甲衣。

⑧事利：做对自己有利的事。

⑨太宰：即伯州犁。太宰为官名。

⑩逞志：满足意愿。

⑪“志以发言”几句：志向愿望用语言来表达，语言中要体现出信用，信用用来实现愿望。出，体现。立，成就。

⑫参以定之：指言、信、志，三者兼备之后，自身才得安定。参，即“三”。

⑬单：通“殚(dān)”。尽。毙：死。

⑭不病：不足以困人。病，困乏，弊害。

⑮僭(jiàn)：不可信。济：成功，成就。

⑯莫之与：即“莫与之”。没有人亲附楚。

⑰因：凭借，依靠。守病：防备楚制造的困境。

⑱夫：犹言从，指晋军。

⑲倍楚：楚军增加一倍。

⑳不及是：达不到这地步，不致如此。

㉑称：举。

㉒庸：功劳。

【译文】

荀盈对赵文子说：“楚有袭击我们的气氛，恐怕会有祸患。”赵文子说：“我们向左转就进入了宋营，能把我们怎么样？”七月初五，要在宋的西门外盟誓，楚人在衣服中穿了甲衣。楚国太宰伯州犁说：“集合诸侯的军队，而做无信用的事，是不行的。诸侯期望楚国守信，所以前来顺服。如果我们不守信，是抛弃了我们之所以使诸侯信服的东西。”坚持请求脱去甲衣。子木说：“晋、楚互相不讲信用已有很长时间了，两国都是做对自己有利的事而已。如果能够达到目的，还用得着讲信用？”伯州犁退出后告诉别人说：“不出三年，令尹就会死的。为求满足愿望而放弃信用，愿望能满足吗？志向愿望用语言来表达，语言中要体现出信用，信用用来实现愿望。言、信、志三者兼备之后，自身才得安定。信用已经没有了，怎么能活过三年呢？”赵文子担心楚人衣中藏甲，将自己的心事告诉了叔向。叔向说：“这对我们能造成什么危害？一个普通人一旦不讲信用都不行，必死无疑。如果会合诸侯国的卿士，却做出不守信用的事，一定不会成功了。违背自己言语的人不足以困乏别人，这不是您的祸患。用信用召集大家来，却以不守信来求得成功，一定没有人亲附楚国，怎么能害我们呢？况且我们依靠宋来防备楚国的袭击，宋为地主，必能拼死帮助我们。我们一起拼死抵抗，即使楚军增加一倍也可以顶住。您又有什么可担心的呢？而且事情还没到这种地步。口称‘停止战争’来号召诸侯，却又举兵来危害我们，我们的功劳更大了，这不是我们应该担心的。”以上是楚人在衣服中穿甲衣。

季武子使谓叔孙以公命[①]，曰：“视邾、滕[②]。”既而齐人请邾，宋人请滕[③]，皆不与盟。叔孙曰：“邾、滕，人之私也[④]；我，列国也[⑤]，何故视之？宋、卫，吾匹也。”乃盟。故不书其族[⑥]，言违命也。以上鲁视宋、卫。

【注释】

①季武子：鲁国大夫季孙宿。

②视邾、滕：即把鲁国看作与邾、滕一样的国家。

③请邾、请滕：请求邾、滕做自己的属国。

④私：私属。即谓私属他国，不独立。

⑤列国：诸侯国。

⑥不书其族：族即姓氏。《春秋》只记载“豹及诸侯之大夫”，不记载叔孙豹。杜预注说季武子认为既事晋又事楚，会增加本国税赋负担，所以自比小国，又怕叔孙豹不听自己的话，假托是晋襄公

的命令。

【译文】

鲁国大夫季武子派人以鲁襄公的名义对叔孙豹说:“将鲁国视同邾国、滕国。”后来齐人请邾国、宋人请滕国作自己的附属国,因此邾、滕两国都不参与盟誓。叔孙豹说:“邾国、滕国是别国的私属,而我们鲁国是诸侯国之一,为什么要看成和他们一样?宋、卫,才是地位与我们相等的国家。”于是参加了盟誓。所以《春秋》只记载“豹及诸侯之大夫”,没有记载他的姓氏,是认为他违背了命令。以上是鲁视宋、卫为地位相等的国家。

晋、楚争先①。晋人曰:“晋固为诸侯盟主,未有先晋者也。”楚人曰:“子言晋、楚匹也,若晋常先,是楚弱也。且晋、楚狎主诸侯之盟也久矣②!岂专在晋?”叔向谓赵孟曰:“诸侯归晋之德只③,非归其尸盟也④。子务德,无争先!且诸侯盟,小国固必有尸盟者⑤。楚为晋细⑥,不亦可乎?”乃先楚人。书先晋,晋有信也。以上晋、楚争先。

【注释】

①争先:争先歃血盟誓。

②狎(xiá):交替。

③只:语尾助词。

④尸盟:主持结盟。杜预注:“尸,主也。”

⑤尸盟者:结盟时主办具体事务的人。尸盟者不同“尸盟”,此例以小国任之。

⑥细:即做尸盟者之类小国。

【译文】

晋、楚争执谁该先歃血盟誓。晋人说:“晋一直是诸侯的盟主,从未有人在晋之前歃血的。”楚人说:“你们说晋、楚地位相等,如果晋总是在先,就是说楚国弱了。而且晋、楚交替主持诸侯盟约时间很长了,怎么能专门由晋来主持呢?”叔向对赵文子说:“诸侯归服晋只是因为晋有德行,而不是因为晋主持盟誓。你只要致力于德行,不必去争歃血在先。况且诸侯盟誓,小国中一定有担任主持结盟具体事务的,楚国现在为晋国做具体的细事,不也挺好吗?”于是让楚先歃血。《春秋》记载却先写晋国,是因为晋人有信用。以上是晋、楚在盟誓中争先歃血。

壬午[①],宋公兼享晋、楚之大夫[②],赵孟为客[③]。子木与之言,弗能对。使叔向侍言焉[④],子木亦不能对也。

【注释】

①壬午:七月初六。

②宋公:指宋平公。

③客:主宾。晋为霸主,故例席上位,做主宾。

④侍言:陪坐谈话。即陪赵文子和子木谈话。

【译文】

七月初六,宋平公设宴招待晋、楚两国的大夫,赵文子为主宾。子木与他说话,赵文子无法对答。让叔向陪坐谈话,子木也不能对答。

乙酉[①],宋公及诸侯之大夫盟于蒙门之外[②]。子木问于赵孟曰:“范武子之德何如[③]?”对曰:“夫子之家事治,言于晋国无隐情。其祝史陈信于鬼神[④],无愧辞[⑤]。”子木归,以语王。王曰:“尚矣哉!能歆神人[⑥],宜其光辅五君以为盟主也[7]。”子木又语王曰：“宜晋之伯也[8]！有叔向以佐其卿，楚无以当之，不可与争。”晋荀盈遂如楚莅盟[9]。以上重盟。

【注释】

①乙酉：七月初九。

②蒙门：宋国都城东北门。

③范武子：即士会，又称士季、隋武子，晋国大夫，以贤名闻于诸侯，所以楚人问及。

④祝史：古代掌管向神祈福的官。陈信：以诚信陈告于鬼神。

⑤愧辞：言不由衷之辞。

⑥歆（xīn）：欣喜高兴。一说歆享，使人神各自满意愉快。

⑦宜：合适，相称。五君：指晋文、襄、灵、成、景五世国君。

⑧宜：应该。伯：即“霸”，霸主。

⑨莅（lì）：来临。

【译文】

七月初九，宋平公与各国的大夫们在宋国蒙门之外盟约。子木问赵文子：“范武子的德行如何？”赵文子回答说：“这位老先生家事治理得井然有序，没有什么可隐瞒不能对国人讲的。他的祝史以诚信陈告鬼神，没有言不由衷之辞。”子木回国后将这番对话告诉了楚王。楚王说：“实在是一个高尚之人！神享用其祭品，百姓享受其德行，这与他辅助晋国五世国君做盟主是相宜的。”子木又对楚王说：“晋国做霸主是应该的！有叔向这样的人辅佐晋的卿士，楚无法与其匹敌，不能与他们争霸主之位。”于是晋国荀盈到楚国来参加结盟。以上是晋、楚再次盟誓。

郑伯享赵孟于垂陇[1]，子展、伯有、子西、子产、子太叔、二子石从[2]。赵孟曰：“七子从君，以宠武也。请皆赋以卒君贶[3]，武亦以观七子之志。”子展赋《草虫》[4]，赵孟曰：“善哉！民之主也。抑武也不足以当之[5]。”伯有赋《鹑之贲贲》[6]，赵孟曰：“床笫之言不逾阈[7]，况在野乎？非使人之所得闻也。”子西赋《黍苗》之四章[8]，赵孟曰：“寡君在，武何能焉？”子产赋《隰桑》[9]，赵孟曰：“武请受其卒章[10]。”子太叔赋《野有蔓草》[11]，赵孟曰：“吾子之惠也。”印段赋《蟋蟀》[12]，赵孟曰：“善哉！保家之主也，吾有望矣！”公孙段赋《桑扈》[13]，赵孟曰：“‘匪交匪敖’[14]，福将焉往？若保是言也，欲辞福禄，得乎？”卒享[15]。文子告叔向曰：“伯有将为戮矣！诗以言志，志诬其上[16]，而公怨之[17]，以为宾荣，其能久乎？幸而后亡[18]。”叔向曰：“然。已侈[19]！所谓不及五稔者[20]，夫子之谓矣。”文子曰：“其余皆数世之主也。子展其后亡者也，在上不忘降。印氏其次也，乐而不荒[21]。乐以安民，不淫以使之[22]，后亡，不亦可乎[13]？”以上郑伯享赵孟。

【注释】

①垂陇：郑地，在今河南荥阳东北。

②子展：即公孙舍之，郑国大夫。伯有：即良霄，郑大夫。子西：公孙夏，郑国大夫。子产：公孙侨，又称子美。子太叔：游吉，郑国大夫。二子石：即郑国大夫印段及公孙段，二人都字子石。

③卒：终，尽。贶：加惠，赐予。

④《草虫》：为《诗经·召南》篇名。子展赋此诗，是赞赵孟为君子。

⑤抑：可是。

⑥《鹑之贲贲》：为《诗经·鄘风》篇名。本为卫人讽刺其君淫乱的诗，这里伯有有讽刺郑君之嫌。

⑦阈(yù):门槛。

⑧《黍苗》:为《诗经·小雅》篇名。其第四章是歌颂召伯的。子西在这里将赵孟比作召伯。

⑨《隰桑》:为《诗经·小雅》篇名。中心意思是希望见到君子,尽心为其服务。

⑩卒章:最后一章。即"心乎爱矣,遐不谓矣。中心藏之,何日忘之"。赵孟想用子产之见教诲自己。

⑪《野有蔓草》:为《诗经·郑风》篇名。此处取相遇适愿之意。

⑫《蟋蟀》:为《诗经·唐风》篇名。取良士有礼义之意。

⑬《桑扈》:为《诗经·小雅》篇名。取君子有礼义德性,故能受天护佑之意。"匪交匪敖,福将焉往"是其中的词句。

⑭交:义同"徼"。敖:同"傲"。

⑮卒享:结束享礼。

⑯诬其上:诬蔑他的国君。上指郑君。

⑰公怨之:郑君怨恨伯有。

⑱幸而后亡:后灭亡是他的侥幸,预料伯有会先死。

⑲侈:骄,奢。

⑳稔(rěn):年。古代谷一熟为一年,故亦称年为稔。

㉑荒:荒唐,没有节制。

㉒淫:过度。

【译文】

郑伯在垂陇宴请赵文子,郑大夫子展、伯有、子西、子产、子太叔、印段及公孙段都陪同出席。赵文子说:"你们七位陪同国君请我吃饭,对我真是宠爱有加。请你们各赋一首诗以使郑君对我的厚爱更圆满吧,我也借此来看看七位的志向。"子展赋《诗经·召南》中的《草虫》篇,赞赵文子为君子,赵文子说:"太好了,可以做民之主。但我是当不起这种称赞的。"伯有赋《诗经·鄘风》篇中卫人讽刺其君淫乱的诗篇《鹑之贲贲》,赵文子说:“床笫之言不出门槛,何况我们现在是在野外呢?这不是应该让人听到的话。”子西赋《诗经·小雅》中的《黍苗》第四章,将赵文子比作周武王的贤臣召伯,赵文子说:“我们国君在,我怎能与召伯相比呢。”子产赋《诗经·小雅》中的《隰桑》篇,赵文子说:“我请求接受这篇中的最后一章。”子太叔赋《诗经·郑风》中的《野有蔓草》,赵文子说:“这是大夫您的恩惠。”印段赋《诗经·唐风》中的《蟋蟀》,赵文子说:“太好了!是保住家族的大夫,我有希望了。”公孙段赋《诗经·小雅》中的《桑扈》篇。赵文子说:“不骄不傲,福禄还会跑到哪里去?如果能按照这些话去做,想要推辞掉福禄都是不可能的。”享礼就这样结束了。赵文子告诉叔向说:“伯有将会被杀掉的。诗是用来表达志向意愿的,他意在诬蔑他的国君,而国君怨恨他,还认为是宾客的光荣,他还能长远吗?我料他会先死的。”叔向说:“对,他是太放纵了!人们所说的活不到五年的人,说的就是他吧。”赵文子说:“其余六人都是可以传到数世的大夫。子展是最后灭亡的,属于上位却不忘下面的百姓。印氏是倒数第二个灭亡的家族,享乐而不荒唐,以安定百姓为乐,不过分使用百姓,灭亡在后,不也是应该的吗?”以上是郑国国君宴请赵孟。

宋左师请赏,曰:“请免死之邑[①]。”公与之邑六十。以示子罕[②],子罕曰:“凡诸侯小国,晋、楚所以兵威之。畏而后上下慈和,慈和而后能安靖其国家,以事大国,所以存也。无威则骄,骄则乱生,乱生必灭,所以亡也。天生五材[③],民并用之,废一不可,谁能去兵[④]?兵之设久矣,所以威不轨而昭文德也[⑤]。圣人以兴,乱人以废,废兴存亡昏明之术[⑥],皆兵之由也。而子求去之,不亦诬乎[⑦]?以诬道蔽诸侯,罪莫大焉。纵无大讨,而又求赏,无厌之甚也!”削而投之[⑧]。左师辞邑。向氏欲攻司城[⑨],左师曰:“我将亡,夫子存我,德莫大焉，又可攻乎？”君子曰：“‘彼己之子，邦之司直[10]。’乐喜之谓乎？‘何以恤我，我其收之[11]。’向戌之谓乎？”以上向戌不赏。

【注释】

①请免死之邑：弭兵不成罪当死，向戌成功了，所以自言可免死，请求赏赐。

②子罕：宋国大夫乐喜。

③五材：指金、木、水、火、土。

④兵：兵器，以金、木制成，但铸时用水、火，成则置于地，不可废一，故言五材“民并用之”。

⑤不轨：越轨。文德：指礼乐教化，针对“武功”而言。

⑥术：方法。

⑦诬：欺骗。

⑧削：削去简册上的字，指削去赏左师之书。

⑨向氏：向戌族人。司城：官名。春秋时宋所置，即司空。子罕官居司城。

⑩彼己之子，邦之司直：那个好人是主持国家正义之人。见《诗经·郑风·羔裘》二章。

⑪何以恤我，我其收之：两句乃逸诗。恤，忧。收，收取。

【译文】

宋国向戌因自己停止诸侯间战争有功向宋平公请求给予赏赐，他说：“请您赐给我免死之邑。”平公给他城邑六十座。他将记载平公赏赐的简册拿给大夫子罕看。子罕说：“凡是诸侯小国，晋、楚都用武力对其进行威慑。这些小国害怕这种威胁，然后上下慈爱和睦，慈爱和睦而后才能安定他们的国家，以侍奉大国，所以小国才能存在。没有威胁存在就会骄傲，骄傲就会发生祸乱，发生祸乱必然被消灭，小国也就亡了。天生金、木、水、火、土五材，老百姓五材并用，废除一个都不行，谁能去掉兵器呢？兵器的设置已有好长时间了，是用来威慑越轨行为和宣扬礼乐教化的。圣人如商汤、周武，凭借武力而兴起，作乱之人，由于武力而被废弃，废兴存亡昏明之道，都是靠武力来维系的。而你却力求消除战争，这不是欺骗吗？以欺骗的方法来蒙蔽诸侯，没有比这再大的罪过了。既没有大的讨伐，而又请求国君赏赐你，这是贪心到极点了！”说着削去简册上的字，将简册扔到了地上。向戌将赏给他的城邑又推辞掉了。他的族人们要攻打子罕，向戌说：“我快要灭亡，而他使我生存下来，没有比这再大的恩德了，怎么能攻打他呢？”君子说：“所谓‘那个人是主持国家正义之人’，说的就是子罕吧？所谓‘出于担忧而对我的责怪，我都接受’，这说的就是向戌吧！”以上是宋国向戌不要赏赐。

晋魏舒败无终之战

【题解】

这是一场发生在昭公元年（前541）的战役。文章以战斗结果起头，追记战斗实况，只寥寥百余字就将晋国将领魏舒不拘一格、随机应变的战斗作风表现出来。他以出其不意之想放弃战车，改编阵势，分围敌车，终于迅速取得了胜利。此外，文章透露出的魏舒的严于治军和荀吴的不徇私情，也都是晋军取胜的重要保证。

晋中行穆子败无终及群狄于太原①，崇卒也②。将战，魏舒曰③：“彼徒我车④，所遇又厄⑤，以什共车⑥，必克。困诸厄，又克。请皆卒，自我始。”乃毁车以为行⑦，五乘为三伍⑧。荀吴之嬖人不肯即卒⑨，斩以徇⑩。为五陈以相离⑪，两于前，伍于后，专为右角，参为左角，偏为前拒⑫，以诱之。翟人笑之。未陈而薄之⑬，大败之。

【注释】

①中行穆子:即荀吴,又称中行吴,中行伯,荀林父之孙,荀偃之子。无终:山戎国部落名。在今河北玉田,一说在山西太原东,后为晋所吞并。群狄:狄人各部落,狄人为当时我国北方少数民族。太原:即大卤,地名。在今山西太原西南。

②崇:聚集。

③魏舒:即魏献子,又称魏子,晋大夫。

④徒:步卒,步兵。

⑤厄:通"隘(ài)"。路狭窄难行,地势险要。

⑥共(gōng):共同。

⑦毁车以为行(háng):自毁军车布阵。行,行列。古代军制二十五人为一行。这里指布阵。

⑧五乘为三伍:五辆兵车的十五个战士改编为步兵三个伍,五人为一伍。

⑨嬖(bì)人:被宠幸的人。即:就位,即不肯改为步兵。

⑩徇:示众。

⑪陈:同"阵"。离:同"丽"。依附。

⑫"两于前"几句:五十辆车为两,一百二十五乘为伍,八十一乘为专,二十七乘为参,二十五乘为偏。这里所指应为这些车辆所应配置的战士数目。

⑬薄:迫近。

【译文】

晋国的中行穆子在太原大败无终国及狄人的各部落,靠的是聚集起步兵的力量。快要交战时,魏舒说:"敌人是步兵我们是战车,又遇到狭窄难行的险要地势,以十个人来共同进攻一辆战车就必定能胜。要将他们困在狭窄难行的地方,再战胜他们。我请求放弃全部战车变为步兵,从我开始。"于是自毁战车布置战阵,五乘车上的十五名战士改编为步兵的三个伍。中行穆子所宠幸的一个人不肯改为步兵，魏舒杀掉他在全军示众。魏舒将军队列为五阵以互相依附，两在前，伍在后，专在右角，参为左角，偏为前拒，以引诱敌人。翟人讥笑晋军失常。可还没等他们摆开阵势，晋军已迫近他们，将其打得大败。

叔孙穆子之难

【题解】

本文以较大篇幅描述了鲁国执政上卿叔孙豹（即叔孙穆子）的家乱，反映出当时深刻的社会变更。

春秋后期诸侯地位衰微，士大夫篡掌国政。鲁国于襄公十一年（前562）为叔孙氏、季氏和孟氏三分公室。三家各掌一军，其中以叔孙氏的势力为最大。在叔孙豹去世、家族发生内乱的情况下，季氏乘机去掉了叔孙氏所掌中军，掌握了全部军队的一半，叔孙氏和孟氏各自只掌四分之一，从而使鲁国政局为之改观。

文章语言生动、简洁，结构清晰，人物形象鲜明，写尽士大夫之间的争权夺利和尔虞我诈。但作者爱憎不显见于文字，却隐于其内，很好地运用了不臧否人物、隐恶扬善的“春秋”笔法。

初，穆子去叔孙氏①，及庚宗②，遇妇人，使私为食而宿焉。问其行，告之故，哭而送之。适齐，娶于国氏③，生孟丙、仲壬。梦天压己，弗胜。顾而见人，黑而上偻④，深目而豭喙⑤。号之曰⑥：“牛！助余！”乃胜之。旦而皆召其徒⑦，无之。且曰：“志之⑧。”及宣伯奔齐⑨，馈之⑩。宣伯曰：“鲁以先子之故⑪，将存吾宗，必召女⑫。召女何如？”对曰：“愿之久矣⑬。”鲁人召之，不告而归。既立，所宿庚宗之妇人，献以雉。问其姓⑭，对曰："余子长矣，能奉雉而从我矣。"召而见之，则所梦也。未问其名，号之曰："牛！"曰："唯。"皆召其徒，使视之，遂使为竖⑮。有宠，长使为政⑯。以上竖牛有宠。

【注释】

①穆子：即叔孙豹，又称叔孙穆子，鲁国大夫。去叔孙氏：离开他的宗族。鲁成公十六年(前575)，穆子避其兄叔孙侨如之难，投奔齐国。

②庚宗：鲁国地名。在今山东泗水东。

③国氏：齐国卿，姜姓。

④偻(lóu)：驼背。

⑤豭(jiā)：公猪。喙：鸟兽的嘴。

⑥号(háo)：呼喊。

⑦徒：部下。

⑧志：记住。

⑨宣伯：即叔孙侨如，又称叔孙宣伯，叔孙豹之兄。

⑩馈：送食物给宣伯吃。

⑪先子：先人。

⑫女：同"汝"。

⑬愿之久矣：话中叔孙豹有些抱怨其兄在鲁国为非作歹，连累自己之意。

⑭姓：儿子。

⑮竖：小臣。

⑯为政：指管理家政。

【译文】

当初，叔孙豹离开自己的家族，到达庚宗这个地方，遇到一个妇人，让她偷偷弄点东西给自己吃，后又跟她私通。妇人问他的行动，叔孙豹告诉了她自己受兄长宣伯连累，逃往别处的缘故，妇人哭着将他送走了。到了齐国，叔孙豹娶国氏女子为妻，生了孟丙、仲壬两个儿子。一天，叔孙豹梦见天塌下来压着自己，无法支持。回头看到一个人，肤色发黑，上身驼背，眼睛深陷而且长着一张猪嘴，就喊他道："牛！快来帮我！"这才支持住了。天亮后叔孙豹将自己的部下全都召来，却没有梦中见到的人。他对部下说："你们要记住这个人的长相。"等到叔孙豹之兄宣伯也逃到齐国来，叔孙豹赠给他食物吃。宣伯说："鲁国人会因为我们先人的缘故而保存我们叔孙这一族，一定会召你回去。召你回去你意下如何呢？"叔孙豹回答说："我很久以来就有这个愿望了。"鲁国果然来召他回去，叔孙豹没有告诉宣伯就回去了。叔孙豹回到鲁国被立为卿后，在庚宗与他睡过觉的女人献给他一只野鸡。叔孙豹问她是否有儿子。妇人回答："我的儿子已长大了，能捧着野鸡跟着我了。"叔孙豹将其儿子召来相见，就是他梦见的那个人。叔孙豹没问他名字就叫他"牛"，孩子回答："唯。"穆子将他的部下全召进来，让他们看看这孩子，就让孩子做了小臣。牛很受宠信，长大后又派他主管家政。以上是竖牛受叔孙豹宠信。

公孙明知叔孙于齐[①]，归，未逆国姜[②]，子明取之。故怒其子，长而后使逆之。田于丘莸[③]，遂遇疾焉。竖牛欲乱其室而有之，强与孟盟[④]，不可。叔孙为孟钟，曰："尔未际[⑤]，飨大夫以落之[⑥]。"既具[⑦]，使竖牛请日[⑧]。入，弗谒[⑨]。出，命之日。及宾至，闻钟声。牛曰："孟有北妇人之客[⑩]。"怒，将往，牛止之。宾出，使拘而杀诸外。牛又强与仲盟，不可。仲与公御莱书观于公[⑪]，公与之环。使牛入示之。入，不示。出，命佩之。牛谓叔孙："见仲而何[⑫]？"叔孙曰："何为？"曰："不见，既自见矣。公与之环而佩之矣。”遂逐之，奔齐。以上竖牛杀孟逐仲。

【注释】

①公孙明：即子明，齐国大夫。知：知己，知交。

②逆：接回。国姜：叔孙豹在齐国娶的妻子，孟丙、仲壬的母亲。

③田：打猎。丘莸（yóu）：鲁地，今地不详。

④强与孟盟：强迫孟丙与自己结盟，想让孟丙服从他。

⑤际：接触，交往。

⑥飨：同“享”。宴会。落：以公猪血衅钟叫落。谓落成典礼。

⑦具：完备。指宴会及衅钟等准备工作一切就绪。

⑧请日：请叔孙豹定宴会的日子。

⑨谒：报告。

⑩北妇人：指国姜，孟丙的母亲。客：指公孙明。

⑪公：指鲁昭公。御：御者，驾车人。莱书：昭公御士，鲁大夫。

⑫见仲：让仲壬去见昭公。而何：如何，怎么样。

【译文】

在齐国的时候，齐国大夫公孙明和叔孙豹是知己，叔孙豹回国后，没有把国姜迎回，公孙明就娶了她。为这件事叔孙豹迁怒于国姜的两个儿子，长大后才派人接回鲁国。叔孙豹一次在丘莸打猎，受风寒得了病。竖牛想扰乱叔孙豹的家室然后据为己有，强迫孟丙和自己结盟，以便服从自己。孟丙不同意。叔孙豹为孟丙铸了一口钟，说：“你还没和诸大夫进行结交，在为大夫们举行享礼时举行钟的落成典礼吧。”一切准备工作就绪后，孟丙要竖牛请叔孙豹定下宴会的日期。竖牛进去了，可并没请示叔孙豹。出来后，假称是叔孙豹的命令自己定了日期。等到宴会那天，客人们都到了，叔孙豹听到了钟声。竖牛说：“孟丙那里有他母亲的客人。”叔孙豹大怒，要到孟丙那里去，被竖牛阻止了。客人们走了以后,竖牛派人拘押了孟丙并在外面杀了他。竖牛又强迫仲壬与他结盟,仲壬也不答应。仲壬和鲁昭公的御者莱书在昭公的宫殿里游览参观,昭公赐给他玉环。仲壬让竖牛拿进去给父亲看。竖牛拿进去了,却没让叔孙豹看。出来后假借叔孙豹的命令让仲壬佩戴上。竖牛对叔孙豹说:“让仲壬进见国君您看怎么样?”叔孙问:“为什么?”竖牛说:“您不让他见,他已经自己见过了,国君给他的玉环都戴在身上了。”叔孙豹就把仲壬赶了出去,仲壬逃亡到齐国。以上是竖牛杀孟丙、赶走仲壬。

疾急,命召仲,牛许而不召①。杜泄见②,告之饥渴,授之戈③。对曰:“求之而至,又何去焉?”竖牛曰:“夫子疾病,不欲见人。”使寘馈于个而退④。牛弗进,则置虚⑤,命彻。十二月癸丑⑥,叔孙不食。乙卯⑦,卒。牛立昭子而相之⑧。以上穆子饿死。

【注释】

①许:答应。

②杜泄:叔孙豹家臣之长。

③授之戈:竖牛不给叔孙豹东西吃,叔孙豹非常生气,想让杜泄杀掉他。

④寘(zhì):放置。个:厢房。

⑤置虚:把食物倒掉,使盛具空虚,表示叔孙豹已将饭吃掉。

⑥十二月癸丑:十二月二十六日。

⑦乙卯:二十八日。

⑧昭子:即叔孙婼(chuò),又称叔孙昭子,叔孙豹的庶子,鲁国大夫。

【译文】

叔孙豹病危,命令召仲壬回来,竖牛答应着可并不去。叔孙豹家臣之长杜泄进见，叔孙豹告诉他自己又渴又饿，竖牛不给自己吃喝，交给杜泄戈要他杀了竖牛。杜泄知道自己无能为力，只好说："您要饭会送来，又为什么要除掉他？"竖牛说："老人家生病，不想见人。"让下人把送来的食物放在厢房里就退出去。他也不把饭送上去给叔豹孙吃，自己倒掉后将盘碗空着让人撤走。十二月二十六日，叔孙豹不再进食，二十八日就去世了。竖牛立其庶子叔孙昭子继承其父为卿，自己辅佐他。以上是叔孙豹饿死。

公使杜泄葬叔孙。竖牛赂叔仲昭子与南遗①，使恶杜泄于季孙而去之②。杜泄将以路葬③，且尽卿礼。南遗谓季孙曰："叔孙未乘路，葬焉用之？且冢卿无路④，介卿以葬⑤，不亦左乎⑥？"季孙曰："然。"使杜泄舍路。不可，曰："夫子受命于朝而聘于王。王思旧勋而赐之路。复命而致之君，君不敢逆王命而复赐之，使三官书之⑦。吾子为司徒⑧，实书名⑨。夫子为司马⑩，与工正书服⑪。孟孙为司空，以书勋⑫。今死而弗以⑬，是弃君命也。书在公府而弗以，是废三官也。若命服，生弗敢服，死又不以，将焉用之？"乃使以葬。

【注释】

①叔仲昭子：即叔仲带，又称叔仲子、叔仲昭伯，鲁国宗族。南遗：季氏家臣。

②恶：说坏话。

③路：周天子赐给叔孙豹的车。

④冢(zhǒng)卿：指季孙，六卿之中掌国政者。

⑤介：次，副。

⑥左：邪，不正。

⑦三官：即后面所说司徒、司马、司空。

⑧吾子：指季孙。

⑨书名：定位号。

⑩夫子：叔孙。

⑪服：车服之器，即礼车礼服。

⑫勋：功勋。

⑬以：用，使用。

【译文】

鲁昭公委派杜泄安葬叔孙豹。竖牛恨杜泄不与自己同心，贿赂鲁国宗族叔仲昭子和季氏家臣南遗，要他们在季氏面前说杜泄的坏话，以这种办法来除掉他。杜泄要用周天子赐给叔孙豹的路车来随葬，葬礼要全部用卿的礼仪。南遗对季孙氏说："叔孙生前没坐过路车，死后安葬怎么能用呢？而且您作为六卿中唯一的冢卿都没有路车，地位次于您的卿却要用路车随葬，恐怕不合适吧？"季孙说："对。"让杜泄放弃这个主意。杜泄不同意，说："叔孙先生在朝廷上接受命令去聘问天子。天子想到他过去的功勋而赐给他路车。他回来复命将路车上交给国君，国君不敢违背天子的命令就又还给了他，并且命令三官记载这件事。先生您为司徒，定下位号。叔孙先生为司马，和工正一起记载礼车礼服。孟孙氏为司空，记载了功勋。现在叔孙先生死了而不能用路车随葬，这是废弃国君的命令。记载还在国君的府邸而不使用，这是废除了三官。如果命服生不能用，死又不能随葬，什么时候才能用呢？"季孙氏只好同意用路车随葬了。

季孙谋去中军，竖牛曰："夫子固欲去之。"

【译文】

季孙氏谋划去掉中军，竖牛迎合说："叔孙先生一直想这么办。"

五年春王正月①，舍中军②，卑公室也③。毁中军于施氏④，成诸臧氏⑤。初作中军，三分公室而各有其一⑥。季氏尽征之，叔孙氏臣其子弟，孟氏取其半焉⑦。及其舍之也，四分公室，季氏择二，二子各一。皆尽征之，而贡于公⑧。以书使杜泄告于殡⑨，曰："子固欲毁中军，既毁之矣，故告。"杜泄曰："夫子唯不欲毁也，故盟诸僖闳⑩，诅诸五父之衢⑪。"受其书而投之，帅士而哭之。叔仲子谓季孙曰："带受命于子叔孙⑫，曰：'葬鲜者自西门⑬。'"季孙命杜泄。杜泄曰："卿丧自朝⑭，鲁礼也。吾子为国政，未改礼，而又迁之。群臣惧死，不敢自也⑮。"既葬而行⑯。以上杜泄忠于叔孙氏。

【注释】

①五年：鲁昭公五年，即前537年。

②舍：去掉。

③卑：使之卑微。

④施氏：即施季叔，鲁国大夫。

⑤臧氏：即臧武仲，又称臧纥，鲁国大夫。季孙氏不愿自己出面，而让这二人会合诸大夫以谋成此事。

⑥初作中军，三分公室而各有其一：鲁国本无中军，只有上、下两军，均属鲁国公室所有。鲁襄公十一年（前562），仿大国之制增中军以立三军，目的是三分鲁国公室。叔孙、季孙、孟孙三卿每家各掌一军。

⑦"季氏尽征之"几句：季氏对其所掌军队征收赋税全部归己；叔孙氏将子、弟的赋税归己，父、兄的赋税归于公室；孟孙氏则将子、弟赋税的一半归己，其余交公室。

⑧贡：交纳贡赋。

⑨殡：棺材。

⑩僖闳(hóng)：鲁僖公庙的大门。

⑪诅(zǔ)：让神加祸害于人，即诅咒。五父之衢(qú)：在鲁国东南。

⑫子叔孙：即叔孙州仇，又称武叔懿子，鲁国大夫。

⑬鲜：不是自然死亡。西门：不是鲁国正门。

⑭朝：朝门，生前朝觐之正路。

⑮自：听从。

⑯行：逃走避祸。

【译文】

鲁昭公五年春季周历正月，废掉中军，以使公室卑微。季孙氏为避嫌，自己不出面，在施孝叔那里讨论，在臧氏那里达成协议。最初成立中军时，将公室军队一分为三，叔孙、季孙、孟孙三家各掌一军。季氏对其军队征收的赋税全部归己；叔孙氏将子、弟的赋税归己，父、兄的赋税归于公室；孟孙氏则将子、弟赋税的一半归己，其余上交公室。现在则将公室的军队分成四份，季氏择取二分之一，叔孙氏、孟孙氏各取四分之一。三家将征收的赋税全部归己，而随时向国君交纳贡赋。季氏以策书的形式让杜泄在棺材前向已死的叔孙豹报告。策书上说："您一直想废掉中军，现在已经废掉了，所以向您报告。"杜泄说："叔孙先生就是因为不愿废掉中军，所以才在鲁僖公庙的大门处盟誓，在五父衢诅咒想废掉的人。"接过策书扔在地上，率领士人痛哭不止。叔仲子对季孙说："我受命于子叔孙，他说：'安葬并非正常寿终的人只能从西门出去。'"季孙命令杜泄这样执行。杜泄说："位居卿位的人丧葬从朝门出去，这是鲁国的礼法。您执掌国政，没有改变过礼法，现在却又加以改变，群臣害怕被杀，不敢听从您的命令了。"埋葬了叔孙豹之后避祸而远走他乡。以上是杜泄效忠于叔孙氏。

仲至自齐，季孙欲立之。南遗曰："叔孙氏厚则季氏薄[①]。彼实家乱，子勿与知，不亦可乎？”南遗使国人助竖牛以攻诸大库之庭[②]。司宫射之[③]，中目而死。竖牛取东鄙三十邑以与南遗。

【注释】

①厚：势力强大。

②大库之庭：大库的庭院里。

③司宫：官名。主要职责是管理宫殿，一说为季氏或叔氏阉臣。

【译文】

仲壬从齐国回来奔丧，季孙想立他为叔孙氏的继承人。南遗说：“叔孙氏势力强大了，季孙氏就会衰弱。他们正闹家乱，您不参与，不也就行了吗？”南遗让国人帮助竖牛在府库的庭院里攻打仲壬。司宫箭射仲壬，射中眼睛而死。竖牛为表答谢，取叔孙氏在东部边境的三十个城邑送给了南遗。

昭子即位，朝其家众[①]，曰：“竖牛祸叔孙氏，使乱大从[②]，杀適立庶[③]，又披其邑[④]，将以赦罪，罪莫大焉。必速杀之。”竖牛惧，奔齐。孟、仲之子杀诸塞关之外[⑤]，投其首于宁风之棘上[⑥]。

【注释】

①朝其家众：叔孙氏上下人等亲来朝见昭子。

②从：和顺之道。

③適：同“嫡”。

④披：分裂。

⑤塞关：齐、鲁交界地上的关塞，今地不详。

⑥宁风：齐、鲁交界地名。今地不详。

【译文】

昭子继位，叔孙家族的上下人等亲来朝见，他说："竖牛给叔孙氏造成祸乱，搅乱了和顺的秩序，杀死嫡子立庶子，又分裂叔孙氏的封邑，如要赦免他的罪过的话，那没有比这更大的罪了。一定得赶快杀掉他。"竖牛害怕了，逃往齐国，孟丙和仲壬的儿子在齐、鲁边界的塞关外杀掉了他，把他的脑袋扔在宁风的荆棘上。

仲尼曰："叔孙昭子之不劳①，不可能也。周任有言曰②：'为政者不赏私劳，不罚私怨。'《诗》云：'有觉德行，四国顺之③。'"以上昭子杀竖牛。

【注释】

①劳：酬劳。

②周任：古代良史。

③有觉德行，四国顺之：出自《诗经·大雅·抑》篇。意思是德行正直则四方都会顺从。觉，正直。

【译文】

孔子说："叔孙昭子不酬谢竖牛拥立自己的功劳，这是一般人做不到的。古代良史周任说过：'掌握政权的人不能赏赐对于自己个人有功劳的人，不能惩罚与自己有私怨的人。'《诗经·大雅·抑》篇中说：'有正直的德行的人，四方都来归顺他。'"以上是叔孙昭子杀竖牛。

楚灵王乾谿之难

【题解】

为了争夺王位，楚共王的几个儿子相互残杀，演出了一幕惨烈的人间悲剧。文章刻画了诸多栩栩如生的人物:阴险奸诈的公子弃疾、足智多谋的观起、忠心耿耿的子革……

本文结构安排很有特色。开篇先叙子革与楚王的一段对话,让人看到楚灵王狂妄、苛酷和贪得无厌的嘴脸,为其后来的杀身之祸埋下伏笔;接着具体叙述整个事件的过程;最后则以晋国两名大夫的对话阐明作者的一些思想。其中较为可贵的是对以民为本的认识,隐含了得民心者得天下的道理。

子革劝谏楚灵王一段是本文精华所在,从中可见春秋时诸大臣的机敏雄辩。

楚子狩于州来[①],次于颍尾[②],使荡侯、潘子、司马督、嚣尹午、陵尹喜帅师围徐以惧吴[③]。楚子次于乾谿[④],以为之援。雨雪,王皮冠,秦复陶[⑤],翠被[⑥],豹舄[⑦],执鞭以出,仆析父从[⑧]。右尹子革夕[⑨],王见之,去冠、被,舍鞭,与之语曰:“昔我先王熊绎[⑩],与吕伋、王孙牟、燮父、禽父并事康王[⑪]。四国皆有分[⑫],我独无有。今吾使人于周,求鼎以为分,王其与我乎?”对曰:“与君王哉!昔我先王熊绎,辟在荆山[⑬],筚路蓝缕[⑭],以处草莽,跋涉山林,以事天子。唯是桃弧、棘矢[⑮],以共御王事。齐,王舅也;晋及鲁、卫,王母弟也。楚是以无分,而彼皆有。今周与四国服事君王,将唯命是从,岂其爱鼎?”王曰:“昔我皇祖伯父昆吾旧许是宅[⑯]。今郑人贪赖其田而不我与。我若求之,其与我乎?”对曰:“与君王哉!周不爱鼎,郑敢爱田?”王曰:“昔诸侯远我而畏晋,今我大城陈、蔡、不羹[⑰],赋皆千乘[⑱],子与有劳焉。诸侯其畏我乎?”对曰:“畏君王哉!是四国者[⑲],专足畏也[⑳],又加之以楚,敢不畏君王哉!”

【注释】

①楚子:楚灵王。狩:冬猎。州来:春秋时楚邑,后属吴,在今安徽寿县。

②次:驻扎。颍尾:楚地,颍水入淮处,亦称颍口,在今安徽颍上东南。

③荡侯、潘子、司马督、嚣尹午、陵尹喜:均为楚大夫。徐:与吴友好的国家。围徐以使吴恐惧。

④乾谿:楚地,在今安徽亳州东南。

⑤秦复陶:秦国赠送的用禽兽毛绒所制的羽衣。

⑥翠被(pī):用翠羽装饰的披肩。

⑦豹舄(xì):豹皮制作的鞋。

⑧仆析父:楚国大夫。

⑨右尹:楚国官名。夕:晚上请见。

⑩熊绎:楚国始封君。

⑪吕伋(jí):亦作吕汲、吕圾,齐太公之子,又称丁公。王孙牟:卫康叔之子康伯。燮父:晋国唐叔之子。禽父:鲁国始封君伯禽。康王:周康王,成王之子。

⑫四国:指齐、晋、鲁、卫。分:珍宝之器。

⑬荆山:楚国境内之山,在今湖北南漳西。

⑭筚(bì)路:柴车。蓝缕:衣衫破旧。

⑮桃弧、棘矢:桃木做的弓、枣木做的箭,用以避邪。

⑯昆吾:楚国远祖之兄。旧许:许国故土。宅:居住。

⑰陈:妫(guī)姓国,都城在宛丘(今河南淮阳)。蔡:故都在上蔡,平侯迁新蔡,昭侯迁州来,叫下蔡。此指州来。不羹(láng):楚地名。不羹城也叫西不羹,在今河南襄城东南,不羹亭也叫东不羹,在今河南舞阳北。

⑱赋:兵。古按田赋出兵,故称兵为赋。

⑲四国：指陈、蔡、二不羹。

⑳专：单独，单单。

【译文】

楚灵王在州来冬猎，驻扎在颍尾，派遣荡侯、潘子、司马督、嚣尹午、陵尹喜率领军队包围徐国以威胁吴国。楚王驻扎在乾谿，作为后援。天下着雪，楚王戴着皮帽，穿着秦国赠送的用禽兽毛绒所制的羽衣、用翠羽装饰的披肩、豹皮制作的鞋，手里拿着鞭子走出来，仆析父在后面侍从。右尹子革晚上请见，楚王接见他，脱掉了帽子和披肩，放下了鞭子，对子革说："从前我们的先王熊绎，和齐国齐太公的儿子吕伋、卫康叔的儿子王孙牟、晋国唐叔的儿子燮父、鲁国的始封君禽父，共同侍奉周康王。齐、晋、鲁、卫四国都被赐予珍宝之器，唯独我们楚国没有。现在我派人去周，请求赐给我国九鼎来作为珠宝之器，周天子会给我吗？"子革回答说："会给的。从前我们的先王熊绎，居于偏僻的荆山，坐着柴车，穿着破烂的衣衫，身处草莽之中，跋涉在山林之间，如此模样侍奉天子，所能贡奉的也只有桃木做的弓、枣木做的箭。齐国国君是周天子的舅父，晋和鲁、卫的国君都是天子的同母弟。楚国以此不能和他们一样分得珍宝。现在周和四国都归服侍奉君王您，将唯您的命令是从，周天子怎么敢爱惜这鼎呢？"楚王说："过去我们远祖之兄昆吾，住在许国的故土。现在郑国人贪恋那里的土地，而不给我们。我如果向他们要，他们会给我吗？"子革说："会给的。周天子连禹所铸的鼎都舍得，郑国怎么敢舍不得土地呢？"楚王说："过去各诸侯国疏远我们而害怕晋，现在我们在陈、蔡及两个不羹城大修城墙，每地都安排了兵车千乘，你也参与并有功于这件事。诸侯现在畏惧我吗？"子革回答说："肯定畏惧您。单只陈、蔡、两个不羹的力量，已足够让他们害怕了，再加上楚国本土之力，他们敢不畏惧您吗？"

工尹路请曰①："君王命剥圭以为鏚柲②，敢请命。"王入视之。析父谓子革:“吾子,楚国之望也!今与王言如响[3],国其若之何?”子革曰:“摩厉以须,王出,吾刃将斩矣[4]。”王出,复语。左史倚相趋过[5]。王曰:“是良史也,子善视之。是能读三坟、五典、八索、九丘[6]。”对曰:“臣尝问焉。昔穆王欲肆其心[7],周行天下,将皆必有车辙马迹焉。祭公谋父作《祈招》之诗[8],以止王心,王是以获没于祗宫[9]。臣问其诗而不知也。若问远焉,其焉能知之?”王曰:“子能乎?”对曰:“能。其诗曰:‘祈招之愔愔[10],式昭德音[11]。思我王度[12],式如玉,式如金。形民之力,而无醉饱之心[13]。’”王揖而入,馈不食[14],寝不寐数日,不能自克,以及于难。

【注释】

①工尹路:工尹,官名。掌百工。路,任居此官的人名。

②圭:圭玉。鏚(qī):斧。柲(bì):柄。

③与王言如响:和楚王说话顺着楚王心意就像回声一样。

④“摩厉以须”几句:比喻自己像磨快的刀刃,等待时机斩断国君的邪恶。摩厉,磨刃使锋利。须,等待。

⑤左史:官名。倚相:担任左史的人名。

⑥三坟、五典、八索、九丘:均为古书名。今已亡佚。

⑦肆:纵恣,放肆。

⑧祭公谋父:周穆王的卿士。《祈招》:诗歌名。已佚。

⑨获没:没被下面人杀死,亦即善终。祗(qí)宫:周穆王宫殿名。

⑩愔愔(yīn):安静怡和。

⑪式:用。昭:表明。

⑫度:心意。

⑬形民之力,而无醉饱之心:谓使用民力要量力而行,去掉醉饱过

盈、奢侈无度之心。形，借为“刑”，使成就，即保存。

⑭馈：食物。

【译文】

正在此时，工尹路请求说：“您命令破开圭玉来装饰斧柄，谨请您发布命令。”楚灵王就进去察看。仆析父对子革说：“您，是楚国寄以希望的人，今天和君王说话顺着他的心意，就像是回声一样，我们的国家可怎么办啊！”子革说：“我就像一把磨快了刃的刀，正等待着时机，国君出来，我这刀刃就要砍去他的邪恶了。”楚王出来，接着说话。左史倚相趋身快步而过。楚王说：“他是个好史官，你要善待他。他是个能读三坟、五典、八索、九丘这些书籍的人。”子革说：“我曾经问过他，从前周穆王想要极力放纵自己，周游天下，使自己的车马辙迹无所不到。祭公谋父作《祈招》这首诗，以谏穆王的任性。穆王因此而善终于自己的祗宫，没被臣下所杀。我问他这首诗，他不知道。若问更久远的事情，他怎么会知道呢？”楚王问：“你能读一下这首诗吗？”子革回答：“能。这首诗说：‘祈招作为司马掌握兵马却安静怡和，能昭示给天下人以德声，想我君王的心意，像玉、像金，使用民力量力而行，没有过度奢侈之心。’”楚王向子革一揖就进去了，好几天吃不下饭，睡不着觉，不能克制自己，所以遭到了祸难。

仲尼曰：“古也有志①：‘克己复礼，仁也。’信善哉！楚灵王若能如是，岂其辱于乾谿？”以上子革折王之侈心。

【注释】

①志：记载。

【译文】

孔子说：“古代有这样的记载：‘克制自己，照着礼的原样去做，这就是仁。'这话说得的确好！楚灵王如果能这样做，怎么会在乾谿受辱呢？"以上是子革劝阻楚灵王的奢侈之心。

楚子之为令尹也，杀大司马薳掩而取其室[①]。及即位，夺薳居田[②]；迁许而质许围[③]。蔡洧有宠于王[④]，王之灭蔡也，其父死焉，王使与于守而行[⑤]。申之会[⑥]，越大夫戮焉[⑦]。王夺斗韦龟中犨[⑧]，又夺成然邑而使为郊尹[⑨]。蔓成然故事蔡公[⑩]，故薳氏之族及薳居、许围、蔡洧、蔓成然，皆王所不礼也[⑪]。因群丧职之族[⑫]，启越大夫常寿过作乱[⑬]，围固城，克息舟[⑭]，城而居之。以上四族及群丧职者谋作乱。

【注释】

①薳(wěi)掩：即芳掩，楚大夫。

②薳居：薳掩的族人，楚国大夫。

③许：姬姓国，最初的都城在今河南许昌东。围：许国大夫。

④蔡洧(wěi)：本蔡国人，仕于楚，为楚国大夫。

⑤王使与于守而行：楚王派蔡洧在国留守而自己去乾谿。

⑥申：本来是国名，后来成为楚国的一邑。

⑦戮：同"僇(lù)"。侮辱。

⑧斗韦龟：楚国令尹子文玄孙。中犨：楚国地名。今地不详。

⑨成然：即斗成然，又称子旗、蔓成然，斗韦龟之子，楚大夫。郊尹：楚国官名。治理郊区的大夫。

⑩蔡公：公子弃疾，楚灵王的弟弟。

⑪不礼：不待之以礼。此指得罪。

⑫因群丧职之族：于是楚国因失去职位而怨恨楚王的士大夫们。

⑬启：开导。

⑭固城、息舟：均为楚国地名。今地不详。

【译文】

楚灵王还是令尹的时候，杀了当时的大司马薳掩并夺取了他的妻室和家财。即位为楚王后，又夺取了薳掩的族人薳居的土地；灭掉许国后，迁走许国人并将该国大夫许围作为人质。在楚国做官的蔡国人蔡洧为楚灵王所宠信，楚灵王灭蔡时，蔡洧的父亲死于战事，楚王却派他留守楚国而自己去乾谿。昭公四年申地会盟，越国大夫常寿过受到了楚王的侮辱。楚灵王夺取了楚国大夫斗韦龟的封邑中犨，又夺取了斗韦龟之子蔓成然的封邑而派他去做治理郊区的大夫，而蔓成然过去曾为蔡公，即公子弃疾做过事。因此薳氏一族之人以及薳居、许围、蔡洧、蔓成然都是楚王得罪过的人。他们依靠楚国因失去职位而怨恨楚王的大夫们诱导越国大夫常寿过发动叛乱，包围固城，攻克了息舟，修筑城墙住在这里作为自己的根据地。以上是四族及一些丧失职位的人图谋作乱。

观起之死也[①]，其子从在蔡[②]，事朝吴[③]，曰："今不封蔡[④]，蔡不封矣。我请试之。"以蔡公之命召子干、子晳[⑤]，及郊，而告之情，强与之盟，入袭蔡。蔡公将食，见之而逃。观从使子干食[⑥]，坎，用牲加书而速行。己徇于蔡[⑦]，曰："蔡公召二子，将纳之，与之盟而遣之矣，将师而从之。"蔡人聚，将执之。辞曰："失贼成军，而杀余，何益？"乃释之。朝吴曰："二三子若能死亡，则如违之，以待所济[⑧]。若求安定，则如与之，以济所欲[⑨]。且违上，何适而可[⑩]？"众曰："与之。"乃奉蔡公，召二子而盟于邓[⑪]，依陈、蔡人以国[⑫]。楚公子比、公子黑肱、公子弃疾、蔓成然、蔡朝吴帅陈、蔡、不羹、许、叶之师[⑬]，因四族之徒[⑭]，以入楚。以上观从、朝吴挟蔡公，召子干、子晳成军入楚。

【注释】

①观起：楚大夫。

②从：观从，又称子玉，楚大夫。

③朝吴：蔡大夫声子的儿子。

④封：恢复。观从因父死而怨楚，所以这样说。

⑤子干：即公子比。子皙：即公子黑肱。都是楚灵王的弟弟，鲁昭公元年（前541）楚灵王杀掉当时的楚王自立，作为右尹的子干逃亡到晋，宫厩尹子皙逃至郑。

⑥观从使子干食：观从让子干睡蔡公的床，吃蔡公的饭，并假装和蔡公结盟的样子做给大家看。

⑦徇：向众人宣布。

⑧"二三子若能死亡"几句：意思是说能为灵王而死，就可以违背蔡公的命令，等着看事情的成败。济，成功。

⑨以济所欲：以实现他的愿望。济，帮助。

⑩且违上，何适而可：意思是不可违背蔡公。上，指蔡公。

⑪邓：蔡国地名。在今河南漯河东南。

⑫依陈、蔡人以国：恢复陈、蔡两国，依仗它们而达到各自的目的。

⑬叶：楚地，在今河南叶县南。

⑭四族：薳氏、许围、蔡洧、蔓成然。

【译文】

楚国大夫观起死时，他的儿子观从在蔡国，为蔡国大夫朝吴做事，因其父亲之死而怨恨楚国，因此想乘常寿过叛乱的机会来报复，于是说："现在不恢复蔡国，蔡国就没有机会再恢复了。我请求为此而尝试一下。"就以蔡公弃疾的名义召楚灵王的两个弟弟，逃亡在外的公子干和公子皙，等他们到了城郊时告之以实情，强迫他们和自己结盟，进城袭击蔡。蔡公正要吃饭，见到这种情形，不知出了什么事赶快逃跑了。观从让子干睡蔡公的床，吃蔡公的饭，并假装与蔡公结盟的样子做给大家看,然后催二人赶快走了。他自己则向蔡人宣布说:"蔡公召二位公子来,想收留他们,和他们结盟之后将他们派遣出去了,就要率领军队去帮助他们了。"蔡人聚集起来,要捉住观从。观从说:"两个贼人子干与子皙已经走了,蔡公也已组成了军队,即使杀了我又有什么用呢?"蔡人就又放了他。朝吴说:"你们如果能为楚灵王而死,就可以违背蔡公的命令,等着看事情的成败。如果想求得安定,就不如赞同蔡公的主张,帮他实现愿望。如果违背蔡公的话,你们又何所适从呢?"大家都说:"我们赞同蔡公的主张。"于是尊奉蔡公,召来子干、子皙在邓地盟誓,恢复陈、蔡两国,依仗它们来达到自己的目的。楚国公子子干、子皙、蔡公弃疾、蔓成然、蔡朝吴率领着陈、蔡、二不羹、许、叶之师,依靠薳氏、许围、蔡洧、蔓成然四个家族家兵的力量,攻入楚国。以上是观从、朝吴挟持蔡公,召引楚国公子子干、子皙组成军队攻入楚国。

及郊,陈、蔡欲为名,故请为武军①。蔡公知之曰:"欲速。且役病矣②,请藩而已③。"乃藩为军。蔡公使须务牟与史猈先入④,因正仆人杀大子禄及公子罢敌⑤。公子比为王,公子黑肱为令尹,次于鱼陂⑥。公子弃疾为司马,先除王宫⑦。使观从从师于乾谿⑧,而遂告之,且曰:"先归复所,后者劓⑨。"师及訾梁而溃⑩。以上先定楚宫,次破散乾谿之师。

【注释】

①故请为武军:想筑起壁垒以示后人,宣扬复国复仇之名。武军,筑壁垒,树旗帜。

②役:役人。病:疲劳。

③藩:篱笆。

④须务牟、史猈(pí):楚大夫,蔡公的党羽。

⑤正仆人：仆人之长，太子身边的近官。大子禄：楚灵王太子。公子罢（pí）敌：灵王之子。

⑥鱼陂（pí）：楚国地名。在今湖北天门西北。

⑦除：扫除。意思是清除灵王的左右，安插自己的亲信。

⑧从师于乾谿：到乾谿的军队那里去。

⑨先归复所，后者劓：先归顺者各安其所，后归顺者处以割鼻的刑法。

⑩訾（zǐ）梁：楚国邑名。在今河南信阳。

【译文】

到了城郊，陈、蔡之人想筑起壁垒以示后人，宣扬复国复仇之名。蔡公弃疾听说后说："我们行动一定要迅速，而且役人已很疲劳，请你们筑篱笆来代替吧。"于是竖起篱笆围起军营。蔡公派自己的党羽须务牟和史猈先进入都城，借太子身边的近官、仆人之长杀了楚灵王的太子禄和灵王的另一个儿子罢敌。立子干为楚王，子皙为令尹，驻扎在鱼陂。公子弃疾作为司马，首先清除灵王左右，安插自己的亲信。派观从到乾谿的军队那里去，告诉他们发生的事情，要他们背叛灵王，并且说："先归顺的人可以各安其所，后归顺的人要处以割鼻的刑法。"这样楚王的军队到了訾梁就溃散了。以上是首先安定楚宫，再次攻溃乾谿的军队。

王闻群公子之死也，自投于车下，曰："人之爱其子也，亦如余乎?"侍者曰："甚焉。小人老而无子，知挤于沟壑矣[①]。"王曰："余杀人子多矣，能无及此乎?"右尹子革曰："请待于郊，以听国人。"王曰："众怒不可犯也。"曰："若入于大都而乞师于诸侯[②]。"王曰："皆叛矣。"曰："若亡于诸侯，以听大国之图君也[③]。"王曰："大福不再，只取辱焉。"然丹乃归于楚[④]。王沿夏[⑤]，将欲入鄢[⑥]。芋尹无宇之子申亥曰[⑦]："吾父再奸王命[⑧]，王弗诛，惠孰大焉？君不可忍，惠不可弃，吾其从王。”乃求王，遇诸棘闱以归[⑨]。夏五月癸亥[⑩]，王缢于芋尹申亥氏。申亥以其二女殉而葬之。以上灵王自乾谿归鄢，中途缢死。

【注释】

①挤：坠。

②大都：大的都邑。乞师：请求救兵。

③图君：为君王出谋划策。

④然丹：即子革。

⑤沿：顺流而下。夏：汉水的别名。

⑥鄢：楚国地名。在今湖北宜城西南。

⑦芋尹：一作“芈尹”。下文两处亦同。

⑧奸：触犯。

⑨棘：里名。闱：门。

⑩五月癸亥：五月二十六日。

【译文】

楚灵王听到儿子们的死讯，自己摔到车下面，说：“别人爱自己的儿子，也像我这样吗？”侍从说：“还有比您更爱的，我年老而没有儿子，自知死后会被扔进沟壑里去的。”楚王说：“我杀别人的儿子太多了，不然的话怎么会到这地步呢？”右尹子革说：“请您在城郊等着，听国人裁决吧。”楚王说：“众怒不可犯啊！”子革又说：“也许可以到大的都邑去然后向诸侯请求派救兵。”楚王说：“全国都背叛了，大都邑也不例外。”子革说：“也许可以出亡到其他国家，听从大国为您出谋划策。”楚王说：“逃亡之君，只能自取其辱。”子革只好自己回楚国了。楚王沿着汉水顺流而下，想进入鄢地。芋尹申无宇的儿子申亥说：“我父亲两次触犯国君的规定，而国君却没有杀他，还有比这更大的恩惠吗？国君虽然让人不能容忍，但他对我家的恩惠不能不报答，我还是追随国君。”于是去寻找楚王，在棘门这个地方遇到楚王，将其带回自己家。夏季五月二十六日，楚灵王在芋尹申亥家自缢而死。申亥将自己的两个女儿给灵王殉葬了。以上是楚灵王自乾谿返回鄢地，中途自缢而死。

观从谓子干曰：“不杀弃疾，虽得国，犹受祸也。”子干曰：“余不忍也。”子玉曰：“人将忍子，吾不忍俟也[①]。”乃行。国每夜骇曰：“王入矣！”乙卯夜[②]，弃疾使周走而呼曰[③]：“王至矣！”国人大惊。使蔓成然走告子干、子晳曰：“王至矣！国人杀君司马[④]，将来矣！君若早自图也，可以无辱。众怒如水火焉，不可为谋。”又有呼而走至者曰：“众至矣！”二子皆自杀。丙辰[⑤]，弃疾即位，名曰熊居。葬子干于訾，实訾敖[⑥]。以上子干、子晳死，平王立。杀囚，衣之王服而流诸汉，乃取而葬之，以靖国人[⑦]。使子旗为令尹。

【注释】

①俟：等待。

②乙卯：十八日。

③周：遍。

④司马：指弃疾。

⑤丙辰：十九日。

⑥实：称之为。

⑦“杀囚”几句：将囚犯装作是楚灵王安葬了以安定楚国人心。

【译文】

观从对子干说：“何不杀掉弃疾？不然的话，虽然做了国君，还是会受到祸害的。”子干说：“我不忍心。”观从说：“别人可忍心杀你。我不忍心等着看这种结局。”于是离开子干走了。都城里每夜都有人惊叫：“国君进城了！”十八日夜里，弃疾派人走遍各处大叫：“国君到了！”都城里的人大惊。弃疾派蔓成然去告诉子干和子皙：“国君到了！国人已经杀了司马弃疾，就要到你们这儿来了！你们如果早做计议，还可以不受侮辱。众怒就像水火一样，没办法可想了。”这时又有人喊着跑过来：“众人都到了！”子干、子皙就都自杀了。十九日，弃疾即楚王位，改名叫熊居。将子干安葬在訾地，称之为訾敖。以上是子干、子皙死，楚平王立。他又杀了一名囚犯，给他穿上灵王的衣服再抛进汉水里漂流，又把尸体打捞上来当做灵王安葬了，以此来安定楚国人心。他任命蔓成然做了令尹。

楚师还自徐，吴人败诸豫章[①]，获其五帅[②]。

【注释】

①豫章：楚地，在今安徽霍丘。

②五帅：指荡侯、潘子、司马督、嚣尹午、陵尹喜五人。

【译文】

楚军从徐地撤回，吴人在豫章打败了这支军队，俘虏了楚灵王派出的荡侯、潘子、司马督、嚣尹午、陵尹喜五名元帅。

平王封陈、蔡[①]，复迁邑，致群赂[②]，施舍宽民，宥罪举职[③]。召观从，王曰：“唯尔所欲。”对曰：“臣之先，佐开卜[④]。”乃使为卜尹[⑤]。使枝如子躬聘于郑[⑥]，且致犨、栎之田[⑦]。事毕，弗致[⑧]。郑人请曰：“闻诸道路，将命寡君以犨、栎，敢请命。”对曰：“臣未闻命。”既复，王问犨、栎。降服而对曰[⑨]：“臣过失命，未之致也。”王执其手，曰：“子毋勤[⑩]。姑归，不穀有事,其告子也[11]。”他年芋尹申亥以王柩告,乃改葬之。以上平王即位新政。

【注释】

①封:给予土地使建立国家,这里是恢复义。

②致群赂:赏赐有功之臣财物。

③宥:赦免。举职:举拔任用被废黜的官员。

④佐:辅佐,做助手。开卜:卜人解说龟兆。

⑤卜尹:卜官之长。

⑥枝如子躬:楚大夫。

⑦犨、栎:本来为郑地,为楚所夺,楚平王新即位,还给郑国以笼络郑。犨地在今河南鲁山东南,栎地不详。

⑧事毕,弗致:知道郑已心悦诚服,不须笼络,访问完毕,未将两地还郑。

⑨降服:脱下帽子表示谢罪。

⑩勤:忧虑,担心。

⑪不穀有事,其告子也:楚王认为他会办事,有事会再派他去的。

【译文】

楚平王恢复了陈国和蔡国,还给他们鲁昭公九年时换出去的城邑,赏赐有功之臣,大施恩惠与民宽大,赦免灵王判作有罪的人,举拔任用被灵王废黜的官员。平王不计前嫌召回观从,对他说:“你想要什么都可以。”观从说:“我的祖先是卜尹的助手。”于是楚平王就派他做了卜尹。平王派枝如子躬去郑国访问,并将楚原来所获郑国犨地、栎地还给郑国。访问完毕,看到郑国不需再笼络,枝如子躬就未将两地还郑。郑人说:“听到道路传闻,将把犨、栎两地还给我们国君,斗胆向您请示。”枝如子躬回答说:“我没听说楚王有过这样的命令。”回国复命后,平王问起犨、栎两地的事,枝如子躬脱下帽子表示谢罪,回答说:“我没有执行您的命令，没将这两地交还郑国。”平王拉着他的手说：“你不必担心，先回去吧。我以后有事还会再派你去做的。”过了几年芋尹申亥将楚灵王灵柩在什么地方告诉了平王，于是重新改葬了这位国君。以上是楚平王即位后的新政。

初，灵王卜，曰：“余尚得天下[1]。”不吉，投龟，诟天而呼曰[2]：“是区区者而不余畀[3]，余必自取之！”民患王之无厌也，故从乱如归。

【注释】

①尚：表示祈求。

②诟（gòu）：责问，辱骂。

③区区：小小的。畀（bì）：给予。

【译文】

当初，楚灵王曾经占卜，说：“请让我得到天下。”占卜的结果不吉利，灵王就将占卜用的龟甲扔在地上，大喊大叫地责问上天：“这么一点点东西都不肯给我，我一定要自己取得这天下！”人民忧虑灵王的贪得无厌，所以从乱如归。

初，共王无冢適[1]，有宠子五人，无適立焉。乃大有事于群望[2]，而祈曰：“请神择于五人者，使主社稷。”乃遍以璧见于群望，曰：“当璧而拜者，神所立也，谁敢违之？”既，乃与巴姬密埋璧于大室之庭[3]，使五人齐[4]，而长入拜[5]。康王跨之，灵王肘加焉，子干、子皙皆远之。平王弱，抱而入，再拜，皆厌纽[6]。斗韦龟属成然焉，且曰：“弃礼违命[7]，楚其危哉！”以上埋璧之事。

【注释】

①冢適：嫡长子。冢，大。適，同"嫡"。

②大有事：遍祭。群望：星辰山川。

③巴姬：楚共王妾。大室：祖庙。

④齐：同"斋"。

⑤长入拜：按长幼次序拜。

⑥厌（yā）纽：压在璧纽上。

⑦弃礼违命：放弃立长之礼，违背当璧而立之命。

【译文】

最初，楚共王没有嫡长子，宠爱的有儿子五个，不知立谁合适。于是遍祭星辰山川，祈祷说："请神灵在这五个人中做出选择，以统治楚国。"将玉璧展示给星辰山川说："对着玉璧下拜的就是神灵所选择的人，谁也不能违背。"然后就和巴姬悄悄将玉璧埋在祖庙的庭院里，命令五个人斋戒沐浴，按长幼次序进去跪拜。康王跨过了玉璧，灵王的臂肘压在了玉璧上，子干、子皙都离玉璧很远。平王那时还小，让人抱着进来两次跪拜都压在玉璧的纽上。斗韦龟嘱咐自己的儿子成然说："放弃立长之礼，违背当璧而立之命，楚国很危险呀！"以上是埋璧之事。

子干归，韩宣子问于叔向曰[①]："子干其济乎[②]？"对曰："难。"宣子曰："同恶相求[③]，如市贾焉，何难？"对曰："无与同好，谁与同恶[④]？取国有五难：有宠而无人[⑤]，一也；有人而无主，二也；有主而无谋，三也；有谋而无民，四也；有民而无德，五也。子干在晋十三年矣，晋、楚之从，不闻达者，可谓无人。族尽亲叛，可谓无主。无衅而动，可谓无谋。为羁终世[⑥]，可谓无民。亡无爱征[⑦]，可谓无德。王虐而不忌[⑧]，楚君子干，涉五难以弑旧君，谁能济之？有楚国者，其弃疾乎！

君陈、蔡[⑨]，城外属焉。苛慝不作[⑩]，盗贼伏隐，私欲不违[⑪]，民无怨心。先神命之[⑫]，国民信之，芈姓有乱[⑬]，必季实立[⑭]，楚之常也。获神[⑮]，一也；有民，二也；令德[⑯]，三也；宠贵[⑰]，四也；居常[⑱]，五也。有五利以去五难，谁能害之？子干之官，则右尹也。数其贵宠，则庶子也。以神所命，则又远之。其贵亡矣[⑲]，其宠弃矣[⑳]，民无怀焉，国无与焉[㉑]，将何以立？”宣子曰：“齐桓、晋文，不亦是乎？”对曰：“齐桓，卫姬之子也，有宠于僖。有鲍叔牙、宾须无、隰朋以为辅佐[㉒]，有莒、卫以为外主，有国、高以为内主[㉓]。从善如流，下善齐肃[㉔]，不藏贿，不从欲[㉕]，施舍不倦，求善不厌，是以有国，不亦宜乎？我先君文公，狐季姬之子也，有宠于献[㉖]。好学而不贰[㉗]，生十七年，有士五人[㉘]。有先大夫子馀、子犯以为腹心[㉙]，有魏犨、贾佗以为股肱[㉚]，有齐、宋、秦、楚以为外主，有栾、郤、狐、先以为内主。亡十九年，守志弥笃[㉛]。惠、怀弃民，民从而与之。献无异亲，民无异望，天方相晋，将何以代文？此二君者，异于子干。共有宠子，国有奥主[㉜]。无施于民，无援于外，去晋而不送，归楚而不逆，何以冀国[㉝]？”以上叔向论子干不能得国。

【注释】

①韩宣子：即韩起。叔向：即羊舌肸。二人均为晋大夫。

②济：成功。

③同恶相求：都憎恶灵王，互相需要。

④无与同好，谁与同恶：弃疾与子干不同好，也就不同恶。

⑤无人：指无贤人。

⑥为羁终世：一生都羁身于晋。

⑦亡无爱征：逃亡在外而楚国没有怀念之人。

⑧王虐而不忌：楚灵王暴虐而无所顾忌。

⑨君陈、蔡：弃疾被立为蔡公，兼管陈。

⑩苛慝：刻薄邪恶。

⑪私欲不违：不因为自己的私欲而违背民心。

⑫先神：指星辰山川。

⑬芈(mǐ)：楚王的姓。

⑭季：小儿子。

⑮获神：指压在璧纽上。

⑯令德：指不做刻薄邪恶之事。

⑰宠贵：指弃疾母亲是贵妃。

⑱居常：符合常例。

⑲亡：同“无”。

⑳其宠弃矣：父亲已死。

㉑国无与焉：无内应。

㉒鲍叔牙、宾须无、隰(xí)朋：都是齐国大夫。

㉓国、高：国氏、高氏，齐国上卿。

㉔齐：认真。肃：专注。

㉕不藏贿，不从欲：清廉而节俭。

㉖献：指晋献公。

㉗不贰：专心致志。

㉘有士五人：指狐偃、赵衰、颠颉、魏武子、司空季子，此五人跟随重耳出亡。

㉙子馀：赵衰。子犯：狐偃。

㉚魏犨：魏武子。

㉛弥：更加。笃：坚定。

㉜共有宠子，国有奥主：共，指楚共王。奥主，指楚灵王。奥主是深居内室的主人，比喻国君。

㉝冀：希望，期望。

【译文】

子干从晋国回楚国后，韩宣子问叔向："子干会成功吗？"叔向回答："难。"韩宣子又问："子干与弃疾都厌恶楚灵王，互相需要就像市场上做买卖的商人一样，有什么可难的？"叔向答道："弃疾与子干有不同的爱好，也就不会有共同憎恶。取得国家有五种困难：受到宠爱而无贤人辅佐，这是一；有贤人辅佐而没有内应，这是二；有内应而没有策略，这是三；有策略而没有民众的拥护，这是四；有民众的拥护而缺少德行，这是五。子干在晋国已经待了十三年了，晋、楚跟从他的人中间没听说有贤达者，可谓没有贤人辅佐。亲族或被灭尽或已背叛，可谓没有内应。楚国没有发生大的事端就行动起来，可谓没有策略。一生栖身于晋，可谓没得到民众。逃亡在外在楚国没有怀念他的人，可谓无德。楚灵王暴虐而无所顾忌，谁能帮助楚人历经五难杀掉旧国君立子干呢？拥有楚国的人一定是弃疾！他统治陈国、蔡国，方城之外也属于他。不做刻薄邪恶的事，盗贼潜伏藏匿起来不敢出来作恶，不因为自己的私欲而违背民心，百姓不怨恨他。星辰山川选择了他，国民信任他，芈姓发生动乱，一定是小儿子被册立，这已是楚国的常例了。拜神时压在璧纽上获得了神的首肯，这是一；有民众的拥护，这是二；不做刻薄邪恶之事，这是三；其母为贵妃，身份尊贵，这是四；符合小儿子得国常例，这是五。有五个有利条件的弃疾去掉有五条困难的子干，谁能伤害他呢？子干不过官居右尹，论他的贵宠，不过是个庶子。谈到神的选择，又离玉璧太远。他的位置并不尊贵，宠爱他的父亲已经去世，人民不怀念他，国内没有内应，将凭什么立为国君？"韩宣子说："齐桓公、晋文公，情况不也是这样吗？"叔向答道："齐桓公是卫姬的儿子，受齐僖公的宠爱，有鲍叔牙、宾须无、隰朋辅佐他，有莒、卫两国作为外援，有国氏、高氏做内应。

从善如流，对百姓做善事认真专注，清廉节俭，施舍不倦，求善不厌，所以才能够做了国君，这不是应该的吗？我们晋国的先君文公，是狐季姬的儿子，为晋献公所宠爱，喜欢学习并专心致志，十七岁时就得到了五个人才。有先大夫赵衰、狐偃为心腹，有魏犨、贾佗作为左膀右臂，有齐、宋、秦、楚作为外援，有栾枝、郤縠、狐突、先轸作为内应。出亡十九年，坚守自己的志向不动摇。晋惠公、怀公不顾惜百姓，人民亲附拥戴文公。献公没有别的亲人，百姓没有别的希望，上天正在帮助晋国，用什么人来代替文公呢？这二位国君，和子干不一样。楚共王还有别的儿子，国内还有国君。对百姓没施以恩惠，在国外没有援助，离开晋国无人送行，回到楚国无人迎接，有什么希望做国君呢？”以上是叔向论子干没有希望做国君。

吴楚鸡父之战

【题解】

鸡父之战发生于鲁昭公二十三年（前519）。在这场战斗中，虽然楚国纠合了七国的军队，貌似强大，但七国并不同心，作为主力的楚军也是士气涣散。吴王抓住了对手的弱点，采用正确的战术，首先攻打楚的意志并不坚定的同盟者，出其不意，攻其不备，进一步搅乱了楚的军心，赢得了胜利。作者用近一半的篇幅阐述公子光对这场战争的分析和战术，紧接着描述战斗的具体过程，结构严谨，一气呵成。

吴人伐州来[①]，楚薳越帅师及诸侯之师奔命救州来[②]。吴人御诸锺离[③]。子瑕卒[④]，楚师熸[⑤]。吴公子光曰：“诸侯从于楚者众，而皆小国也。畏楚而不获已[⑥]，是以来。吾闻之曰：‘作事威克其爱[⑦]，虽小，必济。’胡、沈之君幼而狂[⑧]，陈大夫啮壮而顽[9]，顿与许、蔡疾楚政[10]。楚令尹死，其师熸。帅贱、多宠[11]，政令不壹。七国同役而不同心，帅贱而不能整，无大威命，楚可败也。若分师先以犯胡、沈与陈，必先奔。三国败，诸侯之师乃摇心矣。诸侯乖乱[12]，楚必大奔。请先者去备薄威[13]，后者敦陈整旅[14]。”吴子从之。戊辰晦[15]，战于鸡父[16]。吴子以罪人三千，先犯胡、沈与陈，三国争之。吴为三军以系于后，中军从王，光帅右，掩馀帅左[17]。吴之罪人或奔或止，三国乱。吴师击之，三国败，获胡、沈之君及陈大夫。舍胡、沈之囚，使奔许与蔡、顿，曰：“吾君死矣！”师噪而从之[18]，三国奔，楚师大奔。

【注释】

①州来：春秋时楚邑，后属吴，在今安徽寿县。

②薳越：楚国大夫。奔命：奉命奔赴。

③锺离：吴楚交界处的地名。在今安徽凤台东北。

④子瑕：楚国令尹。

⑤熸(jiān)：火熄灭，比喻楚国军队丧失斗志。

⑥不获已：不得已。

⑦威克其爱：军队崇尚威严，胜过慈爱。

⑧胡：归姓国，在今安徽阜阳。沈：国名。在今安徽阜阳西北。

⑨啮：夏啮，陈国大夫。

⑩顿：国名。在今河南项城西。疾：痛恨。

⑪帅贱，多宠：薳越不是正卿，地位低贱，军队中多受君王宠信之人。

⑫乖乱：离散溃乱。乖，背离。

⑬去备薄威：放松戒备减少军队的威慑力以迷惑对方。

⑭敦陈整旅：巩固军阵整齐队伍。陈，同“阵”。

⑮戊辰晦：七月二十九日。晦，每月最后一天。

⑯鸡父：地名。在今河南固始东南。

⑰掩馀：吴国公子。

⑱噪：呼喊，喧闹。

【译文】

吴国人讨伐楚国的州来，楚国大夫薳越率领楚军及诸侯国的军队奉命奔赴那里去救州来。吴人在锺离这个地方抵御他们。由于楚国令尹子瑕去世，楚军士气低落，丧失了斗志。吴公子光说：“跟随楚国的诸侯虽然不少，但都是小国。他们害怕楚国，不得已而前来。我听说：‘军队崇尚威严，胜过慈爱，这样即使力量弱小也能成功。’胡、沈的国君年幼而狂妄，陈国大夫夏啮正当壮年却愚顽，顿国、许国和蔡国痛恨楚国的政令。楚国令尹的去世使楚军士气不振，他们的元帅薳越不是正卿，地位低贱，军队中有很多受楚王宠信的人，所以军令不能出于薳越一人，不统一。七国虽共同作战但却不能同心，元帅地位低贱而不能使军令整齐划一，缺乏权威之命令，楚国在这种情况下是可以打败的。如果分出一部分队伍先攻击胡、沈和陈国军队，他们一定率先逃跑。这三国的军队败了，别国军队就会军心动摇。诸侯离散溃乱，楚国也就一定拼命奔逃。请您让前面的部队放松戒备减少军队的威慑力以迷惑楚军，后面的部队巩固军阵整齐队伍以准备进攻。”吴王听从了他的意见。七月二十九日，两军战于鸡父。吴王让三千罪犯首先进攻胡、沈与陈国军队，这三国军队争着抓俘虏。吴军分为三军紧跟在其后，中军跟随吴王，公子光率领右军，公子掩馀率领左军，吴国的罪犯有的逃跑，有的停住不动，使三国军队乱了阵势，吴军乘机攻击，三国军队被打败，吴人俘获了胡国、沈国的国君以及陈大夫夏啮。吴人又将胡国和沈国的俘虏放回去，让他们跑到许国、蔡国和顿国的军营里喊：“我们的国君死了！”吴军呐喊着跟在后面冲了进去，这三国的军队也逃跑了，楚军大败而逃。

书曰："胡子髡、沈子逞灭[①]，获陈夏啮。"君臣之辞也。不言战，楚未陈也。

【注释】

①髡（kūn）：胡国国君名。

【译文】

《春秋》记载说："胡国国君髡、沈国国君逞灭亡了，俘虏了陈大夫夏啮。"这是对国君和大臣所使用的不同的措辞。不说交战，是因为楚军还未能摆开阵势。

鲁昭公乾侯之难

【题解】

鲁国自宣公起，权力下移于大夫之家，叔、季、孟三家三分公室，掌握鲁国的政权。而国君并不甘心退出政治舞台，于是有了鲁昭公试图夺回政权，结果失败，反被逐出鲁国的故事。昭公的失败在一定程度上是他昏聩无能、用人不当造成的，但更主要的是季氏取其而代之是一种历史的必然，也是百姓的选择。

文章通篇都在阐述得人心者得天下的道理，并通过晋国史墨之口道出了"社稷无常奉，君臣无常位"的至理名言，对于君权神授的理论是很有力的驳斥。文章对统治者的骄奢淫逸、无耻贪婪也进行了淋漓尽致的披露。语言生动，讽刺辛辣，形形色色的人物给我们留下了深刻的印象。

季公若之姊为小邾夫人[①]，生宋元夫人[②]，生子[③]，以妻季平子[④]。昭子如宋聘[⑤]，且逆之。公若从，谓曹氏勿与[⑥]，鲁将逐之[7]。曹氏告公,公告乐祁[8]。乐祁曰:“与之。如是,鲁君必出。政在季氏三世矣[9],鲁君丧政四公矣[10]。无民而能逞其志者,未之有也。国君是以镇抚其民。《诗》曰:‘人之云亡,心之忧矣[11]。’鲁君失民矣,焉得逞其志?靖以待命犹可,动必忧。”以上公若以鲁将逐季平子告宋。

【注释】

①季公若:又称季公亥,鲁国亲族。小邾夫人:小邾国国君的夫人。邾国在今山东邹县东南。

②宋元夫人:宋元公的夫人景曹。

③子:指女儿,古代女儿也可称子。

④季平子:即季孙意如,又称平子,鲁国执政大夫。小邾夫人为其姑母。

⑤昭子:即叔孙婼(chuò),又称叔孙昭子,鲁国大夫。

⑥曹氏:宋元夫人。

⑦逐之:驱逐季平子。

⑧乐祁:乐祁犁,又称司城子梁,宋国大夫。

⑨三世:指季文子、季武子、季平子三代。

⑩四公:指鲁宣公、鲁成公、鲁襄公、鲁昭公四代国君。

⑪人之云亡,心之忧矣:出自《诗经·大雅·瞻卬》篇,大意是说没有人才就会导致忧患。

【译文】

季公若的姐姐是小邾国国君的夫人,生了女儿为宋元公夫人,宋元公夫人又生了女儿,要嫁给季平子为妻。叔孙昭子去宋国行聘,并亲自迎亲。季公若跟着昭子一起去,告诉宋元公夫人曹氏不要将女儿嫁给季平子,因为鲁国要驱逐他。曹氏将这番话告诉了宋元公,宋元公又告诉大夫乐祁。乐祁说:“嫁给他吧。如果鲁国这样做的话,鲁国国君一定会出亡。政权掌握在季氏家族手中已经三代了,鲁国国君丧失政权已经四代了。人不得民心而能实现自己志向的事,还从没发生过。所以国君要用镇压和安抚这样的软硬两手来统治他的人民。《诗经·大雅·瞻卬》篇说:‘人才流失,忧患必至。’鲁国国君已失去民心,怎么能实现他的愿望呢?静静地等待天命的安排还好,有所行动一定会带来忧患。”以上是季公若把鲁国君将要逐季平子的事让人转告宋元公。

“有鸜鹆来巢①”,书所无也。师己曰②:“异哉!吾闻文、武之世③,童谣有之,曰:‘鸜之鹆之,公出辱之。鸜鹆之羽,公在外野④,往馈之马。鸜鹆跦跦⑤,公在乾侯,征褰与襦⑥。鸜鹆之巢,远哉遥遥。裯父丧劳⑦,宋父以骄⑧。鸜鹆鸜鹆,往歌来哭⑨。’童谣有是,今鸜鹆来巢,其将及乎?”以上鸜鹆之兆。

【注释】

①鸜鹆(qú yù):鸟名。即八哥。

②师己:鲁国大夫。

③文、成:指周文王、周成王。

④外野:国都之外。

⑤跦跦(zhū):跳着走的样子。

⑥褰(qiān):裤子。襦(rú):短袄。

⑦裯父:昭公,裯为昭公的名字。父,同“甫”。男子的通号。

⑧宋父:指鲁定公,名宋,代立而骄。

⑨往歌来哭:昭公活着出去所以歌,死时回来所以哭。

【译文】

“有鸜鹆来鲁国筑巢”,这里记载以前没有的事。鲁大夫师己说:

"怪事！我听说在文王、成王之世，有一首童谣说：'鸜啊鹆啊，国君出亡遭受羞辱。鸜鹆毛羽纷披，国君身居都城外，送去马匹聊以慰。鸜鹆跳来跳去，国君住在乾侯向人要袄裤。鸜鹆的巢路远迢迢，裯父死在外面，宋父代立而骄。鸜鹆鸜鹆，去时唱歌回来哭。'有这样的童谣，现在鸜鹆果真来筑巢了，大祸将临了吧？"以上是鸜鹆来巢的兆头。

初，季公鸟娶妻于齐鲍文子[①]，生甲。公鸟死，季公亥与公思展与公鸟之臣申夜姑相其室[②]。及季姒与饔人檀通[③]，而惧，乃使其妾抶己[④]，以示秦遄之妻[⑤]，曰："公若欲使余[⑥]，余不可而抶余。"又诉于公甫[⑦]，曰："展与夜姑将要余[⑧]。"秦姬以告公之[⑨]，公之与公甫告平子。平子拘展于卞而执夜姑[⑩]，将杀之。公若泣而哀之，曰："杀是，是余杀也。"将为之请。平子使竖勿内[⑪]，日中不得请。有司逆命，公之使速杀之，故公若怨平子。

【注释】

①季公鸟：即公鸟，鲁国亲族，季平子庶叔父。鲍文子：即鲍国，齐国大夫。

②季公亥：季公鸟的弟弟，即季公若。公思展：即展，季氏族人。申夜姑：即夜姑，季公鸟的家臣。相其室：帮助治理公鸟的家务。

③季姒(sì)：季公鸟的妻子。饔人檀：管理饮食，名叫檀的人。

④抶(chì)：鞭打。

⑤秦遄：鲁国大夫，其妻为季公鸟的妹妹。

⑥使：侍寝，同床。

⑦公甫：季平子之弟，鲁国大夫。

⑧要(yāo)：要挟。

⑨公之：平子之弟，名鞅。

⑩卞：鲁地，在今山东泗水东五十里。

⑪竖：小吏。内：同“纳”。允许进入。

【译文】

当初，季平子的叔父季公鸟娶了齐国鲍文子的女儿为妻，生了某甲。公鸟去世，他的弟弟季公若、季氏族人思展和季公鸟的家臣申夜姑，帮助治理公鸟的家务。公鸟的妻子季姒和家中管理饮食名叫檀的人私通，害怕被这三人知道受到惩罚，就让自己的使女鞭打自己，将伤痕给季公鸟的妹妹看，说：“公若想让我与他同床，我不答应他就鞭打我。”又向季平子的弟弟公甫诉苦说：“公思展和申夜姑要挟我。”季公鸟的妹妹将这事告诉了季平子的另一个弟弟公之，公之和公甫将此事告知季平子。季平子就将公思展拘在卞地并且抓住申夜姑，准备杀掉他。公若哭着哀求说：“杀了这个人，就是杀了我。”要为夜姑去求情。平子命令小吏不让公若进来求见，到中午都没能求上情。官吏来接受处理申夜姑的命令，公之命令迅速杀掉他，所以为这件事季公若怨恨平子。

季、郈之鸡斗①。季氏介其鸡②，郈氏为之金距③。平子怒，益宫于郈氏④，且让之⑤，故郈昭伯亦怨平子。臧昭伯之从弟会⑥，为谗于臧氏，而逃于季氏，臧氏执旃⑦。平子怒，拘臧氏老⑧。将禘于襄公⑨，万者二人⑩，其众万于季氏。臧孙曰：“此之谓不能庸先君之庙⑪。”大夫遂怨平子。以上众怨平子。

【注释】

①郈（hòu）：郈昭伯，又称郈氏、郈孙，鲁国大夫。

②介：又作“芥”，将芥末撒在鸡翅膀上，以迷与之相斗鸡的眼睛。

③金距：用有刺薄铜加在鸡爪上。

④益：扩大。

⑤让：责备。

⑥臧昭伯：臧孙，鲁国大夫。会：臧会，又称臧顷伯，鲁大夫。

⑦旃："之焉"的合音字。

⑧臧氏老：臧氏家臣头子。

⑨禘(dì)于襄公：祭祀襄公庙。

⑩万：舞名。用于宗庙祭祀。于礼，公应为三十六人。

⑪庸：酬功，报功。

【译文】

季氏、郈氏两家大夫斗鸡取乐。季氏将芥末撒在鸡翅膀上，要迷住郈氏之鸡的眼睛；郈氏为了取胜，在鸡爪上加了有刺的薄铜。季氏的鸡斗败了，季平子很生气，在郈氏的宅旁扩展自己的住宅，并且责备郈氏的行为，所以郈昭伯也怨恨平子。鲁大夫臧昭伯的叔伯弟弟臧孙，诬陷臧氏的家人，然后逃到季氏这里来，臧氏将其抓住。平子大怒，拘捕了臧氏家臣的头子。大夫们准备祭襄公，而跳万舞的人只有二个，按照规定，公应用三十六人，可大部分跳万舞的人都在季氏那里。臧昭伯说："这就叫做不能在先君之庙报功。"于是大夫们也都怨恨平子。以上述众人怨恨季平子。

公若献弓于公为[①]，且与之出射于外，而谋去季氏。公为告公果、公贲[②]。公果、公贲使侍人僚柤告公[③]。公寝，将以戈击之，乃走。公曰："执之！"亦无命也。惧而不出，数月不见，公不怒。又使言，公执戈以惧之，乃走。又使言，公曰："非小人之所及也。"公果自言，公以告臧孙，臧孙以难；告郈孙，郈孙以可，劝。告子家懿伯[④]，懿伯曰："谗人以君侥幸，事若不克，君受其名，不可为也。舍民数世[⑤]，以求克事，不可必也。且政在焉，其难图也。”公退之。辞曰：“臣与闻命矣。言若泄，臣不获死。”乃馆于公。以上公为等谋逐季氏。

【注释】

①公为：鲁昭公的儿子务人，又称公叔务人。

②公果、公贲（bēn）：都是公为的弟弟。

③侍人：应作“寺人”，官名。僚柤（jū）：宦官名。

④子家懿伯：即子家子，又称子家羁，鲁国大夫。

⑤舍民：丢弃人民。自文公以来，政权不在公室，所以称舍民。

【译文】

季公若献给昭公的儿子公为一张弓，并和公为一起外出射箭，谋划去掉季平子。公为告诉了自己的弟弟公果和公贲。公果、公贲又让宦官僚柤告诉昭公。昭公正在睡觉，听了这话就要用戈打僚柤，僚柤逃跑，昭公喊：“抓住他！”却没有正式下达命令。僚柤害怕，不敢出门，几个月不去朝见，昭公也不生气。公果等人又让他对昭公讲，昭公拿着戈吓唬他，僚柤又跑了。再让他去说，昭公说：“这不是小人该管的事。”公果就自己去说。昭公将此番话告诉大夫臧孙，臧孙认为难以成功；又告诉郈孙，郈孙认为可以，并劝昭公就这么做。昭公将此事告诉给大夫子家懿伯，懿伯说：“这些进谗言的人让您凭侥幸去做事，事情如果办不成，您要承担恶名，不能这么做。国君不执掌政权已经好几代了，现在想要依靠民众取得成功，这是没有把握的事。而且政权握在季平子手中，去掉季氏这件事难成功。”昭公让他退下去。懿伯说：“我已经听说了这件事，如果这消息走漏了，我摆脱不了嫌疑。”于是就留在昭公的宫里。以上述公为等谋划驱逐季氏。

叔孙昭子如阚[①]，公居于长府[②]。九月戊戌[③]，伐季氏，杀公之于门，遂入之。平子登台而请曰："君不察臣之罪[④]，使有司讨臣以干戈[⑤]，臣请待于沂上以察罪[⑥]。"弗许。请囚于费[⑦]，弗许。请以五乘亡，弗许。子家子曰："君其许之！政自之出久矣，隐民多取食焉[⑧]。为之徒者众矣，日入慝作[⑨]，弗可知也。众怒不可蓄也，蓄而弗治，将薀[⑩]。薀蓄，民将生心[⑪]。生心，同求将合[⑫]。君必悔之。"弗听。郈孙曰："必杀之。"以上公徒伐季氏。

【注释】

①阚（kàn）：鲁国地名。在今山东旺湖中。

②长府：官府名。

③戊戌：九月十一日。

④察：调查。

⑤干戈：此指武力。

⑥沂：沂水，发源于今山东邹城，经曲阜流入泗水。

⑦费：季氏采邑，在今山东鱼台西南。

⑧隐民：穷困的百姓。

⑨日入慝作：奸恶之人将起叛君助季氏。慝，奸恶。

⑩薀：也作"蕴"，积蓄。

⑪心：叛逆之心。

⑫同求：与季氏同求叛君的人。

【译文】

叔孙昭子到阚地去，鲁昭公住在长府。九月十一日，昭公出兵攻打季氏，将季平子的弟弟公之杀死在大门，接着冲了进去。季平子登台请求说："国君没有调查我的罪过，就派人用武力讨伐我，请让我在沂水等着国君调查我的罪过吧。”昭公不答应。又请求将自己囚禁在自己的采邑费地，还是不答应。再请求驾着五辆车逃亡，昭公也不准许。大夫子家子说：“您还是答应他吧，鲁国政令出于季氏已经有很长时间了，很多贫困的百姓由于他而有饭吃，拥护跟从他的人很多，日落之后，奸恶之人将起来背叛国君以助季氏，这也未必不可能。大众的愤怒不能让其保留着，保留着而不予以疏导，就会积聚起来。积聚起来，百姓就会产生叛逆之心。产生叛逆之心，有共同目标的人就会纠合在一起。您那时一定会后悔的。”昭公听不进去。大夫郈孙说：“一定得把季氏杀掉。”以上是公徒攻打季氏。

公使郈孙逆孟懿子[①]。叔孙氏之司马鬷戾言于其众曰[②]：“若之何？”莫对。又曰：“我，家臣也，不敢知国。凡有季氏与无，于我孰利？”皆曰：“无季氏，是无叔孙氏也。”鬷戾曰：“然则救诸！”帅徒以往，陷西北隅以入。公徒释甲，执冰而踞[③]。遂逐之。孟氏使登西北隅以望季氏。见叔孙氏之旌以告。孟氏执郈昭伯，杀之于南门之西，遂伐公徒。以上孟孙、叔孙救季氏。

【注释】

①孟懿子：即孟孙，又称仲孙何忌，鲁国大夫。

②叔孙氏：鲁国的一个大家族，与孟氏、季氏三家三分公室。鬷(zōng)戾：叔孙氏家臣。

③冰：箭筒盖。踞：蹲着。此句是说士兵无战心。

【译文】

昭公派郈孙去接孟懿子。三家大夫中的第三家叔孙氏的司马鬷戾对部下说：“我们怎么办？”没人回答。他又说：“我是家臣，不敢过问国家大事。你们认为有季氏和没有季氏，哪一种情况对我们有利？”大家都说：“没有季氏，也就没有叔孙氏了。”鬷戾说：“既然这样，我们去救季氏吧。”他率领着部下前往，攻陷了西北角进了城。昭公的部下脱去了兵甲，拿着箭筒盖蹲着玩，毫无斗志。于是将他们赶跑了。孟氏派人登上西北角，瞭望季氏的情况。见到叔孙氏的旗帜，将情况报告给孟氏。孟氏就将郈昭伯抓了起来，把他杀死在南门之西，于是讨伐昭公的部下。以上是孟孙、叔孙救季氏。

子家子曰：“诸臣伪劫君者，而负罪以出，君止。意如之事君也[①]，不敢不改。”公曰：“余不忍也。”与臧孙如墓谋[②]，遂行。

【注释】

①意如：季孙。

②如墓谋：去墓地辞别先君，并谋划往哪里逃跑。

【译文】

子家子说：“诸位大臣假装成劫持国君的人，背负罪名出亡，国君留下来。这样季孙以后侍奉国君，就不敢不改变态度了。”昭公说：“我不忍心这么做。”他和臧孙到祖坟上辞别先君，并谋划往哪里逃跑，然后动身而去。

己亥[①]，公孙于齐[②]，次于阳州[③]。齐侯将唁公于平阴[④]，公先至于野井[⑤]。齐侯曰：“寡人之罪也。”使有司待于平阴，为近故也。书曰：“公孙于齐，次于阳州，齐侯唁公于野井。”礼也。将求于人，则先下之，礼之善物也。齐侯曰：“自莒疆以西，请致千社以待君命[⑥]。寡人将帅敝赋以从执事[⑦]，唯命是听，君之忧，寡人之忧也。”公喜。子家子曰：“天禄不再[⑧]，天若胙君[⑨]，不过周公，以鲁足矣。失鲁而以千社为臣，谁与之立？且齐君无信，不如早之晋。”弗从。以上公孙于齐。

【注释】

①己亥：九月十三日。

②孙：同“逊”。本国国君或夫人出亡，不说奔而说逊。

③阳州：齐国地名。在今山东东平北。

④唁：活着的人有凶或有祸，前往安慰。平阴：齐国邑名。在今山东平阴东北三十五里。

⑤野井：齐国地名。在今山东齐河东南。

⑥社：二十五家为一社。

⑦赋：军队。

⑧天禄：上天所赐的爵位，指鲁昭公的鲁国国君位置。

⑨胙(zuò)：福分。

【译文】

十三日，昭公逃亡到齐国，住在阳州。齐侯准备到平阴慰问昭公，昭公先到了野井。齐侯说：“这是寡人的罪过。”派有司等在平阳，这是为了就近。《春秋》记载说：“昭公逃亡到齐国，住在阳州，齐侯到野井慰问昭公。”这是礼节。将要有求于人，那么首先要对人表示谦逊，这是合于礼的。齐侯说：“从莒国边境以西，齐国奉送给您二万五千户，以待您讨伐季氏之命。我将率领本国的军队跟从您执行任务，唯您命是听。您的忧虑，就是寡人我的忧虑。”昭公很高兴，子家子说：“上天不会再次赐给您爵位的，老天如果降福保佑您，也不会超过给予周公的，赐给您鲁国也就是了。失去鲁国，而以二万五千户做臣民，还有谁会给您复位呢？况且齐君不讲信用，不如早点去晋国。”昭公不听。以上是昭公在齐国逃亡。

臧昭伯率从者将盟，载书曰：“戮力壹心，好恶同之。信罪之有无[①]，缱绻从公[②]，无通外内。”以公命示子家子。子家子曰：“如此，吾不可以盟，羁也不佞[③]，不能与二三子同心，而以为皆有罪。或欲通外内，且欲去君[④]。二三子好亡而恶定，焉可同也？陷君于难，罪孰大焉？通外内而去君，君将速入，弗通何为？而何守焉？”乃不与盟。以上子家子不与盟。

【注释】

①信：明。

②缱绻（qiǎn quǎn）：坚决。

③羁：即子家子，又叫子家羁。

④去君：假装有罪出逃离开国君。

【译文】

臧昭伯要率领跟随昭公的人盟誓，盟约说：“合力一心，好恶一致。明确有罪之人及无罪之人，坚决跟随国君，不要内外沟通。”臧昭伯以昭公的名义将盟约给子家子看。子家子说：“这样的话，我不能参与盟誓。我子家羁不才，不能和你们诸位同心，我以为跟从国君的人和留在国都的人都有罪。我打算与内外的人沟通，并打算离开国君。你们喜欢逃亡而厌恶安定，我怎能和你们同心呢？陷国君于危难之中，还有比这更大的罪吗？与内外沟通而离开国君，国君会更快返国，不沟通内外我们干什么呢？又何必守在国君身边无所事事呢？”于是不和这些人一起盟誓。以上是子家子不参加结盟。

昭子自阚归，见平子。平子稽颡[①]，曰：“子若我何？”昭子曰：“人谁不死？子以逐君成名，子孙不忘，不亦伤乎！将若子何？”平子曰：“苟使意如得改事君，所谓生死而肉骨也。”昭子从公于齐，与公言。子家子命适公馆者执之。公与昭子言于幄内，曰将安众而纳公。公徒将杀昭子，伏诸道。左师展告公②，公使昭子自铸归③。平子有异志。冬十月辛酉④，昭子齐于其寝，使祝宗祈死⑤。戊辰⑥，卒。左师展将以公乘马而归，公徒执之。以上叔孙昭子将纳公。

【注释】

①稽颡(sǎng)：古代一种跪拜礼，屈膝下拜，以额触地。表示极度悲痛和感谢。

②左师展：鲁大夫。

③铸：古任姓国，在今山东肥城南。

④十月辛酉：十月初四。

⑤祝宗：祝史之长。

⑥戊辰：十月十一日。

【译文】

叔孙昭子从阚地回到国都，见到季平子。季平子屈膝下拜，以额触地，说：“您让我怎么办？”叔孙昭子说：“人谁能不死？您以驱逐国君而成名，子孙不忘，您不也受到了损害吗？我能让您怎么办？”季平子说：“如果能让我改过，再为国君做事，就是使死者复生白骨长肉了。”叔孙昭子在昭公之后到了齐国，和昭公谈话。子家子命令凡是到昭公宾馆去的人一律抓起来。昭子和昭公在帏帐里谈话，说请昭公归国以安众心。昭公的部下要杀叔孙昭子，埋伏在他必经的道路上。大夫左师展将此事告诉了昭公，昭公让昭子从铸地回国。季平子有了异志，不打算接纳昭公回国。冬十月初四，叔孙昭子因为被季平子所欺骗而感到耻辱，在正寝斋戒，让祝史之长为他求死。十一日，叔孙昭子死去。左师展要和昭公骑马归国，昭公的部下抓住了他。以上是叔孙昭子想要让昭公回国。

十一月，宋元公将为公故如晋。梦太子栾即位于庙[①]，已与平公服而相之[②]。旦，召六卿。公曰："寡人不佞，不能事父兄，以为二三子忧，寡人之罪也。若以群子之灵，获保首领以殁，唯是楄柎所以藉干者[③]，请无及先君。"仲几对曰[④]："君若以社稷之故，私降昵宴[⑤]，群臣弗敢知。若夫宋国之法，死生之度[⑥]，先君有命矣。群臣以死守之，弗敢失队[⑦]。臣之失职，常刑不赦。臣不忍其死，君命祇辱[⑧]。"宋公遂行。己亥[⑨]，卒于曲棘[⑩]。以上宋元公谋纳公，不果而卒。

【注释】

①太子栾：宋元公太子，即宋景公。

②平公：为宋元公父亲。

③楄柎(pián fū)：棺中垫尸的木板。藉：垫。干：尸骨。

④仲几：宋大夫。

⑤降昵宴：损亲近声色饮食之事。昵，近。

⑥死生之度：出生和下葬的礼制。

⑦队：失，丧。

⑧君命祇(zhī)辱：只好违背君王的命令了。

⑨己亥：十一月十三日。

⑩曲棘：宋地，在今河南兰考东南。

【译文】

十一月，宋元公将要为鲁昭公的事去晋国。梦见太子栾在祖庙即位，自己和父亲平公穿着朝服辅佐他。早晨，元公将六卿召来，说："寡人不才，不能侍奉父兄，让诸位为我忧虑，这是寡人的罪过。如果托诸位的福气，我能全尸而死，只是用来装载我尸骨的棺木，不要够上先君的规格。"宋大夫仲几回答说："国君如果为了国家的缘故，私自减损亲近声乐饮食之事,群臣不敢过问。至于宋国的礼法,出生和下葬的礼制,先君早已有了规定。群臣用生命来维护它,不敢违背。臣下失职,法律是不能赦免的。臣下不忍因失职而死,只好违背国君的命令了。”宋元公于是动身,十三日,死于曲棘。以上是宋元公谋划让鲁昭公归国,没有结果就去世了。

初,臧昭伯如晋,臧会窃其宝龟偻句[①],以卜为信与僭[②],僭吉。臧氏老将如晋问[③],会请往。昭伯问家故,尽对。及内子与母弟叔孙,则不对。再三问,不对。归,及郊,会逆,问,又如初。至,次于外而察之,皆无之。执而戮之,逸,奔郈[④]。郈鲂假使为贾正焉[⑤]。计于季氏[⑥]。臧氏使五人以戈楯伏诸桐汝之间。会出,逐之,反奔,执诸季氏中门之外。平子怒,曰:“何故以兵入吾门?”拘臧氏老。季、臧有恶。及昭伯从公,平子立臧会。会曰:“偻句不余欺也。”以上追叙季、臧相恶之由,即此年秋所叙为谗于臧氏而逃于季氏也。

【注释】

①宝龟:占卜用的大龟壳。偻(lóu)句:宝龟的产地。

②僭(jiàn):超越。

③臧氏老:臧氏家臣。问:问起居安好。

④郈:鲁国邑名。在今山东东平东南四十里。

⑤鲂(fáng)假:郈邑大夫。

⑥计:送账本。

【译文】

最初,臧昭伯到晋国去,臧会乘机偷了他占卜用的大龟壳偻句,用它来占卜是忠实于臧昭伯还是不忠于他,结果不忠于昭伯吉利。臧氏家臣要去晋国问昭伯安,臧会请求前去。昭伯问起家事,臧会一一答对。问起妻子和同母弟叔孙时,则不回答。一再问,还是不回答。回国时到了城郊,臧会来迎接,问及此事,又和以前一样。昭伯回到国都,住在外面查访妻子兄弟,都没有查出什么事。昭伯就抓住臧会要杀他,臧会逃到了郈地,郈地的大夫臧鲂假让他做了贾正。一次臧会到季氏那里送账簿,臧昭伯派了五个人拿着戈和楯埋伏在他经过的桐汝里门。臧会出来,五个人追杀他,臧会往回跑,在季氏中门之外被抓住了。季平子大怒说:"什么原因带兵进入我家门?"就拘捕了臧氏的家臣。季氏、臧氏因此而交恶。到了臧昭伯跟从昭公时,季平子就立了臧会做臧氏的继承人。臧会说:"偻句真是没骗我。"以上追叙季、臧交恶的缘由,即这年秋天臧会谗陷臧昭伯而逃向季平子那里这件事。

二十六年夏,齐侯将纳公,命无受鲁货[①]。申丰从女贾[②],以币锦二两[③],缚一如瑱[④],适齐师。谓子犹之人高齮[⑤]:"能货子犹[⑥],为高氏后,粟五千庾[⑦]。"高齮以锦示子犹,子犹欲之。齮曰:"鲁人买之,百两一布[⑧],以道之不通,先入币财[⑨]。"子犹受之,言于齐侯曰:"群臣不尽力于鲁君者,非不能事君也。然据有异焉。宋元公为鲁君如晋,卒于曲棘。叔孙昭子求纳其君,无疾而死。不知天之弃鲁邪,抑鲁君有罪于鬼神,故及此也?君若待于曲棘,使群臣从鲁君以卜焉。若可,师有济也。君而继之,兹无敌矣。若其无成,君无辱焉。"齐侯从之。以上齐侯欲纳公,因梁丘据受货而不亲往。

【注释】

①无受鲁货:不要接受鲁国的财礼。

②申丰:鲁国大夫。女(rǔ)贾:和申丰同为季氏家臣。

③币锦:作为馈赠品的杂色花纹厚重丝织物。币,古代馈赠品均可称币。二两:二支为一端,二端为一两,也就是匹。

④缚一:捆紧在一起。瑱(zhèn):瑱圭,古代帝王受诸侯朝见时所执的圭。

⑤子犹:梁丘据,齐国大夫。高齮(yǐ):梁丘据的家臣。

⑥货:贿赂。

⑦庾:一庾为十六斗。

⑧一布:一批。

⑨币财:泛指礼品。

【译文】

鲁昭公二十六年夏天,齐侯要送昭公回国,命令臣下不要接受鲁国的财礼。季氏家臣申丰跟着女贾一起,用二匹锦作为礼品,将锦紧紧地捆在一起,就像瑱圭一样,到齐国军队中去。对齐国大夫子犹的家臣高齮说:"如果你能替我们贿赂子犹的话,我们就想办法让你当高氏的继承人,并送给你五千庾粮食。"高齮把锦拿给子犹看,子犹想收下,高齮说:"这是鲁人买的,一百匹一批。因为道路不通,先送来这些作为礼品。"子犹收下了,然后对齐侯说:"群臣不为鲁君尽力,并非不愿执行您的命令为您办事,而是我感到奇怪。宋元公为了鲁君的事到晋国去,死在了曲棘。叔孙昭子力图使其国君回国,无病而死。不知是上天抛弃了鲁国呢还是鲁君得罪了鬼神,所以到了如此地步?您如果待在曲棘,派群臣跟随鲁君占卜季氏是否可以讨伐,如果可以的话,军队就能成功。您再继续前进,这样就没有敌手了,如果不成功,您也不至于受辱。"齐侯听从了他的意见。以上是齐国国君欲送鲁昭公回国,因梁丘据接受贿赂而不亲自前往。

使公子鉏帅师从公①。成大夫公孙朝谓平子曰②:"有都，以卫国也，请我受师[3]。”许之。请纳质，弗许，曰：“信女，足矣。”告于齐师曰：“孟氏，鲁之敝室也。用成已甚，弗能忍也，请息肩于齐[4]。”齐师围成。成人伐齐师之饮马于淄者[5]，曰：“将以厌众[6]。”鲁成备而后告曰：“不胜众。”以上公孙朝诈降，以缓齐围成之师。

【注释】

①铒：齐大夫。

②成：鲁国孟氏邑，在今山东宁阳东北九十里。公孙朝：鲁大夫。

③请我受师：以成邑来抵御齐国军队。

④息肩于齐：伪称欲降齐国，以便休息。

⑤淄：即淄水，今之小汶河，发源于今山东新泰东北龙堂山，至泰安东南，注入大汶河。

⑥厌：满足。

【译文】

齐侯派公子铒率领军队跟随昭公去作战。孟氏的采邑成这个地方的大夫公孙朝对季平子说：“城市是用来保卫国家的，请让我们成邑来抵御齐国军队吧。”季平子答应了。公孙朝又请求奉上人质，季平子不肯，说：“信任你就足够了。”公孙朝告诉齐军说：“孟氏，是齐国的破落家族，季氏使用成地太过分了，我们都无法容忍了，请让我们投降齐国以便与民休息。”齐军包围了成邑，成邑的人攻击淄水饮马的齐军，解释说：“这是为了满足大家的愿望，好让季氏不知道成邑已降。”鲁国准备充分以后告诉齐人：“百姓不愿投降，我们没办法说服他们。”以上是公孙朝诈降，以减慢齐军围攻成邑军队的进度。

师及齐师战于炊鼻[1]。齐子渊捷从泄声子[2]，射之，中楯瓦[③]。繇朐汰辀[④]，匕入者三寸[⑤]。声子射其马，斩鞅[⑥]，殪[⑦]。改驾，人以为鬷戾也而助之。子车曰："齐人也。"将击子车，子车射之，殪。其御曰："又之。"子车曰："众可惧也，而不可怒也。"子囊带从野泄[⑧]，叱之。泄曰："军无私怒，报乃私也，将亢子。"又叱之，亦叱之。冉竖射陈武子[⑨]，中手，失弓而骂。以告平子，曰："有君子，白皙鬒须眉[⑩]，甚口[⑪]。"平子曰："必子强也，毋乃亢诸？"对曰："谓之君子，何敢亢之？"林雍羞为颜鸣右[⑫]，下。苑何忌取其耳[⑬]，颜鸣去之。苑子之御曰："视下。"顾苑子刜林雍[⑭]，断其足。鑋而乘于他车以归[⑮]，颜鸣三入齐师，呼曰："林雍乘！"以上季氏之徒与齐师战，齐师儿戏，鲁人致死力于季氏。

【注释】

①炊鼻：鲁地，在今山东宁阳。

②子渊捷：又称子车，齐大夫。泄声子：即野泄，鲁大夫。

③楯(shǔn)瓦：盾脊，即盾中间较高的部分。

④繇(yóu)：由，从。朐：同"軥(qú)"。车轭。汰(tài)：掠过，穿过。辀(zhōu)：车辕。

⑤匕：箭头。

⑥鞅：驾车马颈上的皮带。

⑦殪(yì)：死。

⑧子囊带：齐大夫。

⑨冉竖：季氏家臣。陈武子：即子强，齐国大夫。

⑩鬒(zhěn)：黑而稠密。

⑪甚口：善骂。

⑫林雍、颜鸣：都是鲁大夫。

⑬苑何忌：齐大夫，不想杀林雍，截去其耳朵以羞辱他。

⑭剕(fú)：砍。

⑮鑋(qīng)：一只脚跳着行走。

【译文】

这样，鲁、齐两军在炊鼻交战。齐国的子渊捷追逐鲁国的泄声子，用箭射他，射中了盾背，箭从车轭穿过车辕，箭头射进盾背有三寸深。声子用箭射子渊捷的马，砍断了马颈上的皮带，马倒地而死。子渊捷改乘别的战车，鲁人以为他是鬷戾，上去助他一臂之力。子渊捷说："我是齐人。"鲁人要攻击子渊捷，子渊捷向此人射击，杀死了这个人。子渊捷的御手说："再射别的人。"子渊捷说："可以让这些士兵感到畏惧，但不要让他们感到愤怒。"子囊带追击泄声子，叱骂他。泄声子说："军中没有个人私怒，我回骂就是为了个人了，我要和你斗几个回合。"子囊带又骂他，泄声子也回骂。季氏家臣冉竖用箭射中了陈武子的手，陈武子的弓掉在地上而大骂，冉竖告诉季平子说："有一个君子，皮肤白皙，胡子眉毛又黑又密，很善于骂人。"季平子说："一定是子强，没有和他对抗一阵子吗？"冉竖回答说："称他为君子，怎么敢和他对抗呢？"鲁大夫林雍认为作颜鸣的车右是件羞耻的事，就下车作战。齐大夫苑何忌不想杀他，割掉他的耳朵以羞辱他。颜鸣离开了他。苑何忌的御手说："看下面。"苑何忌就砍林雍，将他的脚砍断了。林雍用一只脚跳上别的战车逃回来，颜鸣三次冲入齐军，大喊着："林雍，来乘车！"以上是季氏的部众与齐国军队接战，齐国军队当儿戏，而鲁人拼命保护季氏。

二十七年秋，会于扈①，令戍周②，且谋纳公也。宋、卫皆利纳公，固请之。范献子取货于季孙③，谓司城子梁与北宫贞子曰④："季孙未知其罪而君伐之，请囚，请亡，于是乎不获。君又弗克而自出也。夫岂无备而能出君乎？季氏之复，天救之也。休公徒之怒，而启叔孙氏之心。不然，岂其伐人而说甲执冰以游？叔孙氏惧祸之滥而自同于季氏，天之道也。鲁君守齐，三年而无成。季氏甚得其民，淮夷与之[⑤]，有十年之备，有齐、楚之援，有天之赞，有民之助，有坚守之心，有列国之权，而弗敢宣也。事君如在国，故鞅以为难。二子皆图国者也，而欲纳鲁君，鞅之愿也，请从二子以围鲁。无成，死之。"二子惧，皆辞。乃辞小国，而以难复。以上士鞅纳季氏之货，不愿纳鲁君。

【注释】

①扈：郑地，在今河南原阳西。

②令戍周：命令去戍守成周。

③范献子：士鞅，又称范鞅、范叔，晋大夫。

④司城子梁：宋国大夫乐祁犁。北宫贞子：卫国大夫北宫喜。

⑤淮夷：鲁东夷，少数民族。

【译文】

鲁昭公二十七年秋天，晋国范鞅、宋国的子梁、卫国北宫喜、曹人、邾人、滕人在扈地会面，下令去戍守成周，并且策划送昭公回国。宋、卫都认为送昭公回去于己有利，坚持请求这样做。范鞅接受了季孙氏的贿赂，所以对司城子梁和北宫贞子说："在季孙不知道犯了什么罪的情况下，鲁君讨伐他，他请求囚禁、请求出亡，都未得到准许。而鲁君又没能战胜他，反而自己出亡了。难道在没有准备的情况下能让国君出亡吗？季氏的复出，是上天救了他。他平息了昭公部下的愤怒，使叔孙氏与自己同心，不然的话，为什么昭公的士兵会毫无斗志，脱下甲衣，拿着箭筒盖在那里玩？叔孙氏害怕祸患波及泛滥，而自愿站在季氏一边，这是上天的意志。鲁君出亡于齐国，三年而毫无建树。季氏很得民心，淮夷人和他站在一起，有打十年的准备，有齐、楚的援助，有上天的支持，有百姓的帮助，有坚守的决心，有诸侯一样的权势，只不过没敢公开使用。他侍奉国君就如同国君在国内一样，正因为如此，我认为将鲁君送回国的事很难办。你们二位都是为了自己的国家考虑的人，而想要将鲁君送回国内，这也是我的愿望，请让我跟着您二位去包围鲁国，不成功，便成仁。”子梁和北宫喜害怕了，都推辞了。于是让小国回去，以事难办回复昭公。以上是晋国的范鞅收季氏的贿赂，不愿送鲁昭公回国。

孟懿子、阳虎伐郓[①]。郓人将战[②]。子家子曰：“天命不慆久矣[③]。使君亡者，必此众也。天既祸之，而自福也，不亦难乎？犹有鬼神，此必败也。呜呼！为无望也夫，其死于此乎！”公使子家子如晋，公徒败于且知[④]。以上鲁君以郓众与孟孙、季孙战，不克。

【注释】

①孟懿子：何忌，鲁大夫。阳虎：季氏家臣。

②郓(yùn)：鲁邑，鲁有东西两郓，东郓在今山东沂水北，西郓在今山东郓城东。这里指的是西郓。伐郓是因为昭公住在这里。

③慆(tāo)：可疑。

④且(jū)知：鲁地，在今山东郓城附近。

【译文】

孟懿子、季氏家臣阳虎进攻昭公所在地郓。郓人准备迎战。子家子说：“天命弃君不可怀疑已经很久了，国君靠郓民与季氏作战，必败无疑。上天既然降祸给国君，而自己求福，不是太难了吗？即使有鬼神相助，也是必败的。啊！没有希望了，要死在这里了！”昭公派子家子去晋国，昭公的部下在郓地不远那个叫且知的地方战败了。以上是鲁昭公率郓地人与孟孙、季孙作战失败了。

冬，公如齐，齐侯请飨之[①]。子家子曰："朝夕立于其朝，又何飨焉？其饮酒也。"乃饮酒，使宰献，而请安[②]。子仲之子曰重[③]，为齐侯夫人，曰："请使重见。"子家子乃以君出。以上齐侯飨公，将见夫人以狎公。

【注释】

①飨：设宴款待。

②使宰献，而请安：齐侯让宰臣向鲁昭公敬酒而自己请求退席，是齐侯将昭公看作大夫。按古礼，诸侯间饮酒，身份相等，应该自己向客人敬酒，如国君宴请臣下，则使宰向客人敬酒。请安，即请自安，意即离席而去。

③子仲：公子慭(yìn)，鲁大夫，昭公十五年(前527)因谋划驱逐季氏没有成功，逃亡到齐国。重：子仲的女儿，为齐侯夫人。

【译文】

冬天，昭公去齐国，齐侯要设宴款待昭公。子家子说："每天早晚都站在他的朝堂上，又何必设宴款待呢？还是饮酒吧。"于是一起喝酒，齐侯让宰臣向昭公敬酒，而自己却请求离席，将昭公看作自己的臣子。逃亡到齐国的鲁大夫子仲，他的女儿叫重，是齐侯夫人，齐侯说："请让重出来见您。"子家子引领着昭公出去以避齐夫人。以上是齐君设宴款待鲁昭公，让夫人出来见人以轻慢鲁昭公。

二十八年春，公如晋，将如乾侯[①]。子家子曰："有求于人而即其安[②]，人孰矜之[③]？其造于竟[④]。"弗听，使请逆于晋。晋人曰："天祸鲁国，君淹恤在外[⑤]。君亦不使一个辱在寡人[⑥]，而即安于甥舅⑦，其亦使逆君？”使公复于竟而后逆之。

【注释】

①乾侯：晋邑，今河北磁县境内。

②即其安：安于逃亡在外的生活。

③矜(jīn)：怜悯，同情。

④造于竟：住在边境等着。造，到，前往。

⑤淹恤：避难。

⑥一介：单使，使者。

⑦甥舅：齐、鲁常为婚姻，所以互为甥舅。此指齐国。

【译文】

鲁昭公二十八年春天，昭公去晋国，要到乾侯去。子家子说：“我们有求于人，又安安稳稳住在那里，谁还能同情我们呢？还是到边境上等着好。”昭公不听，派人请求晋国来迎接。晋人说：“上天降祸给鲁国，使您避难在外，您也应派个使臣屈尊来问候我啊，反而安安稳稳地住在齐国，难道还让我们派人去齐国接您不成？”晋人让昭公回到齐鲁边界上，然后派人去迎接。

二十九年春，公至自乾侯，处于郓。齐侯使高张来唁公①，称主君②。子家子曰：“齐卑君矣，君祇辱焉。”公如乾侯。以上齐高张唁公卑君。

【注释】

①高张：即高昭子，齐大夫。

②主君：卿大夫家臣称其所属卿大夫。此指将昭公比为大夫。

【译文】

鲁昭公二十九年春，昭公从乾侯来，住在郓地，齐侯派高张来慰问昭公，称昭公为主君，这是将昭公比为大夫。子家子说："齐国人看不起您了，这是您自取其辱。"昭公就又去了乾侯。以上是齐国的高张慰问昭公时，看不起昭公。

平子每岁贾马，具从者之衣屦而归之于乾侯。公执归马者卖之，乃不归马。卫侯来献其乘马曰启服，堑而死[①]，公将为之椟[②]。子家子曰："从者病矣，请以食之。"乃以帷裹之。

【注释】

①堑而死：坠入堑壕而死。

②椟：棺材。

【译文】

季平子每年买马，并顺便将跟随昭公的众人所穿的衣服鞋子送到乾侯去。昭公将送马的人抓起来将马卖掉，季平子就不再送马了。卫侯将自己所骑的名叫启服的马献给昭公，可这马掉进堑壕里摔死了，昭公准备为它做个棺材埋掉。子家子说："跟从您的人病了，让他们把马吃了吧。"于是用破帷布将马包上埋掉了。

公赐公衍羔裘[①]，使献龙辅于齐侯[②]，遂入羔裘。齐侯喜，与之阳谷[③]。公衍、公为之生也，其母偕出[④]。公衍先生，公为之母曰："相与偕出，请相与偕告。"三日，公为生，其母先以告，公为为兄。公私喜于阳谷而思于鲁，曰："务人为此祸也，且后生而为兄，其诬也久矣。"乃黜之，而以公衍为太子。

【注释】

①公衍：昭公之子，后立为太子。

②龙辅：玉名。

③阳谷：齐邑，在今山东阳谷北三十里。

④偕：一起。务人最初与公若一起谋逐季氏。

【译文】

昭公赐给儿子公衍羊皮皮衣，派他去将龙纹美玉献给齐侯，他就将皮衣一起献了上去。齐侯很高兴，将阳谷邑赐给了他。公衍、公为出生时，他们二人的母亲相伴一起出去生产。公衍先出世，公为的母亲说："我们二人一起出来，也请一起报喜吧。"三天后，公为出生，他母亲却先报了消息，公为成了哥哥。昭公心里对得到阳谷很高兴，又想起在鲁国时的这些旧事，说："当初公为等人谋逐季氏，惹出了这场祸，而且他后出世反而成为兄长，这骗局也太久了。"于是废黜了公为，而立公衍为太子。

三十一年春王正月，公在乾侯，言不能外内也[①]。

【注释】

①公在乾侯，言不能外内也：昭公内不容于臣子，外不容于齐、晋，所以一直在乾侯。

【译文】

昭公三十一年春天，周历正月，昭公在乾侯，这是说他内为臣子所不容，在外为齐、晋所不容，所以一直在乾侯。

晋侯将以师纳公。范献子曰："若召季孙而不来，则信不臣矣。然后伐之，若何？"晋人召季孙，献子使私焉，曰："子必来，我受其无咎[①]。"季孙意如会晋荀跞于适历[②]。荀跞曰:“寡君使跞谓吾子,何故出君?有君不事,周有常刑,子其图之!”季孙练冠、麻衣[3],跣行[4],伏而对曰:“事君,臣之所不得也,敢逃刑命?君若以臣为有罪,请囚于费,以待君之察也,亦唯君。若以先臣之故,不绝季氏,而赐之死。若弗杀弗亡,君之惠也,死且不朽。若得从君而归,则固臣之愿也。敢有异心?”

【注释】

①我受其无咎:我为你负责使你无罪。咎,罪过。

②荀跞:即知伯,又称知文子、知跞,晋大夫。适历:晋地,今地不详。

③练冠、麻衣:丧服。

④跣(xiǎn):光着脚。

【译文】

晋侯打算出兵送昭公回国。范献子说:“如果我们召季孙而他不来,那就的确不像臣子的样子了,然后再讨伐他,怎么样?”晋侯召季孙氏来,范献子派人暗中告诉他:“你务必要来,我担保你没有灾祸。”季平子和晋国大夫荀跞在适历相会。荀跞说:“我们国君要我问你,为什么要赶走国君?有国君在而不侍奉他,对这种罪过周朝是有规定的刑罚的,你要好好考虑考虑!”季孙氏戴着练冠,穿着麻衣,光着脚以表示忧伤难过,俯伏在地回答说:“侍奉国君,是我求之不得的事,哪里敢去触犯刑罚,不为国君做事呢?国君如果认为我有罪,请将我囚禁在费地,以等候国君的考查,唯君命是听。如果因为先臣的缘故,不使季氏绝后,就赐我一人身死。如果不杀我也不让我出亡,这是国君的恩惠了,即使死了也永不磨灭。如果能追随国君回国,那一直是我的愿望,哪儿敢有异心?”

夏四月，季孙从知伯如乾侯。子家子曰：“君与之归。一惭之不忍，而终身惭乎[1]？”公曰：“诺。”众曰：“在一言矣，君必逐之。”荀跞以晋侯之命唁公，且曰：“寡君使跞以君命讨于意如，意如不敢逃死，君其入也！”公曰：“君惠顾先君之好，施及亡人，将使归粪除宗祧以事君，则不能见夫人。己所能见夫人者，有如河！”荀跞掩耳而走，曰：“寡君其罪之恐[2]，敢与知鲁国之难？臣请复于寡君。”退而谓季孙：“君怒未怠，子姑归祭。”子家子曰：“君以一乘入于鲁师，季孙必与君归。”公欲从之，众从者胁公，不得归。以上季孙至乾侯，公为众所持，不得归。

【注释】

①惭：羞耻。

②其罪之恐：唯恐落下不送昭公回国的罪名。

【译文】

夏季四月，季孙跟着知伯到了乾侯。子家子说：“您和他一起回去，不能忍受一次羞耻，终身羞耻反而能忍受吗？”昭公说：“是啊。”众人都说：“在国君您的一句话了，您一句话，晋国一定驱逐季氏。”荀跞代表晋侯慰问昭公，并且说：“我们国君派我以您的名义声讨季平子，季平子不敢逃避您处死他的命令，您回去吧！”昭公说：“你们国君念及先君之间友好的关系，并将这种友好延及到我这出亡之人的身上，要让我回国继承宗祧以侍奉你们国君，那我不能见季氏那个人，见了那个人我就会祸患临头，这事就像河水一样明明白白！”荀跞掩住耳朵逃开了，说：“我们国君唯恐落个不送您回国的罪名，现在送您您不回去，我们不敢再参与这事了。我去回复我们国君。”退出去之后告诉季平子：“你们国君对你的怒气还未平息，你先回去管理国事吧。”子家子说：“您以一乘车到鲁军中去，季氏一定和您一起回国。”昭公想要照他说的做，可是跟随昭公的人们威胁昭公，所以昭公无法回去。以上是季孙到乾侯，但鲁昭公被部下所挟持，不能回国。

三十二年春，王正月，公在乾侯。言不能外内，又不能用其人也。

【译文】

昭公三十二年春天，周历正月，鲁昭公身在乾侯。这是说他内不容于臣下，外不容于齐、晋，只好一直待在乾侯，又不能重用像子家子这样有见识的人。

十二月，公疾，遍赐大夫，大夫不受。赐子家子双琥[①]，一环，一璧，轻服[②]，受之。大夫皆受其赐。己未[③]，公薨。子家子反赐于府人[④]，曰：“吾不敢逆君命也。”大夫皆反其赐。书曰：“公薨于乾侯。”言失其所也。公薨于乾侯。

【注释】

①琥：玉器。

②轻服：细好的衣服。

③己未：十二月十四日。

④府人：管理府库之人。

【译文】

十二月，昭公生病，遍赐追随他出亡的大夫们，可大夫们都不接受他的赏赐。他赐给子家子一对玉，一只玉环，一块玉璧和细好的衣服，子家子接受了。其余大夫们也都随着接受了昭公的赏赐。十四日，昭公去世，子家子将昭公赏赐的东西又都还给管理府库的人，说："我不敢违背国君的命令。"大夫们也都将接受的赏赐还回去了。《春秋》记载说："昭公死在乾侯。"这是说他没有死在应该在的地方。以上是鲁昭公在乾侯逝世。

赵简子问于史墨曰[①]："季氏出其君而民服焉，诸侯与之，君死于外而莫之或罪也[②]？"对曰："物生有两，有三，有五，有陪贰[③]。故天有三辰，地有五行，体有左右，各有妃耦。王有公，诸侯有卿，皆有贰也。天生季氏，以贰鲁侯，为日久矣。民之服焉，不亦宜乎？鲁君世从其失[④]，季氏世修其勤，民忘君矣。虽死于外，其谁矜之？社稷无常奉，君臣无常位，自古以然。故《诗》曰[⑤]：'高岸为谷，深谷为陵。'三后之姓[⑥]，于今为庶，主所知也。在《易》卦，雷乘'乾'曰'大壮'[⑦]，天之道也。昔成季友[⑧]，桓之季也，文姜之爱子也，始震而卜。卜人谒之，曰：'生有嘉闻，其名曰友，为公室辅。'及生，如卜人之言，有文在其手曰'友'，遂以名之。既而有大功于鲁，受费以为上卿。至于文子、武子，世增其业，不废旧绩。鲁文公薨，而东门遂杀適立庶[⑨]，鲁君于是乎失国，政在季氏，于此君也，四公矣。民不知君，何以得国？是以为君，慎器与名[⑩]，不可以假人[⑪]。"

【注释】

①赵简子：即赵鞅，又称赵孟、志父，晋大夫。史墨：叫墨的史官。

②莫之或罪：没有人去向他问罪。

③陪贰：辅佐，匹配。

④从:同“纵”。放纵。失:同“佚”。安逸。

⑤《诗》:指《诗经·小雅·十月之交》。

⑥三后之姓:虞、夏、商姓的儿子,此处指子孙后代。

⑦大壮:卦名。此卦“乾”下“震”上,所以说雷乘“乾”,雷以“震”卦代表。

⑧成季友:即成季,又称公子友。

⑨东门遂:东门襄仲。

⑩器与名:代表身份地位的器物与名位。

⑪假:借。

【译文】

赵简子问史墨说:“季平子将国君赶走,可百姓服从他,诸侯们亲附他,国君死在国都以外,却没有人去向他问罪,这是为什么?”史墨回答说:“事物生成有的成双,有的成三,有的成五,有的有配对。所以天有日、月、星三辰,地有五行,身体分左右,各有与自己相匹配的事物。天子有公,诸侯有卿,都有辅佐自己的人。上天生了季氏让他辅佐鲁侯,已经很长时间了,百姓们服从他,不也是适宜的吗?鲁君几代都放纵自己过安逸的生活,季氏却几世修身养性,勤勤恳恳,百姓已经将国君忘了。虽然昭公死在了国外,谁同情他呢?国家没有一定不变的统治者,君臣的位置也不是固定不变的,自古以来就是这样。所以《诗经·小雅·十月之交》篇说:‘高高的山峰变为深谷,深深的山谷变为山陵。’虞、夏、商三王的子孙后代,如今都成为普通的百姓了,这是您所知道的。在《周易》的卦象上,代表雷的‘震’卦在‘乾’卦之上叫‘大壮’,这是天的常道。以前的成季友,是鲁桓公的小儿子,文姜的爱子。文姜刚怀孕就占卜,卜人报告说:‘这孩子生下来就有好名声闻名于世,他的名字叫做“友”,他会成为公室的好帮手。’到他出世,和卜人所说的一样,手上有个‘友’字,于是就用友为他命名。后来为鲁国立了大功,受封在费地,做了上卿。至于季文子、季武子,他们每代都为家族事业增辉,而没有将其家族的业绩半途而废。鲁文公死后，东门遂杀死嫡子立了庶子，鲁国国君于是失去了对国家的控制，政权由季氏掌握，到昭公为止，已经四代了。百姓心里没有国君，国君怎么能够控制国家呢？所以作为国君，要审慎地对待代表身份地位的器物以及名位，不能把它们借给别人。”

定公元年夏，叔孙成子逆公之丧于乾侯①。季孙曰：“子家子亟言于我②，未尝不中吾志也③。吾欲与之从政，子必止之，且听命焉④。”子家子不见叔孙，易几而哭⑤。叔孙请见子家子，子家子辞，曰：“羁未得见，而从君以出。君不命而薨，羁不敢见。”叔孙使告之曰：“公衍、公为实使群臣不得事君。若公子宋主社稷⑥，则群臣之愿也。凡从君出而可以入者，将唯子是听。子家氏未有后，季孙愿与子从政，此皆季孙之愿也，使不敢以告。”对曰：“若立君，则有卿士、大夫与守龟在，羁弗敢知。若从君者，则貌而出者⑦，入可也；寇而出者⑧，行可也。若羁也，则君知其出也，而未知其入也，羁将逃也。”丧及坏隤⑨，公子宋先入，从公者皆自坏隤反⑩。六月癸亥⑪，公之丧至自乾侯。戊辰⑫，公即位⑬。以上公之丧至自乾侯，子家及从公者皆出奔。

【注释】

①叔孙成子：即叔孙不敢，叔孙婼之子，鲁国大夫。丧：此处指灵柩。

②亟：屡次。

③中：符合。

④且听命焉:诸事都要问子家子。

⑤几:时间。

⑥公子宋:昭公弟,后来的定公。

⑦貌而出者:出于义而跟从昭公,与季氏无仇怨者。

⑧寇而出者:与季氏为寇仇者。

⑨坏隤(tuí):鲁国地名。在今山东曲阜。

⑩反:出奔。

⑪癸亥:六月二十一日。

⑫戊辰:六月二十六日。

⑬公:指鲁定公。

【译文】

鲁定公元年夏天,叔孙成子去乾侯迎接昭公的灵柩。季孙对他说:"子家子几次同我谈话,他有些意见和我的意愿一致。我想要他和我一起参与政事,你一定要留住他,诸事都要询问他的意见。"但子家子却不见叔孙氏,改变了哭丧的时间以避开他。叔孙氏请求与子家子相见,子家子推辞说:"我还没有见到您,就跟着昭公出国了,国君没有留下见您的命令就去世了,我不敢见您。"叔孙派人告诉子家子说:"是公衍、公为二位公子最初谋逐季氏,使得群臣不能侍奉国君。如果由昭公的弟弟公子宋来做国君,是符合群臣的愿望的。凡是追随昭公出国的人,哪些可以回去,都听您的吩咐。子家氏没有继承人,季孙希望和您一起参与政事,这些都是季孙氏的愿望,派我来转告您。"子家子回答说:"谈到册立国君的事,有卿、士大夫和守龟在,我不敢参与。谈到追随国君的人,则那些出于义理而跟随出亡的人,可以回去;因为与季氏有仇而出亡的人,可以自行离去。说到我自己,则国君知道我出亡,而不知道我回国,我打算逃走。"昭公的灵柩到达坏隤,公子宋先回国,其余跟从昭公的人都从坏隤返回。六月二十一日,昭公的灵柩从乾侯出发到达了国都。二十六日,定公即位。以上是昭公的灵柩从乾侯出发回国,子家氏及跟从昭公的人都逃走了。

季孙使役如阚公氏[①]，将沟焉[②]。荣驾鹅曰[③]："生不能事，死又离之，以自旌也[④]。纵子忍之，后必或耻之。"乃止。季孙问于荣驾鹅曰："吾欲为君谥，使子孙知之。"对曰："生弗能事，死又恶之，以自信也[⑤]。将焉用之？"乃止。

【注释】

①阚：鲁国诸国君墓地。

②沟：挖沟使昭公坟墓与其祖先坟墓隔开。

③荣驾鹅：即荣成伯，鲁国大夫。

④旌：彰明，表明。

⑤信：同"申"。自我表白。

【译文】

季氏派出劳役到鲁国国君墓地阚去，准备挖出一条沟将昭公与其祖先分开。大夫荣驾鹅说："国君活着时不能侍奉他，死后又将他和祖先分开以表白自己的不忠，纵然您能忍心这样做，后代子孙一定以此为耻。"季孙才没有这样做。季孙问荣驾鹅："我想给昭公定一个恶谥，让子孙后代都知道他这个人。"荣驾鹅回答说："国君活着时不能侍奉他，死了又用恶谥来羞辱他以自我表白，何必如此呢？"于是季氏打消了这个主意。

秋七月癸巳[①]，葬昭公于墓道南。孔子之为司寇也，沟而合诸墓。以上葬昭公，将沟其兆域。

【注释】

①癸巳：七月二十二日。

【译文】

秋季七月二十二日，鲁人将昭公埋葬在墓道的南面，孔子做司寇的时候，在昭公坟墓外挖沟，使昭公的坟墓与祖先的墓处于同一范围内。以上是埋葬昭公，季氏准备挖沟划定其范围。

昭公出，故季平子祷于炀公[①]。九月，立炀宫[②]。

【注释】

①炀公：伯禽之子，鲁国先君。

②炀宫：炀宫庙。

【译文】

季平子因为将国君驱逐出境而感到畏惧，就向炀公祈祷。现在昭公死于国外，季平子认为是炀公给自己以福佑，所以九月时为炀公立庙。

吴楚柏举之战

【题解】

吴是春秋后期崛起的一个国家，给楚国造成了很大的威胁。到鲁定公四年、五年，吴楚两国屡屡相战。吴由于内乱，先胜后败：哄抢楚国宫室在先，兄弟互斗兴兵于后，终于给了楚国反扑成功的机会。正如文中斗辛所说："不和不可以远征。"而楚王所以渡过难关，最后恢复君位，也是得力于一些忠心耿耿的臣子的帮助。其间，作者大力宣扬了"忠君"的思想。

这篇文章人物众多，各具特色，如申包胥、沈尹戌、斗怀等人，给读者留下了深刻印象。

沈人不会于召陵[①]，晋人使蔡伐之[②]。夏，蔡灭沈。

【注释】

①沈：国名。嬴姓。故址在今河南汝阳东，春秋时为楚属国。召陵：楚地，在今河南郾城东。鲁定公四年(前506)三月，周天子的大臣刘文公召集诸侯会合于召陵，谋划征讨楚国，沈国与楚友好，故不参与。

②蔡：姬姓侯爵国。周武王弟叔度为其始封君。国都在上蔡，今河南上蔡西南。

【译文】

沈人不参加周天子大臣刘文公在召陵召集诸侯谋划征讨楚国的大会，晋人就让蔡国出兵讨伐沈。鲁定公四年夏天，蔡国灭了沈国。

秋，楚为沈故，围蔡。伍员为吴行人以谋楚[①]。楚之杀郤宛也[②]，伯氏之族出[③]。伯州犁之孙嚭为吴太宰以谋楚[④]。楚自昭王即位[⑤]，无岁不有吴师。蔡侯因之[⑥]，以其子乾与其大夫之子为质于吴。

【注释】

①伍员：字子胥，楚平王的臣子。因其父兄被平王所杀而奔吴。行人：使者。

②郤宛：字子恶，楚国的左尹。

③伯氏之族：楚太宰伯州犁之后，郤宛的同党，因郤之死而被迫逃亡国外。

④嚭(pǐ)：即伯嚭，字子余，为吴太宰。在后来的吴越之争中，接受越国贿赂，吴王失败，他也为越王所杀。

⑤昭王：名转，楚平王之子。

⑥蔡侯：蔡昭侯，名申，蔡悼侯之弟。因：利用。

【译文】

秋天，楚因为沈被灭的事而包围了蔡国。伍员担任吴国的使者，策划对付楚国。这以前楚王杀了郤宛，他的同党伯氏家族出亡。伯州犁的孙子伯嚭，做了吴国的太宰，也策划对付楚国。因此，楚国自昭王即位后，没有一年不遭受吴军的进攻。蔡侯利用吴楚之间的仇怨，将自己的儿子乾和一个大夫的儿子送到吴国做人质。

冬，蔡侯、吴子、唐侯伐楚①。舍舟于淮汭②，自豫章与楚夹汉③。左司马戌谓子常曰④："子沿汉而与之上下⑤，我悉方城外以毁其舟⑥，还塞大隧、直辕、冥厄⑦，子济汉而伐之，我自后击之，必大败之。"既谋而行。以上司马戌与子常定谋。

【注释】

①唐侯：即唐成公。蔡、唐两国之君，多次为楚令尹子常凌辱，所以联合吴攻楚。

②淮汭(ruì)：淮河弯曲之处。

③豫章：按杜预注，"在江北淮水南"。应不是汉以后的豫章之地，即今江西南昌。夹汉：在汉水两岸相对。

④左司马：官名。楚国掌军事的长官。戌：即沈尹戌。子常：即囊瓦，楚令尹。

⑤与之上下：上下应和堵截，以让吴军渡过。

⑥悉发方城外：派出全部方城以外的军人。方城，山名。在今河南叶县境内。

⑦塞：堵住。大隧：古隘道名。即黄岘关，在今河南信阳南九十里。

直辕：古隘道名。即武阳关，亦名武胜关，在今河南信阳东南一百五十里。冥厄：古隘道名。即平靖关，在今河南信阳东南九十里。三关都是汉东的隘道，名称、地点说法不一。

【译文】

这年冬天，蔡侯、吴子、唐侯出兵楚国。在淮汭下船登陆，从豫章进发，与楚国军队隔汉水相对。楚左司马沈尹戌对令尹子常说："你沿着汉水上下堵截，不要让吴军渡河，我派出全部方城以外的军队将吴军的船只毁掉，然后回过头来堵住大遂、直辕、冥厄三个关口，这时你渡过汉水向他们正面进攻，我从后面夹击，这样一定会将他们打得大败。"战术已定，二人分别行动。以上是司马沈尹戌与令尹子常定谋。

武城黑谓子常曰[1]："吴用木也，我用革也[2]，不可久也。不如速战。"史皇谓子常[3]："楚人恶子而好司马[4]，若司马毁吴舟于淮，塞城口而入，是独克吴也。子必速战，不然不免。"乃济汉而陈[5]，自小别至于大别[6]。三战，子常知不可，欲奔。史皇曰："安求其事，难而逃之，将何所入？子必死之，初罪必尽说[7]。"以上子常爽约。

【注释】

①武城黑：楚国武城大夫，名黑。武城，楚国城邑，在今河南南阳北。

②吴用木也，我用革也：兵器一般木制的要耐久些，革制的如遇雨则易损坏。

③史皇：楚大夫。

④司马：指沈尹戌。

⑤陈：同"阵"。

⑥小别：山名。在今湖北汉川东南，汉江之滨。大别：山名。在今湖北汉阳东北。

⑦初罪：前罪。指其贡贿致寇之罪。说：同“脱”。

【译文】

武城大夫黑对子常说：“吴军使用耐久的木制兵器，我们用的是遇雨易坏的革制兵器，不能耐久，不如速战。”楚大夫史皇对子常说：“楚国百姓讨厌你而喜欢司马沈尹戌，如果沈司马在淮汭毁掉了吴军的船只，又堵住了三个关口而攻入吴军阵营，那么就是他单独一个人击败了吴军，你必须赶快作战，不然的话免不了要吃亏。”子常听了他们的话，就渡过汉水列阵，军阵从小别山一直进到大别山。打了三仗，子常明白是不可能战胜吴军了，就想逃跑。史皇说：“国家太平无事时，你谋求掌握国政，国家有难你就要逃跑，你能逃到哪里去呢？你一定要战死在沙场，从前所犯的罪才能全部抵消。”以上是子常违背约定。

十一月庚午[①]，二师陈于柏举[②]。阖庐之弟夫概王晨请于阖庐曰[③]：“楚瓦不仁[④]，其臣莫有死志，先伐之，其卒必奔。而后大师继之，必克。”弗许。夫概王曰：“所谓‘臣义而行，不待命’者[⑤]，其此之谓也。今日我死，楚可入也。”以其属五千先击子常之卒。子常之卒奔，楚师乱，吴师大败之。子常奔郑。史皇以其乘广死[⑥]。吴从楚师，及清发[⑦]，将击之。夫概王曰：“困兽犹斗，况人乎？若知不免而致死，必败我。若使先济者知免，后者慕之，蔑有斗心矣[⑧]。半济而后可击也。”从之。又败之。楚人为食，吴人及之，奔。食而从之，败诸雍澨[⑨]。五战及郢[⑩]。

【注释】

①十一月庚午：十一月十九日。

②柏举：楚地，在今湖北麻城境内。

③阖庐：吴王。夫概王：夫概是名。鲁定公五年（前505）自立为王。概，同“既”。

④瓦：子常名。

⑤义而行，不待命：遇到合乎义理的事就去做，不必等候君命。

⑥其：指子常。乘广：战车。

⑦清发：水名。在今湖北安陆西八十里石门山下。

⑧蔑：无，没有。

⑨雍澨（shì）：楚地，在今湖北京山。

⑩郢：楚国都，在今湖北江陵西北。

【译文】

十一月十九日，吴楚两军在柏举摆开阵势。吴王阖庐的弟弟夫概王一早就向阖庐请示说：“楚令尹子常不仁，他的部下没有必死的斗志，我们先攻打他，他们的士兵一定会逃跑，然后我们大军接着追击，一定能打胜仗！”吴王没答应。夫概王说：“人们常说‘臣子碰到合于义理的事，不必等待国君的命令’，说的就是现在这种情况。今天我就是死了也值，因为可以进入楚国了。”他率自己的部下五千人，先攻打子常的部下。子常的士兵纷纷逃命，楚军乱了阵脚，吴军乘机将其打得大败。子常逃往郑国，史皇领着子常残余战车和士卒力战而死。吴军追击楚师，到了清发，正要对其发动攻击。夫概王说：“困兽犹斗，何况是人呢？如果楚军士兵知道不免一死，一定会与我们决一死战，那一定会打败我们。如果让先过河的楚军知道可免一死，后面的士兵羡慕这些免死者，就没有斗志了。等到楚军一半人过了河时我们再出击。”吴王听从了他的意见。于是又将楚军打得大败。楚人正在做饭，吴军赶到了，楚军又逃，吴军吃了楚人做好的饭又接着追击，在雍澨又将楚军打败了。打了五仗后，吴军打到了楚国国都郢。

己卯，楚子取其妹季芈畀我以出①，涉睢②。鍼尹固与王同舟③，王使执燧象以奔吴师④。

【注释】

①季芈畀我：季指排行，芈为姓。畀我是其字。

②睢（suī）：水名。在湖北枝江入长江。

③鍼尹固：楚臣。

④燧象：把火把系在大象尾上。

【译文】

十一月二十八日，楚昭王带着妹妹季芈畀我逃出国都，渡睢水时，大臣鍼尹固和昭王同坐一条船，昭王派他将火把系在象尾上，驱赶象群冲入吴军，才摆脱了追兵。

庚辰①，吴入郢，以班处宫②。子山处令尹之宫③，夫概王欲攻之，惧而去之，夫概王入之。以上楚师之败。

【注释】

①庚辰：十一月十九日。

②班：官位高低，位次。

③子山：吴王阖庐之子。

【译文】

十一月二十九日，吴军进入郢都，按官位高低住进楚宫。吴王阖庐的儿子子山住进了令尹的府第，夫概王很不满，要去攻打他，子山害怕，搬了出去，夫概王便住进了令尹府。以上是楚国军队失败。

左司马戌及息而还[①]，败吴师于雍澨，伤。初，司马臣阖庐，故耻为禽焉。谓其臣曰："谁能免吾首[②]？"吴句卑曰[③]："臣贱，可乎？"司马曰："我实失子[④]，可哉！"三战皆伤，曰："吾不可用也已。"句卑布裳[⑤]，刭而裹之[⑥]，藏其身而以其首免。以上司马戌之忠勇。

【注释】

①息：原为息国，其时已为楚所灭，成为楚邑。在今河南息县西南。

②免吾首：不让我的头落入吴人之手。

③吴句卑：沈尹戌的小臣。冠以"吴"可见句卑本是吴人。

④失子：错待了你。

⑤布：张开，铺开。裳：下衣，下裙。

⑥刭：刀割。

【译文】

楚左司马沈尹戌到了息地，听说楚军战败的消息便返回来，在雍澨击败了吴军，自己也受了伤。最初，沈尹戌曾做过阖庐的臣子，所以深以被吴人所擒为耻，就对他的部下说："你们谁能不让我的头落入吴人之手？"他的一个小臣，本是吴国人叫句卑的说："我身份低贱，可以做这种事吗？"司马说："我以前不知你如此贤德，错待了你，你当然可以承担这件事！"沈尹戌三次出战都受了伤，说："我不中用了。"句卑见沈尹戌已死，就铺开下裙，将司马的头割下来包好，将其尸身藏起来，带着他的头逃跑了。以上是司马沈尹戌的忠勇。

楚子涉睢，济江，入于云中[①]。王寝，盗攻之，以戈击王。王孙由于以背受之[②]。中肩。王奔郧[③]，锺建负季芈以从[④]，由于徐苏而从[⑤]。郧公辛之弟怀将弑王[⑥]，曰："平王杀吾父，我杀其子,不亦可乎?”辛曰:“君讨臣,谁敢仇之?君命,天也,若死天命,将谁仇?《诗》曰:‘柔亦不茹,刚亦不吐,不侮矜寡,不畏强御[7]。’唯仁者能之。违强陵弱[8],非勇也。乘人之约[9],非仁也。灭宗废祀[10],非孝也。动无令名[11],非知也。必犯是[12],余将杀汝。”斗辛与其弟巢以王奔随[13]。以上楚子奔随。

【注释】

①云中:即云梦泽,在今湖北安陆。

②王孙由于:又称吴由于,楚之公族。

③郧(yún):本为小国,为楚所灭,沦为楚邑,在今湖北安陆境。

④锺建:楚国大夫。

⑤徐苏:慢慢苏醒过来。

⑥郧公辛:楚国守郧邑的大夫,即斗辛,乃楚平王令尹蔓成然之子。蔓成然辅佐平王有功得封,然贪得无厌,终为平王所杀,故斗辛之弟斗怀欲报“杀父”之仇。

⑦“柔亦不茹”几句:出自《诗经·大雅·烝民》篇。原诗是赞美周宣王的卿士仲山甫不畏强凌弱的美德,斗辛在这里引用是劝斗怀不要乘王之危。柔,轻弱的。茹,欺凌。吐,逃避。矜寡,年老而无妻或无夫者。

⑧违:避开。陵:同“凌”。

⑨约:患难。

⑩灭宗废祀:古制弑君罪当灭宗。

⑪动无令名:有所举动却不会获得美好的德声。

⑫必犯是:一定要做这种事。

⑬以王奔随:保护楚昭王投奔随国。随,姬姓子国,在今湖北随州。

【译文】

楚昭王过了睢水又过了长江,进入云梦泽。他睡觉时,遭到一伙强盗的攻击,他们用戈刺昭王,王孙由于用自己的后背去挡,戈刺中了他的肩膀。昭王又往郧地逃跑,大夫锺建背着季芈跟随昭王。王孙由于慢慢苏醒过来后,也追随昭王而去。楚国守郧邑的大夫斗辛,是为楚平王所杀的前令尹蔓成然的儿子,所以他的弟弟斗怀想要杀掉楚昭王,说:"平王杀我父亲,我杀他儿子,不也是应该的吗?"斗辛说:"国君惩办臣下,谁敢记恨他?国君的命令就是天意,如果死于天命,你去恨谁呢?《诗经·大雅·烝民》篇说:'不欺凌软弱之人,不逃避强硬的对手,不侮辱鳏寡之人,也不畏惧强者。'只有像仲山甫那样品德高尚的人才能做到这一点。避强凌弱不是勇敢,乘人之危并不高尚,弑君而导致灭族废祀是不孝,你做这种事不会有美名,是不智。你一定要犯下这种滔天大罪,我就先杀了你。"斗辛就和他的另一个弟弟斗巢保护楚王逃往随国。以上是楚昭王出逃到随国。

吴人从之,谓随人曰:"周之子孙在汉川者,楚实尽之。天诱其衷[①],致罚于楚,而君又窜之[②]。周室何罪?君若顾报周室,施及寡人,以奖天衷[③],君之惠也。汉阳之田[④],君实有之。"楚子在公宫之北[⑤],吴人在其南。子期似王[⑥],逃王[⑦],而己为王[⑧],曰:"以我与之[⑨],王必免。"随人卜与之,不吉。乃辞吴曰:"以随之辟小而密迩于楚[⑩],楚实存之,世有盟誓,至于今未改。若难而弃之[⑪],何以事君?执事之患[⑫],不唯一人。若鸠楚竟[⑬],敢不听命。"吴人乃退。鑢金初宦于子期氏,实与随人要言[⑭]。王使见,辞,曰:"不敢以约为利[⑮]。"王割子期之心[⑯],以与随人盟。以上随人保楚。

【注释】

①诱：表示。衷：心意。

②窜：藏匿。

③奖：帮助完成。

④汉阳之田：汉水以北的土地。阳，水之北为阳。

⑤公宫：指随君之宫。

⑥子期：即公子结，楚昭王兄。

⑦逃王：让楚昭王逃走。

⑧己为王：自己冒充楚昭王。为，同“伪”。

⑨与之：交给吴人。

⑩密迩：靠近。

⑪难而弃之：如果在楚国有危难的时候便背弃它。

⑫执事：对吴国使臣的尊称。

⑬鸠：安定。

⑭鑢(lǜ)金初宦于子期氏，实与随人要言：指吴军威胁随人时，鑢金与随君约言，将楚王藏起来，以子期代楚王之事。鑢金，子期的家臣。宦，侍奉别人。要言，约言，订约。

⑮为利：谋图利益。

⑯割子期之心：割取子期心前的血。

【译文】

吴人也紧跟着来到随国，对随人说：“周朝封在汉水一带的子孙，都被楚吞灭了。上天表达了它的心意，要我吴国惩罚楚国，而您却又将楚王藏匿起来。周朝子孙有什么罪？您如果想要报答周天子的恩惠，并延继到我身上，以帮助实现上天的意旨，这是您的好意了。那么汉阳的土地全归您所有了。”楚王住在随君宫室的北面，吴军驻扎在宫室的南面。昭王的兄弟子期长得和昭王很相像，他让昭王逃走，自己冒充楚王，并说：“把我交给吴人吧！大王必能幸免于难。”随人对交出子期一事进行占卜，结果却不吉利。于是拒绝吴人说："以随国的弱小偏远而又那么靠近楚国，却存在至今，实在是楚国保存了我国。我们两国间世代都有誓约，至今也没改变。如果我们在楚国有难时背弃了它，以后又有什么脸面去侍奉贵国国君呢？您所忧患的人，不只楚昭王一个啊。如果贵国能安定楚国，我敢不听命吗？"吴人只好退出去了。鑢金最初做子期的家臣，实际上参与了与随人约定藏起楚王、以子期代替的事，昭王要引见他并要派他与随人结盟，他推辞说："我不敢因为曾与随人定约保护国君而谋求自己的私利。"昭王割取子期心前之血以示诚心，与随人订盟。以上是随国人保护楚王。

初，伍员与申包胥友[①]。其亡也，谓申包胥曰："我必复楚国[②]。"申包胥曰："勉之！子能复之，我必能兴之。"及昭王在随，申包胥如秦乞师，曰："吴为封豕、长蛇[③]，以荐食上国[④]，虐始于楚[⑤]。寡君失守社稷，越在草莽[⑥]。使下臣告急，曰：'夷德无厌[⑦]，若邻于君，疆埸之患也[⑧]。逮吴之未定[⑨]，君其取分焉[⑩]。若楚之遂亡，君之土也。若以君灵抚之[⑪]，世以事君。'"秦伯使辞焉[⑫]，曰："寡人闻命矣。子姑就馆，将图而告。"对曰："寡君越在草莽，未获所伏[⑬]。下臣何敢即安？"立，依于庭墙而哭，日夜不绝声，勺饮不入口七日[⑭]。秦哀公为之赋《无衣》[⑮]，九顿首而坐[⑯]，秦师乃出。以上申包胥乞秦师。

【注释】

①申包胥：楚国大夫。

②复：同"覆"。颠覆。

③封豕：大野猪，比喻吴国的贪暴有如大野猪。

④荐：屡次。食：侵食。

⑤虐：残害。

⑥越在草莽：指昭王奔随。

⑦夷：吴人。德：贪心。厌：满足。

⑧若邻于君，疆埸之患也：楚国西界与秦接壤，如吴灭楚，吴就成了秦的邻国了。

⑨逮：趁。

⑩取分：谓秦、吴共分楚地。

⑪抚之：保存、安定楚国。

⑫秦伯：秦哀公。

⑬伏：处，安身之处。

⑭勺饮：指汤、水等可饮的东西。

⑮《无衣》：见《诗经·秦风》，此诗赞颂了即将参战的将士同仇敌忾的精神。秦哀公赋此诗，表示决心出兵救楚。

⑯九顿首：叩了九次头。

【译文】

当初，伍子胥和申包胥是朋友。伍子胥逃离楚国时，对申包胥说："我一定要颠覆楚国。"申包胥说："你努力吧！你能颠覆楚国，我就一定能复兴它。"到昭王在随避难时，申包胥到秦国去讨救兵，说："吴国是大野猪，是大毒蛇，贪婪暴虐，多次吞食中原国家，楚国最先受到侵害。我们国君没有守住自己的国家，逃亡在随，派我来向您告急，说：'吴国的贪心是无法满足的，如果它灭了楚国，和贵国相邻的话，您的边界也就不得安宁了。趁吴国还没平定楚国，您赶紧出兵，与吴共分楚地；如果楚就此灭亡，这部分土地就是您的了。如果托您的福派兵保存安定楚国，我们世世代代都侍奉您。'"秦哀公派人婉言谢绝说："我已知道了你的来意，你先到宾馆里休息，我们考虑好了再答复你。"申包胥说："我们国君逃亡在随，还没找到安身之处，我怎么敢现在去休息呢？"他倚墙站着大哭，日夜不停，一口汤水也不肯进，就这样哭了七天。秦哀公为之所感动，为他朗诵《诗经·无衣》这首诗，表示自己决定出兵救楚，申包胥叩了九个头以示感谢，然后才肯坐下来。秦军于是出发了。以上是申包胥到秦国讨救兵。

五年[①]，申包胥以秦师至[②]，秦子蒲、子虎帅车五百乘以救楚[③]。子蒲曰："吾未知吴道。"使楚人先与吴人战，而自稷会之[④]，大败夫概王于沂[⑤]。吴人获薳射于柏举[⑥]，其子帅奔徒以从子西[⑦]，败吴师于军祥[⑧]。秋七月，子期、子蒲灭唐[⑨]。

【注释】

①五年：鲁定公五年，即前505年。

②以：领着。

③子蒲、子虎：均为秦大夫。五百乘：共三万七千五百人。

④稷：楚地，在今河南桐柏境。

⑤沂：楚地，在今河南桐柏附近，距稷地不远。

⑥薳(wěi)射：楚国大夫。

⑦奔徒：奔散的兵卒。子西：楚公子申，楚平王的长庶子。

⑧军祥：楚地，在今湖北随州西南。

⑨唐：姬姓子国，在今湖北随州西北唐城镇。

【译文】

鲁定公五年，申包胥领着秦军到了楚国，秦国大夫子蒲、子虎率领着兵车五百乘，甲士三万七千五百名来救楚国。子蒲说："我们还不了解吴军的战术。"他让楚人先和吴人交战，而秦军在稷地与楚军会合，大败夫概王于沂地。吴人在柏举擒获了楚国大夫薳射，薳射的儿子集聚起四散的士兵，带着他们投奔子西，在军祥击败了吴军。秋季七月，子期、子蒲灭了小国唐。

九月，夫概王归，自立也①。以与王战而败②，奔楚，为堂溪氏③。吴师败楚师于雍澨，秦师又败吴师。吴师居麇④，子期将焚之⑤，子西曰："父兄亲暴骨焉⑥，不能收，又焚之，不可。"子期曰："国亡矣！死者若有知也，可以歆旧祀⑦，岂惮焚之？"焚之而又战，吴师败。又战于公婿之溪⑧，吴师大败，吴子乃归。囚闉舆罢⑨，闉舆罢请先⑩，遂逃归。叶公诸梁之弟后臧从其母于吴⑪，不待而归⑫。叶公终不正视。以上吴师之败。

【注释】

①自立：自立为吴王。

②与王战而败：与吴王阖庐战而被打败。

③堂溪氏：夫概的封号。堂溪为地名。在今河南西平西北。

④麇（jūn）：楚地名。在今湖北十堰郧阳区西。

⑤焚之：用火攻打吴军。

⑥父兄亲暴骨焉：前一年吴楚之战，楚军士兵多死于麇，所以这么说。

⑦歆（xīn）：享有。旧祀：传统的祭祀。

⑧公婿之溪：楚地，今名不详。

⑨闉舆罢（yīn yú pí）：楚大夫。

⑩请先：请求先到吴国。

⑪叶公诸梁：楚左司马沈尹戌之子，字子高，叶是他的封邑，在今河南叶县南三十里。从其母于吴：与其母一起为吴所俘。

⑫不待而归：楚定后抛弃其母自己逃回到楚国。

【译文】

九月，夫概王从前线回到吴国，自立为吴王。因与吴王阖庐交战而被打败，逃到楚国，就是后来的堂溪氏。吴军在雍澨打败了楚军，而秦军又打败了吴军。吴军驻扎在麇地，子期要放火烧吴军，子西说："去年我们和吴交战，许多士兵战死在此地，他们的尸骨还暴露在外而不能埋葬，现在又要将他们与吴军一起放火烧掉，不能这么做！"子期说："国家都亡了，死者如果有知，楚国复兴后他们就能重新享受传统的祭礼，怎么会怕被烧呢？"放火烧后又再次交战，吴军被打败了。两军又在公婿之溪交战，吴军遭到了惨败，吴王只好撤兵回国。吴军俘虏了楚国大夫闉舆罢，他假装要求先走一步到吴国去，半路上逃回了楚国。叶公诸梁的弟弟后臧和他母亲一起被吴军俘虏到吴国，楚光复后，他抛弃了母亲自己一人回到楚国。叶公十分鄙视他，终身不正眼看他。以上是吴国军队之败。

楚子入于郢。初，斗辛闻吴人之争宫也，曰："吾闻之：'不让则不和，不和不可以远征。'吴争于楚，必有乱。有乱则必归，焉能定楚？"王之奔随也，将涉于成臼[①]，蓝尹亹涉其帑[②]，不与王舟。及宁[③]，王欲杀之。子西曰："子常唯思旧怨以败，君何效焉？"王曰："善。使复其所，吾以志前恶[④]。"王赏斗辛、王孙由于、王孙圉、锺建、斗巢、申包胥、王孙贾、宋木、斗怀[⑤]。子西曰："请舍怀也。"王曰："大德灭小怨[⑥]，道也。"申包胥曰："吾为君也，非为身也。君既定矣，又何求？且吾尤子旗[⑦]，其又为诸[⑧]？"遂逃赏。王将嫁季芈，季芈辞曰："所以为女子，远丈夫也[⑨]，锺建负我矣。"以妻锺建，以为乐尹[⑩]。

【注释】

①成臼(jiù):水名。在今湖北天门西北。

②蓝尹亹(wěi):楚国大夫。涉其帑(nú):先用船将自己的妻子送过河去。

③宁:安定。

④恶:过错。

⑤王孙圉(yǔ)、王孙贾:均为王族。宋木:事不详。这些人都是于昭王有功的人。

⑥大德:最终跟着他兄长免去昭王的大难,这是大德。

⑦尤:过失。子旗:即蔓成然,他因为于平王有功,贪得无厌,为平王所杀。

⑧其又为诸:难道我又要做子旗吗?

⑨丈夫:指男子。

⑩乐尹:管音乐的大夫。锺建擅长音乐。

【译文】

楚昭王又回到了郢都。当初,斗辛听说吴人为谁住哪座楚宫而互相争斗时就说:"我听说:'互相之间不谦让就不会和睦,不和睦就不能出兵远征。'吴人在楚国互相争斗,一定会有内乱。产生内乱就一定得班师回国,怎么能兼并楚国呢?"昭王出亡随时,要过成臼河,而大夫蓝尹亹却先将自己的妻子送过河去,不给昭王船用。到了楚已安定之后,昭王要杀他。子西劝道:"子常就是因为只想着旧怨所以失去人心而失败的,您何必要效法他呢?"昭王说:"对!我要恢复蓝尹亹的官职,借此记住以前的过错。"昭王褒赏这次战争中保护自己有功的斗辛、王孙由于、王孙圉、锺建、斗巢、申包胥、王孙贾、宋木和斗怀。子西说:"请将斗怀从受赏的人中除掉吧!"昭王说:"他最终跟从其兄保护我使我幸免于难,这是大德。他对我有大德,我就不能记他曾想杀我为父报仇的小怨,这是做人的道理啊。"申包胥说:"我去秦国讨救兵是为了国君,不是为我自己。现在国君已经安然无事了，我还有什么可求的呢？况且我一直对子旗不以为然，难道我又要做子旗吗？”于是逃避了昭王的赏赐。昭王要嫁妹妹季芈，季芈拒绝了，她说：“作为女子，应该远离男人，而锺建背过我了。”昭王就将她嫁给锺建为妻，并封锺建为管礼乐的大夫。

王之在随也，子西为王舆服以保路①，国于脾泄②。闻王所在而后从王。王使由于城麇③，复命，子西问高厚焉，弗知。子西曰：“不能，如辞④。城不知高厚，小大何知？”对曰：“固辞不能，子使余也。人各有能有不能。王遇盗于云中，余受其戈，其所犹在。”袒而示之背，曰：“此余所能也。脾泄之事，余亦弗能也。”以上述楚多贤臣。

【注释】

①为：同“伪”。舆服：车与衣服。保路：保卫交通要道。

②国于脾泄：在脾泄邑建楚王的行都。脾泄为楚国邑，在今湖北江陵境，靠近郢都。

③城麇：在麇地筑城。

④不能，如辞：既然知道自己不能担当此任，就应推辞不去。

【译文】

昭王在随时，子西伪设楚王的车马衣服，保卫交通要道，在脾泄建楚王的行都，以此来安定人心。听说昭王的下落后，就又去追随楚王。昭王派王孙由于在麇地筑城，又派子西问关于城墙的高度和厚度，而由于不知道。子西说：“既然知道自己不能担当此任，就应该推辞不去。筑城却不知道城的高厚大小，你还能知道什么？”由于回答说：“我本来坚决推辞说我不能胜任，是你一定要派我去的。每个人都有能做的事，有不能做的事。国君在云梦泽遇上了强盗，我用背承受了强盗的戈击，伤处现在还在呢。”王孙由于袒露出后背给子西看，说：“这是我能做到的。像您在脾泄建国君行都的事，也是我不能做到的。”以上描述楚国多贤臣。

晋郑铁之战

【题解】

晋范氏、中行氏欲灭其君以篡其政，而郑助之，引起其他几个大夫不满，遂有晋郑铁之战。全篇结构严整，脉络清晰，人物性格刻画细致入微，直取骨髓，譬如卫太子、赵鞅等，使人如见其人，如闻其声。前后战况的描写虽只轻勾数笔，可激烈紧张的场面透纸而出。和其他有关战事描写一样，此篇也显示了语言表现方面特殊的简练精确，传神入微。

六月乙酉①，晋赵鞅纳卫太子于戚②，宵迷③。阳虎曰④：“右河而南⑤，必至焉。”使太子绕⑥，八人衰绖⑦，伪自卫逆者。告于门，哭而入，遂居之。

【注释】

①六月乙酉：六月十七日。

②赵鞅：即赵简子，晋大夫。卫太子：卫灵公太子蒯聩，因欲杀其父的夫人南子未成功，逃至晋。鲁哀公二年，卫灵公死，晋执政大夫赵鞅送其归国。戚：卫邑，故址在今河南濮阳北。

③宵：夜里。

④阳虎：曾为鲁国季氏家臣，鲁人。

⑤右河而南：往右渡过黄河再往南。

⑥绕(miǎn):古代丧服,脱冠扎发,以麻布缠头。

⑦衰:同"缞(cuī)"。麻布做的丧服。绖(dié):丧期结在头上或腰间的麻带。

【译文】

鲁哀公二年六月十七日,晋国赵鞅送卫太子去戚地,夜里迷了路。阳虎说:"向右走渡过黄河再向南走,一定能到戚地。"晋人让卫太子免冠扎发,麻布缠头,一套丧服,八个人结着麻带,着孝服,假装是从卫国来迎接的,通报了守门人,哭着进了城,就在城里住了下来。

秋八月,齐人输范氏粟[①],郑子姚、子般送之[②],士吉射逆之[③]。赵鞅御之,遇于戚。阳虎曰:"吾车少,以兵车之旆[④],与罕、驷兵车先陈。罕、驷自后随而从之,彼见吾貌[⑤],必有惧心。于是乎会之,必大败之。"从之。卜战,龟焦[⑥]。乐丁曰[⑦]:"《诗》曰:'爰始爰谋,爰契我龟[⑧]。'谋协以故兆询可也[⑨]。"简子誓曰:"范氏、中行氏[⑩],反易天明[⑪],斩艾百姓[⑫],欲擅晋国而灭其君。寡君恃郑而保焉。今郑为不道,弃君助臣,二三子顺天明,从君命,经德义[⑬],除诟耻[⑭],在此行也。克敌者,上大夫受县,下大夫受郡,士田十万,庶人工商遂[⑮],人臣隶圉免[⑯]。志父无罪[⑰],君实图之[⑱]。若其有罪,绞缢以戮,桐棺三寸[⑲],不设属辟[⑳],素车朴马[㉑],无入于兆[㉒],下卿之罚也。"甲戌[㉓],将战,邮无恤御简子[㉔],卫太子为右。登铁上[㉕],望见郑师众,太子惧,自投于车下。子良授太子绥而乘之[㉖],曰:"妇人也。"简子巡列,曰:"毕万[㉗],匹夫也。七战皆获,有马百乘,死于牖下[㉘]。群子勉之,死不在寇[㉙]。"繁羽御赵罗,宋勇为右[㉚]。罗无勇,麇之[㉛]。吏诘之[㉜],御对曰:"痁作而伏[33]。"卫太子祷曰："曾孙蒯聩敢昭告皇祖文王、烈祖康叔、文祖襄公[34]：郑胜乱从[35]，晋午在难[36]，不能治乱，使鞅讨之。蒯聩不敢自佚[37]，备持矛焉。敢告。无绝筋，无折骨，无面伤，以集大事，无作三祖羞。大命不敢请[38]，佩玉不敢爱。"

【注释】

①范氏：晋国一个有权势的家族。

②子姚、子般：皆为郑臣。

③士吉射：即范昭子，又称范吉射，晋国大夫。

④旆：先驱车。

⑤彼见吾貌：对方见了我军阵容。因晋人先到阵，郑人不知其虚实，见车多而恐惧。

⑥龟焦：预示不成。

⑦乐丁：晋大夫。

⑧爰始爰谋，爰契我龟：出自《诗经·大雅·緜》。前二"爰"为语气助词，后一"爰"是于是之意。契，即占卜。此诗意先案人事，后问卜筮。

⑨谋协：意见一致。故兆：以前的卜兆。以前曾为是否送卫太子回国而占卜，所得结果是吉兆。询：咨询。

⑩中行氏：晋国另一个有势力的家族。

⑪天明：天命。

⑫艾：通"刈(yì)"。斩杀。

⑬经：推行。

⑭诟耻：耻辱。

⑮遂：进入仕途做官。

⑯免：免去其徭役，即获得自由。

⑰志父：赵鞅别号。

⑱君实图之：事成之后，国君当考虑赏物。

⑲桐棺：庶人的棺材，因桐木易腐烂。

⑳属辟：外棺。

㉑素车、朴马：没有装饰的车马。

㉒兆：古代同族之人丛葬一处，其范围叫兆域。

㉓甲戌：八月初七。

㉔邮无恤：即邮良，又称王良，晋国善御者。

㉕铁：山名。

㉖绥：战车上的绳索，登车时作拉手。

㉗毕万：晋献公的车夫。

㉘死于牖（yǒu）下：意为在家里善终。牖，窗户。

㉙死不在寇：不一定死在敌人手里，即英勇奋战不一定牺牲。

㉚繁羽、赵罗、宋勇：都是晋国大夫。

㉛麇：同“稛（kǔn）”。捆绑。

㉜诘：询问。

㉝痁（shān）：疟疾。

㉞皇祖文王：即周文王。烈祖康叔：周成王同母幼弟，卫国始封君。文祖襄公：卫献公之子，蒯聩的祖父。

㉟郑胜：当时在位的郑国国君郑声公，名胜。

㊱晋午：当时在位的晋国国君晋定公，名午。

㊲佚：同“逸”。安逸。

㊳大命：生死之命。

【译文】

秋季八月，因范氏久居朝歌，粮食不够，所以齐人为他送粮食，郑国子姚、子般押送，士吉射去接。赵鞅截击粮队，两军相遇于戚地。阳虎说：“我们的兵车少，我们用兵车的先驱车和子姚、子般的兵车对阵。子姚、子般从后面跟上来，见了我军阵容，不知虚实，一定会有畏惧之心。在这种时候与其交战，一定会大败他们。”赵鞅接受了他的建议。占卜作战吉凶，龟烧焦了，预示不能交战。大夫乐丁说：“《诗经·大雅·緜》上说：‘先尽人事，再看卜筮结果。’我们大家意见一致，相信原来出发时的卜筮结果就可以了。”赵鞅立誓说：“范氏、中行氏，违背天命，残害百姓，想要独揽晋国大权而灭掉自己的国君。我们国君依仗郑国来保护自己。今天郑国不行道义，背弃国君帮助逆臣，我们大家顺从天意，服从君命，推行德义，洗雪耻辱，就在此一举了。战胜敌人的，上大夫可以奖给其县，下大夫得到郡，士可获得十万亩土地，平民和从事工商业的人可以做官，奴隶可获得自由。我赵鞅无罪，国君可以考虑赏物。若我有罪，就对我施以绞刑，死后用三寸桐棺，不加外椁，运棺材用不加装饰的车马，不将我埋葬在族茔里，按下卿葬制来处罚我。”八月初七，就要开战了。晋国的好御手邮无恤为赵鞅驾车，卫太子做他的车右。他们登上铁丘，看到郑军人数众多，卫太子害怕了，自己从车上掉了下来。邮无恤将车上作拉手的绳索递给他，让他爬上车，鄙视地说：“像个女人。”赵鞅巡视队伍说：“当初晋献公的车右毕万，不过是个普通人，因英勇作战，七次战中都有所收获，后来拥有马匹数百，善终于家。你们要努力杀敌，未必就死在敌人手里。”晋繁羽为赵罗做御手驾车，宋勇做他的车右。赵罗没有勇气，他们就将他绑在车上。军吏问是怎么回事，繁羽回答：“他疟疾又犯了，所以趴着。”卫太子祈祷说：“后世子孙蒯聩昭告皇祖文王、烈祖康叔、文祖襄公：郑国国君胜顺从作乱的晋国臣子范氏，晋国国君午处于危难之中，因为不能平定祸乱，就派赵鞅来替他讨战。蒯聩不敢自己贪图安逸，担任持矛作战的车右。谨祈求：不要断筋，不要折骨，不要脸部受伤，让我成就大事，不给三位祖先带来羞辱。不敢请求生死大事，如侥幸不死，一定奉献给您们佩玉等祭神之物。”

郑人击简子中肩，毙于车中①，获其蜂旗②，太子救之以戈。郑师北，获温大夫赵罗[3]。太子复伐之，郑师大败，获齐粟千车，赵孟喜曰："可矣。"傅傁曰[4]："虽克郑，犹有知在[5]，忧未艾也[6]。"

【注释】

①毙：扑。

②蜂旗：旗名。

③温大夫：温邑大夫。

④傅傁(sǒu)：赵鞅的属下。

⑤知：通"智"。知氏。

⑥艾：停止。

【译文】

郑人击中了赵鞅的肩膀，他扑倒在车中，郑人夺走了他车上的蜂旗，卫太子手持戈赶过来救他。郑军败北，但仍俘获了胆小怕死的温邑大夫赵罗。卫太子又向他们进攻，郑军大败，晋缴获了一千车齐人的粮食，赵鞅高兴地说："这下行了。"他的属下名叫傅傁的说："虽然打败了郑国，但知氏还在，忧患并未消除。"

初，周人与范氏田，公孙尨税焉[1]。赵氏得而献之，吏请杀之。赵孟曰："为其主也，何罪？"止而与之田。及铁之战，以徒五百人宵攻郑师，取蜂旗于子姚之幕下，献曰："请报主德。"

【注释】

①公孙尨：范氏之臣。

【译文】

当初,周人给范氏土地。范氏之臣公孙尨为其收取这些土地的赋税。赵氏族人逮住公孙尨将他献给赵鞅,部下要求杀了他,赵鞅说:“他是为他主人做事,有什么罪?”阻止了部下,而且赏给他土地。到了铁这一战役,公孙尨率领部下五百人夜里进攻郑军,从子姚那里夺回了白天郑人夺走的蜂旗,将它献给赵鞅说:“谨以此来报答主人您对我的恩德。”

追郑师。姚、般、公孙林殿而射①,前列多死。赵孟曰:“国无小②。”既战,简子曰:“吾伏弢呕血③,鼓音不衰,今日我上也④。”太子曰:“吾救主于车,退敌于下,我,右之上也。”邮良曰:“我两靷将绝⑤,吾能止之,我,御之上也。”驾而乘材⑥,两靷皆绝。

【注释】

①姚、般:即子姚、子般。公孙林:郑臣。

②国无小:谓国虽然小,也有善射之人。

③弢:箭袋。

④上:功劳最大。

⑤靷(yǐn):马胸部的皮带。

⑥乘:载。材:马车前横木。

【译文】

晋人追击郑军。子姚、子般、公孙林断后,用箭射晋军,晋军前列中许多人被射中而死。赵鞅说:“郑国虽小,但仍有这样善射之人,不能轻视啊。”战斗结束之后,赵鞅说:“我受伤趴在箭袋上吐血,但我击出的鼓音仍然强劲有力,今天我的功劳最大。”卫太子说:“我在车上救了主人,在车下杀退了敌人，我是车右中功劳最大的。”邮无恤说：“我战车上的马胸前两根皮带都要断了，我能使它们不断，我是御手之中功劳最大的。”他又在车上装了横木再驾车，两根皮带都断了。

齐鲁清之战

【题解】

这是发生在春秋末期齐与鲁之间的一场战役。虽以齐败鲁胜结束，但战争暴露了鲁国士大夫之间的重重矛盾。叔孙、孟孙恨季氏大权在握，故而不尽力迎敌，先是不欲作战，然后故意迟滞，大敌当前仍忙于内讧。这些所谓“国家栋梁”只考虑个人私利，如何能将国家治好？鲁国的命运是可以预见的了。

十一年春，齐为鄎故[①]，国书、高无丕帅师伐我[②]，及清[③]。季孙谓其宰冉求曰[④]：“齐师在清，必鲁故也。若之何?”求曰：“一子守，二子从公御诸竟[⑤]。”季孙曰：“不能。”求曰：“居封疆之间[⑥]。”季孙告二子，二子不可。求曰：“若不可，则君无出。一子帅师，背城而战。不属者[⑦]，非鲁人也。鲁之群室[⑧]，众于齐之兵车。一室敌车，优矣。子何患焉?二子之不欲战也宜，政在季氏[⑨]。当子之身，齐人伐鲁而不能战，子之耻也。大不列于诸侯矣。”以上冉有与季氏议。

【注释】

①鄎(xì)：齐国南部边境的城邑。鲁哀公十年(前485)春天，鲁会合吴、邾、郯等国攻打齐，驻在鄎地。

②国书、高无丕(pī)：二人均为齐卿。

③清：齐地，今山东济南长清区。

④冉求：又称冉有，孔子弟子。

⑤一子守，二子从公御诸竟：三人之中一人留守，二人跟随哀公出国境抗敌。子，指季孙、叔孙、孟孙。

⑥封疆：境内近郊之地。

⑦属：臣属。此句意思是不迎敌者不是鲁国的臣子。

⑧群室：住在都邑的大夫们。

⑨二子之不欲战也宜，政在季氏：叔孙、孟孙恨季氏专政，所以不尽力。

【译文】

鲁哀公十一年春季，齐国因为上一年鄎地之战，派国书、高无丕二人率领军队讨伐鲁国，到达了清地。季氏问他的家臣之长冉求："齐军现在清地，一定是要打鲁国，我们怎么办？"冉求说："季孙、叔孙、孟孙三人中一人留守，二人跟随国君到边境抗敌。"季孙说："这可办不到。"他自忖是不能让叔孙、孟孙听令的。冉求说："那就在国境内近郊之地抵抗。"季孙告诉叔孙、孟孙二人这个对策，二人不同意。冉求说："如果他们不赞成，那国君不必出战。您一人率领军队，背城而战，不愿意跟着去迎敌的人就不是鲁国的臣民了。住在都邑的鲁国大夫，人数要多于齐人的兵车，以一家人去抗击一辆敌人战车还绰绰有余，您何必担心呢？叔孙、孟孙不愿迎战也是意料之中的，因为鲁国的政权是掌握在您季氏手中。政令出于您，齐人攻打鲁国而鲁不能迎战，这是您的耻辱，鲁国也就完全不能与诸侯并列了。"以上是冉求与季氏商议对策。

季孙使从于朝①，俟于党氏之沟②。武叔呼而问战焉③，对曰："君子有远虑，小人何知？"懿子强问之，对曰："小人虑材而言，量力而共者也。"武叔曰："是谓我不成丈夫也。"以上冉有激孟氏使战。

【注释】

①季孙使从于朝:季孙要冉求跟着自己去上朝。

②党氏之沟:朝中地名。

③武叔:又称武叔懿子,名州仇,即叔孙。

【译文】

季氏让冉求跟随他上朝,在党氏之沟等着。叔孙氏叫他过来,询问有关这次战争的事,冉求回答说:“君子高瞻远瞩,我这样卑贱的人知道什么?”叔孙氏一定要他说,冉求回答:“我要考虑谈话对象而说话,量力而寻求共事者。”叔孙知道他是非难自己不想迎战,所以不回答,就说:“这是说我不是男子汉大丈夫了。”以上是冉求刺激孟氏使其接战。

退而蒐乘[①],孟孺子泄帅右师[②],颜羽御[③],邴泄为右。冉求帅左师,管周父御[④],樊迟为右[⑤]。季孙曰:“须也弱[⑥]。”有子曰[⑦]:“就用命焉[⑧]。”季氏之甲七千,冉有以武城人三百为己徒卒。老幼守宫,次于雩门之外[⑨]。五日,右师从之[⑩]。以上部署战事。

【注释】

①蒐乘:阅兵。蒐,阅。

②孟孺子泄:孟武伯,孟懿子之子。

③颜羽:字子羽,和邴泄同为孟孙氏之臣。

④管周父:季氏之臣。

⑤樊迟:名须,孔子弟子。

⑥弱:年幼的。

⑦有子:即冉求。

⑧就用命焉:能服从命令。用命,效命,服从命令。

⑨雩(yú):鲁国南门。

⑩五日,右师从之:五天以后,孟孺子泄率领的右军才跟上来,因其不愿迎战齐师。

【译文】

叔孙回去就检阅军队。孟孺子泄率领右师,颜羽为其驾车,邴泄作车右。冉求率领左师,管周父为他驾车,樊迟作车右。季孙说:“樊迟年纪太小。”冉求说:“他虽年幼但却肯服从命令。”季孙的甲士有七千人,冉求以他们中的三百武城人作自己的精兵。年纪大和年纪小的守卫宫室,驻扎在雩门之外。因不愿与齐作战,五天以后,孟孺子泄率领的右军才跟上来。以上是鲁国部署战事。

公叔务人见保者而泣[①],曰:“事充政重[②],上不能谋,士不能死,何以治民?吾既言之矣,敢不勉乎[③]!”

【注释】

①公叔务人:昭公之子公为。保:守城者。

②事充:徭役繁重。政重:赋税苛多。

③吾既言之矣,敢不勉乎:既然说别人不能为国而死,自己不敢不死。

【译文】

公叔务人看见守城者哭着说:“徭役繁重,赋税苛多,居上位的人不能为国谋划,士不能为国战死,怎么治理人民?我既然指责别人不能为国献身,我哪儿敢不尽心力以死报国呢?”

师及齐师战于郊,齐师自稷曲[①],师不逾沟[②]。樊迟曰:“非不能也,不信子也。请三刻而逾之[③]。”如之,众从之。师入齐军，右师奔，齐人从之，陈瓘、陈庄涉泗[④]。孟之侧后入以为殿[⑤]，抽矢策其马，曰："马不进也。"林不狃之伍曰[⑥]："走乎？"不狃曰："谁不如[⑦]？"曰："然则止乎？"不狃曰："恶贤[⑧]？"徐步而死[⑨]。师获甲首八十，齐人不能师。宵，谍曰[⑩]："齐人遁。"冉有请从之三，季孙弗许。以上右师败，左师胜。

【注释】

①稷曲：鲁国城郊地名。"稷门"是曲阜南城的正门，"稷曲"是稷门以外的地方。

②师不逾沟：鲁军不肯过沟迎战。

③三刻：申明三次号召。刻，有戒约意，此处解为号令。

④陈瓘、陈庄：都是齐国大夫。

⑤孟之侧：字反，孟氏族人。殿：断后。

⑥林不狃：鲁右师里的军士。伍：五人为伍，此处指林不狃队伍中的兵卒。

⑦谁不如：我不如谁？而要逃走？

⑧恶贤：与贤者交恶，意指其没有斗志。

⑨徐步而死：从容慢步被杀而死。意指其不怕死。鲁国有壮士，但季氏不能用。

⑩谍：间谍。

【译文】

鲁军和齐军在郊外交战，齐军从稷曲进攻鲁军，鲁国士兵不肯过沟迎战。樊迟对冉求说："士兵们不是做不到，而是不相信你，请你三次申明号令然后带头过沟。"冉求照他的话做了，众士兵都跟着他过了沟。鲁军攻入了齐军阵营。孟孺子率领的鲁右军缺乏斗志逃跑了，齐人在后面追赶，齐大夫陈瓘、陈庄过了泗水河。孟氏族人孟之侧在后面殿后，抽出箭来打马说：“马不往前走。”军士林不狃队伍中的士兵说：“逃跑吧？”不狃说：“我不如别人吗？为什么要逃走？”士兵又说：“那就留下来抵抗？”不狃说：“与贤者交恶吗？”最后从容慢步被杀而死。鲁军砍得齐军士兵的首级八十颗，齐人溃不成军。夜里，间谍报告：“齐人逃跑了。”冉求再三请求追击，季氏没答应。以上是鲁军右师败，左师胜。

孟孺子语人曰：“我不如颜羽，而贤于邴泄。子羽锐敏①，我不欲战而能默②。泄曰：‘驱之。’”公为与其嬖僮汪锜乘③，皆死，皆殡。孔子曰：“能执干戈以卫社稷，可无殇也④。”冉有用矛于齐师，故能入其军。孔子曰：“义也。”

【注释】

①子羽：即颜羽。锐敏：敏锐善战。

②默：心里虽然不想作战，但嘴上却不说逃走。

③嬖僮：宠爱的小童，名汪锜。

④无殇(shāng)：不作为夭折对待，即不用殇礼葬汪锜。八岁至十九岁死为殇。

【译文】

孟孺子对别人说：“我不如颜羽，但却比邴泄有道德。颜羽敏锐善战，我心里不想作战嘴上却不说逃走二字，而邴泄却说：‘催马跑吧。’”公叔务人和他宠爱的小童汪锜同坐一辆战车，一起战死，一起下葬。孔子说：“小小年纪能为国家而战，可以不算是夭折。”冉求用矛来对付齐军，所以能攻入他们的阵营。孔子说：“这就是正义。”

白公之难

【题解】

文章记叙了楚惠王时的一场内乱。令尹子西不听忠言，任用奸人，不但招致杀身之祸，也给国家和人民带来了灾难和痛苦。作者赞颂了叶公的善于让人，忠于国事，批评了子西的糊涂与麻木，阐述了用人要谨慎、得当的道理。文章也从侧面反映了春秋末期社会的动荡不安。

楚太子建之遇谗也[①]，自城父奔宋[②]。又辟华氏之乱于郑[③]，郑人甚善之。又适晋，与晋人谋袭郑，乃求复焉[④]。郑人复之如初。晋人使谍于子木，请行而期焉。子木暴虐于其私邑，邑人诉之。郑人省之，得晋谍焉。遂杀子木。以上白公仇郑。

【注释】

①太子建：又称楚建，字子木，楚国平王太子。

②城父：楚国邑名。在今河南宝丰东四十里，太子建居住地。

③华氏之乱：鲁昭公二十年（前522），宋国华氏、向氏等人发动叛乱。

④求复：要求回到郑国。

【译文】

楚太子建于鲁昭公十九年被陷害的时候，从自己的住地城父逃到宋国。昭公二十年宋国华氏、向氏发动叛乱，太子建为了躲避华氏之乱，又跑到了郑国，郑国人待他很友好。他又去了晋国，和晋国人策划袭击郑国，于是他又要求回到郑国。郑人待他和当初一样。晋人派出间谍来找太子建，请求定下袭郑的时间。太子建在他自己的私邑里残暴肆虐，私邑的人告发他。郑人搜查他，发现了晋国间谍，就杀了太子建。以上是白公仇恨郑国的原因。

其子曰胜，在吴。子西欲召之[①]，叶公曰[②]：“吾闻胜也诈而乱[3]，无乃害乎？"子西曰："吾闻胜也信而勇，不为不利，舍诸边竟，使卫藩焉[4]。"叶公曰："周仁之谓信[5]，率义之谓勇[6]。吾闻胜也好复言[7]，而求死士，殆有私乎？复言，非信也。期死[8]，非勇也。子必悔之。"弗从，召之使处吴竟，为白公[9]。以上楚召白公。

【注释】

①子西：楚公子申，楚平王长庶子、令尹。

②叶公：字子高，又称沈诸梁、叶公诸梁，楚大夫。

③诈：狡诈。乱：糊涂。

④藩：屏障，边境。

⑤周：亲近。

⑥率：遵循，奉行。

⑦复言：出言必行，不顾道理。

⑧期死：不怕死。期，必定，一定。

⑨白公：胜的封号。白为楚邑，在今河南息县东，是楚国靠近吴国的县邑。

【译文】

太子建的儿子叫胜，住在吴国，楚国令尹子西想叫他回国。叶公说："我听说胜这个人狡诈而糊涂，让他回来恐怕会有祸害。"子西说："我听说胜诚信而勇敢，不做不利的事，将他安置在边境，让他保卫楚国吧。"叶公说："亲近仁爱叫做诚信，遵循义理叫做勇敢。我听说胜出言必行而不顾道理，一直在搜罗不怕死的人，恐怕是有私心吧？言出必行而不顾义理不是诚信，不怕死并不就是勇敢。你日后一定会后悔的。"子西不听，将胜召回国，把他安排在靠近吴国边境的白这个地方，称为白公。以上是楚国征召白公。

请伐郑,子西曰:“楚未节也[①]。不然,吾不忘也。”他日又请,许之。未起师,晋人伐郑,楚救之,与之盟。胜怒,曰:“郑人在此,仇不远矣。”

【注释】

①未节:政令没有得到节制,即一切政事还未正常化。

【译文】

为替父报仇,胜请求讨伐郑国,子西说:“楚国刚刚安定,一切政事还没能正常化。不然的话,我是不会忘记此事的。”过了些日子,胜又请求攻郑,子西答应了他。还没出兵,晋人进攻郑国,楚国出兵救郑,并和郑签订了盟约。胜愤怒地说:“郑人就在我们这儿,仇人不在远处了。”

胜自厉剑[①],子期之子平见之[②],曰:“王孙何自厉也?”曰:“胜以直闻,不告女,庸为直乎?将以杀尔父。”平以告子西。子西曰:“胜如卵,余翼而长之。楚国第[③],我死,令尹、司马,非胜而谁?”胜闻之,曰:“令尹之狂也!得死,乃非我[④]。”子西不悛[⑤]。以上白公仇子西。

【注释】

①厉剑:磨剑。

②子期:公子结,楚昭王之兄。

③楚国第:楚国任用人才次第。

④得死,乃非我:此句意为一定要杀了子西不让他善终。得死,善终。

⑤悛(quān):悔改。

【译文】

胜亲自磨剑，司马子期的儿子平看见了，问："王孙为什么要亲自磨剑呢？"白公胜说："我以说话直率著称，不告诉你实情，这称得上直率吗？我磨剑是要杀你父亲。"平将这些话告诉了子西。子西说："胜就像一颗鸟蛋，在我翅膀下孵化并长大。按照楚国用人的次第，我死之后，令尹、司马二职除了胜还能由谁来担当呢？"白公胜听到这话说："令尹真狂妄！他要是善终，我就不是我，我一定得杀了他。"子西仍然没有觉察。以上是白公仇恨子西。

胜谓石乞曰[①]："王与二卿士[②]，皆五百人当之，则可矣。"乞曰："不可得也。"曰："市南有熊宜僚者，若得之，可以当五百人矣。"乃从白公而见之，与之言，说。告之故，辞。承之以剑[③]，不动。胜曰："不为利谄，不为威惕，不泄人言以求媚者，去之。"

【注释】

①石乞：胜的党徒。

②二卿士：指令尹子西，司马子期。

③承之以剑：拔剑指着他的喉咙。

【译文】

白公胜对他的党羽石乞说："楚王和子西、子期，用五百人对付就行了。"石乞说："不可能找到五百人。"又说："市南有一个叫熊宜僚的勇士，如果能得到他的辅佐，他一个人就能抵五百个人了。"于是石乞跟随白公去见熊宜僚。白公与这位勇士交谈，很高兴，告诉他自己来找他的用意，熊宜僚拒绝了。胜拔出剑来指着他的喉咙，熊宜僚动也不动。胜说："这是不为利诱、不屈服于威胁、不泄漏别人的话去讨好的人，我们还是放了他吧。”

吴人伐慎[①]，白公败之。请以战备献[②]，许之，遂作乱。秋七月，杀子西、子期于朝，而劫惠王[③]。子西以袂掩面而死。子期曰：“昔者吾以力事君，不可以弗终。”抉豫章以杀人而后死[④]。石乞曰：“焚库弑王，不然不济。”白公曰：“不可。弑王，不祥，焚库，无聚[⑤]，将何以守矣？”乞曰：“有楚国而治其民，以敬事神，可以得祥，且有聚矣，何患？”弗从。以上白公作乱。

【注释】

①慎：楚地，今安徽颍上西北。

②以战备献：将与吴作战所得铠杖兵器，都装备起来去郢都献俘，白公想借此作乱。

③惠王：昭王之子，名章。

④抉：拔起。豫章：大木。

⑤聚：物资。

【译文】

吴人伐慎，白公胜将吴人打败。他请求允许在献俘虏时不解除军队武器装备，想借此机会作乱，楚王答应了他，于是白公胜乘机叛乱。秋季七月，在朝堂上杀了子西和子期，劫持了楚惠王。子西后悔没听叶公的话，感到无颜面对叶公，用衣袖掩面而死。子期说：“过去我以武力来侍奉君王，不能有始无终。”他随手拔起一棵樟树，杀了几个人后被打死了。石乞说：“烧掉府库杀死楚王，不然的话我们不能成功。”白公说：“不行。杀死国君不吉祥，烧掉府库我们没有物资，还凭借什么来防守呢？”石乞说：“拥有楚国，治理楚民，虔敬地供奉神灵，就可以得到吉祥，也就会有物资，有什么可担心的？”白公胜不听。以上是白公作乱。

叶公在蔡①，方城之外皆曰②：“可以入矣。”子高曰：“吾闻之，以险侥幸者③，其求无餍，偏重必离④。”闻其杀齐管修也而后入⑤。

【注释】

①蔡：蔡迁往州来，楚兼并其地一。

②方城：山名。在今河南叶县境内。

③险：恶。

④偏重必离：办事不公平，百姓则离心。

⑤管修：楚国贤大夫。听说胜杀贤，知道可以讨伐他了。

【译文】

叶公在蔡地，方城山外边的人都说：“可以进兵国都讨伐白公了。”叶公说：“我听说用做恶事来获得利益的人，他的欲望是没有止境的，办事不公平百姓就会离心离德。”直到听说白公胜杀了贤大夫管修以后才进入国都。

白公欲以子闾为王①，子闾不可，遂劫以兵。子闾曰：“王孙若安靖楚国，匡正王室，而后庇焉，启之愿也，敢不听从。若将专利以倾王室，不顾楚国，有死不能。”遂杀之，而以王如高府②，石乞尹门③。圉公阳穴宫④，负王以如昭夫人之宫⑤。叶公亦至，及北门，或遇之，曰：“君胡不胄⑥？国人望君如望慈父母焉。盗贼之矢若伤君，是绝民望也。若之何不胄？”乃胄而进。又遇一人曰：“君胡胄？国人望君如望岁焉[7]，日日以几[8]。若见君面，是得艾也[9]。民知不死，其亦夫有奋心，犹将旌君以徇于国[10]，而又掩面以绝民望，不亦甚乎？"乃免胄而进。遇箴尹固[11]，帅其属，将与白公。子高曰："微二子者[12]，楚不国矣。弃德从贼，其可保乎？"乃从叶公。使与国人以攻白公。白公奔山而缢，其徒微之[13]。生拘石乞而问白公之死焉，对曰："余知其死所，而长者使余勿言[14]。"曰："不言将烹。"乞曰："此事也克则为卿，不克则烹，固其所也，何害？"乃烹石乞。王孙燕奔頯黄氏[15]。沈诸梁兼二事[16]，国宁，乃使宁为令尹[17]，使宽为司马[18]，而老于叶。以上叶公靖难。

【注释】

①子闾：平王子启，曾五次辞去王位。

②高府：楚之别府。

③尹门：守门。

④圉公阳：楚大夫。

⑤昭夫人：惠王的母亲。

⑥胄：头盔。此处作动词用。

⑦岁：一年的收成。

⑧以几：盼望你来。几，同"冀"。企望。

⑨艾：通"乂"。安心。

⑩旌：表扬。徇：向众宣示。

⑪箴尹固：楚臣。

⑫二子：指子西、子期。

⑬微：藏匿。

⑭长者：指白公胜。

⑮王孙燕：白公胜之弟。頯(kuí)黄：吴地，在今安徽宣城境。

⑯二事：令尹、司马二职。

⑰宁：子西之子，字子国。

⑱宽：子期之子。

【译文】

白公胜想立平王之子、曾五次辞去王位的子闾为楚王，子闾不答应，胜就用武力劫持了他。子闾说："您如果想要安定楚国，扶助王室，然后对我加以庇护，这也是我的愿望，我能不听从您的安排吗？如果想专谋私利以倾覆王室，不顾楚国的利益，我宁死也不从。"白公胜就杀了他，而带着惠王去高府，由石乞来守门。大夫圉公阳在宫墙上挖了一个洞，背着惠王到惠王母亲昭夫人的宫中。此时叶公也到了，走到北门时，有人遇到他，说："您为什么不戴上头盔呢？国人盼望您就像盼望慈父慈母一样。贼人的箭如果伤了您，不是让人民绝望吗？您为什么不戴上头盔？"叶公就戴上头盔往前走。又遇到一个人说："您干吗要戴上头盔呢？国人盼望您就像盼望每年的收成一样，天天期待着您来。如果能见您一面，就会安心了。百姓知道有了生存的希望，就会人人有奋战之心，在国都里向众人宣示您的名字，可您却把脸遮盖起来使民绝望，这不太过分了吗？"叶公就又摘下头盔前进。途中遇到了大夫箴尹固，他正率领自己的部下要去帮助白公胜。叶公说："如果没有子西和子期二位，楚国早就灭亡了。抛弃有德行的人而去追随叛乱的贼人，你能保住自己吗？"箴尹固听了转而跟随叶公。叶公派他和国人一起攻打白公胜，白公胜战败逃到山上自缢而死，他的党羽藏起了他的尸体。叶公活捉了石乞，问他白公尸体埋藏地点，石乞回答说："我知道他尸体埋藏的地方，但白公嘱咐我不能说出去。"叶公说："你不说就烹了你。"石乞说："跟随白公做这件大事，成功了就是卿，不成功就会被烹，这是意料之中的结果，对我来说没有什么。"于是叶公烹了石乞。白公胜的弟弟王孙燕逃往吴国的頯黄氏这个地方。叶公一身兼任令尹和司马二职，等到楚国安定后，他让子西的儿子宁做了令尹，子期的儿子宽做了司马，自己则终老于封地叶。以上述叶公平定叛乱。

卷二十三 · 叙记之属二

通鉴

宋代司马光(1019—1086)领衔编撰,共二百九十四卷,另有《目录》《考异》各三十卷。司马光最初完成战国至秦二世八卷时名为《通志》,进于宋英宗。治平三年(1066)奉命设书局编撰,至神宗元丰七年(1084)完成,历时十九年。全书上起周威烈王二十三年(前403),下迄后周世宗显德六年(959),为编年体通史。取材除十七史以外,征引野史、传状、文集、谱录等三百二十二种。参与编撰者还有当时的史学名家刘攽、刘恕、范祖禹等。内容以政治、军事为主,略于经济、文化,贯穿一千三百六十二年,为了解历代治乱兴衰之迹提供了较系统而完备的资料。

赤壁之战

【题解】

此篇选自《资治通鉴》第六十五卷。东汉末年,曹操初步统一北方,率兵二十余万南下,攻占荆州,刘备仓皇败逃。曹军继续南下意欲攻打孙权。迫于形势,孙、刘联盟,合军五万,共同抗曹。曹军进到赤壁,小战失利,退驻江北,与孙、刘联军隔江对峙。曹军远道而来,不服水土,不善使船,为防止战船在江中晃动,操命人用铁链将沿江战船全部首尾相连。乘此机会,周瑜派人火攻曹营,曹军大败。曹操退守北方,刘备占据荆州地区,孙权雄踞江南,形成曹、刘、孙对峙局面。赤壁之战是我国历史上以少胜多的著名战役之一,它奠定了魏、蜀、吴三国鼎立的形势。

初,鲁肃闻刘表卒[①],言于孙权曰:"荆州与国邻接[②],江山险固,沃野万里,士民殷富,若据而有之,此帝王之资也。今刘表新亡,二子不协[③],军中诸将,各有彼此[④]。刘备天下枭雄,与操有隙,寄寓于表,表恶其能而不能用也。若备与彼协心,上下齐同,则宜抚安,与结盟好;如有离违[⑤],宜别图之,以济大事。肃请得奉命吊表二子,并慰劳其军中用事者,及说备使抚表众,同心一意,共治曹操,备必喜而从命。如其克谐[⑥],天下可定也。今不速往,恐为操所先。"权即遣肃行。到夏口[⑦],闻操已向荆州,晨夜兼道,比至南郡[⑧],而琮已降,备南走,肃径迎之,与备会于当阳长坂[⑨]。肃宣权旨,论天下事势,致殷勤之意,且问备曰:"豫州今欲何至[⑩]?"备曰:"与苍梧太守吴巨有旧[⑪],欲往投之。"肃曰:"孙讨虏聪明仁惠[⑫],敬贤礼士,江表英豪,咸归附之,已据有六郡[⑬],兵精粮多,足以立事。今为君计,莫若遣腹心自结于东,以共济世业。而欲投吴巨,巨是凡人,偏在远郡,行将为人所并,岂足托乎!"备甚悦。肃又谓诸葛亮曰:"我,子瑜友也。"即共定交。子瑜者,亮兄瑾也,避乱江东,为孙权长史。备用肃计,进住鄂县之樊口[⑭]。以上鲁肃至荆州觇变,见先主、武侯。

【注释】

①刘表：汉末地方豪强，生前任荆州牧。

②荆州：汉武帝所置十三刺史部之一。辖境约当今湖北、湖南两省及河南、贵州、广东、广西的一部分。

③二子不协：刘表的两个儿子刘琦、刘琮不和睦。因为刘表及后妻偏爱次子刘琮。

④各有彼此：军中诸将有的依附刘琦，有的依附刘琮。

⑤离违：指人有离心，互相违异。

⑥克谐：能够顺利。

⑦夏口：当今湖北武昌。

⑧南郡：治所在今湖北江陵的纪南故城。

⑨当阳长坂：在今湖北当阳。

⑩豫州：刘备曾任豫州刺史，故有此称呼。

⑪苍梧：今属广西。

⑫孙讨虏：孙权在汉建安五年(200)被封为讨虏将军。

⑬六郡：即会稽、吴郡、丹阳、豫章、庐陵、庐江。

⑭鄂县：今湖北鄂州。樊口：即娘子湖入长江之处，在今湖北鄂州。

【译文】

当初，鲁肃听说刘表去世，就对孙权说："荆州和我们相邻，地势险要，沃野万里，百姓富足，如果我们占据荆州，将为称帝奠定基础。现在刘表刚刚去世，他的两个儿子不和，军中各位将领也各护其主。刘备本是一个英雄人物，因与曹操有矛盾，寄居在刘表这里，刘表嫉妒他的才能而不用他。如果刘备与刘表的儿子能同心协力，和睦相处，那么我们应前去安抚，与刘备结成盟友；反之，如果刘备另有打算，我们就要再做考虑，以便成就大事。我请求您让我去荆州抚慰刘表的儿子及军中诸位将领，并乘机劝说刘备收抚刘表的属下，和我们联合起来，共同对付曹操，刘备一定会很高兴地同意的。如果这件事能够顺利，天下就可以平定了。现在不抓紧时间去荆州，恐怕就会被曹操抢在前面了。”孙权立即同意，派遣鲁肃前去荆州。鲁肃到达夏口，听说曹操已经出发前去荆州，于是昼夜兼程。等到达南郡，听说刘琮已投降，刘备正向南撤退，鲁肃赶快迎上去，与刘备在当阳的长坂会合。鲁肃向刘备转达了孙权的问候，为刘备详细论述天下大势，表达了殷勤之意，并且问刘备：“现在刘豫州打算到哪里去呢?”刘备说：“我和苍梧郡太守吴巨有些交情，现在想投奔他去。”鲁肃说：“我们孙将军聪明仁惠，敬贤礼士，江东的英雄豪杰都集中在他那里，现在孙将军掌管东吴六郡，兵精粮多，足以成就大业。现在替您谋划，不如派个心腹之人与东吴结成盟友，共同完成大业。而您想去投奔吴巨，我看很不合适。吴巨不过是个凡夫俗子，所住的地方又很偏远，很快就会被别人吞并，怎么可以依靠呢?”刘备听后，很是高兴。鲁肃又对诸葛亮说：“我和诸葛子瑜是好朋友。”这样，诸葛亮也与鲁肃结为好友。子瑜名瑾，他是诸葛亮的哥哥，为避战乱，来到江东，在孙权手下任长史。刘备接受了鲁肃的意见，进军驻扎在鄂县的樊口。以上是鲁肃到荆州窥探情况，见到刘备与诸葛亮。

曹操自江陵将顺江东下[①]。诸葛亮谓刘备曰：“事急矣，请奉命求救于孙将军。”遂与鲁肃俱诣孙权。亮见权于柴桑[②]，说权曰：“海内大乱，将军起兵江东，刘豫州收众汉南，与曹操共争天下。今操芟夷大难[③]，略已平矣，遂破荆州，威震四海。英雄无用武之地，故豫州遁逃至此，愿将军量力而处之。若能以吴、越之众与中国抗衡[④]，不如早与之绝；若不能，何不按兵束甲，北面而事之！今将军外托服从之名，而内怀犹豫之计[⑤]，事急而不断，祸至无日矣。”权曰：“苟如君言，刘豫州何不遂事之乎?”亮曰：“田横[⑥]，齐之壮士耳，犹守义不辱；况刘豫州王室之胄[⑦]，英才盖世，众士慕仰，若水之归海。若事之不济,此乃天也,安能复为之下乎!"权勃然曰:"吾不能举全吴之地,十万之众,受制于人。吾计决矣!非刘豫州莫可以当曹操者;然豫州新败之后,安能抗此难乎?"亮曰:"豫州军虽败于长坂,今战士还者及关羽水军精甲万人,刘琦合江夏战士亦不下万人。曹操之众,远来疲敝,闻追豫州,轻骑一日一夜行三百余里,此所谓'强弩之末势不能穿鲁缟'者也[8]。故《兵法》忌之,曰'必蹶上将军'[9]。且北方之人,不习水战;又,荆州之民附操者,逼兵势耳,非心服也。今将军诚能命猛将统兵数万,与豫州协规同力[10],破操军必矣。操军破,必北还;如此,则荆、吴之势强,鼎足之形成矣。成败之机,在于今日!"权大悦,与其群下谋之。以上武侯至柴桑说孙权。

【注释】

①江陵:今属湖北。

②柴桑:今江西九江。

③芟(shān)夷:削除。

④抗衡:势力相当。

⑤犹豫:兽名。像鹿,性多疑虑,所以比喻迟疑不决的人为犹豫。

⑥田横:秦末狄县(今山东高青)人。原是齐国贵族,汉朝建立,率党徒五百余人逃亡海岛。汉高祖派人前去迎接。田横在回来途中因不愿称臣于汉,自刎而死。海上五百党徒闻讯亦皆自刎而死。

⑦胄:指帝王或贵族的后裔。

⑧鲁缟(gǎo):鲁国生产的薄绢。缟,未经染色的绢。

⑨蹶:失败,挫折。

⑩协规：意为合谋。

【译文】

曹操率大军自江陵顺长江东下。诸葛亮对刘备说："形势危急，请让我赶快去向孙将军求救吧。"诸葛亮与鲁肃一起去拜见孙权。诸葛亮在柴桑与孙权会面，劝孙权说："天下大乱，将军在长江以东起兵，刘豫州在汉南收服众人，与曹操共争天下。现在曹操在北方削除强敌，基本平定了北方，接着又南下攻破荆州，威名震惊四方。面对曹操大军，刘豫州英雄无用武之地，只好暂避此处，希望将军仔细想想量力而行。如果依靠吴、越之众与中原的曹操抗衡，那么不如早日与曹操绝交；如果不能与之抗衡，为什么不收兵卸甲，臣服于曹操！现在将军表面上服从于曹操，内心里又想起兵抗曹，迟疑不决，事到临头还不能决断，祸事很快就会来临了。"孙权说："如果真像你说的这样，那么刘豫州为什么不臣服于曹操呢?"诸葛亮说："田横，只是齐国的一名壮士，他都能保全义气，宁死不屈；何况刘豫州是汉王室后代，英才盖世，人人仰慕，就像水流渴望归向大海一样。若大业不能完成，也只是命运不好，怎么可能向曹操屈服！"孙权听后愤然而起："我不能让全吴之地，十万之众，受制于人。我主意已定！除了刘豫州没有能对付曹操的人；不过刘豫州最近刚打了败仗，又怎么能抵抗得住这大难呢?"诸葛亮说："刘豫州虽然在当阳长坂与曹军交手失利，可是眼下归来的散兵及关羽手中的水军精锐还有一万人，刘琦手中的江夏战士也不下一万人。曹操军队远道而来，士兵疲累，据说为追刘豫州，轻骑兵一日一夜追三百余里，这就是所谓的'强弓射出的箭尽管有力，但到了射程的尽头，力量已不能穿透一块鲁国的薄绸'。所以《孙子兵法》忌讳这种做法，说'(这样做)一定会使主帅遭到挫败'。而且，曹军都是北方人，不懂水战；再加上荆州归附曹操的民众，只是迫于兵势罢了，并不真心拥护他。如果将军真能命猛将统领数万兵力，与刘豫州同心协力，那是一定会打败曹军的。曹军败，必然退回北方；那时东吴、荆州的势力就强盛了，鼎足之势就形成了。成败之机，就在今天。”孙权听后很高兴，马上召集群臣共同商议。以上是诸葛亮到柴桑游说孙权。

是时，曹操遗权书曰：“近者奉辞伐罪，旄麾南指，刘琮束手。今治水军八十万众，方与将军会猎于吴。”权以示臣下，莫不响震失色。长史张昭等曰[①]：“曹公，豺虎也，挟天子以征四方，动以朝廷为辞；今日拒之，事更不顺。且将军大势可以拒操者，长江也。今操得荆州，奄有其地，刘表治水军，蒙冲斗舰乃以千数[②]，操悉浮以沿江，兼有步兵，水陆俱下，此为长江之险已与我共之矣，而势力众寡又不可论。愚谓大计不如迎之。”鲁肃独不言。权起更衣，肃追于宇下。权知其意，执肃手曰：“卿欲何言？”肃曰：“向察众人之议，专欲误将军，不足与图大事。今肃可迎操耳，如将军不可也。何以言之？今肃迎操，操当以肃还付乡党，品其名位，犹不失下曹从事，乘犊车[③]，从吏卒，交游士林，累官故不失州郡也。将军迎操，欲安所归乎？愿早定大计，莫用众人之议也！”权叹息曰：“诸人持议，甚失孤望。今卿廓开大计，正与孤同。”

【注释】

①张昭：字子布，彭城（今江苏徐州）人。

②蒙冲斗舰：以生牛皮蒙船，前后左右都有射箭的窗口，可以御敌。

③犊车：即牛车。

【译文】

这时，曹操派人给孙权送来一封信，上面写道：“最近我奉天子的命令讨伐叛逆之臣，大军南下，刘琮已经投降。现在我率领八十万水军，将与将军会猎于吴地。”孙权把信给群臣看，群臣都大惊失色。长史张昭等人说：“曹操是个如豺狼虎豹一样凶恶的人，他假借皇帝的名义四处征讨，动不动就打着朝廷派遣的旗号；我们现在抵抗他，事更不顺。况且，我们能够抵挡曹军的只有长江天险。可现在曹军已得到荆州，占据荆州全部土地，刘表水军的千艘战船也都被曹军占有，沿长江摆开，岸上还有步兵，水陆大军一齐东下，长江天险已由曹操和我们共有，我们的兵力与曹操相比也是寡不敌众。依我的愚见，不如迎合他。”只有鲁肃不吭声。孙权退入后堂更衣，鲁肃追到檐下。孙权明白他的意思，拉着他的手问：“你要跟我说什么？”鲁肃说：“刚才听众人说的话，真的会害了将军，不能跟他们图谋大事。现在我可以迎合曹操，而将军却不能。为什么这样说呢？现在我迎合曹操，想必他会把我送还家乡，品评我的名位，还少不得让我做一个低级官员，乘牛车，跟随着吏卒，跟读书人交游，慢慢地也能做到州郡一级官员。可是将军迎合曹操，又想如何安身呢？希望您早定大计，不要听他们的话！”孙权叹息说：“张昭他们的话太让我失望了。现在你阐发远大的谋略，真是说到我的心里去了。”

时周瑜受使至番阳[①]，肃劝权召瑜还。瑜至，谓权曰：“操虽托名汉相，其实汉贼也。将军以神武雄才，兼仗父兄之烈，割据江东，地方数千里，兵精足用，英雄乐业，当横行天下，为汉家除残去秽；况操自送死，而可迎之邪？请为将军筹之：今北土未平，马超、韩遂尚在关西[②]，为操后患；而操舍鞍马，杖舟楫，与吴、越争衡；今又盛寒，马无藁草[③]；驱中国士众远涉江、湖之间，不习水土，必生疾病。此数者用兵之患也，而操皆冒行之。将军禽操[④]，宜在今日。瑜请得精兵数万人，进住夏口，保为将军破之！”权曰：“老贼欲废汉自立久矣，徒忌二袁、吕布、刘表与孤耳⑤；今数雄已灭，惟孤尚存。孤与老贼势不两立，君言当击，甚与孤合，此天以君授孤也。”因拔刀斫前奏案曰：“诸将吏敢复有言当迎操者，与此案同！”乃罢会。

【注释】

①番阳：今江西鄱阳。

②关西：指函谷关以西，今陕西、甘肃两省境内。

③藁（gǎo）：多年生草本植物。

④禽：“擒”的古字。

⑤二袁：指袁绍、袁术。

【译文】

当时周瑜正驻守在鄱阳，鲁肃劝孙权赶快把周瑜召回来商议对策。周瑜奉命赶回来后，孙权召群臣议事，周瑜对孙权说：“曹操虽然托名汉朝的丞相，其实是汉朝的奸贼。将军以神武雄才，又承袭父兄的功业，独占江东数千里土地，兵力雄厚，英雄乐业，当横行天下，为汉王朝铲除奸贼；况且曹操这次是来送死，为什么要迎合他？请让我为您分析：现在北方还没有平定，马超、韩遂还驻兵在函谷关以西，是曹操后方的隐患；而曹军现在弃马乘船，与生长在水乡的吴越人交战；现在天气寒冷，马匹找不到草料；驱使中原士兵长途跋涉来到满是江河湖海的南方，不服水土，必会生病。如此种种，都是用兵所要忌讳的不利条件，可曹操却占全了。将军要想活捉曹操，机会就在现在。我请求给我数万精兵，进驻夏口，保证为将军大败曹军！”孙权说：“曹贼早就想废汉，自己称帝，只不过惧怕袁绍、袁术、吕布、刘表和我；现在那几位都已被消灭了，只有我还在。我与老贼誓不两立，你主张迎战曹操，正合我意，这是上天派你来帮助我。”说着，孙权拔出佩刀，一刀劈下桌子的一角说：“再有人敢提迎合曹操，就是如此下场！”就散了会。

是夜，瑜复见权曰：“诸人徒见操书言水步八十万而各恐慑，不复料其虚实，便开此议，甚无谓也。今以实校之，彼所将中国人不过十五六万，且已久疲；所得表众亦极七八万耳，尚怀狐疑。夫以疲病之卒御狐疑之众，众数虽多，甚未足畏。瑜得精兵五万，自足制之，愿将军勿虑！”权抚其背曰：“公瑾①，卿言至此，甚合孤心。子布、元表诸人②，各顾妻子，挟持私虑，深失所望；独卿与子敬与孤同耳③，此天以卿二人赞孤也。五万兵难卒合，已选三万人，船粮战具俱办。卿与子敬、程公便在前发④，孤当续发人众，多载资粮，为卿后援。卿能办之者诚决，邂逅不如意，便还就孤，孤当与孟德决之。”以上吴君臣定议。遂以周瑜、程普为左、右督，将兵与备并力逆操；以鲁肃为赞军校尉，助画方略。

【注释】

①公瑾：周瑜之字。

②子布：张昭之字。元表：秦松之字。

③子敬：鲁肃之字。

④程公：指程普，当时江东诸将中程普年岁最大，故称程公。

【译文】

当天夜里，周瑜又去见孙权说：“众人只见曹操在书信中自称领兵水步八十万，就被吓住了，也不想想是真是假，就准备迎合，真是太不像话了。现在以实际情况来核对一下，曹操从中原带来的士兵不过十五六万人，而且都已非常疲惫；收拢刘表部下最多也就七八万人，尚且心怀狐疑。以疲惫生病的士卒统御心怀狐疑之众，人数虽多也没什么可怕的。我只要精兵五万，就足够了，请将军不必担心！”孙权拍着周瑜的背说：“你能这样说，让我很高兴。子布、元表等人都只顾自己的家人，处处为自己着想，我很失望；只有你和子敬与我心意相同，这是上天派你们二人来帮助我。现在一时间凑不出五万人马，已经选出三万人，船粮战具都已准备好。你和鲁肃、程公先率军出发，我会继续招兵，多准备粮草，做你的后援。你与曹军交锋，能战则战，不能战就回来，让我亲自与曹孟德决战。”以上是东吴君臣商定对策。于是孙权任命周瑜、程普为左、右督军，率兵与刘备合作迎战曹操；任命鲁肃为赞军校尉，协助军中将领出谋划策。

刘备在樊口，日遣逻吏于水次候望权军[①]。吏望见瑜船，驰往白备，备遣人慰劳之。瑜曰：“有军任，不可得委署[②]；傥能屈威[③]，诚副其所望。”备乃乘单舸往见瑜，曰：“今拒曹公，深为得计。战卒有几？”瑜曰：“三万人。”备曰：“恨少。”瑜曰：“此自足用，豫州但观瑜破之。”备欲呼鲁肃等共会语，瑜曰：“受命不得妄委署。若欲见子敬，可别过之。”备深愧喜。以上先主见周瑜。

【注释】

①逻吏：巡逻兵。

②委：放弃，离开。署：职位，军署。

③傥：倘或。

【译文】

刘备在樊口，每日派巡逻的士兵在江边眺望孙权的军队。巡逻兵看到周瑜的战船，急忙跑去告诉刘备，刘备派人去慰问周瑜。周瑜对来人说："军命在身，不敢擅离职守；如果刘使君能屈就前来，我诚惶诚恐恭候使君。"刘备乘一只小船前去会见周瑜，说："迎战曹操，是明智的决定。你现在带了多少人马？"周瑜说："三万。"刘备说："可惜太少了。"周瑜说："这就足够了，刘豫州只管等着瞧吧，看我怎么打败曹军。"刘备还想叫鲁肃来一起交谈，周瑜说："身负重任，不敢随意。您若想见子敬，可以单独去见他。"刘备又惭愧又欢喜。以上是刘备见周瑜。

进，与操遇于赤壁[①]。时操军众，已有疾疫。初一交战，操军不利，引次江北。瑜等在南岸，瑜部将黄盖曰："今寇众我寡，难与持久。操军方连船舰，首尾相接，可烧而走也。"乃取蒙冲斗舰十艘，载燥荻、枯柴[②]，灌油其中，裹以帷幕，上建旌旗，豫备走舸[③]，系于其尾。先以书遗操，诈云欲降。时东南风急，盖以十舰最著前，中江举帆，余船以次俱进。操军吏士皆出营立观，指言盖降。去北军二里余，同时发火，火烈风猛，船往如箭，烧尽北船，延及岸上营落。顷之，烟炎张天，人马烧溺死者甚众。瑜等率轻锐继其后，雷鼓大震，北军大坏。操引军从华容道步走[④]，遇泥泞，道不通，天又大风，悉使羸兵负草填之，骑乃得过。羸兵为人马所蹈藉，陷泥中，死者甚众。刘备、周瑜水陆并进，追操至南郡。时操军兼以饥疫，死者大半。操乃留征南将军曹仁、横野将军徐晃守江陵[⑤]，折冲将军乐进守襄阳[⑥]，引军北还。以上周瑜大破曹军。

【注释】

①赤壁：在长江之右岸，胡三省注曰："赤壁山，在今嘉鱼县，对江北

之乌林。”

②荻(dí):多年生草本植物。

③走舸:战船之一种。

④华容:地名。胡三省注曰:“华容,今石首也。”

⑤曹仁:曹操的堂弟,字子孝。徐晃:字公明,河东杨(今山西洪洞)人。

⑥乐进:字文谦。

【译文】

周瑜率军前进,与曹军相遇在赤壁。这时曹军中有许多士兵已经染上疫病。两军初次交战,曹军失利,退驻江北。周瑜率军驻扎长江南岸,周瑜手下的大将黄盖说:“现在敌众我寡,很难长期坚持。曹军战船都是连在一起的,首尾相接,可以用火攻。”周瑜采纳了黄盖的建议,准备了十艘蒙冲斗舰,船内装满荻草和干柴,灌了火油,用布遮住,船上插上旗帜,船尾系着撤走时用的快船。黄盖先派人给曹操送去书信,谎称要前来投降。当时正刮着东南风,黄盖率领这十艘船由南岸向北岸行驶,走到江中心升起船帆,黄盖的船走在最前面,其他的船跟在后面。曹军官兵都出营站在岸边观看,指指点点地说黄盖前来投降。船队离北岸还有二里左右,同时点火,火烈风猛,船借风势,如箭驶去北岸,将曹军战船全部烧毁,又波及岸上兵营。顷刻之间,烟火冲天,人马烧死、投江淹死者不计其数。周瑜率轻锐部队随后过江,鼓声大震,大败曹军。曹操领残部败走华容道,道路泥泞,不得通行,又遇狂风,曹操让疲弱的士兵背干草充填道路,才能骑马通过。又有疲弱的士兵被人挤马踏,陷于泥中,伤亡很多。刘备、周瑜率军水陆并进,追曹操一直追到南郡。这时曹军连饥带病,死伤大半。曹操只好留征南将军曹仁、横野将军徐晃守江陵,让折冲将军乐进守襄阳,然后率残部撤回北方。以上是周瑜大破曹军。

周瑜、程普将数万众，与曹仁隔江未战。甘宁请先径进取夷陵[①]，往，即得其城，因入守之。益州将袭肃举军降[②]，周瑜表以肃兵益横野中郎将吕蒙[③]。蒙盛称："肃有胆用，且慕化远来，于义宜益，不宜夺也。"权善其言，还肃兵。曹仁遣兵围甘宁，宁困急，求救于周瑜。诸将以为兵少不足分。吕蒙谓周瑜、程普曰："留凌公绩于江陵[④]，蒙与君行，解围释急，势亦不久。蒙保公绩能十日守也。"瑜从之，大破仁兵于夷陵，获马三百匹而还。于是将士形势自倍。瑜乃渡江，屯北岸，与仁相拒。

【注释】

①甘宁：字兴霸，临江（今重庆忠县）人。夷陵：今湖北宜昌。

②益州：汉武帝时十三刺史部之一，辖境约今四川省境内。袭肃：人名。姓袭名肃。

③吕蒙：字子明，三国时汝南富陂（今安徽阜南）人。

④凌公绩：即凌统。

【译文】

周瑜、程普率数万军队，与曹仁隔江对峙。甘宁请求先去攻取夷陵，他领兵前去，很快攻下夷陵，率军进驻。益州守将袭肃率军投降孙权，周瑜上表建议把袭肃的军队划归横野中郎将吕蒙。吕蒙极口称赞："袭肃有胆识，有才干，而且是仰慕孙将军而率军投降，于道义上讲应该嘉奖，而不是夺其兵权。"孙权认为吕蒙说得很对，将降军仍归还袭肃带领。曹仁派兵围困甘宁驻守的夷陵，甘宁危急，向周瑜求救。各位将领认为现在兵力不足，无法派出援军。吕蒙对周瑜、程普说："留下凌公绩守江陵，我与将军同行，解救甘宁之急，不会用很长时间。我保证凌公绩在江陵能守住十日。"周瑜听从了吕蒙的意见，率军增援夷陵，大败曹仁,俘获战马三百匹,胜利返回江陵。此时兵强马壮,士气高昂。周瑜率军渡过长江,驻扎北岸,与曹仁相对抗。

曹爽之难

【题解】

此篇选自《资治通鉴》第七十五卷。曹爽,字昭伯,沛国谯(今安徽亳州)人。曹魏宗室,曹操侄孙,曾任武卫将军。魏明帝临终,拜其为大将军,与太尉司马懿同受遗诏辅政。曹爽骄奢无度,任用弟兄、亲信把持朝政,与司马懿争权。司马懿假作年老病重,使曹爽不加戒备。后乘皇帝及曹爽等出城之机,控制军营,并要皇帝将曹爽治罪。曹爽不听桓范挟天子起兵之计策,只求服罪为民,安逸求生,后终被司马懿以谋反罪诛死。曹爽死后,朝政全归司马氏,为司马氏取代曹魏政权铺平道路。

大将军爽,骄奢无度,饮食衣服,拟于乘舆;尚方珍玩①,充牣其家②;又私取先帝才人以为伎乐③。作窟室,绮疏四周,数与其党何晏等纵酒其中④。弟羲深以为忧,数涕泣谏止之,爽不听。爽兄弟数俱出游,司农沛国桓范谓曰⑤:"总万机,典禁兵,不宜并出。若有闭城门,谁复内入者?"爽曰:"谁敢尔邪!"

【注释】

①尚方:官署名。主造皇室所用刀剑兵器及玩好器物。

②牣(rèn):满。

③才人:宫廷女官名。

④何晏：字平叔，何进之孙。美丰姿，著有《论语集解》一书传世。

⑤桓范：字元则，沛国龙亢（今安徽怀远龙亢）人，官拜大司农。

【译文】

大将军曹爽骄奢无度，衣服饮食都仿照皇上；皇室的奇珍异宝布满了他家的各个房间；他还私自把先帝宫中的女官留作自己的歌舞乐伎。他命人在地下建造密室，四周挂满了华丽的有文彩的丝织品，他经常和他的同党何晏等人在里面饮酒作乐。他的弟弟曹羲非常为他担忧，多少次哭泣着规劝他，曹爽就是不听。曹爽经常兄弟几人一同出城游玩，司农大臣沛国人桓范对曹爽说："您总理朝廷各种事情，掌管着城内禁兵，不应该与弟兄们同时出城。如果有人乘机关闭了城门，又有谁能在城内接应呢？"曹爽说："谁敢这样做？！"

初，清河、平原争界[①]，八年不能决。冀州刺史孙礼请天府所藏烈祖封平原时图以决之[②]。爽信清河之诉，云图不可用。礼上疏自辨，辞颇刚切。爽大怒，劾礼怨望，结刑五岁。以上爽之骄横。久而复为并州刺史，往见太傅懿，有忿色而无言。懿曰："卿得并州少邪？恚理分界失分乎？"礼曰："何明公言之乖也！礼虽不德，岂以官位往事为意邪！本谓明公齐踪伊、吕，匡辅魏室，上报明帝之托，下建万世之勋。今社稷将危，天下汹汹[③]，此礼之所以不悦也！"因涕泣横流。懿曰："且止，忍不可忍！"

【注释】

①清河、平原：二郡名。分别在今河北、山东省境内而相邻。

②天府：《周礼》有天府，祖宗之宝藏、贤能之书及功书，皆藏于天府。烈祖：指魏明帝，曾封平原王。

③汹汹：犹“讻讻”，形容喧扰。

【译文】

当初清河郡和平原郡因为边界问题发生争议，八年也不能决断。冀州刺史孙礼请求将天府收藏的魏明帝受封平原王时的地图取出来，用以决断。曹爽听信清河郡的诉说，说地图不可用。孙礼上书为自己辩解，言辞激烈。曹爽大怒，弹劾孙礼对朝廷心怀怨恨，结果，孙礼被判刑五年。以上是写曹爽骄横。过了很久，孙礼又被任命为并州刺史，他去拜见太傅司马懿，满面忿恨之色却不说话。司马懿说：“你是嫌并州地方太小呢？还是怨恨边界问题处置不公？”孙礼说：“您是个明白人，怎么会说出这种话呢？我虽然没有什么德能，也不会为官位大小或是过去的事而介意！我是在想，您应该追循伊尹、吕尚的足迹，匡正辅佐魏国朝廷，上可以报答魏明帝的嘱托，下可以建立万世之功德。现在朝廷岌岌可危，天下动荡不安，这才是我不高兴的原因啊！”说着泪流满面，不能自已。司马懿说：“请不要悲伤，要学会忍受那些不能忍受的事情！”

冬，河南尹李胜出为荆州刺史①，过辞太傅懿。懿令两婢侍，持衣，衣落；指口言渴，婢进粥，懿不持杯而饮，粥皆流出沾胸。胜曰：“众情谓明公旧风发动，何意尊体乃尔！”懿使声气才属，说：“年老枕疾，死在旦夕。君当屈并州，并州近胡，好为之备！恐不复相见，以子师、昭兄弟为托。”胜曰：“当还忝本州②，非并州。”懿乃错乱其辞曰：“君方到并州？”胜复曰：“当忝荆州。”懿曰：“年老意荒，不解君言。今还为本州，盛德壮烈，好建功勋！”胜退，告爽曰：“司马公尸居余气，形神已离，不足虑矣。”他日，又向爽等垂泣曰：“太傅病不可复济，令人怆然！”故爽等不复设备。以上懿之奸诈。

【注释】

①尹:官名。李胜:字公昭,南阳人。有才智,魏明帝认为他浮华,不用,曹爽将他作为心腹。

②忝:有愧于。常用作自谦辞。本州:李胜是南阳人,在荆州境内,故称荆州为本州,意其家乡。

【译文】

冬天,河南尹李胜出任荆州刺史,他去辞别太傅司马懿。司马懿让两个婢女扶着,要穿衣服,衣服掉在地上;指着口意思是渴了,婢女给他端来粥,司马懿不端碗就喝,一边喝一边流,粥都流在前胸的衣服上。李胜说:“众人都说您旧病发作,没想到您的身体竟病成这样!”司马懿气喘吁吁地说:“我年老多病,卧床不起,很快就要死了。你屈就并州刺史,并州靠近胡地,要好好加强戒备。我们恐怕再也见不着了,请你以后要照顾我的儿子司马师、司马昭。”李胜说:“我是愧还家乡荆州,而不是并州。”司马懿假装听错他的话说:“你是刚刚到过并州?”李胜又说:“是愧还家乡荆州。”司马懿说:“唉,人老了,头脑不中用,不明白你说的话。这次你回到家乡,正好大展宏图,好好建立功勋!”李胜告退,他对曹爽说:“司马公病得只剩一口气了,精神恍惚,神志不清,不必有什么顾虑了。”又过了几日,他又流着泪对曹爽等人说:“太傅的病体不能够复原了,真是令人难过!”因此,曹爽等人对司马懿不再戒备。以上是写司马懿的奸诈。

何晏闻平原管辂明于术数①,请与相见。正始九年十二月丙戌②,辂往诣晏,晏与之论《易》。时邓飏在坐,谓辂曰:“君自谓善《易》,而语初不及《易》中辞义,何也?”辂曰:“夫善《易》者不言《易》也。”晏含笑赞之曰:“可谓要言不烦也!”因谓辂曰:“试为作一卦,知位当至三公不③?”又问:“连梦见青蝇数十，来集鼻上，驱之不去，何也？”辂曰：“昔元、凯辅舜，周公佐周，皆以和惠谦恭，享有多福，此非卜筮所能明也[④]。今君侯位尊势重，而怀德者鲜，畏威者众，殆非小心求福之道也。又，鼻者天中之山，‘高而不危，所以长守贵’。今青蝇臭恶而集之，位峻者颠，轻豪者亡，不可不深思也！愿君侯裒多益寡[⑤]，非礼勿履，然后三公可至，青蝇可驱也[⑥]。”飏曰：“此老生之常谭[⑦]。”辂曰：“夫老生者见不生，常谭者见不谭。”辂还邑舍，具以语其舅。舅责辂言太切至。辂曰：“与死人语，何所畏耶！”舅大怒，以辂为狂。以上管辂之先见。

【注释】

①管辂：字公明，八九岁时便喜欢观察星辰。成人后，风水占卜之道无不精微。

②正始九年：248 年。

③三公：古时官吏的最高荣衔。各朝具体官职不同，东汉时以太尉、司徒、司空合称三公。

④筮：用蓍草占卦。

⑤裒（póu）多益寡：谓移多余以补不足。裒，减少。

⑥青蝇：这里比喻进谗言的人。

⑦谭：同“谈”。

【译文】

何晏听说平原郡的管辂精通占卜之术，就请求与他相见。正始九年十二月丙戌日，管辂来拜会何晏，何晏与他谈论《周易》。当时邓飏也在座，他对管辂说：“您自称善长于《周易》，可是谈话却不说《周易》中的辞义，这是为什么呢？”管辂说：“善长《周易》的人是不说《周易》的。”何晏笑着称赞说:“这真是言语虽短,含义深刻呀!”又对管辂说:“请你为我作一卦,算算我能做到三公吗?”又问:“我连日梦见数十只青蝇,飞到我的鼻子上,赶也赶不走,这是什么原因呢?”管辂说:“古代八元、八凯辅佐舜,周公辅佐周成王,都是以温和仁惠谦虚恭敬,而享多福多寿,这不是卜筮所能决定的。现在您位高权重,可是怀念您恩德的人少,畏惧您权势的人多,这可不是小心求福的办法。况且,鼻子是天中之山,‘高而不倾斜,所以长守富贵’。现在青蝇臭恶集中在您的鼻子上,这就是说,地位高的要倾覆,轻视豪杰的人要灭亡,您不能不认真地想一想!希望您能多施恩德,少用权势,不合礼仪的事不去做,这样就可以达到三公的地位,您鼻子上的青蝇也就可以驱走了。”邓飏说:“这不过是老生常谈。”管辂说:“但老生者却见到不生,常谈者见到不谈。”管辂回家后,把刚才的谈话告诉舅舅。其舅认为管辂的话过于直率。管辂说:“与死人说话,有什么顾忌!”舅舅大怒,认为管辂太狂妄。以上是管辂的先见之明。

太傅懿阴与其子中护军师、散骑常侍昭谋诛曹爽。

【译文】

太傅司马懿和他的两个儿子中护军司马师、散骑常侍司马昭密谋要诛杀曹爽。

嘉平元年春[1],正月,甲午,帝谒高平陵[2],大将军爽与弟中领军羲、武卫将军训、散骑常侍彦皆从。太傅懿以皇太后令,闭诸城门,勒兵据武库,授兵出屯洛水浮桥;召司徒高柔假节行大将军事,据爽营;太仆王观行中领军事,据羲营。因奏爽罪恶于帝曰:“臣昔从辽东还,先帝诏陛下、秦王及臣升御床，把臣臂，深以后事为念。臣言：‘太祖、高祖亦属臣以后事，此自陛下所见，无所忧苦。万一有不如意，臣当以死奉明诏。’今大将军爽，背弃顾命，败乱国典，内则僭拟，外则专权，破坏诸营，尽据禁兵，群官要职，皆置所亲，殿中宿卫，易以私人，根据盘互，纵恣日甚。又以黄门张当为都监，伺察至尊，离间二宫，伤害骨肉，天下汹汹，人怀危惧。陛下便为寄坐[3]，岂得久安！此非先帝诏陛下及臣升御床之本意也。臣虽朽迈，敢忘往言！太尉臣济等皆以爽为有无君之心，兄弟不宜典兵宿卫，奏永宁宫，皇太后令敕臣如奏施行。臣辄敕主者及黄门令‘罢爽、羲、训吏兵，以侯就第，不得逗留，以稽车驾；敢有稽留，便以军法从事！’臣辄力疾将兵屯洛水浮桥，伺察非常。”以上懿闭城门，上奏谋诛爽等。

【注释】

①嘉平元年：249 年。

②高平陵：魏明帝陵。

③寄坐：指寄居帝位。

【译文】

嘉平元年春天正月甲午日，曹魏皇帝祭扫魏明帝高平陵，大将军曹爽和他的弟弟中领军曹羲、武卫将军曹训、散骑常侍曹彦都一起随同出行。太傅司马懿以皇太后的名义，下令关闭各个城门，占据武器库，派兵驻守洛水浮桥；召来司徒高柔，让他暂时代理大将军职事，进驻曹爽的营地；让太仆王观暂时代理中领军事，占据曹羲的营地。然后向皇帝禀奏曹爽的罪恶说：“当年我从辽东回来时，先帝诏陛下、秦王还有我到御床前，握着我的手臂，为身后之事深为忧虑。我说：‘太祖、高祖也曾对我嘱托后事，这是陛下亲眼所见，没什么可忧虑的。万一有什么不如意的事，老臣拼死也要执行皇上的诏令。'现在大将军曹爽背弃先帝的遗诏，败坏国家典章制度，内则超越自己的身份，自比为皇上，外则独断专权，破坏诸军营的编制，全部控制禁兵，朝廷各重要官职都安置着他的亲信，皇宫中的警卫都换成他的私人，他的势力盘根错节，他的行为越来越放肆。他还派黄门张当为都监，暗中监视皇上，挑拨二宫关系，离间皇室骨肉之情，闹得社稷不宁，人人自危。陛下现在虽然还身居皇位，又岂能长久！现在这种状况可不符合先帝对陛下和老臣的嘱托。臣虽老朽，怎敢忘记对先帝的承诺！太尉蒋济等人也都认为曹爽有篡夺皇位的野心，认为曹爽兄弟不宜继续掌管军队和皇宫卫队，我把这些意见上奏皇太后，皇太后命令我按照奏章所言施行。我已擅自做主告诫有关大臣和皇宫传令官，宣布'免去曹爽、曹羲、曹训的官职兵权，以侯爵的身份退职回家，不得逗留而延迟陛下的车驾；如敢有拖延，就以军法处置！'我则勉力支撑着病体，带兵驻扎在洛水浮桥，以应付紧急情况。"以上是写司马懿关闭城门，上奏提出诛灭曹爽等。

爽得懿奏事，不通；迫窘不知所为，留车驾宿伊水南，伐木为鹿角[①]，发屯田兵数千人以为卫。

【注释】

①鹿角：军事上的防御设备，形似鹿角。

【译文】

曹爽得到司马懿的奏章，没有告诉魏帝；但是惊惶失措，不知该干些什么，于是就让魏帝留宿在伊水之南，伐木构筑工事，并调来数千名屯田兵作为守卫。

懿使侍中高阳许允及尚书陈泰说爽宜早自归罪，又使爽所信殿中校尉尹大目谓爽，唯免官而已，以洛水为誓。泰，群之子也。

【译文】

司马懿派侍中高阳人许允和尚书陈泰一起去劝说曹爽，说他应该尽早回来认罪。又派曹爽所信任的殿中校尉尹大目去对曹爽说，只要曹爽回来认罪，只不过是免去官职而已，并指着洛水发了誓。陈泰，是陈群的儿子。

初，爽以桓范乡里老宿，于九卿中特礼之，然不甚亲也。及懿起兵，以太后令召范，欲使行中领军。范欲应命，其子止之曰："车驾在外，不如南出。"范乃出。至平昌城门，城门已闭。门候司蕃，故范举吏也，范举手中版示之，矫曰："有诏召我，卿促开门！"蕃欲求见诏书，范呵之曰："卿非我故吏邪？何以敢尔！"乃开之。范出城，顾谓蕃曰："太傅图逆，卿从我去！"蕃徒行不能及，遂避侧。懿谓蒋济曰："智囊往矣！"济曰："范则智矣，然驽马恋栈豆①，爽必不能用也。"

【注释】

①栈豆：马槽中的豆料。喻才智短浅之人所顾惜的眼前小利。

【译文】

当初，曹爽因为桓范是同乡中的长辈，所以在九卿中对他特别尊重，但是并不很亲近。司马懿起兵时，以太后的名义下令，想让桓范担任中领军的职务。桓范本想接受，他的儿子劝阻说："皇上在城外，您不如出南门去投奔皇上。”桓范于是出城。他走到平昌城门，城门已关闭。守门将领司蕃是桓范过去提拔的官吏，桓范举起手中的朝笏对司蕃谎称：“有诏书召我前去，请你速速开门！”司蕃想看一下诏书，桓范呵斥他说：“你不是我过去手下的官吏吗，怎么敢这样对我？”于是司蕃不敢再问，赶快把城门打开。桓范出城后，对司蕃说：“太傅想要谋反，你还是跟我去投奔皇上吧！”司蕃步行追赶不及，只好躲在路边。司马懿听说后对蒋济说：“曹爽的智囊去了！”蒋济说：“桓范是个有智谋的人，然而曹爽是个目光短浅的人，一定不会听从他的意见。”

范至，劝爽兄弟以天子诣许昌，发四方兵以自辅。爽疑未决，范谓羲曰：“此事昭然，卿用读书何为邪！于今日卿等门户，求贫贱复可得乎！且匹夫质一人，尚欲望活；卿与天子相随，令于天下，谁敢不应也！”俱不言。范又谓羲曰：“卿别营近在阙南，洛阳典农治在城外，呼召如意。今诣许昌，不过中宿[①]，许昌别库[②]，足相被假[③]；所忧当在谷食，而大司农印章在我身。”羲兄弟默然不从，自甲夜至五鼓[④]，爽乃投刀于地曰：“我亦不失作富家翁！”范哭曰：“曹子丹佳人，生汝兄弟，豘犊耳[⑤]！何图今日坐汝等族灭也！”

【注释】

①中宿：隔夜。

②许昌别库：洛阳有武器库，许昌的武器库称别库。

③被假：武装士兵。

④甲夜：初夜。旧制，夜分数更，此为一更。

⑤豘犊：小猪称豘，小牛称犊。此为忿言，骂人话。

【译文】

桓范到了以后，劝曹爽兄弟挟持天子到许昌，调动四方兵力辅助自己。曹爽犹疑不决，桓范对曹羲说："这件事明摆着就该这样做，你们这些人读书都是白读了！走到今天这一步，像你们这样门第的人，再要想过贫贱平安的日子是不可能的。况且，一般人劫持一个人质，尚且还有求生的欲望；现在你和天子在一起，诏令天下，谁敢不服从！"曹爽等人都不说话。桓范又对曹羲说："你的中领军别营近在城南，洛阳典农治所在城外，可以随意召唤调遣。从这里到许昌，不过是两天一夜的路程，许昌的武器库，足够武装军队；我们应当担忧的是粮食，但是大司农的印章在我身上，可以随时征调粮食。"曹羲兄弟几人仍然默不作声，从天黑一直坐到五更天，曹爽拔出佩刀投到地上说："就算投降了，我仍然可以做一个富贵有钱的人。"桓范见此情景哭着说："可惜曹子丹这样好的人，生下你们这群蠢如猪牛的兄弟！没想到现在因为你们，要被灭族了！"

爽乃通懿奏事，白帝下诏免己官，奉帝还宫。以上爽不听桓范之计，免官还宫。爽兄弟归家，懿发洛阳吏卒围守之；四角作高楼，令人在楼上察视爽兄弟举动。爽挟弹到后园中，楼上便唱言："故大将军东南行！"爽愁闷不知为计。

【译文】

曹爽向魏帝通报了司马懿上奏的事，请求魏帝下诏免去自己的官职，然后侍奉皇帝起驾回宫。以上是曹爽不听从桓范的计谋，被免官后侍奉魏帝还宫。曹爽兄弟回家以后，司马懿派洛阳守兵包围他们的家；在宅院的四角都筑起高高的瞭望楼，派人在楼上观察曹爽兄弟的举动。曹爽拿着弹弓到后园去，楼上守兵就高声喊："看，以前的大将军往东南方向去了!”曹爽忧愁烦闷,不知怎么办才好。

戊戌,有司奏:“黄门张当私以所择才人与爽,疑有奸。”收当付廷尉考实,辞云:“爽与尚书何晏、邓飏、丁谧、司隶校尉毕轨、荆州刺史李胜等阴谋反逆,须三月中发。”于是收爽、羲、训、晏、飏、谧、轨、胜并桓范皆下狱,劾以大逆不道,与张当俱夷三族。以上爽等被诛。

【译文】

戊戌日,有官员上奏:“黄门张当私自挑选才人送给曹爽,怀疑他们之间有奸情。”于是,张当被抓起来送到负责刑狱的官吏那里,讯问查实。张当交待说:“曹爽和尚书何晏、邓飏、丁谧、司隶校尉毕轨、荆州刺史李胜等人阴谋反叛,等到三月中旬起事。”于是,曹爽、曹羲、曹训、何晏、邓飏、丁谧、毕轨、李胜还有桓范都被逮捕关入狱中,给他们定下大逆不道的罪名,与张当一道都被诛杀三族。以上是曹爽等被诛杀。

初,爽之出也,司马鲁芝留在府,闻有变,将营骑斫津门出赴爽。及爽解印绶,将出,主簿杨综止之曰:“公挟主握权,舍此以至东市乎?”有司奏收芝、综治罪,太傅懿曰:“彼各为其主也,宥之①。”顷之,以芝为御史中丞,综为尚书郎。

【注释】

①宥:宽宥,赦罪。

【译文】

当初,曹爽出城的时候,司马鲁芝留在府中,听说发生变乱,他率领军营骑兵砍开津门出城追随曹爽。待曹爽解除官职要交出官印的时候，主簿杨综制止他说："您挟天子握有大权，现在交出官印是想要在东市被斩首吗？"有官员上奏要逮捕鲁芝、杨综治罪，太傅司马懿说："他们也是各为其主，赦其无罪。"不久，鲁芝被任命为御史中丞，杨综为尚书郎。

鲁芝将出，呼参军辛敞欲与俱去。敞，毗之子也，其姊宪英为太常羊耽妻，敞与之谋曰："天子在外，太傅闭城门，人云将不利国家，于事可得尔乎？"宪英曰："以吾度之，太傅此举，不过以诛曹爽耳。"敞曰："然则事就乎？"宪英曰："得无殆就！爽之才，非太傅之偶也。"敞曰："然则敞可以无出乎？"宪英曰："安可以不出！职守，人之大义也。凡人在难，犹或恤之；为人执鞭而弃其事①，不祥莫大焉。且为人任，为人死，亲昵之职也，从众而已。"敞遂出。事定之后，敞叹曰："吾不谋于姊，几不获于义。"以上曹氏僚属之贤。

【注释】

①执鞭：为人驾驭车马，引申为追随。

【译文】

当初鲁芝将要出城的时候，想让参军辛敞与自己同去。辛敞是辛毗的儿子，他的姐姐宪英是太常羊耽的妻子，辛敞与姐姐商量："天子在城外，太傅关闭城门，有人说这将危害国家，事情是这样吗？"宪英说："据我看来，太傅这样做不过是为了诛杀曹爽罢了。"辛敞说："那么事情能够成功吗？"宪英说："毫无疑问！曹爽远不是太傅的对手。"辛敞说："这么说我不必出城了？"宪英说："那怎么行！忠于职守，是人之大义。一般人遇到危难，还要去援助；何况你为人做事却擅离职守，这是最不好的事情了。再说为人承担责任，为人去死，这是亲信宠爱之人的职责，你只要随大流就可以了。”于是，辛敞随鲁芝出城。事过之后，辛敞感叹说：“我要是没有和姐姐商量，几乎做出不义的事情。”以上是写曹氏僚属的贤明。

先是，爽辟王沈及太山羊祜，沈劝祜应命。祜曰：“委质事人，复何容易！”沈遂行。及爽败，沈以故吏免，乃谓祜曰：“吾不忘卿前语。”祜曰：“此非始虑所及也。”

【译文】

早先，曹爽征召王沈和太山人羊祜为官，王沈劝羊祜接受召聘。羊祜说：“违背自己的本性去为别人做事，谈何容易！”于是，王沈独自去应召。等到曹爽获罪，王沈因为是旧臣而免罪，他回来后对羊祜说：“我没有忘记你从前说的话。”羊祜说：“现在这样可不是我当初所能想到的。”

爽从弟文叔妻夏侯令女，早寡而无子，其父文宁欲嫁之；令女刀截两耳以自誓，居常依爽。爽诛，其家上书绝昏，强迎以归，复将嫁之；令女窃入寝室，引刀自断其鼻，其家惊惋，谓之曰：“人生世间，如轻尘栖弱草耳，何至自苦乃尔！且夫家夷灭已尽，守此欲谁为哉！”令女曰：“吾闻仁者不以盛衰改节，义者不以存亡易心。曹氏前盛之时，尚欲保终，况今衰亡，何忍弃之！此禽兽不行，吾岂为乎！”司马懿闻而贤之，听使乞子字养为曹氏后。以上羊祜、令女之贤。

【译文】

曹爽的堂弟曹文叔的妻子是夏侯令女，她早年守寡，也没有儿子，她的父亲夏侯文宁想让她再嫁；她用刀割去两耳，发誓绝不再嫁，平日里衣食起居依靠曹爽。曹爽被杀后，夏侯家上书朝廷断绝与曹家的姻亲，强行把女儿带回家中，准备让她再嫁；令女悄悄进入卧室，拿刀割掉自己的鼻子。其家人惊讶惋惜，对她说："人生在世，好比微尘落在小草之上，何必这样自找苦吃！再说你的夫家已被满门诛杀，你守节又是为谁呢？"令女说："我听说仁人不以昌盛或衰落而改变自己的气节，义士不以生存或死亡而变心。曹家在昌盛的时候，我尚且守节不嫁，何况曹家现在衰亡了，我怎么忍心离去！这是禽兽都不做的行为，我怎么可能去做！"司马懿听说后，认为她是一个贤德的女子，任凭她收养了一个儿子，作为曹家的后代。以上是写羊祜、夏侯令女的贤良。

何晏等方用事，自以为一时才杰，人莫能及。晏尝为名士品目曰："唯深也故能通天下之志，夏侯泰初是也。唯几也故能成天下之务，司马子元是也。唯神也不疾而速，不行而至，吾闻其语，未见其人。"盖欲以神况诸己也。

【译文】

何晏等人刚刚为官当政的时候，自以为是当世英才，没有人能比得上。何晏经常品评名士，他说："唯其深刻探索，才能通达天下人的愿望，夏侯泰初就是这样的。唯其细致入微，才能成就天下人的事业，司马子元就是如此。唯有神灵，不迅疾而能速度很快，不用行走就能到达，我只听过这种说法，还没见过这样的人。"其实，何晏是想以神灵来比拟自己。

选部郎刘陶，晔之子也，少有口辩，邓飏之徒称之以为伊、吕。陶尝谓傅玄曰："仲尼不圣。何以知之？智者于群愚，如弄一丸于掌中；而不能得天下，何以为圣！”玄不复难，但语之曰：“天下之变无常也，今见卿穷。”及曹爽败，陶退居里舍，乃谢其言之过。

【译文】

选部郎刘陶，是刘晔的儿子，少年时就能言善辩，邓飏等人非常推崇他，将他比为伊尹、吕尚。刘陶曾对傅玄说：“孔子不是圣人。为何这样说呢？因为智者对付愚昧的人，就如同在手掌中玩弄一个弹丸；可是孔子竟不能得天下，怎么能称作圣人！”傅玄不与他争辩，只是对他说：“天下事是变化无常的，现在我已能看出你今后将穷困潦倒。”后来曹爽失败，刘陶丢掉官职，退居乡里，才承认自己言语的狂妄。

管辂之舅谓辂曰：“尔前何以知何、邓之败？”辂曰：“邓之行步，筋不束骨，脉不制肉，起立倾倚，若无手足，此为鬼躁；何之视候则魂不守宅，血不华色，精爽烟浮，容若槁木，此为鬼幽。二者皆非遐福之象也①。”

【注释】

①遐福：长久之福。

【译文】

管辂的舅舅问管辂：“你以前怎么会知道何晏、邓飏会失败呢？”管辂说：“邓飏走路时，仿佛没有骨头的人，站也没个站相，歪歪斜斜，好像没有手脚，这就叫鬼躁；何晏看上去则是魂不守舍，面无血色，精神恍惚好像飘浮的烟尘，面容憔悴好像干枯的木头，这就叫鬼幽。这两种都不是有长久福气的面相。”

何晏性自喜，粉白不去手，行步顾影。尤好老、庄之书，与夏侯玄、荀粲及山阳王弼之徒竞为清谈，祖尚虚无，谓“六经”为圣人糟粕。由是天下士大夫争慕效之，遂成风流，不可复制焉。以上何晏等败征。

【译文】

何晏爱打扮自己，喜欢搽粉，整天白粉不离手，走路时也顾影自怜。尤其喜好老子、庄子的书，与夏侯玄、荀粲及山阳人王弼等人竞谈清玄理论，崇尚虚无之说，说“六经”是圣人的糟粕。从此天下士大夫争相羡慕并仿效他们，形成清谈的风气，不可遏制。以上是何晏等败亡的征兆。

诸葛恪之难

【题解】

此篇选自《资治通鉴》第七十六卷。诸葛恪，字元逊，三国吴大臣，琅琊阳都（今山东沂南）人，诸葛瑾长子。年少时即有才名，敏捷善辩，曾任大将军，掌管荆州，孙权临终嘱其辅佐少主，主持国政。诸葛恪自恃才高，有轻敌之心，不听众议，力主伐魏。建兴二年（253），率兵攻新城，士卒伤亡甚众，不得已退兵。又恃权骄横，百姓、大臣皆有怨言。侍中武卫将军孙峻因民怨，向吴主诬告诸葛恪欲谋反，与吴主设计谋害了诸葛恪，并诛杀三族。

吴诸葛恪入寇淮南①，驱略民人。诸将或谓恪曰：“今引军深入，疆埸之民，必相率远遁，恐兵劳而功少；不如止围新城②，新城困，救必至，至而图之，乃可大获。”恪从其计，嘉平五年五月③，还军围新城。

【注释】

①入寇：入侵。

②新城：新建之城，指安徽合肥。

③嘉平五年：253 年。

【译文】

吴国诸葛恪统兵入侵淮南，驱赶百姓，劫掠财物。将领们对诸葛恪说："我们今天率军深入，所到之处的百姓必然相继逃走躲避，这样恐怕士兵们辛苦一场而收效很少；不如只围新城，一旦新城被围，必定引来援兵，届时再打救兵，可以大获全胜。"诸葛恪听从这个计策，于魏嘉平五年五月，还师围新城。

诏太尉司马孚督诸军二十万往赴之。大将军师问于虞松曰："今东西有事，二方皆急[①]，而诸将意沮，若之何？"松曰："昔周亚夫坚壁昌邑而吴、楚自败，事有似弱而强，不可不察也。今恪悉其锐众，足以肆暴，而坐守新城，欲以致一战耳[②]。若攻城不拔，请战不可，师老众疲，势将自走，诸将之不径进，乃公之利也。姜维有重兵而县军应恪[③]，投食我麦，非深根之寇也。且谓我并力于东，西方必虚，是以径进。今若使关中诸军倍道急赴，出其不意，殆将走矣。"师曰："善！"以上虞松策备御吴、蜀之法。乃使郭淮、陈泰悉关中之众，解狄道之围；敕毌丘俭案兵自守，以新城委吴。陈泰进至洛门，姜维粮尽，退还。

【注释】

①二方皆急：指吴攻淮南，蜀攻陇西，两边战事吃紧。

②欲以致一战：欲要招致我军一战。

③姜维：蜀军将领。

【译文】

魏王下诏命令太尉司马孚统兵二十万迎敌。大将军司马师向虞松询问："现在东西两边都有战事，而且都很危急，将领们士气低落，应该怎么办？"虞松回答说："以前周亚夫坚守昌邑而吴、楚军队不战自败，有些事情看似虚弱实则强大，不能不研究。诸葛恪知道他的部队力量强大，足以横行无忌，而他却围打新城，想借此与魏军大战一场。如果城也攻不下来，仗也打不起来，敌军长期待下去就会疲惫不堪，势必将自动撤走。敌军将领们不愿长驱直入，对我们是有利的方面。蜀汉姜维的军队虽兵力强大，但是孤军深入以配合吴军，粮草供应不及，只有靠抢夺我方粮草，必然不能长期坚持作战。而且他们认为我军会全力投入东线作战，解新城之围，西线必然空虚，所以姜维敢贸然深入。现在如果我们让关中各军多走些路，日夜兼程急奔西线，出其不意地攻打姜维，大概他就得败走。"司马师说："对！"以上是虞松提出的抵御吴、蜀的对策。于是司马师命令郭淮、陈泰统领关中所有的部队去解狄道之围；又令毌丘俭部按兵不动，把新城交给吴军去围攻。陈泰所部兵至洛门时，姜维的粮草就断绝了，他只好撤退。

扬州牙门将涿郡张特守新城。吴人攻之连月，城中兵合三千人，疾病战死者过半，而恪起土山急攻，城将陷，不可护。特乃谓吴人曰："今我无心复战也。然魏法，被攻过百日而救不至者，虽降，家不坐[①]；自受敌以来，已九十余日矣，此城中本有四千余人，战死者已过半，城虽陷，尚有半人不欲降，我当还为相语，条别善恶，明日早送名[②]，且以我印绶去为信[③]。"乃投其印绶与之。吴人听其辞而不取印绶。特乃投夜彻诸屋材栅，补其缺为二重，明日谓吴人曰："我但有斗死耳！"吴人大怒，进攻之，不能拔。

【注释】

①不坐：不受牵连。

②名：文字。这里指降书。

③印绶：官印。

【译文】

扬州牙门将涿郡人张特守卫新城。吴军连月攻打，城中有三千守军，疾病战死者过半。这时吴军又堆起土山攻城，新城眼看就要失守了。于是张特对吴军说："现在我已无心再战。但是魏国法律规定，被攻打超过百日而援兵没有到来的，守军虽然投降了，但其家属不受牵连；新城被围已九十余天，城中原有四千余人，战死者已过半，城虽失陷，尚有一半人不想投降，我要回去劝说他们，讲明利害，明天一早就把降书送来，先把我的官印拿去为信物。"说着，将官印扔了过去。吴兵听信了他的话而没要官印。张特趁机连夜拆用房屋材料，将城墙缺口内外修补好。第二天，他对吴军说："我只能战死，不能投降！"吴兵大怒，再次攻城，没有攻下来。

会大暑，吴士疲劳，饮水，泄下、流肿[①]，病者大半，死伤涂地。诸营吏日白病者多，恪以为诈，欲斩之，自是莫敢言。恪内惟失计[②]，而耻城不下，忿形于色。将军朱异以军事迕恪[③]，恪立夺其兵，斥还建业。都尉蔡林数陈军计，恪不能用，策马来奔。诸将伺知吴兵已疲，乃进救兵。秋七月，恪引军去，士卒伤病，流曳道路[④]，或顿仆坑壑，或见略获，存亡哀痛，大小嗟呼。而恪晏然自若，出住江渚一月，图起田于浔阳；诏召相衔[⑤]，徐乃旋师。由此众庶失望，怨讟兴矣[⑥]。以上恪攻新城无功而返。

【注释】

①流肿：脚气病。

②内惟：私下里想。

③迕：违背。

④流曳：互相搀扶而行。

⑤相衔：一个接一个。

⑥讟（dú）：痛怨。

【译文】

正好赶上暑热天气，吴军士兵连日疲劳，饮用生水，患了腹泻、脚气病，生病的人超过半数，伤亡日益增加。各营将领每天都报告生病的人越来越多，诸葛恪认为他们说谎，要将其斩首，此后再也没人敢说了。诸葛恪想不出什么好办法，又耻于城久攻不下，每日里怒气冲冲。将军朱异在军事安排上与诸葛恪有不同意见，诸葛恪立刻解除他的兵权，打发他回建业。都尉蔡林多次出谋划策，提出军事建议，诸葛恪都不采用，蔡林一气之下骑马投奔魏军。魏军诸将观察吴兵已疲惫不堪，于是派援兵到新城。秋七月，诸葛恪率军撤走，受伤或生病的士兵行走艰难，互相搀扶着前行，有的跌倒在路边水沟中，有的被魏军俘获，全军上下伤亡惨重，士兵们哀痛悲叹。可是诸葛恪却若无其事，安然自若，到江洲住了一个月，又想在浔阳开荒屯田；后来召他回去的诏书连续发来，他才率军回朝。群臣百姓对他都很失望，怨言越来越多。以上是诸葛恪攻新城无功而返。

汝南太守邓艾言于司马师曰："孙权已没，大臣未附。

吴名宗大族皆有部曲[①]，阻兵仗势，足以违命。诸葛恪新秉国政[②]，而内无其主，不念抚恤上下以立根基，竞于外事，虐用其民，悉国之众，顿于坚城，死者万数，载祸而归，此恪获罪之日也。昔子胥、吴起、商鞅、乐毅皆见任时君，主没犹败，况恪才非四贤，而不虑大患，其亡可待也。”以上邓艾料恪之败。

【注释】

①部曲：家兵。

②秉国政：执掌国政。

【译文】

魏汝南太守邓艾对司马师说：“孙权已经去世，吴国的大臣们尚未归顺朝廷的新君。吴国的名门望族都有自己的私人武装，其势力足以违抗朝廷。诸葛恪刚刚执掌国政，国内又没有明君，他不考虑如何关心体恤百姓，建立执政的基础，却热衷于对外征讨，残酷地役使百姓，倾全国的军队去围困攻打坚固的城池，死亡数万人，惨败归来，这使诸葛恪获罪于民，失去民心。古时伍子胥、吴起、商鞅、乐毅都是深为君主所信任，在君主去世后还遭到失败呢，况且诸葛恪才能比不上四位贤者，又无所顾忌，没有远见，所以他的灭亡为期不远了。”以上是邓艾料定诸葛恪必败的话。

八月，吴军还建业，诸葛恪陈兵导从，归入府馆，即召中书令孙嘿，厉声谓曰：“卿等何敢，数妄作诏！”嘿惶惧辞出，因病还家。

【译文】

八月，吴国军队返回建业，诸葛恪让士兵队列整齐，前有仪仗，后有随从，浩浩荡荡地返回府馆。随即召来中书令孙嘿，厉声责问："你们怎么敢胆大妄为，数次擅写诏书！"孙嘿心中害怕，告辞出来后，就托病返回家中。

恪征行之后，曹所奏署令长职司[①]，一更罢选，愈治威严，多所罪责，当进见者无不竦息[②]。又改易宿卫[③]，用其亲近；复敕兵严，欲向青、徐。

【注释】

①曹：分科办事的官署衙门。

②竦息：提起脚跟憋着气的样子。

③宿卫：在宫中值宿的警卫。

【译文】

诸葛恪出征回来后，对官署衙门上报选任的各机构官吏，一再更换，治事愈来愈威严，官吏们经常被斥责或是被治罪，凡是去进见诸葛恪的人都胆战心惊，大气不敢出。诸葛恪又更换宫中侍卫，全部选用他的亲信；然后又下令严格训练士兵，准备攻打青州、徐州。

孙峻因民之多怨，众之所嫌，构恪于吴主，云欲为变。冬十月，孙峻与吴主谋置酒请恪。恪将入之夜，精爽扰动[①]，通夕不寐；又家数有妖怪，恪疑之。旦日，驻车宫门，峻已伏兵于帷中，恐恪不时入，事泄，乃自出见恪曰："使君若尊体不安，自可须后[②]，峻当具白主上。"欲以尝知恪意[③]。恪曰：

“当自力入。”散骑常侍张约、朱恩等密书与恪曰：“今日张设非常，疑有他故。”恪以书示滕胤，胤劝恪还。恪曰：“儿辈何能为！正恐因酒食中人耳。”恪入，剑履上殿，进谢还坐。设酒，恪疑未饮。孙峻曰：“使君病未善平，有常服药酒，可取之。”恪意乃安。别饮所赍酒，数行，吴主还内。峻起如厕，解长衣，著短服，出曰：“有诏收诸葛恪。”恪惊起，拔剑未得，而峻刀交下。张约从旁斫峻，裁伤左手，峻应手斫约，断右臂。武卫之士皆趋上殿，峻曰：“所取者恪也，今已死！”悉令复刃[④]，乃除地更饮。恪二子竦、建闻难，载其母欲来奔，峻使人追杀之。以苇席裹恪尸，篾束腰，投之石子冈。又遣无难督施宽就将军施绩、孙壹军，杀恪弟奋威将军融于公安，及其三子。恪外甥都乡侯张震、常侍朱恩，皆夷三族[⑤]。以上孙峻杀恪。

【注释】

①精爽扰动：没有睡意，来回翻身。

②须后：等待以后。

③尝知：试着了解，试探。

④复刃：将刀剑入鞘。

⑤夷三族：诛杀三族。

【译文】

由于百姓对诸葛恪怨声载道，众臣对诸葛恪嫌恶厌弃，于是孙峻在吴主面前诬陷诸葛恪，说他要发动叛变。冬十月，孙峻和吴主设计请诸葛恪来喝酒。诸葛恪将去赴宴的前一天晚上，精神亢奋躁动不安，一夜未睡；而且，家里又发生几件怪异的事情，诸葛恪心中惊疑不安。第二天，诸葛恪乘车来到宫门前，这时孙峻已经在宫中设下伏兵，恐怕诸葛恪不按约定的时间进去而泄露，于是亲自迎出宫门，对诸葛恪说："您如果贵体欠安，可以等以后再来，我替您禀告主上。"这是孙峻试探诸葛恪，想知道他的想法。诸葛恪说："我当然要进宫去见主上。"诸葛恪来赴宴之前，散骑常侍张约、朱恩等人曾写密信给诸葛恪说："今天宫中的陈设不同往常，我们怀疑其中另有缘故。"诸葛恪把密信给滕胤看，滕胤劝诸葛恪赶快回家去。诸葛恪说："这些小子们能干什么！恐怕也不过是在酒食中下毒罢了。"诸葛恪进宫后，带剑上殿，谢过主上落座。酒端上来后，诸葛恪因有疑心未喝。孙峻说："您的病还没完全治好，如果有平常服用的药酒，可命人取来。"诸葛恪这才安心。他单独喝从自己家里取来的酒，酒过数巡，吴主进入内室。孙峻起身去厕所，他脱去长袍，身穿短服，出来说："主上有诏令：立即拿下诸葛恪。"诸葛恪大惊，起身拔剑，尚未拔出，孙峻的刀已经砍下来了。张约从旁边砍孙峻，划伤孙峻的左手，孙峻回手一刀，砍断张约右臂。诸葛恪的卫士都跑上殿来，孙竣说："我们所要拿下的只是诸葛恪，现在他已被杀死。"孙峻命人把刀全部收起来，又把地面清除干净，然后坐下来继续饮酒。诸葛恪的两个儿子诸葛竦、诸葛建听说其父遭难，带着他们的母亲逃跑，准备投奔魏国，孙峻派人将其追杀。用苇席裹住诸葛恪的尸体，拦腰捆上一根竹篾，扔到乱石冈上。孙峻又派无难督施宽去和将军施绩、孙壹一同领兵，在公安杀死诸葛恪的弟弟奋威将军诸葛融还有他的三个儿子。诸葛恪的外甥都乡侯张震、常侍朱恩都被诛杀三族。以上是孙峻杀诸葛恪。

临淮臧均表乞收葬恪曰："震雷电激，不崇一朝[①]；大风冲发，希有极日；然犹继之以云雨，因以润物。是则天地之威，不可经日浃辰[②]；帝王之怒，不宜讫情尽意[③]。臣以狂愚，不知忌讳，敢冒破灭之罪以邀风雨之会[④]。伏念故太傅诸葛恪，罪积恶盈，自致夷灭，父子三首，枭市积日，观者数万，詈声成风；国之大刑，无所不震，长老孩幼，无不毕见。人情之于品物，乐极则哀生，见恪贵盛，世莫与贰，身处台辅⑤，中间历年，今之诛夷，无异禽兽，观讫情反，能不憯然⑥！且已死之人，与土壤同域，凿掘斫刺，无所复加。愿圣朝稽则乾坤⑦，怒不极旬，使其乡邑若故吏民收以士伍之服⑧，惠以三寸之棺。昔项籍受殡葬之施，韩信获收敛之恩，斯则汉高发神明之誉也。惟陛下敦三皇之仁⑨，垂哀矜之心，使国泽加于辜戮之骸，复受不已之恩，于以扬声遐方，沮劝天下，岂不大哉！昔栾布矫命彭越，臣窃恨之，不先请主上而专名以肆情，其得不诛，实为幸耳。今臣不敢章宣愚情以露天恩，谨伏手书，冒昧陈闻，乞圣明哀察。”于是吴主及孙峻听恪故吏敛葬。以上臧均请收葬恪。

【注释】

①不崇：不终。

②浃辰：古代以干支纪日，称自子至亥一周十二天为浃辰。

③讫：终了，完毕。

④破灭之罪：破家灭身之罪。

⑤台辅：三公宰辅之位。

⑥憯(cǎn)然：心疼。

⑦稽：考核。则：法则。

⑧士伍：削官爵后的称谓。

⑨三皇之仁：上古时代人死之后弃在野外，后来人类逐渐文明后改用棺椁土葬，这就是所谓的三皇之仁。

【译文】

临淮人臧均上表请求收殓安葬诸葛恪的尸骨，他说："雷鸣电闪，不会在整个早晨连续不断；狂风怒吼，很少是从早到晚刮个不停；雷电狂风之后，上天会降下大雨，用以滋润万物。因此天地的威严，不会连续施展十数天而不停止；帝王的愤怒，也不应毫无节制地尽情发泄。臣狂妄愚笨，不避帝王的怒气，冒着破家灭门的危险，请求您像上天在雷霆之后降下雨露一样，在严惩之后施以恩惠。臣心中明白，已故太傅诸葛恪罪大恶极，自寻死路，他们父子三人的首级悬挂在市上，已经很多天了，有数万人前去观看，一片咒骂之声；朝廷采用这种极重的刑罚，人人都受到震动，男女老幼，无不目睹。人对于事物的情感，往往是乐极生悲，看到诸葛恪大富大贵的时候，世上没有一个人能比得上，他身居宰辅的高位，历经数年，现在却被满门杀死，就和禽兽被杀没什么两样，看到这种截然相反的情景，怎么能不痛心呢！而且已经死去的人，应该安眠于地下，没有必要再对他的尸身乱砍乱刺。愿圣明的朝廷效法天地，发怒不超过十天，允许他的乡亲和门下故吏收殓他的尸身，给他穿上士伍的服装，允许使用三寸厚的棺材安葬他。从前项籍受到隆重的葬礼待遇，韩信也得到收殓安葬的恩惠，这使汉高祖获得神圣高明的美誉。希望陛下能注重三皇的仁德，发慈悲哀怜之心，使朝廷的恩惠施加于因罪被杀者的尸身，让罪臣在死后仍得到陛下的恩泽，将使陛下仁德的名声传遍四方，教化天下，岂不伟大！从前汉代的栾布故意违背成命，向彭越的首级禀奏并祭祀，臣对这种做法很不满，不先请求主上的恩典，而肆意发泄自己的情感，他能够不被诛杀，实在是很幸运的。现在臣不敢明白地表达自己的情感而显露陛下的恩德，只能恭敬地写信上书，冒昧地向您陈述臣的意见，请求圣明的陛下怜悯体察臣下之心。"于是吴主及孙峻不再干涉，听任诸葛恪的故吏为他收殓安葬。以上是臧均请求收葬诸葛恪。

初，恪少有盛名，大帝深器重之，而恪父瑾常以为戚[①]，曰："非保家之主也。"父友奋威将军张承亦以为恪必败诸葛氏。陆逊尝谓恪曰："在我前者吾必奉之同升，在我下者则扶接之。今观君气陵其上，意蔑乎下，非安德之基也。"汉侍中诸葛瞻，亮之子也。恪再攻淮南，越嶲太守张嶷与瞻书曰："东主初崩[②]，帝实幼弱，太傅受寄托之重，亦何容易！亲有周公之才，犹有管、蔡流言之变，霍光受任，亦有燕、盖、上官逆乱之谋，赖成、昭之明以免斯难耳。昔每闻东主杀生赏罚，不任下人，又今以垂没之命，卒召太傅，属以后事，诚实可虑。加吴、楚剽急，乃昔所记，而太傅离少主，履敌庭，恐非良计长算也。虽云东家纲纪肃然，上下辑睦；百有一失，非明者之虑也。取古则今，今则古也，自非郎君进忠言于太傅[③]，谁复有尽言者邪！旋军广农，务行德惠，数年之中，东西并举，实为不晚，愿深采察！"恪果以此败。以上诸人料恪之败。

【注释】

①戚：忧愁。

②东主：吴在蜀的东边，故称其君主为东主。

③郎君：自汉以来门生故吏都称恩门子弟为郎君。

【译文】

当初，诸葛恪年少时就很有名气，大帝孙权很器重他，可是诸葛恪的父亲诸葛瑾却为此经常忧虑，说："诸葛恪不是能保家的人。"诸葛瑾的朋友奋威将军张承也认为诸葛恪必将使诸葛家族衰败。陆逊曾对诸葛恪说："在我之上的人，我一定会尊奉他，以与他共同升迁；在我之下的人,我则要扶持帮助他。现在我观察你,气势凌驾于在你之上的人,心中又蔑视在你之下的人,这不是安定功德的根基。"蜀汉侍中诸葛瞻是诸葛亮的儿子。诸葛恪再次出兵淮南时,越巂太守张嶷给诸葛瞻写信说:"东吴主上刚刚驾崩,继位的皇帝实在是太年幼怯弱,太傅诸葛恪受先帝重托,辅佐幼主,又谈何容易!周公那么有才能,况且还有亲戚关系,来摄理朝政,仍然会有管叔、蔡叔散布流言发动叛乱;霍光受命摄理朝政,也有燕王刘旦、盖主和上官桀等人阴谋陷害霍光篡其权位的活动,他们依赖周成王、汉昭帝的圣明才得以免遭危难。过去我听说吴主从不把赏罚生杀的大权交给手下的人,结果在临终的时候,仓促地把身后大事托付给诸葛恪,真是令人担忧。再说从以前的记载来看,吴、楚地方的人性格剽悍急躁,但太傅却远离年幼的君主,率军深入敌国境内,这恐怕不是良好而长远的打算。虽说东吴国家纪律严明,秩序井然,君臣上下和睦相处;但是百事中有一事失误,也不是明智者的谋略。以古鉴今,今事的道理与古时相通,现在除了您给太傅以忠告,还有谁能对他直言相劝呢?希望您能劝太傅撤军回朝,大力推广农业,致力于施行仁德恩惠,数年之后我们吴、蜀两国再同时并举去攻打魏,也为时不晚。希望您能深入地考虑并采纳我的建议。"后来,诸葛恪果然因张嶷所说之事而失败。以上是多人料定诸葛恪必将败亡的看法。

谢玄肥水破秦之战

【题解】

此篇选自《资治通鉴》第一百零五卷。东晋孝武帝太元八年(383),前秦苻坚初步统一北方后,强征九十万军队,大举南下,企图一举灭东晋。东晋宰相谢安派谢玄等率兵八万迎敌。谢玄率军与秦兵前锋隔淝水对峙,谢玄请苻坚率军稍稍后退,以便渡河决战。苻坚想待晋军半渡时猛攻,于是指挥军队稍退,由于秦军中各族士兵不愿作战,一退即不可止。晋军乘机渡河追杀，秦军溃败，风声鹤唳都以为是追兵，苻坚负伤而逃。这一战，东晋保住半壁江山，前秦从此一蹶不振，鲜卑族、羌族等乘机欲颠覆前秦政权。淝水之战是我国历史上以少胜多、以弱胜强的著名战役之一。

晋太元八年七月，秦王坚下诏大举入寇[①]，民每十丁遣一兵；其良家子年二十已下，有材勇者，皆拜羽林郎[②]。又曰："其以司马昌明为尚书左仆射，谢安为吏部尚书，桓冲为侍中；势还不远，可先为起第。"良家子至者三万余骑，拜秦州主簿赵盛之为少年都统。是时朝臣皆不欲坚行，独慕容垂、姚苌及良家子劝之。阳平公融言于坚曰："鲜卑、羌虏，我之仇雠，常思风尘之变以逞其志[③]，所陈策画[④]，何可从也！良家少年皆富饶子弟，不闲军旅[⑤]，苟为谄谀之言以会陛下之意。今陛下信而用之，轻举大事，臣恐功既不成，仍有后患，悔无及也！"坚不听。

【注释】

①秦王坚：即前秦统治者苻(fú)坚，字永固，氐族人。曾统一北方大部分地区。淝水之战后，各族乘机反秦自立，苻坚于385年被羌人擒杀。

②拜：任命。

③风尘之变：比喻战乱。

④策画：计划，打算。

⑤闲：通"娴"。熟悉。

【译文】

晋太元八年七月，秦王苻坚颁布诏令，准备大举进攻东晋，百姓中每十名成年男子抽一人去当兵；凡二十岁以下又有才能勇气的良家子弟都授官职羽林郎。苻坚说：“将来任命晋朝的司马昌明做我们的尚书左仆射，谢安为吏部尚书，桓冲为侍中；相信我们很快就会凯旋，可以先给他们盖府第了。”良家子弟踊跃应征，共得三万多骑兵，苻坚任命秦州主簿赵盛之为少年都统，统率这些良家子弟。当时，满朝大臣都不赞成苻坚亲自出征，只有慕容垂、姚苌和那些良家子弟劝苻坚出征。阳平公苻融对苻坚说：“鲜卑人、羌人与我们有灭国之仇，他们常希望发生变乱可以乘机报仇复国，这些人所提出的计策，怎么可以听从呢？而且良家子弟都出身富有人家，不熟悉军事，只会恭维奉承附和陛下的愿望。现在陛下相信任用他们，轻率地决定大举进攻，臣恐怕既不能成功，还会带来后患，后悔不及呀！”苻坚不听。

八月戊午，坚遣阳平公融督张蚝、慕容垂等步骑二十五万为前锋；以兖州刺史姚苌为龙骧将军，督益、梁州诸军事。坚谓苌曰：“昔朕以龙骧建业，未尝轻以授人，卿其勉之！”左将军窦冲曰：“王者无戏言，此不祥之征也！”坚默然。

【译文】

八月戊午日，苻坚命阳平公苻融督统张蚝、慕容垂等步兵、骑兵共二十五万人作为前锋；任命兖州刺史姚苌为龙骧将军，督统益州、梁州军事。苻坚对姚苌说：“过去我靠龙骧将军的官位建立大业，未曾轻易地把这个官位授给别人，你可要好好干呀！”左将军窦冲说：“君王无戏言，这是不祥的征兆！”苻坚默然不语。

慕容楷、慕容绍言于慕容垂曰：“主上骄矜已甚，叔父建中兴之业，在此行也！”垂曰：“然。非汝，谁与成之！”

【译文】

慕容楷、慕容绍对慕容垂说："主上骄纵傲慢已很严重，叔父利用这次出征正可以兴复国之大业。"慕容垂说："对。如果没有你们，谁能和我一起成就大业呢？"

甲子，坚发长安，戎卒六十余万，骑二十七万，旗鼓相望，前后千里。九月，坚至项城[①]，凉州之兵始达咸阳[②]，蜀、汉之兵方顺流而下，幽、冀之兵至于彭城[③]，东西万里，水陆齐进，运漕万艘。阳平公融等兵三十万，先至颍口[④]。以上苻坚盛兵伐晋。

【注释】

①项城：今属河南。

②凉州：在今甘肃武威。咸阳：今属陕西。

③彭城：在今江苏徐州。

④颍口：在今安徽颍上。

【译文】

甲子日，苻坚从长安出发，率领着步兵六十余万，骑兵二十七万，旗鼓相望，前后绵延千里。九月，苻坚到达项城，凉州的军队刚刚到达咸阳，蜀、汉的军队正在顺流而下，幽州、冀州的军队到了彭城，东西万里，水陆并进，运输军粮的船只多达上万艘。阳平公苻融率兵三十万先到达颍口。以上是苻坚率领庞大的军队伐晋。

诏以尚书仆射谢石为征虏将军、征讨大都督，以徐、兖二州刺史谢玄为前锋都督，与辅国将军谢琰、西中郎将桓伊等众共八万拒之；使龙骧将军胡彬以水军五千援寿阳。琰，安之子也。

【译文】

晋孝武帝诏令尚书仆射谢石为征虏将军、征讨大都督，任命徐州、兖州二州刺史谢玄为前锋都督，与辅国将军谢琰、西中郎将桓伊等率兵共八万人抗拒秦军；派龙骧将军胡彬领水军五千增援寿阳。谢琰是谢安的儿子。

是时秦兵既盛，都下震恐。谢玄入，问计于谢安，安夷然答曰："已别有旨。"既而寂然。玄不敢复言[①]，乃令张玄重请。安遂命驾出游山墅，亲朋毕集，与玄围棋赌墅。安棋常劣于玄，是日，玄惧，便为敌手而又不胜。安遂游陟[②]，至夜乃还。桓冲深以根本为忧，遣精锐三千人卫京师。谢安固却之，曰："朝廷处分已定，兵甲无阙[③]，西藩宜留以为防。"冲对佐吏叹曰："谢安石有庙堂之量[④]，不闲将略[⑤]。今大敌垂至，方游谈不暇，遣诸不经事少年拒之，众又寡弱，天下事已可知，吾其左衽矣[⑥]！"以上晋谋所以拒秦。

【注释】

①复言：再说什么。

②陟(zhì)：升，登。此处意指登山。

③阙：缺点，过错。此处意为疏漏。

④安石：谢安的字。庙堂之量：形容人气量大，遇事沉着冷静。

⑤将略：用兵的谋略。

⑥左衽：我国古代少数民族所着的服装，前襟向左掩，不同于中原

汉族的衣襟向右。这里桓冲借以喻指东晋会被前秦打败。

【译文】

这时，由于秦军来势凶猛，声势浩大，晋朝都城一片恐慌。谢玄去向谢安请教对策，谢安淡定地答道："已经另有打算了。"说罢便不再做声。谢玄不敢再问，让张玄再去请教谢安。可是谢安却下令驾车去山间别墅游玩，亲朋好友聚集别墅，谢安与谢玄又在此摆开棋局。平时谢安下棋常输给谢玄，这天谢玄心中害怕，与谢安战成平手。谢安又去登山游玩，一直到晚上才回来。桓冲担忧都城的安危，要派三千精锐部队去守卫京师。谢安坚决拒绝了，说："朝廷已安排妥当，军事安排没有疏漏，你的部队还是留在西藩加强防守吧。"桓冲对身边的官吏叹息说："谢安石有宽宏的气量，但是不懂用兵的谋略。现在大敌即将来临，他还到处游玩，高谈阔论，派遣一些没有经验的年轻人去抗拒敌兵，敌我力量又那么悬殊，结局如何已可想而知，咱们会被前秦打败的。"以上是晋人谋划如何抵御前秦。

冬十月，秦阳平公融等攻寿阳；癸酉，克之，执平虏将军徐元喜等。融以其参军河南郭褒为淮南太守。慕容垂拔郧城。胡彬闻寿阳陷，退保硖石①，融进攻之。秦卫将军梁成等帅众五万屯于洛涧②，栅淮以遏东兵。谢石、谢玄等去洛涧二十五里而军，惮成，不敢进。胡彬粮尽，潜遣使告石等曰："今贼盛，粮尽，恐不复见大军！"秦人获之，送于阳平公融。融驰使白秦王坚曰："贼少易擒，但恐逃去，宜速赴之！"坚乃留大军于项城，引轻骑八千兼道就融于寿阳。遣尚书朱序来说谢石等以为"强弱异势，不如速降"。序私谓石等曰："若秦百万之众尽至，诚难与为敌。今乘诸军未集，宜速击之；若败其前锋，则彼已夺气，可遂破也。"石闻坚在寿阳，甚惧，欲不战以老秦师[③]。谢琰劝石从序言。以上朱序输情于晋。十一月，谢玄遣广陵相刘牢之帅精兵五千人趣洛涧[④]，未至十里，梁成阻涧为陈以待之。牢之直前渡水，击成，大破之，斩成及弋阳太守王咏；又分兵断其归津，秦步骑崩溃，争赴淮水，士卒死者万五千人，执秦扬州刺史王显等，尽收其器械军实[⑤]。以上刘牢之初破秦军。于是谢石等诸军水陆继进。秦王坚与阳平公融登寿阳城望之，见晋兵部阵严整，又望八公山上草木[⑥]，皆以为晋兵，顾谓融曰："此亦勍敌[⑦]，何谓弱也！"怃然始有惧色[⑧]。

【注释】

①硖石：山名。在今安徽寿县。

②洛涧：在今安徽定远。

③老：历时长久，意为拖疲、拖垮。

④趣：急速赶赴。

⑤军实：指作战中的俘获。

⑥八公山：在今安徽寿县。

⑦勍(qíng)：强有力。

⑧怃然：怅然失意貌。

【译文】

冬十月，秦阳平公苻融等攻打寿阳；癸酉日，攻克寿阳，擒获平虏将军徐元喜等人。苻融任命参军河南人郭褒为淮南太守。慕容垂攻克郧城。胡彬听说寿阳陷落，退保硖石，苻融领兵攻打硖石。秦卫将军梁成等率众五万驻扎在洛涧，沿淮河岸扎营以阻遏晋兵。谢石、谢玄等率兵在距洛涧二十五里之处扎营，惧怕梁成而不敢进军。胡彬粮尽，悄悄派人去告诉谢石："现在贼兵强盛而我已粮尽，恐怕坚持不到与大军相会。"秦人俘获信使，送到阳平公苻融那里。苻融得到这个消息，急忙派人通报秦王苻坚，说："贼兵少易擒，但是怕他们逃走，应快点赶到！"于是苻坚把大军留在项城，领轻骑兵八千人日夜兼程赶到寿阳，与苻融会合。苻坚派尚书朱序到谢石营中劝降，劝他们"看清双方强弱悬殊，不如早点投降"。可是朱序私下却对谢石说："如果秦百万大军全部到来，确实难以抵抗。现在乘秦各路军队尚未聚齐，应该快速出兵；如果打败前锋部队，则挫败秦军士气，就可打败秦军了。"谢石听说苻坚亲自在寿阳领兵，非常害怕，想用不交战的办法拖延时间，使秦军疲惫，不战而退。谢琰则劝谢石采纳朱序的建议。以上是朱序向晋朝一方输送情报。十一月，谢玄派广陵相刘牢之统帅五千精兵急速奔赴洛涧，距离洛涧还有十里，梁成已部署兵力扼守洛涧，等待晋军。刘牢之率兵径直渡水攻打秦军，大败秦军，斩杀梁成及弋阳太守王咏；又分出一部分兵力占据秦军归途上的渡口，秦军步兵、骑兵都溃不成军，争先恐后地逃向淮水，士兵死亡一万五千人，擒获秦扬州刺史王显等人，缴获秦军的全部武器。以上是刘牢之初破秦军。于是，谢石等各路晋军沿水陆相继进发。秦王苻坚和阳平公苻融登上寿阳城观望晋军，只见晋军部阵严整，又望见八公山上的草木，以为都是晋兵，苻坚回头对苻融说："这也是强敌，怎么说弱呢？"神情茫然，开始有点害怕。

秦兵逼淝水而陈[①]，晋兵不得渡。谢玄遣使谓阳平公融曰："君悬军深入，而置陈逼水，此乃持久之计，非欲速战者也。若移陈少却，使晋兵得渡以决胜负，不亦善乎！"秦诸将皆曰："我众彼寡，不如遏之，使不得上，可以万全。"坚曰："但引兵少却，使之半渡，我以铁骑蹙而杀之，蔑不胜矣[②]！"融亦以为然，遂麾兵使却。秦兵遂退，不可复止。谢玄、谢琰、桓伊等引兵渡水击之。融驰骑略陈，欲以帅退者，马倒，为晋兵所杀，秦兵遂溃。玄等乘胜追击，至于青冈[3]。秦兵大败，自相蹈藉而死者[4]，蔽野塞川。其走者闻风声鹤唳，皆以为晋兵且至，昼夜不敢息，草行露宿，重以饥冻，死者什七八。初，秦兵少却，朱序在陈后呼曰："秦兵败矣！"众遂大奔。序因与张天锡、徐元喜皆来奔。获秦王坚所乘云母车。复取寿阳，执其淮南太守郭褒。

【注释】

①淝水：源出安徽合肥紫蓬山，向北流经二十里分为二支流，一支东流入巢湖，一支西北流至寿县入淮河。

②蔑：无，没有。

③青冈：在今安徽寿县。

④蹈藉：践踏。

【译文】

秦兵紧挨着淝水部署兵力，晋兵无法渡河。谢玄派使者对阳平公苻融说："您孤军深入，而又紧逼河边布阵，这样是长久相持的办法，不是打算迅速决战。如果您将军队稍稍退后，让晋兵能够渡河，决一胜负，这不是很好吗？"秦各位将领都说："我军多而敌军少，不如严守岸边，使晋军无法进攻，这样可以稳操胜券。"苻坚说："只让我军稍稍退后，乘晋军正在渡河时，我们以铁甲兵奋起攻杀，没有不胜的道理。"苻融也这样认为，于是指挥秦兵后退。秦兵开始后退，一退就无法停止。谢玄、谢琰、桓伊等率兵迅速渡河，追杀秦军。苻融驰马于军中，试图统率退兵，重整军阵，谁知坐骑摔倒，被晋兵杀死，秦军溃不成军。谢玄等乘胜追击，一直追到青冈。秦兵大败，自相践踏而死者不计其数，尸横遍野。逃跑的秦兵听见风声、鹤鸣声都以为是晋兵追来，一路狂奔，昼夜不停，走小路露宿荒野，加上冻饿交加，死亡十有七八。当初，秦兵刚开始后退的时候，朱序在后阵高呼："秦军败了！"秦兵于是争相奔逃，一退不止。朱序与张天锡、徐元喜都投奔了晋军。此战缴获了秦王苻坚所乘的云母车。晋军继而又攻取寿阳，擒获守将淮南太守郭褒。

坚中流矢，单骑走至淮北，饥甚，民有进壶飧、豚髀者，坚食之，赐帛十匹，绵十斤。辞曰："陛下厌苦安乐，自取危困。臣为陛下子，陛下为臣父，安有子饲其父而求报乎？"弗顾而去。坚谓张夫人曰："吾今复何面目治天下乎！"潸然流涕①。以上秦军大败。

【注释】

①潸：泪流貌。

【译文】

苻坚中了流箭，只身骑马走到淮河以北，非常饥饿，有百姓给他送来简单的饭食和猪腿，苻坚吃完饭，要给送饭的人赐帛十匹，绵十斤。那人推辞说："陛下放弃安乐生活，置身危险困苦之中。臣为陛下的儿子，陛下是臣的父亲，哪里有儿子给父亲送饭而求报答的呢？"说完竟自离去。苻坚对张夫人说："我如今还有什么脸去治理天下呢？"说着不禁潸然泪下。以上是秦军大败。

是时，诸军皆溃，惟慕容垂所将三万人独全，坚以千余骑赴之。世子宝言于垂曰："家国倾覆，天命人心皆归至尊，但时运未至，故晦迹自藏耳。今秦主兵败，委身于我，是天借之便以复燕祚，此时不可失也，愿不以意气微恩忘社稷之重！"垂曰："汝言是也。然彼以赤心投命于我，若之何害之！

天苟弃之，不患不亡。不若保护其危以报德，徐俟其衅而图之[①]，既不负宿心，且可以义取天下。”奋威将军慕容德曰[②]：“秦强而并燕，秦弱而图之，此为报仇雪耻，非负宿心也；兄奈何得而不取，释数万之众以授人乎？”垂曰：“吾昔为太傅所不容，置身无所，逃死于秦，秦主以国士遇我，恩礼备至。后复为王猛所卖，无以自明，秦主独能明之，此恩何可忘也！若氐运必穷[③]，吾当怀集关东[④]，以复先业耳，关西会非吾有也[⑤]。”冠军行参军赵秋曰：“明公当绍复燕祚，著于图谶。今天时已至，尚复何待！若杀秦主，据邺都，鼓行而西，三秦亦非苻氏之有也[⑥]！”垂亲党多劝垂杀坚，垂皆不从，悉以兵授坚。平南将军慕容暐屯郧城，闻坚败，弃其众遁去；至荥阳，慕容德复说暐起兵以复燕祚，暐不从。以上慕容不乘苻秦之危。

【注释】

①衅：过失，罪过。

②慕容德：慕容垂的弟弟，后称帝，国号南燕。

③氐：代指氐族人苻坚。

④关东：指函谷关东，河南、山东诸地。

⑤关西：函谷关以西之地，今陕西、甘肃一带。

⑥三秦：今陕西咸阳、榆林等地。

【译文】

这时候，秦各路军皆溃败，只有慕容垂所率三万人保全，苻坚带领千余骑兵投奔慕容垂。慕容垂的世子慕容宝对其父说：“国破家亡之时，天命人心都属于您，只是时运未到，所以我们要隐蔽踪迹，保全自已。现在秦主兵败,投奔我们而来,这是上天给我们复兴燕国的机会,不能错失,愿您不要因为微小的恩惠而意气用事,忘记肩负着复国的重任!”慕容垂说:“你说得很有道理。但是秦主满怀赤诚把生命托付于我,我怎么能害他!上天若是抛弃他,不愁他不亡。不如在他危难时保护他,以报其恩德,慢慢地等待他再次失误而图谋起事,既可以不负往日的心愿,又可以不失道义而得天下。”奋威将军慕容德说:“秦国强盛而吞并燕国,秦国势弱就要图谋它,这是为报仇雪耻,不是违背往日的心愿;哥哥你为什么送到手上的机会而不要,把数万军队交给他人?”慕容垂说:“过去我被太傅所不容,无处安身,逃亡秦国,秦主以国士待我,恩义礼遇备至。后来我又被王猛出卖,无法自己辩白,秦主却能明察,如此大恩我怎么敢忘!如果氐族人注定是时运已尽,我应当召集关东的民众光复祖先的大业,关西之地不属于我。”冠军行参军赵秋说:“明公您应当光复燕国,这种迹象已表现在图谶中。现在天时已至,还等待什么!如果杀秦主占据邺都,一鼓作气向西进发,三秦之地都不会是苻氏家族所有了。”慕容垂的亲信大多劝他杀苻坚,慕容垂都没有听从,将全部军队都交给苻坚。平南将军慕容時驻兵郧城,听说苻坚战败,便弃众逃走;到荥阳慕容德又劝慕容時起兵复兴燕国,慕容時没有听从。以上是慕容垂不乘苻坚之危。

谢安得驿书,知秦兵已败,时方与客围棋,摄书置床上,了无喜色,围棋如故。客问之,徐答曰:“小儿辈遂已破贼。”既罢还内,过户限,不觉屐齿之折①。

【注释】

①屐:木屐,木底有齿的鞋,古人游山多用之。

【译文】

谢安得到驿站传来的战事报告,知道秦兵已败。当时他正与客人下围棋，拿到战报随手放到床上，毫无高兴的样子，继续下棋。客人问是什么事，他不紧不慢地回答："小辈们已经击退敌兵了。"下完棋，走入内室，过门槛时，连屐齿折断都没感觉到。

丁亥，谢石等归建康，得秦乐工，能习旧声，于是宗庙始备金石之乐。乙未，以张天锡为散骑常侍，朱序为琅邪内史。

【译文】

丁亥日，谢石等返回建康，带回秦国的乐师，能演奏古时的音乐，于是宗庙中开始设钟磬乐器演奏音乐。乙未日，任命张天锡为散骑常侍，朱序为琅邪内史。

刘裕伐南燕之役

【题解】

该文选自《资治通鉴》卷一百一十五。全文对战斗场面的描述并不多，而主要是通过描述战争双方主帅的决策活动来反映战争的发展过程。其中着重刻画了东晋主帅刘裕的智谋胆识，对南燕国主慕容超的刻画也较形象生动。战争的胜败关键在于双方决策指挥的得失，而不是慕容超所哀叹的"废兴，命也"。文章再次向世人表明了这一战争规律。

义熙五年三月①，刘裕抗表伐南燕②，朝议皆以为不可，惟左仆射孟昶、车骑司马谢裕、参军臧熹以为必克，劝裕行。裕以昶监中军留府事。谢裕，安之兄孙也③。

【注释】

①义熙五年:409年。

②刘裕:字德舆,小字寄奴。幼年贫穷,后为东晋北府兵将领,屡立战功,官至相国。420年代晋称帝,国号宋。谥号武帝。南燕:十六国之一。鲜卑贵族慕容德于398年建立,据有今山东、河南的一部分地区。410年为刘裕所灭。

③安:即谢安,字安石,晋武帝时任宰相,任用谢玄等抗拒前秦军队,取得淝水之战的胜利。

【译文】

义熙五年三月,刘裕上表主张讨伐南燕,朝廷商议,都认为不可以,只有左仆射孟昶、车骑司马谢裕、参军臧熹认为一定会取得胜利,劝刘裕行动。刘裕任命孟昶为监中军留府事。谢裕是谢安哥哥的孙子。

初,苻氏之败也[①],王猛之孙镇恶来奔[②],以为临澧令。镇恶骑乘非长,关弓甚弱,而有谋略,善果断,喜论军国大事。或荐镇恶于刘裕,裕与语,说之,因留宿。明旦,谓参佐曰:"吾闻将门有将,镇恶信然。"即以为中军参军。以上刘裕决计伐南燕。

【注释】

①苻氏:指前秦皇帝苻坚。

②王猛:字景略。为苻坚谋臣,甚见信用,官至丞相。曾建议苻坚不宜攻晋,但未被采纳。

【译文】

当初,秦苻氏战败后,王猛的孙子王镇恶来投奔晋朝,被任命为临澧令。镇恶不擅长骑马,射箭的技术也很差,却有谋略,做事果断,喜欢谈论军国大事。有人向刘裕推荐镇恶，刘裕与他谈话后很高兴，因而留他住宿。第二天早晨，刘裕对僚属们说："我听说将门出将，镇恶确实是这样。"随即任命他为中军参军。以上是刘裕决定征伐南燕。

四月己巳，刘裕发建康，帅舟师自淮入泗。五月，至下邳，留船舰、辎重，步进至琅邪。所过皆筑城，留兵守之。或谓裕曰："燕人若塞大岘之险①，或坚壁清野，大军深入，不唯无功，将不能自归，奈何？"裕曰："吾虑之熟矣。鲜卑贪婪，不知远计，进利虏获，退惜禾苗，谓我孤军远入，不能持久，不过进据临朐②，退守广固③，必不能守险清野，敢为诸君保之。"以上刘裕料敌。

【注释】

①大岘(xiàn)：地名。今山东沂水。

②临朐：地名。治今江苏连云港。

③广固：地名。今山东青州。

【译文】

四月己巳日，刘裕从建康出发，率领水军从淮河进入泗水。五月，到了下邳，留下船舰、辎重，步行进军到琅邪。所过之处都修筑城堡，留下军队防守。有人对刘裕说："燕人如果阻塞大岘的险要地方，或者坚壁清野，我们大军深入，不仅没有功劳，还将不能退回，那怎么办？"刘裕说："我已经深思熟虑。鲜卑人很贪心，不知道长远打算，进兵只追求劫掠些财物人口，退兵却爱惜庄稼，认为我们孤军深入，不能坚持很久，他们不过是前进占据临朐，后退防守广固，一定不会守住险要地方去坚壁清野，我敢向大家保证。"以上是刘裕判断敌方行动。

南燕主超闻有晋师[①]，引群臣会议。征虏将军公孙五楼曰："吴兵轻果，利在速战，不可争锋。宜据大岘，使不得入，旷日延时，沮其锐气，然后徐简精骑二千，循海而南，绝其粮道，别敕段晖帅兖州之众，缘山东下，腹背击之，此上策也。各命守宰依险自固，校其资储之外[②]，余悉焚荡，芟除禾苗，使敌无所资，彼侨军无食[③]，求战不得，旬月之间，可以坐制，此中策也。纵贼入岘，出城逆战，此下策也。"超曰："今岁星居齐，以天道推之，不战自克。客主势殊，以人事言之，彼远来疲弊，势不能久。吾据五州之地，拥富庶之民，铁骑万群，麦禾布野，奈何芟苗徙民，先自蹙弱乎[④]！不如纵使入岘，以精骑蹂之，何忧不克！"辅国将军广宁王贺赖卢苦谏不从，退谓五楼曰："必若此，亡无日矣！"太尉桂林王镇曰："陛下必以骑兵利平地者，宜出岘逆战，战而不胜，犹可退守，不宜纵敌入岘，自弃险固也。"超不从。镇出，谓韩谆曰："主上既不能逆战却敌，又不肯徙民清野，延敌入腹，坐待攻围，酷似刘璋矣[⑤]。今年国灭，吾必死之。卿中华之士[⑥]，复为文身矣[⑦]。"超闻之大怒，收镇下狱。乃摄莒、梁父二戍，修城隍，简士马，以待之。以上南燕君臣议战守之策。

【注释】

①南燕主超：即南燕皇帝慕容超。

②校(jiào)：计算。

③侨军：意谓军队非在自己的统治区内作战。

④蹙(cù)：窘迫。

⑤刘璋：汉末时任益州牧，引刘备入境，结果被刘备夺去益州。

⑥中华之士：即指汉人。

⑦文身：指用针在人体上刺图形。我国古代南方少数民族有文身的风俗。此语喻指南燕将会被东晋攻灭。

【译文】

南燕国主慕容超听说晋军来袭，召集群臣开会商议。征虏将军公孙五楼说："吴地的军队轻捷果敢，他们的优势在于速战，不能和他们争胜负。应该据守大岘，使他们进不来，拖延时日，挫败他们的锐气，然后慢慢地选拔二千精锐骑兵，沿着海岸向南行动，断绝他们的粮道，另外命令段晖率领兖州的军队，沿着山向东进军，前后夹击，这是上策。命令守将各自凭借险要地形自我防守，计算留下所需费用和储备之外，其余东西全部焚毁，割除禾苗，使敌人没有东西可以利用，他们出兵在外，没有粮食，求战不得，少则十天，多则一个月，就会坐以待毙，这是中策。放敌人进入大岘，出城迎战，这是下策。"慕容超说："现在岁星在齐地，用天象推算，不战自胜。客与主形势不同，根据人事来说，敌军远道而来，精力疲惫，势必不能长久。我占据五州的土地，拥有富庶的百姓，铁骑数万，麦禾遍野，为什么要割除庄稼，迁移百姓，先自我削弱呢！不如放敌人进入大岘，用精锐骑兵蹂躏他们，何必担忧不能获胜！"辅国将军广宁王贺赖卢苦苦劝说，不被接受，退下来对公孙五楼说："一定要这样，我们很快就会灭亡呀！"太尉桂林王慕容镇说："陛下一定要发挥骑兵在平地的优势，应该出大岘迎战，作战不能获胜，还可以退守，不应该放敌人进入大岘，自己放弃防守险要地方。"慕容超不采纳。慕容镇出来对韩谆说："主上既不能迎战击退敌人，又不肯迁徙百姓，坚壁清野，引敌人进入腹地，坐等敌人的围攻，很像刘璋啊。今年国家灭亡，我一定为此而死。你是汉族读书人，又要断发文身了。"慕容超听到后，很恼怒，将慕容镇逮捕入狱。于是收集莒、梁父二地的守兵，修理城壕，选拔士兵战马，等待晋军。以上是南燕君臣讨论战守之策。

刘裕过大岘，燕兵不出。裕举手指天，喜形于色。左右曰：“公未见敌而先喜，何也？”裕曰：“兵已过险，士有必死之志；余粮栖亩，人无匮乏之忧。虏已入吾掌中矣。”六月己巳，裕至东莞①。超先遣公孙五楼、贺赖卢及左将军段晖等将步骑五万屯临朐，闻晋兵入岘，自将步骑四万往就之，使五楼帅骑进据巨蔑水。前锋孟龙符与战，破之，五楼退走。裕以车四千乘为左右翼，方轨徐进②，与燕兵战于临朐南，日向昃，胜负犹未决。参军胡藩言于裕曰：“燕悉兵出战，临朐城中留守必寡，愿以奇兵从间道取其城，此韩信所以破赵也。”裕遣藩及谘议参军檀韶、建威将军河内向弥潜师出燕兵之后，攻临朐，声言轻兵自海道至矣。向弥擐甲先登③，遂克之。超大惊，单骑就段晖于城南。裕因纵兵奋击，燕众大败，斩段晖等大将十余人。以上临朐大捷，轻兵从间道克城。

【注释】

①东莞：地名。今山东沂水。

②方轨：两车并行。

③擐（huàn）：穿。

【译文】

刘裕经过大岘，燕军没有出战。刘裕举手指着天，喜形于色。左右的人说：“您还没有看见敌人就先高兴，为什么呢？”刘裕说：“军队已经通过了危险的地方，士兵心中不怕死；田野中有很多粮食，人们没有粮食匮乏的忧虑。敌人已在我的掌握之中。”六月己巳日，刘裕到达东莞。慕容超先派公孙五楼、贺赖卢和左将军段晖等率领步兵和骑兵五万人驻扎临朐，听说晋军进入大岘，亲自率步兵和骑兵四万人前往迎敌，派公孙五楼率领骑兵进兵占据巨蔑水。前锋孟龙符与公孙五楼交战，大败燕军，公孙五楼退逃。刘裕用四千辆车作为左右翼，两车并行，缓慢前进，与燕军在临朐南面交战，日过中午，还未分出胜败。参军胡藩对刘裕说："燕国出动全部军队作战，临朐城中留守的人一定很少，我愿用奇兵从小路袭取该城，这就是韩信用来攻破赵国的方法。"刘裕派胡藩和谘议参军檀韶、建威将军河内人向弥暗中率军队从燕军的后面出动，进攻临朐，声称轻装部队从海路赶到。向弥披甲先登，于是攻克临朐。慕容超十分惊慌，只身匹马投奔城南的段晖。刘裕于是发兵奋力攻击，大败燕军，杀死段晖等大将十多人。以上是临朐大捷，轻装部队从小路袭取城池。

超遁还广固，获其玉玺、辇及豹尾。裕乘胜逐北至广固；丙子，克其大城。超收众入保小城。裕筑长围守之，围高三丈，穿堑三重；抚纳降附，采拔贤俊，华夷大悦。于是因齐地粮储，悉停江、淮漕运。

【译文】

慕容超逃回广固，东晋兵缴获了他的玉玺、辇和豹尾。刘裕乘胜追逐败亡的敌人到广固；丙子日，攻克了广固外城。慕容超收集人马防守内城。刘裕修筑长围墙围守，围墙高三丈，穿过三道壕沟；安抚接纳投降归附的人，选择人才，汉人和少数民族都很高兴。于是利用齐地的粮食储备，全部停止了长江、淮河的运粮。

超遣尚书郎张纲乞师于秦，赦桂林王镇，以为录尚书、都督中外诸军事，引见，谢之，且问计焉。镇曰："百姓之心，系于一人。今陛下亲董六师[1]，奔败而还，群臣离心，士民丧气。闻秦人自有内患，恐不暇分兵救人。散卒还者尚有数万，宜悉出金帛以饵之，更决一战。若天命助我，必能破敌；如其不然，死亦为美，比于闭门待尽，不犹愈乎！”司徒乐浪王惠曰：“不然。晋兵乘胜，气势百倍，我以败军之卒当之，不亦难乎！秦虽与勃勃相持[2]，不足为患；且与我分据中原，势如唇齿，安得不来相救[3]！但不遣大臣则不能得重兵，尚书令韩范为燕、秦所重，宜遣乞师。”超从之。

【注释】

①董：监督。

②勃勃：即赫连勃勃，原名刘勃勃，十六国时期夏的建立者，匈奴人。

【译文】

慕容超派尚书郎张纲向秦国求援，又赦免桂林王慕容镇，任命为录尚书、都督中外诸军事，接见他，向他道歉，并向他询问计谋。慕容镇说：“百姓的心都系于皇上一人。现在陛下亲自督率全军，兵败而回，群臣人心涣散，百姓意气沮丧。听说秦国人自身有内患，恐怕顾不上分兵救援别人。失散的士兵回来的还有几万人，应该拿出所有的金银丝帛吸引他们，重新决一死战。如果上天保佑我们，一定能击败敌人；如果不能这样，死了也壮烈，比起闭门等待死亡，不是更好吗？”司徒乐浪王慕容惠说：“不对。晋军乘着胜利，气势凶猛，我们用战败的军队抵挡他们，不是很困难吗！秦国虽然与刘勃勃相持不下，但是不足以成为忧患；并且和我国分别占据中原，形势如同唇齿相依，怎能不来援救我们？但是不派大臣去求援不能得到大批军队，尚书令韩范被燕国、秦国所敬重，应派他去求援兵。”慕容超采纳了他的意见。

秋七月，加刘裕北青、冀二州刺史。

【译文】

秋季七月，加封刘裕为北青、冀二州刺史。

南燕尚书略阳垣尊及弟京兆太守苗逾城来降，裕以为行参军。尊、苗皆超所委任以为腹心者也。

【译文】

南燕尚书略阳人垣尊和他弟弟京兆太守垣苗越过城墙来投降，刘裕任命他们为行参军。垣尊、垣苗都是慕容超任用的心腹大臣。

或谓裕曰："张纲有巧思，若得纲使为攻具，广固必可拔也。"会纲自长安还，太山太守申宣执之，送于裕。裕升纲于楼车，使周城呼曰："刘勃勃大破秦军，无兵相救。"城中莫不失色。江南每发兵及遣使者至广固，裕辄潜遣兵夜迎之，明日，张旗鸣鼓而至，北方之民执兵负粮归裕者，日以千数。围城益急，张华、封恺皆为裕所获，超请割大岘以南地为藩臣，裕不许。以上围广固。

【译文】

有人对刘裕说："张纲心思巧妙，如果能得到张纲，让他制造攻城的工具，广固一定可以攻克。"正好张纲从长安回来，太山太守申宣将他抓获，押送给刘裕。刘裕将张纲放到楼车上，让他围绕着城呼喊："刘勃勃大败秦军，秦国无兵来救援。"城中的人没有不大惊失色的。江南每次派军队和使者到广固，刘裕就暗中派兵在晚上去迎接，第二天，大张旗鼓地赶到，北方的百姓拿着兵器、背负粮食归附刘裕的，每天有上千人。围攻更急，张华、封恺都被刘裕所俘获，慕容超请求割让大岘以南的地方，成为藩臣，刘裕不答应。以上是围困广固。

秦王兴遣使谓裕曰[①]："慕容氏相与邻好，今晋攻之急，秦已遣铁骑十万屯洛阳；晋军不还，当长驱而进。"裕呼秦使者谓曰："语汝姚兴：我克燕之后，息兵三年，当取关、洛。今能自送，便可速来！"刘穆之闻有秦使，驰入见裕，而秦使者已去。裕以所言告穆之，穆之尤之曰[②]："常日事无大小，必赐预谋，此宜善详，云何遽尔答之！此语不足以威敌，适足以怒之。若广固未下，羌寇奄至，不审何以待之？"裕笑曰："此是兵机，非卿所解，故不相语耳。夫兵贵神速，彼若审能赴救，必畏我知，宁容先遣信命，逆设此言！是自张大之辞也。晋师不出，为日久矣。羌见伐齐，殆将内惧，自保不暇，何能救人邪！"

【注释】

①秦王兴：即十六国之一的后秦国国君姚兴，字子略，羌族，后秦建立者姚苌之子。

②尤：指责。

【译文】

秦王姚兴派使者对刘裕说："慕容氏和我们是友邻，现在晋军对他们进攻得很急，秦国已派十万铁骑屯驻洛阳；晋军如果不退回，秦军将长驱直入。"刘裕招呼秦国使者，对他说："告诉你们姚兴：我攻下燕国后，休兵三年，就将攻取关中、洛河地区。现在秦军能自动送上门来，可快来！”刘穆之听说有秦国使者，骑马赶来见刘裕，但秦国使者已经离开。刘裕把自己所说的话告诉刘穆之，刘穆之责怪道：“平时事情不论大小，一定让我参与谋划，这件事应该妥善慎重地处理，为什么要这样急速回答呢！这样的回答不能威慑敌人，正好激怒敌人。如果广固没有攻下，羌敌突然到来，不知将如何对待？”刘裕笑着说：“这是军事机要，不是你所能理解的，所以没有与你商议。兵贵神速，他们如果确实能来救援，一定害怕我们知道，怎么会先派使者，预先说这话呢？这是自己虚张声势的话。晋军没有出战，已经很久了。羌人看见我们攻打齐人，大概会心里感到害怕，自保还来不及，哪里能救别人呢！”

九月，秦王兴自将击夏王勃勃，至贰城，遣安远将军姚详等分督租运。勃勃乘虚奄至，兴惧，欲轻骑就详等。右仆射韦华曰：“若銮舆一动，众心骇惧，必不战自溃，详营亦未必可至也。”兴与勃勃战，秦兵大败，将军姚榆生为勃勃所禽，左将军姚文崇等力战，勃勃乃退，兴还长安。勃勃复攻秦敕奇堡、黄石固、我罗城，皆拔之，徙七千余家于大城，以其丞相右地代领幽州牧以镇之。

【译文】

九月，秦王姚兴亲自率兵攻打夏王刘勃勃，到了贰城，派安远将军姚详等人分别督促运粮。刘勃勃乘虚突然赶到，姚兴很害怕，想轻装骑马投奔姚详等人。右仆射韦华说：“如果圣驾一动，大家心里感到恐惧，一定会不战而溃，也不一定能到达姚详的营地。”姚兴与刘勃勃交战，秦军大败，将军姚榆生被刘勃勃擒获，左将军姚文崇等奋力作战，刘勃勃才退去，姚兴返回长安。刘勃勃又进攻秦国的敕奇堡、黄石固、我罗城，都攻下了，把七千多户人迁到外城，用他的丞相右地代兼任幽州牧，镇守这些地方。

初，兴遣卫将军姚强帅步骑一万随韩范往就姚绍于洛阳，并兵以救南燕，及为勃勃所败，追强兵还长安。韩范叹曰："天灭燕矣！"南燕尚书张俊自长安还，降于刘裕，因说裕曰："燕人所恃者，谓韩范必能致秦师也，今得范以示之，燕必降矣。"裕乃表范为散骑常侍，且以书招之。长水校尉王蒲劝范奔秦，范曰："刘裕起布衣，灭桓玄，复晋室；今兴师伐燕，所向崩溃，此殆天授，非人力也。燕亡，则秦为之次矣，吾不可以再辱。"遂降于裕。裕将范循城，城中人情离沮[①]。或劝燕主超诛范家，超以范弟谆尽忠无贰，并范家赦之。以上韩范降裕，秦救不至。

【注释】

①人情离沮：人心涣散，精神沮丧。

【译文】

当初，姚兴派卫将军姚强率一万步兵和骑兵跟随韩范在洛阳与姚绍会合，合兵救援南燕，等到秦军被刘勃勃打败，姚强的军队被调回长安。韩范叹道："上天要灭亡燕国了！"南燕尚书张俊从长安返回，投降刘裕，于是对刘裕说："燕人所依仗的，是认为韩范一定能请来秦国军队，现在如果能得到韩范给燕人看，燕国必定会投降。"刘裕于是上表推荐韩范为散骑常侍，并写信招降韩范。长水校尉王蒲劝韩范投奔秦国，韩范说："刘裕出身于平民，却能灭掉桓玄，恢复晋室；现在发动军队攻打燕国，所向披靡，这大概是天意，不是人力所能达到的。燕国灭亡了，秦国就会接着灭亡，我不能受两次耻辱。"于是投降了刘裕。刘裕带着韩范绕城行走，城内人心涣散，精神沮丧。有人劝燕王慕容超诛灭韩范全家，慕容超因韩范弟弟韩谆忠心不二，对韩范全家一同赦免。以是是韩范投降刘裕，秦国的救兵未到。

冬十月，段宏自魏奔于裕。

【译文】

冬季十月，段宏从魏国投奔刘裕。

张纲为裕造攻具，尽诸奇巧。超怒，县其母于城上[①]，支解之。

【注释】

①县：挂。

【译文】

张纲为刘裕制造攻城工具，十分奇特巧妙。慕容超大怒，把张纲母亲悬挂在城上，将她身体肢解。

六年春[①]，正月，甲寅朔，南燕主超登天门，朝群臣于城上。乙卯，超与宠姬魏夫人登城，见晋兵之盛，握手对泣。韩谆谏曰："陛下遭堙厄之运，正当努力自强以壮士民之志，而更为儿女子泣邪！"超拭目谢之。尚书令董诜劝超降，超怒，囚之。

【注释】

①六年：即东晋义熙六年(410)。

【译文】

义熙六年春季，正月甲寅日天刚亮，南燕国主慕容超登上天门，在城上接受群臣朝见。乙卯日，慕容超和宠爱的妃子魏夫人登上城墙，看见晋军强盛，握着手相对哭泣。韩谆劝说道："陛下遭遇厄运，正应当发奋图强来增强士气，怎么反而像小孩女人一样哭泣呢！"慕容超擦干眼泪向他道歉。尚书令董诜劝慕容超投降，慕容超大怒，将他囚禁起来。

二月癸未，南燕贺赖卢、公孙五楼为地道出击晋兵，不能却。城久闭，城中男女病脚弱者大半，出降者相继。超辇而登城，尚书悦寿说超曰："今天助寇为虐，战士凋瘁，独守穷城，绝望外援，天时人事亦可知矣。苟历数有终，尧、舜避位，陛下岂可不思变通之计乎！"超叹曰："废兴，命也。吾宁奋剑而死，不能衔璧而生！"

【译文】

二月癸未日，南燕贺赖卢、公孙五楼挖地道出击，不能击退晋军。城门长期关闭，城内男女有一大半患了软脚病，不断有人出来投降。慕容超乘车登上城墙，尚书悦寿对慕容超说："现在上天帮助敌人作恶，士兵疲惫，困守孤城，外援无望，天时和人事也可以知道了。如果帝王相承的次第要结束了，尧、舜也得让位，陛下怎么能不思考变通的计策呢？"慕容超叹道："兴亡是天命。我宁愿举剑自杀，也不能投降求生。"

丁亥，刘裕悉众攻城。或曰："今日往亡①，不利行师。"裕曰："我往彼亡，何为不利！"四面急攻之。悦寿开门纳晋师，超与左右数十骑逾城突围出走，追获之。裕数以不降之罪，超神色自若，一无所言，惟以母托刘敬宣而已。以上破广固。

【注释】

①往亡：凶日名。也叫天门日。旧历每月都有，或在寅日，或在巳日。是日诸多禁忌，如忌出兵。旧历二月以惊蛰后十四日为往亡日。

【译文】

二月丁亥日，刘裕全力攻城。有人说："今天是往亡日，不利于军队行动。"刘裕说："我军前往，敌人败亡，有什么不利呢！"从四面加紧进攻。悦寿打开城门让晋军进去，慕容超和左右数十人骑马出城突围逃亡，被追兵抓获。刘裕指责慕容超不投降的罪过，慕容超神色自如，一言不发，只是把母亲托付给刘敬宣而已。以上是攻破广固。

裕忿广固久不下，欲尽坑之，以妻女赏将士。韩范谏曰："晋室南迁，中原鼎沸，士民无援，强则附之。既为君臣，必须为之尽力。彼皆衣冠旧族，先帝遗民；今王师吊伐而尽坑之，使安所归乎！窃恐西北之人无复来苏之望矣。"裕改容谢之，然犹斩王公以下三千人，没入家口万余，夷其城隍，送超诣建康，斩之。

【译文】

刘裕十分恼怒广固长久没有攻下，想把广固人全部活埋，把他们的妻子女儿赏给将士。韩范劝说道："晋朝政权南迁后，中原混乱不安，百姓没有依靠，谁强大就依附谁。既然是君臣关系，就必须为国君尽力。他们都是从前的名门望族，先帝的遗民；现在王师前来征伐，却把他们全部活埋，让百姓归附谁呢？我私下担心西北的人不再有因王师的到来而获得休养生息的希望。”刘裕改变脸色向他道歉，但还是杀死了王公以下三千人，将一万多家属没收为奴婢，将城墙壕沟夷为平地，把慕容超押送到建康后处死。

韦叡救钟离之役

【题解】

该文选自《资治通鉴》卷一百四十六。文章为我们生动地重现了韦叡救钟离之役的场面，刻画出梁军主将韦叡机敏果断、出敌不意的作战风格，以及他临危不惧、不矜功贪财的美好德行。另一方面又以对比衬托的方法写出魏将拓跋英的贪功恋战、谋划无方及其惨败的结局。作者在力图客观追记历史的同时，也表达了自己的看法，即胜负不但取决于指挥得当，也取决于统帅的品德。

梁天监六年正月[1]，魏中山王英与平东将军杨大眼等众数十万攻钟离[2]。钟离城北阻淮水，魏人于邵阳洲两岸为桥[3]，树栅数百步，跨淮通道。英据南岸攻城，大眼据北岸立城，以通粮运。城中众才三千人，昌义之督帅将士，随方抗御。魏人以车载土填堑，使其众负土随之，严骑蹙其后[4]，人有未及回者，因以土迮之[5]。俄而堑满，冲车所撞，城土辄颓，义之用泥补之，冲车虽入而不能坏。魏人昼夜苦攻，分番相代，坠而复升，莫有退者。一日战数十合，前后杀伤万计，魏人死者与城平。以上魏急攻钟离。

【注释】

①天监六年:507 年。

②魏中山王英:北魏宗室,魏宣武帝时封为中山王。杨大眼:北魏将领,氐族人,以骁勇著称,曾任平东将军、荆州刺史等职。钟离:地名。今安徽凤阳。

③邵阳洲:在今安徽凤阳东北淮河中。

④蹙:逼迫,追逼。

⑤迮(zé):倒压,砸。

【译文】

梁朝天监六年正月,北魏中山王拓跋英和平东将军杨大眼等率领数十万人攻打钟离。钟离城北有淮水阻隔,魏人在邵阳洲的两岸建桥,树立数百步长的木栅,跨在淮水江面上作为通道。拓跋英据守南岸攻城,杨大眼据守北岸筑城,以便运输粮食。城内只有三千人,昌义之督率将士,随机应变进行抗击防御。魏人用车装载泥土填护城河,并让士兵背着泥土跟在车后,同时严厉的骑兵在后面催促,如果有人行动太慢,来不及回身,就用土把他们填塞了。不久,护城河填满了,魏人开始用冲车撞击城墙,城墙上的土纷纷落下,昌义之立即用泥重新修补好,这样魏人的冲车虽有冲入墙内的,城墙最终还是没被冲坏。这样魏人昼夜不停地苦苦攻城,分番轮流换班,掉落下去又爬上来,没有人退却。一天交战数十次,先后杀伤的人数以万计,死亡的魏人与城墙齐平。以上是北魏急攻钟离。

二月,魏主召英使还,英表称:"臣志殄逋寇[①],而月初已来,霖雨不止[②],若三月晴霁[③],城必可克,愿少赐宽假。"魏主复诏曰:"彼土蒸湿,无宜久淹[④]。势虽必取,乃将军之深计,兵久力殆,亦朝廷之所忧也。"英犹表称必克,魏主遣步兵校尉范绍诣英议攻取形势。绍见钟离城坚，劝英引还，英不从。以上中山王英不肯退兵。

【注释】

①殄：消灭。

②霖雨：久下不停的雨。

③霁：雨雪停止，云雾消散后天晴。

④淹：停留。

【译文】

二月，魏主召拓跋英回去，拓跋英上表说："我立志歼灭敌人，但自从月初以来，久雨不停，如果三月份天晴，城一定可以攻下，希望稍微宽限一些时间。"魏主又下诏说："那里土地潮湿，不宜久留。从形势看虽然一定能攻取，这是将军的深谋远虑，但是军队长久作战就会怠惰，这也是朝廷感到忧虑的。"拓跋英仍上表说一定能攻克，魏主派步兵校尉范绍去拓跋英那里商议攻城形势。范绍见钟离城坚固，劝拓跋英退兵回朝，拓跋英不听从。以上是中山王拓跋英不肯退兵。

上命豫州刺史韦叡将兵救钟离①，受曹景宗节度②。叡自合肥取直道，由阴陵大泽行，值涧谷辄飞桥以济师。人畏魏兵盛，多劝叡缓行。叡曰："钟离今凿穴而处，负户而汲，车驰卒奔，犹恐其后，而况缓乎！魏人已堕吾腹中，卿曹勿忧也。"旬日至邵阳。上豫敕曹景宗曰："韦叡，卿之乡望，宜善敬之！"景宗见叡，礼甚谨。上闻之，曰："二将和，师必济矣。"

【注释】

①韦叡：字怀文，曾任豫州、雍州刺史，护军将军等职。

②曹景宗：字子震，南朝梁将领。曾任竟陵太守、侍中、中卫将军等职。

【译文】

梁武帝命豫州刺史韦叡率兵救援钟离，受曹景宗指挥。韦叡从合肥走直路，经过阴陵大泽，遇到水沟山谷，就架飞桥渡过。军士畏惧魏军强盛，大多劝韦叡慢慢地走。韦叡说："钟离城中现在挖洞居住，背着门板汲水，我们车马飞驰，士兵奔跑，火速前去救援还担心晚了，更何况慢慢走呢！魏人我自有办法对付，你们不要担忧。"十天后到达邵阳。皇上预先告诫曹景宗："韦叡是你同乡望族，应该好好地尊重他。"曹景宗见到韦叡，礼节很恭敬。皇上听到后说："二位将领和睦，军队一定会取得胜利。"

景宗与叡进顿邵阳洲，叡于景宗营前二十里夜掘长堑，树鹿角，截洲为城，去魏城百余步。南梁太守冯道根，能走马步地，计马足以赋功，比晓而营立。魏中山王英大惊，以杖击地曰："是何神也！"以上曹景宗、韦叡救钟离。景宗等器甲精新，军容甚盛，魏人望之夺气。景宗虑城中危惧，募军士言文达等潜行水底，赍敕入城①，城中始知有外援，勇气百倍。

【注释】

①赍（jī）：携带。

【译文】

曹景宗与韦叡进兵驻扎邵阳洲，韦叡在曹景宗营前二十里处连夜挖掘长沟,树立鹿角,拦截水洲筑城,距离魏军的城防只有一百多步。南梁太守冯道根能够骑马丈量地方,计算马的脚步就能估计工程量,到了天亮,营寨就建成了。魏中山王拓跋英十分震惊,他用杖击着地说:“这是何方神圣啊!”以上是曹景宗、韦叡救援钟离。曹景宗等人的装备精良,军容强盛,魏人见了,勇气都丧失了。曹景宗担心城内人忧虑恐慌,招募勇士言文达等人从水底潜行,带信进城,城内的人才知道外面有援军,勇气倍增。

杨大眼勇冠军中,将万余骑来战,所向皆靡。叡结车为陈,大眼聚骑围之,叡以强弩二千一时俱发,洞甲穿中,杀伤甚众。矢贯大眼右臂,大眼退走。明旦,英自帅众来战,叡乘素木舆,执白角如意以麾军。一日数合,英乃退。魏师复夜来攻城,飞矢雨集。叡子黯请下城以避箭,叡不许。军中惊,叡于城上厉声呵之,乃定。牧人过淮北伐刍藁者,皆为杨大眼所略,曹景宗募勇敢士千余人,于大眼城南数里筑垒,大眼来攻,景宗击却之。垒成,使别将赵草守之,有抄掠者,皆为草所获,是后始得纵刍牧。以上梁军屡捷。

【译文】

杨大眼是魏军中最勇敢的人,他率领一万多骑兵来交战,所向披靡。韦叡把车子连结起来,组成阵势,杨大眼聚集骑兵围攻,韦叡让两千只强弩同时发射,射透铠甲穿入人体,杀伤很多。有一支箭射中了杨大眼的右臂,杨大眼这才退了回去。第二天早晨,拓跋英亲自率军来交战,韦叡乘着白木车,拿着白角如意指挥军队。一天中交战了好几次,拓跋英才退去。魏军又在夜晚攻城,飞射的箭像雨一样密集。韦叡的儿子韦黯请韦叡下城避箭,韦叡不肯。军士惊慌,韦叡在城上厉声呵斥，军心才稳定。去淮水北岸割草的牧人都被杨大眼劫掠，曹景宗招募了一千多名勇士，在杨大眼城南数里的地方修筑营垒，杨大眼来进攻，曹景宗把他击退。营垒修成后，让别将赵草防守，有来掠夺的魏兵，都被赵草所抓获，此后人们才能割草放牧。以上是梁军屡获胜利。

上命景宗等豫装高舰，使与魏桥等，为火攻之计，令景宗与叡各攻一桥，叡攻其南，景宗攻其北。三月，淮水暴涨六七尺，叡使冯道根与庐江太守裴邃、秦郡太守李文钊等乘斗舰竞发，击魏洲上军尽殪[①]。别以小船载草，灌之以膏[②]，从而焚其桥，风怒火盛，烟尘晦冥，敢死之士，拔栅斫桥，水又漂疾，倏忽之间，桥栅俱尽。道根等皆身自搏战，军人奋勇，呼声动天地，无不一当百，魏军大溃。英见桥绝，脱身弃城走，大眼亦烧营去。诸垒相次土崩，悉弃其器甲争投水，死者十余万，斩首亦如之。以上焚浮桥，大捷解围。叡遣报昌义之，义之悲喜，不暇答语，但叫曰："更生！更生！"诸军逐北至涉水上，英单骑入梁城，缘淮百余里，尸相枕藉，生擒五万人，收其资粮、器械山积，牛马驴骡不可胜计。

【注释】

①殪（yì）：死。

②膏：油脂。

【译文】

皇上命令曹景宗等人预先装备高大的舰船，使舰只与魏军的桥一样高，制定火攻的计谋，命令曹景宗与韦叡各进攻一座桥，韦叡攻打南桥，曹景宗攻打北桥。三月，淮水突然上涨了六七尺，韦叡派冯道根与庐江太守裴邃、秦郡太守李文钊等人乘着战舰竞相出发，把水洲上的魏军全部歼灭了。另外用小船装着干草，浇上油脂，纵火焚烧魏军的桥，风大火猛，烟雾弥漫。敢死的士兵拔掉木栅，砍断桥梁，水势迅急，转眼之间，桥梁和木栅都破坏光了。冯道根等都亲自参加搏斗，士兵奋勇杀敌，喊声惊天动地，无不以一当百，魏军大败。拓跋英见桥断了，弃城逃走，杨大眼也烧毁军营逃跑。各营垒相继土崩瓦解，魏兵都扔掉兵器铠甲，争相跳入水中，被淹死的有十几万人，被杀死的也有这么多。以上梁军烧毁浮桥，大胜解除钟离之围。韦叡派人告诉昌义之，昌义之悲喜交加，来不及回答，只是喊道："得救了！得救了！"各路军队乘胜追击直到涉水边，拓跋英一人骑马逃入梁城，沿着淮水一百多里地方，尸体相互枕藉，梁军生擒敌兵五万人，缴获的军粮、兵器堆积如山，牛马驴骡不可胜数。

义之德景宗及叡，请二人共会，设钱二十万，官赌之。景宗掷得雉①；叡徐掷得卢，遽取一子反之，曰："异事！"遂作塞。景宗与群帅争先告捷，叡独居后，世尤以此贤之。诏增景宗、叡爵邑，义之等受赏各有差。

【注释】

①雉：与下文的"卢""塞"都是古代赌博时投掷的木子，用来分别胜负，共有枭、卢、雉、犊、塞五种，其中枭最好，其次为卢、雉，再次为犊，塞最差。

【译文】

昌义之感激曹景宗和韦叡，请二人共聚，设二十万钱在官廨里赌博。曹景宗掷骰得雉；韦叡慢慢掷下去，得的是卢，急忙把其中一子扳成反面，说："怪事！"于是成为塞。曹景宗和各位将领们争先报捷，唯独韦叡在最后，因此世人尤其称赞韦叡。皇上下诏增加曹景宗和韦叡的封邑，昌义之等人也都受到不同程度的赏赐。

高欢沙苑之战

【题解】

本文选自《资治通鉴》第一百五十七卷。沙苑之战，高欢二十万大军被宇文泰击败。同历史上许多以少胜多的战役一样，高欢之所以战败，是因为他恃众轻敌，恃力而不恃智，置部下许多以智取胜的建议于不顾，结果遭到西魏军队伏击，溃不成军。本文是《资治通鉴》描写战争的最精彩部分之一，如对王罴拒降、达奚武侦察敌情、李檦冲锋陷阵、彭乐醉入敌营、高欢不甘失败的描写，均十分生动。

大同三年闰九月[①]，东魏丞相欢将兵二十万自壶口趣蒲津[②]，使高敖曹将兵三万出河南。时关中饥，魏丞相泰所将将士不满万人[③]，馆谷于恒农五十余日[④]，闻欢将济河，乃引兵入关，高敖曹遂围恒农。欢右长史薛琡言于欢曰："西贼连年饥馑，故冒死来入陕州，欲取仓粟。今敖曹已围陕城，粟不得出，但置兵诸道，勿与野战，比及麦秋，其民自应饿死，宝炬、黑獭何忧不降[⑤]！愿勿渡河。"侯景曰："今兹举兵，形势极大，万一不捷，猝难收敛。不如分为二军，相继而进，前军若胜，后军全力；前军若败，后军承之。"欢不从，自蒲津济河。以上东魏渡河伐西魏。

【注释】

①大同三年：537 年。

②东魏：北魏自 534 年分为东魏、西魏。欢：即高欢，又名贺六浑，是鲜卑化的汉人，时任东魏丞相。死后，其子高洋代东魏，建立北齐，追尊高欢为神武帝。壶口、蒲津：均为地名。在今山西

境内。

③魏：此处指西魏。泰：即宇文泰，字黑獭，时任西魏丞相。

④馆谷：居其馆，食其谷。即就食。

⑤宝炬：西魏文帝名。

【译文】

梁武帝大同三年闰九月，东魏丞相高欢率兵二十万从壶口奔向蒲津，派高敖曹率兵三万从河南出发。当时关中发生了饥荒，西魏丞相宇文泰所率领的将士不到一万人，在恒农驻扎就食了五十多天，听说高欢将要渡过黄河，就率兵进入关中，高敖曹于是包围了恒农。高欢的右长史薛琡对高欢说："西魏连年发生饥荒，所以西魏军队冒着生命危险进入陕州，想要取得仓库中的粮食。现在高敖曹已包围陕城，粮食不能取出，只要在各条道路上布置军队，不与他们在野外作战，等到麦收以后，他们的百姓自然会饿死了，还担心宝炬、宇文泰不投降吗！希望不要渡过黄河。"侯景说："这次出兵，规模很大，万一不能取胜，一时难以收拾局面。不如分成两支军队，相继前进，前面的军队如果取胜，后面的军队可以保全力量；前面的军队如果失败了，后面的军队接替。"高欢没有听从，从蒲津渡过黄河。以上是东魏渡河伐西魏。

丞相泰遣使戒华州刺史王罴，罴语使者曰："老罴当道卧，貉子那得过！"欢至冯翊城下，谓罴曰："何不早降！"罴大呼曰："此城是王罴家，死生在此。欲死者来！"欢知不可攻，乃涉洛，军于许原西。泰至渭南，征诸州兵，皆未会。欲进击欢，诸将以众寡不敌，请待欢更西以观其势。泰曰："欢若至长安，则人情大扰；今及其远来新至，可击也。"即造浮桥于渭，令军士赍三日粮，轻骑渡渭，辎重自渭南夹渭而西。冬十月壬辰，泰至沙苑[1]，距东魏军六十里。诸将皆惧，宇文深独贺。泰问其故，对曰："欢镇抚河北，甚得众心，以此自守，未易可图。今悬师渡河，非众所欲，独欢耻失窦泰[②]，愎谏而来，所谓忿兵，可一战擒也。事理昭然，何为不贺！愿假深一节，发王罴之兵邀其走路，使无遗类。"以上宇文泰不肯还长安，迎敌于沙苑。

【注释】

①沙苑：地名。在今陕西大荔。

②窦泰：字世宁，高欢部将，有勇略，与宇文泰战于小关，兵败自杀。

【译文】

西魏丞相宇文泰派使者告诫华州刺史王罴，王罴对使者说："有我老罴把守道路，貉子哪能过得去！"高欢到达冯翊城下，对王罴说："为什么不早点投降！"王罴大喊道："这座城是我王罴的坟墓，死活都在这里。想死的人过来！"高欢知道不能攻取，便渡过洛水，驻扎在许原西边。宇文泰到达渭水南面，征集各州军队，都没有来会合。他想进兵攻击高欢，将领们都认为寡不敌众，请求等待高欢再往西以后观察形势。宇文泰说："高欢如果到了长安，人心就会大乱；现在乘他们从远方刚来到，可以攻击。"随即在渭水上建造浮桥，命令士兵带上三天的粮食，轻便的骑兵渡过渭水，辎重从渭河南面沿渭河西行。冬天十月壬辰日，宇文泰到达沙苑，离东魏军队六十里。将领们都很害怕，只有宇文深向他道贺。宇文泰问他原因，他回答道："高欢镇守河北，很得人心，他因而能防守严密，不容易图谋。现在他率孤军深入渡过黄河，这并不是众人的心愿，只是高欢耻于失去窦泰，不听规劝而来，这就是所谓的忿兵，经过一次战斗就可以擒获他们。事情的道理很明显，为什么不道贺！希望您借给我兵权，发动王罴的军队拦截他们的逃路，完全消灭他们。"以上是宇文泰不肯回师长安，在沙苑迎敌。

泰遣须昌县公达奚武觇欢军①,武从三骑,皆效欢将士衣服,日暮,去营数百步下马潜听,得其军号,因上马历营,若警夜者,有不如法,往往挞之,具知敌之情状而还。以上达奚武侦敌情。

【注释】

①觇(chān):侦察。

【译文】

宇文泰派须昌县公达奚武侦察高欢军队,达奚武率领三个骑兵,都仿效高欢将士的打扮,天黑时,在离高欢军营数百步的地方下马,偷听到他们军队中的号令,于是上马经过军营,像巡夜人一样,对不合法令的人就加以鞭打,详细了解敌人的情况后返回。以上是达奚武侦察敌情。

欢闻泰至,癸巳,引兵会之。候骑告欢军且至,泰召诸将谋之。开府仪同三司李弼曰①:"彼众我寡,不可平地置陈,此东十里有渭曲,可先据以待之。"泰从之,背水东西为陈,李弼为右拒,赵贵为左拒,命将士皆偃戈于苇中,约闻鼓声而起。以上李弼谋于苇中背水置阵。

【注释】

①开府仪同三司:官名。三国魏始置,为大臣加号,可开设府署,自辟僚属。

【译文】

高欢听说宇文泰到了,癸巳日,率兵与宇文泰会战。侦察敌情的骑兵告诉宇文泰,说高欢的军队将要到了,宇文泰召集将领们谋划。开府仪同三司李弼说:"敌众我寡,不能在平地上列阵,从这里往东十里的地方是渭曲，可以先占据那里等待敌人。”宇文泰采纳了这一意见，背靠渭水设置东西二阵，李弼为右方阵，赵贵为左方阵，命令将士都把戈隐藏在芦苇中，约定听到鼓声后发动攻击。以上是李弼谋划于苇荡中背水布阵。

晡时[①]，东魏兵至渭曲，都督太安斛律羌举曰：“黑獭举国而来，欲一死决，譬如猘狗[②]，或能噬人。且渭曲苇深土泞，无所用力，不如缓与相持，密分精锐径掩长安，巢穴既倾，则黑獭不战成擒矣。”欢曰：“纵火焚之，何如？”侯景曰：“当生擒黑獭以示百姓，若众中烧死，谁复信之！”彭乐盛气请斗[③]，曰：“我众贼寡，百人擒一，何忧不克！”欢从之。

【注释】

①晡(bū)时：申时，相当于现在的下午三时至五时。

②猘(zhì)狗：疯狗。

③彭乐：字子兴，东魏将领，骁勇善骑射。

【译文】

申时，东魏军队到达渭曲，都督太安人斛律羌举说：“宇文泰率领全国的军队而来，想要决一死战，就像疯狗一样，有时能咬人。而且渭曲芦苇深茂，地面泥泞，难以发挥力量，不如慢慢地和他们对峙，暗中分派精锐部队直袭长安，捣毁了他们的巢穴，宇文泰就可以不战而擒。”高欢说：“放火烧他们，怎么样？”侯景说：“应当活捉宇文泰给百姓看，如果将他同众人一同烧死了，谁又会相信呢！”彭乐精神抖擞，请求战斗，说：“敌寡我众，一百人擒一人，担心什么不能取胜！”高欢听从了他的意见。

东魏兵望见魏兵少，争进击之，无复行列。兵将交，丞相泰鸣鼓，士皆奋起，于谨等六军与之合战，李弼帅铁骑横击之，东魏兵中绝为二，遂大破之。李弼弟檦，身小而勇，每跃马陷陈，隐身鞍甲之中，敌见皆曰："避此小儿！"泰叹曰："胆决如此，何必八尺之躯！"征虏将军武川耿令贵杀伤多，甲裳尽赤，泰曰："观其甲裳，足知令贵之勇，何必数级！"彭乐乘醉深入魏陈，魏人刺之，肠出，内之复战。丞相欢欲收兵更战，使张华原以簿历营点兵[①]，莫有应者，还，白欢曰："众尽去，营皆空矣！"欢犹未肯去。阜城侯斛律金曰[②]："众心离散，不可复用，宜急向河东。"欢据鞍未动，金以鞭拂马，乃驰去，夜渡河，船去岸远，欢跨橐驼就船，乃得渡，丧甲士八万人，弃铠仗十有八万。丞相泰追欢至河上，选留甲士二万余人，余悉纵归。以上东魏之败。都督李穆曰："高欢破胆矣，速追之，可获。"泰不听，还军渭南，所征之兵甫至，乃于战所人植柳一株，以旌武功[③]。

【注释】

①簿：军队之名籍。

②斛律金：东魏敕勒部人，因著《敕勒歌》名留于世。斛律是其姓。

③旌：表彰。

【译文】

东魏军队看见西魏军人少，争着向前攻击，不再保持队形。两军即将交战时，西魏丞相宇文泰敲响战鼓，士兵都奋起作战，于谨等六支军队共同战斗，李弼等人率铁骑横冲直撞，东魏军队从中间被分成两截，于是大败东魏军队。李弼弟弟李檦，身材矮小却很勇敢，每次飞马冲锋陷阵，把身体隐藏在鞍甲中间，敌人见了都说："快避开这个小孩！"宇文泰感叹道："有这样的胆识，何必要有八尺高的身躯！"征虏将军武川人耿令贵杀伤了很多敌人,铠甲衣服都染红了,宇文泰说:“看他的铠甲衣裳,就足以知道令贵的勇敢,何必要数他所杀敌人的数目呢!”彭乐乘酒醉深入到西魏的阵营,西魏人刺中他,肠子流了出来,他把肠子装进肚子后又继续战斗。东魏丞相高欢想要收兵再战,派张华原拿着名册去各营点兵,却没有人答应,张华原回来对高欢说:“大家都离开了,军营都空了!”高欢还是不肯离开。阜城侯斛律金说:“大家人心涣散,不能再指望他们作战了,应该赶紧撤往河东。”高欢按着马鞍不动,斛律金用鞭子抽马,才奔驰而去,晚上渡黄河时,船只离岸边很远,高欢骑着骆驼上船,才得以渡过。此一战东魏军丧失了战士八万多人,丢弃铠甲、兵器十八万件。西魏丞相宇文泰追赶高欢到黄河边,选拔两万多战士留下,其余的都放他们回去了。以上是东魏之败。都督李穆说:“高欢吓破胆了,迅速追赶,可以抓获。”宇文泰没有听从,率军返回渭南,所征集的军队才赶到,于是在战斗的地方每人种下一棵柳树,用来表彰战功。

侯景言于欢曰:“黑獭新胜而骄,必不为备,愿得精骑二万,径往取之。”欢以告娄妃①,妃曰:“设如其言,景岂有还理!得黑獭而失景,何利之有!”欢乃止。

【注释】

①娄妃:高欢的妃子,名昭君。其子高洋代东魏称帝后,她被尊为皇太后。

【译文】

侯景对高欢说:“宇文泰刚获胜后骄傲,一定没有防备,希望能给我两万精锐骑兵,直接去攻取他。”高欢把这事告诉娄妃,娄妃说:“假如真像他说的那样,侯景哪里有回来的道理!得到了宇文泰却失去了侯景,有什么好处!”高欢于是没有那样做。

魏加丞相泰柱国大将军，李弼十二将皆进爵增邑有差。

【译文】

西魏加封丞相宇文泰柱国大将军，李弼等十二位将领都受到不同程度的加封晋爵。

高敖曹闻欢败，释恒农，退保洛阳。

【译文】

高敖曹听说高欢战败，放弃了恒农，退守洛阳。

宇文泰北邙之战

【题解】

本文选自《资治通鉴》第一百五十八卷。北邙之战十分激烈，双方经过了多次的争斗较量，各有胜负，最后以宇文泰败退告终。文章头绪很多，但杂而不乱，其中尤以彭乐放走宇文泰、高欢两次脱难、耿令贵奋勇杀敌、王思政智退追兵等段落最为精彩，颇具戏剧性。战争因高仲密反叛而起，文章结尾再提对高仲密事件的处理，前后呼应。

东魏御史中尉高仲密取吏部郎崔暹之妹，既而弃之，由是与暹有隙。仲密选用御史，多其亲戚乡党，高澄奏令改选[①]；暹方为澄所宠任，仲密疑其构己[②]，愈恨之。仲密后妻李氏艳而慧，澄见而悦之，李氏不从，衣服皆裂，以告仲密，仲密益怨。寻出为北豫州刺史，阴谋外叛。丞相欢疑之，遣镇城奚寿兴典军事[3]，仲密但知民务。仲密置酒延寿兴，伏壮士，执之，大同九年二月壬申[4]，以虎牢叛，降魏。魏以仲密为侍中、司徒。

【注释】

①高澄：东魏丞相高欢的长子，曾任并州刺史、尚书令、京畿大都督等职。高欢死后，继任丞相。其弟高洋代东魏称齐帝后，高澄被追尊为文襄帝。

②构：诬陷。

③镇城：官名。掌城防。

④大同九年：543 年。

【译文】

东魏御史中尉高仲密娶吏部郎崔暹的妹妹为妻，不久抛弃了她，因此与崔暹不和。高仲密选用御史，大多是他的亲戚老乡，高澄上奏要求改选；崔暹当时正受到高澄的宠爱信任，高仲密怀疑是崔暹陷害自己，更加痛恨他。高仲密后来的妻子李氏美艳而又聪慧，高澄看见后喜欢她，李氏不服从，衣服都被撕破了，她把这事告诉给高仲密，高仲密更加怨恨。不久，高仲密出任北豫州刺史，阴谋反叛。丞相高欢怀疑他，派镇城奚寿兴主管军事，高仲密只是掌管百姓的事务。高仲密设酒宴请奚寿兴，埋伏壮士，将奚寿兴捉拿。梁武帝大同九年二月壬申日，高仲密在虎牢反叛，投降了西魏。西魏任命高仲密为侍中、司徒。

欢以仲密之叛由崔暹，将杀之，高澄匿暹，为之固请，欢曰："我丐其命[1]，须与苦手。"澄乃出暹，而谓大行台都官郎陈元康曰："卿使崔暹得杖，勿复相见。"元康为之言于欢曰："大王方以天下付大将军，大将军有一崔暹不能免其杖，父子尚尔，况于他人！”欢乃释之。

【注释】

①丐：给予，施予。

【译文】

高欢认为高仲密的反叛是由于崔暹，要杀崔暹，高澄将崔暹隐藏起来，坚持为他求情，高欢说：“我给他活命，但必须痛打一顿。”高澄于是放出崔暹，却对大行台都官郎陈元康说：“你如果让崔暹受到杖打，就不要再来见我。”陈元康因此对高欢说：“大王您正把天下交给大将军，大将军有一个崔暹却不能使他免受杖罚，父子之间还这样，更何况别人！”高欢于是释放了崔暹。

高季式在永安戍[①]，仲密遣信报之；季式走告欢，欢待之如旧。以上高仲密奔西魏召寇。

【注释】

①永安：地名。今山西霍州。

【译文】

高季式在永安驻守，高仲密派人送信告诉他情况；高季式跑去报告高欢，高欢仍像过去一样对待他。以上是高仲密奔西魏召致敌寇。

魏丞相泰帅诸军以应仲密，以太子少傅李远为前驱，至洛阳，遣开府仪同三司于谨攻柏谷，拔之；三月壬申，围河桥南城。东魏丞相欢将兵十万至河北，泰退军瀍上，纵火船于上流以烧河桥；斛律金使行台郎中张亮以小艇百余载长锁，伺火船将至，以钉钉之，引锁向岸，桥遂获全。

【译文】

西魏丞相宇文泰率领各路军队接应高仲密，用太子少傅李远为前锋，到了洛阳，派开府仪同三司于谨攻打柏谷，攻下了柏谷；三月壬申日，围攻河桥南城。东魏丞相高欢率十万大军到达河北，宇文泰把军队撤退到瀍河上游，在河的上游放火船来烧河桥；斛律金派行台郎中张亮用一百多只小船装着长锁链，等到火船将要到时，用钉子把它钉住，把锁链引向岸边，桥于是得到保全。

欢渡河，据邙山为陈，不进者数日。泰留辎重于瀍曲，夜登邙山以袭欢。候骑白欢曰："贼距此四十余里，蓐食干饭而来。"欢曰："自当渴死！"乃正阵以待之。戊申黎明，泰军与欢军遇。东魏彭乐以数千骑为右甄①，冲魏军之北垂，所向奔溃，遂驰入魏营。人告彭乐叛，欢甚怒。俄而西北尘起，乐使来告捷，虏魏侍中、开府仪同三司、大都督临洮王柬、蜀郡王荣宗、江夏王升、钜鹿王阐、谯郡王亮、詹事赵善及督将僚佐四十八人。诸将乘胜击魏，大破之，斩首三万余级。

【注释】

①甄：军队的左右两翼叫甄。

【译文】

高欢渡过黄河，占据邙山设置阵营，几天没有前进。宇文泰把辎重留在瀍曲，晚上登邙山袭击高欢。侦察骑兵告诉高欢："敌人离这里四十多里，吃过干粮后才来。”高欢说：“他们自然会渴死！”于是整顿阵营等待西魏军队。戊申日黎明时，宇文泰的军队与高欢的军队相遇。东魏彭乐率数千骑兵为右翼，冲出西魏军队的北边，所向披靡，于是奔入西魏的军营。有人报告说彭乐反叛了，高欢十分愤怒。一会儿，西北方扬起沙尘，彭乐派人来报捷，俘虏了西魏侍中、开府仪同三司、大都督临洮王元柬、蜀郡王元荣宗、江夏王元升、钜鹿王元阐、谯郡王元亮、詹事赵善以及督将僚佐共四十八人。各位将领乘胜攻击西魏军队，大败西魏军队，杀死三万余人。

欢使彭乐追泰，泰窘，谓乐曰：“汝非彭乐邪？痴男子！今日无我，明日岂有汝邪！何不急还营，收汝金宝！”乐从其言，获泰金带一囊以归，言于欢曰：“黑獭漏刃，破胆矣！”欢虽喜其胜而怒其失泰，令伏诸地，亲捽其头[①]，连顿之，并数以沙苑之败，举刃将下者三，噤龂良久[②]。乐曰：“乞五千骑，复为王取之。”欢曰：“汝纵之何意？而言复取邪！”命取绢三千匹压乐背，因以赐之。以上东魏大破宇文泰于北邙山。

【注释】

①捽(zuó)：揪。

②噤龂(xiè)：咬牙切齿。

【译文】

高欢派彭乐追赶宇文泰，宇文泰被追得狼狈困窘，对彭乐说：“你不是彭乐吗？傻子！今天没有了我，明天哪里会有你呢！何不赶快回营去收拾你的金钱财宝！”彭乐听从了宇文泰的话，得了他的一袋金带而回，对高欢说：“宇文泰逃走了，但也吓破了胆！”高欢虽然高兴他打了胜仗，却恼怒他走失了宇文泰，命令他趴在地上，亲手揪住他的头，接连叩在地上，并且列举他在沙苑战败的罪过，几次举着刀就要砍下去，咬牙切齿了很久。彭乐说："请给我五千骑兵，再为您把宇文泰抓来。"高欢说："你放走他是什么意思？却说又要把他抓来！"命人取来三千匹绢压在彭乐的背上，算是赏赐给他。以上是东魏大破宇文泰于北邙山。

明日复战，泰为中军，中山公赵贵为左军，领军若于惠等为右军。中军、右军合击东魏，大破之，悉俘其步卒。欢失马，赫连阳顺下马以授欢。欢上马走，从者步骑七人，追兵至，亲信都督尉兴庆曰："王速去，兴庆腰有百箭，足杀百人。"欢曰："事济，以尔为怀州刺史；若死，用尔子！"兴庆曰："儿小，愿用兄。"欢许之。兴庆拒战，矢尽而死。

【译文】

第二天，双方再次交战，宇文泰率领中军，中山公赵贵率领左军，领军若于惠等率领右军。中军、右军合力攻击东魏军队，大败东魏军队，俘虏了他们所有的步兵。高欢失去了马，赫连阳顺下马把马让给高欢。高欢上马逃走，有七个步兵、骑兵跟随。追兵赶到了，亲信都督尉兴庆说："大王您赶快离开，我腰间有一百支箭，足够杀死一百个敌人。"高欢说："事情成功后，任命你为怀州刺史；如果你死了，就任用你的儿子！"兴庆说："儿子还小，希望任用我的哥哥。"高欢答应了他。兴庆抵抗作战，箭射完后被杀。

东魏军士有逃奔魏者，告以欢所在，泰募勇敢三千人，皆执短兵，配大都督贺拔胜以攻之。胜识欢于行间，执槊与十三骑逐之，驰数里，槊刃垂及，因字之曰："贺六浑[①]，贺拔破胡必杀汝！"欢气殆绝，河州刺史刘洪徽从傍射胜，中其二骑，武卫将军段韶射胜马，毙之，比副马至，欢已逸去。胜叹曰："今日不执弓矢，天也！"

【注释】

①贺六浑：高欢的鲜卑名。

【译文】

东魏士兵有逃奔到西魏的，告知高欢所在的地方，宇文泰募集三千勇士，都拿着短兵器，配给大都督贺拔胜攻打高欢。贺拔胜在队伍中认出了高欢，拿着长矛和十三个骑兵追赶他，奔驰了好几里，长矛的刃尖快要刺到高欢了，于是喊着他的字说："贺六浑，我贺拔破胡一定要杀死你！"高欢几乎要气断身亡了，河州刺史刘洪徽从旁边用箭射贺拔胜，射中了他的两个骑兵，武卫将军段韶射贺拔胜的马，把马射死了，等到备用的马到达时，高欢已经逃走了。贺拔胜感叹道："今天没有带上弓箭，这是天意呀！"

魏南郢州刺史耿令贵大呼，独入敌中，锋刃乱下，人皆谓已死，俄奋刀而还。如是数四，当令贵前者死伤相继。乃谓左右曰："吾岂乐杀人！壮士除贼，不得不尔。若不能杀贼，又不为贼所伤，何异逐坐人也！"以上次日东魏大败。

【译文】

西魏南郢州刺史耿令贵大喊着独自冲入敌群中，刀剑乱砍，人们都认为他已经死了，不久他又挥着刀回来了。这样进行了四次，阻挡耿令贵的人不断死伤。他于是对左右的人说："我哪里是喜欢杀人！壮士消灭敌人，不能不这样。如果不能杀死敌人，又不被敌人所伤害，这与坐着空谈有什么不同！"以上是次日东魏大败。

左军赵贵等五将战不利，东魏兵复振。泰与战，又不利。会日暮，魏兵遂遁，东魏兵追之；独孤信、于谨收散卒自后击之，追兵惊扰，魏诸军由是得全。若于惠夜引去，东魏兵追之；惠徐下马，顾命厨人营食，食毕，谓左右曰："长安死，此中死，有以异乎？"乃建旗鸣角，收散卒徐还，追骑疑有伏兵，不敢逼。泰遂入关，屯渭上。

【译文】

左军赵贵等五名将领作战不利，东魏军队又重新振奋。宇文泰与他们交战，又失利。正好天黑了，西魏军队于是逃走，东魏军队追赶；独孤信、于谨收集散兵从后面攻击东魏军队，东魏的追兵受到惊扰，西魏的各支军队因此得以保全。若于惠在晚上退离，东魏军队追赶；若于惠慢慢下马，回头命令厨子烧饭，吃完饭，他对左右的人说："在长安死与在这里死，有什么不同吗？"于是树立旗子吹响号角，收拾散兵慢慢地往回走。追赶的骑兵怀疑有伏兵，不敢逼近。宇文泰于是进入关中，驻扎在渭上。

欢进至陕，泰遣开府仪同三司达奚武等拒之。行台郎中封子绘言于欢曰："混壹东西[①]，正在今日。昔魏太祖平汉中，不乘胜取巴、蜀，失在迟疑，后悔无及。愿大王不以为疑。"欢深然之，集诸将议进止，咸以为"野无青草，人马疲瘦，不可远追"。陈元康曰："两雄交争，岁月已久。今幸而大捷，天授我也，时不可失，当乘胜追之。"欢曰："若遇伏兵，孤何以济？"元康曰："王前沙苑失利，彼尚无伏；今奔败若此，何能远谋！若舍而不追，必成后患。"欢不从，使刘丰生将数千骑追泰，遂东归。以上东魏复大胜。

【注释】

①混壹：统一。

【译文】

高欢进军到陕州，宇文泰派开府仪同三司达奚武等人抵御。行台郎中封子绘对高欢说："统一东魏西魏，正在今天。从前魏太祖平定汉中，不乘胜攻取巴、蜀，错误在于迟疑不决，结果后悔莫及。希望大王不要疑虑。"高欢深表赞同，召集各位将领商议进退，大家都认为"野外没有青草，人和马都很疲惫瘦弱，不能追得太远"。陈元康说："两雄相互争斗，已有很长时间。现在有幸取得重大胜利，这是天赐良机，不能失去，应该乘胜追击敌人。"高欢说："如果遇到敌人的埋伏，我怎能取胜？"陈元康说："大王以前在沙苑失利，他们都没有设伏兵；现在他们失败后像这样奔逃，怎么会有长远的谋划！如果舍弃敌人不追赶，一定会成为以后的祸患。"高欢不听从，派刘丰生率数千骑兵追击宇文泰，自己便率兵向东返回。以上是东魏又大胜。

泰召王思政于玉壁，将使镇虎牢，未至而泰败，乃使守恒农。思政入城，令开门解衣而卧，慰勉将士，示不足畏。后数日，刘丰生至城下，惮之，不敢进，引军还。思政乃修城郭，起楼橹①，营农田，积刍粟，由是恒农始有守御之备。

【注释】

①橹：用以观察敌情的望楼。

【译文】

宇文泰在玉壁召见王思政，将派他镇守虎牢，王思政还没有赶到，宇文泰就遭到了失败，于是就派他防守恒农。王思政进城后，命令士兵打开城门，解开衣服躺着休息，慰劳勉励将士，表示敌人不值得害怕。过了几天，刘丰生到达城下，感到害怕，不敢进城，率兵撤回。王思政于是修筑城墙，建造高台，耕种农田，积蓄粮草，从此恒农才有了防御的准备。

丞相泰求自贬，魏主不许。是役也，魏诸将皆无功，唯耿令贵与太子武卫率王胡仁、都督王文达力战功多。泰欲以雍、岐、北雍三州授之，以州有优劣，使探筹取之。仍赐胡仁名勇，令贵名豪，文达名杰，用彰其功。于是广募关、陇豪右以增军旅。以上西魏增修军旅。

【译文】

丞相宇文泰请求贬低自己的官职，西魏皇帝不同意。这次战役，西魏各位将领都没有战功，只有耿令贵和太子武卫率王胡仁、都督王文达奋力作战，功劳很多。宇文泰想把雍州、岐州、北雍州三个州封给他们，因为三州有好有坏，让他们抽签选择。赏赐胡仁名勇，令贵名豪，文达名杰，用来表彰他们的功劳。于是广泛招募关、陇地区的豪门大族来增强军队力量。以上是西魏补充军力。

高仲密之将叛也，阴遣人扇动冀州豪杰，使为内应，东魏遣高隆之驰驿慰抚，由是得安。高澄密书与隆之曰："仲密枝党与之俱西者，宜悉收其家属，以惩将来。"隆之以为恩旨既行，理无追改，若复收治，示民不信，脱致惊扰①，所亏不细，乃启丞相欢而罢之。以上东魏不诛高仲密之党。

【注释】

①脱:倘若。

【译文】

高仲密将要反叛时,暗中派人煽动冀州的英雄豪杰,让他们做内应,东魏派高隆之乘驿马奔驰去慰问安抚,冀州因此才得以安定。高澄秘密写信给高隆之说:"高仲密的党羽和他一同投奔西魏的,应该把他们的家属全部逮捕,以便警戒以后想反叛的人。"高隆之认为皇上既然已下旨宽赦,按理不应再更改,如果再逮捕惩处,让百姓觉得朝廷不守信用,如果导致惊扰动乱,损失不小,于是禀告丞相高欢而停止了这件事。以上是东魏不诛灭高仲密的党徒。

韦孝宽之守玉壁

【题解】

本文选自《资治通鉴》第一百五十九卷。玉壁防御战是历史上最激烈、最精彩、最典型的守城防御战之一。善于用兵的高欢殚精竭虑,用尽了所有攻城的方法,都被韦孝宽从容地一一化解。"城外尽攻击之术,而城中守御有余",表现了韦孝宽随机应变的非凡智慧。文章文笔简练,以很短的篇幅将这场精彩迭出、扣人心弦的战斗生动地呈现在读者面前,可谓战争描写的袖珍精品。

梁中大同元年十月①,东魏丞相欢攻玉壁②,昼夜不息,魏韦孝宽随机拒之③。城中无水,汲于汾,欢使移汾,一夕而毕。欢于城南起土山,欲乘之以入。城上先有二楼,孝宽缚木接之,令常高于土山以御之。欢使告之曰:"虽尔缚楼至天,我当穿地取尔。"乃凿地为十道,又用术士李业兴"孤虚法”，聚攻其北，北，天险也。孝宽掘长堑，邀其地道，选战士屯堑上；每穿至堑，战士辄禽杀之。又于堑外积柴贮火，敌有在地道内者，塞柴投火，以皮排吹之[4]，一鼓皆焦烂。敌以攻车撞城，车之所及，莫不摧毁，无能御者。孝宽缝布为幔，随其所向张之，布既悬空，车不能坏。敌又缚松、麻于竿，灌油加火以烧布，并欲焚楼。孝宽作长钩，利其刃，火竿将至，以钩遥割之，松、麻俱落。敌又于城四面穿地为二十道，其中施梁柱，纵火烧之，柱折，城崩。孝宽于崩处竖木栅以捍之，敌不得入。城外尽攻击之术，而城中守御有余。孝宽又夺据其土山。欢无如之何，以上韦孝宽之善守。乃使仓曹参军祖珽说之曰：“君独守孤城，而西方无救，恐终不能全，何不降也？”孝宽报曰：“我城池严固，兵食有余。攻者自劳，守者常逸，岂有旬朔之间已须救援！适忧尔众有不返之危。孝宽，关西男子，必不为降将军也！”珽复谓城中人曰：“韦城主受彼荣禄，或复可尔[5]；自外军民，何事相随入汤火中！”乃射募格于城中云[6]：“能斩城主降者，拜太尉，封开国郡公，赏帛万匹。”孝宽手题书背，返射城外云：“能斩高欢者准此。”珽，莹之子也。东魏苦攻凡五十日，士卒战及病死者共七万人，共为一冢。欢智力皆困，因而发疾。有星坠欢营中，士卒惊惧。十一月庚子，解围去。以上高欢苦攻无功而还。

【注释】

①中大同元年：546 年。

②玉壁：山名。在今山西稷山境内。

③韦孝宽：名叔裕，西魏将领，曾任晋州刺史，接替王思政镇守

玉壁。

④皮排：鼓风吹火用具。

⑤可尔：犹言“可以如此”。

⑥募格：招募人的赏格。

【译文】

梁武帝中大同元年十月，东魏丞相高欢攻打玉壁，昼夜不停，西魏守将韦孝宽随机应变进行抵御。城中没有水，从汾水中取水，高欢派人使汾水改道，一个晚上就完成了工程。高欢在城南建造土山，想要登上土山进城。城上原来就有二层楼，韦孝宽在楼上捆绑木头接高，使城楼总比土山高来防御。高欢派人告诉韦孝宽：“即使你把楼绑接到天上，我也会穿过地下攻取你。”于是挖掘了十条地道，又利用术士李业兴的“孤虚法”，聚集兵力攻打城北，北面是天然的险要地。韦孝宽挖长沟，拦截高欢的地道，选拔战士驻守在沟上；每当东魏士兵挖洞穿越到沟中时，驻守的战士就将他们捕杀。又在沟外堆积木柴，准备好火，地道内有敌人，就塞进木柴投下火，用鼓风机吹火，一鼓风就把敌人都烧得焦烂。敌人用战车撞击城墙，车撞到的地方，没有不被撞坏的，无法抵御。韦孝宽用布缝制帐幕，随着敌人战车来的方向张开，布悬在高空，车子不能撞坏它。敌人又把松、麻等易燃物捆在竹竿上，浇上油点上火用来烧布，并且想要烧毁城楼。韦孝宽制作长钩，将钩刃磨得锋利，火竿将要到达时，用长钩远远地把它割断，竹竿上的松、麻都掉落了。敌人又在城的四面挖掘二十条地道，中间设立有梁柱，放火焚烧，梁柱折断，城墙崩塌。韦孝宽在崩塌的地方树立木栅来抵御，敌人进不了城。城外用尽了攻击方法，但城中却有余力防守。韦孝宽还夺取了高欢的土山。高欢对韦孝宽无可奈何，以上是韦孝宽善于守城。于是派仓曹参军祖珽去劝降：“你独自困守孤城，西魏却没有人来援救，恐怕终究不能保全，为什么不投降呢？”韦孝宽回答说：“我的城池很牢固，军粮也充足。进攻的人自己劳累，防守的人常常安逸，哪里十天一个月内就要等待救援！

正担心你们这些人有不能返回的危险。我韦孝宽是关西的男子汉，一定不会做投降将军！”祖珽又对城中的人说：“韦城主受西魏的荣华富贵，或许可以不投降；外面来的军人百姓，为什么要跟随他赴汤蹈火呢！”于是向城中射进悬赏公告：“能够杀死城主投降的人，授给太尉官职，封为开国郡公，赏赐布帛一万匹。”韦孝宽在悬赏书背面亲笔题字，又射回城外，说：“能够杀死高欢的人也按这个标准封赏。”祖珽是祖莹的儿子。东魏苦攻了总共五十天，士兵战死和病死的有七万人，共同埋在一个坟墓里。高欢身心交瘁，因而生病。有星坠落在高欢的军营中，士兵都很惊慌恐惧。十一月庚子日，高欢撤围离去。以上是高欢苦攻，但无功而返。

先是，欢别使侯景将兵趣齐子岭[①]，魏建州刺史杨檦镇车厢[②]，恐其寇邵郡[③]，帅骑御之。景闻檦至，斫木断路六十余里，犹惊而不安，遂还河阳[④]。庚戌，欢使段韶从太原公洋镇邺[⑤]。辛亥，征世子澄会晋阳[⑥]。

【注释】

①齐子岭：地名。在今河南济源。

②车厢：地名。在今山西绛县。

③邵郡：地名。今山西垣曲。

④河阳：地名。今河南孟州。

⑤洋：即高洋，高欢次子，当时封太原公。

⑥澄：即高澄，高欢长子。

【译文】

在这之前，高欢另外派侯景率兵奔向齐子岭，西魏建州刺史杨檦镇守车厢，担心侯景侵犯邵郡，便率骑兵抵御。侯景听说杨檦赶到，砍断树木阻拦道路六十多里，仍然惊慌不安，于是退回河阳。庚戌日，高欢派段韶跟随太原公高洋镇守邺。辛亥日，征召世子高澄在晋阳会面。

魏以韦孝宽为骠骑大将军、开府仪同三司，进爵建忠公。时人以王思政为知人。

【译文】

西魏任命韦孝宽为骠骑大将军、开府仪同三司，晋升爵位为建忠公。当时人认为王思政能知人善任。

十一月己卯，欢以无功，表解都督中外诸军，东魏主许之。欢之自玉壁归也，军中讹言韦孝宽以定功弩射杀丞相；魏人闻之，因下令曰："劲弩一发，凶身自陨。"欢闻之，勉坐见诸贵，使斛律金作《敕勒歌》①，欢自和之，哀感流涕。

【注释】

①敕勒：当时北方一少数民族名。敕勒歌为鲜卑语，按古乐府，其辞为："敕勒川，阴山下。天似穹庐，笼罩四野。天苍苍，野茫茫，风吹草低见牛羊。"

【译文】

十一月己卯日，高欢因为没有功劳，上表请求解除自己都督中外诸军的职务，东魏皇帝同意了。高欢从玉壁回来后，军队中谣传韦孝宽用定功弩射死了丞相高欢；西魏人听到后，于是下令说："强劲的弩弓一射出，凶恶的人自然会死去。"高欢听到后，勉强坐着会见各位权贵，让斛律金弹奏《敕勒歌》，高欢自己跟着唱，伤心感慨得流下了眼泪。

李晟移军东渭桥之事

【题解】

本文选自《资治通鉴》第二百三十卷。唐德宗时，李怀光阴谋叛乱，图谋吞并李晟等所部军队。李晟、陆贽敏锐地觉察到了危险，谋划移军东渭桥，并说服唐德宗同意，机智地挫败了李怀光的阴谋。文章用轻松平淡的笔调描写了这场紧张斗争的过程，表现了李晟、陆贽的远见和机智。

兴元元年二月[①]，朱泚自奉天败归[②]，李晟谋取长安[③]。刘德信与晟俱屯东渭桥[④]，不受晟节制。晟因德信至营中，数以沪涧之败及所过剽掠之罪[⑤]，斩之。因以数骑驰入德信军，劳其众，无敢动者，遂并将之，军势益振。以上李晟并刘德信之众。

【注释】

①兴元元年：784年。

②朱泚(cǐ)：人名。曾任唐卢龙节度使。泾原兵变后，唐德宗出奔奉天(今陕西乾县)，他被拥立为帝，国号秦。兴元元年改国号为汉。后被李晟击败，被部将所杀。

③李晟：人名。曾任唐右神策军都将、凤翔陇右节度使，讨平朱泚叛乱。

④东渭桥：地名。在今陕西西安东北。

⑤沪涧之败：建中四年(783)，刘德信援救襄城时，曾在沪涧被李希烈击败。

【译文】

唐德宗兴元元年二月，朱泚从奉天战败回来，李晟谋划攻取长安。

刘德信与李晟一同驻扎在东渭桥，但不受李晟指挥。李晟乘刘德信来到军营中的机会，列举他在沪涧的失败以及所过之处抢劫掠夺的罪行，杀死了他。又率领几个骑兵奔驰到刘德信的军营中，慰劳他的士兵，没有人敢轻举妄动，于是合并了刘德信的军队，军队势力更加强盛。以上是李晟兼并刘德信的部众。

李怀光既胁朝廷逐卢杞等，内不自安，遂有异志。又恶李晟独当一面，恐其成功，奏请与晟合军。诏许之。晟与怀光会于咸阳西陈涛斜[①]，筑垒未毕，泚众大至。晟谓怀光曰："贼若固守宫苑，或旷日持久，未易攻取。今去其巢穴，敢出求战，此天以贼赐明公，不可失也！"怀光曰："军适至，马未秣，士未饭，岂可遽战邪！"晟不得已，乃就壁。晟每与怀光同出军，怀光军士多掠人牛马，晟军秋毫不犯。怀光军士恶其异己，分所获与之，晟军终不敢受。怀光屯咸阳累月，逗留不进。上屡遣中使趣之[②]，辞以士卒疲弊，且当休息观衅。诸将数劝之攻长安，怀光不从，密与朱泚通谋。以上李怀光与李晟合军，观望不进。

【注释】

①陈涛斜：地名。在今陕西咸阳。

②中使：宦官。趣（cù）：催促。

【译文】

李怀光威逼朝廷放逐卢杞等人后，自己内心感到不安，于是产生了谋反的念头。又厌恶李晟独当一面，担心他获得成功，于是上奏请求与李晟的军队会合。唐德宗下诏同意他的要求。李晟与李怀光在咸阳西边的陈涛斜会合，营垒还没有修筑完毕，朱泚的大兵来到。李晟对李怀光说："敌人如果坚守宫中，可能长期不容易攻取。现在他们离开巢穴，胆敢出来寻求作战，这是上天把敌人送给您，不能失去机会！"李怀光说："军队刚到这里，马没有喂养，士兵没有吃饭，怎么能立即出战呢！"李晟不得已只好修完营垒。李晟每次与李怀光一同出兵，李怀光的士兵掠夺百姓很多牛马，李晟的军队秋毫不犯。李怀光的士兵厌恶他们与自己不同，把获得的财物分给他们，但李晟的军队始终不敢接受。李怀光在咸阳驻扎了好几个月，逗留不前。唐德宗多次派宦官催促李怀光，他都推辞说士兵疲惫，应当暂时休息，伺机而动。将领们多次劝他进攻长安，李怀光都不听从，他还暗中与朱泚勾结。以上是李怀光与李晟的军队会合，观望不进。

李晟屡奏，恐其有变，为所并，请移军东渭桥。上犹冀怀光革心，收其力用，寝晟奏不下①。怀光欲缓战期，且激怒诸军，奏言："诸军粮赐薄，神策独厚。厚薄不均，难以进战。"上以财用方窘，若粮赐皆比神策，则无以给之，不然又逆怀光意，恐诸军觖望②。乃遣陆贽诣怀光营宣慰，因召李晟参议其事。怀光意欲晟自乞减损，使失士心，沮败其功，乃曰："将士战斗同而粮赐异，何以使之协力！"贽未有言，数顾晟。晟曰："公为元帅，得专号令；晟将一军，受指踪而已。至于增减衣食，公当裁之。"怀光默然，又不欲自减之，遂止。以上李晟与李怀光有隙，思移兵。

【注释】

①寝：扣住不发。

②觖（jué）望：不满，抱怨。

【译文】

李晟屡次上奏，担心李怀光谋反，自己被他吞并，请求将军队改驻东渭桥。唐德宗仍然希望李怀光回心转意，能够发挥作用，把李晟的奏书压下不发。李怀光想拖延作战日期，并且要激怒各路军队，上奏说："各路军队粮饷赏赐菲薄，唯独神策军优厚。厚薄不均，难以进兵作战。"唐德宗认为财政正处于困难时期，如果粮饷赏赐都比照神策军，就无法供给，而不这样做，又违背了李怀光的意愿，恐怕各路军队怨恨。于是派陆贽到李怀光的军营宣诏慰问，因而召李晟参加商议这件事。李怀光的意思是要李晟自己请求减少粮饷，使他失去士兵们的拥护，败坏他的功业，于是说："将士同样战斗，粮饷赏赐却不一样，怎能使他们同心协力！"陆贽没有说话，几次看着李晟。李晟说："您是主帅，有权发号施令；我只是带领一支军队，受您的指挥罢了。至于增减衣食，应当由您裁决。"李怀光沉默不语，又不愿自己提出减少神策军的粮饷，这件事就这样结束了。以上是李晟与李怀光有嫌隙，想调动军队到别处。

时上遣崔汉衡诣吐蕃发兵[①]，吐蕃相尚结赞言："蕃法发兵，以主兵大臣为信。今制书无怀光署名，故不敢进。"上命陆贽谕怀光，怀光固执以为不可，曰："若克京城，吐蕃必纵兵焚掠，谁能遏之！此一害也。前有敕旨，募士卒克城者人赏百缗[②]，彼发兵五万，若援敕求赏，五百万缗何从可得！此二害也。虏骑虽来，必不先进，勒兵自固，观我兵势，胜则从而分功，败则从而图变，谲诈多端，不可亲信。此三害也。"竟不肯署敕。尚结赞亦不进军。以上李怀光不肯召吐蕃兵。

【注释】

①吐蕃：唐时藏族在青藏高原建立的政权。

②缗：指成串的钱。一千文为一缗。

【译文】

当时唐德宗派崔汉衡去吐蕃调兵，吐蕃丞相尚结赞说："按吐蕃的规定，调遣军队要以统兵大臣作凭证。现在制书上没有李怀光的署名，所以不敢进兵。"唐德宗命令陆贽告诉李怀光，李怀光坚决认为不可以，说："如果攻占了京城，吐蕃必定放纵军队烧杀抢掠，谁能够阻止他们呢？这是第一个危害。以前下有诏令，招募能攻克京城的士兵，答应每人赏给一百缗钱，吐蕃派兵五万，如果按诏令要求赏赐，从哪里能得到五百万缗！这是第二个危害。吐蕃骑兵即使来了，必定不会冲在前面，率领军队保守自我，观望我军的形势，胜利了就分享功劳，失败了就图谋变乱，诡计多端，不能太信任。这是第三个危害。"他终究不肯在敕书上署名。尚结赞也不派遣军队。以上是李怀光不肯调用吐蕃兵。

陆贽自咸阳还，上言："贼泚稽诛，保聚宫苑[①]，势穷援绝，引日偷生。怀光总仗顺之师，乘制胜之气，鼓行芟翦，易若摧枯，而乃寇奔不追，师老不用，诸帅每欲进取，怀光辄沮其谋，据兹事情，殊不可解。陛下意在全护，委曲听从，观其所为，亦未知感。若不别务规略，渐思制持，惟以姑息求安，终恐变故难测。此诚事机危迫之秋也，固不可以寻常容易处之。今李晟奏请移军，适遇臣衔命宣慰，怀光偶论此事，臣遂泛问所宜。怀光乃云：'李晟既欲别行，某亦都不要藉。'臣犹虑有翻覆，因美其军盛强。怀光大自矜夸，转有轻晟之意。臣又从容问云：'回日，或圣旨顾问事之可否，决定何如？'怀光已肆轻言，不可中变，遂云：'恩命许去，事亦无妨。'要约再三，非不详审，虽欲追悔，固难为辞。伏望即以李晟表出付中书，敕下依奏，别赐怀光手诏，示以移军事由。其手诏大意云：'昨得李晟奏，请移军城东以分贼势。朕本欲委卿商量，适会陆贽回奏，云见卿语及于此，仍言许去事亦无妨，遂敕本军允其所请。'如此则词婉而直，理顺而明，虽蓄异端，何由起怨！"上从之。以上陆贽奏请李晟移军，赐怀光手诏。

【注释】

①保聚宫苑：朱泚据长安，居白华殿，重兵多在宫苑之中，故名。

【译文】

陆贽从咸阳回来后，上疏说："叛贼朱泚苟延残喘，聚集军队守护宫苑，形势穷困，外援断绝，苟且偷生。李怀光统领正义的军队，乘着获胜后的士气，一鼓作气消灭敌人，就像摧枯拉朽般容易，他却不追击逃亡的敌人，使军队士气衰竭而不用兵，将领们每次想要进兵攻取，李怀光就阻止他们的谋划，根据这些事情来看，十分令人费解。陛下意在保全维护他，委曲求全地顺从他，以观察他的所作所为，他也不知道感动。如果不另外进行筹划，逐渐地考虑控制掌握，只是用姑息迁就的办法求得安宁，我担心最终会发生难以预测的变故。这实在是事情危急的时刻，因此不能当做平常的事情轻率处理。现在李晟上奏请求调动军队，正好遇上我奉命宣诏慰问，李怀光偶尔谈起这件事，我于是随口询问他的意见。李怀光便说：'李晟既然要去其他地方，我也完全不需要借助他的力量。'我还担心他会反悔，因而称赞他的军队强盛。李怀光自我吹嘘，反过来有轻视李晟的意思。我又从容地问他：'我回去后，如果皇上问事情是否可行，应该怎样决定？'李怀光已经说了大话，不能中间改变，于是说：'皇上同意他离开，事情也没有什么妨碍。'与他再三约定，不是不慎重，他即使想反悔，也实在难以说出口。希望立即把李晟的奏表拿出来交给中书，下令依照奏表的请求行事，另外给李怀光一道手诏，说明调移军队的原因。手诏的大概意思是：'昨天接到李晟的上奏，请求把军队调到城东边来分散敌人的力量。我本想委托你与他商量，正好陆贽回来上奏说，与你见面时谈及此事，你说同意他离开，于事无妨，于是告知你的军队，同意他的请求。'像这样就会言辞委婉而正直，道理通顺而明白，他即使心怀不轨，又从哪里产生怨恨呢！"唐德宗听从了这一建议。以上是陆贽奏请同意李晟调动军队并向李怀光发诏令。

晟自咸阳结陈而行，归东渭桥。时鄜坊节度使李建徽、神策行营节度使杨惠元犹与怀光联营，陆贽复上奏曰："怀光当管师徒，足以独制凶寇，逗留未进，抑有它由。所患太强，不资傍助。比者又遣李晟、李建徽、杨惠元三节度之众附丽其营[①]，无益成功，只足生事。何则？四军接垒，群帅异心，论势力则悬绝高卑，据职名则不相统属。怀光轻晟等兵微位下，而忿其制不从心，晟等疑怀光养寇蓄奸而怨其事多陵己。端居则互防飞谤，欲战则递恐分功，龃龉不和[②]，嫌衅遂构，俾之同处，必不两全。强者恶积而后亡，弱者势危而先覆，覆亡之祸，翘足可期[③]！旧寇未平，新患方起，忧叹所切，实堪疚心！太上消慝于未萌[④]，其次救失于始兆，况乎事情已露，祸难垂成，委而不谋，何以宁乱！李晟见机虑变，先请移军，建徽、惠元势转孤弱，为其吞噬，理在必然，它日虽有良图，亦恐不能自拔。拯其危急，唯在此时。今因李晟愿行，便遣合军同往，托言晟兵素少，虑为贼泚所邀，藉此两军迭为犄角，仍先谕旨，密使促装，诏书至营，即日进路，怀光意虽不欲，然亦计无所施。是谓先人有夺人之心，疾雷不及掩耳者也。解斗不可以不离，救焚不可以不疾，理尽于此，惟陛下图之。”以上陆贽更请李建徽、杨惠元移军。上曰：“卿所料极善。然李晟移军，怀光不免怅望⑤，若更遣建徽、惠元就东，恐因此生辞，转难调息⑥，且更俟旬时⑦。”

【注释】

①附丽：附着，依附。

②龃龉(jǔ yǔ)：上下齿不合，比喻意见不合。

③翘足：抬起脚来，形容时间短暂。

④慝(tè)：邪恶。

⑤怅望：情绪落寞而有所想望。

⑥调息：调停。

⑦旬时：犹“旬日”。

【译文】

李晟从咸阳列队行军，回到东渭桥。当时鄜坊节度使李建徽、神策行营节度使杨惠元仍然与李怀光的军营相连接，陆贽又上奏说：“李怀光所管辖的军队，足以独立制服凶恶的敌人，停滞不前，或许有其他的原因。令人忧虑的是他的兵力太强，不需要他人的援助。最近又派李晟、李建徽、杨惠元三个节度使的军队依附他的军营，这样无助于成功，只足以产生事端。为什么呢？四支军队的营垒连接在一起，主将之间不能同心同德，势力相差悬殊，职务官衔互不统属。李怀光轻视李晟等人兵力少、地位低，却恼恨他们不听从自己的控制，李晟等人怀疑李怀光放纵敌人并怨恨他欺侮自己。平时无事的时候相互防范诋诽，要作战的时候就彼此担心分享功劳，意见不合，于是产生矛盾，让他们同处一地，必定不能使双方都得到保全。强大的一方恶贯满盈而后灭亡，弱小的一方形势危急而先覆没，覆亡的灾祸很快就会到来！旧敌还没有消灭，新的忧患又将兴起，忧虑深重，实在令人痛心！最好的办法是在罪恶没有产生前消除掉，其次是在过失刚开始出现时就加以补救，何况事情已经暴露，灾祸即将形成，却抛在一边不谋划，怎么能够平息祸乱呢！李晟看到苗头就考虑到可能发生变乱，预先请求把军队移驻，李建徽、杨惠元的势力变得更加孤弱，必然会被李怀光吞并，以后即使有好办法，也恐怕不能解救。要拯救危难，只有在这时候。现在乘李晟请求移动的机会，就命令李建徽、杨惠元的军队一同前往，借口李晟的军队一向人少，担心被朱泚半路拦截，借助这两支军队相互支援，仍然先下诏令，秘密派人让他们快速整理行装，诏书下达军营后，当天就出发，李怀光心里虽然不赞同，但也无计可施。这就是所谓的先声夺人、迅雷不及掩耳。劝解争斗不能不将双方分开，救火不能不迅速，道理都在这里，希望陛下考虑。”以上是陆贽进一步提出让李建徽、杨惠元调动军队。唐德宗说：“你的设想很好。但是李晟转移军队，李怀光难免有意见，如果再派遣李建徽、杨惠元去东边，恐怕李怀光因此有借口，反而难以调和，暂且再等待些日子吧。”

裴度李愬平蔡之役

【题解】

本文选自《资治通鉴》第二百四十卷。平蔡之役是一次十分成功的夜袭战，当蔡州城被攻陷时，叛军首领还蒙在鼓里。这次战役之所以打得如此顺利、漂亮，是因为李愬善于招抚降将，并且用人不疑，使吴元济的重要将领一一为己所用，并对取得战役的胜利发挥了关键作用。李愬还善于用计向敌人示弱，麻痹敌人，从而保证了袭击的成功。

元和十二年春[①]，正月甲申，贬袁滋为抚州刺史[②]。

【注释】

①元和十二年:817 年。

②袁滋:字德深,蔡州朗山(在今河南汝南)人,唐德宗、宪宗时历官彰义节度使、湖南节度使、抚州刺史等职。

【译文】

唐宪宗元和十二年春季,正月甲申日,袁滋降职为抚州刺史。

李愬至唐州[①],军中承丧败之余,士卒皆惮战,愬知之,有出迓者[②],愬谓之曰:"天子知愬柔懦,能忍耻,故使来拊循尔曹[③]。至于战攻进取,非吾事也。"众信而安之。愬亲行视士卒,伤病者存恤之,不事威严。或以军政不肃为言,愬曰:"吾非不知也。袁尚书专以恩惠怀贼,贼易之,闻吾至,必增备,故吾示之以不肃。彼必以吾为懦而懈惰,然后可图也。"淮西人自以尝败高、袁二帅[④],轻愬名位素微,遂不为备。

【注释】

①李愬(sù):字元直,唐宪宗时曾任唐邓节度使,后以战功历山南东道节度使,封凉国公。唐州:地名。今河南泌阳。

②迓(yà):迎接。

③拊(fǔ)循:抚慰,安抚。

④淮西:唐方镇,领申、光、蔡三州之地,号彰义军。高:即高霞寓,幽州范阳(今河北涿州)人,唐代中期将领。

【译文】

李愬到达唐州,军队在打了败仗之后,士兵都害怕作战,李愬知道这种情况,有人出来迎接,李愬对他们说:"皇上知道我性格温和懦弱,能够忍受耻辱,所以派我来安抚你们。至于作战进攻,不是我的事情。"

众人相信他的话，都感到安心。李愬亲自巡视军营，抚恤受伤患病的士兵，不树立威严。有人指责他治军不严，李愬说："我并不是不知道。袁尚书专门用恩惠安抚敌人，敌人轻视他，听说我来了，一定会加强防备，所以我要装出治军不严的样子给他们看。他们必定认为我懦弱，因而松懈怠惰，然后就可以图谋。"淮西人自以为曾经打败高霞寓、袁滋二位主将，轻视李愬名声地位一向很低微，于是不加防备。

李愬谋袭蔡州[1]，表请益兵；诏以昭义、河中、鄜坊步骑二千给之[2]。以上李愬初至唐州。

【注释】

①蔡州：地名。今河南汝南。

②昭义、河中、鄜坊：皆唐方镇名。

【译文】

李愬谋划袭击蔡州，上表请求增加军队；唐宪宗下诏把昭义、河中、鄜坊的二千步兵、骑兵给他。以上是李愬初到唐州。

丁酉，愬遣十将马少良将十余骑巡逻[1]，遇吴元济捉生虞候丁士良[2]，与战，擒之。士良，元济骁将，常为东边患，众请刳其心[3]，愬许之。既而召诘之，士良无惧色。愬曰："真丈夫也！"命释其缚。士良乃自言："本非淮西士，贞元中隶安州[4]，与吴氏战，为其所擒，自分死矣，吴氏释我而用之，我因吴氏而再生，故为吴氏父子竭力。昨日力屈，复为公所擒，亦分死矣，今公又生之，请尽死以报德。"愬乃给其衣服器械，署为捉生将。

【注释】

①十将：军中小校。

②吴元济：唐淮西节度使吴少阳之子。吴少阳死后，吴元济袭位未得朝廷许可，于是率兵反叛。捉生虞候：负责抓获敌方人士，以了解兵情的下级军官。

③刳（kū）：剖，剖开。

④贞元：唐德宗年号（785—805年）。安州：地名。今湖北安陆。

【译文】

丁酉日，李愬派十将马少良率领十多名骑兵巡逻，遇到吴元济的捉生虞候丁士良，交战后俘虏了他。丁士良是吴元济的勇将，经常为害东边，众人请求挖他的心，李愬答应了。一会儿，召见丁士良进行审问，丁士良毫无惧色。李愬说："真是大丈夫啊！"命令解开对他的捆绑。丁士良便自我陈述说："我本来不是淮西人，贞元年间隶属安州，与吴元济作战，为他擒获，自以为死定了，吴元济放了我并加以重用，我因为吴元济而重新得到活命，所以为他们父子尽力。昨天精疲力竭，又被您擒获，也自以为死定了，今天您又让我活下去，我愿意尽死力报答您的恩德。"李愬于是给他衣服兵器，任命他为捉生将。

己亥，淮西行营奏克蔡州古葛伯城[①]。

【注释】

①葛伯城：地名。故城在今河南宁陵。

【译文】

己亥日，淮西行营上奏攻克了蔡州古葛伯城。

丁士良言于李愬曰："吴秀琳拥三千之众，据文城栅[①]，为贼左臂，官军不敢近者，有陈光洽为之谋主也。光洽勇而轻，好自出战，请为公先擒光洽，则秀琳自降矣。”戊申，士良擒光洽以归。以上收降丁士良。

【注释】

①文城栅：地名。故城在今河南遂平。

【译文】

丁士良对李愬说：“吴秀琳拥有三千人，占据着文城栅，是吴元济的左臂，官军之所以不敢靠近，是因为陈光洽做他的军师。陈光洽勇敢而轻率，喜欢自己出来作战，请让我为您擒获他，那么吴秀琳自然就会投降。”戊申日，丁士良将陈光洽擒获回来。以上是收降丁士良。

鄂岳观察使李道古引兵出穆陵关①。甲寅，攻申州②，克其外郭，进攻子城。城中守将夜出兵击之，道古之众惊乱，死者甚众。道古，皋之子也③。

【注释】

①穆陵关：地名。在今湖北麻城。

②申州：地名。今河南信阳。

③皋：即曹成王李皋，历任江西、山南等镇节度使。

【译文】

鄂岳观察使李道古率兵出穆陵关。甲寅日，进攻申州，攻克了外城，继续进攻内城。城内的守将夜间出兵攻击，李道古的军队惊慌混乱，死了很多人。李道古是李皋的儿子。

淮西被兵数年，竭仓廪以奉战士，民多无食，采菱芡鱼鳖鸟兽食之[①]，亦尽，相帅归官军者前后五千余户。贼亦患其耗粮食，不复禁。庚申，敕置行县以处之[②]，为择县令，使之抚养，并置兵以卫之。

【注释】

①芡（qiàn）：水生植物，叶、茎皆有刺，结实如栗球，俗名"鸡头"，可食用。

②行县：一种行政举措。因县境被叛军所据，故在另一地设置该县县署，以安置自该县逃出的百姓。

【译文】

淮西遭受了数年的战争，仓库中的粮食全都用来供给战士，百姓大多没有粮食，采摘菱角、芡实，捕捉鱼、鳖、鸟、兽作为食物，这些东西也采摘捕捉完了，百姓成群结队归附官军的先后有五千多户。敌人也担心百姓耗费粮食，不再禁止他们归附官军。庚申日，唐宪宗下令设置行县来安置他们，为他们选择县令，抚养他们，并设置军队保护他们。

三月乙丑，李愬自唐州徙屯宜阳栅[①]。

【注释】

①宜阳栅：地名。在今河南桐柏。

【译文】

三月乙丑日，李愬从唐州移兵驻扎宜阳栅。

吴秀琳以文城栅降于李愬。戊子，愬引兵至文城西五里，遣唐州刺史李进诚将甲士八千至城下，召秀琳，城中矢石如雨，众不得前。进诚还报："贼伪降，未可信也。"愬曰："此待我至耳。"即前至城下，秀琳束兵投身马足下，愬抚其背慰劳之，降其众三千人。秀琳将李宪有材勇，愬更其名曰忠义而用之，悉迁妇女于唐州。于是唐、邓军气复振，人有欲战之志。贼中降者相继于道，随其所便而置之。闻有父母者，给粟帛遣之，曰："汝曹皆王人，勿弃亲戚。"众皆感泣。以上收降吴秀琳等。

【译文】

吴秀琳在文城栅投降李愬。戊子日，李愬率兵到达文城西边五里的地方，派唐州刺史李进诚率八千战士赶到城下，召吴秀琳出来，城中的箭和石头像雨一般落下，战士们不能前进。李进诚回来报告说："敌人假装投降，不能相信。"李愬说："这是要等待我去。"随即赶到城下，吴秀琳捆着兵器跪在李愬的马脚下，李愬抚摩着他的背慰劳他，他的三千部众都投降了。吴秀琳的将领李宪勇敢而有才能，李愬将他的名字改为忠义，加以任用，把妇女全部迁往唐州。于是唐、邓地区的军队士气又振奋起来，人人有了作战斗志。敌人中来投降的人络绎不绝，根据他们的方便给以安置。听说有父母的人，就给粮食布帛送他们走，说："你们都是君王的百姓，不要抛弃亲人。"众人都感动得哭泣。以上是收降吴秀琳等。

官军与淮西兵夹溵水而军[①]，诸军相顾望，无敢渡溵水者。陈许兵马使王沛先引兵五千渡溵水，据要地为城，于是河阳、宣武、河东、魏博等军相继皆渡[②]，进逼郾城。丁亥，李光颜败淮西兵三万于郾城，走其将张伯良，杀士卒什二三。

【注释】

①溵水：在今河南中部。

②河阳、宣武、河东、魏博：均为唐方镇名。

【译文】

官军和淮西兵在溵水两岸分别驻扎，各路军队互相张望，没有谁敢渡过溵水。陈许兵马使王沛先率兵五千渡过溵水，占据重要的地方修筑城堡，于是河阳、宣武、河东、魏博等军队相继都渡过河，向前逼近郾城。丁亥日，李光颜在郾城击败三万淮西兵，主将张伯良逃跑，十分之二三的士兵被杀死。

己丑，李愬遣山河十将董少玢等分兵攻诸栅。其日，少玢下马鞍山①，拔路口栅。夏四月，辛卯，山河十将马少良下嵖岈山②，擒淮西将柳子野。以上诸军度溵水屡捷。

【注释】

①马鞍山：地名。在今河南确山。

②嵖岈山：地名。在今河南遂平。

【译文】

己丑日，李愬派山河十将董少玢等分兵进攻各栅。这一天，董少玢攻下了马鞍山，攻取路口栅。夏季四月，辛卯日，山河十将马少良攻下嵖岈山，擒获淮西将领柳子野。以上是各支部队渡过溵水后屡获胜利。

吴元济以蔡人董昌龄为郾城令，质其母杨氏。杨氏谓昌龄曰："顺死贤于逆生，汝去逆而吾死，乃孝子也；从逆而吾生，是戮吾也。"会官军围青陵①，绝郾城归路，郾城守将邓怀金谋于昌龄，昌龄劝之归国，怀金乃请降于李光颜曰："城人之父母妻子皆在蔡州，请公来攻城，吾举烽求救，救兵至，公逆击之，蔡兵必败，然后吾降，则父母妻子庶免矣。”光颜从之。乙未，昌龄、怀金举城降，光颜引兵入据之。以上董昌龄、邓怀金以郾城降。

【注释】

①青陵：地名。故城在今河南漯河。

【译文】

吴元济任命蔡人董昌龄为郾城令，以他的母亲杨氏做人质。杨氏对董昌龄说：“归顺朝廷而死胜过跟随叛逆而活，你离开叛贼而我死了，你是孝子；你跟随叛贼而我活着，这是侮辱我。”刚好官军围攻青陵，断绝了郾城的退路，郾城守将邓怀金与董昌龄商议，董昌龄劝他归顺朝廷，邓怀金于是向李光颜请求投降，他说：“城中人的父母妻儿都在蔡州，请您来攻城，我点燃烽火求救，救兵来到，您迎头打击，蔡州的军队必定失败，然后我投降，那样我们的父母妻儿就会免遭杀害。”李光颜答应了。乙未日，董昌龄、邓怀金献城投降，李光颜率兵进城驻守。以上是董昌龄、邓怀金献郾城投降。

吴元济闻郾城不守，甚惧。时董重质将骡军守洄曲[①]，元济悉发亲近及守城卒诣重质以拒之。

【注释】

①洄曲：地名。溵水至此洄曲，因以得名。

【译文】

吴元济听说郾城失守，十分害怕。当时，董重质率领骡军防守洄曲，吴元济出动所有的亲信和守城士兵去董重质那里抗拒官军。

李愬山河十将妫雅、田智荣下冶炉城[①]。丙申，十将阎士荣下白狗、汶港二栅。癸卯，妫雅、田智荣破西平。丙午，游弈兵马使王义破楚城。五月辛酉，李愬遣柳子野、李忠义袭朗山，擒其守将梁希果。

【注释】

①妫(guī)雅：人名。冶炉城：地名。为战国时韩国铸剑之地，在今河南西平。

【译文】

李愬的山河十将妫雅、田智荣攻下冶炉城。丙申日，十将阎士荣攻下白狗、汶港二栅。癸卯日，妫雅、田智荣攻破西平。丙午日，游弈兵马使王义攻破楚城。五月辛酉日，李愬派柳子野、李忠义袭击朗山，擒获守将梁希果。

丁丑，李愬遣方城镇遏使李荣宗击青喜城，拔之。以上破诸城栅。

【译文】

丁丑日，李愬派遣方城镇遏使李荣宗进击青喜城并攻克了该地。以上是攻破各防御设施。

愬每得降卒，必亲引问委曲，由是贼中险易远近虚实尽知之。愬厚待吴秀琳，与之谋取蔡。秀琳曰："公欲取蔡，非得李祐不可，秀琳无能为也。"祐者，淮西骑将，有勇略，守兴桥栅，常陵暴官军。庚辰，祐率士卒刈麦于张柴村[①]，愬召厢

虞候史用诚，戒之曰："尔以三百骑伏彼林中，又使人摇帜于前，若将焚其麦积者。祐素易官军，必轻骑来逐之，尔乃发骑掩之，必擒之。"用诚如言而往，生擒祐以归。将士以祐向日多杀官军，争请杀之。愬不许，释缚，待以客礼。时愬欲袭蔡，而更密其谋，独召祐及李忠义屏人语，或至夜分[2]，它人莫得预闻。诸将恐祐为变，多谏愬；愬待祐益厚。士卒亦不悦，诸军日有牒称祐为贼内应，且言得贼谍者具言其事。愬恐谤先达于上，己不及救，乃持祐泣曰："岂天不欲平此贼邪！何吾二人相知之深而不能胜众口也。"因谓众曰："诸君既以祐为疑，请令归死于天子[3]。"乃械祐送京师，先密表其状，且曰："若杀祐，则无以成功。"诏释之，以还愬。愬见之喜，执其手曰："尔之得全，社稷之灵也！"乃署散兵马使，令佩刀巡警，出入帐中；或与之同宿，密语不寐达曙，有窃听于帐外者，但闻祐感泣声。时唐、随牙队三千人，号六院兵马，皆山南东道之精锐也。愬又以祐为六院兵马使。以上厚待降将李祐。

【注释】

①刈（yì）：割。

②夜分：夜半。

③归死：犹言"致死"。

【译文】

李愬每次得到投降士兵，一定亲自召引询问详细情况，因此敌人的地势险易、距离远近、兵力虚实都知道了。李愬厚待吴秀琳，和他一起谋划攻取蔡州。吴秀琳说："您要攻取蔡州，非得到李祐不可，我吴秀琳无能为力。”李祐是淮西的骑兵将领，有勇有谋，防守兴桥栅，经常欺凌官军。庚辰日，李祐率领士兵在张柴村割麦子，李愬召见厢虞候史用诚，命令他说：“你用三百骑兵埋伏在那里的树林中，再派人在前面摇旗子，好像将要烧掉他们堆积的麦子。李祐一向轻视官军，必定会派轻装骑兵来追赶，你就出动骑兵袭击他，一定会擒获他。”史用诚按照李愬的话前往，活捉李祐回来。将士们因为李祐以前杀死了很多官军，争相请求杀死他。李愬没有答应，解开对李祐的捆绑，像对待客人一样对待他。当时李愬想袭击蔡州，对谋划更加保密，只召见李祐和李忠义，让其他人退下后谈话，有时谈话直到深夜，其他人都不能听到。将领们担心李祐叛变，多次劝说李愬；李愬却待李祐更加优厚。士兵们也不高兴，诸军每天都有文书说李祐是敌人的内应，并且说捉得敌人的间谍都交待了这件事。李愬担心毁谤的话先传到皇帝那里，自己来不及解救，于是握着李祐的手哭泣道：“难道是上天不想平定吴元济这贼人吗？为什么我们二人互相信赖如此深却不能堵住众人的毁谤之口呢。”为此对众人说：“大家既然认为李祐可疑，那就交由天子处死他吧！”于是给李祐戴上镣铐送往京城，预先秘密上表说明情况，并说：“如果杀了李祐，就不能成功。”唐宪宗下诏释放李祐，送还给李愬。李愬见到李祐十分高兴，握着他的手说：“你得到保全，这是国家的福气啊！”于是任命他为散兵马使，让他佩刀巡逻，自由出入营帐；有时与他一同住宿，秘密交谈，整夜不睡直到天亮，有人在帐外偷听，只听到李祐感动的哭泣声。当时唐、随的牙队有三千人，称做六院兵马，都是山南东道的精锐。李愬又任命李祐为六院兵马使。以上是李愬厚待降将李祐。

旧军令，舍贼谍者屠其家。愬除其令，使厚待之，谍反以情告愬，愬益知贼中虚实。乙酉，愬遣兵攻朗山，淮西兵救之，官军不利。众皆怅恨，愬独欢然曰：“此吾计也！”乃募敢死士三千人，号曰突将，朝夕自教习之，使常为行备，欲以袭蔡。会久雨，所在积水，未果。

【译文】

旧的军令规定，窝藏敌人间谍的人杀死他的全家。李愬废除这条军令，让人厚待间谍，间谍反而把敌人的情况告诉李愬，李愬更加知道敌人的虚实。乙酉日，李愬派兵攻打朗山，淮西兵前来救援，官军形势不利。众人都很苦恼，只有李愬高兴地说："这是我的计谋啊！"于是招募了三千敢死队员，叫做突将，从早到晚亲自教练他们，使他们经常做好行军的准备，想用来袭击蔡州。正好下了很久雨，到处是积水，计划没有实现。

吴元济见其下数叛，兵势日蹙，六月壬戌，上表谢罪，愿束身自归。上遣中使赐诏，许以不死；而为左右及大将董重质所制，不得出。

【译文】

吴元济看到他的部下屡屡背叛他，军事形势日益窘迫，于六月壬戌日上表谢罪，愿意捆绑自己回到朝廷。皇上派宦官下诏，答应不杀死他；但是吴元济被身边的人和大将董重质控制，不能出来。

诸军讨淮、蔡，四年不克，馈运疲弊，民至有以驴耕者。上亦病之，以问宰相。李逢吉等竞言师老财竭，意欲罢兵。以上吴元济穷蹙，朝廷欲罢兵。裴度独无言[1]，上问之，对曰："臣请自往督战。"乙卯，上复谓度曰："卿真能为朕行乎？"对曰："臣誓不与此贼俱生。臣比观吴元济表，势实窘蹙，但诸将心不壹，不并力迫之，故未降耳。若臣自诣行营，诸将恐臣夺其功，必争进破贼矣。”上悦，丙戌，以度为门下侍郎、同平章事、兼彰义节度使[②]，仍充淮西宣慰招讨处置使。又以户部侍郎崔群为中书侍朗、同平章事。制下，度以韩弘已为都统，不欲更为招讨，请但称宣慰处置使，仍奏刑部侍郎马总为宣慰副使，右庶子韩愈为彰义行军司马，判官、书记皆朝廷之选，上皆从之。度将行，言于上曰：“臣若灭贼，则朝天有期；贼在，则归阙无日。”上为之流涕。八月庚申，度赴淮西，上御通化门送之。右神武将军张茂和，茂昭弟也，尝以胆略自衒于度；度表为都押牙，茂和辞以疾，度奏请斩之。上曰：“此忠顺之门，为卿远贬。”辛酉，贬茂和永州司马[③]。以嘉王傅高承简为都押牙。承简，崇文之子也。

【注释】

①裴度：字中立。唐德宗时进士，后以战功封晋国公，累官至中书令。

②彰义节度使：即淮西节度使，领申、光、蔡三州。

③永州：地名。今湖南永州。

【译文】

各路军队讨伐淮西、蔡州，用了四年时间没有攻克，粮食运输疲惫不堪，百姓以至于有人用驴耕田的。唐宪宗也对此感到忧虑，征求宰相的意见。李逢吉等人争着说军队疲惫财政枯竭，主张停战。以上是吴元济形势窘迫，而朝廷也想罢兵。只有裴度没有说话，皇上询问他，他回答说：“我请求亲自前往督战。”乙卯日，唐宪宗又对裴度说：“你真能为我去督战吗？”裴度回答说：“我发誓不与这些叛贼一同活着。我最近看吴元济的奏表，他的形势实在窘迫，只是各位将领不同心协力逼迫他，所以没有投降。如果我亲自去军营,各位将领害怕我抢了他们的功劳,一定会争着进兵攻克敌人。"唐宪宗听了很高兴,丙戌日,任命裴度为门下侍郎、同平章事、兼彰义节度使,仍然充当淮西宣慰招讨处置使。又任命户部侍郎崔群为中书侍郎、同平章事。命令下达后,裴度认为韩弘已为都统,他不想再做招讨,请求只称做宣慰处置使,仍然上奏推荐刑部侍郎马总为宣慰副使,右庶子韩愈为彰义行军司马,判官、书记都是朝廷选拔的官员,唐宪宗都听从了他的请求。裴度将要出发了,对唐宪宗说:"我如果消灭了叛贼,就有机会再见到您;叛贼如果还存在,我就不会回朝廷。"唐宪宗因此感动得流下眼泪。八月庚申日,裴度奔赴淮西,唐宪宗到通化门为他送行。右神武将军张茂和是张茂昭的弟弟,曾向裴度夸耀自己的胆略;裴度上表推荐他为都押牙,张茂和借口有病推辞,裴度上奏请求杀了他。唐宪宗说:"他是忠臣的后代,我为你把他贬到远方去吧。"辛酉日,张茂和被贬为永州司马。任命嘉王傅高承简为都押牙。高承简是高崇文的儿子。

李逢吉不欲讨蔡,翰林学士令狐楚与逢吉善,度恐其合中外之势以沮军事,乃请改制书数字,且言其草制失辞。壬戌,罢楚为中书舍人。以上裴度自请视师。

【译文】

李逢吉不想讨伐蔡州,翰林学士令狐楚与李逢吉关系好,裴度害怕他们联合朝廷内外的势力阻止军事行动,于是请求更改制书上的几个字,并说令狐楚草写的制书用词不当。壬戌日,罢免令狐楚的翰林学士职务,任用他为中书舍人。以上是裴度请求去视察军队。

李光颜、乌重胤与淮西战,癸亥,败于贾店[①]。

【注释】

①贾店：地名。在今河南漯河。

【译文】

李光颜、乌重胤与淮西兵作战，癸亥日，在贾店战败。

裴度过襄城南白草原，淮西人以骁骑七百邀之。镇将楚丘曹华知而为备，击却之。度虽辞招讨名，实行元帅事，以郾城为治所。甲申，至郾城。先是，诸道皆有中使监陈，进退不由主将，胜则先使献捷，不利则陵挫百端。度悉奏去之，诸将始得专军事，战多有功。以上裴度驻郾城。

【译文】

裴度经过襄城南边的白草原，淮西人用七百名骁勇的骑兵拦截他。镇将楚丘人曹华知道后作了防备，打退了敌人。裴度虽然辞去了招讨的官名，实际上行使统帅的职权，把郾城当作办公地。甲申日，到达郾城。在这以前，各道都有宦官监督军队，军队的进退不由主将决定，获胜了宦官就先派使者报捷，作战不利就百般凌辱主将。裴度上奏将监军宦官全部撤除，各将领才得以专权指挥军事，立了很多战功。以上是裴度驻郾城。

九月庚子，淮西兵寇溵水镇，杀三将，焚刍藁而去。

【译文】

九月庚子日，淮西兵侵犯溵水镇，杀死官军三个将领，烧毁草料后离去。

甲寅，李愬将攻吴房，诸将曰："今日往亡。"愬曰："吾兵少，不足战，宜出其不意。彼以往亡不吾虞，正可击也。"遂往，克其外城，斩首千余级。余众保子城，不敢出。愬引兵还以诱之，淮西将孙献忠果以骁骑五百追击其背。众惊，将走，愬下马据胡床[①]，令曰："敢退者斩！"返旆力战[②]，献忠死，淮西兵乃退。或劝愬乘胜攻其子城，可拔也。愬曰："非吾计也。"引兵还营。以上李愬攻吴房，不取。

【注释】

①胡床：一种可以折叠的轻便坐具，亦称"交床"。

②旆（pèi）：旌旗。

【译文】

甲寅日，李愬将要攻打吴房，各位将领说："今天是往亡日。"李愬说："我军人少，不能硬拼，应该出其不意。他们因为今天是往亡日而不防备我们，正好可以攻击他们。"于是出兵，攻克了外城，消灭了一千多名敌人。其余的敌人退守内城，不敢出战。李愬率兵撤退来引诱敌人，淮西兵将领孙献忠果然率五百名骁勇骑兵在后面追击。大家都很惊慌，将要逃跑，李愬下了马坐在交椅上命令道："敢后退的杀头！"回头奋力作战，孙献忠战死，淮西兵于是退去。有人劝李愬乘胜进攻敌人的内城，认为一定可以攻下。李愬说："这不是我的计谋。"率兵返回军营。以上是李愬攻打吴房，但没有攻取。

李祐言于李愬曰："蔡之精兵皆在洄曲，及四境拒守，守州城者皆羸老之卒，可以乘虚直抵其城。比贼将闻之，元济已成擒矣。"愬然之。冬十月甲子，遣掌书记郑澥至郾城，密白裴度。度曰："兵非出奇不胜，常侍良图也[①]。"

【注释】

①常侍：官名。

【译文】

李祐对李愬说："蔡州的精兵都在洄曲，还有的在四处防守，守州城的都是老弱的士兵，可以乘虚直奔州城。等敌将听到消息，吴元济已经被擒获了。"李愬认为有道理。冬季十月甲子日，派掌书记郑澥赶到郾城，秘密告诉裴度。裴度说："作战不用奇计不能取得胜利，李愬的计谋很好。"

裴度帅僚佐观筑城于沱口，董重质帅骑出五沟，邀之，大呼而进，注弩挺刃，势将及度。李光颜与田布力战拒之，度仅得入城。贼退，布扼其沟中归路，贼下马逾沟，坠压死者千余人。

【译文】

裴度率领属官在沱口观看修筑城墙，董重质率骑兵从五沟出发，拦截他们，大喊着往前冲，张着弓挺着刀，即将逼近裴度。李光颜和田布奋力作战，抗拒敌军，裴度仅仅得以进城。敌军退去，田布扼守敌人在沟中的退路，敌人下马过沟，摔死压死了一千多人。

辛未，李愬命马步都虞候、随州刺史史旻留镇文城，命李祐、李忠义帅突将三千为前驱，自与监军将三千人为中军，命李进诚将三千人殿其后。军出，不知所之。愬曰："但东行。"行六十里，夜至张柴村，尽杀其戍卒及烽子。据其栅，命士少休，食干糒[①]，整羁靮[②]，留义成军五百人镇之，以断洄曲及诸道桥梁，复夜引兵出门。诸将请所之，愬曰："入蔡州取吴元济!”诸将皆失色。监军哭曰:“果落李祐奸计!”时大风雪,旌旗裂,人马冻死者相望。天阴黑,自张柴村以东道路,皆官军所未尝行,人人自以为必死,然畏愬,莫敢违。夜半,雪愈甚,行七十里,至州城。近城有鹅鸭池,愬令击之以混军声。自吴少诚拒命,官军不至蔡州城下三十余年,故蔡人不为备。壬申,四鼓,愬至城下,无一人知者。李祐、李忠义钁其城为坎以先登,壮士从之。守门卒方熟寐,尽杀之,而留击柝者③,使击柝如故。遂开门纳众,及里城,亦然,城中皆不之觉。鸡鸣雪止,愬入居元济外宅。或告元济曰:“官军至矣!”元济尚寝,笑曰:“俘囚为盗耳!晓当尽戮之。”又有告者曰:“城陷矣!”元济曰:“此必洄曲子弟就吾求寒衣也。”起,听于廷,闻愬军号令曰:“常侍传语。”应者近万人。元济始惧,曰:“何等常侍,能至于此!”乃帅左右登牙城拒战。

【注释】

①干糒(bèi):干粮。

②羁靮(dí):马络头。

③击柝(tuò)者:守更夫。

【译文】

辛未日,李愬命令马步都虞候、随州刺史史旻留守文城,命令李祐、李忠义率领三千突将为前锋,自己和监军率领三千人为中军,命令李进诚率领三千人殿后。军队出发后,不知道要去哪里。李愬说:“只要往东走。”走了六十里,晚上到达张柴村,杀死了所有的守兵和守烽火的兵。占据了敌人营寨,命令士兵稍微休息一会儿,吃过干粮,整理好马鞍和缰绳,留下五百义成军镇守,以折断洄曲和各条道路上的桥梁,又连夜率兵出发。各位将领询问去哪里,李愬说:“进入蔡州擒拿吴元济!”各位将领都大惊失色。监军哭着说:“果然中了李祐的奸计!”当时正刮着大风,下着大雪,军旗吹破了,人马冻死了很多。天色阴森漆黑,张柴村以东的道路,官军都没有走过,人人自以为一定会死,但畏惧李愬,不敢违背命令。半夜时,雪下得更大,走了七十里,到达蔡州城。靠近城边有个养鹅鸭的水池,李愬命令人惊动鹅鸭来混淆军队的声音。自从吴少诚抗拒朝廷命令后,官军已有三十多年没有来到蔡州城下,所以蔡州人没有防备。壬申日,四更的时候,李愬到达城下,没有一个人知道。李祐、李忠义用大镢头在城墙上挖坑穴,先攀登上去,壮士跟着上去。守门士兵正在熟睡,将他们全都杀了,但留下了打更的人,让他照常打更。于是打开城门让大军进去,到了内城,也是这样,城中的人都没有发觉。鸡叫时,雪停了,李愬进入吴元济的外宅。有人告诉吴元济:“官军到了!”吴元济还在睡觉,他笑着说:“这是俘虏和囚犯在偷东西!天亮后把他们全部杀掉。”又有人告诉他:“城被攻陷了!”吴元济说:“这一定是洄曲子弟来向我要御寒的衣服。”起床后,在堂中听到李愬军中传令说:“常侍传话。”有近万人应声。吴元济这才开始感到害怕,说:“是什么常侍,能来到这里!”于是率领身边的人登上牙城抵抗。

时董重质拥精兵万余人据洄曲。愬曰:“元济所望者,重质之救耳。”乃访重质家,厚抚之,遣其子传道持书谕重质。重质遂单骑诣愬降。

【译文】

当时董重质拥有一万多精兵据守洄曲。李愬说:“吴元济所盼望的是董重质的援救。”于是看望董重质的家属,很好地安抚他们,派董重质的儿子董传道带着书信告诉董重质。董重质于是独自一人骑马来向李愬投降。

愬遣李进诚攻牙城，毁其外门，得甲库，取器械。癸酉，复攻之，烧其南门，民争负薪刍助之，城上矢如猬毛。晡时，门坏，元济于城上请罪，进诚梯而下之。甲戌，愬以槛车送元济诣京师，且告于裴度。是日，申、光二州及诸镇兵二万余人相继来降。自元济就擒，愬不戮一人，凡元济官吏、帐下、厨厩之卒，皆复其职，使之不疑，然后屯于鞠场以待裴度①。以上李愬袭破蔡州。

【注释】

①鞠场：球场。鞠，古代一种用来踢打玩耍的球。

【译文】

李愬派李进诚攻打牙城，毁坏了外门，夺得武器库，取出里面的兵器。癸酉日，又攻打牙城，烧南门，百姓争相背柴草帮助官军，射到城上的箭像刺猬毛一样密集。申时，城门坏了，吴元济在城上请罪，李进诚用梯子让他下来。甲戌日，李愬用槛车押送吴元济去京城，并通报裴度。这天，申州、光州及各镇军队两万多人相继来投降。自从吴元济被擒获后，李愬没有杀一个人，凡是吴元济的官吏、侍从、烧饭养马的士兵，都恢复他们的官职，使他们心中没有疑虑，然后驻扎在球场上等待裴度。以上是李愬袭取蔡州。

己卯，淮西行营奏获吴元济，光禄少卿杨元卿言于上曰："淮西大有珍宝，臣能知之，往取必得。"上曰："朕讨淮西，为人除害，珍宝非所求也。"

【译文】

己卯日，淮西行营上奏擒获了吴元济，光禄少卿杨元卿对皇上说：

“淮西有很多珍宝，我知道放在哪里，前去取一定会得到。”皇上说：“我讨伐淮西是为百姓除害，不是为了求得珍宝。”

董重质之去洄曲军也，李光颜驰入其壁，悉降其众。庚辰，裴度遣马总先入蔡州慰抚。辛巳，度建彰义军节，将降卒万余人入城，李愬具櫜鞬出迎[①]，拜于路左。度将避之，愬曰：“蔡人顽悖，不识上下之分数十年矣，愿公因而示之，使知朝廷之尊。”度乃受之。以上裴度入蔡。

【注释】

①櫜鞬（gāo jiān）：弓箭袋。

【译文】

董重质离开洄曲军后，李光颜驰马进入他的军营，他的军队全部投降。庚辰日，裴度派马总先进入蔡州慰抚兵众。辛巳日，裴度树立彰义军的符节，率领一万多降兵入城，李愬佩着弓箭袋出城迎接，跪拜在道路的左边。裴度要避开，李愬说：“蔡州人冥顽叛逆，不知道上下的名分，已经几十年了，希望您借这个机会向他们显示，使他们知道朝廷的尊严。”裴度这才接受了李愬的跪拜之礼。以上是裴度进入蔡州城。

李愬还军文城，诸将请曰：“始公败于朗山而不忧，胜于吴房而不取，冒大风甚雪而不止，孤军深入而不惧，然卒以成功，皆众人所不谕也，敢问其故？”愬曰：“朗山不利，则贼轻我而不为备矣。取吴房，则其众奔蔡，并力固守，故存之以分其兵。风雪阴晦，则烽火不接，不知吾至。孤军深入，则人皆致死，战自倍矣。夫视远者不顾近，虑大者不详细，若矜小胜，恤小败，先自挠矣，何暇立功乎！”众皆服。愬俭于奉己而丰于待士，知贤不疑，见可能断，此其所以成功也。以上李愬自明知略。

【译文】

李愬率军队回到文城，将领们向他请教：“开始您在朗山战败而不忧虑，在吴房战胜了却不攻取，冒着大风大雪而不停止，孤军深入而不畏惧，但最后终于取得了成功，这都是大家感到不明白的，敢问是什么原因？”李愬说：“朗山作战不利，敌人就会轻视我而不加防备。夺取吴房，那里的守军就会逃往蔡州，合力坚守，所以要保留吴房来分散敌人的兵力。风雪交加，天色阴暗，烽火就不能传接，敌人不知道我们到达。孤军深入，人人就都会拼命，战斗力倍增。看远方的人不顾近处，考虑大事的人不计较小事，如果打了小胜仗就骄傲，遭到小的失败就忧虑，自己先扰乱了自己，哪里还能立功呢！”大家都很佩服。李愬自己生活节俭，但对待人才却很优厚，知道贤能就不怀疑，见事可行就能决断，这是他之所以能成功的原因。以上是李愬阐述作战中的智谋。

裴度以蔡卒为牙兵，或谏曰：“蔡人反仄者尚多①，不可不备。”度笑曰：“吾为彰义节度使，元恶既擒，蔡人则吾人也，又何疑焉！”蔡人闻之感泣。先是吴氏父子阻兵，禁人偶语于涂，夜不燃烛，有以酒食相过从者罪死。度既视事，下令惟禁盗贼，余皆不问，往来者不限昼夜，蔡人始知有生民之乐。

【注释】

①反仄：反复无常。

【译文】

裴度任命蔡州兵做牙兵，有人劝说："蔡州人反复不定的很多，不能不防备。"裴度笑着说："我是彰义节度使，首恶已经擒获，蔡州人就是我的百姓，又有什么可怀疑的呢！"蔡州人听到后感动得流泪。在这以前吴氏父子依仗军队，禁止人们在路上私下交谈，晚上不能点蜡烛，有用酒食互相招待的判死罪。裴度治理蔡州后，下令只禁止盗贼，其余的事都不过问，往来不限定白天还是黑夜，蔡州人才开始知道生活的乐趣。

甲申，诏韩弘、裴度条列平蔡将士功状及蔡之将士降者，皆差第以闻。淮西州县百姓，给复二年[①]；近贼四州，免来年夏税。官军战亡者，皆为收葬，给其家衣粮五年；其因战伤残废者，勿停衣粮。

【注释】

①给复：免除徭役赋税。

【译文】

甲申日，唐宪宗下诏命令韩弘、裴度把平定蔡州将士的功劳情况以及蔡州投降将士都依次列举上奏。淮西州县的百姓，免除二年的赋税徭役；靠近敌人的四州，免除明年夏天的税收。官军中战死的人都收尸埋葬，给家属五年的衣粮；因作战而受伤残废的人，不停止供给衣粮。

十一月，上御兴安门受俘，遂以吴元济献庙社，斩于独柳之下[①]。以上功成后事。

【注释】

①独柳：唐长安城西南隅有独柳树，为行刑处。

【译文】

十一月，唐宪宗驾车前往兴安门接受献俘，于是用吴元济献祭宗庙社稷，在独柳树下杀了他。以上是平定蔡州后的事。

初，淮西之人劫于李希烈、吴少诚之威虐，不能自拔，久而老者衰，幼者壮，安于悖逆，不复知有朝廷矣。自少诚以来，遣诸将出兵，皆不束以法制，听各以便宜自战，故人人得尽其才。韩全义之败于溵水也，于其帐中得朝贵所与问讯书，少诚束以示众曰："此皆公卿属全义书，云破蔡州日，乞一将士妻女为婢妾。"由是众皆愤怒，以死为贼用。虽居中土，其风俗犷戾①，过于夷貊②。故以三州之众，举天下之兵环而攻之，四年然后克之。

【注释】

①犷戾：犹言"蛮横"。

②夷貊：对少数民族的蔑称。

【译文】

当初，淮西人受李希烈、吴少诚淫威残暴的威胁，不能自拔，时间长了，老人衰老了，小孩长大了，安于叛逆，不再知道有朝廷。从吴少诚以来，派将领们出兵，都不用法制约束，听任他们根据方便自行作战，所以人人能够充分发挥才能。韩全义在溵水战败后，在他的营帐中得到了朝廷权贵给他的问候信，吴少诚把这些信捆起来给大家看，说："这些都是朝廷公卿大臣嘱托全义的信，说攻破蔡州的时候，想讨一个将士的妻子女儿做婢女小妾。"因此大家都感到很愤怒，拼死为叛贼效力。虽然居住在中原，但他们风俗的粗犷凶暴却超过了偏远地区的少数民族。所以凭借三州的人力，却让朝廷发动天下的军队围攻，用了四年时间才攻克。

官军之攻元济也，李师道募人通使于蔡，察其形势。牙前虞候刘晏平应募，出汴、宋间，潜行至蔡。元济大喜，厚礼而遣之。晏平还至郓，师道屏人而问之，晏平曰：“元济暴兵数万于外，阽危如此[1]，而日与仆妾游戏博奕于内，晏然曾无忧色。以愚观之，殆必亡不久矣！”师道素倚淮西为援，闻之惊怒，寻诬以他过杖杀之。

【注释】

①阽（diàn）危：危险。

【译文】

官军攻打吴元济时，李师道招募人出使蔡州，观察那里的形势。牙前虞候刘晏平应募，从汴、宋之间出发，偷偷地走到蔡州。吴元济很高兴，给予丰厚的礼物送他走。刘晏平回到郓州，李师道让其他人退下后，向他询问情况，刘晏平说：“吴元济在外动用几万军队，形势如此危急，他却每天与仆人妻妾在城内游戏下棋，神色安详，毫不忧虑。依我看，他一定会灭亡，不会太久了！”李师道一向依靠淮西援助，听到这话又惊又怒，不久捏造其他过失陷害刘晏平，用棍杖打死了他。

戊子，以李愬为山南东道节度使，赐爵凉国公；加韩弘兼侍中；李光颜、乌重胤等各迁官有差。

【译文】

戊子日，任命李愬为山南东道节度使，赐给凉国公的爵位；韩弘增加官职，兼任侍中；李光颜、乌重胤等人都不同程度地晋升了官职。

韩愈

韩愈简介参见卷二。

平淮西碑

【题解】

淮西，指蔡州，唐方镇名，唐置淮西节度使于此，后改为彰义军。治所在今河南汝南。元和九年(814)，彰义军节度使吴少阳卒，其子元济匿不发丧，不久举兵四出，焚劫邻境。元和十二年(817)，宰臣裴度被任为淮西宣慰处置使，督统诸将平定淮西之乱，韩愈随为行军司马。平复蔡州以后，韩愈回到京师依旨撰写《平淮西碑》碑文。韩愈认为平复叛乱，功归裴度，引起李愬不满。李愬妻子是唐安公主女，因此前往皇宫，上诉碑文不实，应推愬功为第一，唐宪宗李纯于是下诏将已经镌刻好的碑削砍掉，又令翰林学士段文昌重作一篇来记载平叛事。

天以唐克肖其德①，圣子神孙，继继承承，于千万年，敬戒不怠。全付所覆②，四海九州，罔有内外，悉主悉臣③。高祖、太宗，既除既治④；高宗、中、睿⑤，休养生息；至于玄宗⑥，受报收功，极炽而丰[7]，物众地大，孽牙其间[8]；肃宗、代宗[9]，德祖顺考[10]，以勤以容[11]。大慝适去[12]，稂莠不薅[13]。相臣将臣，文恬武嬉，习熟见闻，以为当然。以上历叙唐之先朝。

【注释】

①克：能够。肖(xiào)：相似。

②付：给予。所覆：所覆盖管理的地方。指天下。

③罔有内外，悉主悉臣：《五百家补注》曰："谓悉以为主而臣之也。"

④既除既治：《补注》曰："除谓除乱也。"既，已经。

⑤高宗：名治。太宗子。中宗：名显。睿宗：名旦。皆高宗子。

⑥玄宗：名隆基。睿宗子。

⑦炽：盛。

⑧孽牙其间：这里指灾祸之端渐生其间，即"安史之乱"。孽，灾祸。牙，通"芽"。萌芽之意。

⑨肃宗：名亨。玄宗子。代宗：名豫。肃宗子。

⑩德祖：指德宗，名适。代宗子。顺考：指顺宗，名诵。德宗子，宪宗父。考，《礼记·曲礼》曰："生曰父曰母曰妻，死曰考曰妣曰嫔。"

⑪以：而。勤：致力于政。容：宽容。

⑫大慝：指"安史之乱"，及朱泚、李希烈叛乱事。

⑬稂(láng)莠(yǒu)不薅(hāo)：稂为莠之未成者，莠则已成而扬起者，是禾粟间一种相似的草。一说稂乃狼尾草，莠则狗尾草。薅，《说文》："拔去田草也。"此处指"安史之乱"平后，肃宗朝"瓜分河北地付授叛将，护养孽萌，以成祸根"(《新唐书·藩镇魏博》)。

【译文】

上苍因为有唐一代能够遵沿它的大德，圣子神孙，继承传延千万年而谨慎敬事不敢懈怠。所以上苍就把它笼括的大地全部托付给了唐，使四海九州，无论内外都统于一国。高祖、太宗完成了铲除诸乱、安邦定国的大业后，高宗、中宗、睿宗接着减免赋税，鼓励生产，休养万民，繁荣经济；到了玄宗时代，自然地安享先帝治业的成果功绩，到了极端丰盛的地步，但谁料地大物众，灾祸之端渐起其间；肃宗、代宗、德宗、顺宗数帝便兢业勤政，宽容理国。刚刚消除了大患难，杂草还未拔尽。文臣武将，就各自愉快嬉戏，得其所乐，把见闻到的割据称霸之事，视为理所应该。以上历叙唐宪宗前历朝史事。

睿圣文武皇帝①，既受群臣朝，乃考图数贡②。曰："呜呼！天既全付予有家，今传次在予，予不能事事，其何以见于郊庙③？"群臣震慑，奔走率职。明年，平夏④；又明年，平蜀⑤；又明年，平江东⑥；又明年，平泽、潞⑦。遂定易、定⑧，致魏、博、贝、卫、澶、相，无不从志⑨。皇帝曰："不可究武⑩，予其少息⑪。"以上宪宗前此武功。

【注释】

①睿圣文武皇帝：指宪宗。

②考图数贡：考舆图之广狭，计贡赋之至与不至。

③郊庙：祭天于郊，祭祖于庙。

④平夏：指平定杨惠琳叛乱。夏，唐夏州，治朔方县，在今陕西榆林。

⑤平蜀：指平定刘阘在蜀地的叛乱。案：惠琳、刘阘伏诛事皆在元和元年(806)，韩愈书"明年平夏，又明年平蜀"，有误，《新唐书》载此碑，删"又明年"三字。

⑥平江东：指平定李锜在润州的叛乱。润州，今江苏镇江。

⑦平泽、潞：指平定昭义节度使卢从史的叛乱。昭义节度使兼领泽、潞二州。泽州治晋城县（今山西晋城），潞州治上党县（今山西长治）。

⑧定易、定：指元和五年（810）十月，义武军节度使张茂昭以易、定二州归于有司。“安史之乱”后，两河藩帅各自据于一地，父死子代，张茂昭表请举族还朝，可谓识大义者。唐河北道定州治安喜县（今河北定州），易州治易县（今河北易县）。

⑨无不从志：指魏博节度使田兴以魏、博等六州归于有司事。魏州治贵乡县（今河北大名），博州治聊城县（今山东聊城），贝州治清河县（今河北清河），卫州治汲县（今河南汲县），澶州治顿丘县（今河南清丰），相州治安阳县（今河南安阳）。

⑩究：穷，极。

⑪息：安。

【译文】

睿圣文武皇帝即位，受群臣朝贺，于详细核定版图广狭、审计贡赋的交纳后说：“唉！上苍既已托社稷给我们家，现在传位到我，我如不能担任治国大事，怎么有面目去祭祀皇天先祖？”群臣震惊畏惧，慌张忙碌，各尽职守。第二年，平复夏州；第三年，平复蜀地；第四年，平复江东；第五年，平复泽、潞。然后又安定易州、定州，使魏、博、贝、卫、澶、相六州没有敢不遵从圣意的。皇帝说：“不能穷兵黩武，我们略作休息。”以上唐宪宗此前的武功。

九年，蔡将死[①]，蔡人立其子元济以请，不许。遂烧舞阳，犯叶、襄城；以动东都，放兵四劫[②]。皇帝历问于朝，一二臣外[③]，皆曰：“蔡帅之不廷授，于今五十年，传三姓四将[④]，其树本坚[⑤]，兵利卒顽，不与他等。因抚而有，顺且无事。”大官臆决唱声⑥，万口附和，并为一谈，牢不可破。以上廷臣不愿伐蔡。

【注释】

①九年，蔡将死：指元和九年(814)闰八月丙辰，彰义军节度使吴少阳卒。蔡州治汝南县(今河南汝南)。

②"遂烧舞阳"几句：《新唐书·藩镇宣武彰义泽潞》："元济不得命，乃悉兵四出，焚舞阳及叶，掠襄城、阳翟。"舞阳，今属河南。叶，今河南叶县。襄城，今属河南。放，纵。

③一二臣：指武元衡、裴度。

④"蔡帅之不廷授"几句：自宝应元年(762)七月李忠臣为淮西节度使后，淮西节度屡以乱替：李希烈逐忠臣，陈希(仙奇)使人毒杀希烈，吴少诚杀陈奇，吴少阳又杀少诚子元庆而代之。李、陈、吴凡三姓。希烈、仙奇、少诚、少阳凡四将。廷授，朝廷授命。

⑤本：根本。

⑥臆决：以己意决之。

【译文】

元和九年，蔡将吴少阳死去，蔡人上表请立他的儿子吴元济再主此地，没有得到准许。于是吴元济焚舞阳，兵犯叶县、襄城，扰动东都洛阳，纵使士卒四处抢劫。皇帝在朝中一一询问，除一二臣以外，其余人都说："蔡帅不在朝廷封授，到现在已有五十年，传了三个姓氏的四个将领，可谓根深叶茂，兵器锋利，士卒顽固，不能和其余地方等同对待。顺着他的要求安抚后使他归顺朝廷，就平安无事了。"重臣首先以意决断，倡导此议，然后群官同声附和，几乎使这个说法牢不可破。以上是朝臣不愿伐蔡。

皇帝曰："惟天惟祖宗所以付任予者，庶其在此，予何敢不力！况一二臣同，不为无助。”曰：“光颜，汝为陈许帅，维是河东、魏博、郃阳三军之在行者，汝皆将之[①]。”曰：“重胤，汝故有河阳、怀，今益以汝，维是朔方、义成、陕、益、凤翔、延庆七军之在行者，汝皆将之[②]。”曰：“弘，汝以卒万二千属而子公武往讨之[③]。”曰：“文通[④]，汝守寿，维是宣武、淮南、宣歙、浙西四军之行于寿者[⑤]，汝皆将之。”曰：“道古[⑥]，汝其观察鄂岳。”曰：“愬，汝帅唐邓随[⑦]，各以其兵进战。”曰：“度，汝长御史，其往视师。”曰：“度，惟汝予同，汝遂相予，以赏罚用命不用命。”[⑧]曰：“弘，汝其以节都统诸军。”[⑨]曰：“守谦，汝出入左右，汝惟近臣，其往抚师。”[⑩]曰：“度，汝其往，衣服饮食予士，无寒无饥。以既厥事，遂生蔡人。赐汝节斧、通天御带，卫卒三百。凡兹廷臣，汝择自从，惟其贤能，无惮大吏。庚申，予其临门送汝。”[⑪]曰：“御史，予闵士大夫战甚苦，自今以往，非郊庙祠祀，其无用乐。”[⑫]以上部署诸将相。

【注释】

①“光颜”几句：元和九年(814)九月，以洛州刺史李光颜为陈州刺史、忠武军都知兵马使。冬十月又任命李光颜为许州刺史、忠武军节度使。陈州治宛丘县(今河南淮阳)，许州治长社县(今河南许昌)。河东、魏博、郃阳三军，指河东、魏博节度使所率军和郃阳军。郃阳，今陕西武功。

②“重胤”几句：元和五年(810)夏四月，以昭义都知兵马使乌重胤为怀州刺史，河阳五城节度使；九年闰八月兼汝州刺史。朔方，即朔方节度使率军(节度使治所在灵州，即今甘肃灵武)。义成，义成军节度使率军(节度使治所在滑州，治白马县，即今河南滑

县)。陕,陕虢节度使率军(节度使治所在陕州,治陕县,即今河南陕县)。益,指西川节度使率军(节度使治所在益州,治成都,即今四川成都)。凤翔,凤翔节度使率军(节度使治所在凤翔府,治天兴县,即今陕西凤翔)。延,属鄜坊节度使辖军(节度使治所在鄜州),延即延州,在今陕西延安。庆,属邠宁节度使辖军(节度使治所在邠州),庆即今甘肃庆阳。

③弘,汝以卒万二千属而子公武往讨之:授韩弘淮西诸军行营都统职,弘令其子公武率师一万三千隶李光颜军共讨淮西。万二千,乃"万三千"之误(据韩愈撰韩弘《神道碑》、段文昌《平淮西碑》)。

④文通:即李文通,元和十年(815)二月代令狐通为寿州团练。

⑤宣武:指宣武军节度使率军〔兴元元年(806),徙治汴州,即今河南开封〕。淮南:指淮南节度使率军(节度使治所在扬州,附郭为江都县,在今江苏扬州)。宣歙:指宣歙观察使率军(其治所在宣州,治宣城县,即今安徽宣城)。浙西:浙西节度使率军(治所在润州,治丹徒县,在今江苏镇江)。

⑥道古:即李道古,嗣曹王李皋之子,元和十一年(816)代柳公绰镇鄂岳(鄂州为鄂岳观察使治所,治江夏县,在今湖北武昌)。

⑦愬,汝帅唐邓随:指任命李愬为检校左散骑常侍,为随唐邓节度使。唐州、邓州、随州在今河南南部、湖北北部一带。

⑧"度"几句:元和九年(814)十月,改裴度为御史中丞,寻兼刑部侍郎,奉使蔡州行营,宣慰诸军。用命不用命,语出《尚书·甘誓》:"用命赏于祖,不用命戮于社。"

⑨弘,汝其以节都统诸军:元和十年(815)九月,以宣武军节度使韩弘充淮西行营兵马都统。

⑩"守谦"几句:元和十年(815)十一月命内侍梁守谦监淮西行营诸军事。

⑪"度"几句:元和十二年(817)秋七月,制以裴度守门下侍郎,同平

章事，使持节蔡州诸军事，蔡州刺史，充彰义军节度，申光蔡观察处置等使，仍充淮西宣慰处置使。八月三日，度赴淮西，诏以神策军三百骑卫从，上御通化门慰勉之。通天带，即犀带。

⑫“御史”几句：以刑部侍郎马总兼御史大夫，充淮西行营诸军宣慰副使，跟随裴度出征。闵，后多作“悯”。其，副词，表强调。

【译文】

皇帝说：“上苍先祖托付我用心力去做的，正是在这样的事情上，我怎么敢不认真努力！而且有一两个大臣和我意见相同，也不算没有辅助了。”于是颁布命令说：“李光颜，你做陈许帅，河东、魏博、郃阳三地军队出征者，都由你统率。”说：“乌重胤，你过去已治有河阳、怀州之地，现再加你汝州，今后凡朔方、义成、陕、益、凤翔、延庆地七支出征的军队，都由你统率。”说：“韩弘，你调拨兵卒一万二(三)千人，归你儿子公武支配，从军讨贼。”说：“李文通，你据守寿地，宣武、淮南、宣歙、浙西四支营驻寿地的军队，都由你统率。”说：“李道古，你任鄂岳观察使。”说：“李愬，你为唐邓随军统帅，诸将各自率军前往作战。”说：“裴度，你任御史中丞，去战区督军作战。”又说：“裴度，只有你和我心意相同，你作我的丞相，赏罚听命和抗令者。”说：“韩弘，你充任诸军都统。”说：“梁守谦，你出入宫禁，是我近臣，由你前去抚慰军队。”说：“裴度，你去，供给我的士卒们衣服饮食，使他们不寒不饥。完成征讨大事，使蔡地百姓免于死地。赐给你节斧、犀带，及卫卒三百人。所有朝廷臣吏，任你选择跟从，不论其官职大小，只要贤能即可。庚申日，我到通化门送你。”说：“御史，我心里怜悯士大夫们作战太苦，从现在以后，除郊庙祭祀事，不再奏曲宴乐。”以上是部署各文臣武将的任务。

颜、胤、武合攻其北，大战十六，得栅、城、县二十三，降人卒四万①。道古攻其东南，八战，降万三千，再入申，破其外城。文通战其东，十余遇，降万二千。愬入其西，得贼将辄释不杀，用其策，战比有功[②]。

【注释】

①“颜、胤、武合攻其北”几句：指李光颜、乌重胤、韩公武等人攻敌克地概况。

②“愬入其西”几句：李愬得降将丁士良、吴秀琳、李忠义、李祐等，用他们的力量与智慧，不断取胜。

【译文】

光颜、重胤、公武合力攻打蔡州地北，大战十六回，拔栅防、城、县共二十三个，降俘蔡军四万人。李道古攻打东南处，八战，降俘蔡军三万人，进入申州，攻破了它的外城。李文通在东方作战，与敌遭遇十余回合，得降卒一万二千人。李愬捣入西地，擒获敌军将领就释放不杀，使用他们的献策，屡战而有功。

十二年八月，丞相度至师，都统弘责战益急，颜、胤、武合战益用命。元济尽并其众洄曲以备[①]。十月壬申，愬用所得贼将，自文城因天大雪[②]，疾驰百二十里，用夜半到蔡，破其门，取元济以献，尽得其属人卒。辛巳，丞相度入蔡，以皇帝命赦其人[③]。淮西平，大飨赉功[④]。师还之日，因以其食赐蔡人。凡蔡卒三万五千，其不乐为兵，愿归为农者十九，悉纵之。斩元济京师[⑤]。以上平蔡战功。

【注释】

①元济尽并其众洄曲以备：吴元济闻郾城不守，甚惧，时董重质守洄曲，元济悉发亲近及守城卒诣重质以拒之。

②文城：在蔡州西南一百二十里。

③赦其人:《旧唐书·宪宗纪》:“十月甲申,诏:‘淮西立功将士,委韩弘、裴度条疏奏闻,淮西军人,一切不问,宜准元敕给复二年。’”

④赉(lài):赐予,给予。

⑤斩元济京师:即将吴元济斩于京城独柳树。

【译文】

十二年八月,丞相裴度到了军队,都统韩弘催促诸军进攻更加急促,光颜、重胤、公武并力作战也更加负责听命。吴元济把他的军众全部调到洄曲以为防备。十月壬申日,李愬使用降将之计,从文城出发,由于天正大雪,疾行军百二十里,夜半到达蔡州城,破门而入,擒获吴元济献于朝廷,全部收伏其手下兵卒。辛巳日,丞相裴度进入蔡州城,宣布皇帝的赦命,不治兵众之罪。淮西平复了,因而大摆酒宴,犒赏三军。部队返回的时候,把余粮尽赐蔡地百姓。所有蔡军士卒,三万五千人众,不愿当兵从伍想归家为农的有十分之九,都放他们回去。在京城杀了吴元济。以上是平蔡战功。

册功:弘加侍中①;愬为左仆射②,帅山南东道;颜、胤皆加司空③;公武以散骑常侍④,帅鄜坊丹延;道古进大夫⑤;文通加散骑常侍。丞相度朝京师,道封晋国公,进阶金紫光禄大夫⑥,以旧官相。而以其副总为工部尚书⑦,领蔡任。既还奏,群臣请纪圣功,被之金石。皇帝以命臣愈。臣愈再拜稽首而献文曰:

【注释】

①侍中:门下省长官。

②仆射(yè):有左、右之分,为宰相之职。

③司空：三公官，参议国事。

④散骑常侍：有左、右之分，分属门下、中书省。

⑤大夫：指光禄大夫、荣禄大夫等，原为文职散官称谓，专为封赠时用。

⑥金紫：左右光禄大夫、荣禄大夫，皆银章青绶，其重者，诏加金章紫绶，谓之金紫光禄大夫。

⑦工部：六部之一，掌管工程营造事项，其长官为尚书。

【译文】

表册封赏：韩弘加任侍中；李愬任左仆射，统领山南东道军；李光颜、乌重胤加司空官；韩公武任散骑常侍，统领鄜坊丹延军队；李道古进任光禄大夫；李文通加散骑常侍职。丞相裴度进朝京师时，在路上封晋国公，又升金紫光禄大夫，仍然为丞相。而让他的副手马总担任了工部尚书职，统领蔡州地。凯歌还朝以后，群臣请记述圣上功德，刻于金石。皇帝因此命令臣韩愈担此重任。臣韩愈再拜叩首并献上文章：

唐承天命，遂臣万邦。孰居近土，袭盗以狂。往在玄宗，崇极而圮。河北悍骄[①]，河南附起[②]。四圣不宥[③]，屡兴师征。有不能克，益戍以兵。夫耕不食，妇织不裳[④]。输之以车，为卒赐粮。外多失朝，旷不岳狩[⑤]。百隶怠官，事亡其旧。以上唐中兴后方镇多叛。

【注释】

①河北悍骄：指"安史之乱"后，燕、赵、魏相继而起（燕谓卢龙朱滔，赵谓成德王武俊，魏谓魏博田承嗣、田悦等，皆尝反）。

②河南附起：指汴、蔡之地屡乱。陈景云注："按'汴'当作'郓'。时郓帅李师道方与蔡寇相首尾，与汴无涉。又统诸军讨蔡者即汴

帅韩弘也。”

③四圣：肃、代、德、顺宗。

④夫耕不食，妇织不裳：不食、不裳皆因为出征士卒供给军需，即下“输之以车，为卒赐粮”。

⑤外多失朝，旷不岳狩：因乱者所隔故，在外做官者难以朝觐，巡狩四岳之礼也多旷废。

【译文】

唐秉上苍之命，统治四海万邦。但于所居近地，盗贼迭起猖狂。从前玄宗时代，高垒至极后颓。河北骄纵强悍，河南应之而起。四帝毫不宥宽，屡屡兴兵讨伐。凡有难克叛城，即添出征士兵。男子耕作少食，女人织布无衣。用车输送，慰师衣食。居官在外难朝，旷废巡岳大礼。众官玩忽职守，诸事都不是从前那样。以上是唐中兴以后方镇多反叛。

帝时继位，顾瞻咨嗟。惟汝文武，孰恤予家。既斩吴、蜀，旋取山东。魏将首义，六州降从。淮蔡不顺，自以为强。提兵叫欢，欲事故常[①]。始命讨之，遂连奸邻[②]。阴遣刺客，来贼相臣[③]。方战未利，内惊京师。群公上言，莫若惠来。帝为不闻[④]，与神为谋。乃相同德，以讫天诛[⑤]。以上宪宗与裴相同谋。

【注释】

①故常：指如少诚、少阳旧事，伪表请主兵，据地一方。

②奸邻：指郓州李师道及恒州王承宗。

③阴遣刺客，来贼相臣：指武元衡、裴度因力主兵讨淮蔡，故李师道等遣刺客弑之，元衡死，裴度伤。事见《旧唐书·元衡传》《裴度

传》。

④帝为不闻：谓不听其言。

⑤讫：完毕。

【译文】

皇帝陛下继位，环瞻不住叹息。你们文武百官，谁恤皇家天下。斩断吴、蜀之乱，又取山东地区。魏将深明大义，六州归降顺从。淮蔡不听圣命，自认强可支撑。举兵叫嚣四进，欲效从前据霸。刚刚诏命讨伐，牵动奸邻不宁。暗中派遣刺客，弑杀两位丞相。初战之时不利，朝廷上下震惊。大臣纷纷上言，请求安抚使归。皇帝陛下不听，与神鬼同谋。于是同心共德，意在替天诛逆。以上是宪宗与宰相裴度同谋。

乃敕颜、胤，愬、武、古、通，咸统于弘，各奏汝功。三方分攻[①]，五万其师。大军北乘，厥数倍之[②]。常兵时曲，军士蠢蠢。既翦陵云，蔡卒大窘。胜之邵陵，郾城来降。自夏入秋，复屯相望。兵顿不励，告功不时[③]。帝哀征夫，命相往釐[④]。士饱而歌，马腾于槽。试之新城[⑤]，贼遇败逃。尽抽其有，聚以防我[⑥]。西师跃入，道无留者。以上破蔡。

【注释】

①三方分攻：即上所谓道古攻其东南，文通战其东，愬入其西。

②大军北乘，厥数倍之：始详叙颜、胤、武合攻其北之事。

③“自夏入秋”几句：自四月败贼郾城之后，五月愬又败之于张柴，自此以后，三个月没有战胜的捷报，八月重胤又有贾店之败，所以说“告功不时”。顿，通“钝”。励，通“厉”。即利也。

④相:谓裴度。釐:理。

⑤试之新城:指裴度至行营后,于方城沱口观板筑,五沟贼遽至,光颜决战于前却之,裴度才得脱险。

⑥聚以防我:谓董重质兵守洄曲。

【译文】

颁旨任命颜、胤、愬、武、古、通,都于韩弘帐下,各自进战立功。三个方向、五万军队,分别攻打蔡州诸地。大军合力并攻,兵量数倍敌师。蔡军屯于时曲,蠢蠢欲有所动。我师剪拔陵云,蔡军于是窘迫。我军邵陵告捷,郾城因此来降。从夏至于秋季,屯营按兵相望。兵卒委顿不锐,捷报少传京师。陛下哀悯将士,诏命丞相慰兵。士卒得粮高歌,战马欢腾于槽。磨砺之师再举,新城试兵斗敌,贼军慌张败逃。尽数调拨兵力,聚集以防我师。李愬西师捣蔡,其余城郭皆降。以上是攻克蔡州。

额额蔡城[①],其疆千里。既入而有,莫不顺俟。帝有恩言,相度来宣:诛止其魁,释其下人。蔡之卒夫,投甲呼舞;蔡之妇女,迎门笑语。蔡人告饥,船粟往哺;蔡人告寒,赐以缯布。始时蔡人,禁不往来[②];今相从戏,里门夜开。始时蔡人,进战退戮;今旰而起[③],左飧右粥。为之择人,以收余惫;选吏赐牛,教而不税。以上裴公惠政。

【注释】

①额(é)额:大貌。

②始时蔡人,禁不往来:《旧唐书·裴度传》:"旧令:途无偶语,夜不燃烛,人或以酒食相过从者,以军法论。度乃约法,唯盗贼、斗杀

外，余尽除之，其往来者，不复以昼夜为限，于是蔡之遗黎始知有生人之乐。”

③旰（gàn）：晚。

【译文】

浩阔蔡州之地，疆宇几至千里。已入居守其城，无不顺从待命。皇帝陛下颁诏，丞相裴度来宣：诛囚罪魁祸首，释放随从众人。兵士投甲呼舞，妇女迎门笑语。蔡民言告少粮，朝廷载粮往济；蔡民言告缺衣，朝廷赐给帛布。以前蔡州百姓，明令禁止往来；现今蔡州百姓，嬉闹里门夜开。从前蔡州百姓，或进战死沙场，或退为将所杀；现今昼眠晚起，丰衣足食甚乐。挑出能干官吏，收抚困疲病残之民；赐给蔡民耕牛，使之休养生息，安抚不抽赋税。以上是裴度的惠政。

蔡人有言：“始迷不知。今乃大觉，羞前之为。”蔡人有言：“天子明圣。不顺族诛，顺保性命。汝不吾信，视此蔡方。孰为不顺，往斧其吭[①]。凡叛有数[②]，声势相倚。吾强不支，汝弱奚恃？其告而长，而父而兄[③]，奔走偕来，同我太平。”淮蔡为乱，天子伐之。既伐而饥，天子活之。以上蔡人知感。始议伐蔡，卿士莫随。既伐四年，小大并疑[④]。不赦不疑，由天子明。凡此蔡功，惟断乃成[⑤]。既定淮蔡，四夷毕来。遂开明堂[⑥]，坐以治之。

【注释】

①吭（háng）：喉。

②凡叛有数：谓叛乱者数镇，如王承宗、李师道等。数，几个。

③而：尔。

④小大：指小臣大臣。

⑤惟断乃成：因断而事皆成。断，决断。

⑥明堂：古代天子举行大典的地方。

【译文】

蔡州百姓欢言："起初迷不自知。现在终于清醒，羞愧以前作为。"蔡州百姓欢言："大唐天子圣明。不顺朝廷族诛，顺能保全性命。你若不信我言，请看蔡州情形。谁想不顺朝廷，就是不想活命。叛乱还有数州，声势相互倚持。我们强大尚难支撑，你们弱小想要依靠什么？告诉你的长官，还有你的父兄，一起归顺朝廷，大家共享太平。"淮蔡之地叛乱，天子出兵讨伐。伐后蔡地饥荒，天子使之活命。以上是蔡州人知道感恩。起初讨论伐蔡，大臣全不赞同。已经出师四年，大小朝臣纷纷怀疑。天子贤德圣明，坚持不赦不疑。克复蔡地功劳，全由决断所成。淮蔡安定以后，四方异族来朝。天子大开明堂，坐而化治天下。